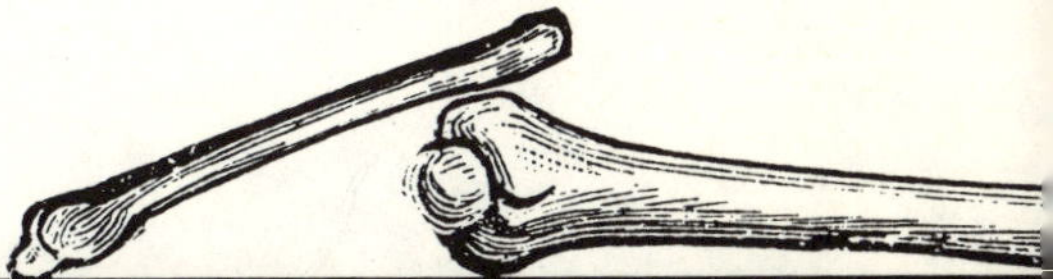

Aaron Elkins

Alte Knochen

Zwei Gideon-Oliver-Krimis

Fluch!

Büchergilde Gutenberg

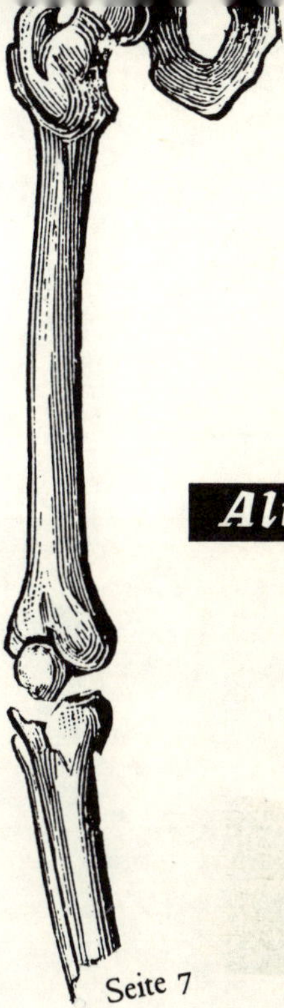

Alte Knochen

Seite 7

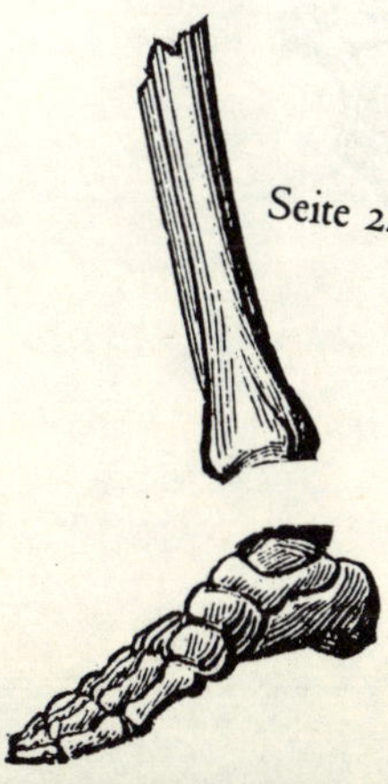

Seite 247

Fluch!

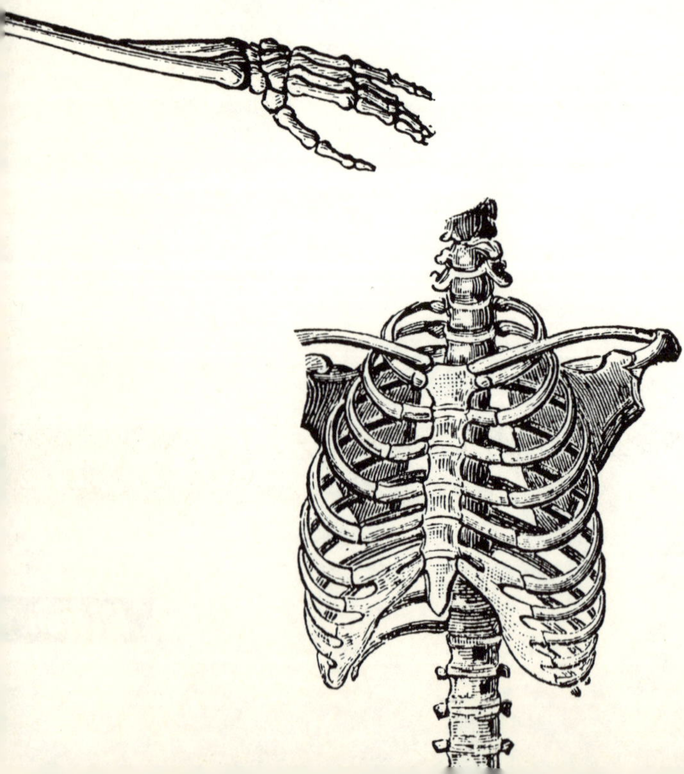

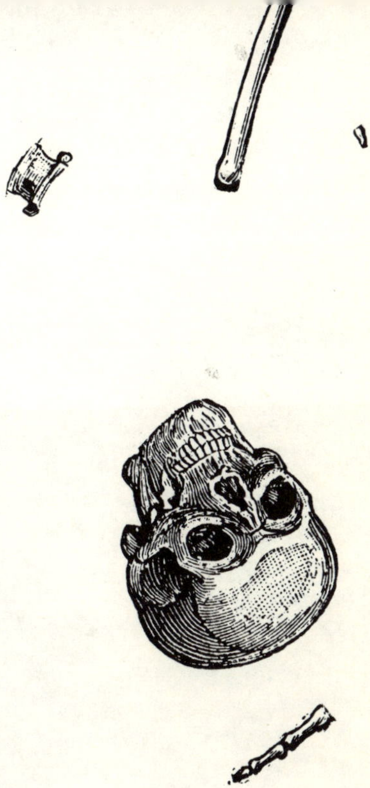

Alte Knochen

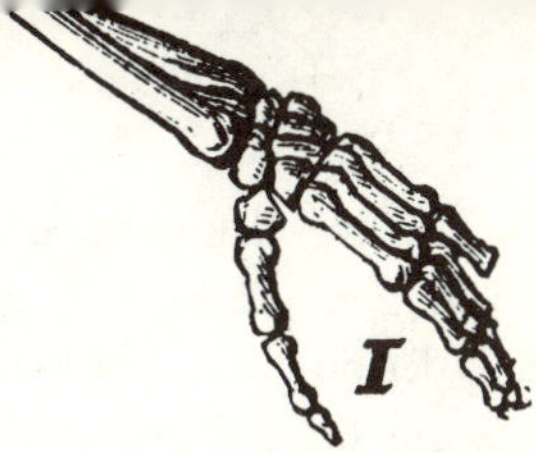

I

So reglos und still war die von Nebel umhüllte Gestalt, daß sie durchaus ein kantiger, schwarzer Felsblock hätte sein können. Aber es gibt keine Felsblöcke, weder kantige noch sonstwelche, in dem endlosen, flachen Watt der Bucht von Mont St.-Michel. Bei Ebbe gibt es dort nur Sand, weit mehr als zweihundert Quadratkilometer. Und bei Flut verwandelt sich diese Ebene in ein weites, wogendes Meer, aus dem die große Abtei von Mont St.-Michel aufragt, ein gewaltiges, von Gott erschaffenes Ding aus dunklem und düsterem Granit, nichts als schmale gotische Bögen und scharf umrissene, himmelstrebende Senkrechten.

Der Nebel wirbelte, verlagerte sich dann, und die Gestalt wurde erkennbar als ein hagerer älterer Mann mit einer Pelzkappe und einem schweren, gutgeschnittenen Mantel, der auf dem Sand kniete und sich über eine Muschel beugte, die er in seiner linken, in einem Lederhandschuh steckenden Hand hielt. Aber obwohl sein Kopf entsprechend geneigt war, schaute der alte Mann doch nicht die Muschel an.

Er starrte mit leerem Blick vor sich hin, in Gedanken weit fort. Seine rechte Hand hatte er tief in die Tasche des Mantels vergraben. Viele Minuten lang verharrte er so, bewegungslos, gedankenverloren, und dann spannte er sich plötzlich an. Sein Kopf schnellte hoch, neigte sich dann zur Seite, um besser hören zu können. Die breite, aristokratische Stirn war von fragenden Falten zerfurcht, die dichten weißen Augenbrauen hochgezogen. Eine schreckliche weiße Narbe, die an seinem linken Mundwinkel begann und unter einer schwarzen Augenklappe aus Satin verschwand, schien sich zusammenzuziehen, so daß sein schmaler Mund verzerrt wurde. Sein rechtes Auge, grau und klar, verriet äußerste Ungläubigkeit.

Der alte Mann, der nie Selbstgespräche führte, führte jetzt Selbstgespräche.

»Die Flut?« flüsterte er, und wieder: »Die Flut!«

Er ließ die Muschel fallen und rappelte sich schwerfällig auf. Er beugte sich noch einmal herab, um mit einer Hand nach der geflochtenen Strohmatte zu tasten, auf der er gekniet hatte, um die Knie seiner dunkelgrauen Hose zu schützen, aber dann warf er auch sie fort, drehte sich um und machte sich verbissen auf den Weg zum mehr als einen Kilometer entfernten Felsen, der durch den Nebel nur undeutlich zu sehen war. Der Mann bewegte sich schnell, aber stockend, da sein verkrüppeltes Bein ihn immer wieder aus dem Gleichgewicht brachte, während er mit seiner linken Hand energisch herumruderte und seine rechte unbeweglich in der Tasche hielt.

Die Flut! Wie konnte er sich zeitlich nur so vollkommen verschätzt haben? Es schien kaum möglich zu sein, aber das Geräusch war eindeutig, genau wie die Bö kalter, salziger Luft, die vor ihr landeinwärts wehte. »Mit Donnerschall«, ging das alte bretonische Kinderlied, »und schnell wie ein galoppierendes Pferd kommt die Flut zum Mont St.-Michel.«

Er brauchte nicht die Hilfe einer Metapher, um sein Dilemma zu verstehen. Die Geschwindigkeit der hereinkommenden Flut war nicht ganz die eines galoppierenden Pferdes, aber sie war schnell genug – eine schimmernde Wasserfläche, die sich mit fast fünfundzwanzig Kilometern pro Stunde in die Bucht wälzte, sich dabei ständig veränderte und weiter ausdehnte. Es war keine tosende Flutwelle des Todes, das wußte er; vielmehr eine sickernde, verhaltene Flut, die im einen Augenblick noch unsichtbar, im nächsten um die Knöchel schwappte, und einen Moment später schon um die Hüften . . .

Der Wind hatte einen eisigen Schauer aus Schneeregen mitgebracht, und der Wollmantel des Mannes war bereits naß, die Ränder seiner Ohren brannten. Der dünne Nebel riß vor dem Wind auf, hüllte die Turmspitzen und Türme des Felsens in unwirkliche silberne Fäden, die durch die fahle untergehende Sonne rosa gefärbt wurden. Auf den Zinnen des Nordturmes konnte er ein paar Leute erkennen, Touristen, die ihm zuwinkten, er solle sich beeilen; und sie riefen auch irgend etwas, so glaubte er. Diese Einfaltspinsel. Konnten sie denn nicht sehen, daß er schon so schnell ging, wie er konnte? Daß er ein alter Mann war, und noch dazu mit einem lahmen Bein? Wieso kamen sie nicht runter und halfen ihm, statt sinnlos herumzuhampeln?

Noch als er sich dies fragte, wußte er, daß es eine dumme Frage war. Obwohl der Tour du nord sich am Fuß der Mauern befand, die die Gebäude der Abtei umgaben, klebte er doch hoch oben auf dem Fels, mehr als fünfzig Meter über dem Watt, und der Weg hinunter war steinig und uneben. Sie konnten ihn unmöglich rechtzeitig erreichen. Und warum sollten sie auch ihr Leben auf den trügerischen Sandbänken aufs Spiel setzen, um ihm zu helfen?

Er wagte nicht darüber nachzudenken, ob er schneller als das Wasser sein konnte, sondern humpelte weiter, während seine in warmen Stiefeln steckenden Füße sich über den Sand schleppten. Hinter ihm war das Wasser immer noch nicht zu sehen; da war nur das Tosen. Dies und die Böen feuchter Luft. Seine Brust hob und senkte sich, und darunter bohrten sich heiße Nadeln in seine vernarbten Lungen. Die alten Wunden in seinem Bein und seinem Fuß brannten. Dennoch, er kam dem Felsen näher. Er war jetzt nah genug, um hin und wieder einen Ruf zu hören. Vielleicht bestand ja doch noch eine Chance . . .

Abrupt blieb er stehen. Vor ihm war Wasser. Blinzelnd starrte er den seichten, mauvefarbenen Bach an, der zwanzig oder dreißig Schritte vor ihm von links nach rechts seinen Weg kreuzte. Er verstand nur zu gut, was das war und was es bedeutete. Die Flut kam nicht in einer geschlossenen Front, sondern bildete eine Vielzahl Rinnsale und Bäche – wie wunderschön sie von oben auf dem Berg aussehen mußten – in weit ausholenden, beinahe kreisförmigen Bögen, die zuerst große Flächen von gelbem Sand einschlossen, sich dann immer mehr um sie zusammenzogen und sie schließlich verschlangen.

Noch während er hinschaute, verwandelte sich der lange Wasserfinger vor ihm in einen Arm des Meeres, wurde breiter und tiefer. Er drehte sich um, rechnete damit, die Flut schon dicht hinter sich zu sehen, doch abgesehen von ein paar vorsichtigen Fühlern war das Meer immer noch weit entfernt, vielleicht hundert Meter. Bei Gott, er hatte noch eine Chance!

Er stürzte sich in das knöcheltiefe Wasser, wußte, daß er dabei das Risiko einging, in eine Unterwasserströmung oder auf Treibsand zu geraten, wußte aber auch, daß er keine andere Wahl hatte. Seine wadenhohen Stiefel hielten die Feuchtigkeit und die Kälte von seinen Füßen fern, aber gleichzeitig schienen sie ihn auch herunterzuziehen, als wären sie mit Blei statt mit Wolle gefüttert, und jeder Schritt war eine ungeheure Anstrengung, die seine hageren Wangen aufblähen ließ. Die gefurchte Narbe zerrte inzwischen an seiner satinbedeckten leeren Augenhöhle, so daß sich sein ganzes Gesicht schief anfühlte.

»Vite!« brüllten sie vom Nordturm. »Vite!« Ja, glaubten sie denn, er ließe sich Zeit?

Voller Bestürzung beobachtete der alte Mann, wie der Wasserarm, durch den er sich hindurchquälte, jetzt anschwoll und eigene Finger ausstreckte. Es reichte ihm jetzt fast bis an die Waden, und der vorderste Rand des Wassers entfernte sich immer weiter von ihm, während er sich darauf zu schleppte. Sein Herz hämmerte bei jedem einzelnen torkelnden Schritt durch den saugenden Sand, und ihm war gleichzeitig heiß und kalt vor Angst. Eiskaltes Wasser begann in seine Stiefel zu schwappen, was ihn nur noch mehr herunterzog und seine Glieder krampfartig zittern ließ.

Die Stiefel, dachte er. Wenn er sie ausziehen könnte . . .

Aber er wußte, daß er es sich nicht leisten konnte, im ständig steigenden Wasser stehenzubleiben, und er wußte, daß er auch gar nicht die Kraft dazu hatte; nicht mit nur einer gesunden Hand. In wachsender Verzweiflung riß er statt dessen seine Pelzkappe herunter und warf sie fort. Der eisige Schneeregen, der daraufhin auf seinen Nacken einpeitschte, ließ ihn laut aufschreien und so krampfartig zittern, daß er kaum noch etwas sehen konnte. Das Wasser quatschte in seinen Stiefeln, und sein Atem brannte wie Feuer in der Kehle, doch er schaffte noch drei blinde Schritte, bevor er schließlich in den Treibsand stolperte.

Der berüchtigte Sable mouvant der Bucht von Mont St.-Michel ist kein Treibsand, genaugenommen, keine rutschige, sich bewegende Masse aus feinkörnigem Sand und nach oben aufsteigendem Wasser; es ist ein Phänomen, das einzigartig für dieses riesige Watt ist: tiefe, mit Wasser gefüllte Taschen, von einer Schicht Sand bedeckt, der irgendwie darauf treibt. Von den Zinnen des Nordturmes waren sie nicht zu sehen, und für die kleine, erregte Zuschauermenge, die sich dort versammelt hatte, schien es, als würden die Beine des taumelnden Mannes dort unten auf der sich verdunkelnden Ebene plötzlich verschwinden. Eine Frau schrie auf und preßte ihre Hand auf den Mund. Die anderen schauten gebannt und bestürzt schweigend zu. Unten kämpfte die winzige Figur verzweifelt, schlug wie wild mit einem Arm auf das immer noch seichte Wasser ein und versank dadurch nur noch schneller.

Bis zum letzten Augenblick, als sich das Wasser ruhig über seinem Kopf schloß, zappelte er so verzweifelt, daß es aussah, als müßte er wieder hochkommen, doch die Wasseroberfläche blieb völlig glatt, abgesehen von einem harmlosen Kräuseln, das die Stelle markierte, an der er sich gerade noch befunden hatte. Und innerhalb weniger Sekunden war es, als wäre er überhaupt niemals dort draußen gewesen.

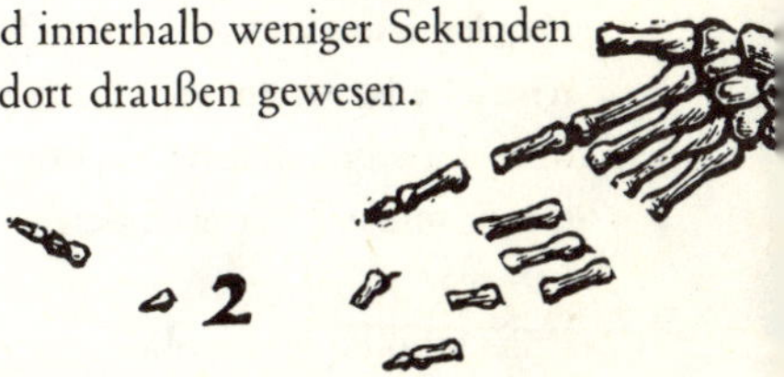

2

Lucien Anatole Joly, Inspecteur principal der Kriminalpolizei für das Gebiet der Côtes-du-Nord, tippte mit seinen langen schlanken Fingern lautlos auf den linierten Block, der auf dem flachen Schreibarm seines Stuhles lag, in der Mitte der zweiten Reihe. Er gehörte nicht zu der Sorte, die sich in der letzten Reihe eines Raumes herumdrückten, wenn er zu einem Vortrag ging; er kam, um zuzuhören und zu lernen.

Doch bislang hatte der VIII. Jahreskongreß für Wissenschaft und Kriminalistik, der zum ersten Mal in St. Malo stattfand, sein Versprechen, nützliche Informationen für die tägliche Polizeiarbeit zu liefern, nicht gehalten. Nach einem ganzen Morgen trug der linierte Block lediglich eine Viertelseite von Inspektor Jolys ordentlicher, symmetrischer Handschrift. Und Joly langweilte sich fürchterlich.

Inspektor Joly war schnell gelangweilt und nicht geneigt, das großmütig hinzunehmen. Es gab viele Dinge, die er nicht großmütig hinnahm. Seine Untergebenen nannten ihn »Monsieur Giscard«; wie Sergeant Denis ihm eines Tages anvertraut hatte, wegen einer gewissen Ähnlichkeit mit dem früheren französischen Staatspräsidenten – beide waren sie groß, beide kahl und schmalgesichtig, beide dünn. Das hatte Denis gesagt. Doch Joly wußte es besser. Er wußte sehr gut, daß er dem alten Konservativen auch nicht im geringsten ähnelte, den er übrigens tatsächlich sehr bewunderte. Nein, den Spitznamen hatte er wegen einer gewissen würdevollen Steifheit, die beiden gemeinsam war, einer Unbeholfenheit und Ungeduld bei allzu trivialen Dingen und manchmal im gesellschaftlichen Umgang, was nach außen oft den Eindruck von Arroganz erweckte. Nun, das sollte ihm recht sein. Und es war gar kein so schlechter Ruf für einen Polizisten.

Die Morgensitzung war ein Dia-Vortrag eines mürrischen finnischen Entomologen gewesen, der in einer solch bizarren Mischung aus Französisch und Englisch vor sich hin nuschelte, daß er seinen Vortrag genausogut gleich ganz auf finnisch hätte halten können. Ein Teil des Problems war zweifellos das Thema: ›Sarcosaprophage Insekten als forensische Kriterien‹ – in jeder Sprache alles andere als einladend. Doch trotz der Sprachbarriere wußte Joly jetzt darüber, was Schmeißfliegenlarven mit sich zersetzenden Leichen machten, erheblich mehr als ihm lieb war.

Er erhoffte sich – ohne viel Zuversicht – ein bißchen mehr von dem Thema des Nachmittags: ›Forensische Anthropologie‹. Wenigstens wußte er, was das bedeutete. Tja, vielleicht nicht genau, aber er konnte es immerhin aussprechen, und das war schon mal ein Fortschritt. Er lehnte sich auf seinem Stuhl zurück, sein Mittagessen, bestehend aus Pilzomelette und Kaffee, angenehm im Bauch, und musterte den Redner, der gerade ein paar Karteikarten auf dem Podiumstisch sortierte, während der Vorsitzende der Konferenz mit monotoner Stimme irgendwelche Bemerkungen losließ. Joly warf wieder einen kurzen Blick in das Programmheft: *Dr. Gideon P. Oliver, Professor der Anthropologie, University of Washington, Port Angeles. Dr. Oliver hat einen ausgezeichneten Ruf auf den Gebieten der biologischen Anthropologie und der menschlichen Evolution und ist Verfasser der hervorragenden Arbeit »A Structuro-Functional Approach to Pleistocene Hominid Phylogeny«, die inzwiscben in der dritten Auflage vorliegt. Fast genauso bekannt ist er in der internationalen Polizistengemeinschaft als der »Knochen-Detektiv«, dies aufgrund seiner bemerkenswerten Leistungen auf dem Gebiet der forensischen Analyse menschlicher Skelettfunde.*

Tja, der entsprach nun überhaupt nicht dem, was Joly sich unter einem Wissenschaftler und Knochen-Detektiv vorstellte. Gideon Oliver war kein hagerer und vertrockneter alter Kauz, durchdrungen von der feuchten Aura eines Leichenschauhauses – oder passender, des flachen Grabes auf freiem Feld. (Professor Wuorinen mit seinen Schmeißfliegen hätte perfekt gepaßt.) Er war, überraschenderweise, ein großer, breitschultriger Mann mit einer eingeschlagenen Nase und einem angenehmen Lächeln, der eher wie ein gutmütiger Berufsboxer als ein Professor aussah. Er war Joly schon im Durcheinander der Anmeldung aufgefallen, als er sich mit dem ihm scheint's gut bekannten und ebenso kräftig gebauten FBI-Mann aus Hawaii unterhalten hatte – der im übrigen auch nicht ganz dem Bild entsprach, das der Inspektor sich von einem Special Agent des FBI machte. Ach ja, die Welt veränderte sich.

». . . und bin überzeugt, daß wir alle den faszinierenden Vortrag des heutigen Morgens genossen haben und großen Nutzen daraus ziehen können.« Der Leiter der Konferenz, Pierre Chagny, Stellvertretender Direktor der Kriminalpolizeidirektion der Police Nationale, verstummte mit einem Lächeln auf seinem rundlichen Gesicht, und sein gemimtes Händeklatschen zog lahmen Beifall für Professor Wuorinen nach sich, der sich dafür von seinem Platz im hinteren Teil des Raumes mit einem finsteren Stirnrunzeln und einem kurzen Nicken bedankte.

»Und jetzt ist es mir eine große Freude, Ihnen einen Redner vorstellen zu dürfen, der vielen von Ihnen bereits als Amerikas Knochendetektiv bekannt ist . . .«

Gideon zuckte zusammen. Offensichtlich wurde er diese Knochendetektiv-Geschichte, die ihm vor Jahren von einem besonders phantasievollen Gerichtsreporter angehängt worden war, nicht mehr los, und tatsächlich hatte er bereits begonnen, sich damit abzufinden. Aber »Amerikas Knochendetektiv«? Das war eine weitere Sprosse die Leiter der Absurdität hinauf. Er hoffte nur, seine akademischen Kollegen würden nie davon hören, was allerdings recht unwahrscheinlich war. Sie waren von bösartiger Tüchtigkeit darin, gerade solche Leckerbissen aufzustöbern, und es würde nicht lange dauern, bis er auf irgendeiner Ausschußsitzung eine sorgfältig beschriftete Tischkarte mit der Aufschrift ›Dr. G. P. Oliver, Amerikas Knochendetektiv‹ vorfinden würde. Das oder Dümmeres.

Er seufzte, legte die Karten mit seinen Notizen aus der Hand und schaute sich im Raum um. Neunzig Personen, die auf stapelbaren Plastikstühlen saßen und ihn mit dem schläfrigen, wenig erwartungsvollen Blick eines Publikums anschauten, das gerade vom Mittagessen kommt und fest davon überzeugt ist, daß ihm ein langer und knochentrockener Vortrag bevorsteht. Da Frankreich in diesem Jahr das Gastgeberland war, waren die meisten Anwesenden Franzosen, doch jeder sollte Englisch, die offizielle Sprache der Organisation, beherrschen. Gideon hatte allerdings so seine Zweifel (ganz sicher waren Professor Wuorinens

Kenntnisse arg begrenzt), und er hatte kurz daran gedacht, seinen Vortrag auf französisch zu halten, doch dann hatte ihn der Mut verlassen. Sie würden sich neben gedruckten Übersetzungen seiner Grafiken und Tabellen mit Englisch zufriedengeben müssen.

Abseits in der zweiten Reihe war John Lau auf seinem Stuhl in sich zusammengesunken, ein Bein auf den freien Platz vor sich hochgelegt und schon zu zwei Dritteln eingenickt. Sie waren alte Freunde und zusammen nach St. Malo gekommen, John, um Vorträge zu besuchen, und Gideon, um welche zu halten. Wenn das alles an Enthusiasmus war, was er von seinem einzigen Freund hier erwarten konnte, dachte Gideon, dann steckte er ganz schön in Schwierigkeiten.

». . . habe die Ehre, Sie für den ersten seiner insgesamt vier Vorträge über forensische Anthropologie den äußerst kompetenten Händen des berühmten Dr. Oliver anzuvertrauen. Ich bin überzeugt, Sie werden fasziniert sein. Dr. Oliver!«

Gideon erhob sich unter offensichtlich skeptischem Applaus, schüttelte Monsieur Chagny die Hand und wartete, bis es wieder ruhig im Raum wurde.

»Ich hoffe, Sie während der nächsten paar Tage«, begann er, »damit vertraut machen zu können, *was* Knochen uns sagen können und *wie* sie es uns sagen. Ich fürchte, wir werden mit Material aus der medizinischen Ausbildung arbeiten müssen; unglücklicherweise hat es in der Bretagne seit geraumer Zeit keine Mordfälle mehr gegeben, bei denen Skelette eine Rolle spielten. Oder vielleicht glücklicherweise, je nachdem, von welcher Seite aus man es betrachtet . . .«

Ohne den ernsten dunkelhäutigen Diener anzusehen, der das Tablett mit Aperitifs herumreichte, winkte Mathilde du Rocher ihn mit einer ungeduldigen, schnellen Wischbewegung ihrer beringten und tadellos manikürten Hand fort.

»Ich, zum Beispiel«, hatte sie gesagt und sagte es jetzt für ihren liebenswürdig lächelnden Mann noch einmal, »ich, zum Beispiel, halte die ganze Sache für unerträglich anmaßend von Guillaume, und für unentschuldbar noch dazu. Wir warten hier jetzt seit fast einer Stunde. *Eine Stunde!«* Sie preßte ihre dünnen Lippen vielsagend zusammen. »Und der sammelt Muscheln!«

»Nun«, sagte René du Rocher, während er einen Champagner-Cocktail nahm, »ich bin sicher, dafür gibt es gute Gründe.«

Mathilde würdigte diese klägliche Entgegnung keines Kommentars. Sie funkelte nur Renés erst seit kurzem behaarte Oberlippe mit einem Blick an, der soviel sagte wie: Dein Schnurrbart ist absolut lächerlich. René lächelte freundlich und nippte an seinem Cocktail.

Mathilde wandte sich an ihren Sohn: »Das ist schon dein zweiter Martini. Wo hast du überhaupt gelernt, Martinis zu trinken?«

Auch dieser Einwurf wurde übergangen. Jules du Rochers fleischiger Arm riß das langstielige Glas von dem Tablett direkt zu seinen Lippen, die er sich laut leckte, nachdem er den Drink zur Hälfte geleert hatte.

»Was *die* hier zu suchen haben, das wüßte ich wirklich gerne mal«, brummte er, während er quer durch den Raum zu einem weiteren Trio hinüberschaute, das steif in seinen Ohrensesseln saß, so weit entfernt und distanziert, als wären sie durch eine Mauer von den anderen getrennt.

»Ich versichere euch, wenn ich vorher gewußt hätte, daß die wirklich hier sein würden, wären wir jetzt noch in Frankfurt«, sagte Mathilde, während sie mit grimmiger Miene beobachtete, wie ihr Sohn sein Glas mit einem zweiten Schluck leerte und dann mit kurzem, dickem Daumen und Zeigefinger die mit Anchovis gefüllte Olive vom Boden des Glases zu klauben versuchte.

»Das tut man nicht, Jules«, sagte sie angewidert.

»Und wieso tun sie dann keinen Zahnstocher rein?« war seine nicht ganz dumme Frage. Er kapitulierte jedoch, setzte das Glas an seine Lippen, kippte es und half der Olive nach mit einem kleinen Finger, der ihr erheblich tiefer in den Mund folgte, als Mathilde unbedingt für nötig hielt.

Das, sagte Mathildes Blick, ist einfach widerwärtig. Unbekümmert konzentrierte sich Jules darauf, die Anchovis mit seiner Zunge zu befreien und anschließend mit tiefer Befriedigung zu mampfen; zuerst die Anchovis, dann die Olive.

»Nun, Mathilde«, meinte René beschwichtigend, »wenn Guillaume die Fougerays eingeladen hat, wird er dafür schon einen sehr guten Grund haben. Und du weißt auch, daß er nicht absichtlich zu spät kommt. Wahrscheinlich wird er nur die Zeit vergessen haben; du weißt, wie zerstreut der alte Knabe in letzter Zeit geworden ist.«

Du, sagte der vielsagende Blick seiner Frau, solltest besser deinen Mund halten, was Zerstreutheit betrifft.

René reagierte nicht etwa gekränkt; er reagierte überhaupt nicht. »Also, warum sich unnötig aufregen?« fuhr er fort. »Es hat keinen Sinn, oder?«

Tatsächlich nicht. Guillaume du Rocher, der Patriarch, berief diese »Familienräte« – förmliche Treffen des schwindenden und weit auseinander lebenden du-Rocher-Clans – ein, wann immer es ihm gefiel, und er führte sie durch, wie es ihm beliebte. Wenn sein Wesen zunehmend überheblich und exzentrisch wurde, nun, das mußte tolerant ertragen werden. Welche andere Wahl blieb denn auch?

»Am besten sind wir einfach dankbar dafür, daß diese Treffen so selten stattfinden«, schloß René mit einem strahlenden Lächeln, da seine Logik bestechend und unwiderlegbar war.

René du Rocher war ein sanfter, friedlicher, leicht geckenhaft wirkender Mann von zweiundsechzig Jahren, ein Jahr jünger als seine Frau – mit glänzenden, sich lichtenden und an den Kopf geklatschten Haaren, einem puttenhaften blaßrosafarbenen Teint und kleinen, zarten Händen, die er häufig mit einem trockenen, raschelnden Geräusch rieb. Er war gepflegt wie immer, benutzte großzügig Eau de Cologne und war stolz auf die Männlichkeit seines drei Wochen alten Schnurrbartes.

Alles in allem sah er wie ein freundlicher und selbstzufriedener Bankdirektor aus, was er auch war. Oder zumindest fast; Monsieur du Rocher war der für Firmenkredite zuständige Leiter der internationalen Abteilung des Crédit Lyonnais in Frankfurt, wohin er nach drei Jahrzehnten einer durchschnittlichen Karriere in Paris, Genf und London vor drei Jahren mit seiner Familie gezogen war. Fortschreitendes Alter hatte sein von Natur aus liebenswürdiges Naturell und, weniger vorteilhaft, seine Neigung zu einer leichten Geistesabwesenheit gesteigert. Auf Drängen seiner Vorgesetzten dachte er nun über seine Pensionierung nach.

»Dieses Zimmer hat mir schon immer gefallen«, sagte er leise. »Wußtest du, daß Henri IV. hier einmal bewirtet worden ist? Das war 1595. Da war das Anwesen bereits hundert Jahre alt.«

»Ach, sei still«, sagte Mathilde abwesend, während sie sich einen unsichtbaren Fussel von der dunklen, breiten, wollenen Fläche ihres Busens zupfte.

Jules hatte die Olive inzwischen vernichtet. Seine Augen wanderten zu dem Tablett mit Hors d'œuvres auf dem Couchtisch hinüber. »Der Punkt ist«, sagte er nörglerisch zu seinem Vater, »daß Cousin Guillaume die Fougerays schon seit *Jahrzehnten* nicht mehr zu einem Familienrat eingeladen hat, oder ist dir das nicht aufgefallen?« Seiner Mutter nacheifernd, hatte er diesen pikierten, mißbilligenden Tonfall seinem Vater gegenüber mit vierzehn Jahren angenommen, hatte dies befriedigend gefunden und ihn in den darauf folgenden sechzehn Jahren nicht mehr abgelegt. »Und das mit gutem Grund. Sieh dir den Mann doch nur mal an. Der Inbegriff des Proleten. Abgesehen von einer gewissen abstoßenden Faszination ist es einfach peinlich, mit ihm in ein und demselben Zimmer sitzen zu müssen. Ist er *wirklich* mit uns verwandt?«

»Du hältst auch deinen Mund«, brummte Mathilde, die jetzt ein Fädchen von ihrem üppigen Rock wischte. »Was bist du doch für ein Schnösel, Jules.«

Falls ihr Sohn wegen dieser Widersprüchlichkeit gekränkt sein sollte, ließ er es sich zumindest nicht anmerken. Statt dessen konzentrierte er sich darauf, ein dreieckiges Stück gebutterten Toast mit soviel Beluga-Kaviar wie nur möglich zu beladen und dieses dann langsam und vorsichtig zu seinem Mund zu befördern. So vorsichtig er auch war, ein paar ölige, glänzende Perlen fielen dennoch auf seinen Schoß. Mathilde senkte ihren Blick und schaute in eine andere Richtung.

Auf der anderen Seite des Zimmers lächelte Claude Fougeray mit steinerner Miene seine Frau und Tochter an, was nicht einfach war für einen Mann, der aufgrund einer Schilddrüsenüberfunktion mit einem glotzäugigen Blick permanenter, empörter Überraschung geschlagen war. »Laß sie nur arrogant auf uns herabblicken, diese verdammten du Rochers«, sagte er. Das dünnlippige Lächeln verkam zu einem spöttischen Grinsen. »Sieh sie dir nur an. Ich könnte sie alle zusammen kaufen, wenn ich wollte. Ich habe . . .«

Leona Fougeray, winzig, lebhaft, rabenschwarze Haare trotz ihrer dreiundfünfzig Jahre, fiel ihrem Mann ins Wort. »Ach, ja? Das würde ich gerne sehen, wie du Guillaume du Rocher kaufst.« Ihre lebhaften Lippen verzogen sich nach unten. »Und außerdem trinkst du zuviel. Wie üblich.«

»Verdammt auch«, flüsterte Claude rauh, den Kopf gesenkt wie ein wütender Stier, so daß sein Hals, dick und gedrungen, fast ganz verschwand. »Ich habe nichts von Guillaume gesagt, oder? Ich sage, jeder in diesem Zimmer. Siehst du Guillaume hier irgendwo in diesem Zimmer?«

Leona, der eine bissige Antwort schon auf den Lippen lag, überlegte es sich anders und gab sich damit zufrieden, ihn mit ihren stechenden, pechschwarzen italienischen Augen vorwurfsvoll anzufunkeln. Claude bekam es nicht mit, finster starrte er den alten Aubusson-Teppich an, in seinen Schläfen pochten träge die Arterien.

»Ich gehe nicht«, sagte er plötzlich. »Die können mich mal am Arsch lecken. Was bilden die sich überhaupt ein, wer sie sind? Die leben doch noch nicht mal in der Bretagne. Die leben ja nicht mal in *Frankreich.*« Er nahm einen wütenden Schluck von seinem dritten Pernod. »Und wieso glotzt *du* eigentlich so deprimiert aus der Wäsche?«

Die Frage war an seine Tochter gerichtet, die schweigend dasaß und ihr bislang unangetastetes Glas Blanc-Cassis anstarrte. Notgedrungen hatte sie sich schon vor langer Zeit dran gewöhnt, von ihren entfernten Verwandten vor den Kopf gestoßen zu werden, aber sie hatte es noch nie so unangenehm empfunden.

»Ich habe dir eine Frage gestellt, mein Kind.«

Sie schreckte hoch und schaute auf. »Vater«, flüsterte sie, »niemand spricht mit uns. Niemand möchte, daß wir hier sind. Bitte, können wir nicht gehen?«

Ihre Lippen bebten leicht, betonten die winzigen verfrühten Fältchen, die sich in letzter Zeit um ihren Mund herum gebildet hatten. Noch keine dreißig und nie schön gewesen, mit dünnen blonden Haaren, hatte sie bereits ein so welkes, verblühtes Aussehen, wie es ihre vogelähnliche Mutter mit achtzig noch nicht haben würde. Nur ihre klaren graugrünen Augen glänzten freundlich, aber ihr Blick war, wie auch jetzt, meist gesenkt.

»Warum sollten wir gehen?« Die Stimme ihres Vaters war schroff. »Sind wir nicht eingeladen worden?« Er leerte seinen Pernod und gab dem ernsten Diener mit einem Zischen zu verstehen, daß er einen neuen haben wollte. Als er ihn hatte, nahm er einen tiefen Schluck, dann nickte er mit einem selbstzufriedenen Lächeln. »Ich weiß da ein paar Sachen, die sie nicht wissen. O ja, die werden sich noch wundern, noch ganz schön wundern . . .«

»*Was* weißt du?« fragte Leona ungeduldig mit einem stärker werdenden italienischen Akzent, warf ihren Kopf zurück, während ihre Augen noch dramatischer funkelten. »Du lebst in einer Traumwelt. Claire hat recht. Die werden uns doch wie die letzten Idioten dastehen lassen.«

Eine zweite Unterbrechung war mehr, als Claude Fougeray tolerieren konnte. Seine Hände ballten sich zu Fäusten, seine Augen traten ihm noch ein Stückchen mehr aus dem Kopf. »Halt deinen Mund, du italienische Schlampe!« sagte er mit einer Stimme, die klar und deutlich durch den ganzen Raum zu hören war.

Die Äußerung tat ihre Wirkung, rasch und farbenfroh. Leuchtend rote Kreise tauchten auf Madame Fougerays Wangen auf, so rund und rot wie zwei Radieschen. Ihr Mund, geschlossen, während sie noch nach Worten suchte, sprang mit einem deutlich hörbaren Japsen auf. Sie erhob sich abrupt.

»Der Herr und Meister spricht«, zischte sie. »Der Herr und Meister aller Würstchen!«

Sie drehte sich um, wobei die weite Kaftan-Hose ihres rotschwarzen Kostüms von Paco Rabanne dramatisch um sie herumwirbelte, und stolzierte hinaus, ihre lodernden Augen stur geradeaus gerichtet. Ein paar Augenblicke später war das energische Klackern ihrer Absätze die Steintreppe hinauf zu den Schlafzimmern zu hören.

Auf der anderen Seite des Raumes hatte Jules du Rocher diese Familienstreiterei mit amüsierten Schweinsaugen beobachtet.

»Habt ihr das gehört?« fragte er durch einen Mund voll Gänseleberpastete und Brot. »Wartet nur, bis sie ihn allein in die Finger kriegt. Die wird ihn mit Haut und Haaren fressen.« Er kicherte leise über seine witzige Bemerkung und warf seiner Mutter einen kurzen Seitenblick zu, die eifrig damit beschäftigt war, ihre Ringe neu zu arrangieren.

Jules' Worte waren, da sie in einem Augenblick absoluter Stille ausgesprochen wurden, weiter zu hören, als er beabsichtigt hatte. Claude Fougeray sprang aus seinem Sessel, schob die zögernd ausgestreckte, zurückhaltende Hand seiner Tochter zur Seite und marschierte schnell zu den du Rochers hinüber.

»Sag das noch mal«, sagte er gepreßt und starrte mit geballten Fäusten auf Jules herab.

Äußerlich hatten sie eine gewisse Ähnlichkeit, beide klein mit kurzen, stämmigen Beinen und Armen, Rümpfe wie Wasserbälle, aber Claude, fünfunddreißig Jahre älter als sein entfernter Cousin, war straff und kompakt, während Jules, weich und schlaff, zu zerfließen schien.

»Entschuldige dich«, sagte Claude.

Jules hustete und blinzelte. Ungleichmäßige rote Flecken tauchten auf seinen Wangen auf.

»Ich entschuldige mich.«

»Lauter.«

Jules' Augen zuckten zu den anderen: zu seinen Eltern, zu Claire Fougeray, die zutiefst unglücklich aussah, zu dem ernsten dunkelhäutigen Diener, der vor der Wand stand und teilnahmslos alles beobachtete, zu einer anderen Dreiergruppe, die auf geschnitzten Holzstühlen auf der anderen Seite des Louis-XIV-Billardtisches saßen und schweigend zuschauten.

»Ich entschuldige mich«, wiederholte er, den Blick dabei auf Claudes Gürtelschnalle gerichtet.

»Lauter«, sagte Claude wieder.

»Also wirklich!« sagte Mathilde und zog an ihrer Perlenhalskette.

René du Rocher, ein schwächliches Echo seiner Frau, reagierte auf ihre Handbewegung mit einem Zupfen an seinem kleinen Schnurrbart. »Wirklich . . . wirklich, mein guter Mann, das ist wirklich . . .«

»Mit dir redet keiner«, sagte Claude scharf.

»Nun . . . nun, ich wollte doch nur . . .«

»Ermuntere ihn nicht noch«, flüsterte Mathilde auf deutsch mit unbeweglicher Miene. »Ignoriere ihn einfach. Er weiß es nicht besser, dieser . . .«

»Sprecht gefälligst Französisch!« brüllte Claude so unerwartet, daß alle drei zusammenzuckten. »Ihr seid hier in Frankreich. Kommt mir nicht mit dieser verdammten Boche-Sprache! *Ik-bikblik-bluk*!«

»Was zum Teufel bildest du dir eigentlich ein, so mit jemandem reden zu können, du dreckiger Kollaborateur?« Der Sprecher war eine der drei Personen auf der anderen Seite des Tisches, eine vierschrötige, grobknochige Frau von fünfzig Jahren in einem praktischen Tweed-Kostüm. Bis zu diesem Augenblick hatte sie alles ruhig beobachtet, dann war sie aufgesprungen und brüllte, wobei ihre rauchige Stimme bebte.

Claude drehte sich zu ihr um. »Das sagst du nicht noch mal zu mir!«

Die Frau war den Tränen nahe, doch ihre Stimme blieb ruhig. »Ich habe es gerade gesagt.« Sie reckte ein zitterndes Kinn. »Willst du es noch mal hören? Du dreckiger Kollaborateur!«

»Und . . . und was weißt du schon davon, Sophie?« brüllte Claude zurück. »Du warst damals noch ein Baby. Du weißt gar nichts. Wieso fährst du nicht wieder nach Amerika, wo du hingehörst und wo alles so wunderbar ist? Du und dein . . . dein Cowboy-Mann.«

Er verlor seinen Schwung. Jules, der starr dagesessen hatte, sackte unauffällig zusammen, zerfloß in den Ritzen seines weichen Sessels wie schmelzende Butter, so als glaubte er, völlig aus Claudes Aufmerksamkeit verschwinden zu können.

Claude starrte drohend in den Raum, wie um einen Angriff abzuwehren, und richtete einen kurzen, dicken Finger auf die Frau. »Weißt du überhaupt, wieviel schlimmer es hier gewesen wäre, wenn ich mich nicht mit den Boches arrangiert hätte? Sicher, die Helden sind in den Bergen rumgerannt und haben Maquis-Lieder gesungen, aber ich war derjenige, der den Nazis in den Arsch gekrochen ist und Leben gerettet hat. Wenn ich nicht gewesen wäre . . .«

»Wenn du nicht gewesen wärst«, sagte die Frau, »wäre Alain noch am Leben.«

Eine knisternde Spannung legte sich über den Raum. Mathilde zuckte heftig zusammen und schnappte nach Luft.

Claude starrte Sophie an, gelähmt vor Wut oder Bestürzung; es war unmöglich zu sagen, was es war.

Sophie begann wieder zu sprechen, schloß aber den Mund, als sich ihre Augen mit Tränen trübten. »Ach, zum Teufel damit«, sagte sie auf englisch, drehte sich dann um und verließ das Zimmer.

Ihre zwei Begleiter, die immer noch saßen, sahen sich bedrückt an. Nach einem Augenblick stand der ältere Mann auf, grauhaarig und knochig wie seine Frau, und folgte ihr schnell. Der jüngere Mann blieb sitzen, peinlich berührt durch die Heftigkeit der Szene, die er nur halb verstanden hatte. Dann erhob er sich ebenfalls, und die Augen der anderen richteten sich auf ihn. Beklommen ob der ungewohnten Aufmerksamkeit, räusperte er sich leise, nickte ganz allgemein in den Raum und folgte dem anderen Mann mit zu Boden gesenktem Blick nach draußen.

Nachdem er die schwere Tür hinter sich geschlossen hatte und draußen auf dem mit Kies bestreuten Hof stand, atmete er die Luft aus, die er bis dahin angehalten hatte. Sein glattes, sommersprossiges, gutmütiges Gesicht war unbeweglich, seine hellblauen Augen starr.

In was war er da nur hineingeraten? Wieso war er nicht in seinem gemütlichen, vollgestopften Büro in der Northern California State University und bereitete sich auf sein Seminar über die Komödienschreiber der Restaurationszeit für das kommende Frühjahrssemester vor? Es war jede Menge Vorbereitung nötig, bei Gott, und wann sollte er nur die Zeit dazu finden?

Obwohl die Märzluft frisch war, tupfte er sich mit einem sauberen, gefalteten Taschentuch Schweißperlen von seiner Stirn. Gefühlsausbrüche und Unordnung paßten ebensowenig zu Raymond Alphonse Schaefer wie . . . nun, wie Anstand und Ordnung zu den frühen Komödien Congreves. Bei diesem Gedanken mußte er lächeln, fühlte sich gleich ein wenig besser. Vielleicht konnte er das in das Seminar einarbeiten. Dabei natürlich den persönlichen Bezug weglassen.

Er stand in dem klaren, grauen bretonischen Licht, die Stirn über seinen rötlichen Augenbrauen in tiefe Falten gelegt; ein vierunddreißigjähriger Mann, den seine krummen Schultern und die Ausstrahlung von staubiger, gelehrter Entrücktheit zehn Jahre älter wirken ließen, als er tatsächlich war, und der sich fragte, was er hier überhaupt zu suchen hatte unter diesen seltsamen aufbrausenden Menschen. Genaugenommen wußte er das natürlich. Im Januar, einige Tage nach dem Tod seiner Mutter, war eine von Guillaume du Rochers gebieterischen Aufforderungen eingetroffen, zu einem Familienrat zu erscheinen. Der Brief war typisch kurz und knapp gehalten. »Ich bin zu einer Entscheidung gelangt, die für die Familie von einzigartiger Wichtigkeit ist«, hatte dort so schroff wie unbestimmt gestanden. »Wir werden darüber am 16. März in Rochebonne sprechen.« Das war alles.

Ray, der Guillaume zwar schon auf Rochebonne besucht, aber noch nie an einem Familienrat teilgenommen hatte, hatte seinem älteren Verwandten geschrieben, ihn vom Tod seiner Mutter informiert und gesagt, er würde sich freuen, an ihrer Stelle teilzunehmen. Guillaume hatte daraufhin eine äußerst knappe Antwort geschickt, mit der er kurz sein Beileid ausdrückte und ihn wissen ließ, daß er kommen könne, wenn er wollte; es wäre allein seine Entscheidung. Also war er gekommen. Ziemlich unüberlegt, wie es jetzt schien.

Er faltete das Taschentuch zu einem ordentlichen Quadrat zusammen und schob es in seine Tasche zurück, schaute sich dabei nach seiner Tante Sophie um, außer seiner Mutter der einzigen du Rocher, die er schon als Kind gekannt hatte. Da sie mit ihrem Mann in Texas lebte, hatte er sie nur alle ein oder zwei Jahre mal gesehen, aber so weit er sich zurückerinnern konnte, hatte er sich schon immer auf ihre Besuche als willkommene Unterbrechungen in dem endlosen Krieg voll offenem Gezänk und versteckten Provokationen gefreut, den seine Eltern führten.

Als Kind hatte er sich immer versucht vorzustellen, wie es wohl gewesen wäre, wenn der liebenswürdige und lustige Ben Butts sein Vater gewesen wäre und die angenehm steife, unerschütterliche Sophie seine Mutter; Sophie, die sich nie provozieren ließ und sich jedem Notfall mit Gelassenheit gewachsen zeigte.

Genau das beunruhigte ihn jetzt. Er hatte noch nie erlebt, daß sie brüllte, hatte sie noch nie weinen oder fluchen oder ihre Beherrschung verlieren sehen. Und hier, innerhalb weniger Sekunden, hatte sie all dies getan.

Er überquerte den Hof zu den hohen steinernen Torpfosten und schaute in beiden Richtungen die baumbestandene Landstraße hinunter, die rechts nach Ploujean und links nach Guissand und zur Straße nach Dinan führte. Weit und breit nichts zu sehen von Ben und Sophie. Sie konnten vielleicht spazierengegangen sein, auf einem der Waldwege in der Nähe; in diesem Fall würde er sie wohl kaum finden. Oder vielleicht waren sie auch hinter dem Haus; dort hinten gab es Bänke und einen Teich mit Schwänen.

3

Dort waren sie, auf einer weiß gestrichenen schmiedeeisernen Bank am Teich. Ray umrundete eine Gruppe sauber beschnittener Büsche und näherte sich ihnen von hinten, während sie tief in eine Unterhaltung versunken waren.

»Diese Ratte!« sagte Sophie Butts gerade. »Dieser Scheißhaufen!«

(Er würde seine Einschätzung von ihr ganz sicher revidieren müssen, wenn das so weiterging.) »Diese kleine Kröte! Kannst du dir vorstellen, daß Guillaume ihn tatsächlich hierher eingeladen hat? Irgendwer sollte den Kerl erschießen! Claude, meine ich.«

»Na, na, na, Honey«, sagte ihr Mann beschwichtigend, »das meinst du doch nicht im Ernst. Weißt du, was mein Daddy immer über Rache gesagt hat?«

Sie lächelte matt. »Was?«

Hinter ihnen lächelte Ray ebenfalls. Man konnte sich immer darauf verlassen, daß Ben eine Bauernweisheit aus der Tasche zauberte, wenn irgend etwas geradegebogen werden mußte.

»Mein Daddy«, sagte Ben, wobei sein texanischer Akzent breiter wurde, wie es immer der Fall war, wenn ein weiser Spruch in der Mache war, »er hat immer gesagt, es gibt nichts, was mehr kostet und weniger einbringt als Rache.«

Raaache hatte er gesagt, und Sophie lächelte sofort ein wenig tapferer. Er griff nach ihrer Hand und drückte sie. »Das ist alles schon sehr lange her, Sophie. Zeit, es zu vergessen.«

»Alain vergessen? O Ben, wenn du ihn gekannt hättest . . . Weißt du«, sagte sie mit bebender Stimme, »ich habe Claude Fougeray über vierzig Jahre nicht gesehen, nicht seit ich zehn Jahre alt war. Aber ich würde ihn liebend gerne höchstpersönlich erschießen, heute, jetzt sofort . . .«

»Ich weiß, ich weiß.« Ben hielt ihre Hand und streichelte sie langsam.

Instinktiv wollte Ray leise wieder gehen, aber irgend etwas in ihm drängte ihn auch zu Sophie. Während er noch schwankte, schaute Ben auf und bemerkte ihn.

»Komm her, Ray.«

»Sophie?« fragte Ray zögernd. »Geht es wieder?«

»Ja, natürlich.« Sie schniefte, riß sich zusammen und klopfte mit ihrer Hand auf die Lehne eines Gartenstuhles neben der Bank. »Setz dich«, sagte sie, und ihre rauhe, angenehme Stimme war wieder etwas gefaßter.

Gehorsam setzte er sich. Seine dünnen Beine, nicht übermäßig lang, schienen sich nichtsdestoweniger dreimal umeinander zu wickeln, und sein linker Knöchel kam schließlich hinter seinem rechten Fuß zur Ruhe.

Sophie betrachtete ihn nachdenklich mit geschürzten Lippen. »Armer Junge, du mußt uns alle für verrückt halten.«

»Nein«, sagte er schnell, »überhaupt nicht.« Er lächelte zögernd. »Allenfalls ein bißchen, äh, theatralisch?«

Sie durchbohrte ihn mit einem offenen Blick. »Raymond, was weißt du eigentlich über das, was während des Krieges hier los war?«

»Hier auf dem Gut? Praktisch nichts. Ich weiß, daß Guillaume ein Held der Résistance war, aber das ist auch schon ungefähr alles. Du weißt ja selbst, wie er ist, und Mom hat auch nicht viel darüber erzählt.«

»Ja, sie war damals mit Tante Louise in Paris, aber ich denke, es ist wohl an der Zeit, daß du erfährst, was war. Meinst du nicht auch, Ben?«

»Würde ich auch sagen, Schatz. Sieht so aus, als müßten wir uns da drin für die eine oder die andere Seite entscheiden, und es kann nicht schaden, Ray auf unserer Seite zu haben. Besser, er ist im Zelt und pißt nach draußen, als er ist draußen und pißt rein, wie mein Onkel Floyd immer gesagt hat.«

Nachdem er damit seinen Beitrag geleistet hatte, lehnte er sich zurück und etwas zur Seite, gegen eine Lehne der Bank, und überließ Sophie die Bühne. Er streckte eine Hand aus, versuchte einen Schwan anzulocken, der herübergeglitten war.

»Also schön«, sagte Sophie. »Raymond, weißt du, wer Alain war?« Bei der Erwähnung des Namens zitterte sie leicht.

»Mein Onkel?« fragte Ray unsicher. »Das heißt, dein Bruder?«

»Ja, oder besser gesagt, mein Halbbruder. René und ich sind richtige Geschwister. Was bedeutet«, fügte sie aus dem Mundwinkel hinzu, »daß der unsägliche Jules mein Neffe ist. Und dein Cousin. Jedenfalls, mein Bruder Alain war ein Produkt der ersten Ehe meines Vaters; er war einiges älter als René und ich, beinahe so alt wie Guillaume.«

»Ah«, sagte Ray, der schon nicht mehr mitkam. Er schluckte und setzte sich gerader hin, zog seine Stirn kraus, um sich besser zu konzentrieren.

»Unsere Eltern wurden schon recht früh während des Krieges getötet, und unser Haus wurde zerstört. Alle drei – Alain, René und ich – kamen wir her, aufs Gut, um bei Guillaume zu wohnen. Damals waren es noch an die dreihundert Morgen, bevor das Land Stück für Stück verkauft wurde, als wäre Guillaume nicht auch so schon reich genug.

René und ich waren damals natürlich noch Kinder, aber Alain war schon erwachsen.«

Sie wühlte in ihrer Handtasche und förderte ein altes Medaillon hervor, dessen Filigranarbeit angelaufen und stumpf war. Sie ließ es aufspringen und reichte es Ray. »Mein Bruder Alain«, sagte sie einfach. Ray bemerkte in einer Aufwallung von Sympathie, daß sie hineinzuschauen vermied.

Auf der einen Seite war eine flachgepreßte, graubraune Haarsträhne, die früher vielleicht einmal kastanienbraun gewesen war. Auf der anderen Seite ein sepiafarbenes Foto aus den dreißiger Jahren, das zwei elegante, sportlich aussehende Männer um die zwanzig zeigte, die weiße Leinenhosen und Hemden trugen, die an den Kragen offenstanden und deren Ärmel lässig an den Unterarmen aufgekrempelt waren. Einer saß auf einer einfachen Holzbank und schaute zu dem anderen auf, der neben ihm stand, einen Fuß auf der Bank, und direkt in die Kamera lächelte. Beide hielten altmodische hölzerne Tennisschläger mit langen Schäften und kleinen runden Schlagflächen in den Händen.

»Er ist der, der steht«, sagte Sophie. »Er hatte einen Schnurrbart, aber den kann man kaum erkennen.«

Ray fühlte sich an alte Fotos aus Palm Springs erinnert, mit Gary Cooper oder Gilbert Roland oder Robert Taylor in sehr ähnlichen Posen, mit gleichen Schlägern und genauso gekleidet, außer daß bei ihnen vielleicht noch Tennispullover dazukamen, die sie sich um ihre Schultern gelegt hatten, die Ärmel lässig vor der Brust verknotet. Nein, bei genauerem Hinsehen stellte sich heraus, daß auch auf diesem Foto die Pullover nicht fehlten, achtlos in einem Haufen auf die Bank geworfen.

»Er sah ziemlich gut aus«, sagte Ray, nicht sicher, was von ihm erwartet wurde. »Und er sieht nett aus.«

Sophie lächelte ihn dankbar an. »Ach, ich wünschte mir, du hättest ihn gekannt. Ich wünschte«, sagte sie und sah dabei ihren Mann an, »ihr beide hättet ihn gekannt. Er war so . . . so unheimlich . . . ich fand, er war der wunderbarste Mann auf der ganzen Welt. René hat ihn auch immer bewundert. Eigentlich jeder. Und er . . . mich hielt er für eine Prinzessin, eine kleine Königin.«

»Wer ist das da neben ihm?« fragte Ray ein wenig verlegen. Das war wieder eine neue Seite von Sophie. »René?«

»René!« Sophie lachte. »Nein, René sah schon immer wie ein Dikkerchen aus, schon als kleiner Junge. Abgesehen davon, René ist nur zwei Jahre älter als ich. Er dürfte kaum älter als sieben gewesen sein, als die Aufnahme gemacht wurde. Du hast nicht richtig aufgepaßt. Nein, das ist Guillaume.«

»Guillaume?« echote Ray überrascht. In dem freudlosen, kühl gewissenhaften alten Mann, den er kannte, mit seinem einen grausigen Auge und den verkrüppelten Gliedern, war nicht mehr das geringste zu erahnen von diesem flotten, gutaussehenden jungen Mann.

»Wirklich. Guillaume war zu seiner Zeit ziemlich attraktiv und ein fabelhafter Sportler noch dazu. Er hatte schon damals Probleme mit seinen Beinen, weißt du – irgendeine Mangelkrankheit oder so was als Kind, aber auf dem Tennisplatz war davon nie etwas zu bemerken. Ich kann mich noch gut daran erinnern, wie er und Alain einmal sieben Stunden hintereinander gespielt haben ... Ach, ja.« Sie lächelte leise. »Sie sehen sich ziemlich ähnlich, nicht wahr? Das typische du-Rocher-Aussehen. Du hast es auch – die lange Nase und die mageren Beine.«

»Vielen Dank«, sagte er trocken und musterte nochmals die beiden geschmeidigen, aristokratischen Gestalten, »aber ich fürchte, dazu gehört noch etwas mehr als was ich zu bieten hab.«

»Tja, es liegt nur an deiner fürchterlichen Haltung«, sagte Sophie aus alter Gewohnheit. »Wie oft muß ich dir das noch sagen? Sieh dich doch nur an, wie du zusammengeknautscht wie ein Akkordeon auf deinem Stuhl hängst.«

»Komm schon, Sophie, laß ihn in Ruhe«, sagte Ben. »Er ist jetzt erwachsen.«

»Tja, das ist er wohl«, sagte sie, beäugte Ray aber skeptisch. Ray rutschte unbehaglich hin und her und löste seine verhakelten Beine ein wenig. Er gab ihr das Medaillon zurück. »Sie waren also eng befreundet?«

»Ungeheuer eng. Sie lebten füreinander. Aber sie waren so unterschiedlich wie nur was. Guillaume war schon damals ziemlich genau wie heute. Herrschsüchtig, unnahbar, kalt ... aber Alain – Alain war wie der Sonnenschein, wie ... Das ist einfach nur lächerlich«, sagte sie mit einiger Überraschung. »Ich werde doch tatsächlich sentimental.«

Sie ließ das Medaillon mit einem nüchternen Klicken zuschnappen und arrangierte ihren stämmigen Körper gerader auf der Bank. »Und jetzt laß mich fortfahren. Ich möchte dir erzählen, was passiert ist.« Sie verstaute das Medaillon wieder in ihrer Handtasche und zog den Reißverschluß zu, dann holte sie mit geschlossenen Augen tief Luft.

Ben hatte die ganze Zeit bewegungslos dagesessen, seine Fingerspitzen zu dem unwilligen Schwan ausgestreckt. Er ließ seine Hand langsam zu Sophies Schulter zurückkehren und drückte sie. »Honey, ich kenne die Geschichte praktisch genausogut wie du, auch wenn ich nicht dabei war. Wenn du willst, kann ich es ihm erzählen.«

Sie schüttelte ihren Kopf. »Nein, ich mach das; mir geht es bestens.« Sie atmete tief ein und öffnete ihre Augen. Sie sah nicht so aus, als ginge es ihr bestens. »Raymond, ich denke, du weißt, daß die Deutschen 1942 diesen Teil Frankreichs besetzt haben.«

»Ja. Natürlich hat mich das schon immer interessiert, und ich mag Geschichte sowieso, also habe ich so ziemlich alles gelesen, was ich über die Besetzung der Bretagne finden konnte.«

Mit offenem Mund und hochgezogenen Augenbrauen musterte sie ihn fragend. »Der zweite Weltkrieg ist für dich *Geschichte*?«

»Nun, ja. Das war zehn Jahre vor meiner Geburt.«

»*Zehn Jahre*? Du meine Güte, junger Mann, wann bist du denn auf die Welt gekommen?«

»Neunzehndreiundfünfzig.« Er hob entschuldigend die Hände. »Tut mir leid.«

»Neunzehndreiundfünfzig«, wiederholte sie. »Willst du damit sagen, daß wir College-Professoren haben, die 1953 geboren wurden? Gott steh uns bei.«

Von ihrer anderen Seite lächelte Ben zu Ray hinüber und nickte. Danke, hieß das, daß du sie wieder auf was gebracht hast, das mehr nach Sophie ist. Ray erwiderte das Lächeln, war zufrieden mit sich selbst.

»Also dann«, sagte Sophie ziemlich nüchtern. »Du mußt wissen, daß Alain schon vor Guillaume im Maquis aktiv war – der Résistance. Er war Abschnittsführer in der Gegend von Ploujean.«

Ein äußerst erfolgreicher Führer sei er gewesen, fuhr sie mit ihrer Erklärung fort. So erfolgreich, daß die SS im Januar 1942 in Ploujean einrückte, um die Wehrmacht abzulösen und Aktivitäten der örtlichen Résistance niederzuschlagen. Mit ihren üblichen Methoden machten sie

Alain ausfindig, verhafteten ihn und richteten ihn im Keller des Rathauses von Ploujean hin.

»Das tut mir leid«, murmelte Ray.

Sophie zuckte leicht mit den Achseln, starrte über seine Schulter zu dem Berg hinter dem Gutshaus hinauf. »Sie haben gleichzeitig noch fünf andere hingerichtet. Auf dem Platz in der Stadt gibt es eine Gedenktafel.«

Es gab noch mehr zu erzählen. Der trauernde, wütende Guillaume hatte es nämlich irgendwie geschafft, an den SS-Obersturmbannführer heranzukommen, der für die Hinrichtung verantwortlich gewesen war, und ihn zu töten. Direkt am nächsten Tag.

»Mein Gott«, flüsterte Ray, »die müssen als Vergeltung doch die ganze Stadt massakriert haben.«

»Nein, irgendwie ist das nicht passiert, aber natürlich mußte Guillaume fliehen. Er hat das Haus verlassen, um sich der Résistance in den Höhlen in der Nähe von Dol anzuschließen, und er war ein rechter Held, wie man sich erzählt. Daher hat er auch diese Narben, aber das brauche ich dir bestimmt nicht zu erzählen. Soweit ich weiß, ist ein zerbombtes Haus über ihm eingestürzt. Er sah jedenfalls ganz danach aus.«

Daß Guillaume ein Held der Résistance gewesen war, überraschte Ray nicht sonderlich. Er hatte etwas von einem Felsen, einem Olympier, dieser ehrfurchtgebietende Verwandte, so daß alles mögliche glaubwürdig schien. Zu hören, er habe bei der Invasion der Normandie an Montgomerys Seite gestanden – oder bei Roncesvalles an der Seite Karls des Großen –, würde ihn auch nicht weiter erstaunt haben.

Sophie richtete ihren Blick wieder auf ihn. »Jetzt weißt du es.«

»Aber ich verstehe nicht ganz. Was hast du da zu Claude Fougeray gesagt? Wie konnte er für Alains Tod verantwortlich gewesen sein?«

»Claude«, sagte sie und stieß einen knurrenden Laut aus. »Dieser Wurm. Daß er die Frechheit besitzt, dort in diesem Haus zu sitzen . . .!«

»Honey«, sagte Ben, »ich denke, diesen Teil der Geschichte erzähle ich wohl besser.« Er fuhr fort, bevor sie etwas antworten konnte. »Während der Besatzung arbeitete Claude in St. Malo im Rathaus. Er war Sekretär des Bürgermeisters – was natürlich heißt: der deutschen Militärverwaltung. Nun hatten eine ganze Menge Leute Jobs wie diesen, und drum bedeutet das nicht automatisch . . .«

»Oh, doch, das bedeutet es sehr wohl«, schnaubte Sophie verächtlich. »Weißt du, wie er diesen Job gekriegt hat? Er hat eine Familie denunziert, die zwei Juden bei sich versteckt hatte. So hat er bewiesen, daß sein Herz auf der richtigen Seite schlug. Die Deutschen haben sie alle zusammen deportiert und anschließend Claude mit seinem heißgeliebten Job belohnt.«

»Also, Honey, das sind doch alles nur Gerüchte. Niemand weiß . . .«

»*Jeder* weiß es. Das ist Allgemeinwissen.«

»Nun, jedenfalls«, sagte Ben seufzend zu Ray, »es war durchaus nicht so, daß Claude unmittelbar für Alains Tod verantwortlich gewesen ist . . . Nein, war er nicht, Sophie, und das weißt du auch ganz genau.« Er wartete, bis seine Frau sich wieder beruhigte. »Was geschehen ist, Ray, war, daß Claude gewisse interne Informationen besaß. Er hat zwei Tage vorher gewußt, daß die SS mehrere Leute festnehmen würde. Anscheinend wußte er sogar, daß Alains Name auf ihrer Liste stand, und er . . . nun, er hat niemanden gewarnt.«

»Er hat niemanden . . .« Ray war schockiert. »Du willst damit sagen, er . . . er hat einfach . . . seinen eigenen Cousin . . .?«

»Ich weiß, aber die Nazis haben ihm gesagt, daß sie jeden einzelnen in Ploujean erschießen würden, falls auch nur ein Wort davon durchsickern sollte. Und ihn ebenfalls.«

»Das behauptet *er*«, warf Sophie bitter ein.

Ben machte Tss-tss mit der Zunge gegen die Zähne. »Ich weiß nicht, das arme Arschloch tut mir irgendwie leid. Es war damals nicht leicht.«

»Das ist keine Entschuldigung«, sagte Sophie beharrlich zu ihren Händen. *»Irgend etwas* hätte er tun können. Hat er aber nicht. Und hier ist er, sitzt jetzt im Herrenhaus, dicker und fetter und widerlicher denn je . . . Und Alain und fünf andere gute, mutige Männer sind schon seit fünfundvierzig Jahren tot.« Zurückgehaltene Tränen glänzten in ihren Augen. »Fünfundvierzig Jahre, und niemand weiß, wo sie begraben sind. Falls die verdammten Nazis sie überhaupt begraben haben.«

In der folgenden Stille tätschelte Ray beruhigend ihre Hände, die locker gefaltet auf der Handtasche auf ihrem Schoß lagen.

»Danach hat Claude sich mit seinen Nazi-Freunden hinter den Mauern von St. Malo verkrochen«, fuhr Ben fort, »wo der Maquis nicht an ihn rankommen konnte. Als die Deutschen abzogen, flüchtete er ebenfalls. Tauchte später in Avranches wieder auf, in der Nähe von Mont St.-Michel, wo ihn kein Mensch kannte. Dort machte er eine Metzgerei auf. Heute besitzt er eine Fleischfabrik in Rennes. Ist sozusagen der Wurstkönig der Bretagne.« Er lächelte verschmitzt. »Ursprünglich wollte er mal Chirurg werden, wenn du dir das vorstellen kannst.«

»Das ist nicht dein Ernst«, sagte Ray.

»Doch, es stimmt«, sagte Sophie. »Er hat ein oder zwei Jahre Medizin studiert, aber der Krieg zog einen Schlußstrich darunter. Es ist ein alter Witz in der Familie.«

»Ein Witz?«

»Sie sagen, der eine Beruf war für Claude so gut wie der andere«, sagte Ben. »Er mag einfach das Gefühl von rohem Fleisch. Das ist immer für einen Lacher von Jules gut.«

Sophie stand auf und zitterte. »Die Sonne ist untergegangen. Vielleicht sollten wir jetzt besser wieder reingehen. Inzwischen wird Guillaume wahrscheinlich auch wieder zurück sein.«

Sie machten sich über den Rasen auf den Weg zurück zum Haus. »Da ist immer noch etwas, das ich nicht ganz verstehe«, sagte Ray.

Ben hob eine Augenbraue in seine Richtung.

»Was macht er hier? Ich meine, warum sollte Guillaume ihn zu einem Familienrat einladen?«

»Nun, ich denke, das ist wohl genau das, was wir uns alle fragen. Aber tatsächlich ist er Guillaumes nächster Verwandter, erheblich näher mit ihm verwandt als Sophie oder René. Du bist sogar noch entfernter mit ihm verwandt, und sonst gibt es niemanden mehr in der Familie. Falls es also etwas Wichtiges zu erledigen gibt, hat er wohl ein Recht, hier zu sein.«

»Ich wüßte nicht, wieso«, sagte Sophie. »Er ist nur mit uns verwandt, weil sein Vater Guillaumes Tante geheiratet hat.«

»Nur!« Ben lachte. »Damit ist er Guillaumes Cousin, das ist alles! Damals war er in der Erbfolge der nächste für das Gut, doch als Guillaume nach dem Krieg zurückkehrte, hat er Claude aus seinem Testament herausgenommen. Was man nur zu gut verstehen kann.«

Nach ein paar weiteren Schritten wandte Ben sich an Sophie. »Hast du gesehen, wie Mathilde zusammengezuckt ist, als du Alains Namen fallengelassen hast? Ich frage mich, ob sie ihn wohl immer noch so verehrt. Der arme alte René.«

»Wen? Alain?« fragte Ray. »Mathilde?«

Sophie nickte. »Sie waren verlobt. Ich vermute, sie hatten ein Verhältnis, obwohl ich damals noch viel zu jung war, um davon zu wissen.«

»Aber . . . aber sie . . .«

»Schau mich nicht so strafend an, mein Lieber. Sie und René hatten damals noch nichts miteinander. Und sie war sehr schön, auf ihre sehr üppige Art.«

»Ja, aber sie war doch erst . . . Wie alt kann sie damals gewesen sein?«

»Oh, ungefähr siebzehn, vermute ich. Und Alain war Anfang dreißig.«

Ray blinzelte, nicht aus prüder Mißbilligung – jedenfalls nicht ausschließlich –, sondern vor Überraschung. Seine puritanische, komisch zugeknöpfte Tante Mathilde und eine Teenager-Schönheit, die eine verbotene Affäre mit dem flotten Alain hatte?

Sophie lachte leise über seinen Gesichtsausdruck.

»Tatsächlich ist es genau das, was mir an ihr am besten gefällt. Daß sie Alain geliebt hat.«

Als sie am Ende des Weges angelangt waren, sagte Ray, daß er noch nicht hineingehen, sondern lieber noch etwas die ruhige Straße nach Ploujean hinunterspazieren wolle. Vielleicht würde er sich mal diese Gedenktafel anschauen. Sie hätten ihm eine Menge erzählt, über das er nachdenken müsse. Er drehte sich um, ging einen Schritt und kehrte spontan wieder um, um seine Tante ein wenig unbeholfen in die Arme zu nehmen.

»Aaah«, sagte sie, »mein lieber Raymond«, lachte und klopfte ihm leicht auf die Schultern und hauchte einen Kuß Millimeter neben seine sommersprossige Wange.

»Was ist er doch für ein netter Junge geworden«, sagte sie zu Ben, als Ray sich zwischen den kahlen Platanen hinunter auf den Weg machte, »aber ich mache mir trotzdem Sorgen um ihn.«

»Was gibt es sich da Sorgen zu machen? Mir kommt er ganz in Ordnung vor.«

»Aber er ist so . . . tja, er ist wie eine alte Jungfer, und dabei ist er noch nicht mal fünfunddreißig. Ich glaube nicht, daß er jetzt noch mal heiratet. Ich weiß nicht mal, ob er überhaupt Frauen mag. Ich bin nicht sicher, ob er sich überhaupt bei Frauen *auskennt*.«

»Vielleicht nicht, aber verdammt auch, er ist mit diesen verstaubten alten Büchern glücklicher, als es die meisten Männer mit ihren Frauen je sein werden, und das ist es doch, worauf's letzten Endes ankommt, oder?«

»Ja, sicher, natürlich«, sagte sie wenig überzeugt. »Aber trotzdem . . .«

»Sophie, mach dir um ihn nur mal keine Sorgen.« Er hielt ihr die Tür auf. »Weißt du, der alte Ray erinnert mich daran, was mein Onkel Bobby Will immer über Professoren gesagt hat . . .«

Als Ray beinahe eine Stunde später wieder zu ihnen zurückkam, hatten sie immer noch nichts von ihrem Gastgeber gehört, und Sophie begann sich ernstlich Sorgen zu machen. »Das ist gar nicht Guillaumes Art . . . Nein, vielen Dank, Marcel.«

Ray und Ben lehnten ebenfalls den Kaffee ab, der von dem stillen, dunkelhäutigen Diener herumgereicht wurde. Als er zu den Fougerays kam, zu denen Leona inzwischen mit eisiger Miene zurückgekehrt war, klingelte leise das Telefon auf einem Beistelltisch neben der Tür. Der Diener blieb stehen, verbeugte sich vor Claude, der ihn nicht weiter beachtete, und ging in das Arbeitszimmer, um dort den Hörer eines anderen Apparates abzunehmen.

Wenige Augenblicke später tauchte er wieder auf, seine Haltung ausnahmsweise erschüttert, sein olivfarbenes Gesicht aschgrau. Irgend etwas lag plötzlich in der Luft, das alle verstummen und ihn anschauen ließ. Marcel leckte sich über die Lippen und schaute sich beklommen um.

»Nun, was ist denn, um Himmels willen?« wollte Mathilde schließlich wissen.

Marcel schien für dieses Stichwort dankbar zu sein. »Es ist die Polizei, Madame. Es scheint einen Unfall am Mont St.-Michel gegeben zu haben. Monsieur du Rocher ist, äh, ertrunken.«

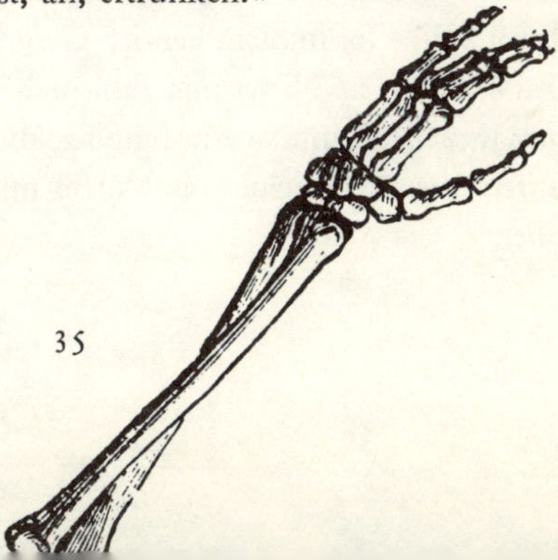

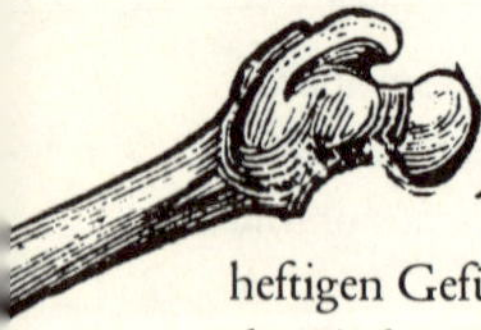

4

Ray bereitete sich bei dieser Neuigkeit auf einen heftigen Gefühlsausbruch vor, doch die Reaktion im Raum war ein eher skeptisches Schweigen. Es war, als wäre die Nachricht vom Tod einer entfernten, gottähnlichen Persönlichkeit eingetroffen, deren Sterblichkeit bis dahin nicht sicher gewesen war.

Claude, als der nächste lebende Verwandte, wurde von der Polizei gebeten, an diesem Nachmittag in das Leichenschauhaus von Pontorson zu kommen, jener kleinen Stadt, die durch einen kilometerlangen Damm mit dem Mont St.-Michel verbunden ist, und dort die Leiche zu identifizieren. Als sich jedoch herausstellte, daß Claude Guillaume seit über vierzig Jahren nicht mehr gesehen hatte, gingen er und René zusammen; sie wurden von einem respektvoll traurigen Polizeibeamten gefahren, der sie im Gutshaus abgeholt hatte.

Alle würden noch ein paar Tage länger bleiben, um an der Beerdigung teilzunehmen. Dies verursachte ein mehr als übliches Murren bei Beatrice Lupis, Marcels Frau, einer stämmigen Frau mit geschwollenen Knöcheln, die zeltartige graubraune Hauskleider trug und schnell gekränkt war. Ihre Unzufriedenheit darüber, weiter für neun Familienmitglieder kochen und saubermachen zu müssen, trug bei zu einer unangenehmen Szene mit Claude Fougeray, dessen gebrummter Forderung, ihm einen Krug Wein zu bringen, mit einer ebenfalls gebrummten Erwiderung begegnet wurde des Inhalts, er müsse sich gedulden, bis sie soweit sei, und außerdem habe er sowieso schon mehr Wein getrunken, als gut für ihn sei.

So eindrucksvoll Madame Lupis' Neigung zu schlagartiger Verärgerung auch sein mochte, war sie zu ihrem Unglück Claude nicht gewachsen, und die bleiverglasten Fenster des Salons klirrten ob seines jähen Wutausbruchs. Eine drohende körperliche Auseinandersetzung wurde von Ben Butts abgewendet, dessen Anekdötchen – was sein Onkel Willie Joe immer über den Genuß von Wein gesagt habe (»Man wird breit wie'ne Natter und fühlt sich pudelwohl«) – in der Übersetzung jeglichen Sinnes verlustig ging, die Situation jedoch lange genug zu verwirren vermochte, bis Marcel mit der gewünschten Karaffe erschien.

»Ich werde dafür sorgen«, sagte er, wobei sein Gesicht wie üblich völlig unbeweglich war, »daß jederzeit eine gefüllte Karaffe auf der Anrichte zu Ihrer Verfügung steht.«

»Und ein Glas«, sagte Claude mißmutig.

»Natürlich. Bevorzugt Monsieur Rotwein?«

»Monsieur bevorzugt Château Haut-Brion«, brummte Claude.

»Tut mir sehr leid, Monsieur . . .«

»Ich weiß, Guillaume war viel zu knickerig, um was anderes als Scheiße in seinem Weinkeller zu lagern.« Er schnappte sich die Karaffe und zog sich auf sein Zimmer zurück, brummte leise vor sich hin, während er die steinerne Treppe hinaufstapfte.

Beim Abendessen des gleichen Tages war Claude an einer weiteren unerfreulichen Szene beteiligt, die unerwartete Konsequenzen für Ray hatte. Wie gewöhnlich saßen die Butts und die du Rochers – und Ray – an einem Ende des langen Tisches im Eßzimmer, während sich die Fougerays so weit entfernt wie nur möglich um einen kleineren Tisch drängten. Claude und Leona stritten wieder. Ihr scharf geführtes Flüstern wurde während der Crudités, Potage au cresson und Loup de mer lauter, bis Leona schließlich, unmittelbar nachdem der Fleisch-Gang serviert worden war, mit wütend funkelnden Augen aufsprang. Sie beugte sich vor und verpaßte ihrem Mann eine schallende Ohrfeige.

»Du Schwein!« fauchte sie.

Claudes Augen traten ihm fast aus dem Kopf. »Setz dich . . .!«

Mit einer abrupten, aber würdevollen und anmutigen Bewegung ihres schlanken, in Moiré gekleideten Armes schleuderte sie ihm ihre Serviette ins Gesicht, drehte sich dann theatralisch um und klackerte auf wackligen Pfennigabsätzen aus dem Raum. Ray begann sich langsam zu fragen, ob sie das wohl jeden Tag machten.

»Ahh«, murmelte Jules du Rocher trocken, »das Unterhaltungsprogramm des heutigen Abends beginnt.« Aber dieses Mal achtete er darauf, nur so laut zu sprechen, daß allein seine Tischpartner ihn verstehen konnten.

Claude riß die Serviette von seinem puterrot anlaufenden Gesicht und begann ihr irgend etwas nachzubrüllen, doch Claire legte eine Hand auf seine.

»Vater . . .«, raunte sie.

Er schob sie fort und stand auf, starrte Leona mit drohend gesenktem Kopf nach. Besorgt erhob Claire sich ebenfalls.

»Ach, laß mich doch um Himmels willen endlich in Ruhe!« fuhr Claude sie an. »Bleib, wo du bist!« Er fixierte sie wütend, bis sie sich schließlich kläglich wieder auf ihren Stuhl sinken ließ, stapfte dann hinter seiner Frau her, starrte die versammelten Butts und du Rochers im Vorbeigehen streitlustig an.

Jules wartete, bis er im Treppenhaus war, sicher außer Hörweite, dann tupfte er mit der gefalteten Ecke seiner Serviette die Winkel seines fleischigen Mundes ab und schaute sich verschmitzt am Tisch um, um anzudeuten, daß eine spöttische Bemerkung unterwegs war.

»Ich muß unbedingt daran denken, Madame Fougeray ein Kompliment wegen ihrer Zielsicherheit auszusprechen«, sagte er. Er sagte das in beiläufigem Plauderton, gewillt, wenn schon nicht ihren Vater, so doch wenigstens Claire Fougeray vor den Kopf zu stoßen. »Ich fand, Cousin Claude sah reizend aus mit seiner Serviette.«

»Wieso hältst du nicht endlich deinen gottverdammten Mund?« sagte Ray auf englisch.

Er sah, daß Sophie und Ben sich einen überraschten Blick zuwarfen, aber sie konnten kaum erschrockener sein als er.

Jules starrte ihn mit offenem Mund an. »Was?« Er sprach Französisch.

Jede einzelne von Rays zahlreichen Hemmungen appellierte an ihn, eine Entschuldigung zu brummen. Statt dessen übersetzte er seine Bemerkungen Jules zuliebe, obwohl jeder am Tisch fließend Englisch sprach.

»Ferme ta bouche«, sagte er mit seinem besten Akzent.

Dann, in der darauf folgenden verblüfften Stille, machte er etwas noch Erstaunlicheres. Er stand auf, warf seine Serviette auf den Tisch und schritt – er ging nicht, er schritt – durch den Raum dort hinüber, wo Claire Fougeray allein an ihrem Tisch saß und traurig ihr bislang unberührtes und kalt werdendes Entrecôte chasseur anstarrte.

»Darf ich mich zu Ihnen setzen, Mademoiselle?«

Sie hob kurz ihren Kopf, aber nicht kurz genug, daß ihm das Schimmern der Tränen in ihren Augen entgangen wäre.

»Natürlich, Monsieur.«

Er setzte sich, und das erstaunliche Selbstvertrauen, das seine Brust gefüllt und seinen Rücken gestrafft hatte, war plötzlich nicht mehr da. Was machte er hier? Was sollte er jetzt sagen? Hatte er für die blasse, unglückliche Frau ihm gegenüber alles nur noch schlimmer gemacht, indem er die ganze Aufmerksamkeit jetzt auf sie gelenkt hatte? Und was war mit der Aufmerksamkeit, die er auf sich selbst gelenkt hatte? Sein Nacken brannte heiß; starrten ihn jetzt alle stumm an?

Wie würde er ihnen erklären, daß er lediglich einem irrationalen und spontanen Bedürfnis nachgegeben hatte, daß er auf gar keinen Fall beabsichtigt hatte, zu . . . Oder hatte er doch? Ein merkwürdiges Zukken spielte um seine Mundwinkel. Ein schuldbewußtes Grinsen? Jules hatte es verdient, und es war ein außergewöhnlich gutes Gefühl, derjenige gewesen zu sein, der es ihm heimzahlte. Genaugenommen hatte es sich sogar wunderbar angefühlt. Kein Wunder, daß so viele Leute es förmlich zu genießen schienen, grob und unverschämt zu sein. Es hatte ganz bestimmt etwas.

»Ich möchte mich bei Ihnen für das Benehmen meines Cousins entschuldigen«, sagte er.

»Oh, nein«, sagte Claire und schaute ihn an. Eine Träne löste sich und rollte über ihre Wange; sie trug kein Makeup. »Ich bin es, die sich entschuldigen sollte. Meine Eltern . . . Erst wenn mein Vater anfängt zu trinken, wird er . . .«

»Sie brauchen sich nicht zu entschuldigen, Mademoiselle.« Er lächelte sie an; ziemlich cool, wie er fand. »Da wir einander schon vorgestellt wurden, und da wir schließlich Verwandte sind, könnten wir uns vielleicht mit Vornamen ansprechen? Ich heiße Raymond.«

»Claire«, sagte sie leise.

»Wohnen Sie hier in der Nähe, Claire?« fragte er.

»Ich lebe in Rennes, bei meinen Eltern.«

»Ah, ja. Nun, das ist ja nicht weit.«

Sie sah ihn wieder kurz an. Weit von was, würde sie jetzt sagen, befürchtete er. Er war beeindruckt, wie klar und ruhig ihre Augen waren. Wirklich wunderschöne Augen; melancholisch und intelligent.

»Nein«, sagte sie, »nicht weit. Rennes ist sehr nett.«

»Davon bin ich überzeugt.«

Sie saßen steif da, während er nach einem Gesprächsthema suchte. Vielleicht sollte er wieder gehen; sie war nur höflich zu ihm, wo er es doch eigentlich gewesen war, der Höflichkeit hatte erweisen wollen. Aber er blieb sitzen. Warum, hätte er nicht zu sagen vermocht.

»Und Sie?« fragte sie.

»Pardon?«

»Wo leben Sie?«

»Ach, in Kalifornien. In einer Stadt namens San Mateo. Wahrscheinlich haben Sie noch nie von ihr gehört?«

»Äh . . . nein.«

»Nein, natürlich nicht. Tja.« Weltmännisch nahm er einen Schluck aus einem Glas Wasser, bemerkte zu spät den Flecken von Madame Fougerays fettem, pflaumenfarbenem Lippenstift an dessen Rand. »Ja«, sagte er, »San Mateo. Ich bin dort Professor. Äh, Claire, sprechen Sie Englisch? Mein Französisch ist nicht so besonders. Das heißt«, fügte er mit völlig untypischer Eitelkeit hinzu, »mein gesprochenes Französisch.«

»Ja, ich spreche Ihre Sprache«, sagte sie auf englisch mit einem wunderbar gallischen Akzent, »aber Ihr Französisch ist ausgezeichnet.«

»Nein, mein Akzent ist ausgezeichnet. Was ein sehr zweischneidiges Schwert ist. Jeder denkt, ich würde mehr verstehen als tatsächlich der Fall ist, und dann sprechen alle so schnell, daß ich nicht mehr mitkomme.«

Zum ersten Mal lächelte sie jetzt. »Ich habe genau das gleiche Problem, aber andersherum. Ich verstehe sehr gut Englisch, aber mein Akzent ist so fürchterlich, daß die Leute denken, ich verstünde überhaupt nichts, und dann brüllen sie mich an und benutzen Zeichensprache.«

Nein, hätte er ihr beinahe gesagt, dein Akzent ist wunderbar, einfach reizend; es klingt wie Musik. Er bekam einen heißen Kopf. So was Dummes konnte man unmöglich sagen. Woher kamen diese Gedanken nur?

»Sie sprechen äußerst gut Englisch«, sagte er. »Wo haben Sie es gelernt?«

Auf diese gequälte Art schleppte sich die Unterhaltung weitere fünf Minuten hin, dann versiegte sie allmählich ganz. Sie hatte ihm gerade erzählt, daß sie als Buchhalterin in der Wurstfabrik ihres Vaters arbeitete, und ihm fiel einfach nichts ein, was er darauf erwidern sollte.

»Tjaaa . . .«, sagte er, schob dabei seinen Stuhl zurück.

»Sie sagten, Sie wären Professor?« sagte sie.

Er spürte ein stolzes Anschwellen seiner Brust. Sie wollte nicht, daß er ging. »Ja. Für europäische und amerikanische Literatur.«

Sie bekam große Augen. »Wirklich? Aber ich habe ebenfalls einen Hochschulabschluß in Literatur. Von der Universität Rennes.«

»Ist das wahr? Aber Sie sagten doch, Sie seien Buchhalterin.«

»Nun, ja, mein Vater möchte, daß ich in der Fabrik arbeite, aber meine wahre Liebe gilt der Literatur. Eines Tages werde ich das auch unterrichten.«

»Wirklich? Das ist ja wunderbar! Französische Literatur ist sozusagen mein Spezialgebiet«, verkündete er unbescheiden, »besonders das neunzehnte Jahrhundert. Ja, ich habe sogar einen Roman von Flaubert dabei. Meiner Meinung nach ist er der beste von allen. Jedenfalls«, korrigierte er umsichtig, »der beste der französischen Romanciers des *frühen* neunzehnten Jahrhunderts. Und natürlich mit Ausnahme der Romantiker.«

Sie lachte. »Und ich habe einen Balzac mitgebracht. Ich lese ihn jetzt schon seit zwei Tagen.«

»Welchen?«

»Les Illusions Perdues.«

»Ah.«

Sie neigte ihren Kopf auf eine Seite und sah Ray mit einer Art Funkeln in ihren blassen Augen an. »Ach? Mögen Sie es nicht? Mir scheint es ein fabelhaftes Werk zu sein, voller scharfsinniger Beobachtungen.«

»Natürlich ist es das, aber ein Schriftsteller ist doch kein Soziologe. Man sollte ihn nicht seiner Beobachtungsgabe nach beurteilen, finde ich, sondern allein danach, was er stilistisch leistet. Balzacs Stil ist bestenfalls rudimentär, und für meinen Geschmack ist er viel zu melodramatisch, und viel zu moralistisch noch dazu.«

»Aber ist Flaubert nicht auch moralistisch und melodramatisch?«

»Äh, nein, das würde ich nicht so sehen, jedenfalls nicht im selben Maß. Aber darum geht es nicht. Das Wunderbare ist doch die Sorgfalt, mit der bei ihm jeder einzelne Satz geschrieben ist – daß er sich mit nichts geringerem zufriedengibt als dem einen, absolut treffenden Wort. Nie ist ein Schriftsteller skrupulöser vorgegangen als Flaubert.«

Ray wußte, daß jetzt seine eigenen Augen funkelten. Er genoß es, war rundum glücklich; etwas, mit dem er nicht gerechnet hatte, bis er wieder sicher zwischen den Bücherregalen in der Northern Cal war.

»Aber«, sagte sie, »was hat *Skrupulösität* . . .« Sie kicherte reizend. »Gibt es dieses Wort? Was hat das mit Literatur zu tun? Ein bedeutendes Buch zeichnet sich durch seine Fähigkeit aus, den Leser zu ergreifen, nicht dadurch, wie gründlich der Autor auf der Suche nach dem richtigen Wort in seinem Roget nachschlägt. Natürlich ist ›Madame Bovary‹ ein großartiger Roman, aber das ist er nur, weil Flaubert uns etwas Bedeutendes zu sagen hatte und nicht, weil er an jeder einzelnen Zeile rumgedoktert hat, bis die Wörter ganz genau gesessen haben.«

Ray strahlte glücklich. »Nein, da bin ich aber ganz anderer Meinung . . .«

Sie unterhielten sich noch, als das Abendessen schon längst vorüber war, blieben noch, nachdem die anderen bereits gegangen waren, und standen erst auf, als die schimpfende Madame Lupis ostentativ begann, praktisch unter ihren Füßen zu kehren. Ray hatte noch eine weitere Überraschung für sich auf Lager, und die kam, als er Claire fragte, ob sie nicht Lust hätte, am folgenden Morgen mit ihm auf eine Tasse Kaffee in eines der Cafés nach Ploujean zu gehen. Natürlich falls das Wetter gut wäre.

»Morgen? Aber morgen ist doch Cousin Guillaumes Beerdigung. Es wäre nicht . . .«

»Dann vielleicht übermorgen?« Der von einem Hochgefühl beseelte Raymond Alphonse Schaefer gab so schnell nicht auf.

Claire senkte ihre Augen. »Werden Sie dann immer noch hier sein?«

»Natürlich«, sagte Ray und entschied sich im selben Augenblick dafür.

Claire zögerte, dann nahm sie die Einladung charmant dankend an.

Später an diesem Abend, als sie mit ihren verkniffenen, einsilbigen Eltern zum Zehn-Uhr-Kaffee in den Salon kam, hatte sie zu ihrem schlichten marineblauen Wollkostüm eine kleine goldene Halskette umgelegt und schien auch einen Hauch Farbe auf ihre Lippen und Wangen aufgetragen zu haben. Da war sogar, meinte Ray wenigstens, die Spur eines zarten, herrlichen Blütenduftes, als sie an ihm vorbeiging. Sie stellte keinerlei Konkurrenz für die elegant herausgeputzte Leona dar, aber die

Veränderung war doch erkennbar. Ray sprach sie nur im Vorübergehen an – wodurch er sich einen mißtrauischen und streitlustigen Blick von Claude einhandelte –, aber er zweifelte keine Sekunde daran, daß sie sich allein für ihn die Mühe gemacht hatte, und dieser Gedanke machte ihn ganz schwindlig vor Freude.

Was seine eigene Attraktivität betraf, gab er sich keinerlei Illusionen hin. Er wußte sehr gut, daß er einer dieser grauen, ruhigen Männer war, denen es nie gelang, anderen ins Bewußtsein zu dringen. Die Leute erinnerten sich nie daran, ob er nun auf einer bestimmten Besprechung oder Cocktailparty gewesen war oder nicht, und Studenten, die morgens in einem seiner Seminare gewesen waren, gingen nachmittags an ihm vorbei, ohne ihn wiederzuerkennen.

Hätte man Leute, die ihn kannten, gefragt, ob er Pfeife rauchte (was er nicht tat) oder eine Fliege trug (was er tat), dann hätten neun von zehn keine Ahnung gehabt. Die meisten hätten gesagt, er trage eine Brille, obwohl er nur so aussah, als sollte er eine tragen. Vor ein paar Jahren hatte er sich in einem wilden Anfall von Selbstbewußtsein einen Bart stehen lassen, der in einem sensationellen krausen Rot sproß. Aber abgesehen von einer bissigen Bemerkung des Dekans der geisteswissenschaftlichen Fakultät, als sich der Bart gerade in einem ungepflegten Stadium befand, gab niemand einen Kommentar dazu ab. Und als er ihn sich zwei Jahre später wieder abrasierte, bemerkte überhaupt niemand etwas davon.

Wenn also eine intelligente, attraktive Frau sich für ihn hübscher machte, nun, dann war das etwas, über das man nachdenken mußte.

Als er sich erhob, um in sein Zimmer zu gehen, las sie gerade in ihrem Balzac. Neben ihrem Stuhl blieb er stehen.

»Ich sehe Sie dann Freitagmorgen«, sagte er galant, wobei es ihm völlig gleichgültig war, wer ihn das sagen hörte.

Summend ging er zu Bett, nahm zwei steinerne Stufen auf einmal. Er hatte keinen Gedanken mehr daran verschwendet, sich bei Jules zu entschuldigen.

Guillaume du Rochers Beerdigung verlief ohne Zwischenfälle, mit angemessener Schlichtheit gemäß den präzisen Anweisungen, die der Verstorbene hinterlassen hatte. Anschließend versammelten sich Familie und Dienerschaft in der Bibliothek im ersten Stock, wo Monsieur Bonfante, Guillaumes Anwalt seit mehr als vierzig Jahren, das Testament verlesen würde.

Ray war schon bei früheren Besuchen auf dem Herrensitz in der eleganten, holzvertäfelten Bibliothek gewesen, aber er hatte nie das Gefühl gehabt, sich ungeniert umschauen zu können, da er bei Guillaume eine eifersüchtige und verbietende besitzergreifende Art gespürt hatte. Jetzt, während sich alle auf Sesseln und Couches niederließen, bewegte er sich, mit offenem Mund und voller Bewunderung, die zehn Meter lange Wand alter Bücher entlang, von denen viele in goldgeprägtes Leder gebunden waren. Rabelais, Ronsard, Montaigne – mein Gott, die Ausgabe von 1595! – Racine, Corneille, de Sévigné ...

»Ist das nicht ein nettes Zimmer?« Sophie stand neben ihm, ihr einfaches, robustes Gesicht verträumt und sanft.

»Nett! Sophie, hier steht eine Erstausgabe von Montaignes gesammelten ...«

Sie schien ihn gar nicht zu hören. »Als ich ein kleines Mädchen war«, sinnierte sie laut, »und wir auf der Domäne zu Besuch waren, bin ich immer sofort hierhergelaufen. Wenn ich konnte, habe ich mich hier den ganzen Tag versteckt. Die Sonne fiel durch die Fenster herein, der staubige Geruch der Bücher ... Ich konnte damals kaum lesen, aber es gab Bilder ... und manchmal kam Alain und hat mir eine Weile vorgelesen ... La Fontaine oder Marie de France ... und ... ach, es war das Paradies ...«

Ray lächelte sie an. Sophie steckte voller Überraschungen. Sie war keine große Leseratte, das wußte er, aber andererseits mußte man ja auch nicht unbedingt eine Leseratte sein, um Bücher zu lieben. »Das klingt nett, Sophie«, sagte er leise.

»Natürlich«, sagte sie, »dauerte das für gewöhnlich nicht besonders lange. Guillaume mochte es gar nicht, wenn Kinder in seiner Bibliothek waren.«

»Oder Erwachsene.«

Sie wurden durch das ungeduldige Räuspern von Monsieur Bonfante unterbrochen. Die Verlesung des Testaments würde jeden Augenblick beginnen.

5

Georges Bonfante klopfte mit seinem Stift aus Sterlingsilber wiederholt und gleichmäßig auf die Tischplatte und wartete mit einem beherrschten Lächeln darauf, daß sich auch noch die letzten setzten. Der milchgesichtige, fade junge Mann mit der schrecklichen fertig gebundenen Fliege – das dürfte dann wohl der entfernte Cousin aus Amerika sein. Monsieur Bonfante verbarg dezent das kleine Lächeln, das er sich erlaubte. Eine Fliege, du meine Güte, eine grüne, gepunktete Fliege und dazu ein brauner Anzug, von der Stange und mindestens fünfzehn Jahre aus der Mode (falls er überhaupt je in Mode gewesen war). Ja, das war ganz bestimmt der Amerikaner. Nun, falls er hoffte, die Bibliothek am Ende dieser kleinen Besprechung reicher zu verlassen, stand ihm eine traurige Enttäuschung bevor.

Monsieur Bonfante beobachtete scharf, wie der junge Mann sich seinen Platz suchte. Monsieur Bonfante, der sich dem Studium des menschlichen Verhaltens widmete, hatte für sich bereits eine Voraussage gemacht. Ja, genau wie er erwartet hatte; neben der dünnen, faden jungen Frau, die ihre Hände auf dem Schoß hielt und die Augen auf ihren Händen; das Fougeray-Mädchen. Der aufmerksame Monsieur Bonfante hatte sie vor einiger Zeit zusammen in den Salon kommen sehen, und ihm war das mitleiderregend schüchterne Lächeln nicht entgangen, mit dem sie sich ansahen. Ja, ja, sie würden ein nettes Paar abgeben, wie ein Pärchen aus einem Märchenbuch für Kinder; Monsieur und Madame Maus. Vielleicht würden sie irgendwo in einem Bau zusammenleben und herauskommen, um Schweizer Käse zu naschen. Und würden viele nette Mäusekinder haben.

Er klopfte ein letztes Mal mit seinem Stift, lächelte die ihm aufmerksam zugewandten Gesichter würdevoll an, öffnete seinen Diplomatenkoffer und nahm eine Aktenmappe heraus.

Aus einem altmodischen, mit schwarzer Veloursseide bezogenen Metalletui nahm er seine Lesebrille. »Was wir hier haben«, sagte er, »ist ein sehr einfaches und eindeutiges Testament von eigener Hand, in meinem Beisein geschrieben und unterzeichnet von Guillaume du Rocher am 19. Januar 1978.« Er räusperte sich und begann laut vorzulesen.

»›Dies ist mein Letzter Wille, und hiermit widerrufe ich alle früheren

Testamente. Ich bestimme, daß die Kosten meiner Beerdigung aus meinem Vermögen bezahlt werden. Der Universität zu Rennes vermache ich meine Sammlung von Mollusken und sämtliche dazugehörigen Materialien. Beatrice und Marcel Lupis hinterlasse ich eine jährliche Zuwendung in Höhe von zwanzigtausend Francs, solange einer von ihnen lebt.‹«

Diese finanzielle Unterstützung war nicht so großzügig, wie sie es noch 1978 gewesen wäre. Sie reichte für die Butter aufs Brot, aber für ihr Brot würden sie weiterhin arbeiten müssen. Trotzdem wurde sie mit einem dankbaren Raunen von Marcel und einem Pro-forma-Tupfen von Madame Lupis' Taschentuch an eine derbe und absolut trockene Wange entgegengenommen.

Monsieur Bonfante lächelte seine aufmerksame Zuhörerschaft erneut an. »›Meinem Cousin René du Rocher oder im Falle seines Todes seiner Frau Mathilde oder im Falles des Todes beider ihren Nachkommen hinterlasse ich den gesamten Rest meines Besitzes unter den folgenden Bedingungen.‹«

Er schaute wieder auf, um eine erleichterte Mathilde bei einem selbstzufriedenen Lächeln zu ertappen. Das Testament konnte für sie wohl kaum eine Überraschung gewesen sein, aber bevor es verlesen war, konnte man nie wissen. Jetzt fragte sie sich, was der Nachlaß wirklich wert war, was es für sie bedeuten würde. Nun, das konnte er ihr sagen und würde es zweifellos auch tun. Es bedeutete, daß sie und René reich waren; sie besaßen jetzt ein schönes Heim, die Mittel, es zu unterhalten, und obendrein ein jährliches Einkommen, das etwa fünfzehnmal höher war als Renés sicherlich auch ausreichende Pension.

»›Dieses Vermächtnis‹«, fuhr er fort, »›erfolgt unter der Bedingung, daß es den vorgenannten Marcel und Beatrice Lupis erlaubt ist, solange sie es wünschen, in ihren jetzigen Stellungen zu bleiben.‹«

»Natürlich, natürlich«, raunte René ihnen schnell zu. »Ich freue mich, Sie bei uns zu haben.«

»›Außerdem‹«, las Monsieur Bonfante weiter, »›ist der folgende Besitz ausgenommen: der gesamte Inhalt des Raumes im Manoir de Rochebonne, der als Bibliothek bekannt ist, einschließlich sämtlicher Bücher, Möbel, Ziergegenstände und Teppiche, die sich zum Zeitpunkt meines Todes darin befinden. Dies hinterlasse ich meiner vielgeliebten Cousine Sophie Butts, geborene du Rocher.‹«

Darauf war überraschtes Luftschnappen zu hören, das heftigste kam von Sophie selbst, die anschließend ihren Mann mit einem großen, erstaunten Blick anstarrte.

Monsieur Bonfante lächelte nachsichtig. »Ich stehe Ihnen gerne jederzeit in kleinerem Kreis für alle Fragen zur Verfügung, die Sie womöglich bezüglich irgendeiner der Bedingungen haben, die Sie individuell betreffen. In der Zwischenzeit, gibt es irgendwelche Fragen allgemeiner Natur?«

Seine Frage blieb so lange unbeantwortet, daß er das Testament in seinen Diplomatenkoffer zurücklegte und sein Gesicht auf die Glückwünsche und das Lächeln vorbereitete, das von ihm erwartet wurde. Die Begünstigten erhoben sich und traten vor den Tisch, um sich bei ihm zu bedanken.

Da ließ Claude Fougeray erstmals etwas von sich hören: ein langes, gurgelndes Murren. Mit gesenktem Kopf und bedrohlich von einer Seite zur anderen schwankend, starrte er nach vorn, drückte sich angespannt in das Gobelinpolster seines Sessels wie ein Schachtelteufel, der durch den Deckel an seinem Platz gehalten wurde und drauf und dran war, jeden Augenblick den Verschluß aufzusprengen. »Nein«, sagte er.

»Monsieur?« sagte der Anwalt mit einem Lächeln. Mathilde hatte ihn vor Fougeray gewarnt.

Claude hatte sich abseits von allen anderen, ja sogar von seiner Frau und Tochter, vor die Eichentäfelung neben der Tür gesetzt, und eine Faust schlug rhythmisch gegen die dreihundert Jahre alte, leinenbespannte Täfelung hinter ihm. Seine Stimme klang angespannt, war kaum zu verstehen. »Woher weiß ich, daß das wirklich sein Testament ist?«

Georges Bonfante hatte nichts gegen Claude. Er kannte die alten Geschichten über ihn, obwohl er zur damaligen Zeit noch ein junger Mann in Lyon gewesen war. Er machte Claude keinen Vorwurf wegen seines Verhaltens während des Krieges; welche Wahl hatte ein vernünftiger Mann denn schon in jener Zeit? Nichtsdestoweniger spürte er, wie sich ein wütender Kloß in seinem Hals bildete. Er war kein zurückhaltender Mensch und ließ nicht zu, daß man sein Berufsethos anzweifelte.

»Es ist ein holographisches Testament, Monsieur«, sagte er frostig. »In meinem Beisein geschrieben.«

»Holographisch, holographisch . . .«

»Es ist in seiner eigenen Handschrift geschrieben«, zischte Leona Fougeray von der anderen Seite des Raumes.

»In meinem Beisein«, wiederholte Monsieur Bonfante mit bewundernswerter Geduld erneut.

Claude schüttelte störrisch seinen Kopf. »Nein, unmöglich. Ich kenne Guillaume; er hat mir vor langer Zeit gesagt, vor dem Krieg: Die Bücher würden an die Bibliothèque Nationale gehen, wenn er stirbt.« Er hechelte zweimal, wie ein Tier. »Außerdem, er hat Amerika gehaßt – schon seit dem Ersten Weltkrieg, als sie rübergekommen sind, so gottverdammt selbstsicher, mit ihrem arroganten amerikanischen ›Wir-scheißen-auf-euch-alle‹-Gang . . .«

»Amerikanischer ›Wir-scheißen-auf-euch-alle‹-Gang?« war verblüfft von Ray flüsternd zu hören.

»Das mag ja alles sein«, sagte Monsieur Bonfante scharf, »aber Sie sprechen von Guillaume du Rocher als jungem Mann vor vielen Jahrzehnten. Und ich sehe wirklich nicht, was . . .«

»Er würde seine Bibliothek niemals einem Amerikaner vermachen! Nicht seine wertvollen Bücher!« Unvermittelt stand Claude auf, schwankte auf unsicheren Beinen, stützte sich mit einem Arm an der Wand ab.

»Einem Amerikaner? Aber sicherlich doch wohl seiner Cousine Sophie . . .«

»Nicht Sophie, ich meine ihren Mann! Ihr die Bibliothek zu hinterlassen ist doch das gleiche wie sie ihm zu hinterlassen. Wissen Sie denn nicht, was sie wert sein muß? Was glauben Sie, wie lange sie sie behalten wird?«

»Jetzt aber mal ganz langsam«, sagte Ben, bewegte sich einen Schritt vor. Mit ihren Augen bat ihn Sophie aufzuhören, was er widerwillig auch tat.

Monsieur Bonfantes Vorrat an Geduld war erschöpft. »Ich rate Ihnen, den Mund zu halten, Monsieur«, sagt er zu Claude mit seiner energischsten Gerichtssaalstimme. »Falls Sie jedoch Guillaume du Rochers Testament anfechten wollen, stehen Ihnen dazu Rechtsmittel zur Verfügung.«

Es war ein guter Zeitpunkt zu gehen, doch Claude versperrte die Tür, hielt seinen Kopf gesenkt, atmete so schwer wie ein Stier und vermittelte den überzeugenden Eindruck, daß er versuchen würde, jeden aufzuspießen, der auch nur einen Schritt machte. Niemand rührte sich. Monsieur Bonfante hatte sich vor die anderen gestellt und beobachtete Claude aufmerksam, ein Matador, der seine Peónes beschützte.

»Rechtsmittel . . .«, wiederholte Claude, konfus und nachdenklich. Er kniff seine Augen zusammen und fuhr sich mit einer Hand über die Stirn. »Rechts . . .« Seine Augen sprangen wieder auf und richteten sich verschlagen auf den Anwalt. »Woher weiß ich denn, daß es sein *letzter* Wille war?«

»Ich bin zweiundvierzig Jahre lang Monsieur du Rochers Anwalt gewesen«, sagte Monsieur Bonfante kühl. »Ich versichere Ihnen, daß es kein späteres Testament gegeben hat.«

»Und er hat auch nie von einem anderen Testament geredet?« Claude fletschte seine Zähne zu einem boshaften Grinsen.

»Monsieur, Gerede ist nicht Gegenstand meines Berufes.« Ein guter Schlußpunkt. Georges Bonfante ließ die Verschlüsse seines Diplomatenkoffers mit entschiedenem, unanfechtbarem Klicken zuschnappen. »Meine Damen und Herren, ich denke, unsere Aufgabe hier ist dann wohl . . .«

»Es sollte ein neues Testament geben!« sagte Claude eindringlich, wenn auch mit schwerer Zunge. »Verdammt noch mal, was glauben Sie denn, um was es bei diesem Familientreffen gehen sollte?«

Die anderen rührten sich und sahen sich gegenseitig betreten an. Leona Fougeray schien, mit ihren vor Wut funkelnden Augen, kurz davor zu stehen, ihren Mann zu erwürgen. Claire sah leidend aus; blaß und zitternd. Ray nahm ihre Hand und drückte sie.

»Ich will haben, was mir gehört«, flüsterte Claude heiser. Zwei gehässige Tränen rollten ungleichmäßig über sein Gesicht.

Claire, die jetzt weinte, machte einen Schritt auf ihn zu, doch ihre Mutter hielt sie mit einem dünnen, unbeugsamen Arm zurück. »Er hat sich das selbst eingebrockt. Dann soll er es auch auslöffeln«, sagte sie durch zusammengepreßte Zähne.

»Um Himmels willen, der Mann ist ja sinnlos betrunken«, sagte Jules, wobei sein aufgedunsenes Gesicht Mißbilligung ausdrückte. »Wieso stehen wir hier überhaupt rum und streiten uns mit ihm?«

»Ach, ist er *betrunken*?« flüsterte René auf seine erstaunte Art, was Mathilde veranlaßte, ihre Augen zu den Deckenbalken zu heben.

Beatrice Lupis knurrte. »Ist er überhaupt je nüchtern?«

»Psst«, zischte Marcel respektvoll. »Das geht dich nichts an.«

Aber Jules hatte gekichert, und Claude hatte es gehört. »Du«, flüsterte er Madame Lupis bösartig zu, »untersteh dich ... untersteh dich, so mit mir zu reden ... du fettärschige alte Schlampe ...«

Mit geschmeidiger und schockierend unerwarteter Geschwindigkeit trat Marcel Lupis vor. Die langen, olivfarbenen Finger seiner rechten Hand schossen vor und umklammerten die untere Hälfte von Claudes Gesicht wie eine Kneifzange, drückten seine Kinnlade zusammen und preßten seine roten Lippen zu einer fleischigen, feuchten Blume.

»Sei still, du«, sagte Marcel mit all der Leidenschaftlichkeit, mit der er für gewöhnlich zum Dinner rief. Aber seine Augen waren wie graues Eis, und als er seine Hand wieder fortnahm, war Claude still.

Claire brach plötzlich in erstickte Tränen aus und stürmte aus der Bibliothek, die Hände auf den Mund gepreßt. Ray lief ihr nach. Einen Augenblick später ging Marcel hinaus, umgehend gefolgt von Madame Lupis und dann von den anderen.

Keiner von ihnen sah Claude an, dessen schwammiges Gesicht, abgesehen von den Stellen, an denen Marcels Finger häßliche, leuchtend rote, einen halben Zentimeter tiefe Abdrücke hinterlassen hatte, die Farbe von Kitt angenommen hatte.

»Raymond, hör endlich auf, dauernd auf und ab zu gehen, komm her und setz dich. Iß dein Frühstück. Nimm dir ein Croissant.«

»Ich habe keinen Hunger, danke, Sophie. Äh, wie spät ist es?«

»Es ist zehn vor neun«, sagte Ben, während er ihn neugierig beobachtete.

»Nun, entweder kommst du jetzt und setzt dich hin oder du gehst«, sagte Sophie. »Du machst mich nervös.«

Ray warf sich rastlos auf das Tête-à-tête neben den beiden Sesseln, auf denen sie vor dem großen, hellen bleiverglasten Fenster saßen. Ihr Frühstück – Kaffee, Croissants, Brötchen, Butter und Marmelade – stand auf einem kleinen runden Tisch vor ihnen.

»So ist's besser«, sagte Sophie. Sie und Ben aßen weiter.

Ray schlug sein linkes Bein über das rechte. Dann schlug er sein rechtes über sein linkes Bein. Er wippte mit seinem Fuß und seufzte. Er klimperte mit den Münzen in seiner Tasche.

»Wie spät ist es jetzt, bitte?«, fragte er.

»Es ist acht Minuten vor neun«, sagte Ben. »Ungefähr. Möchtest du dir vielleicht meine Uhr ausleihen?«

»Nein, nein, ich trage nie eine Uhr. Sophie, wie genau sind die Fougerays mit uns verwandt?«

Sie hörte auf, Butter auf das abgebrochene Ende ihres Croissants zu streichen, und schaute auf. »Astronomisch. Geologisch.«

»Tja, aber wie genau?«

Sie stopfte das Croissant in ihren Mund und leckte Butter von ihrem kleinen Finger. »Nun, laß mich mal nachdenken. Claude ist Guillaumes Cousin, wie du weißt. Und Guillaume war so eine Art entfernter Onkel von mir, und du bist mein Neffe, also . . .«

»Sorry, Honey«, sagte Ben. »Ich sage es ja wirklich äußerst ungern, aber du und Guillaume wart Cousin und Cousine vierten Grades.«

Sie sah ihn an. »Wirklich? Aber er ist doch soviel älter als ich.«

»Spielt keine Rolle. Eure Ur-Urgroßväter waren Brüder, und damit ist Guillaume dein Cousin, nicht dein Onkel. Und wo wir gerade so schön dabei sind, Ray hier ist dein Cousin ersten Grades, nicht dein Neffe.«

»Sei nicht albern. Er ist Jeannes Junge.«

Ben schüttelte seinen Kopf. »Und Jeanne war deine Cousine ersten Grades. Das Kind einer Cousine ersten Grades ist ein Cousin ersten Grades.«

Ray hatte diesen Streit auch früher schon gehört, und er war auf Sophies Seite. Sie und Ben waren für ihn immer Tante und Onkel gewesen, Punktum. »Aber was ist mit den Fougerays? fragte er. »Wie sind sie . . . äh, also, rein theoretisch . . . wie sind Claire und ich miteinander verwandt?«

»Weiß der Teufel«, sagte Ben.

»Ach, komm schon, Ben«, sagte Sophie. »Du verstehst doch was von diesen Dingen. Du bist schließlich Anwalt.«

Er lachte. »Ich bin Wirtschaftsanwalt. Aber ich denke – ich *denke* –, Claire ist die Tochter des Cousins ersten Grades von Rays Cousin vierten Grades – das heißt, von Guillaume –, nur von dem anderen Zweig der Familie, also . . .«

»Liebe Zeit«, sagte Ray, »tut mir leid, daß ich gefragt habe.« Er ließ sich auf dem Sofa zurücksinken. Alles, was über Cousin und Cousine ersten Grades hinausging, war ihm schon immer ein unergründliches Rätsel gewesen und war es auch jetzt noch.

In diesem Augenblick tauchte Claire auf, ruhig und gelassen in einem Trenchcoat, dessen Gürtel sie geschlossen hatte. Sie trug Lippenstift. Ray sprang auf, als wäre er gestochen worden. Nach drei Schritten drehte er sich zu Ben und Sophie um.

»Ach, vielen Dank auch«, sagte er. »Äh . . . Bis dann.« Und dann war er auch schon mit Claire verschwunden.

Sophie und Ben sahen sich an. Jeder hatte eine Augenbraue gehoben. »Ich will verflucht sein«, sagte Ben, und sein Gesicht bekam einen Ausdruck, der gewöhnlich bedeutete, daß wieder eine seiner Weisheiten bevorstand. Aber wenigstens dieses eine Mal fiel ihm keine ein.

Eine halbe Stunde später servierte Beatrice Lupis René du Rocher Café crème und Croissants. Er saß auf einem der angenehm angeordneten Sessel, auf denen auch die Butts ihr Frühstück zu sich genommen hatten. Mathilde begann ihren ersten ganzen Tag als Herrin des Herrenhauses, indem sie lange ausschlief. René dachte gerade über dieses ungewöhnliche Ereignis nach, fragte sich, wohin es wohl noch führen mochte, als vier Männer mit dunklen Baskenmützen und verschossenen blauen Kitteln – Uniform der Handwerker in Frankreich – vor der Haustür auftauchten.

»Wir sind hier, um mit der Kanalisation anzufangen, Madame«, verkündete ihr Sprecher, als Beatrice die Tür öffnete.

»Die Kanalisation?« erwiderte Beatrice und schlug sich dann mit der Hand vor die Stirn. Das hatte sie völlig vergessen. Die uralten Installationen des Hauses hatten schon seit einiger Zeit ihr Alter auf unangenehme Weise gezeigt, aber Guillaume, aus Gründen, die nur ihm allein bekannt waren, hatte es vorgezogen, das Problem zu ignorieren, so daß die einfallsreiche Beatrice es auf sich genommen hatte, dafür zu sorgen, daß jemand sich darum kümmerte. Da kein Mensch genau wußte, wo die Abflußrohre sich befanden, bestand der erste Schritt darin, den Steinboden des Kellers aufzureißen, und deswegen waren die Handwerker gekommen.

Aber jetzt war nicht der richtige Zeitpunkt dafür. Es folgte ein stürmischer Wortwechsel zwischen Beatrice und dem Vorarbeiter. Guillaume du Rocher war gerade erst ins Grab gelegt worden, machte sie dem Mann erregt klar; aus Respekt vor ihm müßte es doch sicherlich möglich sein, daß die Arbeit um eine Woche verschoben würde?

Sicher, antwortete der Vorarbeiter, benutzte seine Zunge, um einen Zahnstocher von der linken Seite seines Mundes auf die rechte Seite zu verschieben. Möglich wäre das schon, aber ein Vertrag wäre geschlossen worden, daß beginnend mit dem *heutigen* Tag Bauarbeiten mit einer voraussichtlichen Dauer von vier Tagen durchgeführt werden sollten, und das dafür nötige Werkzeug wäre auch schon den ganzen weiten Weg aus St. Brieuc herangeschafft worden. Er hätte leider keine andere Wahl, als ihnen die vertraglich vereinbarte Arbeit und die Kosten für das Werkzeug zu berechnen, ob die Arbeit nun getan werde oder nicht. Sie würden gern später wiederkommen, doch dann müßte alles noch einmal in Rechnung gestellt werden. Ihm wäre es ziemlich egal, erklärte er, und der Zahnstocher wanderte wieder auf die linke Seite. Das wäre allein die Entscheidung von Madame.

Aber es war Monsieur, der die Angelegenheit klärte. René, sich durchaus der Tatsache bewußt, daß er für die Ausgaben des Guts genauso verantwortlich war wie für die Einnahmen, kam zur Tür und schlug vor, daß es wahrscheinlich das beste wäre, die Arbeiten zu erlauben, da ja sowieso schon für alles bezahlt wäre. Außerdem würden die Männer im Keller ja nicht zu sehen sein, und wenn sie versuchten, so wenig Lärm wie möglich zu machen, die Hintereingänge benutzten und sich ganz allgemein diskret verhielten, nun, das könnte dann ja wohl kaum unschicklich sein.

Beatrice fügte sich und führte die Handwerker zum Kücheneingang hinter das Haus. René war mit dem Erfolg seines rechtzeitigen und bestimmten Eingreifens recht zufrieden, doch noch bevor er seine zweite Tasse Kaffee getrunken hatte, war der Vorarbeiter wieder zurück. Hose und Ärmel waren mit feinem grauem Staub bedeckt.

»Monsieur?« Er näherte sich erheblich zurückhaltender als zuvor; tatsächlich rang er nervös seine Hände. Hätte er seine Baskenmütze nicht im Keller gelassen, würde er sie ganz sicher jetzt in seinen Händen gedreht haben. Der Zahnstocher war nicht mehr zu sehen.

»Monsieur . . . wir haben . . . im Keller . . . wir haben was gefunden . . .«

»Was, was?« fragte René beunruhigt.

Der Vorarbeiter schluckte und machte einen weiteren Schritt auf ihn zu. »Im Keller . . . da ist ein . . . ein . . .«

6

»Ein Skelett?« Sergeant Denis hörte auf, Männchen zu malen. Er setzte sich gerade hin auf seinem harten Plastikstuhl und drückte den Telefonhörer mit seiner Schulter fester an sein Ohr.

»Ja . . . Also, das heißt, kein vollständiges. Es gibt keinen . . . keinen Kopf.«

»Keinen Kopf, aha. Monsieur du Rocher war Ihr Name?«

»Ja, René du Rocher.«

Dieses Mal notierte Denis sich den Namen. »Und Sie haben es im Keller gefunden?«

»Ja. Das heißt, die Handwerker. Es war im Boden vergraben, unter den Steinplatten. Es war, äh, in Papier eingewickelt.«

»Und Sie sind ganz sicher, daß es von einem Menschen stammt?«

Eine kurze Pause. »Nun, wir denken schon. Monsieur Fougeray, mein . . . einer meiner Gäste hat gesagt, es sei eins.«

»Er ist Arzt, dieser Mr. Fougeray?«

»Oh, nein. Ihm gehört . . . äh, er ist Metzger.«

»Metzger«, sagte Denis und schrieb pflichtbewußt mit.

»Er hat gesagt, wenn es kein Mensch ist, dann könnte es irgendein großer Affe sein, ein Gorilla vielleicht.«

Oh, ja, dachte Denis. Ein im Keller des Manoir de Rochebonne vergrabener Gorilla. In Papier eingeschlagen. Tja, die Frage war wohl ein Fehler gewesen.

»Monsieur du Rocher, bitte berühren Sie nichts . . .«

»Oh, nein, natürlich nicht.«

». . . und schließen Sie den Keller ab.«

»Ihn abschließen? Ich bin nicht sicher, ob es ein Schloß gibt.«

»Dann machen Sie die Tür zu.« Denis schwieg einen Moment. »Es gibt doch eine Tür?«

»Ja. Nun, ich bin sicher, es muß wohl eine geben.«

»Dann schließen Sie die Tür und lassen Sie niemanden hinein. Ich werde in Kürze jemanden vorbeischicken.«

»Fleury«, sagte er, als er den Hörer auflegte, »fahr raus zum Manoir de Rochebonne . . . du weißt, wo das ist?«

Fleury schaute von der ziemlich abgegriffenen Büronummer des »Lui« auf. »In der Nähe von Ploujean?«

»Ja. Jemand hat ein Skelett im Keller gefunden. Ich möchte, daß du ein Auge drauf wirfst, bis der Chef da ist. Und nimm ein paar Aussagen zu Protokoll.«

»In Ordnung«, sagte Fleury, rollte das Magazin zusammen und zwängte es wieder an seinen Platz hinter dem Aktenschrank mit den Buchstaben A–G. Er reckte sich. Nichts konnte Fleury groß überraschen. »Willst du wirklich wegen dieser Sache Monsieur Giscard anrufen? Ist doch wahrscheinlich eh nur eine Ziege.«

Denis schaute auf. »Eine Ziege? Wieso eine Ziege?«

Fleury zuckte mit den Achseln. »Wieso ein Mensch?«

Sergeant Denis beäugte ihn. Er hatte Fleury noch nie besonders gut verstanden. »Die Leute vergraben keine Ziegen in ihren Kellern.« Auch keine Gorillas. Fleury zuckte mit den Achseln. »Ist Monsieur Giscard nicht die ganze Woche bei diesem Treffen in St. Malo?«

»Es ist kein Treffen, das ist in einem Institut, sehr wissenschaftlich, mit Professoren, die gelehrte Vorträge halten. Aber man wird ihn stören müssen.«

Fleury grinste breit. »Wird ihm wahrscheinlich sogar ganz recht sein. Er wird immer brummig, wenn er mit Leuten zusammen ist, die gewiefter sind als er.«

Fleury hatte recht. Viereinhalb Tage erbarmungslos abstruser wissenschaftlicher Vorträge hatten Monsieur Giscard – das heißt, Inspektor Lucien Anatole Joly – leicht reizbar gemacht. Und die Tatsache, daß die meisten der unbestreitbar brillanten Referenten zehn oder zwanzig Jahre jünger waren als er, hatte dem auch nicht gerade abgeholfen. Sicher, es hatte ein paar Höhepunkte gegeben: Besonders Gideon Oliver war ein plausibler und einnehmender Redner mit – Gott sei Dank – Sinn für Humor, einer Eigenschaft, die unter Wissenschaftlern anscheinend nicht besonders oft anzutreffen war.

Trotzdem, welchen praktischen Wert besaß das, was er ihnen zu sagen hatte? In über zwanzig Jahren bei der Polizei hatte Joly dreimal um die Hilfe eines forensischen Anthropologen gebeten, und nicht ein einziges Mal konnte er sagen, daß es ausschlaggebend für die Aufklärung oder Nicht-Aufklärung eines Falles gewesen war. Nein, letzten Endes hing doch alles von der sorgfältig durchgeführten Anwendung der altbewährten Methodik der kriminalistischen Ermittlung ab. Ohne die gab es nichts, gleichgültig wie viele forensische Wissenschaftler man auch immer auf seiner Seite hatte, die von sternocleidomastoidalen Insertionen oder sarcosaprophagen Insekten oder dem CO_2-Gehalt des Blutes plapperten.

Am fünften Nachmittag war er unruhig und gelangweilt, und er hatte schon angefangen, sich Ausreden einfallen zu lassen, sein Büro anrufen zu können. Als er die Nachricht erhielt, genau das sollte er bitte unverzüglich tun, reagierte er darauf mit einem erleichterten Seufzer und verließ den Vortragssaal mit einem solchen Eifer, daß er über die Beine des hawaiischen FBI-Mannes stolperte, der so geruhsam auf dem Stuhl am Gang döste.

»Pardon, Monsieur«, sagte Joly.

»Keine Ursache«, sagte der FBI-Mann freundlich, ohne seine Augen zu öffnen.

Nachdem er mit Denis gesprochen und wieder aufgelegt hatte, rief Joly den Staatsanwalt Picard an, um ihn über den Fall zu informieren, wie es seine Pflicht war. Dies tat er wie gewöhnlich mit einigem Unmut. Freundlich und harmlos mochte er ja sein, aber Monsieur Picard war kein Polizist und dachte nicht wie einer, und ihm zu unterstehen war eine empfindliche, niemals endende Frustration. Das war die eine Sache, die Joly am amerikanischen Rechtssystem mit seiner unmöglichen Dezentralisierung der Polizeigewalten in Tausende sich streitender Zuständigkeitsbereiche bewunderte. Wenigstens standen sie nicht unter der Fuchtel des verdammten Gerichtswesens.

Picard, nie damit zufrieden, die Profis einfach ihre Arbeit tun zu lassen, würde sich schon irgendeinen Weg einfallen lassen, wie er sich einmischen konnte, selbst bei einem Fall wie diesem.

Was er in der Tat auch machte. »Hören Sie, Joly«, sagte er, nachdem er die Einzelheiten gehört hatte, »ist nicht auch dieser amerikanische Knochenexperte auf Ihrem Kongreß?«

Joly machte sich kaum Gedanken darüber, daß das Knirschen seiner Zähne womöglich auch am anderen Ende der Leitung zu hören war. »Jawohl, Monsieur«, sagte er, soweit man das tun konnte, ohne dabei den Mund aufzumachen.

»Nun, ich habe da eine wunderbare Idee. Warum sprechen Sie nicht einfach mit ihm und hören mal, ob . . .«

Nach seinem dritten Referat der Woche blieb Gideon noch ein paar Minuten hinter seinem Pult und beantwortete die Fragen der wenigen Leute, die sich um ihn gedrängt hatten. Doch auch das war schnell vorbei; die Kongreßteilnehmer waren sehr darauf versessen, die kurze Kaffeepause voll auszunutzen, um sich für die bevorstehende Sitzung über ›Neueste Fortschritte der Ionisierungsanalyse mittels der Gaschromatographie und der Massenspektroskopie‹ zu stärken.

Als sie fort waren, begann er die beiden Schädel und verschiedene Knochen einzupacken, die die Universität von Rennes ihm ausgeliehen hatte. (Er hatte ursprünglich sein eigenes Demonstrationsmaterial aus dem Anthropologie-Labor in Port Angeles mitbringen wollen, doch die Postbehörden dort hatten auf sein Ansinnen, menschliche Leichenteile über internationale Grenzen zu verschicken, etwas unbehaglich reagiert, und so war es ihm zum Schluß einfacher vorgekommen, sich in Frankreich welche auszuborgen.) Er fühlte sich beschwingt, als er die Knochen in Styropor-Chips verpackte. Zum einen liefen die Vorträge gut; zum anderen war es sehr angenehm, an einem Kongreß ausschließlich als Referent und nicht als Besucher teilnehmen zu können. Das bedeutete, er konnte Vorträge einfach auslassen, wenn ihm danach war. (Was er natürlich immer konnte, aber so hatte er wenigstens kein schlechtes Gewissen dabei.) Und da die Ionisierungsanalyse alles andere als eine hypnotische Anziehungskraft auf ihn ausübte und das Wetter sich aufheiterte, beschloß er, ein Taxi in die Altstadt zu nehmen und einen Spaziergang auf den berühmten Wällen zu machen.

John Lau kam, aus einem Becher Kaffee schlürfend, zu ihm geschlendert und hielt ihm ebenfalls einen Becher hin. »Hier. Der ist gut.«

»Aaah, danke, John.« Dankbar nahm er einen Schluck. »Tut mir leid, wenn ich dir dein Nickerchen verdorben habe.«

John lachte, das plötzliche, babyähnliche vergnügte Glucksen, das Gideon immer wieder lächeln ließ. »Sorry, Doc. Ich hätte nicht gedacht, daß es dir aufgefallen ist.«

»Erst als du angefangen hast zu schnarchen.«

»Ach, he, komm schon. Jedenfalls, es lag ja nicht an deinem Referat. Es war dieses zweite Bier zum Mittagessen.«

»Es war das *dritte* Bier.«

Der kräftige FBI-Mann überlegte ernst. »Ja, das auch«, sagte er.

»Wie wirst du nur anderthalb Stunden über Ionisierungsanalyse überstehen?« fragte Gideon ohne jedes Mitleid. John war Besucher des Kongresses; er sollte seine Nachmittage nicht mit Spaziergängen in St. Malo verbringen.

John blies seine Wangen auf und ließ die Luft langsam entweichen. »Ach, Himmel. Ich . . .« Er drehte sich um und machte einen Schritt zur Seite; Gideon kannte das inzwischen als das instinktive Unbehagen eines Polizisten, der jemanden hinter sich spürte.

»Entschuldigen Sie«, sagte der Mann mit einer kultivierten, nasalen Stimme und nur einem leichten französischen Akzent. »Ich wollte Sie nicht unterbrechen.«

»Schon in Ordnung.« Gideon erkannte ihn wieder; ein großer, kahlköpfiger, sehr distanzierter und ziemlich steifer Mann, der das Double für Valéry Giscard d'Estaing hätte spielen können, wäre da nicht seine glänzende Brille mit Stahlgestell gewesen. Bislang hatte er Gideons Referate nüchtern und aufmerksam verfolgt und mehrere höfliche, intelligente Zwischenfragen gestellt, aber immer mit einer diskret versteckten, unauffällig überheblichen Skepsis; ein Mann, der nicht geneigt war, das Urteil eines anderen, sondern nur sein eigenes anzunehmen. Er gehörte haargenau zu der Sorte, deren Haltung oder Art und Weise zu sprechen oder vielleicht auch deren bloße Anwesenheit Gideons nicht zu tief begrabene Unsicherheiten an den Tag brachten. Er mußte nur über seine lange Nase auf ihn herabschauen, und schon fühlte Gideon sich wie ein Zehnjähriger in den Kleidern eines Erwachsenen, der dabei erwischt worden war, wie er zum Spaß einen Wissenschaftler spielte.

»Ich bin Inspektor Joly vom BPJ – dem Bureau de Police Judiciaire«, sagte der und blickte über seine lange Nase herab.

John streckte seine Hand aus. »John Lau, FBI, Seattle.«

Joly deutete vor beiden eine förmliche Verbeugung mit geradem Rük-ken an und schüttelte ihnen feierlich die Hände.

»Es hat sich etwas ergeben, das Sie vielleicht interessieren könnte, Dr. Oliver . . .«

»Gibt es irgendeinen besonderen Grund anzunehmen, daß es von einem Menschen stammt?« fragte Gideon, als Joly mit dem blauen Renault den Parkplatz des neuen Kongreß- und Ausstellungszentrums von St. Malo verließ und in südlicher Richtung auf den Boulevard des Talards einbog. Sie umfuhren den Industriehafen Bassin Bouvet, wo riesige Kräne wie gewaltige Spinnen zwischen den aufgestapelten Containerladungen mit Kohle, Dünger und Holzschliff entlangglitten.

»Ja, die Aussage eines Metzgers«, sagte Joly trocken. »Abgesehen davon gibt es anscheinend einige Handknochen. Ich nehme an, es gibt wohl keine anderen Tiere, die etwas Ähnliches wie menschliche Hände besitzen – natürlich abgesehen von den Affen.«

»Doch, das gibt es. Das Skelett einer Bärenpranke ist leicht mit einer menschlichen Hand oder einem Fuß zu verwechseln. Ja sogar die Flosse eines kleines Wales.«

»Aha«, sagte Joly.

John, der schnell die Einladung des Inspektors angenommen hatte, sich das französische kriminalpolizeiliche Ermittlungssystem in Aktion anzuschauen, meldete sich vom Rücksitz. »He, toll, wir schränken die Möglichkeiten schon gewaltig ein. Es ist entweder ein Mensch, ein Bär oder ein Wal. Der Fall ist schon so gut wie gelöst.«

»Nicht ganz«, sagte Gideon, »es besteht immer noch die Möglichkeit eines polydaktylischen Schweines; das heißt, eines, bei dem die primären Metapodien sich verkürzt und verdoppelt haben. So ungewöhnlich ist das wirklich nicht . . .«

Es gab da so einen gewissen, nicht näher beschreibbaren Gesichts-ausdruck, mit dem John Ausdrücke wie ›polydaktylisches Schwein‹ aufnahm, und genau diese Miene setzte er jetzt auf, während er mit einem knurrenden Murmeln in die Sitzpolster zurücksank. Joly war dezenter, doch Gideon bemerkte ein fast nicht wahrnehmbares Anspannen seiner Lippen, was darauf hindeutete, daß der Inspektor nichts von mangeln-dem Ernst in Polizeiangelegenheiten hielt. Gideon seufzte und ließ das

Thema der polydaktylischen Schweine fallen. Beschränkte Interessen, diese Polizisten. Und empfindlich noch dazu.

»Irgendeine Idee, wer es sein könnte?« erkundigte sich John, als der Wagen auf die N 137 einbog und sie die Häuser der Stadt allmählich hinter sich ließen. »Irgendwelche ungeklärten Mordfälle? Vermißte Personen?«

»Wir ziehen gerade bei dem örtlichen Polizeipräfekten Erkundigungen ein«, sagte Joly, »aber Sie dürfen nicht vergessen, daß es sich hier um ein altes, im fünfzehnten Jahrhundert erbautes Haus handelt. Die Knochen könnten schon seit Jahrhunderten dort liegen. Und außerdem, nun . . .«

»Und außerdem?« hakte Gideon nach.

»Nun, jedesmal, wenn sich so etwas wie das hier ergibt, muß man immer auch die Besatzung in Betracht ziehen. Wissen Sie, in der Bretagne war der Widerstand sehr aktiv. Und das Dorf Ploujean war 1942 Schauplatz einer Massenexekution. Solche Dinge . . . So was führt zu sehr starken Emotionen.«

»Kann ich mir vorstellen«, murmelte Gideon.

»Nein, nicht nur gegen die Deutschen. Ich meine, auch unter den Dorfbewohnern. ›Wenn du und deine Brüder nicht dieses SS-Motorrad in die Luft gejagt hätten, wären meine Mutter und mein Vater nicht erschossen worden.‹ In dieser Richtung etwa. Und – ich will ganz offen sein – neben den Helden der Résistance gab es genauso Kollaborateure. Es gab eine Menge ungeklärter Todesfälle; damals sind viele Leute auf rätselhafte Weise verschwunden.«

»Und Sie denken nun, daß die Knochen so was sind?« fragte John. »Ein Mord aus der Zeit des Krieges?«

Joly schürzte seine Lippen und zuckte mit den Achseln, sah sehr französisch aus. »Wer weiß? Wir haben sie ja noch nicht mal gesehen. Aber das würde ich zunächst vermuten, und wenn es stimmt, kann es sehr gut sein, daß Sie das BPJ nicht von seiner energischen und unermüdlichen besten Seite erleben werden. Ich denke, daß wir die Sache auf die dezenteste Art und Weise klären werden: Diese Knochen wieder vergraben und sie in Frieden ruhen lassen.«

John war schockiert. »Aber es ist doch ein Mord! Sie haben hier doch keine Verjährungsfrist für *Mord*, oder doch?«

»Das ist es nicht, mein Freund«, sagte Joly. »Nach dem Krieg gab es eine schreckliche Zeit der Vergeltung. Es hat nicht lange gedauert, aber ich erinnere mich noch gut an die Morde, die Prozesse, daran, wie Leute nackt durch die Straßen gejagt wurden, an das Bespucken ... Ah, mein Gott, einmal ...«

Aber mehr würde Inspektor Joly wahrscheinlich nicht von seinen Gefühlen zeigen, erkannte Gideon. Er schloß seinen Mund, fuhr dann gelassener fort. »Nun, heute ist das alles jedenfalls fast fünfzig Jahre her. Die alten Wunden sind verheilt. Niemand möchte mehr daran rühren.« Er lächelte dünn. »Und unsere deutschen Freunde füllen unsere Hotels als zahlende Gäste.« Sie saßen schweigend im Wagen, während der weite Himmel und die niedrigen Dünen der bretonischen Küste zunächst den sanften Hügeln der Rance-Mündung und dann der düsteren Heidelandschaft und den dunklen kleinen Wäldern des Binnenlandes wichen. An einer Kreuzung mit einer schmalen Schotterstraße zeigte ein primitives hölzernes Schild mit dem Wort ›Ploujean‹ nach links. Joly bog ab, und nach zwei oder drei Meilen kamen sie zu einer Metalltafel an der Einmündung einer noch schmaleren Straße, die auf beiden Seiten von alten Platanen gesäumt wurde: ›Manoir de Rochebonne, XVième Siècle, 1000 m à droite.‹

»Das ist nicht Ihr Ernst!« rief Gideon. »Fahren wir dort hin? Nach Rochebonne?«

»Sie kennen es?« sagte Joly überrascht.

Er kannte es tatsächlich. Vor ein paar Jahren, als er noch an der Northern California State University lehrte, hatte er den größten Teil des Sommers in der Dordogne, in der Nähe von Les Eyzies, an der Ausgrabung einer spätsteinzeitlichen Fundstelle teilgenommen. Auf Einladung von Ray Schaefer von der Abteilung für vergleichende Literaturwissenschaft, der seinen Sommer »auf dem Familiengut« verbrachte, war er übers Wochenende zu ihm in die Bretagne gefahren. Er war nur ungern gefahren (er fühlte sich selten wohl, wenn er bei anderen Leuten zu Hause war, und das Bild, das Ray von seinem Onkel Guillaume gemalt hatte, war äußerst furchterregend), aber zu seiner größten Überraschung waren es zwei sehr entspannende und stimulierende Tage gewesen.

Das elegante alte Gebäude, abgesehen von ihnen und zwei Dienern leer und verlassen, war nach dem staubigen Höhlengelände im Süden ein phantastischer Ort gewesen, um einfach herumzulümmeln. Ray war schüchtern wie immer gewesen, und Guillaume du Rocher hatte sich, nachdem seine unnahbare und frostige Schale erst einmal aufgebrochen war, als eine sehr angenehme Gesellschaft herausgestellt.

Anders als viele Muschelsammler war er ein belesener Kenner der Meeresbiologie im speziellen und der Biologie im allgemeinen, und beim Abendessen des zweiten Tages hatten er und Gideon eine leidenschaftlich geführte, höchst unterhaltsame Debatte darüber, ob die Neandertaler einen Anspruch auf einen Zweig am Ast der Gattung Homo des Baumes der Hominiden hatten oder nicht. Sie hatten sich, zu Rays größter Überraschung, in herzlicher Freundschaft getrennt und eine sporadische Korrespondenz aufrechterhalten, die zum größten Teil aus mit gelben Unterstreichungen und emphatischen Randnotizen versehenen Artikeln wissenschaftlicher Fachzeitschriften bestand.

»Ja«, sagte Gideon. »Ich kenne Rochebonne.« Tatsächlich hatte er sogar vorgehabt, am Wochenende im Gutshaus einen Besuch abzustatten. »Außerdem kenne ich auch Guillaume du Rocher, und ich habe so eine Ahnung, daß er nicht gerade besonders begeistert sein wird von einem Haufen Polizisten, die in seinem Haus herumlaufen und seinen Keller umgraben.«

»Sie waren befreundet?« fragte Joly mit einem merkwürdigen Tonfall.

»In gewisser Weise ja.« Er warf dem Inspektor einen kurzen Blick zu. »Sagten Sie *waren*?«

»Es tut mir wirklich sehr leid, es Ihnen sagen zu müssen, Dr. Oliver . . . Guillaume du Rocher ist tot.«

»Oh, nein«, flüsterte Gideon. Es tat ihm leid, überraschte ihn allerdings nicht wirklich. Es war schon erstaunlich, daß Guillaume mit seinem vom Krieg ruinierten Körper überhaupt so lange gelebt hatte. »Woran ist er gestorben?« fragte er.

»Er ist in der Bucht des Mont St.-Michel von der Flut überrascht worden, als er Muscheln gesammelt hat. Am Montag, wenn ich mich recht entsinne. An dem Tag, an dem der Kongreß begann. Ein Bericht wurde für die Akten erstellt.«

Gideon nickte, lächelte leicht. Tja, irgendwie hatte es schon seine Richtigkeit. Guillaume war es so wohl lieber: lieber dort draußen auf dem

Boden des Meeres, als daß seine kaputten Nieren oder die Leber versagt hätten, während er unter einem Haufen Schläuche begraben in einem Krankenhausbett lag. Aber trotzdem war es ein Jammer; Gideon hatte sich schon darauf gefreut, ihre alte Diskussion wieder aufzunehmen.

Sie bogen durch das offene Tor, ein eisernes Gitter zwischen zwei hohen Pfosten mit steinernen Kugeln darauf, die einzige Öffnung in einer niedrigen Mauer aus mit Flechten überzogenen Granitblöcken. Auf der linken Seite war man dabei, das, was einmal ein kleiner Küchengarten gewesen war, gerade erheblich auszubauen. Handwerker setzten die Mauern für ein hochliegendes Beet, und Haufen von Bauholz und schwarze Erde bedeckten den Boden.

Ansonsten war alles beim alten geblieben. Das Gutshaus selbst lag auf der rückwärtigen Seite eines vielleicht siebzig Meter tiefen, mit feinem Kies bestreuten Hofes; ein graues Steingebäude, auf seine klobige Art immer noch genauso schön, wie er es in Erinnerung hatte, mit fünf schlanken steinernen Kaminen und einem komplexen Wirrwarr kleinerer Seitenflügel, die nach hinten abzweigten.

Ein großer Teil der Fassade war von Efeu überwuchert – eine solide, wogende grüne Fläche, als er im Sommer hier gewesen war, aber jetzt begannen sich gerade erst neue rostfarbene Blätter zu bilden, so daß man die dicken, knorrigen alten Stämme sehen konnte, die sich an die Steinblöcke klammerten. Die einzigen Anzeichen von Pomp waren die frühbarocken Verzierungen um die Fensterflügel, Schnörkel und Rosetten, die an der ansonsten klassischen Fassade ein wenig deplaziert und gedrückt wirkten. Ein altes, ausgewaschenes steinernes Wappen, möglicherweise älter als das Gebäude selbst, war über dem Rundbogen der Tür in die Wand eingelassen worden.

Mit dem Knirschen der Reifen auf dem Kies hielt Joly den Wagen direkt vor der Tür an. John schaute zu dem Wappen hinauf, als er ausstieg.

»Ein *Pudel*?« sagte er nach einem Augenblick.

»Ein Löwe, glaube ich«, sagte Gideon. Nicht daß er nicht wie ein Pudel aussah.

»Ein Löwe«, bestätigte Joly, »der das Halsband des Ordens von St.-Michael trägt. Ein Familienemblem, nehme ich an. Damals haben sie nicht besonders viele Löwen zu sehen bekommen.«

»Ich verstehe«, sagte John.

Ihr Klingeln wurde von einer korpulenten Frau in einem riesigen braunen Hauskleid beantwortet, die die Tür fünfzehn Zentimeter weit öffnete und unfreundlich zu ihnen herausschaute.

»Bonjour, Beatrice«, sagte Gideon.

Sie reckte ihren Kopf weiter nach vorne, um ihn besser sehen zu können. »Aaah«, sagte sie, wobei ihre Augen sofort freundlicher wurden, »der Gentleman mit dem guten Appetit!«

Gideon lachte. »Nett, Sie zu sehen.«

»Kriminalpolizei, Madame«, sagte Joly streng, zeigte ihr seinen Ausweis. »Dürften wir bitte hereinkommen?«

Kaum waren sie durch die Vorhalle und in den Salon gegangen, kam auch schon ein kleiner Mann mit rosafarbenen Wangen und einem spärlichen Schnurrbart auf sie zugeeilt. »Ich habe die Polizei verständigt, Inspektor«, sagte er stolz. »Mein Name ist René du Rocher.« Er streckte seine Hand aus, und Joly schüttelte sie, wieder mit einer knappen steifen Verbeugung.

Du Rocher machte eine ausholende Handbewegung über den Raum, in dem mehrere Personen in kleinen Gruppen zusammensaßen. »Das sind Mitglieder meiner Familie. Meine Frau . . .«

Joly fiel ihm kurzerhand ins Wort. »Vielleicht wären Sie zunächst mal so gut, uns die sterblichen Überreste zu zeigen, Monsieur.«

»Natürlich, Inspektor. Gewiß.« Er führte sie forsch durch den Raum. Einer der Männer lächelte Gideon – wie vertraut – besonders freundlich an. Krumme Schultern und zierlich; irgend etwas an ihm erinnerte Gideon an Ray Schaefer; es war vielleicht ein Verwandter von ihm, den er bei seinem früheren Besuch auf Rochebonne kennengelernt hatte. In dem Falle hatte er es jedenfalls vollkommen vergessen. Ein wenig unsicher erwiderte er das Lächeln im Vorbeigehen.

Der große Keller roch feucht und war düster, beleuchtet von vier nackten Glühbirnen, die von einem Kabel baumelten, das mit Krampen an einer beunruhigend durchhängenden Decke befestigt war. Vor einer der Steinwände stand ein alter, wackliger Arbeitstisch, auf dem ein unordentliches Päckchen lag, das wie verrottetes weißes Pergamentpapier aussah, stark befleckt mit Blut und Erde oder beidem. Das Päckchen war geöffnet und sein Inhalt unter einer Tischlampe ausgebreitet worden, um ein Durcheinander gelblichbrauner Knochen zu zeigen.

Im vorderen Teil des Raumes waren einige der großen rechteckigen Bodenplatten entfernt und wahllos auf einen Haufen geworfen worden, wodurch eine Fläche von etwa vier mal einem Meter Erde freigelegt worden war. In dieser Fläche war ein etwa sechzig Zentimeter breiter Graben ausgehoben worden, der allerdings schon nach knapp einem Meter aufhörte. Eine Spitzhacke und zwei Schaufeln lagen noch da, wo sie auf dem Erdhaufen fallen gelassen worden waren. Um den kurzen Graben herum war mit Kreide eine Linie gezogen worden.

»Macht man so was auch für ein Skelett, das in ein Päckchen eingeschlagen worden ist?« sagte John. »Ihr Jungs seid wirklich *gründlich*.«

Joly sah ihn einen Augenblick nachdenklich an, wobei seine Oberlippe länger denn je wurde, beschloß dann jedoch, darauf keine Antwort zu geben.

»Tag, Fleury« sagte er zu einem kleinen Mann mit hängenden Lidern in einem zugeknöpften Anzug und mit einem roten Schal, den er sich mehrmals um den Hals gewickelt hatte. »Es ist nichts angerührt worden?«

»Nicht, wenn man die Leute von der Spurensicherung nicht mitzählt«, sagte Fleury, der den Eindruck vermittelte, als würde er seinen Chef mit schläfriger, skeptischer Belustigung behandeln, bis sich zeigte, daß das sardonische V seiner Augenbrauen immer so war. »Die waren eine Stunde lang hier.«

»Und?«

»Das Übliche. Sie sind auf dem Bauch rumgekrochen und haben alle möglichen Sachen mit Pinzetten aufgesammelt und in ihre kleinen Plastiktüten getan, aber ich glaube nicht, daß sie irgendwas gefunden haben. Aubin sagte, es wäre seiner Meinung nach aus dem Krieg, vielleicht sogar noch älter.«

Joly nickte. Er ging zu dem leeren Graben und hockte sich davor, nachdem er vorher sorgfältig seine Hose hochgezogen hatte. Er trug Sockenhalter, eine Tatsache, die Gideon im Einklang mit dem zu stehen schien, was er für die gesamte Lebenseinstellung des Inspektors hielt. Nachdem er ein paar Augenblicke in das leere Loch gestarrt hatte – wenn es dort irgendwas zu sehen gab, bemerkte Gideon es jedenfalls nicht –, stand er auf und wischte sich seine tadellos sauberen, grau gekleideten Knie ab, die keine dreißig Zentimeter an die Erde herangekommen waren.

»Sollen wir uns jetzt die Überreste ansehen?« sagte er. »Vielleicht stellen wir besser sofort klar, daß wir es nicht mit einem polydaktylischen Schwein zu tun haben.«

»Das haben wir nicht«, sagte Gideon. »Das sehe ich schon von hier.«

»Aus zehn Meter Entfernung? Ich sehe nur ein paar Rippen.« Sie begannen zu dem Tisch hinüberzugehen.

»Das reicht schon, um zu beweisen, daß es die Überreste eines Zweibeiners sind.« Wie immer glitt Gideon problemlos in seinen dozierenden Tonfall. »Die Brustkörbe vierfüßiger Tiere besitzen mehr oder weniger die Form von Eimern, um die inneren Organe zu stützen. Bei Zweifüßlern aber drücken die Eingeweide natürlich nicht auf die Rippen; es ist das Becken, das ihnen Halt gibt, daher besitzen die Rippen weitere Bögen, um den Organen mehr Platz zu bieten.«

»Ah«, sagte Joly. »Ja, ich verstehe.«

»Diese da« – Gideon deutete mit seinem Kopf auf die Knochen – »haben rundliche Bögen, als muß es ein Zweifüßler sein. Und da es kein anderes großes zweibeiniges Tier gibt – Affen sind im Grunde Vierfüßler und besitzen den gleichen Körperbau –, muß es ein Mensch sein.«

»Wie wär's mit einem Strauß?« fragte John.

Joly sah ihn stirnrunzelnd an, doch Gideon lachte. »Oder ein Strauß«, räumte er ein.

Am Tisch nahm John eine Ecke des verknitterten Papiers zwischen zwei Finger. Es brach sofort. »Kann man wohl sagen, ziemlich alt.«

»Hmh«, machte Joly, »Ja. Schwer zu sagen, ob das Braun auf dem Papier Blut oder Erde ist. Das Labor wird es herausfinden.« Gedankenverloren befingerte er ein Stück der morschen Schnur, die unter dem Druck sofort zu Staub zerfiel, dann musterte er die Knochen. »Nun, Professor, ist ja nicht gerade viel. Keiner der Kriterium-Knochen, ich glaube, so haben Sie sie doch genannt: kein Schädel, kein Becken, keine langen Knochen.«

»Nein.« Gideon zog ein tragbares Heizgerät näher und musterte die mit Erde verschmierten Knochen, ohne sie zu berühren. Ein Brustkorb, einschließlich der Wirbelsäule und beider Schulterblätter, auf dem Rük-ken liegend, wobei die Rippen jetzt aufeinandergefallen waren wie parallele Reihen von Dominosteinen. Reste von getrocknetem braunem Knorpel hielten selbst jetzt noch ein paar der Gelenke zusammen; darunter der größere Teil einer rechten Hand, ebenfalls noch zusammengehalten durch ausgetrocknete Knorpel; einzelne zusätzliche Hand- und Fußknochen. Sie lagen schon eine ganze Weile dort; keine Spur mehr von dem unverwechselbaren Kerzenwachsgeruch – der Geruch des Fettes im Knochenmark –, den Knochen noch viele Jahre absonderten, nachdem das weiche Gewebe längst verfault war. Und die Knochen waren bereits spröde geworden und begannen, durch die Temperaturschwankungen vieler Sommer und Winter rissig zu werden. Also waren sie mindestens zwanzig Jahre dort, möglicherweise auch schon länger.

Ganz bestimmt länger. Da, in den brüchigen Schulterblättern und Schlüsselbeinknochen, waren durch den sauren Boden kleine Taschen Kalziumphosphat ausgewaschen worden. Also mindestens dreißig Jahre . . . nein, vierzig, und vielleicht sogar noch länger.

Aber auch wieder nicht viel länger. Da war keine Spur von Mineralisation – der »Versteinerung« – zu entdecken, die nach fünfzig oder hundert Jahren in einem Boden wie diesem ganz sicher stattfinden würde. Also: Länger als dreißig, weniger als fünfzig Jahre. Jolys Vermutung eines Mordes während des Krieges war höchstwahrscheinlich richtig.

»Sie haben recht, was das Alter betrifft«, sagte er. »Ich würde sagen, es liegt hier seit vierzig oder fünfzig Jahren. Und Sie haben ganz sicher recht, daß es eine merkwürdige Sammlung ist. Wir haben hier nur etwa ein Drittel eines Körpers, wenn wir davon ausgehen, daß alles zu einem Körper gehört, aber die Knochen sind nicht einmal aneinandergrenzend. Hände, Füße und Torso.«

»Und wo ist dann der Rest?« murmelte John. Er klopfte mit einem Fuß auf den steinernen Boden und gab sich die Antwort selbst. »Auch hier drunter, meinst du? In einem anderen netten kleinen und hübsch verschnürten Päckchen?«

Joly schüttelte stirnrunzelnd seinen Kopf. »Wenn man eine Leiche unter dem Boden eines Kellers vergraben will, wieso sich dann erst die Mühe machen, sie zu zerstückeln? Eine Leiche zu zerstückeln ist eine sehr unschöne und mühselige Sache.«

»Hab ich auch schon mal gehört«, sagte John leise.

Joly runzelte weiter seine Stirn. »Torso, Hände, Füße. Schwer zu ahnen, was das soll.«

»Na, so schwer kommt es mir aber auch wieder nicht vor«, sagte John. »Sie könnten die Leiche in kleine Stückchen gehackt haben, vielleicht um sie von oben hier runterzuschaffen, ohne daß irgendwer was davon mitkriegt – also immer nur ein paar Stücke auf einmal –, und dann haben sie die Brocken einfach zu kleinen Päckchen gepackt, die genau unter verschiedene Steinplatten paßten. Das heißt: wahllos.«

»Vielleicht«, sagte Joly nicht besonders überzeugt.

»Tja, Sie werden wohl auch noch den restlichen Boden aufgraben lassen müssen, was?«

»Sehr wahrscheinlich.«

»*Wahrscheinlich*? Ich meine, Himmel, Sie haben hier ein Drittel von einer Leiche . . .«

»Zuerst werde ich«, sagte Joly steif, »mit einigen der Leute dort oben sprechen wollen. Wir werden sehen, wohin uns das führt.« Er drehte sich zu Gideon um, der die Knochen genau studiert hatte. »Und was können Sie uns sagen, Professor?«

»Im Moment ist es schwer, viel zu sagen«, erwiderte Gideon. »Wie Sie schon sagten, die meisten nützlichen Knochen sind nicht hier. Aber es ist ganz sicher ein Erwachsener. Die Epiphysen sind alle geschlossen, das Knochenwachstum ist abgeschlossen. Allerdings auch kein älterer Mensch; keine offensichtliche Knochenbildung im Bereich der Synovialis und auch kein starker Abrieb des Gelenkknorpels.«

»Ein Erwachsener«, sagte Joly. »Jemand im Alter von sagen wir zwanzig bis sechzig Jahren?«

»Zwanzig bis fünfzig.«

»Ich verstehe.« Er wartete darauf, daß Gideon fortfuhr, doch Gideon hatte nichts mehr hinzuzufügen. »Und das ist alles, was es uns wahrscheinlich sagen wird?« fragte Joly. Das, verriet sein kühler Blick, war nicht die bravouröse Darbietung, die er sich von dem Knochendetektiv aus Amerika erwartet hatte. »Gibt es keinerlei Anhaltspunkte bezüglich der Rasse? Des Geschlechtes, der Größe, irgendwelcher unverwechselbarer Charakteristika? Auf die Todesursache . . .?«

»Sorry«, sagte Gideon mit einer Spur Verärgerung in der Stimme.

Polizisten, hatte er gelernt, fielen zu etwa gleichen Teilen in zwei Kategorien: diejenigen, die Wunder von ihm erwarteten, und diejenigen, die hinter allem nichts als faulen Zauber vermuteten. Joly war ihm nicht wie der Typ vorgekommen, der Wunder erwartete. »Lassen Sie mir ein paar Stunden Zeit, Inspektor. Ich muß diese Knochen hier ausbreiten und sie mir gründlich ansehen.«

»In Ordnung, zwei Stunden. Fleury, Sie kommen mit. Mr. Lau, vielleicht wäre es interessant für Sie, mich zu begleiten? Ich bin sicher«, fügte er, distanziert höflich, hinzu, »es wäre sehr hilfreich.«

John schüttelte den Kopf. »Nicht bei meinem Französisch, ganz sicher nicht. Ich denke, ich bleibe hier unten bei dem Doc. Vielleicht kann ich ja noch was lernen.« Er lachte plötzlich, und Hunderte kleiner Fältchen zogen sich zu oft benutzten Lachfalten um seine schwarzen Augen zusammen. »Könnte sein, daß ich bei dem Vortrag heute das eine oder andere nicht mitgekriegt habe.«

7

Mit geneigtem Kopf schaute John den beiden nach, wie sie die Treppe hinaufgingen. Dann sah er Gideon an. »Er mag mich nicht.«

»Ach, er mag dich schon. Aber du hast ihn wirklich fast genötigt, den ganzen Boden umzugraben.«

»Ja, wahrscheinlich hab ich das, aber, heilige Scheiße . . .«

»Und wahrscheinlich findet er auch, daß du für einen Cop ein bißchen zu frivol bist.«

»Ich?« sagte John mit aufrichtiger Überraschung. »Frivol?« Er schüttelte seinen Kopf. »Nee, er mag mich einfach nicht. Ich kann das nicht verstehen.«

»Ich gebe zu, es geht über jede Vorstellungskraft weit hinaus«, stimmte Gideon zu und begann die Knochen etwa in ihrer anatomisch richtigen Lage auszubreiten, um zu sehen, was er hatte. Zuerst den Brustkorb. Alles war da: zwölf Paar Rippen, Brustbein, beide Schulterblätter, beide Schlüsselbeine, siebzehn Rückenwirbel vom fünften Halswirbel bis zum zweiten Lendenwirbel. Der oberste und der unterste Wirbel trugen derbe Furchen; bei der Zerstückelung des Körpers hatte jemand an den offensichtlichen Stellen zugeschlagen – durch den Hals unmittelbar unter dem Kiefer (das heißt, genau zwischen dem fünften und vierten Halswirbel) und durch die fleischige Taille unmittelbar oberhalb der Hüftknochen (zwischen dem vierten und fünften Lendenwirbel).

Er nahm einen losen Wirbel in die Hand, den ersten Lendenwirbel, und ließ seinen Daumen über dessen Unterkante gleiten, dann machte er das gleiche mit dem zweiten. »Aha, hier haben wir was. Sieh dir das an, der Beginn einer Osteoarthrose. Hier, vom Zentrum aus gesehen an der Seite der Synarthrose ...«

»Doc ...!« Soweit Gideon wußte, gab es nur einen einzigen Umstand, der jemals einen jammernden Unterton in John Laus Stimme brachte.

»Oh, 'tschuldige«, sagte Gideon schnell. »Ich meinte diesen Wulst entlang des Randes, siehst du ihn? Diese Art Wall ...«

»Also, wieso hast du das nicht gleich gesagt?« brummte John, wie er es schon viele Male zuvor getan hatte. Er sah den Knochen scharf an und ließ seine Finger über den Rand gleiten. »Okay, ich kann's fühlen ... Ja, genau hier«, sagte er vergnügt. Unduldsam gegenüber medizinischen Fachausdrücken mochte er ja sein und während langer Vorträge auch nicht gerade seine beste Zeit haben, aber er war ein eifriger Schüler, immer interessiert. »Was ist das, Arthritis?«

»Richtig. Die typische Verschleißarthritis, die uns alle früher oder später erwischt. Teil des normalen Alterungsprozesses. Die meisten Menschen merken es ziemlich deutlich im Kreuz, wenn sie auf die vierzig zugehen, und mit zunehmendem Alter wird es immer deutlicher – und auch lästiger.«

»Vierzig«, sagte John ernst, während eine Hand zu seinem eigenen Kreuz wanderte. »Jesus.« Er war einundvierzig, sechs Monate älter als Gideon.

Gideon legte den Knochen wieder zurück. »Da der Wulst sich offenbar gerade erst gebildet hat, würde ich sagen, daß er unter vierzig und über dreißig ist. Vielleicht einunddreißig, dreiunddreißig. Das müßte Joly erfreuen.« Er grinste. »Ich bin nicht sicher, aber der Inspektor ist mit mir wohl auch nicht besonders glücklich.«

John nickte. »Ja, also, für einen Professor bist du auch ganz schön frivol. Wahrscheinlich mag er es nicht, wenn du bei deinem Referat auf dem Tisch sitzt. He, hast du *er* gesagt?«

»Stimmt. Er ist männlich.«

»Und wieso hast du Joly dann gesagt, du würdest das Geschlecht nicht kennen? Und« – seine Augen verengten sich zu schmalen Schlitzen – »hast du uns nicht heute erst gesagt, du könntest keine definitive Aussage über das Geschlecht machen, solange du nicht das Becken hast, oder den Schädel, oder was war das ... den Kopf des Femur ...?«

»Richtig«, sagte Gideon überrascht. »Ich bin tief beeindruckt.«

John zuckte bescheiden mit den Achseln. »Irgendwas muß mich für eine Minute oder so geweckt haben. Aber woher weißt du, daß es ein Mann war?«

Eine berechtigte Frage, aber nicht so leicht zu beantworten. Das Problem bestand darin, daß es zwar schwer zu *begründen* war, daß aber nach fast fünfzehn Jahren Beschäftigung mit dem menschlichen Skelett seine Augen und Fingerspitzen es ihm einfach sagten; dieser traurige Haufen Knochen hatte einmal den Körper eines Mannes getragen, nicht den einer Frau. Aber er konnte Joly nicht so ohne weiteres gegenübertreten und ihm sagen, daß er es einfach wußte – ihm, der auf dem Kongreß so verbissen aufmerksam gewesen war und solche umständlich scharfsinnigen Fragen gestellt hatte, und der sich so regelmäßig Notizen gemacht hatte, in einer zweifellos ordentlichen und sorgfältigen Handschrift. Es war eine Frage des intuitiven, nicht näher bestimmbaren Gefühles.

John ja, aber nicht Joly.

»Ich weiß es einfach«, sagte er.

John nickte. Auch er hatte mal zu denen gehört, die nur faulen Zauber vermuteten, aber mittlerweile vertraute er Gideons Urteil in Sachen Skelette fast ebensosehr wie Gideon selbst.

Meistens jedenfalls.

»Doc«, sagte er eine halbe Stunde später, während Gideon über die Bedeutung der perlenartigen Knötchen an den Enden der Rippen nachdachte. Sie erinnerten ihn an irgendwas, doch er war nicht sicher, an was genau. Sie waren etwas, das er schon einmal in Lehrbüchern gesehen hatte. Wie wurden sie noch gleich genannt? Gebetsperlen, oder? Nein, das klang irgendwie nicht richtig.

»Hmh?«

»Bist du mit diesem Teil hier fertig?« Er zeigte auf eine rechteckige, gefurchte Platte an der Vorderseite der Brusthöhle.

»Hm-hmh. Für den Augenblick.«

»Tja, ich denke, du hast was übersehen.«

»Was?« sagte Gideon geistesabwesend, in Gedanken immer noch bei den knochigen Knoten an den Rippen.

»Das hier.« John berührte den flachen Knochen. »Das ist doch das Sternum, richtig? Das Brustbein?«

»Ja, das stimmt«, sagte Gideon verwirrt. »Und?«

»Na, sieh's dir doch mal *an*!«

Gehorsam schaute Gideon. »Was ist damit?«

»Das hier, um Himmels willen!« sagte John. »Willst du mich auf den Arm nehmen, oder was? Der Bursche ist erschossen worden. Sogar *ich* kann das erkennen!«

Gideon, der Johns Ausbrüche an forensischer Begeisterung immer genoß, untersuchte das runde, glatte Loch, in dem jetzt die Spitze des Zeigefingers des Agenten steckte. »Nein«, sagte er ruhig, »das ist das Foramen sterni. Völlig normal.«

»Normal!« John warf Gideon einen seiner alten Scharlatanerie-Blicke zu. »Ich habe früher auch schon Brustbeine gesehen, weißt du. Die haben keine ›völlig normalen‹ Löcher genau durch die Mitte. Da gibt es überhaupt keine Löcher«, fügte er anklagend hinzu, »in denen, die du uns in St. Malo gezeigt hast.«

»Nein, aber das liegt nur daran, daß die *meisten* Menschen eben keines haben. Das Skelett besitzt eine ganze Menge unterschiedlicher Foramina – im Sternum, im Processus mastoideus, im Stirnbein. Nichts als kleinere Defekte in der Ossifikation, die hin und wieder auftauchen.«

John war für ein paar Sekunden still, sah ihn weiter zweifelnd an. »Ja, vielleicht.« Er gab einen gereizten Laut von sich. »Aber wie kannst du dir so sicher sein? Ich meine, du hast es dir doch noch nicht mal unter einem Vergrößerungsglas oder so angesehen.«

Gideon richtete sich zu seiner vollen Größe auf und schaute John direkt in die Augen. »Braucht Amerikas Knochendetektiv«, fragte er ironisch, »etwa ein Vergrößerungsglas, um ein Foramen sterni zu erkennen, wenn er eins sieht? Sieh dir doch nur an, wie glatt die Ränder des Loches sind. Das beweist doch, daß es ein Entwicklungsdefekt ist. Kugeln hinterlassen keine netten, glatten Löcher. Rund vielleicht, aber nicht glatt.«

»Manchmal schon«, sagte John beharrlich. »Beim Eindringen schon.«

»Nein, tun sie nicht. Sie hinterlassen vielleicht einen gleichmäßigen, abgeschrägten Rand, aber nicht einen so glatten, abgerundeten wie diesen hier. Außerdem« – er schnippte die braunen, zwiebelschalenähnlichen Fetzen Knorpel weg, durch den einige der Rippen immer noch mit dem Brustbein verbunden waren, und drehte es um – »ist es auf der Rückseite genauso glatt. Hast du schon mal so eine Austrittsöffnung gesehen?«

Johns Beharrlichkeit erlahmte schließlich. Er seufzte. »Nein, ich fürchte, wahrscheinlich nicht . . . He, warte, könnte es nicht vielleicht eine *verheilte* Schußwunde sein?«

Gideon öffnete seinen Mund, um etwas zu sagen, wurde jedoch unterbrochen.

»Und sag mir jetzt nicht, die würden nicht so aussehen, ganz glatt und rund, weil du nämlich derjenige bist, der mir gezeigt hat, daß sie so aussehen. Und davon abgesehen . . .« Er bemerkte Gideons Lächeln. »Was gibt's da zu grinsen?«

»Ein verheiltes Einschußloch genau mitten in der Brust?«

»Sicher, warum nicht? Das Herz liegt doch auf der linken Seite, richtig? Daher *könnte* eine Kugel genau durch die Mitte es verfehlen. Sie könnte das Rückenmark und so erwischen, vermute ich, aber ein Mann könnte immer noch weiterleben, oder?« Er schien selbst nicht recht überzeugt zu sein. »Oder nicht?«

»John, das Herz befindet sich in der *Mitte* der Brust. Der größte Teil liegt auf der linken Seite, ja, aber wieviel genau, variiert. Wenn du hundertprozentig sicher sein willst, jemanden ins Herz zu treffen, dann sollte man exakt in die Mitte seiner Brust schießen. Man kann es gar nicht verfehlen. Und wenn du ihm ins Herz schießt, dann stirbt er. Immer.«

»Ja, schon richtig«, brummte John, »aber trotzdem . . .«

»Wie auch immer, eine verheilte Perforation sieht anders aus, weil sich rundherum knochenartiges Narbengewebe bildet. Die Ränder des Loches werden dicker. So, und dieses Loch hier, wie du selbst sehen kannst . . .«

»Schon gut, schon gut, vergiß es. Jesus Christus, weißt du eigentlich, wie sehr einem ein Kerl auf die Eier gehen kann, der immerzu recht haben muß?«

»Ich *muß* nicht recht haben, ich *habe* recht«, sagte Gideon gereizt. »Wenn du vielleicht mal wach bleiben würdest bei diesen Vorträgen, zu denen dich das FBI schickt und wofür die eine Stange Geld bezahlen, dann könntest du vielleicht das eine oder andere von diesen Dingen selber wissen.«

»Ja, ja, wenn die nicht so tödlich langweilig wären, daß ich immer einschlafe . . .«

Sie funkelten sich einen Augenblick lang wütend an und lachten dann lauthals mit der Unbefangenheit alter Freunde, die immer mal wieder über alte Themen stolperten. John reckte sich und sagte: »He, ich sterbe vor Hunger. Wir haben das Mittagessen ganz vergessen, und jetzt ist es schon fast fünf.«

»Schon?« Das war deprimierend. In über einer Stunde hatte er praktisch nichts herausgefunden. »Du, ich muß mal sehen, was ich hier noch finden kann, bevor Joly zurückkommt . . . Ich glaube allerdings nicht, daß ich wahnsinnig viel rauskriegen werde.«

»Mach dir deswegen mal keine Sorgen. Du stößt immer auf die seltsamsten Dinge. Joly wird hin und weg sein.«

Aber die Ergebnisse, seltsame oder andere, waren spärlich. Es war beinahe, als hätte ein kluger Mörder, der die aufmerksame Untersuchung eines Anthropologen vorhergesehen hatte, sorgfältig alles beseitigt, das womöglich von Nutzen gewesen wäre. Ohne den Schädel, das Becken oder einen Knochen der Gliedmaßen konnte er nicht mal eine Vermutung bezüglich der Körpergröße und des Gewichtes anstellen.

Nun, eine Vermutung vielleicht doch. Man konnte aufgrund der Länge der Wirbelsäule eine grobe Schätzung bezüglich der Statur abgeben, und die Wirbelsäule hatte er ja – abgesehen von der Kleinigkeit der oberen vier und unteren drei Wirbel. Damit blieben ihm siebzehn von vierundzwanzig, etwas weniger als siebzig Prozent des Gesamten, auf die er Dwights alte Koeffiziententabelle anwenden und so die Körpergröße extrapolieren konnte (»Aus den Fingern saugen«, sagte John, und lag damit nicht so sehr daneben).

Als er damit fertig war, Tasten auf seinem Taschenrechner zu drücken, lautete das Ergebnis 175,31 Zentimeter – ungefähr fünf Fuß, acht Inches, plus minus ein Inch. Das war doch schon mal was. Er stand da, starrte die Knochen an, dachte nach, klopfte mit dem Radiergummi an seinem Bleistift gegen seine Lippen. Sicher, die 175,31 Zentimeter waren wirklich nur unwesentlich mehr als eine grobe Schätzung; er brauchte *alle* Wirbel, oder einen Oberschenkelknochen, oder ein Schienbein, um eine vertretbare Schätzung abgeben zu können. Aber sein geübter Blick, unbelastet von der Erfordernis wissenschaftlicher Vertretbarkeit, sagte ihm, daß er mit 175 Zentimetern nicht weit daneben lag. Das hier war ein feingliedriger Mann gewesen, der höchstens einsfünfundsiebzig groß gewesen war. Und er war zierlich gewesen; die beinahe weibliche Zartheit der Schlüsselbeine und Schulterblätter – die bei muskulösen Männern durch den Zug der Sehnenansätze gefurcht und aufgerauht waren – deutete auf Grazilität, vielleicht sogar Zartheit hin. Unter der Annahme, daß er nicht fettleibig war (Knochen enthielten keinerlei Informationen über Körperfett), dürfte sein Gewicht irgendwo in der Gegend von neunundfünfzig, allerhöchstens vierundsechzig Kilo gelegen haben.

Diese Schlußfolgerungen waren zu wenig stichhaltig, um Inspektor Joly weitergegeben zu werden, der sich exakt nach Ablauf von zwei Stunden wieder sehen ließ, so daß beschämend wenig übrig blieb: Die sterblichen Überreste waren die eines Mannes. (Die Proportionen der Schlüsselbeine, Schulterblätter und des Brustbeines genügten, auch wenn sie für sich allein genommen keine zuverlässigen Indikatoren für das Geschlecht darstellten, um Gideons Intuition glaubwürdig zu stützen.) Das wahrscheinliche Alter lag bei zweiunddreißig bis vierunddreißig Jahren. Die Zerstückelung war an den Schulter-, Hüft-, Hand- und Knöchelgelenken sowie am fünften Hals- und vierten Lendenwirbel mit einem Messer durchgeführt worden.

Nur ein Punkt schien Jolys Interesse zu wecken. »Mit einem Messer«, sagte er. »Meinen Sie das wörtlich? Nicht eine Axt oder ein Hackbeil?«

»Vielleicht war es ein Hackbeil, aber er ist zerschnitten, nicht zerhackt worden. Wenn man den Fuß eines Menschen mit einer Axt abhackt, macht man es natürlich an der dünnsten Stelle des Unterschenkels unmittelbar über der Knöchelwölbung.« Es lief ihm kalt den Rücken hinunter. Was für ein verdammtes Thema für einen einigermaßen ernsthaften, mäßig gelehrten Professor der menschlichen Evolution, um gleichgültig und ungerührt darüber zu plaudern.

»Nun«, fuhr er fort, wobei er sich die größte Mühe gab, diese unprofessionelle Reaktion zu unterdrücken, »diese Wölbung wird nicht durch die Fußknochen verursacht, sondern die Beinknochen sind dafür verantwortlich – genauer gesagt, die unteren Enden des Waden- und Schienbeines –, wenn man also den Fuß an dieser schmalen Stelle abhacken würde, dann würde man die letzten vier, fünf Zentimeter dieser Knochen zusammen mit den Fußknochen erhalten. Aber wir haben hier lediglich die Fußknochen. Genauso verhält es sich bei den anderen Schnitten. Sie wurden ausnahmslos zwischen und um Knochen herum ausgeführt, nicht durch sie. Das kann man allerdings nicht, wenn man eine Axt schwingt.«

Joly strich sich mit einem Finger über die Haut hinter seinem Ohr. »Wissen Sie, einer der Männer dort oben ist Metzger. Er hat damit geprahlt, einmal Medizin studiert zu haben. Sie denken doch nicht . . .?«

»Einer der Männer dort oben? Das hier ist vor vierzig, fünfzig Jahren passiert.«

»Er war vor vierzig oder fünfzig Jahren hier in der Gegend. Seitdem lebt er nicht mehr hier. Claude Fougeray.« Er sprach den Namen mit bedächtiger, nachdenklicher Betonung aus und wiederholte ihn. »Claude Fougeray. Kein besonders gewinnender Mann.«

»Das hier ist ziemlich ungeschickt gemacht worden«, sagte Gideon. »Nichts deutet auf ein anatomisches Wissen hin.«

»Soweit ich weiß, hat er nur ein oder zwei Jahre studiert.«

»Selbst ein Medizinstudent im ersten Jahr würde etwas Besseres als das hier zustande bringen. Und auch ein Metzger.«

Joly nickte. »In Ordnung. Gibt es sonst noch etwas, das Sie mir sagen können?«

»Im Augenblick nicht, aber ich würde mir die Knochen gern noch einmal genauer anschauen und etwas mehr Instrumente und Werkzeuge mitbringen. Es könnte sich durchaus noch etwas ergeben.«

»Natürlich«, sagte Joly. Er sah nicht übermäßig hoffnungsvoll aus. »Ach, übrigens, unser Monsieur Fougeray hat sein Interesse zum Ausdruck gebracht herunterzukommen, um Ihnen bei der Arbeit zuzusehen. Hätten Sie etwas dagegen?«

»Warum sollte ihn das interessieren?«

»Morbide Neugier, da bin ich ganz sicher, aber er scheint der Ansicht zu sein, daß er sich mit seinen medizinischen Kenntnissen nützlich machen könnte. Er hat ziemlich selbstgefällig betont, daß er schließlich derjenige gewesen wäre, der die Knochen als menschlich diagnostiziert hat.«

Gideon hielt nicht sonderlich viel von dieser Idee, aber ihm fiel kein berechtigter Einwand ein. »Schön, solange er mir nicht im Weg steht.«

»Gut, ich werde es ihm sagen. Ich möchte dabei sein, wenn er kommt.« Er rieb sich forsch die Hände. »So. Die Knochen bleiben hier, der Raum wird versiegelt, bis Montag, wenn unsere Leute aus dem Labor sie abholen werden. Reicht Ihnen das?«

»Sicher, ich werde morgen früh wieder herkommen. Ich habe keine Vorträge und auch keine besonderen Pläne.«

Plötzlich und unerwartet sprang ihm ein Bild von Julie in den Kopf, und beinahe hätte er reuevoll gelächelt. In Frankreich zu sein und nichts Besonderes zu tun zu haben! Noch vor ein paar Jahren wäre es anders gewesen, aber vor ein paar Jahren hatte er Julie auch noch nicht gekannt. Jetzt deprimierte ihn die Vorstellung von herrlichen Anblicken und fabelhaften Mahlzeiten, wenn er sie nicht zusammen mit ihr genießen konnte.

Er wies sich zurecht: ein Mann von vierzig Jahren, der so liebeskrank war, daß die Abwesenheit seiner fröhlichen, lachenden, wunderschönen Frau, die er erst vor wenig mehr als einem Jahr geheiratet hatte, alles grau und langweilig werden ließ. Das konnte er nicht gutheißen; so von jemand anderem abhängig zu sein war psychologisch gesehen das letzte. Aber wie aufregend es doch war, jemanden zu haben, den man so vermißte. Nachdem Nora gestorben war, hatte er vier lange, schwarze Jahre geglaubt, es könnte ihm nie wieder passieren. Aber es war passiert. In der Person einer robusten, hübschen leitenden Parkaufseherin im Olympic National Park.

Auf dieser Reise jetzt war es ihm so richtig klar geworden. Als er zugestimmt hatte, auf diesem Kongreß zu sprechen, hatte es ihm natürlich leid getan, daß sie sich bereits zu einem einwöchigen Seminar für leitende Angestellte des National Park Service im Grand-Canyon-Ausbildungszentrum verpflichtet hatte, doch das hatte seine Vorfreude auf die Freuden Frankreichs nicht getrübt. Und doch war er jetzt hier, dankbar für die Ablenkung durch ein paar von Ratten angefressene, schmutzige alte Knochen in einem feuchten Keller . . . und dies obwohl Paris nur ein paar Stunden entfernt war.

Welch absurd pubertäres Gehabe, dachte er stolz. Und jetzt erlaubte er sich ein kleines Lächeln, während John und Joly vor ihm die Kellertreppe hinaufgingen und es nicht sehen konnten.

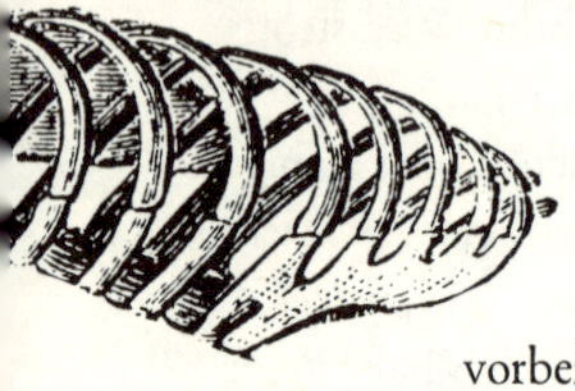

8

Als die drei den Flur hinunter an der Tür des Salons vorbeigingen, schaute der krummschultrige, lehrerhaft wirkende Mann, der Gideon zuvor angelächelt hatte, aus seinem Sessel auf und zeigte wieder ein zaghaftes, vorsichtiges Lächeln. Erschreckt wurde Gideon klar, daß es nicht jemand war, der wie Ray Schaefer aussah, es war Ray Schaefer. Er erwiderte das Lächeln begeistert, und Ray kam auf den Flur hinaus, um ihm die Hand zu schütteln, wobei er neugierig von den Leuten im Salon beobachtet wurde.

»Ray, ich hab dich vorhin nicht erkannt«, sagte Gideon unnötigerweise. »Du hast dir den Bart abrasiert.«

Ray blinzelte ihn – wie es schien – freudig überrascht an. »Du erinnerst dich an meinen Bart?«

»Klar tue ich das. Er war feuerrot. Du hast wahnsinnig ausgesehen – wie ein Pirat.«

»Na . . .!« Ray lachte erfreut und bekam rote Flecken im Gesicht. »Ein Pirat! Naja, aber . . . was in aller Welt führt dich in die Bretagne, Gideon?«

»In St. Malo findet ein Kongreß der forensischen Wissenschaften statt. Ray, ich habe das von Guillaume gehört. Ich denke, du weißt, wie leid mir das tut.«

»Nun ja . . . so was passiert eben. Er hat es wirklich genossen, dich kennenzulernen, weißt du. Und er war nicht jemand, der mit besonders vielen Leuten gut konnte.«

Gideon stellte John und Joly vor, und alle nickten und lächelten, oder vielleicht lächelte Joly auch wieder nicht ganz.

»Den Inspektor habe ich schon kennengelernt«, sagte Ray. Das betretene Lächeln hielt noch etwas an.

»Wie läuft's an der Northern Cal?« fragte Gideon.

»Oh, bestens, alles bestens. Ja, im kommenden Semester mache ich ein neues Seminar über die Dramatiker der englischen Restauration. Du weißt schon, Etherege, Wycherly, der ganze ausgelassene Haufen. Wer weiß, vielleicht sogar Vanbrugh und Farquhar.«

»Aha«, sagte Gideon.

»Hmh«, sagte John.

»Hmmm«, sagte Joly, blickte seine lange, schmale Nase hinab. »Würden Sie mich jetzt bitte entschuldigen? Wie ich sehe, ist Fleury mit seinem Bericht fertig, und ich möchte ihn noch mit ihm durchgehen.«

Die anderen schauten ihm nach. »Er hat mich zehn Minuten lang verhört«, sagte Ray. »Ich fürchte, er mochte mich nicht besonders.«

»Ja, ja, die Wirkung scheint er auf alle Leute zu haben«, sagte Gideon. »Meine Arbeitshypothese lautet, daß es irgendwas mit seiner Oberlippe zu tun hat.«

»Könnte gut sein«, meinte Ray nachdenklich. »Liest einer von euch zufälligerweise Henry James?«

John schüttelte seinen Kopf. »Nicht mit Absicht.«

»Tja«, sagte Ray, nicht beleidigt, »es gibt da eine Passage im ›Bildnis einer Dame‹, in der er die Kommunikation mit Caspar Goodwood so beschreibt, als würde man unter einem hohen, schmucklosen Glockenstuhl leben, der hoch über einem aufragt, die Stunden schlägt und ›ein eigentümliches Beben der oberen Luftschichten verursacht.‹« Er lachte. »Erinnert dich das nicht ein bißchen an Inspektor Joly?«

»*Sehr* sogar«, sagte John mit Nachdruck.

Ray sah Gideon glücklich an. »Ich glaube, wir haben uns nicht mehr gesehen, seit du von der Northern Cal gegangen bist. Stimmt das, daß du jetzt mit Julie verheiratet bist?«

»Ja, stimmt. Paß auf, ich komme morgen früh zurück. Warum essen wir nicht zusammen zu Mittag und unterhalten uns dann ein bißchen?«

»Oh, tut mir leid, ich hab, äh, morgen zum Mittag schon was vor.« Ray wurde wieder rot. »Wie wär's mit einem Kaffee, wenn du herkommst?«

»Gut. Neun Uhr?«

»Ausgezeichnet. Laß uns . . .«

Eine blasse, blonde Frau mit sanften, zögernden Augen in einem für ihre drei Jahrzehnte viel zu abgekämpften Gesicht kam unauffällig die Treppe herunter und blieb stehen, entsetzt darüber, Fremde anzutreffen.

»Oh! Pardon . . .« Dann sah sie Ray, und es kam Leben in ihr Gesicht. »Raymond.« Sie sagte es mit einem leichten Beben in der Stimme, benutzte die herrlich perlende französische Aussprache. Plötzlich sah sie gar nicht mehr so farblos aus.

»Na so was, Claire«, sagte Ray. Seine hängenden Schultern hatten sich in dem Augenblick gestrafft, sobald er sie sah. Er zupfte lässig, aber wirkungslos an den Enden seiner Fliege und warf den beiden Männern einen kurzen stolzen Blick zu, bevor er zu ihr ging und ihre Hand nahm.

»Claire Fougeray«, verkündete er verlegen. »Gideon Oliver und John Lau. John und Gideon, Mademoiselle Claire Fougeray.« Er strahlte und zappelte nervös herum.

Das, dachte Gideon interessiert, erklärt zufriedenstellend die Sache mit dem Mittagessen. Er war aufrichtig überrascht; schon vor langer Zeit hatte er die Aussichten seines braven, unscheinbaren und . . . nun, vorsichtig ausgedrückt, ein wenig trockenen Kollegen auf eine Romanze abgeschrieben, aber jetzt sah es, glücklicherweise, ganz so aus, als hätte er sich geirrt. Er lächelte die beiden an. »Ich freue mich, Sie kennenzulernen, Mademoiselle«, sagte er und meinte es auch so.

Ray trat zufrieden zurück, während sie sich die Hände schüttelten. »Oh«, sagte er plötzlich mit einem weiteren Lächeln. »Und das hier ist mein Onkel, Ben Butts.«

»Cousin«, sagte der blauäugige Mann mit den grauen Haaren und dem leichten texanischen Akzent, der ebenfalls aus dem Salon auf den Flur hinausgekommen war. »Das heißt, der Mann seiner Cousine. Aber das will der Junge hier einfach nicht wahrhaben.« Er grinste und drückte liebevoll Rays Nacken. »Paß auf, da drinnen sterben alle fast schon vor Neugier, aber keiner hat den Mumm, rauszukommen und es zuzugeben. Warum bringst du deine Freunde nicht mit rein und erzählst uns, was da unten im Keller los ist, statt hier draußen darüber zu tuscheln?«

»Aber darüber haben wir überhaupt nicht gesprochen«, sagte Ray.

»Auch gut«, sagte Ben freundlich, »dann lad sie doch wenigstens ein, Platz zu nehmen und ein Gläschen mit uns zu trinken. Nach zwei Stunden da unten können sie wahrscheinlich einen vertragen.«

»Klingt nicht schlecht«, meinte John, auch Gideon war einverstanden.

»Oh . . .«, sagte Claire, zog sich zurück. »Ich muß gehen. Ich kann nicht bleiben . . .«

»Stell dich nicht so an, Honey«, sagte Ben freundlich. »Kein Mensch da drin wird dir was tun . . .«

Aber mit einer gemurmelten Entschuldigung war sie fort, lief schnell wieder die Treppe hinauf.

Ben schaute ihr mit einem Seufzer nach und wechselte einen besorgten Blick mit Ray. »Ich wünschte mir wirklich, wir könnten das Mädchen soweit bringen, daß sie ein bißchen aus ihrem Schneckenhaus herauskommt. Ich fürchte, wir haben hier im alten Gutshaus ein paar Spannungen«, sagte er zu John und Gideon, »wie es in allen normalen Familien eben so ist. Ray, hab ich dir eigentlich schon mal erzählt, was mein Onkel Beau Will'm immer über die liebe Verwandtschaft gesagt hat?«

»Nein«, erwiderte Ray und begann zu lächeln, »ich glaube, das hast du noch nie erzählt.«

»Also, mein Onkel Beau Will'm«, sagte Ben, verfiel in den schleppenden osttexanischen Dialekt, »das heißt, mein Onkel Beau, der mit Essie, der Schwester von meiner Mutter, verheiratet war, er hat immer gesagt: Ist überhaupt kein Problem, Frieden in der Verwandtschaft zu halten, solange du nur nicht den Fehler machst, sie alle gleichzeitig zusammenzubringen.«

Während sie lachten, führte Ben sie in den Salon, und Gideon hatte Gelegenheit, sich das Zimmer zum ersten Mal richtig ansehen zu können. Genau hier hatten er und Guillaume bei Kaffee und Cognac ihre lebhafte Diskussion geführt, dabei beobachtet von einem verwunderten, aber amüsierten Ray. Alles war noch genau, wie er es in Erinnerung hatte: die hohe Decke mit den verzogenen, orange gestrichenen Balken, der derbe schmiedeeiserne Kronleuchter mit seinen anachronistischen kleinen Glühbirnen in der Form von Kerzen, der große Louis-XIV-

Tisch in der Mitte, die staksigen Gummibäume, die durch Alter braun gewordenen Gobelins mit kaum noch erkennbaren Hirschen und berockten Jägern. Irgendwie schien es nicht richtig zu sein, daß sich nichts daran geändert hatte, während der vitale und scharfsinnige Guillaume, der das Herz des ganzen Hauses gewesen zu sein schien, der allem erst Leben eingehaucht hatte, tot sein sollte. Tatsächlich kamen ihm die Leute in diesem Raum – die ihnen von Ray als Bens Frau Sophie und Mathilde und René und Jules du Rocher vorgestellt wurden –, noch bevor er mit ihnen gesprochen hatte, wie Eindringlinge vor, die kein Recht besaßen, hier zu sein. Ben hatte recht, fand er; er konnte wirklich einen Drink gebrauchen. Und auch was zu essen.

Die liebenswürdige Sophie Butts schaffte es schnell, daß er sich weniger unwohl und befangen fühlte. Die leicht ergraute Frau mit ihrem offenen, männlich wirkenden Gesicht rutschte mit einem Lächeln auf der Couch ein Stück zur Seite und klopfte auf den freien Platz neben sich.

»Bonsoir, Madame«, sagte er höflich zu Mathilde, die ihm erklärte, daß er ruhig weiterhin Englisch sprechen könne. Sie und ihr Mann hätten viele Jahre in London gelebt; Jules war dort geboren. Seit Guillaumes Tod war Französisch auf Rochebonne tatsächlich fast nur noch verwendet worden, wenn die Dienerschaft angesprochen wurde. . . oder gewisse entfernte Verwandte, denen es schwerfiel, Englisch zu verstehen.

Innerhalb weniger Minuten hatte Marcel, der genauso unergründlich und schweigsam war wie vor zwei Jahren (erkannte er Gideon wieder? – unmöglich zu sagen), Dubonnets für ihn und John gebracht, und während der nächsten zwanzig Minuten beantwortete Gideon, in kleinen Schlucken trinkend und seine Hors d'œuvres mampfend, Fragen über die Knochen im Keller.

»Und er ist wirklich *geköpft* worden?« fragte Jules du Rocher. »Und ihm sind Hände und Füße abgeschnitten worden?« Der aufgedunsene Jules legte ein morbides Interesse an den blutrünstigeren Aspekten des Falles an den Tag. Seine kleinen Augen glitzerten, und er schien ganz sein angebissenes Lachs-und-Oliven-Kanapee vergessen zu haben, das er seit einigen Minuten in der Hand hielt.

»Nun, ja, die Leiche wurde zerteilt«, sagte Gideon, der ihn dabei voller Abneigung ansah.

»Faszinierend«, sagte Mathilde, die ganz offensichtlich die Sensationsgier ihres Sohnes nicht teilte.

»Aber wer war es?« fragte René. »Und wieso in aller Welt ist er im Keller vergraben worden? Wer hat ihn getötet?«

Gideon zuckte mit den Achseln. »Das wird die Polizei herausfinden müssen. Ich kann nur hoffen, ihnen eine Beschreibung zu liefern, die vielleicht weiterhelfen kann. Und bislang habe ich noch nichts Nützliches anzubieten.« Hier antwortete er ein bißchen ausweichend, aber es schien ihm keine gute Idee zu sein, auch noch die wenigen konkreteren Schlußfolgerungen, zu denen er gelangt war, hinauszuposaunen. »Aber vielleicht kann ich morgen ein bißchen mehr herausfinden.«

»Wie denn?« fragte Jules. »Was können Sie noch tun, das Sie bislang noch nicht getan haben?« Während er sprach, fuchtelte er mit einer Hand vor seinem Gesicht herum, bemerkte mit sichtlicher Überraschung das Kanapee und stopfte es sich schnell in den Mund, schob es die letzten vier, fünf Zentimeter mit seinem fetten Daumen hinein.

»Jules!« flüsterte Mathilde.

»Tja«, sagte Gideon, »natürlich sucht die Polizei noch nach weiteren Knochen, und wenn sie das Becken oder den Schädel finden, könnten wir davon ausgehend eine ganze Menge sagen. Trotzdem, selbst wenn dem nicht so sein sollte, könnte sich bei genauerer Untersuchung vielleicht, äh, irgendeine alte Verletzung wie zum Beispiel ein verheilter Bruch finden, der möglicherweise für eine Identifizierung hilfreich ist . . . Oder vielleicht auch Hinweise auf eine Krankheit, ja sogar eine Kinderkrankheit . . .«

»Eine Kinderkrankheit?« wiederholte Ben. »Können Sie so was wirklich aus den Knochen erkennen?«

»Kommt ganz auf die Krankheit an«, sagte Gideon, der die Frage genutzt hatte, schnell ein kleines Dreieck geräucherte Forelle auf Toast zu verschlingen. Er achtete darauf, es nicht mit dem Daumen in den Mund zu schieben. »Eine Menge Krankheiten hinterlassen permanente Spuren auf dem Skelett: TB, Rachitis, Kinderlähmung . . . Und außerdem können Spuren von Operationen zu finden sein . . . äh, sagen wir mal, bei einer Mastoiditis.«

Er vertilgte einen mit Shrimps und Ei verzierten Cracker, während sie das verdauten. John, bemerkte er neidisch, verputzte die Kanapees in erheblich gleichmäßigerem Tempo, da er von keiner Unterhaltung behindert wurde.

Als Beatrice zum Abendessen rief, lud Mathilde, die aussah, als hätte sie gehofft, diese peinliche Situation vermeiden zu können, John und Gideon wenig begeistert ein, mit ihnen zu dinieren. Als sie ablehnten und sagten, sie würden in ein paar Minuten mit Joly wieder aufbrechen, drückte sie ihr Bedauern mit einem herzlich aufrichtigen Lächeln aus und verschwand ins Eßzimmer, gefolgt von allen anderen außer Jules, der in der Hoffnung auf weitere grausige Details in seinem Sessel sitzenblieb.

»Dr. Oliver? Monsieur Lau?« Es war Joly, der in der Tür stand und dieses Fraternisieren mit der Familie eindeutig mißbilligte. »Ich denke, wir können jetzt gehen, bitte.«

An der Tür drehte er sich zu Jules um. »Ach, Monsieur . . . Ich habe Monsieur Fougeray schon eine Weile nicht gesehen. Vielleicht wären Sie so freundlich ihm auszurichten, daß er sich morgen um zehn Uhr die Knochen gerne anschauen kann?«

Jules straffte seinen schlaffen Körper und reckte sein rudimentäres Kinn. »Ich werde mich darum kümmern«, sagte er unterkühlt, »daß Marcel ihn informiert.«

»Ein Nazi-*was*?« fragte John. Dieses Mal saß er auf dem Vordersitz und Gideon hinten, als Joly sie zurück nach St. Malo fuhr.

»Obersturmbannführer«, erwiderte Joly, bog von der Schotterstraße auf die Landstraße ein. »Das entspricht einem Oberstleutnant. SS-Obersturmbannführer Helmut Kassel. Sie erinnern sich an die Hinrichtungen in Ploujean, von denen ich bereits erzählt habe? Sie unterstanden seinem Befehl. Und unter den Toten befand sich ein gewisser Alain du Rocher, der, wenn man nach den Leuten in diesem Haus geht, einer der wenigen Menschen auf dieser Erde war, die verdammt nah an einen Engel herankommen.«

Er schob seine Lippen vor, um die Gitane aufzunehmen, die er gerade am Armaturenbrett angezündet hatte. »Vielleicht war er das ja auch. Jedenfalls, nach ihren Aussagen, hat Guillaume du Rocher – Ihr alter Freund, Dr. Oliver – den Nazi als Vergeltung für den Tod seines Cousins ermordet. Es besteht kein Zweifel daran, daß Kassel im Oktober 1942 spurlos verschwunden ist. Ich denke, daß wir jetzt guten Grund zu der Annahme haben, daß Guillaume . . .«

». . . ihn im Keller vergraben hat«, sagte John.

»So sieht es aus. Niemand scheint mit Sicherheit zu wissen, was mit der Leiche gemacht wurde, und Guillaume, das sagen sie mir wenigstens, hat seit über vierzig Jahren nicht mehr darüber geredet. Er hat Ihnen gegenüber nicht zufälligerweise etwas davon erwähnt, Dr. Oliver?«

»Kein Wort. Ich war nur für ein paar Tage hier. Wir haben uns über phylogenetische Beziehungen zwischen den Hominiden des mittleren Pleistozän und den westlichen Neandertalern unterhalten.«

»Ist nicht dein Ernst!« sagte John. »Das muß ja wirklich ein Knaller gewesen sein. Tut mir richtig leid, daß ich nicht dabei war.«

Es *war* ein Knaller, erinnerte sich Gideon. Später hatte der alte Mann ihm erzählt, daß er seit Jahren einen Abend nicht mehr so genossen hatte, und Gideon hatte ihm geglaubt. Er dachte wieder über Guillaume nach, starrte mit leerem Blick auf die grellen Scheinwerfer der Lastwagen auf ihrem nächtlichen Weg nach Rennes. »Inspektor«, sagte er, »wissen Sie zufälligerweise, was genau Guillaume zugestoßen ist?«

»Er ist in der Flut ertrunken.«

»Ja, aber wissen Sie, wie es passiert ist? Hatte er irgendeinen Anfall? Einen Infarkt?«

»Nein, ich glaube nicht. Er war ziemlich weit draußen und hat Muscheln gesammelt, und er hat die nahende Flut erst registriert, als es schon zu spät war, noch an Land zurückzukehren. Als er zu laufen begann, ist er in Treibsand geraten. Es ist wirklich sehr tückisch dort draußen.«

»Hm.«

»Was genau beschäftigt Sie?« fragte Joly nach einer Weile.

»Es ist nur, daß er auf mich eigentlich nicht den Eindruck eines Mannes gemacht hat, der dort hinausgeht und nicht ganz genau weiß, wann die Flut kommt und exakt wann er sich wieder auf den Rückweg machen müßte. Die Gezeiten haben ihn fasziniert. Er hatte da so eine Theorie über halbjährliche Zyklen, und er besaß Gezeitentabellen, die über zig Jahre zurückreichen.«

»Wann haben Sie ihn gesehen?«

»Vor ungefähr zwei Jahren.«

»Ah. Nun, soweit ich das verstanden habe, hat sich sein Gesundheitszustand seitdem verschlechtert; seine Konzentrationsfähigkeit übrigens auch, wie ich leider sagen muß. Es könnte gut sein, daß er einiges ein wenig durcheinandergebracht hat.«

»Ja, das vermute ich auch«, sagte Gideon wenig überzeugt. »Aber trotzdem . . .«

»Dr. Oliver«, sagte Joly energisch, »ich kann Ihnen versichern, daß keinerlei ungeklärte Fragen im Zusammenhang mit Guillaume du Rochers Tod bestehen. Er ist einfach von der Flut überrascht worden. Ein halbes Dutzend Zeugen haben es beobachtet, einer davon mit einem Feldstecher. Später wurde seine Leiche bis zu den Hüften in Sand begraben gefunden. Das ist auch früher schon viele, viele Male passiert, und es wird wieder passieren. Die Bucht ist berühmt dafür.«

»Ja, schätze, Sie haben wohl recht.«

John drehte sich um. »Okay, Doc, wie lautet deine Theorie?«

»Ich habe keine«, sagte Gideon wahrheitsgetreu. »Es ist nur, daß . . . verdammt, es klingt irgendwie nicht richtig.«

»Vielleicht wären wir besser beraten«, sagte Joly entschieden, »wenn wir über *den* Fall diskutieren würden, mit dem wir uns gerade beschäftigen – das Skelett im Keller. Mehrere Personen im Manoir erinnern sich an Kassel; ihre Beschreibungen ergänzen sich gegenseitig, und ich hoffe, daß unsere Ermittlung sie ebenfalls bestätigen wird: ein großer, kräftiger Mann, dem Aussehen nach sehr arisch . . .«

»*Was?*«

Jolys kalte Augen zuckten im Rückspiegel zu ihm. »Pardon? Habe ich irgend etwas gesagt . . .? Ach, natürlich. Ihnen ist es lieber, nicht zu wissen, wer derjenige ist, den Sie zu identifizieren versuchen. Ich entschuldige mich. Sie haben uns das am ersten Tag Ihres Seminares gesagt.«

»Tja, das stimmt schon. Bei der forensischen Anthropologie ist es wie bei allem anderen auch. Man tendiert dazu, genau das zu finden, wonach man sucht. Aber . . .«

»Trotzdem, da es praktisch sicher ist, daß wir es hier mit Herrn Kassels Knochen zu tun haben . . .« Wieder warf er Gideon einen kurzen Blick zu. »Sie glauben das nicht?«

Er fragte es durchaus höflich, aber selbst in dem kleinen Spiegel war der leidende Ausdruck in Jolys Augen unübersehbar: Was habe ich nur getan, daß es Gott für angebracht gehalten hat, mich mit diesem schwierigen Mann zu schlagen?

»Ich glaube nicht«, sagte Gideon, und erzählte ihm ganz offen von seinen Berechnungen bezüglich Körpergröße und Gewicht. »Einsfünfundsiebzig groß, höchstens. Vierundsechzig Kilo, höchstens. Es ist völlig unmöglich, daß jemand ihn für ›groß und kräftig‹ halten könnte, Inspektor.«

Ohne große Freude dachte Joly darüber nach. »Vergessen Sie die psychologische Komponente bitte nicht, Dr. Oliver. Wir haben es hier mit fünfundvierzig Jahre alten Erinnerungen zu tun. Ist es da nicht sehr wahrscheinlich, daß sich mit der Zeit das Bild dieses gefürchteten, mächtigen Kommandanten in den Köpfen der Leute zu etwas noch Furchterregenderem verzerrt hat, als er in Wirklichkeit war?«

»Das stimmt«, sagte John, ausnahmsweise mal auf Jolys Seite.

»Sicher, aber dieser Bursche hatte eine Statur ungefähr wie Ray Schaefer. Glaubst du, daß selbst fünfundvierzig Jahre eine solche Statur zu der eines arischen Supermanns verzerren könnten?«

»Ja, aber vergiß bitte nicht, was du über den Daumen gepeilt oder aus den Fingern gesogen hast, Doc«, warf John ein. »Unten im Keller hast du selbst gesagt, du wärst dir nicht absolut sicher, was Größe und Gewicht angeht, oder?«

»Ich habe nicht gesagt, ich wäre mir nicht sicher, ich sagte nur, die Indikatoren lieferten keine zwingenden Daten.«

»Ach, die Indikatoren lieferten keine . . . Tja, das ist natürlich was anderes. Das ist eine völlig andere Sache. Tschuldigung.«

Gideon seufzte. »Okay, okay, du hast ja recht. Ich kann es nicht beweisen, aber mein Bauch sagt mir, daß dies ein kleiner Bursche war, kein großer. Ist das besser?«

John legte einen Ellbogen über die Rückenlehne des Sitzes und drehte sich um. Seine dunklen Augen sahen ihn groß an. »Habe ich *recht*?«

»Im Prinzip.«

»Ach, im Prinzip.« Er drehte sich wieder nach vorn und nickte traurig. »Da war ich doch gerade mal einen Moment lang ziemlich fertig. Ich dachte schon, ich hätte einfach mal recht.«

Falls Joly diesen Wortwechsel amüsant fand, ließ er es sich zumindest nicht anmerken. »Dr. Oliver, ich habe offen gestanden den Eindruck, Sie machen hier Obstruktion . . .«

»Obstruktion?« wiederholte Gideon gekränkt. »Sie haben mich um meine Meinung gebeten, und genau die habe ich Ihnen auch gesagt. Wenn es für Sie bereits entschieden ist, um wen es sich bei diesem Skelett handelt, dann brauchen Sie nicht . . .«

»Nein, nein, verzeihen Sie«, sagte Joly hastig. »So habe ich das nicht gemeint. Ich hatte einfach nur den Eindruck, daß angesichts all der uns zur Verfügung stehenden Informationen, die darauf hinweisen, daß es Kassel ist . . . Nun, ich frage mich, ob das zu Ihrem Modus operandi gehört, eine gewisse Skepsis, ein Bedürfnis, das Naheliegende in Frage zu stellen, das Einfache kompliziert zu machen . . .«

»Und zwar ständig!« sagte John vergnügt. »Genau das ist sein Modus. Und so ist er Amerikas Knochendetektiv geworden.«

Der Blick, den Joly ihm jetzt zuwarf, machte unmißverständlich klar, daß er genau wußte, wann er auf den Arm genommen wurde, und daß es ihn ganz und gar nicht amüsierte. Er stieß Rauch durch seine lange Nase aus und drückte seine Zigarette im Aschenbecher aus. »Vielleicht werden wir morgen mehr wissen«, sagte er kurz angebunden. »Natürlich werde ich den restlichen Keller auch noch umgraben lassen.«

»Natürlich«, sagte John und hielt klugerweise seinen Mund.

Jeder mit seinen eigenen Gedanken beschäftigt, schwiegen sie, bis Joly mit dem blauen Renault an der Ausfahrt nach St. Malo von der N 137 abbog.

9

Gideon gehörte zu den Menschen, die zu einer bestimmten Uhrzeit aufwachen konnten, ohne sich einen Wecker stellen zu müssen, aber es war ein Instinkt, dem er niemals völlig vertraute. Deswegen stellte er zwar für gewöhnlich vor dem Zubettgehen einen Wecker, wachte aber stets zehn Minuten, bevor dieser losging, auf, konnte somit den Knopf runterschlagen und wenigstens vermeiden, durch das schreckliche Klingeln aus dem Schlaf gerissen zu werden. So verlor er allerdings auch zehn Minuten zusätzlichen Schlafs, den er zu dieser Zeit von ganzem Herzen gern noch gehabt hätte. Das war eines dieser kleinen Probleme, an deren Lösung er noch arbeiten mußte.

Aber am folgenden Morgen war er überrascht, als er tatsächlich vom Klingeln aus dem Schlaf gerissen wurde. Er knallte seine Hand zweimal auf den Knopf, bevor ihm klar wurde, daß es das Telefon war. Mit geschlossenen Augen und rasendem Puls tastete er nach dem Hörer. Er mochte keine Anrufe mitten in der Nacht; auf diese Weise hatte er erfahren, daß Nora tot war. Als er noch herumtastete, sah er die Uhrzeit auf dem leuchtenden Zifferblatt und beruhigte sich wieder: zehn nach sieben. Doch nicht mitten in der Nacht. Trotzdem, immer noch verdammt früh.

Er knurrte irgendwas in den Hörer.

»O-oh, hört sich ganz so an, als wäre er noch nicht gefüttert worden. Ich hab dich doch nicht geweckt, oder?«

»Julie?« Er lächelte und ließ sich auf das Kopfkissen zurücksinken, schloß seine Augen wieder, ließ ihre Stimme über sich wegspülen. »Ich liebe dich.«

Er hatte sie in den fünf Tagen, die er schon in Frankreich war, bereits zweimal angerufen. Jedesmal hatten sie fast eine ganze Stunde geredet und gelacht, wie zwei verknallte Teenager. Bislang hatte er noch nicht den Mut gehabt, sich nach seiner Telefonrechnung zu erkundigen.

»Ich liebe dich auch. Ich vermisse dich schrecklich. Wann kommst du zurück?«

»Mittwoch. Das sage ich dir doch immer wieder.«

»Ich weiß. Aber ich hör's eben immer wieder gern. Noch vier Tage.« Sie seufzte. »Immer noch ganz schön lange.«

»Hmmm, ich freue mich, daß du mich vermißt. Bist du jetzt zu Hause? Wie war dein Seminar?«

»Ich bin vor einer Stunde aus Arizona zurückgekommen. Und jetzt weiß ich alles über effektives Parkmanagement. Es kommt einfach nur darauf an, ein Klima zu schaffen, das der Maximierung von Kooperation innerhalb der Gruppe förderlich ist.«

»Ich dachte immer, es hätte irgendwas mit Planung, Delegieren von Aufgaben und solchen Sachen zu tun.«

»Das beweist nur, daß du überhaupt nicht auf dem laufenden bist. Apropos, wie läuft's in St. Malo? Immer noch ziemlich langweilig?«

»Eigentlich nicht. Du erinnerst dich an Guillaume du Rocher, den ich mal erwähnt habe? Sie haben in seinem Keller ein zerstückeltes Skelett gefunden, und die Polizei hat mich um meinen Rat gebeten. Was gibt's da zu lachen?«

»Es ist wirklich erstaunlich. So was passiert dir immer wieder, stimmt's? Okay, dann erzähl mir von deinem zerstückelten Skelett.« Er konnte es ihrer Stimme anhören, daß sie es sich jetzt bequem machte.

Er ging die Sache kurz durch. »Jeder«, schloß er, »ist davon überzeugt, daß es dieser SS-Offizier Kassel ist, den Guillaume 1942 getötet hat. Selbst John glaubt das. Aber ich bin mir genauso absolut sicher, daß er es nicht ist. Vielleicht finde ich heute mehr heraus.«

»Was hat denn dein Freund Guillaume dazu zu sagen?«

»Guillaume ist tot. Er ist am Montag ertrunken, am gleichen Tag, als ich hier angekommen bin. Die Beerdigung war vor ein paar Tagen.«

»Oh, das tut mir leid, Gideon. Ich weiß, daß du ihn gemocht hast.« Einen Augenblick lang sagte sie nichts mehr. »Kommt dir da nicht auch irgendwas komisch vor?«

Überrascht sprangen seine Augen auf. »Und ob, aber wie kommst du darauf?«

»Tja, ich dachte nur gerade so . . . Es ist schon ein schrecklich großer Zufall. Da liegt eine Leiche vierzig oder fünfzig Jahre lang unter dem Haus versteckt. Und als sie dann schließlich gefunden wird, stellt sich heraus, daß die Person, die es angeblich getan hat, am Tag zuvor beerdigt wurde. Wie praktisch.«

»Weißt du, da ist was dran«, sagte er bewundernd. »Daran habe ich noch gar nicht gedacht.«

»Die Knochen sind gefunden worden«, fuhr Julie fort, »das Opfer wurde identifiziert, der Mörder wurde identifiziert, und damit ist der Fall geklärt – und alles an einem einzigen Tag. Nur daß die einzige Person, die all dies bestätigen oder – ich möchte wetten – widersprechen könnte, gerade eben gestorben ist. Und daran hast du noch nie gedacht?«

»Nein.«

»Du läßt nach, Dr. Oliver. Ich glaube, die Ehe hat dich verweichlicht. Wenn du zurück bist, werde ich dafür sorgen, daß du nicht ganz so zufrieden bist.«

»Versuch's nur«, sagte er, streckte sich dann bequemer auf seinem

Rücken aus und machte sich an die süße, ernste Aufgabe, ihr zu sagen, wie sehr er sie vermißte. Und wie er ihr das beweisen würde, wenn er erst wieder zu Hause wäre.

Eine Stunde später, während John jammernd zu Professor Wuorinens letztem Vortrag ging (›Das Eindringen von Calliphoridaelarven in zwei bis vier Wochen alte, noch nicht bestattete Leichen.‹ *Viele anschauliche Farb-Dias)*, wurde Gideon von einem modisch gekleideten, ernsthaften jungen Mann mit roten Haaren und dicken Absätzen, der sich als Sergeant Denis vorstellte, im Hotel abgeholt und zum Gutshaus hinausgefahren. Ray kam ihnen an der schweren Eichentür entgegen und lud Denis höflich ein, mit ihnen eine Tasse Kaffee zu trinken.

»Nein, vielen Dank, Monsieur«, sagte Denis so energisch, als hätte Ray ihm einen doppelten Weinbrand vorgeschlagen. Er machte eine Verbeugung à la Joly und ging, um das Polizeisiegel an der Kellertür aufzubrechen und die Handwerker an die Arbeit zu schicken.

»Tja, setzen wir uns doch«, sagte Ray. »Ich habe Beatrice gebeten, uns Kaffee zu bringen.«

Mit etwas Glück würde Beatrice Rays Bitte nicht zu wörtlich nehmen; Gideon war völlig ausgehungert, obwohl er um acht im Restaurant des Hotels gefrühstückt hatte. So köstlich das aus Croissants, Brötchen und Café au lait bestehende französische Frühstück auch war, es hielt allerhöchstens anderthalb Stunden vor. Die Franzosen, denen das natürlich völlig klar war, frühstückten daher häufig vormittags noch einmal, um bis zum Mittagessen durchzuhalten, und wenn Beatrice ihm irgend etwas in dieser Richtung anbieten sollte, dann würde er ganz sicher nicht nein sagen.

In der Fensternische des Salons saßen die gleichen Leute, die er bereits am Abend zuvor kennengelernt hatte; als wären sie die ganze Nacht dort gewesen und lediglich kurz aufgestanden, um die Kleider zu wechseln. Jetzt allerdings waren sie dabei, ein üppiges Frühstück zu verputzen, und Beatrices Croissants sahen erheblich besser aus als die im ›Terminus‹.

Ray und Gideon gingen vorbei an der Gruppe, die in ein Gespräch vertieft war (mit Ausnahme von Jules, der Croissants in sich hineinstopfte, so schnell er sie mit Marmelade und Butter bestreichen konnte), auf zwei Sessel in der anderen Ecke des Raumes zu, doch René winkte sie mit einem liebenswürdigen Lächeln herüber. Es gab keine höflichen

Ausflüchte. Sie sahen sich an, zuckten mit den Achseln und gingen zu den anderen. Dieses Mal war es Ben, der seinen Stuhl verschob, um ihnen Platz zu machen.

Beatrice kam gleichzeitig mit ihnen dort an, und glücklicherweise hatte sie seinen guten Appetit nicht vergessen. Bei den dampfenden Krügen Milch und Kaffee befanden sich auch noch zwei Körbe; einer mit Croissants und der andere mit Brötchen, beides warm und köstlich duftend – die mit Abstand beste Mischung von Düften in ganz Frankreich. Vielleicht sogar auf der ganzen Welt.

»Wir haben Ihr Rätsel für Sie gelöst«, verkündete René lebhaft und mit roten Wangen.

»Ach?«

»Obersturmbannführer Kassel von der SS. Genau der ist es. Er muß es sein.«

»Ja, ich habe schon von ihm gehört.« Gideon schaute nach unten, um ein Brötchen aufzuschneiden. »Sagen Sie, können Sie sich noch erinnern, wie er ausgesehen hat?«

»Das werde ich nie vergessen.« Der Schatten einer Wolke huschte über Renés ausdrucksloses Gesicht. »Niemand, der hier war, als die Schwierigkeiten anfingen, könnte ihn vergessen. Sehr attraktiv, auf diese deutsche Art. Sehr kalt, sehr arisch. Ein blonder Hüne . . .«

»Wissen Sie«, bemerkte Ben, »vielleicht übertreiben Sie diese Sache von wegen ›hünenhaft‹ ein bißchen, und das könnte Gideon vielleicht irreführen. Sie waren damals ja noch ein Kind, und für ein Kind sehen alle Erwachsenen riesig und stark aus.«

»René war sechzehn«, sagte Mathilde. »Das war in jenen Tagen kein Kind mehr. Und außerdem, auch ich erinnere mich noch sehr gut an den SS-Mann. Und ich war . . . etwas älter.« Nach einem Augenblick fügte sie hinzu: »Damals.« Nur für den Fall, daß jemand meinte, es wäre immer noch so.

»Nun, was ist mit diesen Knochen, Gideon?« fragte Sophie. »Passen sie zu der Beschreibung, oder haben Sie nicht genug, um etwas sagen zu können?«

Er zögerte. Er hatte mehr als genug, um etwas sagen zu können, und nein, es paßte nicht zu der Beschreibung, was auch immer Joly denken mochte. Doch als jemand in den Salon kam, wurde ihm eine ausweichende Antwort auf diese Frage erspart. Sechs Augenpaare drehten sich mit unverhohlener Feindseligkeit in die Richtung des Neuankömmlings. Selbst Ray, der Gideons Erfahrung nach wirklich weder schnell noch oft finstere Blicke warf, brachte einen recht glaubhaften zustande.

»Claires Vater«, flüsterte Ray ihm zu. Gideon, der mit dem Rücken zur Tür saß, drehte sich aus reiner Neugier um.

Claude Fougeray war, wie Joly bereits gesagt hatte, kein besonders gewinnender Mann, wenigstens nicht äußerlich. Stiernackig und gedrungen, Streitlust ausstrahlend, blieb er in der Tür stehen, um die kollektive Feindseligkeit mit einem glotzenden, boshaften Starren zu erwidern. Dann knurrte er ein häßliches Lachen und ging an ihnen vorbei in das leere Eßzimmer. Wenn das Claires Vater war, kein Wunder, daß ihre Augen diesen gequälten Ausdruck hatten.

Im Salon war jede Unterhaltung verstummt, so daß das Klirren von Karaffe gegen Weinglas im anderen Raum deutlich zu hören war, dann das hohle Plätschern von Flüssigkeit, die eingeschenkt wurde, und sogar die drei gierigen Schlucke, die darauf folgten. Dann ein weiteres halb geknurrtes, verächtliches Lachen, und der ganze Vorgang wiederholte sich: Klirr, plätscher, gluck, gluck, gluck. Und wieder klirr . . . Gideon schüttelte sich. Es war Viertel nach neun morgens.

»Sag mal, René«, sagte Sophie, wobei ihre Stimme fröhlicher und lauter klang als zuvor, »was werden du und Mathilde demnächst tun? Wirst du deinen Job in Deutschland aufgeben, umziehen und hier im Gutshaus leben?«

»Nun«, sagte René, »wir haben noch nicht . . .«

»Natürlich werden wir«, sagte Mathilde. »Es dauert aber vielleicht ein paar Wochen, um unsere Angelegenheiten in Ordnung zu bringen. Ohne ein Auto ist es allerdings im Moment etwas schwierig. Guillaumes Citroën steht immer noch auf dem Parkplatz am Mont St.-Michel, weißt du. Ich hatte gehofft, Raymond, daß du vielleicht dort vorbeigehen und ihn holen könntest.«

»Den Wagen? Ja, sicher. Aber wie soll ich hinkommen?«

»Du nimmst natürlich den Wagen von jemand anderem.«

»Aber es hat doch hier sonst keiner einen Wagen, meine Liebe«, sagte René. »Marcel hat alle vom Flughafen oder vom Bahnhof in Dinan abgeholt.«

Mathilde zuckte mit den Achseln. Für unwichtige Details interessierte sie sich nicht. »Du kannst ein Taxi zum Bahnhof nehmen, denke ich, und von dort aus zu Fuß gehen, oder vielleicht kannst du dir auch einen Mietwagen besorgen. Das ist doch alles *sehr* ärgerlich. Ich kann mir wirklich nicht vorstellen, wieso Guillaume hier nur diesen einen Wagen hatte. In Frankfurt haben wir . . .«

»Ha!« Hinter Gideons Rücken war Claude zur Tür in den Salon zurückgekehrt. Niemand schaute in seine Richtung.

». . . drei Autos und könnten bequem noch ein viertes brauchen. Es klingt protzig, nehme ich an, aber . . .«

»Ha!«

Selbst Mathilde stockte. ». . . aber eigentlich . . . eigentlich . . .«

»Ha!« Es folgte ein alarmierend lautes Krachen.

Gideon wirbelte gerade noch rechtzeitig herum, um Claudes halb gefülltes Weinglas auf den spärlich mit Teppichen bedeckten Steinboden fallen und wenige Zentimeter von der Stelle entfernt zu Bruch gehen zu sehen, wo Sekunden vorher bereits die Karaffe zersprungen war.

»Jesus Christus!« brüllte Ben Butts mit heiserer Stimme. »Was ist los? Claude . . .!«

Claudes Körper war starr, die Arme gespreizt, während die Finger krampfartig in die Luft krallten. *»Ha!«* schrie er wieder. *»Kaah!«* Aus einem Winkel seiner angespannten Lippen sickerte ein feiner weißer Schaum, als hätte er den Mund voller Seife. Seine Glotzaugen traten noch weiter aus seinem Kopf.

»Oh, mein Gott«, flüsterte Sophie. »Er kriegt keine Luft mehr!«

»So macht doch was!« befahl Mathilde gebieterisch. »Er hat einen Herzinfarkt!« *Und das*, deutete ihr Tonfall an, *auf meinem Aubusson-Teppich.*

Gideon, genauso gelähmt wie alle anderen, wuchtete sich schließlich aus seinem Stuhl und bewegte sich auf den leidenden Mann zu. Bevor er bei ihm war, zuckte Claude, als wäre ein elektrischer Strom durch ihn gejagt worden, knurrte durch zusammengebissene Zähne, warf sich dann unvermittelt auf den Boden, auf seinen Rücken, wie ein Zirkuskünstler, der jeden Augenblick ohne fremde Hilfe wieder auf seine Füße springen würde, und das alles in einer einzigen fließenden Bewegung.

Er sprang natürlich nicht wieder auf seine Füße. Er rührte sich überhaupt nicht mehr, außer daß seine gestreckten Arme sich mit ruhiger schrecklicher Endgültigkeit langsam neben ihn auf den Boden senkten. Seine Lider waren über glasigen und ins Leere starrenden Augen halb geschlossen. Als sich einen Moment später sein Mund träge öffnete, quoll zäher Schaum daraus hervor und glitt seine Wange hinab zu seinem Ohr.

Mit gesenktem Kopf, die Hände hinter dem Rücken verschränkt, hörte sich Joly Gideons kurze Schilderung der Ereignisse an. Als Gideon fertig war, nickte Joly einmal und kehrte aus der Vorhalle des Hauses in den Salon zurück, um sich an die versammelten Bewohner zu wenden, die nervös und bedrückt in der Nische saßen. Nur Leona und Claire, die sich auf ihre Zimmer zurückgezogen hatten, fehlten.

»Meine Damen und Herren«, sagte er nüchtern, »ich möchte in den nächsten Stunden mit jedem einzelnen von Ihnen sprechen. Ich denke, daß ich Sie ferner um Ihre Mitarbeit bitten muß, indem Sie sich die nächsten paar Tage in der Nähe aufhalten.«

»Aber wir wollten doch heute abend zurück in die Staaten fliegen«, sagte Ben.

Auch andere begannen zu protestieren, doch Joly schnitt ihnen das Wort ab. »Falls es für einen von Ihnen eine zu große Unannehmlichkeit darstellen sollte, bis . . . sagen wir Dienstag, also noch drei Tage, hier zu bleiben, dann möchte ich denjenigen bitten, mich davon in Kenntnis zu setzen, wenn wir uns unter vier Augen unterhalten. Aber ich hoffe, dies wird nicht der Fall sein. Es würde für mich und auch für Sie selbst nur lästige und zeitraubende Schwierigkeiten mit sich bringen. Madame«, sagte er zu Mathilde, »gibt es ein Zimmer, das sich dafür eignen würde, um dort die Vernehmungen durchzuführen?«

»Ich denke schon«, erwiderte Mathilde unwirsch. »Guillaumes Arbeitszimmer befindet sich direkt auf der anderen Seite des Flures.«

»Und vielleicht gibt es auch noch einen anderen Raum als diesen hier, in dem alle bequem warten könnten? Ich fürchte, ich werde Sie alle bitten müssen, fürs erste nicht auf Ihre Zimmer zu gehen.«

Mathilde fixierte ihn mit einem stechenden Blick. »Werden Ihre Leute sie durchsuchen?«

»Ja, das werden sie.«

Sie drückte ihr Mißfallen durch einen tiefen Seufzer aus. »Auf dem Absatz im Treppenhaus befinden sich einige Stühle.«

»Ich danke Ihnen. Fleury, bitte begleiten Sie die Herrschaften dorthin, wohin Madame du Rocher Sie führen wird, und da warten Sie dann mit ihnen.«

Es wurde ein bißchen gemurrt, doch alle gingen folgsam, bis auf Mathilde, die ihre verhaltene Empörung über diese überheblichen Polizeimethoden in ihrem eigenen Haus äußerte.

»Ach, und sorgen Sie dafür, daß jemand von der Pathologie rauskommt«, rief Joly Fleury nach. »Dr. Fouret, falls er gerade erreichbar ist.«

»Ich will nur hoffen, daß er ein *richtiger* Doktor ist«, brummte Mathilde mit einem letzten vernichtenden Blick über ihre Schulter auf Gideon. Gideon hob entschuldigend seine Hände. Seine zögernden, auffallend laienhaften Wiederbelebungsversuche hatte Mathilde nicht gutgeheißen. Er selbst auch nicht; andererseits war es so offensichtlich gewesen, daß Herzmassage oder sonstige Wiederbelebungsversuche für Claude zu spät kamen, daß keine Hilfe der Welt etwas hätte ausrichten können, nicht mal ein richtiger Doktor.

Das sagte auch Dr. Loti – ein älterer Herr, Guillaumes Hausarzt schon seit vielen Jahren –, der nach Claudes furchtbarem Anfall von Marcel gerufen worden war.

»Also«, sagte er zu Joly, als er hinter dem Paravent hervorkam, der um Claudes Leiche aufgestellt worden war, und seine schwarze Ledertasche zuschnappen ließ, »Ihr Freund, der Professor, hat völlig recht, was die Todesursache angeht. Ich bin sicher, Ihr Labor wird es ebenfalls bestätigen.« Er nickte Gideon zu. »Der Bittermandelgeruch. Sehr gut, junger Mann.«

Der kurze Blick, den Joly jetzt Gideon zuwarf, war nicht besonders dankbar.

»Hören Sie, Inspektor«, sagte Gideon, »das ist Ihr Fall. Ich will nichts damit zu tun haben. Ich weiß nichts darüber. Ich war nur rein zufällig hier.«

»Sieht so aus.«

»Alles, was ich über Bittermandeln weiß, hab ich bei Sherlock Holmes gelesen. Ich weiß nicht mal, was eine Bittermandel überhaupt ist.«

»Hmh.« Joly drehte sich zu Loti um. »Haben Sie irgendeine Vorstellung, wie schnell der Tod eingetreten ist?«

»Innerhalb von Minuten, wahrscheinlich sehr wenigen. Zyankali ist eines der am schnellsten wirkenden tödlichen Gifte. Sobald es eingenommen wird, blockiert es die Aufnahme von Sauerstoff ins Blut.«

»Dann können wir also mit Sicherheit davon ausgehen, daß es im Wein war«, sinnierte Joly. Er stand da und schaute den Leuten von der Spurensicherung zu, die ihre Fotos schossen und geschäftig auf den Knien um die Leiche herumrutschten. Ein Mann bepinselte die Scherben der zerbrochenen Karaffe mit schwarzem Pulver. »Hast du irgendwelche Fingerabdrücke?«

»Ja. Von mehr als einer Person, glaube ich.«

»Gut.«

»Aber Sie wissen«, meldete sich Gideon zu Wort, »daß man die Karaffe nicht notwendigerweise berühren mußte, wenn man Gift hineingeben wollte. Genaugenommen wäre man sogar ausgesprochen verrückt, wenn man es getan hätte.«

Joly sah ihn einen langen Augenblick mit geschürzten Lippen seine Nase hinunter an. »Danke«, sagte er.

»Aber bitte, gern geschehen.« Schon komisch, daß Polizisten nie besonders dankbar zu sein scheinen, wenn zuvorkommende Laien sie auf offensichtliche Fakten aufmerksam machen. »Ich denke«, sagte er, »daß ich hier wohl besser verschwinde und mein Glück noch mal bei diesen Knochen versuche.«

Inspektor Joly erhob keine Einwände.

Als das Herrenhaus gebaut worden war, hatte sich das Treppenhaus in der südöstlichen Ecke offensichtlich in einem massiven Turm befunden. Der Turm war schon vor langer Zeit verschwunden, wahrscheinlich bei irgendeinem Umbau im neunzehnten Jahrhundert, so daß von außen nichts mehr auf ihn hinwies. Innen jedoch schraubten sich die abgetretenen steinernen Stufen immer noch spiralförmig in ihrem alten zylindrischen Gehäuse nach oben, und die Treppenabsätze waren breite, sechseckige Kammern aus kalten, grauen Steinen, nur dürftig geschmückt mit düsteren Bruchstücken griechischer und römischer Statuen und möbliert mit wenigen passend schmucklosen Holzstühlen und Bänken.

Fleury hatte die Familienmitglieder zu dem Treppenabsatz im Erdgeschoß geführt, durch den Gideon auf seinem Weg in den Keller mußte, und dort standen oder saßen sie nun, allein oder in kleinen, grimmigen Gruppen, sahen verärgert oder verwirrt aus. Gideon fiel auf, daß von so etwas wie Trauer nicht besonders viel zu spüren war. Kaum überraschend, wenn er an seine eigene kurze Bekanntschaft mit Claude dachte.

Ray (einer der verwirrten) näherte sich ihm zögernd. »Es war doch kein Herzinfarkt, oder? Ich meine, wo die Polizei hier ist und alles . . .?«

Gideon führte ihn ein Stück von den anderen fort, außer Hörweite. »Es sieht so aus, wie wenn der Wein vergiftet gewesen sei, Ray.«

Als sein Freund nur noch verwirrter aus der Wäsche schaute, sagte Gideon leise: »Es sieht so aus, wie wenn er ermordet worden sei.«

»*Als wäre*«, murmelte Ray automatisch, ganz in seiner eigenen Welt verloren, »in beiden Fällen. Oder *als sei*.« Er runzelte verträumt die Stirn, während Gideons Worte langsam durchsickerten. »Ermordet«, sagte er schließlich. »Aber warum sollte jemand Claude . . .« Arglist gehörte nicht zu Ray Schaefers Stärken, und Gideon sah, wie sich Rays Augen weiteten, als ihm ein unwillkommener Gedanke bei seiner konventionellen Antwort dazwischenkam. ». . . umbringen wollen?« beendete er den Satz ohne jede Betonung.

Gideon musterte ihn einen Augenblick. »Ray, falls du irgendwas weißt, solltest du es Joly sagen.«

»Oh, ich weiß nichts«, sagte er, ließ seinen Blick auf seine Schuhspitzen fallen. »Nichts Wichtiges; nichts, das eine Rolle spielen könnte.« Er schwieg und dachte nach. »Es ist nur . . . also, da gab es irgendwelche Schwierigkeiten während des Krieges.«

»Während des Krieges? Du meinst den Zweiten Weltkrieg?« Er sah Ray interessiert an. Im Manoir de Rochebonne lag noch schrecklich viel aus dem Zweiten Weltkrieg in der Luft.

»Also, ja, äh, sicher. 1942.« Ray zappelte herum und verlagerte sein Gewicht von einem Bein aufs andere. »Ach . . . es ist nur, daß Claude offenbar die Gelegenheit hatte, ein paar Leute zu warnen, daß die Nazis sie verhaften würden, aber er hat es nicht getan, und dann hat die SS sie hingerichtet. Einer von ihnen war mein Onkel Alain – oder besser, mein Cousin; Sophies und Renés Bruder –, und ich schätze, das haben einige Leute Claude wohl ziemlich übelgenommen.«

»Ja, das kann ich mir vorstellen.«

»Tja, also, ich meine, sie haben es ihm *sehr* übelgenommen.« Er zögerte, dann mit seiner sanften Variante eines Scheiß-drauf-Achselzuckens: »Die Sache ist die, Sophie hat Alain total bewundert, und sie hat Claude nie verziehen. Sie haben noch nicht mal Alains Leichnam von den Nazis zurückbekommen.«

»Ich verstehe.«

»Und Mathilde war mit ihm verlobt, bevor sie René geheiratet hat. Und . . .«

»Hör zu, Ray, falls du daran denkst, das alles zu verschweigen, weil du meinst, es würde Sophie und Mathilde schützen . . .«

»Ich?« sagte Ray kläglich und stieß ein wenig überzeugendes Lachen aus.

» . . . tu's nicht. Sag Joly alles, was du weißt.«

»Aber ich weiß doch gar nichts. Gideon, das alles ist vor fast fünfzig Jahren passiert.«

»Ray, verschweig nichts. Am Ende schadet es womöglich noch demjenigen, weswegen du das zu machen versuchst. Glaub mir.«

»Um dessentwillen«, sagte Ray und zog sich in eine untypische, mürrische Einsilbigkeit zurück.

10

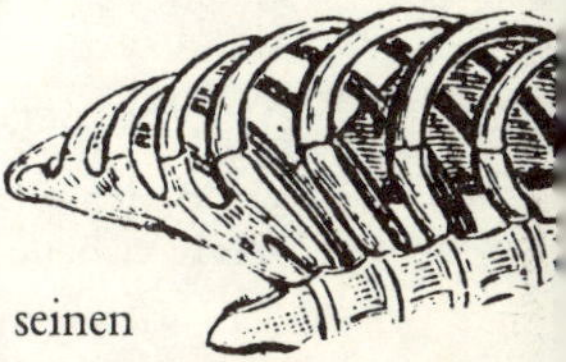

Die schlanken, eleganten Finger an seinen Lippen spitz zusammengelegt und die Ellbogen auf den schlichten Metallschreibtisch in Guillaume du Rochers Arbeitszimmer gestützt, las Joly laut den kurzen Brief vor, der auf der Kladde vor ihm lag. Er stammte aus dem Sekretär in Mathildes Zimmer.

»›Ich bin in einer Familienangelegenheit von einzigartiger Wichtigkeit zu einem Entschluß gelangt‹«, las er. »›Wir werden am 16. März in Rochebonne darüber sprechen.‹ Und Sie haben keine Ahnung, was er damit meinte?«

Mathilde fingerte an der Kette aus schweren goldenen Gliedern um ihren Hals. »Ich fürchte, nein«, sagte sie mit klarer, heller Stimme. »Ihnen ist sicherlich bewußt, daß er allen den gleichen Brief geschickt hat.«

Joly nahm seine gefalteten Hände auseinander. »Sie, Ihr Mann und Ihr Sohn sind mit dem Flugzeug aus Deutschland gekommen – Ihr Mann hat sich mehrere Tage von seiner Arbeit freigemacht –, ohne zu wissen, warum Sie überhaupt herkommen sollten? Bloß auf Anweisung Ihres Cousins, es einfach zu tun?«

»Ja, Inspektor. Andere haben eine noch erheblich weitere Anreise gehabt. Und daran war auch nichts Merkwürdiges. Wenn sich wichtige geschäftliche Dinge für die Familie ergaben, hat Guillaume uns einfach gerufen, und wir sind gekommen.«

»Aber Sie sind am Sonntag angekommen, am Tag vorher. Sie hatten ausreichend Gelegenheit, mit ihm zu sprechen. Da ist das Thema nicht angeschnitten worden?«

»*Alle* sind am Sonntag hier eingetroffen«, sagte Mathilde geduldig. »*Alle* hatten ausreichend Gelegenheit, sich mit ihm zu unterhalten. Ich wäre doch wirklich sehr überrascht, wenn einer von ihnen mehr wüßte als ich.«

»Nicht einmal Claude Fougeray?«

Mathilde verzog leicht ihre Oberlippe. »Claude am allerwenigsten.«

»Claude und Guillaume verstanden sich nicht gut?«

»Ich glaube, Claude Fougeray hat seit über vierzig Jahren seinen Fuß nicht mehr in dieses Haus gesetzt.«

»Und warum nicht, Madame?«

Aha, ein Zögern, ein flüchtiges Zucken mit den Augen, ein Sammeln für eine ausweichende Antwort.

»Ach, er hatte irgendeinen Streit mit Guillaume – vor vielen Jahren, in den Vierzigern. Die Einzelheiten habe ich nie gekannt. Ich war damals noch ziemlich klein.«

Sie waren damals siebzehn, Madame, sagte Joly zu sich selbst, doch er beschloß, es wenigstens für den Augenblick dabei bewenden zu lassen. Es gab im Moment Wichtigeres.

»Madame du Rocher, fällt Ihnen jemand ein, der Claude Fougeray umgebracht haben könnte?«

Mathildes Augen begannen mit glücklicher Bosheit zu leuchten. »Nun, da ist *tatsächlich* jemand, der mir in den Sinn kommt, aber . . . nein, das ist einfach lächerlich, und ich will doch nicht, daß man mich für eine Plaudertasche hält . . .« Ihre vor Schmuck glitzernden Finger wanderten wieder zu ihrer Kette, als sie schüchtern schwieg.

Mit einem leichten Seufzer sagte Joly, was zu sagen von ihm erwartet wurde. »Überlassen Sie es doch bitte mir, das zu entscheiden, Madame.«

»Nun gut, Inspektor«, sagte sie prompt. »Soweit ich weiß, werden die meisten Morde von nächsten Angehörigen begangen. Ist das nicht so? Nun, genau dort würde ich an Ihrer Stelle suchen.« Ihr oberstes Kinn kam auf das nächstuntere zu liegen, und sie starrte ihn bedeutungsvoll an.

Joly machte es keinen besonderen Spaß, jemandem die Würmer aus der Nase zu ziehen, und er war darin auch nicht sonderlich gut. Außerdem reizte ihn Mathilde du Rocher ein wenig.

»Wenn Sie irgend etwas zu sagen haben, dann sagen Sie es bitte klipp und klar«, sagte er scharf.

Sie funkelte ihn wütend an, als erwäge sie, ihn mit Schweigen zu bestrafen, aber dann behielt ihr Instinkt die Oberhand, was Joly auch so erwartet hatte. Wie oft bot sich denn schon eine Gelegenheit wie diese?

»Leona Fougeray«, sagte sie unumwunden, ließ ihn spüren, daß er ihr den Spaß verdorben hatte, »hat eine Affäre mit einem Mann in Rennes. Einem älteren, ungeheuer vermögenden Witwer, der geradezu versessen darauf ist, sie zu heiraten. Er ist schon senil, wie ich wohl kaum noch besonders betonen muß – oder haben Sie Leona vielleicht noch nicht kennengelernt?«

»Flüchtig, Madame. Ich könnte mir vorstellen, daß sie eine Scheidung für dezenter halten würde als einen Mord.« Verdammt. Mit Sarkasmus würde er nicht besonders weit kommen. War er früher niederträchtigen und langweiligen Menschen gegenüber toleranter gewesen, oder war das nur seine Einbildung?

»Dezenter vielleicht«, erwiderte Mathilde ungerührt, »aber doch auch erheblich langsamer, und mit dem Nachteil, daß man sich mit kleinlichen sturen Beamten abgeben muß.«

Er schaute sie mit neuem Respekt an.

»Außerdem«, sagte sie, »ist Monsieur Gris überzeugter Katholik. Er würde niemals eine geschiedene Frau heiraten. Aber eine Witwe ... nun, das ist etwas völlig anderes.«

»Darf ich fragen, woher Sie das alles wissen? Ist das allgemein bekannt?«

»In unserer Familie? Nein, ich denke nicht. *Ich* zumindest habe ganz sicher nie darüber gesprochen; außer natürlich mit meinem Mann.« Sie warf ihm einen herausfordernden Blick zu, doch in seinen Augen war nichts zu lesen. »Ich habe jedoch zufälligerweise einen Freund in Rennes, der mich auf dem laufenden hält. Sie können sicher sein, daß es die Wahrheit ist.«

»Das bezweifle ich nicht.« Er stand auf. »Vielen Dank für Ihre Hilfe.« Joly war unter seinen Kollegen dafür bekannt, Vernehmungen sehr abrupt zu beenden, was Informanten oft einen solchen Schreck einjagte, daß sie ihm mehr Informationen gaben, als weitere zwanzig Minuten Verhör bringen mochten. Er ging um den Schreibtisch herum zur Tür des Arbeitszimmers und öffnete sie.

Mathilde beobachtete ihn, ohne selbst aufzustehen.

»Möchten Sie mir vielleicht noch etwas sagen?« fragte er mit einem kleinen Lächeln.

»Wie«, erwiderte sie, »soll das alles bezahlt werden?«

Das Lächeln verschwand. »Pardon, Madame?«

»Erwartet man von mir, daß ich für die Kosten der Unterbringung all dieser Leute aufkomme, denen Sie befohlen haben, noch länger hierzubleiben? Lebensmittel gibt es nicht umsonst, und ich bin überzeugt, daß Sie sich der Tatsache bewußt sind, daß es noch einige Zeit dauern wird, bis der Nachlaß offiziell geregelt ist . . .«

»Ich habe ihnen nicht *befohlen*, hierzubleiben, ich habe um ihre Mitarbeit gebeten«, sagte Joly, drückte sich spitzfindiger aus, als ihm lieb war. »Aber ich bin sicher, wenn Sie mit Monsieur Bonfante sprechen, wird er bestimmt irgend etwas arrangieren können.«

Er hoffte es aufrichtig. Eine Beschwerde der gebieterischen Mathilde du Rocher bei Monsieur Picard, dem Staatsanwalt, war nichts, über das er länger nachdenken wollte. Und nun, da er einen neuen Mord am Hals hatte, würde alles nur noch schlimmer; außerdem würde ihn ein Untersuchungsrichter aufmerksam im Auge behalten und kontrollieren. Der arme französische Kriminalbeamte war wirklich zu bedauern. Wußte John Lau eigentlich zu schätzen, wie einfach das Leben für ihn beim FBI war? Joly bezweifelte es.

Er begleitete Mathilde unter Verbeugungen hinaus, kehrte an den Schreibtisch zurück und machte sich ein paar weitere knappe Notizen auf dem linierten Block, auf den er von Zeit zu Zeit schon das eine oder andere geschrieben hatte. Dann blätterte er zu der Namensliste auf der ersten Seite zurück, setzte ein Häkchen vor Mathildes Namen, wie er es vorher auch schon mit denen von René, Beatrice und dem hartnäckig wortkargen Marcel getan hatte. Mit einem Finger an seinen Lippen studierte er die restlichen Namen, stand dann wieder auf und rief Fleury.

»Bringst du jetzt bitte Madame Fougeray herunter?«

Eine weitere furchterregende Frau, diese Leona Fougeray. Nicht auf Mathildes Art: Mathilde war imposant, wie eine Kanonenkugel imposant ist – schwer, kompakt, massiv. Leona besaß die Gefährlichkeit eines Pfeiles oder, besser noch, eines vergifteten Wurfpfeiles – schnell, schlank, spröde, voller Gift und Bosheit. Lebhaft wie eine Elster in ihrem schwarzweiß gestreiften Kostüm mit gewaltigen Schulterpolstern, die ihren hübschen dunklen Kopf winzig erscheinen ließen, spielte sie nicht mal andeutungsweise die trauernde Witwe; keine Spur von Erschütterung, keine taktvoll beherrschte Qual wegen der Tatsache, daß der Leichnam ihres Mannes vor kaum einer halben Stunde ins Leichenschauhaus der Polizei gebracht worden war. Tatsächlich hatte sie jedesmal, wenn Joly Claude erwähnte, einen Schwall von Beschimpfungen losgelassen.

»Nein, woher soll ich wissen, was mein Mann gemeint hat?« sagte sie, trotz eines Vierteljahrhunderts in Frankreich mit starkem italienischem Akzent. »Ich beachte ihn schon seit Jahren nicht mehr. Die halbe Zeit phantasierte er, weil er wieder zuviel Wein getrunken hatte, die andere Hälfte phantasierte er einfach aus angeborener Blödheit.«

»Vielleicht«, sagte Joly, »aber dieses Mal waren seine Bemerkungen sehr präzise.« Er warf einen Blick auf seine Notizen. »Bei der Verlesung des Testamentes behauptete er, daß Guillaume beabsichtigt hätte, ein *neues* Testament aufzusetzen, oder nicht? Er sagte, genau das wäre der Zweck des Familienrates gewesen.«

Sie zog ihre Mundwinkel herunter. »Er hat gesagt, er hat gesagt. Hirngespinste. Woher sollte er denn wohl wissen, was Guillaume vorhatte? Glauben Sie, Guillaume hätte sich ihm anvertraut? Wenn er es getan hätte, wäre er verrückt gewesen. Vierzig Jahre haben wir nichts von ihm gehört, nicht ein Wort. Wissen Sie, wann ich den großen Guillaume zum ersten Mal gesehen habe? Letzten Sonntag.« Sie zuckte mit den Achseln. »Keine besonders große Freude.«

»Ihr Mann hat außerdem gesagt – Ihnen, bevor Guillaume starb –, daß die anderen sich auf eine Überraschung gefaßt machen könnten, daß er manche Dinge wüßte, die sie nicht wüßten.«

Ihre sehr beweglichen Augenbrauen zuckten hoch. »Sie wissen eine ganze Menge.«

»Sie wissen nicht, was er damit gemeint hat? Sie kennen den Grund für die Einberufung des Familienrates nicht?«

Wieder verzog sie ihr Gesicht. »Ich habe Ihnen doch schon mal gesagt, nichts als Hirngespinste. Wer weiß schon, was Guillaumes Brief bedeutete? Aber mein Mann – oh, ihm war natürlich alles sehr klar. Guillaume bereute auf seine alten Tage zutiefst, daß er ihn im finsteren Mittelalter nicht in seinem Testament berücksichtigt hatte. Er wollte uns zu Millionären machen.« Sie lachte kurz. »Hören Sie, haben Sie was dagegen, wenn ich rauche?«

Dankbar gab er ihrer amerikanischen Virginia Slim Feuer, steckte sich dann selbst eine Gitane an und holte eine leere Schachtel für Büroklammern aus einer Schublade, um sie als Aschenbecher zu benutzen.

»Madame Fougeray, warum genau wurde Ihr Mann im Testament nicht berücksichtigt?«

»He, für wie alt halten Sie mich eigentlich?« sagte sie leidender, als sie es wegen des Mordes an ihrem Ehemann vor kaum mehr als zwei Stunden gewesen zu sein schien. »Ich bin 1934 geboren. Claude hat mich aus der Wiege entführt. Geheiratet habe ich ihn erst 1952. Woher soll ich wissen, was hier im Manoir« – sie sprach das Wort voller verächtlicher Affektiertheit aus – »unmittelbar nach dem Krieg passiert ist?«

»Wollen Sie damit sagen, er hat mit Ihnen nie darüber gesprochen?«

»Oh, er hat praktisch ununterbrochen mit mir darüber gesprochen.«

Joly fragte sich verdrießlich, ob sie ihn wohl nachäffte.

»Und was genau hat er gesagt?« fragte er mit allmählich versiegender Geduld.

»Ach, nur daß die Familie ihn und Guillaume ohne jeden Grund auseinandergebracht hätte – und das nur, weil sie den Besitz für sich behalten wollten.«

»Und glauben Sie das?«

»Natürlich glaube ich das nicht«, sagte sie verächtlich. »Da steckt mehr als das dahinter.«

»Aber Sie wissen nicht, was?«

»Nein, was geht's mich an? Ich habe zu ihm gesagt, wir sollten nicht mal herkommen. Und jetzt hat ihn irgendwer wegen seiner Geldgier umgebracht.« Sie nickte ingrimmig, stieß eine dicke Rauchwolke aus und drückte die kaum angerauchte Zigarette in der Schachtel aus. »Ich bin sogar dankbar dafür.«

Joly, der ein ausgeprägtes Anstandsgefühl besaß, war gekränkt. »Madame«, sagte er steif, »wer könnte Ihrer Meinung nach Ihren Mann getötet haben wollen?«

Leona warf ihren Kopf mit ihrem dunklen, faltenlosen Gesicht zurück und lachte laut. »Wenn Sie alle Leute kennenlernen wollen, die ihn auf den Tod nicht ausstehen konnten, werden Sie eine ganz schön lange Liste kriegen.« Sie starrte ihn erregt an. »Und anfangen können Sie gleich mit mir.«

Joly nahm einen letzten Zug von seiner Zigarette und drückte sie sorgfältig aus. »Sehr schön, Madame«, sagte er ruhig, »wir werden mit Ihnen anfangen.«

Um halb zwölf war Joly müde und schlecht gelaunt. Er kam nicht weiter, und jede Person, die er verhörte, schien ihm noch lästiger als die davor. Das war, wie er wußte, zum größten Teil auf Ermüdung zurückzuführen, aber es stand völlig außer Frage, daß Jules du Rocher ein einzigartig widerwärtiger junger Mann war: fett, ständig schmollend, und zu seinen weiteren unangenehmen Eigenheiten gehörten Affektiertheit und Tratschsucht.

Joly unterbrach ihn, während er seine Theorie erläuterte, daß Ben und Sophie Butts Claude Fougeray durchaus aus Angst davor vergiftet haben mochten, daß er Guillaumes Testament anfechten und sie um die wertvolle Bibliothek von Rochebonne bringen würde. Diese These war mit einiger Begeisterung nach anderen hilfreichen Ideen vorgebracht worden, die auf eine mögliche Schuld von Claire, Ray, Leona, Marcel und Beatrice deuteten.

»Und was den Grund betrifft, warum Guillaume du Rocher Sie alle hierherzitiert hat«, unterbrach Joly ihn müde, »da haben Sie vermutlich keine Ahnung.«

»Oh, doch«, erwiderte Jules, bereitwillig das Thema wechselnd. »Das weiß ich wohl.«

Joly sah ihn skeptisch an. »Ach, ja?«

»Er wollte das Manoir an eine Hotelkette verkaufen – eine Schweizer Firma, glaube ich, oder eine schwedische –, und er wollte der Familie von seinen Plänen berichten.«

»Und wie kommt es, daß nur Sie allein davon wissen, Monsieur?«

»Er hat es mir letzte Woche am Telefon gesagt. Er hat gesagt, kein anderer sollte es erfahren, daher habe ich es auch keinem erzählt.«

Unter Jolys festem Blick verfärbten sich Jules' feiste, glatte Wangen finster. »Wenn Sie mir nicht glauben, können Sie doch die Telefonunterlagen überprüfen. Und das können Sie doch, oder?«

Joly nickte.

»Und fragen Sie Beatrice. Sie hat uns verbunden. Sie hat mir gesagt, er wollte mich darüber informieren, worum es ging. Gehen Sie, fragen Sie sie, wenn Sie wollen. Wie auch immer, warum sollte ich . . .«

»Schon gut«, sagte Joly. »Schon gut.« Wo er jetzt darüber nachdachte: Bonfante, der Anwalt, hatte ihm gesagt, daß ein Schweizer Hotelkonzern schon seit Jahren Guillaume gedrängt hatte, das Anwesen zu verkaufen. Er trank einen Schluck von dem Kaffee, den Beatrice ihm vor zehn Minuten gebracht hatte; da schon nur lauwarm, jetzt kalt. »Warum nur Ihnen und keinem anderen?«

Jules zuckte mit den Achseln. »Er hat's eben so gewollt, mehr kann ich dazu nicht sagen. Er hat mir viele Dinge erzählt, bevor irgendwer sonst davon erfuhr. Ich war sein Liebling, müssen Sie wissen.«

Joly ließ diese Unwahrscheinlichkeit unbestritten durchgehen. »Und wieso wurden die Fougerays, die nicht seine Lieblinge waren, nach all dieser Zeit zu diesem speziellen Familienrat eingeladen?«

»Genau das würde *ich* gerne wissen«, sagte Jules und lachte, als hätte er einen guten Witz gerissen. Er sah bedeutungsvoll den kleinen Teller mit Butterkeksen an, den Beatrice zusammen mit Jolys Kaffee gebracht hatte.

»Nur zu«, sagte Joly, deutete auf die unberührten Plätzchen. »Diese ›Pläne‹, von denen Sie sprachen. Was für Pläne waren das genau?«

Jules schob sich zwei Kekse gleichzeitig in den Mund, stopfte sie hinein wie Tabak in eine Pfeife. Die Krümel leckte er sich genüßlich von Daumen und Zeigefinger (wodurch sie anschließend feucht glänzten, wie Joly mit Mißfallen bemerkte) und seufzte dann erleichtert wie ein

Mann, der sich eben einen verzweifelt benötigten Schuß gesetzt hatte. »Es hatte irgendwas damit zu tun, den Erlös anderweitig zu investieren, oder den Profit liquide zu machen oder etwas in die Richtung«, sagte er kauend. »Ich fürchte, ich habe nicht besonders aufmerksam zugehört. Ich habe keinen Sinn für finanzielle Dinge, wissen Sie. Mein armer Vater wird das nie verstehen, aber mein Leben gilt den schönen Künsten.« Er senkte bescheiden seine Augen. »Ich bin Romancier. Zur Zeit arbeite ich gerade an einem Buch.«

»Aha«, sagte Joly, der gar nicht daran dachte, dieses Thema zu vertiefen.

»Es handelt von dem Kampf eines Bankierssohnes, sein geistiges Potential in einer Welt des nackten Materialismus und der Habgier zu verwirklichen«, sagte Jules ungefragt.

Joly suchte nach Anzeichen dafür, daß Jules nur einen Witz machte, doch er fand nichts dergleichen. Der Blick, den der junge Mann nur mit Mühe von den restlichen beiden Keksen abwenden zu können schien, fiel schließlich mit einem Ausdruck unverhüllter Sehnsucht doch noch auf sie.

Joly schob ihm den Teller zu. »Bitte, bedienen Sie sich. Ich habe keinen Hunger. So, fällt Ihnen sonst noch irgend jemand ein, der Claude vielleicht ermorden wollte?«

Jules zwängte den ersten Keks in seinen Mund und hatte seine feuchten Finger bereits sicher auf den zweiten gelegt, bevor er mit einem süffisanten Grinsen antwortete. »Gibt es irgendwen, der es nicht wollte?«

Sechs Meter unter Joly und Jules, in dem alten Keller, arbeitete Gideon ruhig in der Wärme des tragbaren Heizöfchens und benutzte die zehnfach vergrößernde Lupe, die er am voraufgegangenen Tag versäumt hatte mitzunehmen. Er hatte die Arbeitslampe bis auf neun, zehn Zentimeter über die Tischplatte heruntergezogen und so gedreht, daß das Licht horizontal über die Knochen fiel und dabei deren Strukturen und Unregelmäßigkeiten hervorhob. Den Oberkörper gebeugt, das Vergrößerungsglas an seine Wange gedrückt und das Gesicht nur wenige Zentimeter über den Gebeinen, glitt sein Blick langsam über jedes Segment, sorgfältig Millimeter um Millimeter. Claude Fougeray und Lucien Joly verschwanden friedlich aus seinen Gedanken.

Nach einer Stunde hatte er seine gewissenhafte Untersuchung der Wirbel beendet und richtete sich ächzend und mit einer Grimasse auf, als seine eigene Wirbelsäule in die abwegige S-Form zurückknirschte, die so prekär wie spezifisch menschlich ist – die Strafe dafür, wie er immer seinen Studenten sagte, daß man rücksichtslos auf seinen Hinterbeinen herumlief, wenn man ein freitragendes Rückgrat hatte, das an beiden Enden nach einer Stütze schrie.

Bislang hatte er nichts gefunden. Keinerlei Absonderlichkeiten des Knochengerüstes, die eine Identifikation erleichtert hätten, keinen Hinweis auf die Todesursache. Nur die winzigen schaufelförmigen Furchen von Nagetierschneidezähnen, die den größten Teil der ungefähr vierzig Jahre, die die Knochen nun schon dort lagen, daran herumgenagt hatten. Er reckte sich, stöhnte ausgiebig, rieb sich den Nacken und ging zu dem Trupp Arbeiter hinüber.

»Schon irgendwas gefunden?« fragte er Sergeant Denis.

Denis schüttelte verärgert seinen Kopf. »Aber wenn hier irgendwas liegt, werden wir es finden.« Entschlossenheit blitzte in seinen Augen.

Gideon nahm ihn beim Wort. Denis war offensichtlich ein Mann, der seine Arbeit sehr ernst nahm. Er war jetzt schon den ganzen Morgen hier unten, überwachte aufmerksam die drei Männer – die nichtsdestoweniger in ihrem eigenen geruhsamen Tempo weitermachten, gutgelaunt die Ermahnungen des jüngeren Mannes über sich ergehen ließen, doch etwas schneller und sorgfältiger zu arbeiten. Sich von dem ursprünglichen Graben ausgehend vorarbeitend, hatten sie bislang die großen Steinplatten von einem Drittel des Kellers entfernt und gruben sich jetzt durch die festgetretene, säuerlich riechende Erde bis auf eine Tiefe von etwa einem Meter. Gideon schaute ihnen ein paar Minuten zu, bis sein steifes Genick wieder beweglich wurde, und kehrte dann an den Tisch zurück, um mit seiner eigenen Arbeit fortzufahren.

Seine langsame, ermüdende Untersuchung der Hand- und Fußknochen brachte nichts anderes zum Vorschein als nur weitere Knabberstellen von Mäusen. Das gleiche galt für das Brustbein, die Schlüsselbeine und Schulterblätter. Er war fast schon mit den Rippen fertig und hatte schon ziemlich alle Hoffnung aufgegeben, als er schließlich doch noch etwas fand. Es war an der fünften Rippe der linken Seite, etwa auf halber Länge: eine Kerbe auf der schmalen Oberseite des Knochens, ungefähr drei Millimeter tief. Es war keine normale Vertiefung, und es war auch keine Anomalie wie ein Foramen im Brustbein.

Und todsicher war auch keine Maus dafür verantwortlich. Dieses Mal war es nicht flächig und auch nicht eine von zwei oder drei parallelen Furchen. Einfach eine einzelne Kerbe, die nicht dorthin gehörte, ganz allein, mit einem unverwechselbaren V-förmigen Querschnitt und verräterisch scharfen und deutlichen Kanten.

Eine Messerverletzung. Und der breiten, keilförmigen Art der Kerbe nach war es ein breites Messer mit einer Klinge gewesen, die zum Heft hin merklich dicker wurde. Und auch nur eine Schneide hatte; andernfalls hätte es die Unterseite der darüber liegenden Rippe ebenfalls eingekerbt. Höchstwahrscheinlich ein großes Küchenmesser oder ein Kochmesser. Oder vielleicht auch ein Bajonett, wenn man die Zeit berücksichtigte. Und natürlich machte die Breite des V unmißverständlich klar, daß es nicht bloß ein kleiner Stich, sondern ein tiefer, mörderischer Stoß zwischen die Rippen gewesen sein mußte.

Ganz ohne Zweifel hatte es die linke Lunge perforiert, und dann ... Er kaute nachdenklich auf seiner Wange. Gottverdammt, wohin genau würde ein Messer abrutschen, das etwa in der Mitte der fünften Rippe eindrang? Es war nicht leicht, sich das vorzustellen; das war nicht so offensichtlich, wie es auf den ersten Blick aussah. Die Mitte einer Rippe befindet sich nicht in der Mitte des Brustkorbes, sondern vielmehr weit auf der Seite; tatsächlich sogar näher zum Rücken als zur Vorderseite des Körpers.

Mit dem Finger seiner rechten Hand fand Gideon das Manubrium, die leicht tastbare Delle am oberen Teil des Brustbeines. An dieser Stelle war die zweite Rippe befestigt, und von dort aus zählte er nach unten bis zur fünften. Daran entlang arbeitete er sich langsam nach hinten, bohrte mit einiger Mühe durch den dicken Brustmuskel, der sie bedeckte.

In der gegenüberliegenden Ecke – in der am weitesten entfernten Ecke, so weit von den verrottenden sterblichen Überresten auf dem Tisch entfernt wie nur irgend möglich – saßen die Handwerker auf dem Boden, lehnten sich bequem gegen die Wand und beobachteten ihn. Befreit von dem Adlerauge des jungen Sergeanten, der zu Mittag gegangen war, hatten sie ihre eigene Mahlzeit ausgepackt: Gläser mit Rotwein aus einer Plastik-Literflasche mit Schraubverschluß, ein aromatischer, krümeliger Ziegenkäse und Brotstücke, die sie von ein paar Baguettes abgerissen hatten. Für den Augenblick jedoch hatten sie ihre Unterhaltung ausgesetzt und schluckten nicht einmal mehr, um mit gespannten Blicken zuzuschauen, wie der Amerikaner so selbstvergessen an der eigenen Brust rumfummelte.

Gideon nickte ihnen zu und tastete weiter. Die Mitte der Rippe lag höher, als er es in Erinnerung gehabt hatte – man vergaß leicht, wie scharf sich die Rippen von vorne nach hinten aufwärts bogen – und genau unter seinem Arm. Genaugenommen sogar tief unter der Achselhöhle. Anscheinend eine Stelle, die für ein Messer nur schwer zu erreichen war, aber, wie er während dieser letzten paar Jahre gelernt hatte, keine ungewöhnliche Stelle für eine Stichwunde. Das Opfer reißt seine Arme hoch, um einen Stoß oder einen Schlag abzuwehren, die empfindliche und verwundbare Achsel ist ungeschützt, und das Messer gräbt sich ein. Es gab praktisch keine andere Möglichkeit, die Achselhöhle für einen Angriff zu öffnen. Das bedeutete natürlich, daß hier ein Kampf mit im Spiel gewesen war, oder doch wenigstens, daß das Opfer versucht hatte, sich seinen Angreifer vom Leibe zu halten.

Er faltete ein Stück Papier und führte die scharf gefaltete Kante in den Einschnitt im Knochen ein. Dem abfallenden, leicht vorwärts geneigten Winkel nach zu urteilen, dürfte die Klinge in das Geflecht von Nerven und Adern eingedrungen sein, die den Plexus brachialis, das Armgeflecht, bildeten, und dann weiter durch die dünnen, wirkungslosen Hindernisse des Musculus serratus anterior und der Zwischenrippenmuskeln geschnitten und dabei die Rippe eingekerbt haben. Dann weiter in den linken Lungenflügel und durch das zähe Perikard, den Herzbeutel.

Und schließlich, zwangsläufig, tief hinein in den pulsierenden Muskelsack, der den gesamten Blutkreislauf antrieb: die linke Herzkammer. Tod, sicher und unmittelbar.

Er drehte sich wieder zu der braunen Rippe auf dem Tisch und strich behutsam mit seinem Daumen darüber. Knapp zehn Zentimeter weiter vorne, auf der gleichen Oberfläche, war noch etwas anderes: ein winziger Grat, so unauffällig, daß er ihn vorher übersehen hatte. Wieder beugte er sich mit seinem Vergrößerungsglas über den Knochen.

»Und? Ist es faszinierend?«

Gideon fuhr zusammen. In Gedanken versunken hatte er völlig vergessen, daß die Mittagszeit vorbeigegangen war, hatte vergessen, sich vor dem grausigen Szenario zu gruseln, das er hier konstruierte, hatte fast schon vergessen, wo er war, und auch nicht bemerkt, daß Joly heruntergekommen war, den Raum durchquert hatte und nun schon einige Zeit neben ihm stand und ihn beobachtete. Als er aufschaute, war er erstaunt zu sehen, daß auch Denis inzwischen zurückgekehrt war und die Handwerker wieder emsig gruben.

Joly hatte seinen Kopf wie üblich leicht nach hinten geneigt, um so besser seine Nase entlangschauen zu können.

»Tja, es ist mir gelungen, etwas zu finden«, sagte Gideon.

»Aha?« Joly hob mit skeptischer Miene eine Augenbraue. Beherrscht, höflich, ja sogar tolerant, aber allemal skeptisch.

»Er ist ermordet worden . . .«

Der Hauch eines Lächelns um Jolys Mundwinkel. »Aha«, sagte er wieder und nahm seine Brille ab, um sie mit einem ordentlich gefalteten Taschentuch zu polieren.

»Er ist erstochen worden«, sagte Gideon. »Von einem rechtshändigen Angreifer. Während eines Kampfes.« Er zögerte, endete dann: »Mit einem Küchenmesser«, er sagte es voller Überzeugung. Wer A sagt, muß auch B sagen.

Joly faltete sein Taschentuch langsam wieder zusammen, als sei es wichtig, daß dies genau entlang der ursprünglichen Falte geschehe, und steckte es dann wieder in seine Tasche. »Und das alles von einer einzigen Rippe?«

»Genau, Inspektor.« Tja, mehr oder weniger. Ein bißchen davon war sicherlich Spekulation, aber Jolys Ausstrahlung von amüsierter Überlegenheit ging ihm langsam, aber sicher ein bißchen auf die Nerven, und er war der Meinung, daß es allmählich an der Zeit war, seine eigene Stärke zu zeigen.

Joly steckte sich eine Zigarette an und nahm einen langen Zug, wobei er Gideon die ganze Zeit beobachtete.

»Vielleicht können wir es eins nach dem anderen durchgehen?« fragte er nasal, während sich blaue Rauchfäden aus seiner Nase schlängelten. »Erstochen, sagen Sie. An der Rippe befindet sich so etwas wie ein Kratzer?«

Gideon zeigte ihm die Einkerbung. Joly sah sie sich lange mit dem Vergrößerungsglas an. Anders als Gideon beugte er sich nicht darüber, sondern stand kerzengerade und mit erhobenem Kopf, sah sich den Knochen an seiner Nase entlang an, wie er es anscheinend mit allen Dingen machte. Dann fuhr er fort, den Rest dieser Rippe und einige der anderen Knochen zu untersuchen. Die Zigarette war ein Drittel heruntergebrannt, als er endlich wieder etwas sagte.

»Ich sehe hier viele Kerben und Einschnitte . . .«

»Mäuse.«

Joly schaute auf diese gemächliche, langsame Art zu ihm auf, wie Jack Benny immer Rochester und Phil Harris angestarrt hatte, wenn die ihn mit einem Spruch erwischt hatten. Nur daß der Inspektor mehr Nase hatte, an der er herunterschauen konnte, was es nur noch wirkungsvoller machte. »Alle? Jede einzelne bis auf diese eine hier?«

»Richtig.«

»Und diese hier ist von einem Messer und von sonst nichts?« Gideon erklärte ihm die Sache mit den U-förmigen Schneidezähnen von Nagetieren und dem V-förmigen Querschnitt von Messern.

Joly nickte sparsam, hörte, den Kopf zur Seite geneigt, zu und warf wieder einen Blick durch das Vergrößerungsglas. Mit einem sauber manikürten Daumennagel berührte er die Furche. »Wieso nicht von einem anderen Tier? Vielleicht ein Hund, der sich diesen Knochen geschnappt hat, oder eine Katze? Oder«, sagte er lächelnd, »haben die auch schaufelförmige Schneidezähne?«

»Nein, kegelförmige. Oder doch wenigstens die Eckzähne sind kegelförmig, und da Fleischfresser mit ihren Eckzähnen beißen, hinterlassen sie zwei kegelförmige Löcher. Schartige Löcher, sehr deutlich zu erkennen. Nein, das hier stammt definitiv von einem Messer. Sehen Sie.« Er gab Joly den Knochen. »Lassen Sie Ihren Finger auf der Rückseite des Einschnittes entlanggleiten – das heißt, auf der Innenseite der Rippe. Fühlen Sie, wie rauh es ist?«

Joly tat, was ihm gesagt wurde, und nickte.

»Wenn ein Messer – oder eine Axt – einen Knochen durchtrennt«, sagte Gideon, »schiebt es den kompakten Knochen vor sich her, so daß beim Austritt der Klinge Späne zu finden sind. Es ist, als würde man einen Holzklotz zersägen; auf der Rückseite erhalten Sie Splitter.«

Joly befingerte den Einschnitt wieder. »In Ordnung, sagen wir also, es war ein Messer oder ein anderes scharfes Instrument . . .«

»Ein Messer«, sagte Gideon, fügte dann hinzu: »Glaube ich.« Der Inspektor begann ihm allmählich etwas leid zu tun, und er selbst kam sich allzu päpstlich vor.

Joly atmete ein, dann aus. »Und nicht zum Beispiel eine Axt? Haben Sie nicht selbst gerade erst gesagt, es würde die gleiche Wirkung auf den Knochen haben?«

»Sicher, aber es ist einfach unmöglich, daß ein so grobes Instrument wie eine Axt lediglich die Oberseite dieser einen Rippe angeschlagen haben könnte; es würde noch weitere Schäden geben.«

Joly kapitulierte. »Ja, Sie haben recht«, sagte er und stieß Rauch aus. Er strich sich mit seiner langfingrigen Hand leicht über die feinen, kurzen Haare auf seinem Kopf. Auf seine eigene Art genoß er es, erkannte Gideon, selbst wenn er bislang noch keine Runde gewonnen hatte. Nach einem Morgen voller ausweichender Antworten von unwilligen Gesprächspartnern waren diese direkten und vorbehaltlosen Antworten wahrscheinlich erfrischend.

»Ihre Schlußfolgerungen sind sehr hilfreich und interessant, Dr. Oliver«, sagte er, immer noch nicht bereit, das Handtuch zu werfen, »aber ich sollte Ihnen sagen, daß ich trotzdem noch einige Vorbehalte habe.«

Dann wären wir ja schon zwei, dachte Gideon, aber er war noch nicht soweit, das auch zuzugeben.

Joly fuhr fort: »Zum Beispiel: Ich habe Sie nicht sagen hören, daß es irgend etwas gibt, das uns genau verrät, *wann* die Wunde zugefügt wurde.«

»Nein, das kann man auch nicht sagen, aber warum sollte das einen Unterschied machen?«

»Weil«, sagte Joly sanft, »wenn es durch die Spitzhacke eines der Arbeiter verursacht wurde, die die Knochen gestern fanden, dann wäre es doch wohl zweifelhaft, ob es wirklich die Todesursache gewesen ist. Oder nicht?«

»Oh, ich verstehe, was Sie meinen. Nun, tatsächlich können wir *sicher* sagen . . .«

Mit einem Seufzer unterbrach der Polizist ihn. »Nein, lassen Sie mich raten. Zweifellos werden sich Knochen, die einige Zeit in der Erde gelegen haben, verfärben, wie es bei diesen der Fall ist. Und eine Kerbe, die erst gestern zugefügt wurde, würde eine frische weiße Farbe vor dem übrigen Braun bedeuten. Habe ich recht?«

»Haben Sie!« sagte Gideon lächelnd, nicht unglücklich darüber, Joly schließlich doch noch einen Punkt gemacht haben zu lassen, »und da ist noch etwas.« Er legte die Rippe direkt in das schräg einfallende Licht der Lampe auf den Tisch und fand mit seinem Finger den winzigen Grat. Er reichte Joly das Vergrößerungsglas. »Sehen Sie hier.«

Joly kniff seine Augen gegen den Zigarettenqualm zusammen und schaute. »Sieht aus wie irgendeine fehlerhafte Stelle ... ein kleiner Schnörkel ...«

»Ein Knochenschnörkel, genau das ist es. Lebender Knochen reagiert auf ein Messer sehr ähnlich wie Holz, das sagte ich bereits. Wenn Sie also eine dünne Scheibe davon abschneiden, wird sich diese Scheibe nach hinten umbiegen wie ein Span.«

»Und bei totem Knochen ist das anders?«

»Richtig. Sie könnten jetzt von dieser Rippe da genausowenig einen nach hinten gebogenen Span abschneiden wie von einem Stück Porzellan. Was Sie da anschauen ist eine Stelle, wo die Klinge über den Knochen geschabt ist, als er noch lebte.«

Joly richtete sich wieder auf und legte das Vergrößerungsglas aus der Hand. »Aber das hier ist doch an einer ganz anderen Stelle. Was hat das mit dem anderen Einschnitt zu tun?«

»Oh, ich denke, wir können mit ziemlicher Sicherheit davon ausgehen, daß es ebenfalls zum Zeitpunkt des Todes beigebracht wurde – keine der beiden Verletzungen ist verheilt – und daß es passierte, als das Messer wieder herausgezogen wurde. Die Richtung und der Winkel des Knochenspans lassen vermuten, daß das Messer wahrscheinlich leicht gedreht wurde, und ...«

»Wahrscheinlich?« Joly stürzte sich mit trockener Begeisterung auf dieses Wort und richtete die beiden Finger, zwischen denen er seine Zigarette hielt, auf Gideon. »*Lassen vermuten? Mit ziemlicher Sicherheit annehmen?* Kann es sein, daß Sie tatsächlich eine gewisse Unsicherheit zugeben? Ja, sogar Fehlbarkeit?«

Gideon lachte. »Nein, ich wollte nur kein unumstößliches Statement abgeben.«

Joly sah ihn an, stieß dann etwas aus, das nach seinen Maßstäben brüllendes Gelächter war: eine Abfolge von vier abgehackten, bellenden Lauten. Er ließ seine Zigarette auf die Steinplatten fallen und trat sie mit dem Absatz aus. »In Dinan gibt es ein Restaurant, das Ihnen vielleicht gefallen wird. Was würden Sie zu einem Mittagessen sagen?«

II

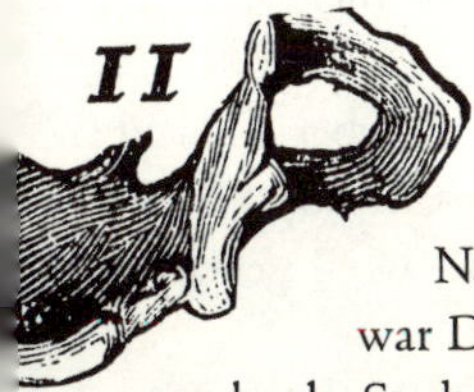

Nach den Stunden in dem schmuddeligen Keller war Dinan eine willkommene Abwechslung. Eine hübsche alte Stadt, die von einer alten, unter knorrigen Efeusträuchern und leuchtend grünen Flechten fast verborgenen Steinmauer umgeben war und überragt wurde von dem schönen, stattlichen Hauptturm seines mittelalterlichen Schlosses. Das Zentrum der Stadt war reinstes fünfzehntes Jahrhundert, alles in kühlen, sauberen, grau-braunen Steinen gehalten. Die Straßen waren damit gepflastert, die Wälle und die schiefen, schmalen alten Häuser waren aus großen Blöcken dieses Steines gebaut. Kein Holz, kein Putz, keine Ziegel – nur Stein. Aber es gab genügend freundliche kleine Bäume in Übertöpfen, genügend winzig kleine Gärten, genügend niedliche Geschäfte und Restaurants, um es auf eine miniaturisierte Art gemütlich und reizvoll erscheinen zu lassen, eine Disney-World-Ausgabe des Mittelalter-Landes.

Joly parkte den Wagen außerhalb der Stadtmauer, an der Promenade des Petits-Fosses, und sie gingen zu Fuß durch das alte Stadttor, dann weiter durch gewundene Gassen hinunter bis zu dem Restaurant Duguesclin gleich am Place du Champ-Clos.

»Es wird Ihnen gefallen, glaube ich«, sagte Joly.

»Traditionelle bretonische Küche, obwohl es, merkwürdig genug, von einer iranischen Familie geleitet wird.«

Auf dem Schild draußen stand »Grillades sur Feu du Bois«, und der Grill stellte sich als riesiger, offener steinerner Kamin heraus, der das Herzstück des schlichten Speiseraumes war. Ein lebhaftes Feuer verbreitete den verlockenden Duft von Lagerfeuer, der Gideon den Speichel im Mund zusammenlaufen ließ, noch bevor sich die Tür hinter ihm schloß. Auf einem breiten, geschwärzten Rost über dem Feuer brutzelten Fleisch- und Fischstücke unter der zähnefletschenden, sehr publikumswirksamen Aufsicht von zwei schlanken, dunkelhäutigen jungen Männern. Ein Radio auf der Theke hinter ihnen spielte Simon und Garfunkel.

»Nein«, sagte Gideon, mehr zu sich selbst, als sie sich an einen angenehm derben Holztisch setzten, »das glaube ich nicht.«

»Pardon?«

»Keine Iraner. Sicher, sie sind dolichocephalisch, aber nicht übermäßig, mit einer ziemlich zarten Morphologie des Cranium. Und die Ossa nasalia sind praktisch flach, womit der Fall wohl geklärt sein dürfte.«

»Äh, ja«, sagte Joly, »damit dürfte das dann wohl geklärt sein.«

»Marokkaner vielleicht, aber wahrscheinlicher noch Algerier.«

»Und wenn ich mir überlege«, sagte Joly, »daß ich gestern noch über eine solche Darbietung gelächelt hätte.«

»Sie lächeln jetzt.« Nicht, daß es leicht zu erkennen gewesen wäre, aber inzwischen konnte Gideon das leichte Zusammenpressen der Lippen in Kombination mit dem kaum sichtbaren Nach-oben-Ziehen der Mundwinkel als ein Joly-Lächeln identifizieren. Die kühlen, permanent taxierenden Augen erreichte es kaum.

»Ah«, sagte Joly, »aber das ist ein anderes Lächeln. Ich muß gestehen, noch heute vormittag war meine erste Reaktion angesichts Ihres Befundes die, daß Sie . . .« – er zuckte mit den Achseln – ». . . nun, die aus recht dürftigen Daten zu gewinnenden Erkenntnisse doch einem Wunschdenken gemäß überstrapazierten – eine Art künstlerischer Überschwang, unter den gegebenen Umständen sicherlich durchaus verständlich.«

Gideon lachte. »Inspektor, wo haben Sie Englisch gelernt?«

Joly verbeugte steif seinen Kopf und akzeptierte dies als das Kompliment, das es war.

Bei einem ersten Gang Palourdes – gedünsteten Muscheln auf ihrer halben Schale, überschüttet mit Knoblauchbutter – erläuterte Gideon den Rest seiner Untersuchungsergebnisse. Joly stocherte unbeirrbar in seinen Muscheln herum, nickte jedoch von Zeit zu Zeit verständnisvoll.

»Manches davon *war* bestimmt künstlerischer Überschwang«, räumte Gideon ein. »Ich *glaube*, es war ein Küchenmesser, aber ich würde nicht meinen Kopf darauf verwetten. Und was die Sache angeht, daß der Mörder Rechtshänder war . . .«

»Ach ja. Der Winkel der Einkerbung auf der Rippe, vermute ich? Das legt nahe, daß der Stoß von der Vorderseite des Opfers ausgeführt wurde, und da es seine linke Seite durchbohrte . . .«

»Genau.«

Joly tupfte mit einer Serviette seine Lippen ab und trank einen Schluck Muscadet. »Nun, ich würde das für eine ziemlich vernünftige Schlußfolgerung halten, zumindest bis sich andere Tatsachen ergeben.« Was auch ziemlich genau Gideons Ansicht war, nun da sein Anfall von Streitlust vorübergegangen war.

Als das Hauptgericht kam, stockte ihre Unterhaltung, während sie zugriffen. Joly war ein begeisterter Esser, und wenn die gegrillte Forelle so gut war wie Gideons über offenem Feuer gebratene Sardinen, dann hatte er auch allen Grund für seine Begeisterung. Als schließlich der Käse gebracht wurde, hatte Joly sein zweites Glas Wein getrunken und war in einem Maße locker, daß er sich tatsächlich gegen die Rückenlehne seines Stuhles sinken ließ. Genau der richtige Augenblick, fand Gideon, herauszufinden, was sich oben abgespielt hatte, während er unten im Keller gewesen war.

»Wie ist Ihre Ermittlung denn heute morgen abgelaufen?«

Joly nickte stumm, als wäre das schon eine Antwort, und fuhr fort in dem Versuch, sich ein Stück steinharten Cantals abzuschneiden.

»Irgendwelche Fortschritte gemacht?«

Achselzucken. Unverbindliches Grunzen.

»Noch nicht gelöst, nehme ich an?«

»Noch nicht.« Dieses Mal eine zusammenhängende Antwort. Eine deutliche Verbesserung.

»Verdächtige?«

»O ja.«

»Tja, es ist schon faszinierend, all diese Informationen direkt aus Ihrem berufenem Mund zu erfahren.« Er biß in ein mit weichem, säuerlichem Banon bestrichenes Stück Brot.

Joly lächelte. »Jeder im Gutshaus ist verdächtig.« Er zögerte, entschied dann schließlich, daß er Gideon doch vertrauen sollte. »Die Weinkaraffe wurde von Marcel etwa gegen zehn Uhr gestern abend auf die Anrichte gestellt, als Claude die vorhergehende mit auf sein Zimmer nahm. Zwischen diesem Zeitpunkt und heute morgen neun Uhr hatte jeder ausreichend Gelegenheit, ein paar hundert Milligramm Zyankali hineinzuwerfen. Mit Fingerabdrücken oder ohne.«

»Soviel zur Gelegenheit. Irgendwelche Anhaltspunkte, *warum* er ermordet wurde?«

Joly war es gelungen, ein hartes halbmondförmiges Stück aus dem Käse herauszuschnitzen, und benutzte jetzt seine Gabel, um es auf sein Brot zu legen. Er schaute zu Gideon auf, ohne dabei seinen Kopf zu heben, so daß seine Augenbrauen hochgezogen und seine Stirn in tiefe Falten gelegt war. Völlig unerwartet stieß er sein Maschinengewehrlachen aus; ein echtes Lachen von der Sorte, an der auch die Augen beteiligt waren.

»In meiner langen und abwechslungsreichen Karriere, Dr. Oliver, habe ich selten so viele glaubwürdige Motive gesehen.« Er legte seine Gabel aus der Hand und beugte sich vor. »In weniger als einer Woche ist es Claude Fougeray gelungen, jeden einzelnen in seiner unmittelbaren Nähe gegen sich aufzubringen.« Er begann an seinen Fingern abzuzählen. »Er hat sich über Jules du Rocher als einen wiehernden und feigen Idioten lustig gemacht, was er zweifelsohne auch ist; er brachte den lammfrommen Marcel Lupis zur Weißglut, indem er Madame Lupis beleidigte; er hat Ben Butts in seiner Ehre verletzt; er . . . na, wen habe ich noch vergessen?« Sein rechter Zeigefinger verharrte über dem vierten Finger seiner linken Hand und senkte sich dann. »Ach ja, natürlich hatte er es sich zur Lebensaufgabe gemacht, seine Frau und Tochter zu tyrannisieren und zu erniedrigen. Und Leona Fougeray, die mit ihrer Freude, daß er tot ist, nicht hinter dem Berg hält, ist keine Frau, die ich gerne provozieren würde.«

Joly hörte auf zu zählen und drehte langsam sein Weinglas am Stiel, starrte in den kleinen Rest. »Ach, und bei der Verlesung von Guillaumes Testament deutete er in einer anscheinend denkwürdigen Szene in aller Deutlichkeit an, daß er es anfechten würde. Und das in einem Raum voller Leute, die einen beträchtlichen Nutzen aus den Bestimmungen des Testamentes zogen.«

Gideon hörte mit wachsendem Respekt zu, während Joly weiter ausführte. In sehr wenigen Stunden war eine ganze Menge an den Tag gebracht worden. »Sind die Leute immer so mitteilsam?« fragte er.

»Über die jeweils anderen, ja.« Joly lächelte. »Besonders über ihre Verwandten. Wenn Sie belastendes Beweismaterial haben wollen, sag ich immer, dann reden Sie einfach mit der Familie des Verdächtigen.«

Gideon lächelte ebenfalls. Es klang ganz nach dem, was Bens Onkel Beau Will'm sagen würde.

Joly fuhrt fort, nachdenklich sein Glas kreisen zu lassen, dann trank er die paar Tropfen, die noch darin waren. »Aber wissen Sie, ich kann nicht sagen, daß ich von einem Mord wegen beleidigter Würde oder in Zweifel gezogener Ehre besonders überzeugt bin. Nicht einmal, wenn es darum ginge, die Mühen einer Scheidung zu vermeiden. Es kommt einfach nicht besonders häufig vor.«

»Womit das Testament bleibt. Denken Sie, jemand hat ihn ermordet, um ihn daran zu hindern, es vor Gericht anzufechten?«

Joly wand sich ein bißchen. Er ließ sich nicht gern auf etwas festnageln. »Nicht direkt. Die Möglichkeit einer erfolgreichen Anfechtung war nahezu absurd klein. Sie entbehrte einfach jeder vernünftigen Grundlage. Rechtsanwalt Bonfante hat das allen nach der Eröffnung des Testamentes erklärt. Warum sollte jemand in einem solchen Fall das Risiko eines Mordes eingehen?«

»Was meinen Sie mit *nicht direkt*?« Er schenkte sich und Joly Wein aus der halben Flasche jungen Beaujolais ein, die sie zum Käse bestellt hatten; der Polizist hob seine Hand, als sein Glas zu einem Viertel gefüllt war.

»Nun, ich denke, da geht unter der Oberfläche noch etwas anderes vor – etwas, über das sie nicht so mitteilsam gewesen sind. Claude Fougeray hat, wie es scheint, laut und bei jeder sich bietenden Gelegenheit verkündet, daß der Grund, warum Guillaume sie alle zusammengerufen habe, der gewesen sei, daß er ankündigen wollte, er habe eine Testamentsänderung vor, wobei vermutlich Claude selbst der Hauptbegünstigte gewesen wäre.«

»Glauben Sie, das könnte stimmen?«

Der Inspektor ließ den Wein in seinem Glas wieder nachdenklich kreisen. »Nein, eigentlich nicht. Bislang habe ich nichts gefunden, was darauf hindeutet, daß dies mehr als nur Wunschdenken gewesen ist. Und Bonfante sagte, Guillaume hätte seit Jahren nicht mehr von seinem Testament gesprochen.«

»Aber absolut sicher sind Sie nicht?«

»Ich mache mir so meine Gedanken.«

»Sie meinen, der Anwalt könnte vielleicht lügen?«

»Georges Bonfante? Nein, nein, ich kenne ihn schon seit Jahren. Und falls Sie denken, er selbst könnte auch einen interessanten Verdächtigen abgeben, fürchte ich, Sie enttäuschen zu müssen. Seit der Verlesung des Testamentes ist er nicht mehr auch nur in der Nähe des Hauses gewesen. Genausowenig wie irgendwelche Außenstehenden, möchte ich noch hinzufügen. Also ist die Zahl unserer Verdächtigen, wenn schon nicht unsere Motive, begrenzt und klar umrissen. Ein hübscher altmodischer Kriminalfall.«

Gideon versuchte ein Stück von dem in Asche gewendeten Montrachet auf einem Stück Brot, kratzte den größten Teil der Außenschicht ab und gab sich die größte Mühe, nicht an die fürchterlichen Verschleißerscheinungen zu denken, die er an den Zähnen prähistorischer Menschen gesehen hatte, die mit ihren Speisen automatisch auch Asche verzehrt hatten. Aber auf seine Zähne zu achten, war eine ganz alltägliche Sache. Wie oft aber begegnete man einem wirklich erstklassigen Montrachet?

»Was *war* denn der Grund, warum Guillaume alle zusammengerufen hat?« fragte er.

»Aaah, Ihr Verstand arbeitet wie meiner«, sagte Joly. Ganz eindeutig ein Kompliment. »Laut Jules ging es darum, den Verkauf des Anwesens an eine Hotelkette zu besprechen.«

»Laut Jules?«

»Wie es scheint, war Jules der einzige, dem er etwas gesagt hatte. Er war anscheinend der große Liebling des alten Herrn; sie standen sich angeblich sehr nahe.«

»Jules?« sagte Gideon überrascht, erinnerte sich an den weichen jungen Mann, der bei dem Gedanken an abgeschlagene Köpfe und Hände gegeifert hatte.

Joly lächelte trocken über seinen Gesichtsausdruck. »Ja, es scheint ein unerklärliches Fehlurteil eines Mannes zu sein, der ansonsten für sein kritisches Urteilsvermögen bekannt war. Wie ist dieser Montrachet?«

»Einfach köstlich, aber ich hoffe, Ihre Zähne haben einen kräftigen Zahnschmelz.«

Er bot wieder die Weinflasche an, doch Joly lehnte ab.

»Nein, vielen Dank. Ich habe sowieso schon zuviel getrunken. Im allgemeinen beschränke ich mich auf ein Glas zum Mittagessen.«

»Hören Sie, Inspektor«, sagte Gideon, schenkte sich selbst ein wenig nach, »ich bin ein wenig verwirrt. Sagen wir doch einfach mal, Guillaume hätte *tatsächlich* beabsichtigt, das Testament neu aufzusetzen . . .«

»Ich halte das nicht für sehr wahrscheinlich. Claude neigte offenbar dazu, sich etwas vorzumachen.«

»Aber nehmen wir es doch einfach mal an, und sagen wir, daß der Nachlaß an Claude statt an die anderen hätte gehen sollen . . . Nun, Guillaume starb vor fünf Tagen, richtig? Ohne ein neues Testament gemacht zu haben. Es war aus und vorbei; welche Verbindung könnte es denn da noch zu dem Mord an Claude geben?«

Joly schluckte ein kleines Stück Brot und Käse und tupfte sich mit einer Serviette den Mundwinkel ab. »Ja, das stimmt.«

»Nun . . .« Gideon stellte sein Glas ab. »He, wollen Sie damit sagen, daß an Guillaumes Tod doch vielleicht irgend etwas faul gewesen sein könnte?«

Dies wurde mit einer Handbewegung und einer säuerlichen Miene abgetan. »Warum kommen Sie eigentlich so hartnäckig immer wieder darauf zurück? Welchen Grund könnte jemand gehabt haben, Guillaume umzubringen?«

»Zum Beispiel das Geld in dem Testament«, sagte Gideon. »Eine Menge Leute müssen doch vor Ungeduld förmlich gefiebert haben, ihren Anteil endlich in die Finger zu bekommen.«

»Sie hätten sicher auch noch das eine Jahr abgewartet.«

»Noch ein Jahr?«

»Wußten Sie das nicht? Mehr hat Dr. Loti ihm nicht mehr gegeben, und das war schon vor einigen Monaten.«

›Das tut mir leid‹, hätte Gideon beinahe ausgerufen, was unter den gegebenen Umständen schon ziemlich merkwürdig gewesen wäre. »Nein«, sagte er statt dessen, »das wußte ich nicht.«

»Nun, das war allgemein bekannt. Dr. Loti ist ein guter Arzt, aber er ist nicht der richtige Mann, um ein Geheimnis zu bewahren. Und, stellt Sie das jetzt zufrieden?«

»Ich denke, ja«, sagte Gideon skeptisch. Aber ob es nun ein Motiv gab oder nicht, irgend etwas stimmte einfach nicht mit Guillaumes Tod. Nicht, daß er erwartete, Joly überzeugen zu können.

»Ich denke, ja«, wiederholte Joly mit einem Lächeln. »Ein Mann, der nicht leicht aufgibt. Trotzdem haben Sie auf eine Art recht. Hier ist, wie Sie sich ausdrücken, tatsächlich irgend etwas faul. Irgend etwas, das sie wissen, mir aber nicht erzählen, etwas, das nicht ganz . . .«, er suchte nach einem Wort und kam überraschenderweise auf: ». . . koscher ist. Irgend etwas aus der Vergangenheit, glaube ich. Ich habe mich schon zu fragen begonnen, ob es nicht vielleicht irgend etwas mit dem Mord an diesem SS-Mann zu tun haben könnte.«

»Vielleicht, aber . . . ich schneide es ja wirklich nur äußerst ungern immer wieder an, aber das dort unten mit dieser Scharte in der Rippe ist nicht Helmut Kassel.«

»Vielleicht nicht, vielleicht nicht.« Joly nickte gedankenverloren; seine Aufmerksamkeit schweifte ab. »Macht es Ihnen etwas aus, wenn wir keinen Kaffee mehr nehmen? Ich denke, ich sollte jetzt wohl wieder zurück.«

Gideon hob sein Glas, um es auszutrinken, aber zum zweiten Mal verharrte er mitten in der Bewegung und stellte es zurück auf den Tisch. »Irgend etwas aus der Vergangenheit, haben Sie gesagt? Inspektor, hat Ihnen niemand von Alain du Rocher erzählt, und in welcher Weise Claude für seinen Tod verantwortlich war?«

Jolys Miene zeigte überdeutlich, daß ihm niemand etwas erzählt hatte. Mit gesenktem Kopf und finsterem Blick hörte er sich Gideons Erklärung an, ganz und gar nicht erfreut darüber, daß diese Information nicht während seiner Vernehmungen aufgetaucht war. Und außerdem, dachte Gideon, auch nicht übermäßig begeistert, sie ausgerechnet von dem Knochendetektiv aus Amerika erhalten zu müssen.

»Vielleicht nehme ich doch noch einen kleinen Schluck Wein«, sagte er, als er alles gehört hatte. Er schenkte sich ungefähr einen Teelöffel voll in sein Glas, ließ ihn auf dem Boden kreisen und stürzte den Schluck mit grimmiger Miene herunter. »Schon merkwürdig, daß niemand daran gedacht haben sollte, es mir gegenüber zu erwähnen.«

»Tja, vielleicht wollten sie ja auch ganz einfach einen alten Familienskandal ruhen lassen. Vielleicht haben sie es auch einfach vergessen oder keinen Zusammenhang gesehen.«

Joly legte seinen Kopf in den Nacken und stieß ein bellendes Lachen aus. »Ja, und vielleicht wachsen Austern ja auch auf Bäumen.«

Sie hatten sich darauf geeinigt, getrennt zu bezahlen, und Joly, der argwöhnte, ihm wäre zuviel berechnet worden, verglich sorgfältig seine Rechnung mit den auf einer Tafel hinter dem Grill angeschlagenen Preisen. Aber er hatte seine Schwierigkeiten, die Preise zu lesen, hob seinen Kopf, senkte ihn wieder, hob schließlich seine Brille ein Stück und blickte seine Nase entlang zu der Tafel. »Ich habe diese verdammte Bifokalbrille jetzt seit einer Woche«, brummte er, »und ich hab mich noch immer nicht an dieses Ding gewöhnt. Ich kann immer noch nichts erkennen, außer durch den unteren Teil. Verdammt anstrengend für den Nacken. Ich wünsche Ihnen, daß Sie nie eine tragen müssen, Dr. Oliver.«

Gideon spürte, wie er einen heißen Kopf bekam. Und er hatte es auch verdient, rot zu werden. All diese arroganten und herzlosen Bemerkungen über Jolys hochnäsige Haltung und seinen herablassenden Blick, und dann stellte sich heraus, daß es wegen einer neuen Bifokalbrille war und ganz und gar nicht halsstarrige Aufgeblasenheit. Oder doch nur zu einem kleinen Teil. Selbst die breite, glattrasierte Oberlippe des Inspektors wirkte plötzlich viel menschlicher, nicht mehr ganz so unverwundbar wie zuvor.

»Inspektor«, sagte Gideon, »meinen Sie, wir kennen uns gut genug, daß Sie mich mit meinem Vornamen ansprechen könnten? Er lautet Gideon.«

»Oh«, sagte Joly, wühlte in seinem Portemonnaie, »ja, ja, natürlich. Meiner ist, äh, Lucien.«

Gideon hatte den Eindruck, daß dies etwas war, das er noch nicht besonders vielen Menschen anvertraut hatte.

Als sie zum Gutshaus zurückkehrten, wurden sie von einem aufgeregten Sergeant Denis erwartet, der sie sofort und außer Atem in den Keller schleifte. Ein weiterer Fund war ausgegraben worden, dieses Mal nicht in ein Päckchen eingewickelt, sondern ungefähr drei Meter von der ersten Stelle einfach in den Boden geworfen; alles in allem neun Stücke, stark verschmutzt und verfärbt. Dieses Mal keine Knochen, sondern Gegenstände einer Militäruniform.

Ein Paar rissige schwarze Stiefel mit Riemen über dem Blatt; ein ledernes Koppel mit Schulterriemen, ebenfalls schwarz und mit einer scheibenförmigen Schnalle; eine Schulterkordel aus geflochtenem Metall; ein paar angelaufene Orden und militärische Insignien und eine spitze, schwarze Mütze. Und auf dieser Mütze, mit der Zeit dunkel geworden, aber nach all diesen Jahren immer noch boshaft schimmernd, der Totenkopf der SS, liebevoll in mattem Weißblech geformt.

Gideon und Joly sahen sich über den Kopf des aufgeregt plappernden Denis hinweg an.

»Verdammter Mist«, sagte Gideon.

»Voilà«, sagte Joly.

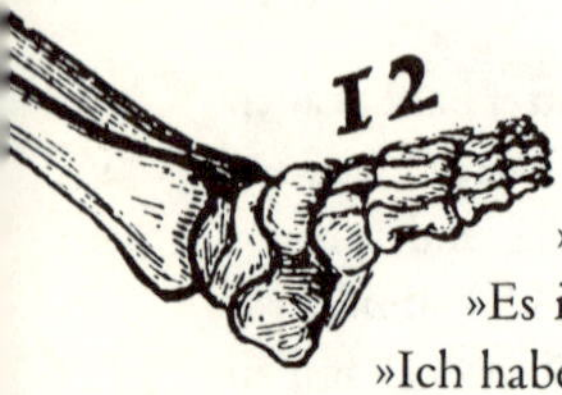

12

»Dann hast du dich also geirrt«, sagte John gelassen. »Es ist aber ja nicht so, daß es das erste Mal wäre.«

»Ich habe mich nicht geirrt«, beteuerte Gideon. »So ein Fehler passiert mir einfach nicht, sofern es um Knochen geht. Und das weißt du genau.«

»Und was war mit diesen Knochen, die am Massachusetts Turnpike in der Nähe von, na, wo war's noch gleich, von Stockbridge gefunden wurden? Du erinnerst dich? Damals hast du dich gottverdammt sicher geirrt.«

»Stimmt, aber das war ein durchaus verständlicher Fehler, nur eine kleine Fehlinterpretation.«

John blieb stehen und starrte ihn mit gespielter Ungläubigkeit an; oder vielleicht war es auch ausgemachte Ungläubigkeit. »Uns zu erzählen, die Knochen wären von einem Fünf- bis Siebenjährigen, wo der Bursche in Wirklichkeit zweiunddreißig war . . . eine kleine Fehlinterpretation?«

»Herrgott, John! Später hat sich herausgestellt, daß der Bursche eine Dysostosis cleidocranialis hatte. Weißt du eigentlich, wie selten so was ist?«

»Ich weiß nicht mal, *was* es ist.«

»Der normale Ablauf seines Knochenbildungsprozesses ist völlig danebengegangen. Woher sollte ich das denn wissen? Ich hatte nichts anderes als nur ein paar Oberkieferknochen und ein Schlüsselbein, mit denen ich arbeiten mußte . . .«

John spielte auf einer imaginären Geige.

»Komm schon, John, das war außerdem sowieso nur mein vorläufiger Bericht. Als der Rest des Skelettes gefunden wurde, habe ich doch das richtige Alter geliefert, oder vielleicht nicht? Hab ich recht? Ich habe den Burschen praktisch für euch identifiziert.«

»Das stimmt schon«, räumte John ein, und sie gingen weiter. »Aber da unten im Keller hast du auch nicht besonders viel, um deine Schlüsse zu ziehen. Du erinnerst dich, du warst derjenige, der gesagt hat, es wäre nur so ein Gefühl in deinem Bauch. Vielleicht war dieser Kassel ja ein riesiger Bursche mit kleinen Händen und Füßen. Vielleicht hatte er als Kind ja Polio, und seine Wirbelsäule ist geschrumpft oder was weiß ich. Ist das nicht möglich? Könntest du dich nicht, was seine Größe betrifft, irren?«

»Nein«, sagte Gideon. Er schüttelte heftig den Kopf, während sie ihren langsamen Spaziergang fortsetzten. »Absolut nicht. Ne, ne. Nein!«

»Tja, du bist und bleibst eben ein Dickschädel.« Johns übermütiges Kinderlachen perlte aus ihm heraus, und Gideon lachte ebenfalls.

Sie waren fast eine ganze Stunde um den Teich hinter dem Manoir spaziert, den Kiesweg entlang, der das terrassenförmig angelegte Ufer durchschnitt. Die Abenddämmerung des frühen März war angebrochen, während Gideon John über die Ereignisse des vergangenen Tages informiert hatte; und über ihnen auf einem Hügel ragte das große steinerne Gebäude auf, hob sich finster vor dem wenigen noch verbliebenen Tageslicht ab – die vielfältigen Winkel seines spitzen Daches und die hohen steinernen Kamine so flächig schwarz und scharfkantig wie eine Papierschablone. Auf dem hinteren Hof zeichneten sich ein paar verwachsene, knorrige, immer noch kahle Eichen als Silhouette vor dem leeren, grau-rosafarbenen Himmel ab.

In jeder Hinsicht, sinnierte Gideon, ausgesprochen düster, ein wunderbarer Rahmen für Skelette im Keller und Morde im Wohnzimmer. Oder im Salon, wie sie es hier nannten.

»Komm, wir drehen noch eine Runde«, sagte John. »Ich habe da so ein paar Ideen, was den Mord an Fougeray angeht.« Während er seine Gedanken ordnete, gingen sie ein paar Schritte schweigend weiter. »Nach allem, was du sagst, hat Joly mehr Motive, als ihm lieb ist.«

»Richtig. Alles von Alains Tod vor fast fünfzig Jahren bis hin zu einigen vagen Anspielungen, die Claude so lauthals gemacht hat, als das Testament verlesen wurde. Plus die Tatsache, daß er vom ersten Tag, den er dort war, jeden gegen sich aufgebracht hat. Joly weiß kaum, womit er anfangen soll.«

»Also, ich glaube, ich weiß es. Als erstes muß er mal herausfinden, wann der Mord geplant worden ist. Wenn der Mörder ihn nicht vor dieser Woche geplant hat, dann könnte irgendeine neue Entwicklung der Anlaß gewesen sein. Wenn er aber geplant worden ist, *bevor* dieser Familienrat überhaupt zusammentraf, dann ist Claude offensichtlich wegen einer Sache ermordet worden, die schon früher passiert ist.«

»Ich nehme an, da wird Joly dir zustimmen, aber wie soll er denn rauskriegen, wann der Mord geplant wurde?«

»Indem er herausfindet, wann das Zyankali gekauft wurde.«

»Und wie . . .«

»Wie er das herausbekommen soll? Indem er seine kleinen grauen Zellen benutzt, von denen diese französischen Detektive doch angeblich so viele haben sollen.«

»Belgische, nicht französische. Poirot war Belgier.«

»Toll, ist doch dasselbe. Paß auf: Falls der Mord im voraus geplant wurde, dann konnte sich der Mörder das Zyankali auch im voraus besorgen. Wenn er aber nach Beginn dieses Familientreffens geplant wurde, dann mußte er es sich im Verlauf der letzten paar Tage besorgt haben, richtig?«

»Ich vermute, ja«, sagte Gideon mit wachsendem Interesse. Wenn John anfing, sich wie ein Cop anzuhören, dann hatte er im allgemeinen irgend etwas im Sinn.

»Was soll das heißen, du vermutest? Kein Mensch rennt mit einem Fläschchen Zyankali in der Gegend rum, nur für den Fall, daß ihm zufällig jemand über den Weg läuft, den er gerne abmurksen möchte. Man besorgt es sich aus einem bestimmten Grund. Also muß Joly nichts anderes tun, als in Erfahrung bringen, ob dieses spezielle Zyankali vor dieser Woche gekauft wurde oder nicht. Wenn es vorher gekauft worden ist, dann ist auch der Mord vorher *geplant* worden; in diesem Fall muß es eines der *alten* Motive sein, kein neues, und nichts von dem, was Claude getan oder gesagt hat, nachdem er hier angekommen ist, hat etwas damit zu tun.«

»Natürlich«, sagte Gideon nach einem Augenblick. »Du hast recht.«

»Klar hab ich recht. Was tust du so verblüfft?«

»Ich bin nicht verblüfft. Ich frage mich nur gerade, wie Joly es wohl anfangen könnte herauszufinden, wann das Zyankali gekauft worden ist.«

»Für den Anfang könnte er ja mal mit den Apotheken und Chemikalienhandlungen in der Gegend hier loslegen, um zu erfahren, ob während der letzten Woche was von dem Zeug verkauft worden ist.«

»Würde eine Chemikalienhandlung Buch über die Leute führen, die Zyankali kaufen?«

»Hier in Frankreich? Keine Ahnung. Bei uns zu Hause ist es von Staat zu Staat unterschiedlich. An vielen Orten muß der Käufer einen Eintrag in einem ›Giftbuch‹ gegenzeichnen. Aber selbst wenn sie das hier anders machen, was kann es schon für eine Arbeit sein, das nachzuprüfen? Wir reden hier schließlich nur über einen Umkreis von vielleicht fünfzig Meilen, in dem sich keine große Stadt befindet, und wie viele Leute kaufen schon Zyankali?«

»Keine Ahnung. Wozu braucht man es überhaupt? Abgesehen von Mord, natürlich?«

»Um Ratten und Maulwürfe zu vergiften. Für solche Sachen ... aber heute auch nicht mehr so besonders oft, wenigstens in den Staaten nicht mehr. Dann wird es, glaube ich, noch in der Metallverarbeitung benutzt. Du weißt schon, bei der Versilberung und so weiter. Keine Ahnung, für was sonst noch. Kann nicht mehr viel sein.«

Gideon nickte. »Und wieso ausgerechnet fünfzig Meilen? Warum nicht hundert oder fünfhundert?«

»Nur eine grobe Schätzung. Ich gehe davon aus, daß niemand allzu lange verschwinden wird, wenn er sich das Zeug besorgt, einfach um zu vermeiden, daß er deswegen später verdächtig erscheinen würde, und fünfzig Meilen ist ungefähr die Entfernung, die man in zwei oder drei Stunden hin und wieder zurück fahren kann.«

»Ja, ich schätze ...« Gideon faßte John mit einer Hand am Unterarm und blieb stehen. »John, niemand ist von hier fortgefahren. Es war kein Wagen verfügbar. Guillaumes Auto war hier das einzige, und das steht immer noch am Mont St.-Michel.«

»Ach, ja?« Johns Gesicht war inzwischen in der Dämmerung nicht mehr zu erkennen, aber Gideon hörte das Schnellerwerden seiner Stimme. »Das vereinfacht die Sache erheblich. Du mußt nur in den kleinen Städten hier in der Gegend nachforschen.«

»Nein, es könnte sich ja auch jemand ein Taxi nach Dinan genommen und es dort gekauft haben oder sogar von dort mit dem Zug sonst irgendwo hingefahren sein.«

»Sicher, aber wie viele Taxen kann es hier in der Gegend wohl schon geben, und wie viele Fahrgäste werden die wohl haben? Wir sind hier in den Karpaten, Doc. Es ist ein Klacks, das zu überprüfen. He, meinst du, Joly hat auch schon daran gedacht?«

»Wahrscheinlich«, sagte Gideon, als sie sich auf den Rückweg zum Manoir machten. »Mir kommt er ziemlich clever vor.«

»Ja, aber man kann nie wissen. Es ist schon komisch, wie einem manchmal Kleinigkeiten durchrutschen. Meinst du, ich sollte ihm das mal sagen?«

»Klar«, sagte Gideon. »Er findet es richtig gut, wenn man ihm sagt, wie er seinen Job zu machen hat.«

Zunächst reagierte Joly leicht gereizt, als er unterbrochen wurde, während er Sophie Butts im Arbeitszimmer vernahm, und er hörte John mit scharf nach vorn geneigtem Kopf zu, wobei er seinen Rücken kerzengerade hielt und ungeduldig mit seinem Fuß wippte. Aber am Ende war er dankbar.

»Vielen Dank«, sagte er höflich. »Natürlich habe ich bereits begonnen, die hiesigen Lieferanten von Zyankali anzusprechen, aber ich muß zugeben, daß ich nicht an all das gedacht habe.«

»Hätten Sie schon noch«, sagte John großmütig. »Sie stecken eben nur bis über beide Ohren in Arbeit.«

»Allerdings. Ach, und es wird Sie beide sicher interessieren zu erfahren, daß Claudes Tod durch Zyankalivergiftung bestätigt worden ist. Kaliumzyanid, bekannt eben als Zyankali, aufgelöst in dem Wein. Der Anteil in seinem Blut lag bei annähernd fünf Prozent. Es ist schon ein

Wunder, daß er überhaupt noch so lange gelebt hat, wie es der Fall war.« Er deutete eine Verbeugung in Gideons Richtung an. »Es ist durchaus möglich, daß dies unentdeckt geblieben wäre, Dr. Oliver – äh, Gideon. Eine Zyankalivergiftung kann leicht übersehen werden, sofern man nicht speziell danach sucht. Tatsächlich ist es eine gute Wahl für einen Mord.«

»Oh, danke, äh, Lucien, aber da war dieser Bittermandelgeruch. Ziemlich schwer, den nicht zu bemerken.«

Als Joly in das Arbeitszimmer zurückgekehrt war, drehte John sich langsam zu Gideon um. »*Lucien?*« sagte er verwundert. »*Gideon?* Was ist denn hier los?«

»Man muß eben wissen, wie man ihn nehmen muß, John.«

»Vielleicht«, sagte er und nickte. »Aber weißt du, ich glaube, der Bursche fängt langsam an, unsere Hilfe zu schätzen.«

Auf ihrem Weg hinaus begegneten sie Ray, der mit einer Jammermiene auf dem Hof herumlief und Steinchen durch die Gegend trat. Der Augenblick schien so günstig wie jeder andere, um eine Sache anzuschneiden, die Gideon ihn hatte fragen wollen.

»Ray«, sagte er ohne lange Vorrede, »was hat Guillaume draußen in der Bucht von Mont St.-Michel am Tage seines Todes gemacht?«

»Guillaume?« Rays rötliche Augenbrauen schnellten hoch. »Muscheln gesucht. Ich dachte, das wüßtest du.«

»Ich habe es gehört, aber woher *weißt* du, daß er genau das gemacht hat?«

»Er hat es uns gesagt ... am Abend zuvor, beim Abendessen. Er sagte, wir würden unsere Besprechung am folgenden Tag abhalten, aber es müßte bis zum Nachmittag warten. Seit Oktober wäre es der erste wirklich gute Tag zum Muschelsammeln, und er würde den ganzen Morgen über draußen in der Bucht sein. Warum fragst du?«

»Hör zu«, sagte Gideon, »ergibt das für dich einen Sinn, daß er sich von der Flut überraschen ließ? Würde ein so vernünftiger und systematischer Mann wie er dort hinausgehen, ohne vorher einen Blick in eine Gezeitentabelle geworfen zu haben?«

Ray runzelte seine Stirn. »Das ist wohl *wirklich* etwas überraschend, aber ... alle sagen, er sei in letzter Zeit immer zerstreuter geworden. Er ist immerhin fast achtzig. Ich meine, er war.«

»Ist er dir auch zerstreut vorgekommen?«

»Ich weiß nicht. Vielleicht ein bißchen, aber er war so einschüchternd wie immer, das kann ich dir sagen.« Er blickte beunruhigt auf zu Gideon, dann zu John, dann wieder Gideon. »Gideon, was du sagst, klingt so . . . unheimlich. Du meinst wohl, daß Guillaumes Tod auch kein Unfall war, nicht wahr?«

»Ich weiß es nicht, Ray«, erwiderte Gideon freundlich. »Die Polizei findet jedenfalls nichts Verdächtiges an seinem Tod, wenn du dich dadurch besser fühlst.«

Ray seufzte. »Das alles ist wirklich absolut furchtbar.«

Gideon nickte verständnisvoll. Bei weitem nicht so furchtbar wie das, was noch kommen würde, sagte ihm eine beunruhigende innere Stimme.

»Doc«, sagte John, als Gideon langsam mit dem gemieteten Cortina zwischen den Torpfosten hindurchfuhr, rechts abbog und die Scheinwerfer die Stämme der Platanen am Straßenrand wie eine Doppelreihe farbloser Betonsäulen aus der Nacht rissen, »du machst es schon wieder.«

»Was mache ich schon wieder?« wunderte sich Gideon unschuldig.

»Deine Nase in eine Sache stecken, die dich nichts angeht.«

»Ich? Ganz bestimmt nicht!«

»Hör zu, wenn du glaubst, daß an Guillaumes Tod irgend etwas nicht stimmt, dann sag's einfach Joly. Stell nicht deine eigene private Ermittlung an.«

»Ich hab's ihm schon gesagt. Er sieht das anders.«

»Aber du weißt jetzt ein bißchen mehr. Vielleicht . . .«

»John, nichts für ungut, aber ich kümmere mich erst mal alleine um diese Sache. Keine Angst, wenn und falls ich Joly irgendwas zu sagen habe, werde ich es ihm schon sagen. Ich mache das hier ja nicht, um ihm ins Handwerk zu pfuschen.«

»Ich weiß. Du machst es, um einen Vorwand zu finden, dir keine weiteren Vorträge mehr über sarcosaprophages Ungeziefer anhören zu müssen. Mein Gott, ich hätte nicht gedacht, daß ich das aussprechen könnte.« Er lachte und reckte sich. »He, morgen ist Sonntag. Keine Schule. Haben wir schon was vor?«

»Nichts Festes. Wir werden einige Zeit in St. Malo verbringen – in der Altstadt: auf den Wällen spazierengehen, Chateaubriands Grab ansehen, Jacques Cartiers Grab . . .«

»Gräber«, grummelte John. »Toll. Klingt nach einem freien Tag ganz nach deinem Geschmack.«

»Okay, was hältst du davon, wenn wir zwischen zwei Gräbern mal kurz bei Dr. Loti vorbeischauen? Er wohnt in St. Malo.«

»Wer ist Dr. Loti?«

»Er ist derjenige, der rausgekommen ist, um sich Claudes Leiche anzusehen. Außerdem war er Guillaumes Hausarzt, und ich dachte, ich könnte ihm vielleicht die eine oder andere Frage stellen. Hast du Lust mitzukommen?«

»Wie war das noch gleich, du wolltest dich doch alleine um diese Sache kümmern?«

»Ich habe nicht gesagt, ich könnte nicht ein bißchen moralische Unterstützung von meinen Freunden gebrauchen. Außerdem, ich kenne dich. Du glaubst doch auch, daß hier irgendwas Merkwürdiges läuft.«

John dachte ein paar Sekunden über diese Idee nach. »Um die Wahrheit zu sagen, Doc, nein, tu ich eigentlich nicht. Aber wozu sind Freunde da?«

Am nächsten Morgen, als sie im Speiseraum des Hôtel Terminus frühstückten, kam ein Commissaire aus einer der südlichen Provinzen an ihren Tisch, um ihnen die Hände zu schütteln.

»Es tut mir sehr leid«, sagte er zu Gideon in korrektem, aber stokkendem Englisch. »Ich kann die zweite Woche leider nicht bleiben. Ich habe das Programm sehr genossen.«

»Probleme zu Hause?« erkundigte sich John von Polizist zu Polizist.

»Briefbomben«, erwiderte er ernst. »In der letzten Woche gleich zwei, an Lokalpolitiker hier.«

»Jemand dabei umgekommen?«

»Beide Empfänger wurden getötet. Und zwei Unbeteiligte schwer verletzt. Es ist schrecklich, wie eine Seuche. Wie Schußwaffen bei Ihnen in Amerika. Frankreich wird davon heimgesucht.«

»Das wußte ich nicht«, sagte Gideon.

»O ja. Einfach überall: in Paris, Marseille, ja sogar in St. Malo. Diese verdammten . . .« Sein blasses, faltiges Gesicht wurde rot vor Wut, beruhigte sich dann wieder. Er verbeugte sich kurz und ging.

Gideon trank seinen Kaffee aus. »Wer ist dran?«

»Du«, sagte John und schob ihm die Rechnung zu.

Gideon unterschrieb sie, setzte die Zimmernummer dazu, und beide gingen hinaus in das Hotelfoyer.

»Briefbomben sind beschissen«, sagte John.

»Ich hab auch nicht besonders viel für sie übrig.«

»Nein, ich meine, es gibt Killer, für die man fast so was wie Verständnis haben kann. Aber einem Burschen das Gesicht per Post zu zerfetzen, während man selbst tausend Meilen weit weg ist . . . wenn es einem scheißegal ist, wenn irgendein anderer den Brief öffnet und die Augen aus dem Kopf geblasen oder die Hände weggerissen bekommt – okay, dann gibt man eben weitere zehn Eier für ein paar Gramm kommerziellen Sprengstoff und eine billige Zündkapsel aus, packt das Ganze in einen großen Umschlag und schickt eben noch ein Ding los. Ach, das ist beschissen.«

»John, ich bin ganz deiner Meinung. Du brauchst aber nicht unbedingt so plastisch zu werden.«

Als sie kurz danach an der Rezeption vorbeigingen, um ihre Schlüssel abzugeben, zog der Mann hinter der Theke einen dicken, einfachen Umschlag aus dem Regal hinter sich. Der Umschlag war reichlich frankiert, trug aber keinen Absender. Nur ein handschriftliches »M. Oliver, Hôtel Terminus, 20, Rue Nationale, 35 400 St. Malo« auf der Vorderseite.

Gideon und John sahen sich an und lachten – ohne große Überzeugung.

»Äh, wann ist das hier angekommen?« fragte Gideon. »Ich habe eigentlich nichts erwartet.«

»Es ist mit der Morgenpost gekommen. Eilzustellung. Stimmt etwas nicht?«

»Ob irgendwas nicht stimmt?« sagte Gideon. »Nein, nein, alles in Ordnung.« Er nahm den Umschlag – behutsam – entgegen und trug ihn vorsichtig von der Rezeption fort, hielt ihn wie ein zartes Soufflé auf beiden Handflächen. Der Umschlag war steif, schwer und ungefähr einen halben Zentimeter dick.

»John«, sagte er, während er sehr langsam ging und seine Augen immer auf dem Umschlag hielt, »bin ich vielleicht übertrieben paranoid?«

»Ob ›übertrieben‹, weiß ich nicht, aber paranoid bist du auf jeden Fall. Wer sollte dich umbringen wollen?«

»Genau das hat Ray auch von Claude Fougeray gesagt«, brummte Gideon.

»Komm schon, du bist jetzt nur ein bißchen nervös, weil dieser französische Cop uns das vorhin erzählt hat. Laß uns von hier verschwinden. Wir sollen in zwanzig Minuten in der Praxis dieses Arztes sein.«

»Nein, warte einen Moment.« Die Bar, die bis in das Foyer reichte, hatte noch nicht geöffnet. Gideon legte den Umschlag mit der Vorderseite nach oben auf einen der runden plastikbeschichteten Tische und sah ihn nachdenklich an. John hatte recht; wenn dieses kurze Gespräch mit dem Commissaire nicht gewesen wäre, dann hätte er ihn längst aufgerissen und wäre jetzt schon unterwegs nach St. Malo. Trotzdem . . .

»John, sagen wir einfach mal, ich würde denken, dieses Ding hier wäre eine Bombe . . .«

»Mal rein theoretisch, meinst du.«

»Richtig. Gibt es irgendeine Möglichkeit, wie ich das rauskriegen kann, oder müßte ich ihn einfach in die Badewanne legen und das Wasser laufen lassen? Oder die Polizei verständigen?«

»Nein, es gibt da so eine Art Standardverfahren zur Überprüfung, wenn dich das beruhigt. Zuerst schaut man sich an, in welcher Stadt der Brief aufgegeben wurde und wer der Absender ist. Falls das eine oder andere irgendwie ungewöhnlich ist . . .«

»Hier steht kein Absender. Und aufgegeben wurde das Ding in Marseille, laut Poststempel.« Er sah John nachdenklich an. »Marseille?«

»Okay, also wer in Marseille könnte dir eine Briefbombe schicken wollen?«

»Niemand. Kein Mensch in Marseille würde mir je irgend etwas schicken wollen. Ich kenne nämlich überhaupt niemanden in Marseille.«

»Hmh«, machte John. »Schön, also weiter. Du überprüfst die Handschrift der Adresse. Wenn sie irgendwie verstellt aussieht . . .«

»Druckbuchstaben natürlich«, sagte Gideon mit grimmiger Miene.

John lachte. »Okay, Druckbuchstaben. Junge, du glaubst wirklich, irgendwer würde versuchen, dich in die Luft zu jagen, was? Also gut, als nächstes könntest du ihn auf Flexibilität prüfen.«

»Flexibilität?«

»Du biegst ihn – aber nur ganz leicht. Eine Menge von diesen Dingern haben Feder-Auslösemechanismen, und sie fühlen sich irgendwie elastisch an. Manchmal kann man sogar das metallische Knacken hören.«

Gideon nahm den Umschlag an zwei Ecken vom Tisch, hob ihn an seine Ohren, und sehr behutsam und vorsichtig . . .

»He!« brüllte John. »Verbieg das Ding gefälligst woanders! Was tust du?«

Gideon legte den Umschlag wieder hin und warf John eine, wie er meinte, erstklassige Nachahmung von Inspektor Jolys Jack-Benny-Blick zu. »Ich dachte«, sagte er, »ich wäre hier derjenige, der unter Paranoia leidet.«

»Ich denke nur gerade«, brummte John, »wenn du dir deswegen wirklich so große Sorgen machst, vielleicht solltest du dann besser Jolys Büro anrufen.«

»Wenn *ich* mir deswegen Sorgen mache«, sagte Gideon mit äußerst befriedigender Verachtung.

Joly war in Rochebonne, und weder Denis noch Fleury waren im Hôtel de police. Der diensthabende Sergeant war weniger abweisend als einfach nur völlig desinteressiert, leierte gelangweilte, monotone Fragen herunter wie eine Tonbandaufnahme: Wurden Sie von jemandem bedroht? Haben Sie Veranlassung zu der Annahme, daß jemand Ihnen Schaden zufügen will? Welche Gründe haben Sie zu denken, dieses Päckchen könnte womöglich eine Bombe enthalten? Die Antworten trugen nicht dazu bei, sein Interesse zu wecken, und Gideon wurde davon in Kenntnis gesetzt, daß er sich nicht die Mühe zu machen brauche, das fragliche Objekt nach Dinan zu bringen. Einfach abgeben bei Sergeant Mallet im Hôtel de police in St. Malo. Der Sergeant werde sich mit Freuden der Sache annehmen und die Polizei sich zu gegebener Zeit mit dem Professeur wieder in Verbindung setzen.

Froh darüber, daß er nicht mit Joly gesprochen hatte, legte Gideon verlegen wieder auf und dachte ernsthaft darüber nach, den verdammten Umschlag jetzt einfach zu öffnen und Sergeant Mallet wieder zu vergessen. Aber am Ende, nachdem er (so dachte er wenigstens) die Rädchen der Kriminalpolizei in Bewegung gesetzt hatte, war er der Ansicht, daß es besser wäre, die Sache auch durchzuziehen.

Der Umschlag wurde ordnungsgemäß bei Sergeant Mallet auf dem Polizeirevier abgegeben, beziehungsweise in seiner Abwesenheit einem entnervten jungen Polizisten überlassen, der gerade damit beschäftigt war, einen lautstarken Streit zwischen einem Marktstandbesitzer vom Place Poisonnerie und einem Autofahrer zu schlichten, der angeblich einen Fisch überfahren hatte. (Hätte da nicht der unbestreitbar geplättete Seebarsch auf der Theke gelegen, wäre Gideon vielleicht an seinen Französischkenntnissen irre geworden.) Mit nicht mehr als einer halben Stunde Verspätung waren sie schließlich gegen halb zehn in Dr. Lotis Praxis am vornehmen Place Guy-la-Chambre in St. Malo, unmittelbar hinter der Stadtmauer an der Porte St. Vincent.

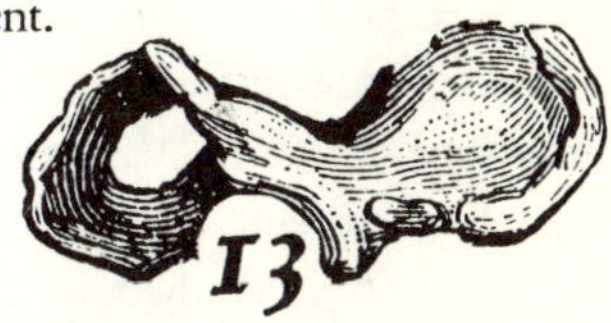

13

Dr. Lotis Sprechzimmer war die französische Version von Norman Rockwells Vorstellung, wie die Praxis eines Arztes aussehen sollte: alte Bücher, wuchtige alte Mahagonimöbel, ein paar gemütliche, verschossene, mit rotem Plüsch bezogene und mit Roßhaar gepolsterte Sessel, ein abgewetzter guter Teppich auf einem glänzenden Parkettfußboden, ein großer Schreibtisch aus goldgelber Eiche. Pierre Loti selbst erinnerte stark an einen älteren Michelin-Mann: korpulent und vergnügt, mit einem runden, wie aufgepumpt wirkenden Torso. Er saß hinter seinem Schreibtisch, die Hände geruhsam vor seinem in einer Weste steckenden Bauch gefaltet, sich auf seinem hölzernen Drehsessel zurücklehnend, und starrte an die Decke, während er redete. Und redete.

»Vergeßlich?« sagte er. »Meinen Sie, ob er senil war? Ob er die Alzheimer-Krankheit hatte? Ob er nicht mehr wußte, wo er war, so daß man ihn nach Hause führen mußte? Nein-nein-nein-nein.« Sein Doppel- und Dreifachkinn schwabbelte hin und her, als er seinen Kopf schüttelte.

»Andererseits ist es sicher richtig, daß er mit der Zeit ein bißchen zerstreuter wurde, ja. Ein bißchen ungeduldig, was die Bedürfnisse anderer Menschen betraf, ein bißchen festgefahren und unflexibel. Aber mit einem gewissen Alter hat ein Mann ein Recht darauf, meinen Sie nicht auch?«

»Ganz bestimmt«, sagte Gideon höflich. Dr. Loti war kaum mehr als fünf Jahre jünger als Guillaume, wenn überhaupt.

»Eben«, pflichtete Dr. Loti bei. »Aber wissen Sie, eine ganze Menge Menschen verstehen nicht den Unterschied zwischen einem Verstand, der leer oder verwirrt, und einem solchen, der wirklich nur ›zerstreut‹ ist, will heißen, irgendwo anders ist, sich gerade recht zielstrebig auf irgendein abstraktes oder entferntes Problem konzentriert und die unmittelbaren Trivialitäten des Augenblickes ignoriert.« Er nickte, lehnte sich noch ein wenig mehr auf seinem Sessel zurück und war sehr zufrieden mit der Art und Weise, wie er es ausgedrückt hatte.

Und Gideon ebenfalls, der sich diese reizvolle Betrachtungsweise der Zerstreutheit für die nächste Gelegenheit merken wollte, wenn er sich verteidigen mußte, warum er einen Haufen Briefe, die er gerade erst erhalten hatte, gedankenlos in den nächstbesten Briefkasten warf. Das oder etwas ähnlich Triviales.

»In diesem Sinne des Wortes«, schwafelte Dr. Loti weiter, »ja, ich denke, man könnte wohl sagen, Guillaume war zerstreut. Zumindest, bedauerlicherweise, so sehr, daß diese Zerstreutheit seinen Tod verursachen konnte.«

»Sie glauben, er hätte sich so sehr auf sein Muschelsammeln konzentriert, daß die unmittelbare Trivialität der nahenden Flut ihn völlig überraschte?«

Dr. Loti kicherte leise. Es gibt nicht besonders viele Menschen, die überzeugend kichern können, aber Dr. Loti war eine Ausnahme. Seine Augen schlossen sich, und seine Schultern bebten, und ein sattes Glucksen vibrierte gemächlich aus seiner Kehle. »Nun ja, genau das glaube ich. Natürlich. Was sonst?« In einer halben Stunde war dies seine kürzeste Antwort.

»Worum geht's?« fragte John Gideon. »Willst du mir das bitte verraten, oder was?«

»Sorry«, sagte Gideon. Das umständlich schwadronierende Französisch des Arztes, unterbrochen von Räuspern, Kichern und Schnüffeln an einer Zigarre, die öfter aus war, als daß sie brannte (Dr. Loti schien sie so oder so zu genießen), hatte Gideons Sprachkenntnisse auf eine harte Probe gestellt, und er hatte seit ein paar Minuten nicht mehr übersetzt. Er faßte kurz alles zusammen.

John zuckte mit den Achseln. »Klingt einleuchtend.«

Ja, das tat es. Streng logisch betrachtet hatte er noch immer wenig Grund zu der Annahme, daß hinter Guillaumes Tod mehr steckte, als alle sagten. Da war nur dieses intuitive, nagende Gefühl, daß es einfach irgendwie nicht paßte; ohne eine Gezeitentabelle in eine der gefährlichsten Buchten ganz Europas hinauszuspazieren, klang ganz einfach nicht nach Guillaume du Rocher, gleichgültig, wo auch immer sein Verstand zu diesem Zeitpunkt gerade weilte. Er hatte nicht viel, mit dem er weitermachen konnte, nicht einmal mit den provozierenden, aber leider nur auf Mutmaßungen beruhenden Fragen, die Julie aufgeworfen hatte.

»Eine letzte Frage noch, Dr. Loti . . .«

»So viele Sie wollen, so viele Sie wollen. Es ist Sonntagmorgen. Keine Patienten.« Er beugte sich umständlich vor, um einen durchweichten, verloschenen Zigarrenstummel aus dem Aschenbecher zu nehmen und in seinen Mund zu stecken, um so besser über die nächste Frage nachdenken zu können.

»Man hat mir gesagt, daß Guillaume nur noch ein Jahr zu leben hatte. Ist das tichtig?«

»Ja, so ungefähr. Ich habe ihm das bei seiner letzten Untersuchung im Januar gesagt. Vielleicht noch ein Jahr, vielleicht auch zwei. Seine Nieren funktionierten nicht mehr richtig, seine Milz, seine Leber . . . Die Schäden, die er sich während der Besatzung zugezogen hatte, verlangten schließlich ihren Tribut.« Er pflückte ein paar feuchte Tabakkrümel von seinen Lippen und kicherte in der Erinnerung. »Aber wie ich ihn kenne, wären es wahrscheinlich eher zwei Jahre geworden. Er war schon eine Nummer, dieser Guillaume du Rocher.«

»Hmh.« Nichts führte weiter. Joly hatte es ja schon auf den Punkt gebracht: Da Guillaume doch sowieso bald sterben würde, wieso sollte ihn da noch jemand umbringen wollen? Ganz sicher nicht wegen einer Erbschaft. Er begann sich innerlich darauf vorzubereiten, John zu gestehen, daß seine normalerweise zuverlässige Intuition dieses Mal vielleicht eine Idee zu weit gegangen war. Es wäre nicht das erste Mal, wie John ganz sicher wieder bemerken würde.

»Hören Sie«, sagte Dr. Loti, »ich möchte Ihnen mal etwas zeigen. Sie interessieren sich doch für solche Dinge.« Er wogte aus seinem Sessel und ging zu seinen eichenen Aktenschränken hinüber, verströmte beim

Gehen einen schwachen, sauberen Lavendelduft. Er wühlte einen Augenblick herum, winkte Gideon dann mit einem Bündel Röntgenaufnahmen zu und begann sie eine nach der anderen in die Klemmen des Leuchtschirms zu schieben, der auf einem Beistelltisch stand; die einzige Spur von moderner medizinischer Technik in der Praxis.

»Sehen Sie sich das hier mal an«, murmelte er glücklich vor sich hin, als er die Transparentaufnahmen aufgereiht hatte, setzte sich dann vor sie und schaltete die Leuchtstoffröhren dahinter ein. »Es ist wirklich erstaunlich. Sehen Sie sich das an . . . Sehen Sie sich das hier nur mal an . . .« Er winkte John und Gideon näher.

»Mach nur, Doc«, meinte John bescheiden. »Du kannst mir später alles erklären.«

»So«, sagte Dr. Loti zu Gideon, »Sie verstehen ja was von Knochen. Wie würde Ihre Prognose in diesem Fall hier lauten?«

»Ich bin nicht so besonders gut im Interpretieren von Röntgenaufnahmen, Doktor. Ich . . .«

»Schon gut. Nur zum Spaß. Tun Sie einfach mal so, als wären Sie Arzt. Na, wie lautet die Diagnose?«

Gideon setzte sich neben ihn und beugte sich vor, um die zwei Reihen Aufnahmen zu studieren. Er konnte nicht viel mit den verschwommenen grauen Schatten anfangen, die weiches Gewebe darstellten, aber er konnte schon erkennen, daß die Aufnahmen ausnahmslos von einer Person stammten, und der Zustand der Knochen ließ ihn zusammenzucken.

»Na, was würden Sie sagen?« drängte Dr. Loti. »Wird er überleben?«

»*Wird er überleben?* Ich würde sagen, er müßte eigentlich schon tot sein.« Er zeigte auf verschiedene Aufnahmen. »Sechs, sieben Rippenfrakturen. Zerschmetterter Oberkieferknochen, zertrümmerte Augenhöhle – mein Gott, ein paar Teile fehlen sogar ganz.« Sein Finger flog über die untere Reihe. »Zertrümmerter rechter Oberarmknochen, gebrochenes linkes Hüftbein . . . Und erst die *Beine!* Sieht aus, als wäre er von einem Panzer überrollt worden . . . Sie wollen mir doch wohl nicht sagen, daß das hier Guillaume ist?«

Dr. Loti lachte und nickte stolz. »Aufgenommen am 16. August 1944, das erste Mal, als ich ihm überhaupt begegnet bin, im Krankenhaus in St. Servan – zwei Tage nach der Befreiung der Cité. Und Sie haben recht, auf gewisse Weise. Ein gewöhnlicher Mann wäre damit schon zweimal tot. Oh, es fehlte auch wirklich nicht mehr viel. Er hatte zehn Stunden unter den Trümmern eines Hauses am Place Gasnier-Duparc gelegen. Milzriß, perforierte Lunge, aufgerissene Leber, zerquetschter Kehlkopf . . . Und jede einzelne Wunde war septisch. Er phantasierte, delirierte, halluzinierte; tagelang wußte er nicht, wer er war. Jeder vernünftige Arzt hätte ihn aufgegeben. Aber ich, ich ließ nicht locker.« Beinahe liebevoll sah er die Abzüge an.

Gideon blickte ebenfalls hin. Guillaumes sichtbare Narben, so schockierend sie auch gewesen sein mochten, waren nichts gewesen, verglichen mit den Verwüstungen darunter. »Es ist wirklich erstaunlich, daß er das überlebt hat.«

»Er hat es nicht nur überlebt, sondern er hat sich auch wieder erholt, soweit ein Mann mit solchen Verletzungen sich erholen kann. Aber ein fehlendes Auge, ein gelähmter Arm, ein paar Metallnägel und Streben – das alles waren lediglich Ärgernisse für Guillaume. Körperliche Behinderungen zu bezwingen war nichts Neues für ihn. Schon als Kind war sein Gesundheitszustand sehr heikel gewesen, wissen Sie.«

»Nein, das wußte ich nicht. Aber sagten Sie nicht, Sie hätten ihn vor 1944 noch nicht gekannt?«

»Ja, aber ich habe mir später die Krankenunterlagen der Familie angesehen. Von allen du Rochers war er der einzige, der ein kränkliches Kind gewesen ist: Rachitis, Asthma, rheumatisches Fieber. Sie hatten nur wenig Hoffnung mit ihm, aber am Ende stellte er sich als der Zäheste von allen heraus. Nun, er ließ sich auf jeden Fall auch von seinen Kriegsverletzungen nicht aufhalten. Sobald es ihm wieder gut genug ging, widmete er sich wieder seinen Geschäften und war dabei äußerst erfolgreich. Er starb als erheblich reicherer Mann als sein Vater, wußten Sie das? Auch nachdem er sich 1975 aus dem Berufsleben zurückzog, fuhr er immer noch dreimal wöchentlich nach Paris. Er saß im Vorstand von neun Firmen. Und außerdem gelang es ihm, ein erfülltes Leben zu leben.«

Dr. Loti beugte sich vor, verströmte den Duft von Lavendel, Mundwasser und feuchten Zigarren. »Sie wissen, was ich meine, wenn ich sage ›ein erfülltes Leben‹?« Seine Augen blitzten.

»Äh, ja . . .« sagte Gideon unbehaglich. Er war nicht direkt versessen auf eine klinische Beschreibung von Guillaume du Rochers Sexualleben. »Tja«, sagte er und stand auf, »vielen Dank für Ihre Zeit, Doktor.«

»Gern geschehen, junger Mann.« Der Arzt knipste das Licht hinter der Glasscheibe des Bildbetrachters aus, steckte sich die Zigarre in den Mund, erhob sich und streckte seine Hand aus.

Die Hand blieb ausgestreckt. Gideon starrte wie angewurzelt auf die jetzt undurchsichtigen Aufnahmen. Ein paar Minuten lang hatte er sie unaufmerksam angeschaut, hatte sie nicht wirklich gesehen, aber als das helle Licht dahinter plötzlich verloschen war, hatte es eine Reihe Negativ-Bilder in seinen Augen hinterlassen, dunkel, wo sie zuvor hell gewesen waren, hell, wo sie vorher dunkel gewesen waren. Es waren diese schnell verblassenden Bilder in seinem Kopf, nicht die Röntgenaufnahmen auf der Glasscheibe, die er jetzt so konzentriert anstarrte. Die dritte Aufnahme von links in der oberen Reihe, eine ventrale Ansicht des Thorax. Dieser dunkle, runde Schatten . . .

»Dr. Loti«, murmelte er, »würde es Ihnen etwas ausmachen, das Licht noch einmal anzuschalten?«

Der Arzt tat, worum er gebeten worden war, drehte dann sein ausdrucksloses Mondgesicht neugierig zu Gideon.

Gideon wartete gespannt, während die Neonröhre flackerte und schließlich mit einem Summen konstant leuchtete. Die Röntgenbilder wurden wieder scharf und kontrastreich, und da war die Stelle, jetzt nicht mehr dunkel, sie sprang ihn geradezu an, weiß vor dem Hintergrund der Milchglasscheibe. Wie hatte er das nur übersehen können?

Er zeigte darauf. »Diese Stelle dort . . . Was ist das?«

»Das hier?« sagte Dr. Loti, ganz offensichtlich verdutzt. »Das wissen Sie nicht? Ich hätte eigentlich gedacht . . .«

»Ich habe Schwierigkeiten, diese Dinge zu lesen«, erklärte Gideon wieder.

»Wirklich?« Der Arzt sah ihn skeptisch an. »Nun, das ist ein Foramen sterni.«

»Ich verstehe, ich verstehe!« brüllte John gegen den stechenden, salzigen Wind, der die anderen Touristen inzwischen von den Wällen von St. Malo verjagt hatte und jetzt die großen Brecher des Ärmelkanals in gewaltigen, schäumenden Wogen gegen die Fundamente der Stadtmauern fünfzehn Meter unter ihnen trieb. »Ein Foramen sterni. Genau wie bei dem Burschen im Keller. Na und, was ist schon dabei?«

»Was dabei ist«, brüllte Gideon zurück, wobei er sein Gesicht aus dem Wind drehte, »und was ich dir ja schon die ganze Zeit klarzumachen versuche, ist einfach, daß das so ziemlich beweist, daß die Leiche im Keller kein deutscher Offizier ist – er ist ein du Rocher. Oder doch wenigstens mit Guillaume du Rocher verwandt.«

»Das verstehe ich nicht. Was willst du damit sagen, daß jeder, der ein Loch im Brustbein hat, mit jedem anderen verwandt ist, der auch eins hat?«

»Nein, natürlich nicht, aber angeborene Merkmale wie das da neigen dazu, sich in der betreffenden Familie zu wiederholen. Hast du überhaupt eine Vorstellung, wie groß die Häufigkeit von Foramina ist?«

»Nein, wie groß denn?«

»Tja, ich weiß es auch nicht genau . . .«

Damit verdiente er sich einen Seufzer und einen schrägen Blick von der Seite.

». . . aber es ist auf jeden Fall selten. Nach allem, was ich gesehen habe, vielleicht einmal unter hundert Leuten. Also, wie groß ist dann wohl die Wahrscheinlichkeit, daß zwei Eins-zu-hundert-Eventualitäten rein zufällig im gleichen Haus auftauchten, einmal bei Guillaume, und einmal bei der Leiche im Keller?«

John ließ sich das durch den Kopf gehen, während sie weitergingen. »Keine Ahnung. Wie groß denn?« sagte er schließlich.

Gideon brummte laut. John hatte ein Händchen dafür, sich die seltsamsten Augenblicke auszusuchen, alles immer wortwörtlich zu nehmen. »Rate einfach mal«, sagte er.

»Eins zu zweihundert?«

»Eins zu zehntausend.«

»Ohne Quatsch?« sagte John, seine Stimme ging in einer plötzlichen Bö fast unter.

»Ja. Man multipliziert die Wahrscheinlichkeiten. John, was hältst du davon, wenn wir von dieser verdammten Stadtmauer runtergehen und uns ein Plätzchen suchen, wo wir uns unterhalten können, ohne dauernd brüllen zu müssen?«

»Fein, von mir aus. Aber was regst du dich auf? Du bist doch derjenige, der unbedingt hier rauf wollte.«

Sehr wahr. Ein luftiger Spaziergang über die berühmten Wälle von St. Malo mit ihren weit vorspringenden Bastionen schien genau das richtige zu sein, um das, was sie in Dr. Lotis Praxis gehört hatten, zu durchdenken. Aber die ablandige Brise war scheußlich geworden, und der Himmel hatte sich verdunkelt, so daß das Meer im Westen jetzt stahlgrau und bedrohlich wirkte. Und die Ausblicke auf die prächtige Stadt mit ihren schiefergedeckten Häusern innerhalb der Wälle, die nach dem Krieg so liebevoll wiederaufgebaut worden war, verloren ihren Reiz und wurden düster und glanzlos. Und jeden Augenblick würde es auch noch anfangen zu regnen; ein kalter, trister Märzregen, der von den Kanalinseln herüberblies.

An der Bastion St. Louis gingen sie die steinerne Treppe nach unten und machten sich auf die Suche nach einem Restaurant, da sich schon seit einiger Zeit das Loch im Bauch nach dem Frühstück deutlich bemerkbar gemacht hatte.

»Wie wär's mit diesem hier?« schlug Gideon vor.

John warf einen skeptischen Blick auf das Schild, das auf dem Bürgersteig aufgestellt worden war. »Dégustation de crêpes«, las er langsam. »Klingt wirklich verlockend.«

»Es ist nur ein Pfannkuchenhaus.«

»Ja, aber wer will schon Pfannkuchen? Willst du zur Abwechslung nicht mal wieder was Anständiges essen?«

»John, ich weiß ja, daß es schwer zu akzeptieren ist, aber du wirst in St. Malo einfach keinen Burger King finden.«

»Tjaaa, wie wär's dann mit . . .«

»Und ich werde auch mindestens für die nächsten zwei Tage nicht wieder in eine Pizzeria gehen. Außerdem, die Bretagne ist berühmt für ihre Pfannkuchen. Jeder ißt sie hier. Sie sind unschlagbar. Vertrau mir.«

Das hatte er in den Reiseführern gelesen, und, zum Glück für seine Glaubwürdigkeit, war es auch so. Hinter einer Theke im Speiseraum schüttete ein professionell selbstsicherer Koch Kelle um Kelle Teig auf eine runde Stahlplatte über einer kreisförmigen Gasflamme, strich die sämige Flüssigkeit mit zwei lässigen, aber präzisen Drehungen eines Stöckchens glatt und warf dünne, zarte, perfekte Pfannkuchen im Takt von zwei oder drei Minuten herunter. Diese wurden anschließend von einem Assistenten mit Füllungen belegt, flink und geschickt zu omeletteähnlichen Rechtecken gefaltet und den Gästen beinahe so schnell serviert, wie sie von der Platte kamen. John und Gideon hatten ihre Galettes – dunkle, würzige Buchweizenpfannkuchen, gefüllt mit cremigem, weißem Käse, Schinken und Tomaten – innerhalb von einer Minute, nachdem sie sich gesetzt hatten.

Sie schlangen sie glücklich hinunter und bestellten mehr, bevor sie sich behaglich zurücklehnten, um den Faden von vorhin wieder aufzunehmen.

»Gar nicht mal so übel«, gab John zu. »Okay, dann beweisen diese Brustbeinlöcher also, daß Guillaume und das Skelett miteinander verwandt waren?«

»Ja.« Gideon spülte den letzten Bissen seiner Galette mit einem großen Schluck heißer Schokolade herunter. »Tja, vielleicht ist *beweisen* ein bißchen zu hoch gegriffen. Es ist eine Frage von Wahrscheinlichkeiten . . .«

John verdrehte seine Augen. »Oh, Mann.«

»Paß auf, John, es gibt keine Möglichkeit, so was allein anhand von Knochen und Röntgenaufnahmen zu beweisen. Aber wenn einem was begegnet, das per Zufall nur in einem von zehntausend Fällen passieren kann, dann muß man davon ausgehen, daß hier irgend etwas anderes als nur Zufall am Werk war. Und in diesem Fall ist die einzig vernünftige Möglichkeit eine genetische Verwandtschaft zwischen Guillaume und dem Skelett im Keller.«

»Was ist mit dem Zufall? Wenn es einmal in zehntausend Fällen passieren könnte, warum könnte es dann hier nicht genau dieses eine Mal sein?«

»Es könnte, aber die Chancen, daß du dich irrst, sind neuntausendneunhundertneunundneunzig zu eins. Keine besonders tolle Wette. Wie auch immer, glaubst du wirklich an Zufälle? Ich meine, nicht abstrakt, ich meine als ernstzunehmender, zu berücksichtigender Faktor in einem Mordfall?«

John schenkte sich Bier aus seiner Flasche Kronenbourg nach, trank einen Schluck und dachte nach. »Nein«, sagte er. »Das tu ich nicht. Ich kenne keine Cops, die das tun.«

»Okay, das wär das. Jetzt müssen wir nur noch Joly überzeugen.«

Die frischen Pfannkuchen waren eingetroffen. Eine mit Käse gefüllte

Galette für Gideon und eine süße Dessert-Crêpe, gefüllt mit Sahne und Zucker, für John.

»Warum sollte Joly schwer zu überzeugen sein?« fragte John nach einem vorsichtigen ersten Bissen, der anscheinend seine Billigung fand. »Der Bursche ist seltsam, aber dumm ist er bestimmt nicht.«

»Tja, also, zunächst mal ist da noch die unbedeutende Sache mit dem SS-Kram, der im Keller vergraben wurde. Zum zweiten ... äh, mir fällt nichts anderes mehr ein, aber Joly wird ganz bestimmt noch was finden.«

»Dieses SS-Zeugs.« John legte seine Gabel aus der Hand. »Das hatte ich ganz vergessen. Wie reimst du dir das denn zusammen? Meinst du, einer von den du Rochers wäre zur SS gegangen? Die Deutschen haben doch in den besetzten Ländern aus Einheimischen Nazi-Polizeieinheiten aufgestellt, oder? Und Guillaume war in der Résistance, richtig? Vielleicht hat er diesen Burschen umgelegt, weil ...«

»Hm-hmh. Du redest hier von der Miliz, glaube ich. Die hatten zweitklassige Uniformen, nichts im Vergleich zu der protzigen deutschen SS. Denis hat ein paar Nachforschungen angestellt. Dieser Kram ist hundertprozentig echte *Allgemeine SS,* direkt aus Berlin, und die Dienstgradinsignien waren die eines Obersturmbannführers. Helmut Kassels Rang.«

»Was denkst du denn dann ...«

»Ich weiß nicht, was ich denken soll. Im Augenblick wären es sowieso nichts anderes als rein spekulative Folgerungen.«

John legte eine Hand auf sein Herz. »Spekulative Folgerungen! Meine Güte, Doc, nichts soll mir ferner liegen, als zu unterstellen, daß ein Mann wie du sich zu spekulativen Folgerungen hinreißen ließe.«

»In Ordnung«, sagte Gideon lachend, »vielleicht habe ich es ab und zu, unter gewissen seltenen Umständen schon mal gemacht, aber in diesem Fall habe ich einfach keine Datenbasis, von der ich ausgehen kann. Aber es ist mir auch völlig gleichgültig, was sie sonst noch da unten finden. Diese Knochen gehören einem du Rocher.«

John nickte langsam. »Bleibt also die Frage: Wer?«

»Oh, ich glaube, ich weiß schon, wer.«

John hob seine Augenbrauen.

»Alain du Rocher«, sagte Gideon.

Johns Augenbrauen blieben ein paar Sekunden hochgezogen. Eine Gabel Crêpe mit Crème Chantilly blieb ebenfalls fragend auf halbem Weg zum Mund stehen. »Der Bursche, den die Nazis umgelegt haben? Der, den Claude nicht gewarnt hat?«

Gideon nickte.

»Das ist doch verrückt.«

»John, alles paßt zusammen. Er hat während des Krieges im Manoir gewohnt, und diese Knochen wurden dort ungefähr genau zu der Zeit vergraben, als er ermordet wurde. Und wie sich zufälligerweise herausstellt, scheint kein Mensch zu wissen, wo seine Leiche geblieben ist.«

»Ja, aber . . .«

»Und diese Knochen *sehen aus* wie du-Rocher-Knochen. Die gleichen Proportionen und Dimensionen wie bei Guillaume, und auch einige charakteristische Übereinstimmungen in der Beschaffenheit der Knochen. Das konnte ich auf den Röntgenaufnahmen erkennen. Und erinnerst du dich noch, wie ich sagte, ich würde bei diesen Knochen irgendwie an Ray denken? Dieses Aussehen scheint in der Familie zu liegen.«

»Was ist mit René? Er hat eine Statur wie ein Türknauf. Und Jules auch.«

»Ja, sicher. Man kann ja auch nicht erwarten, daß alle Familienmitglieder gleich aussehen, aber wo man es erkennen kann, da ist es unverwechselbar.«

»Ja, aber ich verstehe immer noch nicht ganz, wieso es unbedingt Alain sein muß. Warum nicht irgendein anderes Familienmitglied?«

»Was meinst du, wie viele du Rochers 1942 spurlos verschwunden sind?«

Die Gabel beendete schließlich ihre Reise, und John kaute nachdenklich. »Okay, ich stimme dir zu: Wir reden hier nicht von Beweisen, aber es ergibt schon ziemlich viel Sinn. He, wart mal eine Sekunde. Wenn Alain von den Nazis umgebracht wurde, was hat er dann in Guillaumes Keller zu suchen?«

»Ja, das ist ein kleines Problem.«

»Ich würde sagen, das erfordert schon eine spekulative Folgerung von Weltklasseformat.«

Sie waren mit dem Essen fertig und bestellten zwei Espresso, bevor sie mit dem Gespräch fortfuhren.

»Doc, wirst du das alles Joly erzählen?«

»Klar, aber nicht, daß ich mich besonders drauf freue. Ich weiß, daß er schon was von uns hält, aber ich bin nicht sicher, wie sehr ihm diese Neuigkeiten und sensationellen Entwicklungen alle paar Stunden gefallen.«

»Tja, dann, was würdest du sagen, wenn *ich* ihm das alles an deiner Stelle beibringe? Ich hatte sowieso vor, heute nachmittag in Rochebonne vorbeizufahren, um mir mal anzusehen, wie die Aktien dort stehen. Falls du nichts dagegen hast, diese Gräber allein zu besuchen.«

Gideon stürzte die winzige Portion Kaffee in zwei großen, bitter schmeckenden Schlucken herunter. »Ich sag dir was: Wieso fahr ich nicht einfach mit dir rüber? Du kannst mich dann in Ploujean absetzen.«

»Ploujean? Was gibt's denn in Ploujean?«

»Joly hat gesagt, dort gebe es eine Gedenktafel für die sechs Männer, die von den Nazis hingerichtet wurden.«

John musterte ihn über den Rand seiner Tasse. »Du willst schon wieder ganz allein in irgendwelchen Sachen rumstochern, stimmt's?«

»Tja, alles ist ein bißchen interessanter geworden, und . . .« Als er Johns Gesichtsausdruck bemerkte, änderte er schnell seinen Kurs. »Nein, ehrlich, was könnte ich in Ploujean schon groß herausfinden?«

»Doc«, sagte John und seufzte, »jedesmal, wenn du anfängst, dir einzubilden, du wärst ein Detektiv, muß ich dir am Ende wieder aus der Patsche helfen.«

»John, ich halte mich nicht für einen Detektiv. Ich will nichts anderes tun . . . tja, als Alain die letzte Ehre zu erweisen, schätze ich. Mal sehen, wie das Denkmal so aussieht. Das ist alles.«

Und das war es auch, mehr oder weniger. Aber wenn sich irgend etwas dabei ergeben würde, wäre das auch nicht schlecht. Man konnte nie wissen.

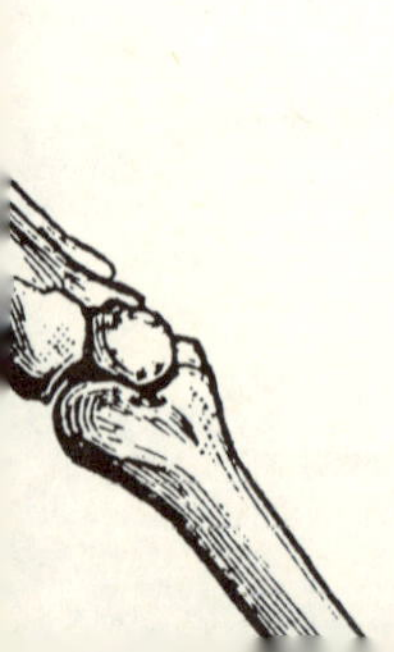

14

Die Tafel war leicht zu finden. Ploujean besaß nur zwei staubige Straßen, die als ein T zusammenstießen, und genau im Zentrum dieses T lag ein kleiner, kahler und mit braunem Kies bedeckter Platz, und in der Mitte dieses Platzes stand ein Granit-Felsblock, der von einem schmiedeeisernen schwarzen Zaun eingefaßt wurde. Auf dem Granit befestigt war eine von Patina überzogene schlichte, rechteckige Bronzetafel mit ein paar Zeilen in einfachen erhabenen Buchstaben.

16 Octobre 1942

EN HOMMAGE AUX COMBATTANTS DES FORCES FRANÇAISES DE LA RÉSISTANCE DONT LA LUTTE ET LES SACRIFICES ONT JALONNÉ LA ROUTE DE LA LIBÉRATION DE PLOUJEAN.

FRANÇOIS-RENÉ BRIZEUX
CHARLES KERBOL
AUGUSTE LUPIS
HENRI DE PILLEMENT
JEAN-PIERRE QUEFFELLEC
ALAIN DU ROCHER

Gideon drehte sich langsam von der Tafel fort und schaute auf seine Uhr. Halb drei. In einer halben Stunde sollte er zum Manoir gehen und dort John treffen, um mit ihm nach St. Malo zurückzufahren. Während er über das nachdachte, was er gerade gelesen hatte, schlenderte er auf das einzige Café von Ploujean zu, einem winzigen Lokal mit einer Markise, aus dem man einen Blick auf den Platz hatte. Hatte er irgend etwas Neues durch die Tafel erfahren? Ja, dachte er, vielleicht schon. ›La lutte et les sacrifices‹ stand dort – der Kampf und die Opfer. Mit keinem Wort wurden die Hinrichtungen erwähnt; nicht einmal die Nazis. Warum nicht? War es einfach die dezente Zurückhaltung eines kleinen Dorfes, das nichts mehr wissen wollte von Blut und Leiden? Oder war es denkbar, daß Ray und seine Familie die Geschichte falsch mitgekriegt hatten? Daß Alain und die übrigen fünf nicht durch die Hand der SS gestorben waren, sondern auf irgendeine andere Weise? Wenn dem so war, ergaben sich neue Möglichkeiten bezüglich der Frage, wie seine Leiche in Guillaumes Keller gekommen war.

›Sans prétentions‹ stand auf dem Fenster des Cafés, und das Innere hielt das Versprechen. Ein paar einfache Holztische und Stühle – nichts Folkloristisches, sondern einfach nur praktische Holzmöbel –, ein rauher Fußboden, keine Speisekarten, mit Fliegendreck übersäte Reiseplakate an der Wand (Venedig, Costa del Sol, Miami). Drei ältere Männer saßen an einem der Tische vor einer Karaffe Rotwein. Der aufmerksamen, ruhigen Art nach zu schließen, mit der sie sein Eintreten beobachtet hatten, mußten sie über ihn geredet haben. Ploujeans ›Café de la Paix‹ lag – anders als sein Pariser Namensvetter – kaum auf den üblichen Routen der Touristen, und jeder Fremde war zweifellos einer ernsten und ausgiebigen Betrachtung wert, besonders einer, der sich die Zeit nahm, ihr Denkmal zu studieren.

»Bonjour«, sagte er, und die drei nickten unisono, drehten ihre Köpfe, um zu beobachten, wie er vorbeiging und einen Tisch wählte.

Er bestellte einen Cidre bouché, bretonischen Apfelwein, den der Barkeeper ihm in einer Flasche zusammen mit einer Tonschale statt eines Glases brachte.

»Die Männer, deren Namen da draußen auf der Tafel stehen«, sagte Gideon beiläufig auf französisch, als die Flasche auf den Tisch gestellt wurde. »Wie sind sie gestorben?« Abrupt hörte das Gespräch am anderen Tisch auf.

»Sie sind hingerichtet worden, Monsieur«, sagte der Barkeeper.

»Von den Deutschen? Der SS?«

Der Barkeeper sah ihn an, als wäre Gideon geistig behindert. »Natürlich, Monsieur.«

Soviel zu diesem unausgegorenen Gedanken. Wie gewonnen, so zerronnen. Trotzdem, es lohnte sich, noch etwas mehr nachzufragen. »Wissen Sie, was aus den Leichen geworden ist?«

»Den Leichen?« wiederholte der Barkeeper und sah ihn an, als wäre er nicht nur geistig behindert, sondern außerdem gefährlich. »Nein, Monsieur. Sind Sie Amerikaner?«

»Ja. Ich habe gehört, daß der SS-Oberst, der damals hier das Kommando hatte, von der Résistance ermordet worden ist. Stimmt das?«

»Das hab ich auch gehört«, sagte der Barkeeper nervös. »Vielen Dank, Monsieur.«

Er kehrte hinter seine Theke zurück, ließ Gideon verlegen und unsicher allein. An fremden Orten Unbekannten heikle Fragen zu stellen, besonders wenn er dabei aufmerksam beobachtet wurde, war nichts, was ihm besonders leichtfiel. Es war schon gut, dachte er, wie er es schon oft gedacht hatte, daß er während seines ersten Jahres nach dem ersten Examen zur biologischen Anthropologie gewechselt hatte. Er hätte einen verdammt schlechten Kulturanthropologen abgegeben.

Er trank ein paar Schlucke von dem herben, kühlen Cidre aus der Schale, drehte seinen Stuhl ein Stück von dem anderen Tisch fort und schaute hinauf zu dem Schwarzweiß-Fernseher auf einem Metallbord über der Theke. Aus seinem Augenwinkel heraus sah er, daß der Barkeeper zu dem Tisch mit den drei Männern ging, um von seiner bizarren Unterhaltung mit dem Neuankömmling zu berichten. Er trank wieder von seinem Cidre. Im Fernsehen lief ein Bugs-Bunny-Zeichentrickfilm. Bugs trug die Uniform eines Kellners (die allein aus einer Jacke mit einem Handtuch über dem Arm bestand). Auf einem Tablett hinter seinem Rücken trug er eine Zigarre, aus der eine zischende Zündschnur ragte. Er beugte sich dienstbeflissen über einen sitzenden Elmer Fudd, der elegant in eine wattierte Smokingjacke mit Halstuch gekleidet war.

»Permettez-moi de vous servir, monsieur«, sagte Bugs höflich. »Voulez-vous encore un cigare?«

Aber so leicht ließ Elmer sich nicht übers Ohr hauen. »Non merci«, sagte er, »je suis bien à mon aise.«

Wie würde ›Bugs Bunny‹ wohl auf französisch heißen, fragte er sich beiläufig – Lapin Fou? Insecte le Lapin? Er fand es nicht heraus. Der älteste der drei Männer war an seinen Tisch gekommen und setzte sich. Er war an die achtzig Jahre, ein kleiner Mann mit Augen wie glänzende braune Kaffeebohnen, einer Nase wie eine Zucchini und einem lang herunterhängenden, üppigen Schnurrbart. Sein blauer Kittel war mit dunklen Flecken übersät, und es umgab ihn der angenehm scharfe Geruch von Schuhwichse. Sie hatte sich in den Falten seiner ansonsten sauberen Finger festgesetzt, als wären diese sorgfältig mit einer Feder gezeichnet.

»Bonjour«, sagte Gideon noch einmal.

»Amerikaner, häh?« antwortete der Mann.

»Sehr richtig.«

Der Mann lachte. »Wußte ich sofort, als ich Sie gesehen habe. Ich hab's ihnen gesagt.« Sein Französisch war rustikal mit einem starken bretonischen Akzent und schwer zu verstehen. »Dann interessieren Sie sich also für Oberst Kassel, was?«

»Also . . .«

»Ich kann Ihnen erzählen, was Sie wissen wollen«, sagte der Mann und lächelte listig. »Ich weiß, wer Sie sind, wissen Sie. Ich weiß, wo Sie herkommen.«

»Pardon?«

Der Mann legte einen Zeigefinger an seine riesige narbige Nase und beugte sich verschwörerisch vor. »*See . . . Iii . . . Aah*«, flüsterte er.

»Ich fürchte . . .« begann Gideon verwirrt, dann lachte er. Die Laute waren Buchstaben aus dem französischen Alphabet. »CIA?« sagte er. »Nein, ich bin Professor für Anthropologie. Ich lehre . . .«

Doch der Mann nickte nur verschwörerisch mit seinem Kopf. »Wah . . . shiing . . . ton«, flüsterte er in der gleichen respektvollen Sprachmelodie. »Versuchen Sie nicht, mir was vorzumachen.«

Gideon beschloß, genau dies zu tun. »Ja«, sagte er ernst, »ich komme aus Washington.« Was schon stimmte, dem Wort nach.

»Aah«, seufzte der Mann erfreut. »Dachte ich's mir doch. Ich erkenne so was immer.«

»Was wissen Sie über Oberst Kassel?« fragte Gideon. Er wäre lieber etwas weniger direkt und etwas höflicher gewesen, aber er vermutete, daß die Tatsache, ein Agent zu sein, auch einen dreisteren Stil erforderte.

»Was ich weiß?« Unter dem formlosen Kittel zuckten die schmalen alten Schultern. »Ich habe ihn getötet.«

Gideon blinzelte. »*Sie* haben ihn getötet?«

Der Mann war gekränkt. Er drehte sich zu seinen Freunden an dem anderen Tisch um und rief ihnen zu. »He . . . habe ich ihn umgelegt oder nicht?«

Sie wußten sofort, von wem er redete, und stimmten zusammen mit dem Barkeeper lautstark zu, daß Jean-Honoré Bourget ihn tatsächlich getötet hatte und daß niemand im ganzen Dorf etwas anderes behaupten würde.

Gideon, der spürte, daß es das Protokoll verlangte, lud sie an seinen Tisch ein und erntete zustimmendes Lächeln und Nicken, als er ihnen eine weitere Karaffe Wein bestellte. Jean-Honoré fragte höflich, ob er statt dessen vielleicht einen Pernod bekommen könnte, der in einem schlanken Glas mit einem darin schwimmenden Eiswürfel gebracht wurde. Aus einer gedrungenen Flasche mit einem ›Anisette Berger‹-Etikett schüttete er etwas Wasser dazu, nahm einen zufriedenen Schluck der so entstandenen milchig-grünen Flüssigkeit und lehnte sich glücklich zurück, um ihnen allen zu erzählen, wie er SS-Obersturmbannführer Helmut Kassel ermordet hatte.

Es war wie einem Vater dabei zuzuschauen, der seinen Kindern eine vertraute Gutenachtgeschichte erzählte. Wenn er sich an ein Detail nicht mehr genau erinnern konnte, halfen sie ihm damit aus, so daß sie am Ende einen großen Teil selbst erzählten, und wenn sie ihm in einem unwichtigeren Punkt widersprachen, sagte er: »Ach, wirklich?« und schloß sich ihnen gelassen an. Es wurde viel gelacht.

Aber in den wesentlichen Punkten gab es keinen Widerspruch und auch kein Gelächter. Als Vergeltung für die Morde an den sechs Männern, die auf der Gedenktafel genannt wurden, hatten Jean-Honoré und drei andere Maquis den SS-Mann umgebracht. Einer der anderen drei war der Friseur des Ortes, der zweite eine Frau, eine Lehrerin, und der dritte war ihr Anführer: Guillaume du Rocher. Nur Jean-Honoré lebte noch.

Kassel, der sich für einen großen Frauenheld gehalten hatte, war zu einem Nachmittags-Rendezvous mit der Lehrerin in den Wald von Hunadaie, nicht sehr weit vor der Stadt, gelockt worden. Und dort hatten sie ihn umgebracht.

»Wie?« fragte Gideon.

»Zum größten Teil mit einem Tischlerhammer«, antwortete der alte Mann freundlich. »Edmond wollte sein Rasiermesser benutzen, aber Guillaume hat gesagt, es wäre das beste, keine sauberen Messerwunden zu haben.« Er nickte zustimmend. »Und er hatte recht.«

Sie hatten sich beeilt, ihm schnell seine Uniform ausgezogen, sogar seine Unterwäsche, und ihn statt dessen in alte Bauernkleider gesteckt, die nach Schweinen und Mist stanken. Sie trugen ihn dann ein paar hundert Meter zu der Straße, die zwischen Ploujean und Plancoet verläuft. Dort fuhr dann Guillaume, dem die Nazis aufgrund seines Status und seiner scheinbaren Fügsamkeit erlaubt hatten, ein Auto zu besitzen, über ihn, vergewisserte sich, daß sein Gesicht auf dem Asphalt zerquetscht wurde. Die Leiche ließen sie auf der Straße liegen, damit sie von den Behörden gefunden wurde – nur irgendein betrunkener Bauer, der einem Lastwagen oder einem zu schnell fahrenden Stabswagen vor die Räder gelaufen war – so war das.

»Aber gab es denn keine Vergeltungsmaßnahmen? Haben die Nazis nicht . . .«

Jean-Honoré grinste. »Nicht besonders schlau, die Boches.«

»Also, wissen Sie«, erklärte einer der anderen, »das letzte, was die SS wollte, war doch, daß wer spitz kriegt, daß jemand mit diesem Rang womöglich einem Attentat zum Opfer gefallen ist. Sie wollten nicht, daß *wir* es wußten, und ganz sicher wollten sie nicht, daß es Berlin wußte. Und was die reguläre Armee, die reguläre Verwaltung betraf, die wollten die SS einfach nur hier raus haben, je früher, desto besser, die haben sie noch mehr gehaßt als wir.«

»Vielleicht *genauso*«, widersprach Jean-Honoré. »Aber nicht *mehr*.«

»Genauso«, stimmte der Mann zu. »Also haben sie sich am Ende mit der Geschichte zufriedengegeben, daß er einfach auf einem seiner kleinen Ausflüge hierhin oder dorthin verschwunden ist, bei einer seiner privaten unangemeldeten ›Untersuchungen‹ ins Argoat oder zum Morbihan oder vielleicht sogar in die Normandie. Kein Mensch weiß wo.«

»Irgendwohin, nur nicht in *diesem* Bezirk«, sagte Jean-Honoré. »Bürokraten sind überall gleich.« Er trank seinen Pernod mit einem tiefen Seufzer aus, lehnte das Angebot eines weiteren ab, wischte die Enden seines Bartes zwischen Daumen und Zeigefinger ab und sah sein zufriedenes Publikum mit funkelnden kleinen Augen an.

»Was haben Sie mit Kassels Uniform gemacht?« fragte Gideon.

»Was ist das denn für eine Frage?« sagte der Barkeeper.

»Nein, warum sollte er das nicht fragen?« sagte Jean-Honoré. Er warf Gideon einen melodramatisch geheimnisvollen Blick zu. »Er muß viele Dinge wissen.« Gideon nickte, nüchtern und geheimnisvoll.

»Die Uniform . . .«, sinnierte Jean-Honoré, suchte seine Erinnerung ab.

»Ihr habt sie verbrannt«, sagte einer der anderen.

»Sie *verbrannt?*« sagte Gideon.

»Oh, ja, stimmt . . .«, sagte Jean-Honoré. »Also, die Teile wenigstens, die sich problemlos verbrennen ließen. Die Teile aus Stoff. Den Rest hat Guillaume dann mitgenommen, um sie irgendwo zu vergraben. Vielleicht in seinem Weinkeller«, sagte er und lachte. »Mein Gott, es hat wehgetan, diese Stiefel zu vergraben. Sie hätten sehen sollen, was wir damals an den Füßen hatten.«

Damit war dies also geklärt, und sehr zu Gideons Zufriedenheit. Zwischen den SS-Insignien und den Knochen im Keller bestand ganz einfach keine Verbindung. Zwei separate Morde, zwei separate Beisetzungen. Das eine hatte mit dem anderen nicht zu tun, bis auf die Tatsache, daß der eine von dem anderen hingerichtet und dieser andere dann ermordet worden war, um den ersten zu rächen. Soviel also zu den SS-Insignien, über die Joly sich so gefreut hatte.

Aber die eigentliche Frage blieb immer noch unbeantwortet. Wie war Alains Skelett (zumindest ein Drittel davon) überhaupt in Guillaumes Keller gekommen? Wo war der Rest? Und jetzt das Beunruhigendste von allem: In welcher Verbindung mochte Guillaume dazu gestanden haben? Denn es war praktisch unmöglich, daß Alain zerstückelt und in seinem Keller vergraben worden war, ohne daß er davon gewußt hätte. Er seufzte. Je mehr er herausfand, desto verwirrender wurde es.

Jean-Honoré fand, daß ein weiterer Pernod vielleicht doch ganz nett wäre. Gideon spendierte ihn, bedankte sich bei dem alten Mann und schüttelte allen die Hand, sprang auf und ab, als jeder einzelne von ihnen nacheinander von seinem Stuhl aufsprang. Als er ging, hörte er die nörglerische Stimme des Barkeepers: »Und, was interessiert's den überhaupt, was aus der Uniform von diesem Dreckskerl geworden ist?«

Gideon warf noch einen letzten Blick über die Schulter, als er die Tür hinter sich zuzog. Dort saß Jean-Honoré weit über seinen Pernod gebeugt und erklärte seinen aufmerksamen Kumpanen mit glänzenden Augen den Sachverhalt.

»*See* . . .«, flüsterte er geheimnisvoll, hielt dabei seinen Zeigefinger an seine Nase. »*Iii* . . .«

John hatte recht. Joly begann wirklich langsam eine hohe Meinung von ihnen zu bekommen, oder zumindest gewöhnte er sich langsam daran, daß sie immer wieder mit neuen scharfsinnigen Erkenntnissen aufkreuzten, um seine Ermittlung durcheinanderzubringen. Als Gideon nach einem zehnminütigen Spaziergang die Allee von Ploujean entlang schließlich in Rochebonne ankam, fand er den Inspektor vor, der bei einer Zigarettenpause freundschaftlich mit John auf dem Hof herumspazierte und die seltene Frühlingssonne genoß. Gideon schloß sich ihnen an.

»Alain du Rocher, häh?« lautete Jolys Begrüßung. Nicht gerade jubelnde Zustimmung zu Gideons Schlußfolgerungen, aber auch keine verächtliche Zurückweisung. Einfach nur die leicht amüsierte, nicht unfreundliche Skepsis, mit der er andere als seine eigenen Ideen aufzunehmen pflegte. Auch Gideon begann sich allmählich an Joly zu gewöhnen.

»Du hast recht, Doc. Lucien kauft es uns noch nicht so ganz ab.« Dann waren die zwei also inzwischen auch zu den Vornamen übergegangen, was gut so war. Johns Aussprache – *Luusch'n* – bewirkte nicht mehr als ein flüchtiges Zucken unter Jolys Augen. Etwas in der Richtung von Mathildes Miene, als er in ihrer Gegenwart von *Rotsch Boun* gesprochen hatte.

»Es ist nur schwer nachvollziehbar, daß es Alain sein soll«, sagte der Inspektor. »Ich habe unseren hiesigen Polizeipräfekten angerufen, gleich als Mr. Lau – ähem, John – mir erzählte, was Sie sich überlegt haben. Tatsächlich hat sich herausgestellt, daß Alain du Rochers Größe, Gewicht und Alter mit dem übereinstimmen, was Sie aus diesen Knochen ermittelt haben.«

»Tja, dann ...«

»Aber das ist auch bei vielen anderen Leuten der Fall. Bretonen sind im allgemeinen kleiner und schlanker als die übrigen Franzosen. Ich bin sicher, daß Sie sich dessen bewußt sind. Und bedauerlicherweise für Ihre Theorie besteht einfach überhaupt kein Zweifel an Alains Hinrichtung durch die Nazis.«

»Ja, ich weiß. Das ist eine Sache, die noch nicht klar ist. Wie er in den Keller gekommen ist.«

»Alain wurde von der SS am 16. Oktober 1942 um fünf Uhr morgens abgeholt und in die Mairie gebracht. Zwischen zehn und zwölf Uhr morgens wurden die anderen fünf Maquis ebenfalls dorthin gebracht. Es gab viele Zeugen, darunter der Präfekt selbst als Kind. Keiner von ihnen ist jemals wieder dort rausgekommen. Nein«, sagte Joly gemächlich, während er kerzengerade weiterging, die Hände hinter dem Rücken, das Gesicht leicht zur blassen Sonne gehoben, »alles deutet darauf hin, daß die Knochen im Keller die von diesem Kassel sind. Sicher werden Sie das einsehen.«

»Nein, Kassel wurde von einem Wagen überfahren und in der Nähe des Waldes von Hunadaie auf der Straße liegengelassen.«

Es war ein Zeichen dafür, *wie* sehr sich Joly an sie zu gewöhnen begann, daß er diese Neuigkeit ohne mit der Wimper zu zucken aufnahm und mit nachsichtiger Resignation zuhörte, während Gideon ihm den Rest dessen erzählte, was er in Ploujean erfahren hatte. Es war vielmehr Gideon, der plötzlich verwundert stehenblieb.

»He, mir ist gerade was eingefallen«, sagte er. »Einer der Namen auf der Tafel kam mir bekannt vor, aber ich konnte ihn nicht direkt einordnen – Lupis. Auguste Lupis. Heißen Marcel und Beatrice nicht auch Lupis?«

»Aber ja doch«, sagte Joly interessiert.

»Meinst du, daß vielleicht Marcels Vater oder Onkel oder wer auch immer mit den anderen hingerichtet worden sein könnte?« fragte John. »Das würde ihm ein verdammt gutes Motiv liefern, Claude umbringen zu wollen.«

»Das würde es tatsächlich«, sagte Joly und hob leicht eine Augenbraue. »Genau, was mir gefehlt hat: noch ein Motiv. Meine Herren, ich kann Ihnen gar nicht genug danken.«

15

›Menscheit wohin?‹ Mit finsterer Miene starrte Gideon den Titel auf dem Deckblatt an. Eine der drei Arbeiten für die Zulassung zur Magisterprüfung, die er mit nach Frankreich genommen hatte, um sie in seiner Freizeit zu bewerten. Er hatte es bis zum Schluß aufgeschoben, aber jetzt, nachdem er auf seinem Zimmer zweieinhalb Stunden an den anderen gearbeitet hatte, war unausweichlich der Augenblick gekommen. Düster warf er einen Blick auf den Namen des Verfassers. Tara Melnick. War es vielleicht Teil irgendeines ehernen Gesetzes, daß es in jedem Seminar, egal, wie angenehm es sonst sein mochte, immer einen Studenten geben mußte, dessen Anwesenheit einem Zahnschmerzen verursachte?

Wahrscheinlich. Genau wie der Präsident immer seinen Sam Donaldson haben würde, würde Gideon immer seine Tara Melnick bekommen. Er überlegte länger, als er es hätte tun sollen, ob er das ausgelassene ›h‹ einfügen sollte oder nicht, und tat es dann schließlich, wenn auch schweren Herzens. Er hatte früher schon ihre Orthographie verbessert und als Dank für seine Mühen die Bemerkung geerntet, daß das normative Regelsystem von Orthographie und Grammatik im Zeitalter von ›Word Star‹ und ›Perfect Writer‹ überholt sei. Und außerdem, hatte sie ihn aufgeklärt, war man sich heute unter progressiven Linguodiametrikern – was das war, hatte er nicht zu fragen gewagt – im allgemeinen einig, daß individuelle Sprachvarianten für sich als legitime mikrokulturelle Ausdrucksformen Akzeptanz besaßen.

Er rutschte auf seinem Stuhl herum, gelangweilt und genervt. Jungakademiker schienen heutzutage immer jünger zu werden. Und dümmer. Es stimmte schon, daß er heute mit vierzig doppelt so alt war wie manche von ihnen, aber war er jemals so öde gewesen wie Tara Melnick?

Tara Melnick. Wo waren überhaupt all die Ruths geblieben, die Dorothys, die Roberts, die Bills? Woher waren diese Taras und Megans und Ians nur gekommen? Vergraben in seiner Arbeit, hatte er da vielleicht irgendeine heimliche Zuwanderung von Kelten über das Meer verpaßt? Holten sich Eltern die Namen ihrer Kinder neuerdings aus Romanen von Marion Zimmer Bradley?

Angewidert starrte er die orange und braune Tapete vor sich an. Zuerst hatte ihm das freundliche, lebhafte Muster ja gefallen, aber dann hatte John, der in seinem Zimmer die gleiche Tapete hatte, in aller Unschuld die Bemerkung fallenlassen, daß sie ihn an riesige Gänseblümchen erinnerte, die Sonnenbrillen trugen. Seitdem hatten ihm all die Hunderte von Gänseblümchen ständig heimtückische Blicke durch ihre Sonnenbrillen zugeworfen, selbst in der Dunkelheit, wenn er schlief.

Tja, er konnte den Tatsachen genausogut ins Auge blicken. Resigniert blätterte er zur ersten Seite der Arbeit um. »Was bildet sich der Homo sapiens eigentlich ein, wer er/sie ist«, wollte das Paper streitlustig wissen, »dieser selbsternannte ›smarte Primat‹? Was ist diese sogenannte Zivilisation, die wir unser eigen nennen, aufgebaut auf der Vergewaltigung der Luft und des Wassers, gewaltsam entrissen der uns alle nährenden unschuldigen Erde? Und was hält die Zukunft für sie bereit . . . falls *überhaupt* irgend etwas!!??«

Die Antwort auf diese alarmierende Frage wurde ihm, vorübergehend wenigstens, durch das Klingeln des Telefons erspart. Laß es bitte Wirklichkeit sein, brummte er leise, kein Irrtum, sondern eine echte, meine ganze Aufmerksamkeit verlangende Unterbrechung.

Sein Wunsch wurde ihm erfüllt. Es war Joly, sehr kühl und sachlich. »Gideon, es gibt verschiedene Dinge, über die ich gerne mit Ihnen sprechen würde. Erstens, wir haben im Keller ein paar weitere Knochen gefunden. Ich dachte, das würde Sie vielleicht interessieren.«

»Und ob mich das interessiert, Inspektor!« sagte Gideon mit einer solchen Inbrunst, die Joly überrascht haben mußte. Mit einem glücklichen Seufzer schob er ›Menschheit wohin?‹ in eine Schublade und lehnte sich zurück, um aufmerksam zuzuhören. »Ich bin ziemlich sicher, daß es sich hierbei um die fehlenden Teile unseres Begräbnisses handelt, wer auch immer es nun ist . . .«

»Alain.«

»Wer auch immer«, wiederholte Joly, was Gideon durchaus vernünftig erschien. »Es ist ein Schädel, ein Becken sowie Arm- und Beinknochen. Sie befanden sich in zwei Päckchen – das gleiche Papier, die gleiche Kordel wie beim ersten. Sogar die Knoten sind identisch.«

»Befinden sich die Knochen in einem guten Zustand?«

»Für mich sehen sie wenigstens so aus. Ich habe sie vorsichtig zusammenpacken lassen.«

»Verdammt, es wäre besser gewesen, wenn ich sie in situ gesehen hätte.«

»Ja, vermutlich, aber unsere eigenen Leute haben sie bereits auf Staub und Trümmer abgesucht und so weiter. Was wir brauchen, ist eine rein anthropologische Analyse.«

»Trotzdem, sie in ihrem ursprünglichen Kontext und ihren originalen Relationen zueinander zu sehen . . .«

»Tut mir leid, mein Freund, aber das hat sich bereits erledigt. Sie müssen auf jeden Fall nach Paris geschickt werden, müssen Sie wissen. Es ist mir nicht in den Sinn gekommen, daß es irgendeinen Unterschied für Sie ausmachen würde.«

»Tja, so wichtig ist es auch wieder nicht. Ich werde für Sie gerne einen Blick drauf werfen.« Dann würde es zwar keine forensische Anthropologie wie aus dem Lehrbuch sein, aber immer noch besser als ›Menschheit wohin?‹ Und wenn es wirklich ein vollständiges Skelett war, dann sollte es wohl möglich sein, endlich die Frage der Identität unzweideutig zu klären; selbst wenn dann Joly recht bekommen sollte.

»Solange sie verpackt sind«, sagte er, »könnten Sie sie mir hier vorbeibringen lassen und mir damit eine Fahrt nach . . .« Doch plötzlich kam ihm eine neue Lehrmethode in den Sinn. »Wie wär's, wenn Sie sie statt dessen morgen mit ins Kongreßzentrum brächten? Mein letzter Vortrag findet von acht bis zehn statt. Wir könnten die Analyse direkt dort durchführen. Damit würden die Teilnehmer die Chance bekommen, sich an einem konkreten Fall zu beteiligen.«

Am anderen Ende der Leitung entstand eine lange Pause, während Joly das Für und Wider abwog.

»Lucien, das sind doch ausnahmslos Cops. Die stehen auf unserer Seite.«

»Nun ja, einverstanden«, gab sich Joly schließlich geschlagen. »Ich werde sie persönlich mitbringen.«

»Und würden Sie die ursprünglichen Knochen ebenfalls mitbringen, sofern Sie sie noch nicht fortgeschickt haben?«

»Natürlich.« Gideon hörte das Anreißen eines Streichholzes und ein Luftholen. Joly steckte sich eine Zigarette an. Dann deutete eine Reihe schnalzender Geräusche darauf hin, daß er mit seiner Zunge nach einem Tabakkrümel zwischen den Zähnen suchte.

»Sie sagten, da wären mehrere Dinge, über die Sie mit mir reden wollten?« sagte Gideon.

»Ja, richtig. John wird das ebenfalls interessieren. Wir haben überprüft, ob es in der Nähe irgendwelche Bezugsquellen für Zyankali gibt. Es gibt keine. Die nächste ist in Rennes.«

»Dann muß das also bedeuten . . .«

»Zweitens, in Ploujean gibt es keine Taxen, dafür aber in Guissand – das heißt, bei Bedarf wird der Krankenwagen der dortigen psychiatrischen Klinik zum Taxi umfunktioniert –, und es ist während der letzten Woche insgesamt sechsmal bestellt worden. Bei keiner dieser Fahrten handelte es sich um einen unserer Freunde im Manoir.«

»Was bedeutet, daß ...«

»Drittens, ich habe, basierend auf den Beobachtungen jeder einzelnen Person, einen Zeitplan erstellt. Zumindest tagsüber war niemand mehr als zwei Stunden an einem Stück außer Sichtweite der anderen; auch nicht annähernd lange genug, um an einen Ort und auch wieder zurück zu gelangen, an dem man Kaliumzyanid erwerben könnte. Was bedeutet ...?« soufflierte er.

»Daß derjenige – worauf John schon hingewiesen hat –, der es war, das Zyankali bereits vor vergangener Woche besessen haben muß. Er – oder sie – plante den Mord an Claude also bereits im voraus.«

»Korrekt. Es ging also um eine alte Sache, keine neue.«

»So aus dem Jahre 1942, meinen Sie? Hat da jemand vielleicht eine alte Rechnung aus Kriegszeiten mit Claude beglichen?«

»Ich halte es nicht für unwahrscheinlich. Soweit wir wissen, hat seit Jahrzehnten kein einziger von ihnen etwas mit ihm zu tun gehabt, was könnte es also sonst gewesen sein? Ach, apropos, Auguste Lupis war tatsächlich der Vater von Marcel. Er reagierte ziemlich erregt, als ich ihn damit konfrontierte.«

»Dann meinen Sie also ...«

»Ich meine«, fiel ihm Joly ins Wort, »daß er eine weitere Person mit einem alten, leidenschaftlichen Haß auf Claude ist, das ist auch schon alles. Einer mehr auf einer langen Liste.«

»Ja ...« Gideon nickte nachdenklich die Gänseblümchen an. »Aber sehen Sie es doch mal von dieser Seite: Jetzt ist Ihre Liste der Hauptverdächtigen erheblich kleiner.«

»Ach? Wie denn das?«

»Tja, falls er wegen einer Sache ermordet wurde, die 1942 passiert ist, scheidet damit doch wahrscheinlich jeder aus, der zu diesem Zeitpunkt nicht hier war, oder? Nicht definitiv, aber doch sehr wahrscheinlich. Hauptsächlich die jüngeren Leute: Leona Fougeray, Claire, Jules ... Ben Butts auch ... und Ray«, fügte er nach einem Augenblick hinzu, nur damit Joly wußte, daß er objektiv war und von Anfang an nichts als objektiv gewesen war.

Es folgte Schweigen. Gideon konnte ihn sich genau vorstellen, wie er jetzt seinen Kopf zurückgelegt hatte, die Unterlippe vorgeschoben, während er beobachtete, wie sich der Rauch langsam von seinem Mund in die Luft schraubte. »Warum sagen wir nicht einfach so: Das Interesse konzentriert sich somit auf diejenigen, die damals *hier* waren?« sagte Joly. »Mathilde und René du Rocher, Marcel, Sophie – von denen jeder ausreichend Grund hatte, Claude zu hassen. Und dann ist da noch Beatrice, Marcels Frau. Ich frage mich, ob sie 1942 wohl auch in der Gegend war. Sie haben nicht zufälligerweise eine Ahnung, oder?« fügte er trocken hinzu. »Sie scheinen so eine Art zu haben, solche Dinge zu wissen.«

»Keinen Schimmer«, sagte Gideon lachend.

»Also schön, ich vermute, ich werde es wohl selbst herausfinden müssen. Ach, zum Schluß noch . . . wie ich hörte, haben Sie heute morgen ein kleines Päckchen bei der Polizei in St. Malo abgegeben.«

»Ein Päckchen?« Er hatte gehofft, es würde nicht bis zu Joly durchdringen. »Ach, ja, das. Tja, also, die Sache war die, daß ich kurz vorher mit diesem Commissaire geredet habe, über . . . Tja, wie auch immer, ich habe es jedenfalls bei denen abgegeben. Nur für alle Fälle, wissen Sie.«

»Ja, es war eine gute Idee, vorsichtig zu sein. Das Sprengstoffdezernat hat sich einen Großteil des heutigen Nachmittages damit amüsiert.«

»Ach ja, haben sie das?« Gideon lachte verlegen. »Na schön, lassen Sie hören: Was war drin?«

Joly gab einen seiner leisen, traurigen Seufzer von sich.

»Eine Bombe«, sagte er.

»Wer zum Teufel würde dich denn umbringen wollen?« sagte John und lehnte sich in seinen Sessel zurück. Er war auf einen Schlummertrunk mit einer Flasche Armagnac hereingekommen, doch die stand jetzt immer noch ungeöffnet auf dem Tisch.

»Das hast du heute morgen auch schon mal gesagt«, erwiderte Gideon, der vor dem Fenster stand. Wie in vielen französischen Hotels boten auch die nach hinten hinaus liegenden Zimmer des Terminus einen Blick auf einen kleinen Garten, wo im Sommer das Frühstück serviert wurde. »Als du gesagt hast, ich sei paranoid«, fügte er düster hinzu, starrte auf das im Halbdunkel liegende Gewirr von Pflanzen, die ihren Frühjahrsputz noch vor sich hatten.

»*Du* hast gesagt, du seist paranoid. Ich habe dir nur zugestimmt.«

»Tja, wir haben uns beide geirrt. Irgendwer will mich anscheinend wirklich fertigmachen.« Er lachte plötzlich, ließ sich nach hinten auf sein Bett fallen und verschränkte seine Hände hinter dem Kopf, lehnte sich gegen die bezogene Nackenrolle, die tagsüber die Stelle der Kopfkissen einnahm. »Alles in allem wäre ich aber ehrlich gesagt lieber paranoid. Du hast recht«, fügte er gefühlvoll hinzu. »Briefbomben sind beschissen.«

»Ja. Was meint Joly dazu?«

»Dasselbe, schätze ich, aber er hat es anders ausgedrückt.«

»Komisch. Ich meine, was steckt denn seiner Meinung nach dahinter?«

»Er denkt, jemand im Manoir will nicht, daß ich irgendwas über die Knochen herausfinde. Der Poststempel aus Marseille hat nichts anderes zu bedeuten, als daß es ein guter Ort ist, um solche Dinge erledigen zu lassen. Er sagt, wenn man die richtigen Leute kennt . . . Für zweihundert Dollar und einen Telefonanruf bastelt irgend jemand eine Bombe und schickt sie an wen man will. Man kennt den Burschen nicht, der es macht, und er kennt weder dich noch die Person, an die er das Ding schickt. Praktisch unmöglich, die Sache zurückzuverfolgen.«

»Weißt du, was für eine Art Bombe es war?«

»Er hat sie eine IRA-Spezial genannt.«

John verzog sein Gesicht. »Zu blöd, das hilft auch nicht weiter. Das ist die einfachste Sorte, die es gibt. Ein Kind kann so ein Ding basteln. Ein kleines Päckchen im Handel erhältlichen Sprengstoffs, eine simple Zündkapsel und eine Nadel. Wenn du den Brief aufmachst, wird dadurch die Nadel in die Zündkapsel gestochen und ab geht die heiße Post. Manchmal. Häufig genug funktioniert's nicht.«

»Ich bin wirklich froh, das zu hören.«

Es war schon komisch; heute morgen, als sie über die Bombe nur spekuliert hatten, und noch dazu mehr oder weniger aus Spaß, hatte ihn die Vorstellung fix und fertig gemacht, selbst wenn er sich dabei ziemlich dumm vorgekommen war. Aber nachdem er jetzt sicher wußte, daß jemand tatsächlich versuchte, ihn ins Jenseits zu befördern, war er mehr wütend als sonst irgendwas. Eine der kleinen Freuden des Lebens – ein unerwartetes Paket zu öffnen – würde er kaum mehr ungetrübt genießen können. Und er war wütend, weil es praktisch ganz sicher jemand gewesen war, mit dem er erst kürzlich im Gutshaus freundlich geplaudert hatte, der sich danach zu einem Telefon geschlichen und es einfach getan hatte, aus sicherer Distanz. Es war so verdammt . . . unfair.

»Was könntest du überhaupt so Gefährliches herausfinden?« fragte John. »Zum Beispiel.«

»Was ich bereits herausgefunden habe. Daß Alain du Rocher im Keller des Haues begraben liegt. Daß, egal was auf dieser Gedenktafel steht und was auch immer der Polizeipräfekt oder sonst irgendwer sagt, Alains Leiche unter dem Fußboden des alten Familiensitzes begraben – versteckt – wurde.«

»Nur damit ich das jetzt richtig verstehe. Du meinst, er ist gar nicht von den Nazis ermordet worden? Du meinst, irgendwer versucht einen Mord in der Familie zu vertuschen? Wie stellst du dir das vor? Wie könnten die sich alle so gründlich irren?«

Gideon wippte mit seinem Kopf auf der Nackenrolle langsam vor und zurück, starrte dabei geistesabwesend an die Decke. »Keine Ahnung, aber sie *irren* sich alle. Alain lag in diesem Keller, nicht in irgendeinem Massengrab.«

»Vielleicht haben sie die Leiche ja doch von den Nazis zurückgekriegt – um sie anständig zu begraben, weißt du?«

»Und haben sie dann hübsch kleingehackt und wie so viele Kalbsschnitzel in Pergamentpapier gewickelt?«

»Nein, wahrscheinlich nicht.« John schwieg ein paar Augenblicke. Sein Stuhl, auf den Hinterbeinen zurückgelehnt, klopfte leise gegen die Wand. »Aber hör zu, ganz realistisch, warum sollte irgendwer damit rechnen, daß du entdeckst, daß es Alain ist? Ich meine, wer von denen könnte denn überhaupt auch nur wissen, daß er ein Loch im Brustbein hatte?«

Gideon lachte. »Weißt du nicht mehr? Ich war an diesem einen Abend eine halbe Stunde im Salon – während du ein Hors d'œuvre nach dem anderen verschlungen hast – und habe jedem, der es hören wollte, erklärt, was genau ich mache; daß ich sicher sei, daß es auf keinen Fall Kassels Leiche wäre, daß sie genau wie ein du Rocher gebaut ist, daß ich alle möglichen Sachen über sie herausfinden könne, und so weiter, und so weiter.«

»Herrgott, stimmt. Ganz schön smart, Doc.«

»Brillant.«

»Gibt Joly dir Polizeischutz?«

»Nein, ich soll einfach meinen gesunden Menschenverstand an den Tag legen und vorsichtig sein, wie er sich ausgedrückt hat. Er sagte, der Bursche, der mir eine Briefbombe geschickt hat, sei wahrscheinlich keiner von der Sorte, der auf offener Straße auf mich schießt oder versucht, mich mit einem Auto plattzumachen. Oder irgendwas in der Richtung . . .«

»Schon richtig, wahrscheinlich nicht. Aber todsicher gehört er zu der Sorte, die einem Zyankali in den Wein kippt, oder?«

»Ja, so einer wird's wohl sein. Oder so *eine*.« Gideon reckte sich und erhob sich vom Bett. Da war so ein beengendes Gefühl an seinen Schläfen und ein Pochen im Nacken. Er bekam so selten Kopfschmerzen, daß es einen Moment dauerte, um zu erkennen, was es war. Vielleicht *war* er ja schockiert. Oder vielleicht hatte er auch einfach nur Hunger.

»Ich glaube, ich werde mir was zu essen besorgen. Ich hab noch nicht zu Abend gegessen. Wie steht's mit dir?«

»Mit mir?« sagte John, und sein überraschtes Lachen deutete an, wie lächerlich die Frage war. »Nein, ich hab vor ein paar Stunden ein Steak gegessen.« Er kippte seinen Stuhl wieder nach vorn und stand auf. »Aber ich begleite dich trotzdem.«

»Schon in Ordnung. Ich härte nichts gegen einen Spaziergang an der frischen Luft, um mir noch mal alles durch den Kopf gehen zu lassen.«

John sah ihm ins Gesicht. »Doc, laß uns jetzt mal was klarstellen. Der Kongreß ist in ein paar Tagen vorbei, und dann fahren wir wieder nach Hause. Bis dahin würde ich mich erheblich wohler fühlen, wenn du nirgendwo ohne mich hingehst. Nirgendwohin. Alles klar?«

»John«, sagte Gideon entrüstet, »Joly sprach von Vernunft und Vorsicht, nicht . . .«

»Ja, ja, aber ich kenne dich. Du bist nicht vernünftig und nicht vorsichtig. Du fängst wieder an rumzuschnüffeln . . .«

»Verdammt, ich . . .«

»He, hörst du vielleicht auch einmal auf mich?« Er drosch auf die Luft ein, seine Stimme hob sich. »Laß mir wenigstens dieses eine Mal meinen Willen, okay?«

Ohne irgendeinen besonderen Grund mußte Gideon plötzlich laut lachen. »In Ordnung«, sagte er müde, »ich hör ja schon auf dich.« Er drückte kurz Johns Arm. »Danke.«

Er zog seine Windjacke aus der offenen Garderobe neben der Tür und warf John seine zu. »Dann vermute ich, daß du morgen nach dem Vortrag mit mir zum Mont St.-Michel rausfährst.«

»Was gibt's denn auf dem Mont St.-Michel?«

»Die Abtei im romanisch-gotischen Stil. Eines der großen Wunder der westlichen Welt. Ich würde nicht abreisen wollen, ohne sie gesehen zu haben.«

»Ja, und rein zufällig ist Guillaume da auch noch ertrunken, stimmt's?«

»Äh, ja. Vielleicht möchte ich ja auch mal einen Blick auf das Watt werfen, nur so, aus reiner Neugier.«

»Na gut, ich komm mit«, sagte John.

»Guck nicht so genervt. Es gibt da ein berühmtes Restaurant. Die ›Mère Poularde‹. Einer der Tempel der französischen Gastronomie.«

John verzog sein Gesicht. »Schon wieder Pfannkuchen?«

»Omelette.«

»Weißt du, was ich als erstes machen werde, wenn wir wieder zu Hause in den Staaten sind?« fragte John, während er sich seine Jacke überzog.

»Du kaufst dir einen Hamburger.«

»Aber hallo!«

16

Als Julie ihn dieses Mal um sieben Uhr morgens anrief, war er bereits fast zwei Stunden auf, vorgeblich, um seine Unterlagen für den Vortrag vorzubereiten, aber die meiste Zeit grübelte er über Briefbomben, Morde, Zerstückelungen und die umfassende Gemeinheit der Menschen im allgemeinen nach.

»Hi«, sagte sie. »Ist bei euch noch nicht Mittwoch?«

Es war, als hätte jemand ein Fenster geöffnet und eine frische Brise in einen übelriechenden Raum gelassen. Ihre Stimme klang schläfrig und warm, beschwor das lebhafte Bild in ihm herauf, wie es war, morgens neben ihr aufzuwachen, ihren warmen, nackten Hintern an seine Schenkel und seinen Bauch geschmiegt, seine Arme locker über ihre Taille, sein Gesicht an ihrem seidigen, duftenden, schlaf-feuchten Nacken.

Er legte den Kugelschreiber aus der Hand und schlug Stewarts ›Grundlagen der forensischen Anthropologie‹ zu. »Ich wünschte, es sei so«, sagte er aufrichtig. »Wäre«, korrigierte er sich. Das kam davon, wieder in Rays Nähe zu sein.

»Ich auch. Es ist schon verrückt, aber ich kann nicht schlafen, wenn du nicht hier bei mir bist. Zumindest nicht besonders gut. Im ganzen Haus höre ich alle möglichen unheimlichen Geräusche, die einfach nicht da sind, wenn du hier bist.«

»Was?« sagte er, erfreut und geschmeichelt. »So was von einer zweiunddreißigjährigen, selbständigen Parkaufseherin, die noch bis vor kurzem ihr ganzes Leben lang allein geschlafen hat?«

»Also, ich würde nicht direkt sagen, mein *ganzes* Leben. Ich meine, es gab da schon ein paar Nächte hin und wieder . . .«

»Okay, okay, tut mir leid, war'n bißchen selbstgefällig. Aber es ist nett, wenn man gebraucht wird.«

»Oh, und ob du gebraucht wirst«, sagte sie mit angenehmer Wärme. »Gideon, wie geht's dir? Ich habe mir Sorgen um dich gemacht.«

»Sorgen? Wieso?«

»Weil du – ich weiß auch nicht, du gerätst immer in . . . irgendwelche Abenteuer, die einfach keinem anderen Menschen außer dir passieren. Es ist doch alles in Ordnung, oder?«

»Ob alles in Ordnung ist?« Er lachte. »Natürlich ist alles in Ordnung.« Was war für den echten Abenteurer schon eine Bombe in der Morgenpost? Und außerdem, warum es jetzt erwähnen, wenn es nichts anderes bewirken konnte, als sie zu beunruhigen? Später war immer noch früh genug. Und wenn er dann zärtlich getröstet werden mußte, wollte er wirklich lieber persönlich anwesend sein. »Aber es ist auch wieder nicht so, daß es hier nicht aufregend gewesen wäre«, sagte er. »Laß mal überlegen, wann haben wir das letzte Mal telefoniert?«

»Freitagnacht. Samstagmorgen nach deiner Zeit.«

»Vor zwei Tagen. Jetzt laß mich mal nachdenken . . . In der Guillaume-Sache keine weiteren Fortschritte, aber es sieht mir ganz danach aus, als würden diese Knochen im Keller einem Cousin namens Alain gehören, der von den Nazis umgebracht worden ist. Joly sieht das zwar anders, aber ich bin mir neunundneunzig Prozent sicher.«

»Aber was haben diese Knochen denn in Guillaumes Keller zu suchen?«

»Ja, da triffst du den Nagel genau auf den Kopf. Das weiß kein Mensch.«

Er nahm den Tauchsieder aus dem Becher und kippte ein bißchen Nescafé aus dem Glas in das heiße Wasser. »Ich vermute, die einzige andere interessante Sache ist die, daß wir hier einen Mord hatten. Ein anderer Cousin, ein entfernter Verwandter namens Claude Fougeray, von dem alle behaupten, er wäre für Alains Tod verantwortlich gewesen. Er wußte, daß die SS Alain abholen wollte, und hat ihn nicht gewarnt. Jemand hat ihm Zyankali in seinen Wein gekippt. Er hat im Salon seinen Geist aufgegeben, während alle gerade dort waren, ich auch.«

Ohne Erfolg suchte er nach einem Plastiklöffel, der hier irgendwo liegen mußte, gab dann auf und rührte den Pulverkaffee mit seinem Kuli um, hörte dabei die ganze Zeit ihr ruhiges Atmen. »Kein Kommentar?«

»Ich habe gerade versucht dahinterzukommen, ob das jetzt dein Ernst ist oder nicht.«

»Und?«

»Ich bin zu dem Schluß gekommen, *daß* es dein Ernst ist.« Wieder Schweigen. »Oder nicht?«

»Doch, klar.«

»Gideon, du bist wirklich absolut erstaunlich. Nie auch eine Sekunde Langeweile. Weißt du schon, wer es gewesen ist?«

»Nein, aber wir glauben, daß es irgend etwas mit Alains Tod zu tun haben könnte, wodurch automatisch die älteren Mitglieder der Familie zu Verdächtigen werden. Sie haben ihn alle geliebt. Ach ja, und es besteht sogar die Möglichkeit, daß es der Butler gewesen ist. Die Nazis haben seinen Vater zur gleichen Zeit ermordet, ebenfalls mit Claudes Wissen.«

»Claude scheint mir ja ein wunderbarer Knabe gewesen zu sein. Ich geb dir recht. Wahrscheinlich hat der Mord wirklich irgendwas damit zu tun.«

»Ich danke dir für dieses klare Vertrauensvotum.«

»Gern geschehen, aber tatsächlich habe ich über das Zyankali nachgedacht.«

»Noch mal?«

»Haben die hohen Tiere der Nazis nicht Zyankali benutzt, um Selbstmord zu begehen, wenn sie geschnappt wurden? Oder meine ich vielleicht Arsen?«

»Nein, du hast schon recht. Es war Zyankali. Weil es sehr schnell wirkt. Göring hat sich damit in Nürnberg umgebracht. Himmler hat auch auf eine Glaskapsel gebissen. Wieso fragst du?«

»Ich dachte nur gerade, wenn jemand sich *tatsächlich* an Claude wegen seiner Kooperation mit der SS gerächt hat, dann wäre Zyankali doch seine naheliegende Wahl – du verstehst, als eine Art Symbol, das ihn mit den Kriegsverbrechen der Nazis in Verbindung bringt. Ergibt das irgendeinen Sinn?«

»Tja, es kommt mir ein bißchen arg theatralisch vor, aber ich schätze, da ist schon was dran. Ich werde es Joly gegenüber erwähnen. Sonst noch irgendwelche Tips, die ich weitergeben soll?«

»Sehr witzig. Aber ja, da ist noch was. Du kannst ihm sagen, daß Mathildes Mann ... Wie heißt er noch gleich?«

»René.«

»Du kannst ihm sagen, daß René unschuldig ist.«

»Fein, das werde ich sicher tun. Heute morgen noch. Möchtest du, daß ich ihm irgendeinen besonderen Grund dafür verrate?« Er trank einen Schluck von seinem Kaffee.

»Hm-hmmmh! Du kannst ihn darauf aufmerksam machen, daß er derjenige war, der den Handwerkern erlaubt hat, den Keller umzugraben ... Das hast du mir doch erzählt, oder?«

»Ja ...«

»Dann dürfte er nichts mit der Leiche im Keller zu tun haben, andernfalls hätte er niemanden auch nur in die Nähe des Kellers kommen lassen.«

Gideon stellte seinen Becher ab. »Julie, das ist wirklich gut! Natürlich! Ich war eben ironisch; hiermit entschuldige ich mich in aller Form.

Demütigst. Du machst dort drüben in Port Angeles größere Fortschritte als ich hier in St. Malo.«

Sie lachte vergnügt. »Du hast wirklich noch nicht selbst daran gedacht?«

»Ich habe nicht mal dran gedacht, auch nur drüber nachzudenken.« Er trank einen weiteren Schluck und ließ sich die Idee durch den Kopf gehen. »*Wenn* es also stimmt, daß der Mord an Claude seine Wurzeln in der Besatzungszeit hat, und wenn es stimmt, daß es ein Racheakt war, und wenn René jetzt aus dem Rennen ist . . . bleiben nur noch Mathilde du Rocher und Sophie Butts. Und Marcel natürlich. Sie alle waren damals jung, aber vergessen haben sie nichts.«

»Jetzt nicht gleich übertreiben. Das sind eine ganze Menge Wenns.«

»Ein paar«, räumte er ein.

»Meinst du, daß wir auch noch eine Weile über was anderes reden könnten als über Morde und Skelette und Nazis, nachdem ich jetzt meinen Beitrag geleistet habe? Hier wird alles immer unheimlicher.«

Er lächelte. »Und ob. Hast du dich schon fürs Bett fertiggemacht?«

»Hm-hmh. Ich liege schon im Bett.«

»Gut«, sagte er, wobei seine Stimme sanfter wurde. »Was hast du an? Dieses seidige hellbraune Ding, hoffe ich. Du weißt schon, das diesen reizenden, langen, wunderbaren intra-sacrospinalen Sulcus hervorhebt, den du hast.«

»Aaah«, seufzte sie, »das ist schon besser.«

Joly brachte die drei Knochenpakete in verschiedenen Schachteln zum Seminar mit, und er, Gideon und John versahen jeden einzelnen Satz mit verschiedenfarbigem Plastikband, um sie auseinanderhalten zu können. Dann ließ sie Gideon von seinen Zuhörern in ihrer richtigen anatomischen Lage ausbreiten.

Zu seiner Zufriedenheit und der seiner Schüler schafften sie es. Von den 200 sichtbaren Knochen des menschlichen Körpers (die anderen sechs waren Ohrenknochen, die tief im Schädel lagen), waren 197 noch vorhanden, nachdem sich Mäuse anscheinend mit drei kleinen Knochen des Handgelenkes davongemacht hatten.

Gideon berichtete in groben Zügen von den Begleitumständen des Fundes, diskutierte das Foramen sterni, wies auf die Messerverletzungen an der fünften Rippe hin und erklärte sie.

»So, und jetzt möchte ich gern«, sagte er zu den ungefähr zwanzig Eleven um den Tisch, »daß Sie selbständig Geschlecht, Alter und Größe zu ermitteln versuchen und zwar Schritt für Schritt, so wie ich vorgehen würde. Inzwischen müßten Sie wissen, welche Schritte das sind. Versuchen Sie auch mal, ob Sie zu einer Aussage über die Rasse gelangen können. Sie werden jetzt bitte drei Gruppen bilden, und später erhalten wir dann drei voneinander unabhängige Ergebnisberichte. Zum Abschluß werde ich Ihnen sagen, wie ich die Sache beurteile. Noch irgendwelche Fragen? Wenn nicht . . .«

»Warten Sie bitte noch einen Moment, Doktor.« Der Sprecher war ein schlanker, zierlicher schwarzer Polizei-Captain aus Nairobi; redegewandt, sehr lebhaft und immer bereit zu einem Streitgespräch. »Woher wissen wir denn überhaupt«, verlangte er in seinem Stakkato-Englisch zu wissen, »ob diese Knochen von einem einzelnen Individuum stammen? Sie wurden in drei verschiedenen Paketen gefunden. Vielleicht gehören sie ja auch zu drei verschiedenen Individuen. Oder zu zweien, oder vieren. Wer kann das mit Sicherheit sagen?«

»Das liegt doch auf der Hand«, erwiderte ein Beamter der Pariser Sûreté Urbaine gereizt, der darauf brannte, mit der Übung endlich fortzufahren. »Wir haben einhundertsiebenundneunzig Knochen gefunden, alle verschieden. Wenn hier mehr als eine Person gelegen hätte, dann hätte es mit Sicherheit auch einige Dubletten gegeben: zwei Unterkiefer, zwei linke Schlüsselbeine . . .«

»Richtig«, hörte Gideon hinter seinem Rücken leise Joly sagen, der anscheinend mit John sprach.

»Nein, nein, nein«, sagte der Kenianer. »Dubletten zu finden würde in der Tat *beweisen*, daß tatsächlich mehr als eine Leiche dort vergraben wurde. Aber sie *nicht* zu finden, beweist doch noch lange nicht, daß *nicht* mehr als eine Leiche dort lag.« Er verschränkte herausfordernd seine schmalen Arme. »Das wird durch die Fakten nicht untermauert.«

»Und das stimmt auch«, räumte Joly ein.

Aber wie vorauszusehen, murrte die Klasse den Kenianer an: Hatte Dr. Oliver nicht hundertmal gesagt, daß die Wissenschaft sich nicht mit Beweisen beschäftigt, sondern mit Wahrscheinlichkeiten? Und 197 Knochen ohne eine einzige Dublette zu finden, bedeutete doch . . .

»Nein, warten Sie«, sagte Gideon. »Captain Morefus Einwand ist durchaus berechtigt. Wir können aber noch etwas anderes tun. Tatsächlich habe ich es schon getan. Während Sie das Skelett zusammensetzten, habe ich ein paar Vergleiche angestellt.«

Er nahm den fünften Halswirbel in die Hand, der mit einem blauen Band markiert war, und dann den vierten, der ein grünes trug. »Vertebrae sind die kompliziertesten und wahrscheinlich auch die variabelsten Knochen des Körpers, und sie schmiegen sich dichter aneinander als alle anderen. Das ist der Grund, wodurch die Wirbelsäule überhaupt erst ihre Stabilität erhält. So, diese C4 und C5 hier befanden sich in zwei verschiedenen Paketen. Wenn sie von zwei verschiedenen Menschen stammten, dann würden sie nur ganz grob ineinandergreifen – aber auf keinen Fall so.«

Er hielt die kleinen Knochen mit dem Loch in der Mitte hoch und schob sie gegeneinander. Sie paßten perfekt zusammen; so sauber und fest wie zwei stapelbare Stühle.

»Nein, Dr. Oliver. Nein und nochmals nein.« Captain Morefu schüttelte seinen zierlichen Kopf. »Wie kann ich das als Beweis akzeptieren? Wie können wir mit absoluter Sicherheit sagen, daß keine zwei Menschen jemals sehr ähnliche Wirbelsäulen gehabt hätten? Ich habe schon sehr oft gesehen . . .«

»Warten Sie, Captain, geben Sie mir eine Chance. Da ist noch etwas, und das ist die größte Annäherung an einen Beweis, den wir in diesem Geschäft erreichen können. Wenn Sie sich diese beiden Wirbel hier genau anschauen . . .« Er unterbrach sich kurz und hielt sie seinem Kritiker hin. »Hier, sehen Sie sich das an. Sagen Sie mir, ob Sie irgend etwas erkennen.«

Der Kenianer nahm sie in die Hand, drehte sie langsam um, runzelte dabei angestrengt die Stirn. Nach ein paar Sekunden schaute er wieder auf, seine Miene hellte sich auf und er lächelte. »Diese Kratzer hier. Sie passen genau zusammen.«

»Richtig«, sagte Gideon und erklärte es den anderen. »Der Captain spricht von den Spuren, die beim Zerlegen der Leiche entstanden sind. Wenn Sie die benachbarten Knochen in ihrer natürlichen Stellung aneinanderhalten, werden Sie sehen, daß die Spuren auf einem Knochen beginnen und auf dem anderen aufhören. Wie könnte so etwas passieren, wenn sie nicht zu dem Zeitpunkt zusammen waren, an dem die Schnitte durchgeführt wurden? Damit ist der Fall klar. Wir haben es hier mit einem einzigen Körper zu tun.«

Er legte die Vertebrae wieder fort. »Und jetzt beginnen Sie mit Ihrer Analyse. Und vergessen Sie nicht, beginnen Sie mit dem Geschlecht.«

»Was spielt es für eine Rolle, wo wir anfangen?« wollte jemand wissen. »Warum ausgerechnet zuerst das Geschlecht?«

»Zum Teil, weil Sie das Geschlecht kennen müssen, um daraus andere Schlußfolgerungen zu ziehen. Männer und Frauen besitzen unterschiedliche Proportionen, wie Ihnen vielleicht auch schon mal aufgefallen sein wird.«

»Is nich wahr«, sagte einer der Amerikaner.

»Aber außerdem«, fuhr Gideon mit einem Lächeln fort, »ist die Geschlechtsbestimmung eines Skelettes einfacher als alles andere, und es ist ganz nett, wenn man mit etwas Leichtem beginnt. Wenn Sie einfach nur eine Münze werfen würden, lägen Sie mit fünfzigprozentiger Wahrscheinlichkeit schon richtig. Das ist nichts im Vergleich mit der Bestimmung des Alters.«

»Für Sie vielleicht«, brummte jemand.

»Für Sie auch«, sagte er nicht ganz wahrheitsgemäß. »Sie haben alle gesehen, wie ich es gemacht habe. So, und jetzt ran an die Arbeit.«

Die Übung schleppte sich dahin, während die drei Gruppen Maß nahmen, rechneten und diskutierten. Gideon juckte es, sich das neue Material selbst genau anzusehen, fand sich aber damit ab, noch zu warten, und genoß statt dessen die Genugtuung eines Lehrers, dabei zuschauen zu können, wie seine Schüler kompetent das anwendeten, was sie von ihm gelernt hatten.

Kurz vor zehn begannen die drei Gruppen mit ihren Berichten. Sie waren sich in der Bestimmung des Geschlechtes einig: Das Skelett war das eines Mannes. Gideon gratulierte ihnen und verkündete seine Zustimmung. Ein flüchtiger Blick auf das Becken hatte bestätigt, was er bereits wußte.

Außerdem waren sich die drei Gruppen bezüglich der Körpergröße einig; was auch nicht weiter überraschend war, da sämtliche langen Knochen vorhanden waren, und die Anwendung der Gleichungen von Trotter und Gleser stellte eine leichte Aufgabe dar. Aber ihre Schätzung war überraschend niedrig: Ein Meter zweiundsechzig plus minus fünf

Zentimeter. Seine eigene schnelle und grobe Schätzung, basierend auf den Wirbeln, hatte bei einsfünfundsiebzig gelegen, und es konnte einfach nicht sein, daß er sich um gut zehn Zentimeter geirrt haben sollte. Fünf, vielleicht. Und außerdem, Joly hatte ihm bereits mitgeteilt, daß sein Befund mit Alains Beschreibung übereinstimmte. An irgendeinem Punkt mußten sich die Teilnehmer seines Kurses verrechnet haben. Er würde in ein paar Minuten mit ihnen ihre Arbeit durchgehen und die Sache klären. Nur komisch, daß alle drei Gruppen so danebenlagen.

Als nächstes kamen die Berichte über die Rasse. Angesichts der Kompliziertheit des Problems, manche Anthropologen sprachen sogar von der Unmöglichkeit der Abstammungsbestimmung durch das Skelett, hätte er sie nicht darum gebeten. Doch sie hatten es so gewollt, wobei sie die paar vereinfachten Richtlinien anwandten, die er ihnen gegeben hatte (und, da war er ganz sicher, außerdem die verschiedenen Klischees, die jeder erst einmal mitbrachte, bezüglich Schädelstärke, Größe der Schädelhöhe und die ›primitiven‹ Charakteristika). Gideon ließ sie fortfahren, wenn es schon zu nichts führte, war es doch zumindest lehrreich für sie.

Und so war es auch. In zwei der Gruppen war man sich sehr uneinig. Und nachdem all die gängigen Vorurteile wie Seifenblasen zerplatzt waren, gab man den Versuch auf. Der Bericht der letzten Gruppe aber war schon ein Ding.

»Wir haben ermittelt«, sagte die ernste, langsam sprechende CID-Inspektorin, die den Bericht vortrug, »daß die sterblichen Überreste die einer Person sind, die der mongoliden Rasse zugehörig ist.«

»*Mongolid?*« wiederholte Gideon verblüfft.

»Ja, mongolid«, wurde ihm versichert. »Höchstwahrscheinlich jemand aus dem nordöstlichen asiatischen Raum.«

Jeder außer der kräftigen, erbarmungslos nüchternen Inspektorin Hawkins und ihm selbst mochte vielleicht gedacht haben, er würde auf den Arm genommen. »Und jetzt verraten Sie mir mal, wie sind Sie gottverdammt noch mal auf mongolid gekommen?« fragte er.

Inspektorin Hawkins blieb völlig ungerührt. »Wir haben eine Knochenverhältnisanalyse durchgeführt und dabei einen Tibiofemoralisindex von 81,4 erhalten«, erwiderte sie, ohne über eine einzige Silbe zu stolpern.

Naja, immerhin hatte sie die Theorie richtig verstanden. Ein Tibiofemoralisindex von 81,4 bedeutet, daß die Tibia – das Schienbein – 81,4 Prozent der Länge des Oberschenkelknochens – des Femur – besaß. Und jeder Wert kleiner als 83 wurde allgemein als charakteristisches Kennzeichen der mongoliden Rasse akzeptiert, was die Kürze des asiatischen Unterschenkels, verglichen mit dem Oberschenkel, ausdrückte. Bei anderen Rassen lag die typische Verhältniszahl erheblich höher.

»Haben Sie vielleicht mit den physiologischen Längen der Knochen gearbeitet und nicht mit den Maximallängen?« fragte er.

Zum ersten Mal stockte die unerschütterliche Inspektorin Hawkins jetzt. »Die . . . äh . . . physiologischen Längen?«

Das erklärte es, dachte er mit einiger Erleichterung. Einen Augenblick lang hatte er sich tatsächlich schon gefragt, was hier los war. Zur Bestimmung der Rasse waren Knochenverhältniszahlen gar nicht so schlecht, aber dazu waren erheblich diffizilere Messungen erforderlich als diejenigen, die er seinen Kursteilnehmern in diesem Rahmen erklären konnte. Er hatte ein paar Minuten über die zugrundeliegenden Prinzipien gesprochen, doch er hatte nicht erwartet, daß jemand versuchen könnte, sie tatsächlich anzuwenden. Fein, das würde eine weitere gute Lektion sein, die sie mit nach Hause nehmen konnten: Nur halb verstandene Techniken anzuwenden war ein Fehler, der zu grotesken Irrtümern führen konnte. Lieber einen Experten zu Rate ziehen, wenn man nicht sicher war, was man tat.

»Hier, lassen Sie mich Ihnen zeigen, wie es gemacht wird«, sagte er, und mit der Schieblehre in der Hand ging er zum Tisch und nahm den rechten Schienbeinknochen. »So, die physiologische Länge eines langen Knochens ist seine funktionelle Länge, was Sie . . .«

Er verstummte, als er das eigentümliche Gewicht des Knochens bemerkte. Verdutzt sah er ihn sich etwas genauer an. Dann ein schneller Blick auf die andere Tibia und schließlich beide Oberschenkelknochen. Es war das erste Mal, daß er sie wirklich untersucht hatte, und nach zwanzig oder dreißig Sekunden aufmerksamen Studiums war er immer noch verdutzt.

Zum einen hatte Inspektorin Hawkins recht, selbst wenn sie die Sache falsch angepackt hatte. Er brauchte keine Schieblehre, um zu erkennen, daß die Tibia im Verhältnis zum Femur tatsächlich ziemlich kurz war. Aber es war das geringe Gewicht dieser normalerweise recht kompakten Beinknochen, das ihm zu schaffen machte; das und ihre Form. Sie hatten irgend etwas Merkwürdiges; nicht übertrieben merkwürdig, aber . . . irgend etwas war da.

»Komisch . . .« sagte er, mehr zu sich selbst als zu jemand anderem, und ließ seine Finger über die gesamte Länge des staubigen, trockenen braunen Oberschenkelknochens gleiten.

Seine Schüler hatten ihn schon vorher bei der Arbeit gesehen, und sie waren daran gewöhnt. Sie warteten geduldig.

Nicht so Joly. Er trat an den Tisch. »Was ist da komisch?«

»Die leichte Biegung«, sagte Gideon in Gedanken, strich mit seiner Hand weiter über den Knochen. »Sehen Sie sich den Schaft an. Sehen Sie die Torsion der beiden Tibiae – nur ganz leicht, so als hätte jemand an beiden Enden zugepackt und ein kleines Stück in entgegengesetzte Richtungen gedreht?«

»Nein«, sagte Joly.

»Wissen Sie, was das bedeutet?« fuhr Gideon fort, starrte immer noch die Knochen an.

»Nein«, sagte Joly wieder, dieses Mal allerdings mit einem lustlosen Unterton.

»O-oh«, murmelte John von außerhalb des Menschenrings. »Das sieht mir ja ganz nach einer weiteren cleidocranialen Dingsbumstosis aus.«

Der Kreis der Kursteilnehmer drängte sich schweigend und interessiert näher heran, alle gleichzeitig, wie eine Qualle, die sich zusammenzog.

Gideon sah Joly an. »Inspektor, ich weiß, wer das hier ist.«

Joly sah ihn seine Nase entlang scharf an – den Kopf in den Nacken gelegt, die Lippen geschürzt, die Augen zusammengekniffen. »Sie wußten auch gestern schon, wer es war.«

»Da habe ich mich geirrt«, sagte Gideon.

17

Ein erwartungsvolles Wogen ging durch den Kreis. Sie hatten drei Sitzungen mit Gideon hinter sich, und sie wußten, daß er durchaus gelegentlich auch einmal einen dramatischen Kunstgriff einsetzte, um einen bestimmten Punkt zu verdeutlichen. Aber dieses Mal warteten sie vergebens.

»Ich denke«, sagte Joly, »dies ist wohl etwas, das der Professor und ich am besten unter vier Augen besprechen sollten. Ich bin sicher, Sie werden das verstehen.«

»Gute Idee«, stimmte Gideon zu. Was er zu sagen hatte, würde Jolys neu erworbene Toleranz aufs äußerste strapazieren, und es war für den feinen Inspecteur principal vollkommen ausgeschlossen, vor seinen Kollegen einen Tobsuchtsanfall zu bekommen.

Nachdem sie aufgeregt und plappernd gegangen waren, schloß Joly hinter ihnen die Tür, kehrte schweigend quer durch den ganzen Raum zum Tisch zurück, sah John an, sah Gideon an und seufzte laut.

»Ich weiß genau, daß ich das noch bedauern werde . . .« Er deutete mit seinem Kopf auf den Tisch, sah dann wieder Gideon an und formte seine Lippen kunstvoll zu einem Kreis, als wollte er gleich einen Rauchring blasen.

»Wer?« fragte er mißtrauisch.

Die beste Art, es ihm zu sagen, fand Gideon, war, es einfach zu sagen.

»Ich glaube, es ist Guillaume du Rocher.«

Nach einem Augenblick des fassungslosen Schweigens klatschte John in die Hände und stieß einen Freudenschrei aus.

Jolys Lippen blieben noch ein paar weitere Sekunden in ihrer fischähnlichen O-Form, bebten dann leicht und schlossen sich wieder. Langsam ließ er sich dann mit einem weiteren gewaltigen Seufzer auf einen der herumstehenden Stühle sinken.

»Das hier . . .«, begann Gideon.

Aber Joly hob resigniert eine Hand. »Ich denke, mit Guillaume du Rocher«, sagte er geduldig, »meinen Sie . . . ich bete inbrünstig darum, . . . einen lang verloren geglaubten Verwandten – von dessen Existenz nur Sie allein zufällig etwas wissen, natürlich –, der rein zufällig den gleichen Namen trägt wie der Guillaume du Rocher, der vergangenen Montag in der Bucht von Mont St.-Michel ertrunken ist?«

»Nein, meine ich nicht . . .«

»Denn Sie *können* nicht den Guillaume du Rocher meinen, der vergangenen Montag in der Bucht von Mont St.-Michel ertrunken ist und der einen Tag, bevor die ersten dieser Knochen – dieser sehr alten Knochen – gefunden wurden, öffentlich auf dem Familienfriedhof in Rochebonne begraben wurde.« Ein ausgesucht leidender Blick warf kleine Fältchen um seine Augen. »Nicht wahr?«

»Nein, diesen Guillaume meine ich auch nicht.«

»Komm schon, Doc«, meinte John lachend. Auch er ließ sich auf einen der schwarzen Stühle aus Plastik und Chrom fallen. »Was meinst du damit? Wer ist dieser Bursche?«

»Was ich meine«, sagte Gideon, »ist, daß der Mann, der in der Bucht ertrunken ist, nicht wirklich Guillaume du Rocher war, es sei denn, ich liege wirklich total daneben.«

Ihre Mienen waren dermaßen unschuldig verblüfft – die Kinnladen hingen herunter, die Augenbrauen schnellten in die Höhe, wie bei zwei untalentierten Schauspielern, die Überraschung mimten –, daß er unwillkürlich laut loslachen mußte. Zugegeben, dachte er bei sich, Amerikas Knochendetektiv zu sein, hat wirklich auch seine schönen Seiten.

»Ich bin mir ziemlich sicher, daß *dies* der echte Guillaume ist«, sagte er mit einem kurzen Blick auf das Skelett, »und er ist schon seit dem Zweiten Weltkrieg tot, nicht erst seit letzten Montag.«

»Tjaaa . . . aber . . .« stammelte John. »Du hast doch selbst gesagt, du hättest ihn vor ein paar Jahren kennengelernt . . .«

»Ich habe jemanden kennengelernt, der sich Guillaume du Rocher nannte.«

»Und ist es uns gestattet zu erfahren«, fragte Joly, der allmählich sein Gleichgewicht wiederfand, »woraus Sie schließen, daß der Mann, der, solange sich jeder zurückerinnern kann – seine Familie, sein Anwalt, seine Bediensteten, sein Arzt und Dutzende weiterer, die ihn gut kannten – als Guillaume du Rocher bekannt war, nicht der ›echte‹ Guillaume du Rocher war?« Er nahm ein neues Päckchen Gitanes heraus und riß es auf; ziemlich gereizt, hatte Gideon den Eindruck.

»Ich habe es aus der simplen Tatsache geschlossen, daß diese Knochen dem echten Guillaume gehörten. Daher konnte niemand anderer er sein, egal wie viele Leute ihn auch erkannt haben oder ihn erkannt zu haben glaubten. Er hat seit fast fünfzig Jahren in diesem Keller gelegen. Zumindest sieht es für mich so aus«, fügte er umsichtig hinzu, sich durchaus der Tatsache bewußt, daß er noch vor weniger als vierundzwanzig Stunden behauptet hatte, diese Knochen wären die von Alain. »John, erinnerst du dich noch, was Loti uns gesagt hat?«

Jolys Mundwinkel bewegten sich eine Idee nach unten. Er war nicht erfreut zu hören, daß sie mit dem Arzt gesprochen hatten.

»Nein, nicht mehr genau«, sagte John. »Das *bonjour* hab ich ziemlich gut mitgekriegt, und auch das *au revoir*, aber dazwischen nicht besonders viel.«

»Er sagte, Guillaume hätte Rachitis gehabt.«

»Ja, das stimmt. Das hast du mir gesagt.« Seine Augen wurden größer. »Dieses Skelett da hatte Rachitis?«

»Todsicher. Die Beinknochen zeigen Torsion, Verbiegung, Verkürzung – nicht extrem, aber deutlich genug. Deshalb lag die Schätzung meiner Kursteilnehmer bezüglich der Körpergröße auch so niedrig, und das ist auch der Grund, warum sie bei der Rasse so danebenlagen. Und alles läuft auf Rachitis hinaus.«

Und (aber das zu erwähnen, war ihm einfach zu peinlich) genauso verhielt es sich mit dem geperlten Wulst an der Knorpel-Knochen-Grenze der Rippen, die er vor einigen Tagen bereits bemerkt und sofort wieder vergessen hatte. Ganz und gar keine Gebetsperlen. Der ›rachitische Rosenkranz‹, so wurde es in alten pathologischen Lehrbüchern genannt, und das hätte ihm eigentlich schon alles sagen müssen. Aber da die Rachitis während der letzten fünfzig Jahre so selten geworden war, und da dieser spezielle Fall offenbar sehr leicht verlaufen war, und da seine Nachschlagewerke in Port Angeles waren ... Wenn man ihm genügend Zeit ließ, konnte er wahrscheinlich noch ein ganzes Dutzend von Entschuldigungen finden, aber simple Tatsache blieb, daß er es übersehen hatte.

»Doc«, sagte John. »Irre ich mich, oder kriegt man Rachitis nicht von Unterernährung? Wieso sollte ein reicher Bursche wie dieser Guillaume so was haben?«

»Es ist eine auf Vitamin-D-Mangel beruhende Erkrankung von Säuglingen und Kleinkindern. Es wirft den Stoffwechsel der Knochen gründlich durcheinander. Aber zum Zeitpunkt seiner Geburt wußte man ja noch nicht mal, was Vitamine waren, und eine ganze Menge reicher Kinder erkrankten daran.«

Joly steckte sich eine Zigarette an und trat an den Tisch, um anklagend auf die Knochen herabzustarren. »Warum beweist ein Fall von Rachitis so schlüssig, daß dies Guillaume ist? Wie Sie bereits sagten, auch andere Leute hatten sie.«

»Aber kein anderer du Rocher, wenigstens laut Loti. Und das hier ist ein du Rocher; das Foramen sterni, die Proportionen des Skelettes ... Wer sonst könnte es denn schon sein?«

»Ich glaube, die gleiche Frage wurde mir gestern ebenfalls gestellt«, bemerkte Joly trocken. »Zu diesem Zeitpunkt lautete die korrekte Antwort allerdings noch Alain du Rocher.«

»Tja, ich habe mich geirrt«, gab Gideon wieder zu. »Dabei bin ich von den Informationen ausgegangen, die ich zu diesem Zeitpunkt hatte.«

Joly sah ihn einfach nur an.

»Man bekommt neue Daten, man muß seine Hypothese modifizieren«, steuerte John weise von seinem Stuhl aus bei.

»Ja, so ungefähr kann man es ausdrücken«, meinte Gideon lächelnd. »Sehen Sie, vielleicht kann es verifiziert werden. An diesen Zähnen ist gearbeitet worden. Vielleicht gibt es ja noch irgendwo zahnärztliche Unterlagen.«

»Nach all dieser Zeit?« sagte Joly. »Das bezweifle ich aber sehr.« Er runzelte seine Stirn, strich sich über die Wange, starrte immer noch durchdringend auf die Knochen herab, so als würde er darauf warten, daß sie sich selbst erklärten. »In Ordnung, sagen wir einfach mal, Sie hätten recht ...«

»Du machst ihn noch fix und fertig, Doc«, sagte John.

»Sehr wahrscheinlich«, gab Joly zu. Er drehte sich hinter einem blauen Rauchschleier zu Gideon um. »Wenn dem so ist, wirft das eine ganze Menge neuer Fragen auf. Wer hat ihn umgebracht? Warum? Wie war es möglich, es so lange geheimzuhalten? Besteht ein Zusammenhang mit dem Mord an Claude?«

»Ich hab auch noch eine gute Frage«, sagte John. »Wenn das Zeug da auf dem Tisch das ist, was von Guillaume du Rocher übriggeblieben ist . . .«

»Ja?« sagte Joly und drehte sich um.

». . . wer gottverdammt noch mal ist dann letzte Woche in der Bucht ertrunken?«

Nach selbstauferlegten und in beiderseitigem Einverständnis akzeptierten Regeln gönnten sich John und Gideon eine Pause von den sich schnell vermehrenden Rätseln von Rochebonne und sprachen den größten Teil der Fahrt nach Mont St.-Michel nicht darüber. Aber als sie zum Tanken an einer Elf-Tankstelle in der Nähe von St. Georges de Grehaigne anhielten, konnte John sich nicht mehr länger zurückhalten.

»Doc, ich hab drüber nachgedacht«, sagte er, sah Gideon dabei konzentriert an, die Handflächen auf seine Schenkel und die Ellbogen in die Hüften gepreßt. »Ich glaube nicht, daß es irgendeinen Sinn ergibt. Wie konnte damit jemand tatsächlich durchkommen? Es ist einfach unmöglich.«

»Was ist daran unmöglich?«

»Nun, was behauptest du? Daß jemand nach Guillaumes Tod ihn fünfzig Jahre oder so imitiert und jeden getäuscht hat, der ihn kannte? Nein, das ist einfach unmöglich.«

»Und wieso? Erinnere dich, jeder glaubte doch, er wäre 1942 fortgegangen, um sich der Résistance anzuschließen. Als er wieder auftauchte – das heißt, als der falsche Guillaume wieder auftauchte . . .«

»Komm, ich bitte dich, gib's zu. Hör dir doch nur mal selbst zu. Klingt das nach dem wirklichen Leben?«

» . . . hatte den echten Guillaume seit gut zwei Jahren niemand mehr gesehen.«

»Doc, Doc, du hast zuviel ferngesehen. Ich sage dir, es ist unmöglich. Im wirklichen Leben gibt's so was nicht. Man kann nicht allen was vormachen, der Familie des Burschen, seinen Freunden . . . Es gibt zu viele kleine Dinge, die man unmöglich genau imitieren kann . . . Seine Mienen, seine Art zu lächeln, sein Gang, wie er sich bewegt, ja sogar wie er einfach nur steht. All die kleinen Trivialitäten des täglichen Lebens, die er kennt . . .«

»Selbst«, sagte Gideon, »wenn das Gesicht des neuen Guillaume so narbig war, daß man es niemals wiedererkennen könnte? Selbst mit einem verletzten Kehlkopf, wodurch seine Stimme zu einem Flüstern geworden war? Selbst wenn der größte Teil seiner Knochen mit den Techniken des Jahres 1944 wieder zusammengeflickt worden war, wodurch er anders ging, sich anders bewegte, ja sogar anders stand? Selbst wenn er zu einem Einzelgänger geworden war und kaum noch mit einem Menschen sprach? Selbst wenn er auch früher schon auf Rochebonne gelebt hatte und daher den Alltag dort bestens kannte?«

»Ja, also, okay, da ist was dran . . . aber du willst mir doch wohl nicht erzählen, sein eigener *Arzt* würde ihn auch nicht wiedererkennen?«

»Loti hat ihn zum ersten Mal an dem Tag gesehen, an dem sie ihn 1944 in das Krankenhaus brachten.«

»Was ist mit der Rachitis?«

»Was soll mit der Rachitis sein?«

»Also, Loti wußte doch, daß Guillaume als Kind die Rachitis hatte. Konnte er denn nicht erkennen, daß der neue Guillaume diese Krankheit nicht gehabt hatte?«

»John, nachdem die Knochen so zerschmettert worden waren wie bei diesem Burschen, hätte kein Arzt der Welt mehr die Spuren einer leichten Rachitis entdeckt, sofern er nicht eine mikroskopische Analyse des Knochengewebes durchgeführt hätte. Und wieso sollte Loti so was tun?«

»Jaaa, aber . . .« John schüttelte frustriert seinen Kopf. »Seine Handschrift. Was ist mit seiner Handschrift? Es muß doch auch noch irgendwelche Unterlagen gegeben haben, die er früher unterschrieben hatte. Du willst mir weismachen, daß niemand jemals den Unterschied bemerkte . . .« Er unterbrach sich und ließ sich in das Sitzpolster zurücksinken. »Du willst sagen, daß der gelähmte Arm der Arm war, mit dem er vor dem Krieg geschrieben hat. Stimmt's?«

»Ich weiß es nicht, aber ich wette darauf, daß es so war.«

Während Gideon die Rechnung bezahlte und dann zurück auf die N 176 fuhr, beobachtete John ihn nachdenklich. »Du fängst wirklich an, all dieses Zeug zu glauben, was?«

»Gott steh mir bei«, sagte Gideon, »ich glaube, ja.«

18

Mont St.-Michel. Jeder hat schon mal Fotos von dem hoch aufragenden mittelalterlichen Kegel gesehen, der sich auf seiner Felsinsel aus dem Meer erhebt, aber niemand kann sich des Staunens erwehren, wenn er ihn zum ersten Mal in natura vor sich sieht. Es ist so wie beim Grand Canyon; man kann sich das ganze Leben lang Fotos davon anschauen, aber wenn man zum ersten Mal an seinem Rand steht und hinunterschaut, dann kommen einem schlagartig Worte auf die Lippen wie: »Mein Gott, ich wußte nicht, daß es so aussieht!«

»*Jesus*«, sagte John, »ich wußte nicht, daß es so aussieht!«

Sie hatten den Wagen auf den Seitenstreifen gefahren, um es sich aus einem knappen Kilometer Entfernung vom Fußende des Dammes anzuschauen, der die Felsinsel mit der unscheinbaren Stadt Pontorson verbindet. Auch für Gideon war es eine Überraschung. Er war vorbereitet gewesen auf die Größe, ihre schlichte Schönheit, darauf, wie sie sich nach oben schraubte und kletterte, sich in einem chaotischen architektonischen Durcheinander durch die Zeit bewegte: an ihrem Fuß die mit Zinnen bewehrten Wälle aus dem Hundertjährigen Krieg zwischen Frankreich und England im vierzehnten und fünfzehnten Jahrhundert; in der Mitte ein buntes Durcheinander eng aneinander gebauter Häuser aus dem fünfzehnten und sechzehnten Jahrhundert; und schließlich, ganz oben als krönender Höhepunkt, die große Abtei, deren Kernstück aus dem achten Jahrhundert im Verlauf von tausend Jahren hundertemal verändert und erweitert worden war, und die dennoch auf den Betrachter eigenartig ausgewogen und wie aus einem Guß wirkte.

Worauf die Fotos ihn nicht vorbereitet hatten, war die rohe, graue Kraft der Insel. Trotz der steinernen gotischen Ornamente, der Türme und Bögen wirkte der Mont St.-Michel auf eine primitive Art maskulin; hart, schlicht, nicht eigentlich schön. Die Türme schwangen sich nicht leicht in die Lüfte, sie drängten und stießen; der ganze überladene Felsen wirkte wie ein lebendiges Tier: kauernd, stark, stets wachsam.

»Und, wo ist jetzt dieser Tempel der französischen Gastronomie?« fragte John, der nie besonders lange ehrfürchtig blieb. »Sogar Omelette klingt langsam gut in meinen Ohren.«

Aber die ›Mère Poularde‹ war geschlossen, bis die Saison offiziell am

1. April eröffnet wurde. Genau wie die meisten anderen Restaurants an der Grand Rue. Sie arbeiteten sich die steile, enge Straße hinauf, wurden aber zunehmend pessimistischer, was ihre Aussichten auf ein Mittagessen betraf. »Wir können einfach nicht zu einem Ort wie diesem hier fahren und dann in einem dieser miesen Fast-Food-Läden essen«, sagte Gideon, wobei er die winzigen Läden meinte, in denen durchgefroren aussehende Verkäufer lauwarme Pizza-Stücke und alt aussehende, in Plastikfolie verpackte Sandwiches verkauften.

»Ich schon«, sagte John und blieb dann abrupt stehen. »He, mir ist gerade was eingefallen.« Er quietschte vergnügt. »*Wow*!«

»Was?«

»Tja, Guillaumes Testament ist keinen Furz wert. Nicht, wenn du recht hast, was seine Knochen betrifft.«

Gideon starrte ihn an. So naheliegend, daß es ihm bislang noch nicht in den Sinn gekommen war! »Natürlich! Es war nicht wirklich Guillaume, der es aufgesetzt hat, oder? Wer immer es war, er hatte kein Recht, Guillaumes Eigentum zu vererben.«

»Genauso sehe ich das«, sagte John, setzte sich wieder in Bewegung. »Diese Geschichte wird von Minute zu Minute immer seltsamer. All diese Leute, die in dem Testament irgendwas bekommen haben – keiner von denen hat ein Recht darauf. Mann, da haben wir einen weiteren gottverdammt guten Grund für Mord.«

»Wie meinst du das? Was für einen Nutzen würden sie denn davon haben, ihn umzubringen?«

»Nicht ihn, dich.«

»Oh«, sagte Gideon. »Mich.«

»Klar, in dem Moment, in dem du dahinterkommst, daß dieses Skelett Guillaume ist, hat sich das Testament erledigt.«

Gideon nickte matt. Es gab einfach zu viele Motive; das war das Problem, genau wie Joly gesagt hatte, und sie fanden immer noch neue. Falls das ungültige Testament wirklich auf irgendeine Weise für alles verantwortlich war – und alles sprach dafür –, dann mochte jeder der Erben, der wußte, daß Guillaume in Wirklichkeit gar nicht Guillaume gewesen war, durchaus Gideons Tod gewünscht haben. Aber *wußte* das überhaupt einer von ihnen? Und selbst wenn sie es wußten, wie paßte Claude ins Bild? Warum ihn umbringen? Ganz sicher jedenfalls nicht, weil er damit gedroht hatte, das Testament anzufechten; Bonfante hatte unmißverständlich klargestellt, daß er das kaum zuwege gebracht hätte.

War es möglich, daß Claude von dem Mord an Guillaume im Jahre 1942 gewußt hatte und daß jemand ihn dann umgebracht hatte, damit er seinen Mund hielt? Nicht sehr wahrscheinlich. Wenn er es gewußt hätte, dann hätte er das schon vor langer Zeit gesagt, statt sich vierzig Jahre lang zu grämen wegen eines Testaments, von dem er genau wußte, daß es keinen Wert hatte.

Und was war mit dem falschen Guillaume, der nur noch ein Jahr zu leben hatte? Angenommen, er war ermordet worden (woran selbst Gideon allmählich zu zweifeln begann), wer hätte irgendeinen nennenswerten Nutzen daraus gezogen, seinen Tod ein paar Monate vorzuziehen?

Nein, es steckte mehr dahinter als nur das Testament; auch mehr als nur rachsüchtiger Haß auf Claude. Irgend etwas, das sie alle bislang übersehen hatten, etwas sehr Wesentliches, das alle Puzzlesteinchen an ihren Platz fallen lassen würde. Daß es auf irgendeine Weise mit den dunklen Vorgängen des Jahres 1942 im Keller von Rochebonne zu tun hatte, daran zweifelte er kaum noch. Aber was genau war es?

»Ist dir auch schon aufgefallen«, brummte er John zu, »daß wir immer weniger zu wissen scheinen, je mehr wir herausfinden?«

Hier bot sich ihnen glücklicherweise ein Anblick, der sie beide aufwärmte: ein geöffnetes Restaurant, ein freundliches Gasthaus aus dem sechzehnten Jahrhundert mit einem filigran gearbeiteten, über der Tür hängenden Metallschild. ›Le Mouton Blanc‹ stand dort, und darunter passend das Bild eines zufrieden aussehenden weißen Schafes. Es war eines jener Lokale, bei denen John in der Regel so seine Bedenken hatte, doch als sie sich näherten, kamen zwei Leute heraus, und der Duft von Pommes frites, der ihnen folgte, war mehr als genug, um ihn zu überzeugen.

Die Mischung von Düften drinnen war, ungeachtet des üblichen Miefs von Zigarettenqualm, sogar noch besser: gedünstete Meeresfrüchte, Pommes frites, gebratenes Fleisch. Wahrscheinlich hatte es um 1600 genauso gerochen, dachte Gideon vergnügt, abgesehen natürlich von dem Tabak, der würde erst einige Jahrzehnte später aus Nordamerika herüberkommen. Das Lokal war etwa zur Hälfte voll, und an einem

Tisch im hinteren Teil saßen Ray und Claire zusammen mit Sophie und Ben Butts.

»Kommen Sie, setzen Sie sich zu uns!« brüllte Ben sofort, als sie eintraten.

Sie schlängelten sich zwischen den Tischen hindurch. »Ich weiß nicht, an Ihrem Tisch sieht's schon ziemlich voll aus«, sagte Gideon mit einem Lächeln.

»Oh, nein, bitte, wir können problemlos noch ein bißchen zusammenrücken«, sagte Ray, der erfreut schien, sie zu sehen, und Claire murmelte irgend etwas Ähnliches.

»Klar«, sagte Ben. »Ein Ellbogen im Suppenteller schafft erst so richtig menschliche Wärme.«

»Und wer hat das gesagt?« fragte Sophie.

»Ich glaube, es war mein Cousin Bobby Will.«

»Ich dachte, Billy Rob wäre dein Cousin.«

Ben sah sie nachdenklich an. »Nein, Billy Rob ist mein Onkel mütterlicherseits, verheiratet mit Clara Bea. Bobby Will ist mein Cousin väterlicherseits – Willie Bobs Junge.«

Inmitten allgemeinen Gelächters wurden zwei Stühle von Tischen in der Nähe geholt, und Gideon und John quetschten sich dazu. Bislang hatte noch niemand zu essen bestellt, aber sie hatten fast schon eine Flasche Weißwein geleert, und eine neue Flasche mit zwei weiteren Gläsern wurde gebracht. Sélection de l'Hôtel, Vin de Table, hieß es bescheiden auf dem Etikett, doch er erwies sich als ein überdurchschnittlich guter Chablis.

Gideon hob zuprostend sein Glas. »Und«, sagte er, »was führt Sie zum Mont St.-Michel?«

In Gesellschaft dieser vier fühlte er sich wohl. Von allen Personen auf Rochebonne waren sie diejenigen, denen er am meisten vertraute: Ray, verträglich, ernst und über jeden Verdacht erhaben; die liebenswürdige Claire Fougeray, dünn und blaß, aber mit einem rötlichen Ton auf ihren Wangen, von dem er vermutete, daß er weniger dem Wein als vielmehr Rays Nähe zuzuschreiben war; Sophie Butts, ehrlich und solide; Ben, mit seiner ungezwungenen Art, zwischen hausgemachten Sprichwörtern und rechtsanwaltlicher Klugheit hin und her zu pendeln. Falls sich einer von ihnen als Mörder herausstellen sollte, würde er verdammt verärgert sein. Und überrascht.

Es war Ben, der antwortete. »Wir sind hergekommen, um Guillaumes Wagen abzuholen und ihn zurückzubringen. Ist uns allen wie ein ganz guter Vorwand vorgekommen, für eine Weile aus dem Haus zu verschwinden, mit dem Zug zu fahren, sich den Mont anzuschauen, bevor wir wieder abreisen.« Lächelnd hob er sein Glas, um auf das Wohl der anderen zu trinken.

»Ach, Sie reisen schon ab?« fragte John. »Ich dachte, Joly wollte, daß Sie alle bleiben.«

»Geht nicht«, sagte Ben. »Bei der Southwest Electroplating stehen große Dinge an. Eine Klage mit einem Streitwert von zwei Millionen Dollar kommt vor Gericht. Wie auch immer, Joly hat uns von Anfang an gesagt, wir könnten ab übermorgen abreisen. Außerdem weiß er ja auch, wo er uns finden kann, falls er uns braucht.«

»Ben und ich fliegen morgen abend mit der Zehn-Uhr-Maschine von Paris«, sagte Sophie. »Die zwei hier werden am darauffolgenden Morgen abreisen, mit dem Zug von Dinan.«

Gideon sah Ray und Claire interessiert an. »Sie fahren zusammen?«

»Und ob sie das tun«, sagte Sophie glücklich.

»Oh«, sagte Ray und räusperte sich. »Ja.«

»Raymond ist so freundlich, Maman und mich nach Rennes zu begleiten«, erklärte Claire sittsam, schaute dabei zu ihrem Glas herab. »Anschließend wird er ein paar Tage unser Gast sein.«

»Tja, weißt du, ich muß erst nächste Woche wieder zurück zur Northern Cal«, sagte Ray, »daher dachte ich . . . du weißt schon.« Er zupfte an den Enden seiner Fliege und strahlte in sprachlosem Glück.

Sophie nahm einen kräftigen Schluck Wein und stellte ihr Glas wieder ab. »Ich weiß ja nicht, was mit euch anderen ist, aber ich könnte jetzt ein Pferd verdrücken. Claire, meine Liebe, warum bestellst du nicht für uns alle? Sind alle damit einverstanden?«

Alle waren einverstanden, und Claire, die sich auf ihre zurückhaltende Art darüber zu freuen schien, im Rampenlicht zu stehen, beriet sich ausgiebig mit dem Kellner, bevor sie sich für ein dreigängiges Menü der traditionellen normannischen Küche entschied. Als die Bestellung schließlich aufgegeben war, war der größte Teil der neuen Flasche Wein bereits getrunken, und am Tisch herrschte unbeschwerte Ausgelassenheit. Im Kamin knisterte das Feuer, und draußen glänzte nach einem kurzen Regenschauer das Kopfsteinpflaster, wodurch es für Gideon noch leichter wurde, sich der angenehmen Illusion hinzugeben, ein Reisender des sechzehnten Jahrhunderts zu sein, der sich in einem guten Gasthaus unter freundlichen Kameraden wohlig niedergelassen hatte.

»Ich sag euch, Kinder«, sagte Ben, verschmitzt Ray und Claire ansprechend, »wenn ihr ihn nicht fragt, tu ich's.«

»Ach, Onkel«, flüsterte Claire mit gesenktem Blick und wurde noch etwas rosiger. Rot zu werden stand ihr gut, befand Gideon.

»In Ordnung, dann mach ich's eben«, verkündete Ben. »Wir haben eine fachliche Frage an Sie, Professor. Genetisch gesprochen, wie nah sind diese beiden Kinder da miteinander verwandt? Der Grund, warum sie das wissen wollen . . .«

»Ben«, sagte Sophie, »ich denke, Gideon wird es sich schon denken können, warum sie es wissen wollen.«

»Ich könnte eine ziemlich gute Schätzung abgeben«, sagte Gideon. »Was seid ihr zwei überhaupt, Cousin und Cousine?«

»Genau das ist es, was wir nicht bestimmen können«, sagte Ray mit gelehrter Verblüffung. »Wir wissen, daß wir auf keinen Fall Cousin und Cousine ersten Grades sind, aber danach wird es außergewöhnlich verwirrend.«

»Weißt du was«, sagte Gideon, »zeichnet doch einfach ein paar Generationen zurück einen Stammbaum, aus dem zu ersehen ist, wer wen gezeugt hat, wegen dem Verwandtschaftsgrad . . .«

»Wegen *des* Verwandtschaftsgrades«, flüsterte Ray automatisch und zuckte zusammen. »Sorry, die Macht der Gewohnheit.«

». . . und dann werde ich versuchen, davon ausgehend die genetischen Konsequenzen auszuarbeiten.«

Dies wurde dankbar angenommen, und sie machten sich daran, die Genealogie der du Rochers zu rekonstruieren, wobei Ben alles Schritt für Schritt auf der Rückseite der Gedeckunterlage aus Papier aufzeichnete. In der Zwischenzeit wurde ihr erster Gang serviert: Fruits de mer variés, auf drei breiten Metallplatten an ihren Tisch getragen, die so identisch und hübsch wie eine Reihe Postkarten angerichtet waren. Drei große Langusten und vier Garnelen abwechselnd und kreisförmig in der Mitte ein ordentlicher Berg kleiner, salziger Meeresschnecken, die mit Nadeln, die in einem Kork steckten, aus ihren Schalen geholt werden mußten; und dann ein Haufen von vielleicht hundert winzigen grauen Krabben, die zu essen Claire ihnen zeigte. Man hielt den Kopf zwischen Daumen und Zeigefinger, brach dann mit einer schnellen Bewegung der anderen Hand den Schwanz ab, wodurch ein kleines Stück hellen Fleisches zum Vorschein kam, das fast gar keinen Geschmack hatte, den Gaumen aber trotzdem mit einer schwachen köstlichen Essenz des Meeres verwöhnte.

Es war ein langwieriges Essen, mit den Nadeln und Fingern, so daß John und Gideon sich zufrieden mit sich selbst beschäftigen konnten, während die anderen sich gutmütig über die unbekannteren Ecken und Winkel der Familiengeschichte stritten. Dann, als die beiden schwarzen Kessel mit Moules marinière auf den Tisch gestellt wurden, gab man Gideon das sauber geschriebene Schaubild. Gideon nahm einen Kugelschreiber und machte sich an die Arbeit, während er aß.

Als von den Muscheln nichts mehr übrig war als glänzende, blauschwarze Haufen leerer Schalen und der letzte Rest der mit Schalotten abgeschmeckten Brühe mit in Scheiben geschnittener Baguette aufgestippt worden war, verkündete er seinen Befund. »Ihr seid Cousin und Cousine fünften Grades.«

»Was bedeutet das für . . . für Kinder?« fragte Claire, senkte dann schnell ihre Augen und errötete auf der Stelle wieder.

Gideon lächelte sie an. Es war schön zu wissen, daß es immer noch Frauen wie Claire gab. Ihm gefiel die Vorstellung von Claire und Ray als einem Team; es gab auch nicht mehr so besonders viele Ray Schaefers.

»Es bedeutet«, sagte er, »daß ihr im elften Grade blutsverwandt seid . . .«

»Ein Glück, daß sie gefragt haben« sagte John.

»Was bedeutet, daß die Wahrscheinlichkeit irgendeines bestimmten gemeinsamen Gens, egal ob gefährlich oder nicht, bei 0,00049 liegt. Und selbst wenn dies der Fall wäre, ist die Wahrscheinlichkeit, daß eines eurer Kinder eine doppelte Ladung rezessiver Gene abkriegt, nur ein Viertel von der genannten Zahl.«

Verständlich genug wirkte Claire immer noch verwirrt, und einem Impuls folgend, streckte Gideon seine Hand aus, um sie auf ihre zu legen. Sie war kühl und trocken. Er konnte ihre zarten Sehnen durch die dünne Haut spüren. »Praktisch«, sagte er, »seid ihr überhaupt nicht miteinander verwandt. Es gibt nichts, worüber Sie sich Sorgen machen müßten.«

Schließlich verschwanden die besorgten Falten auf ihrer Stirn. »Vielen Dank, Professor Oliver«, sagte sie mit einem Lächeln und zog ihre Hand zurück.

»Gideon.« Er bemerkte, daß ihre Hand unter den Tisch glitt und Rays verstohlen auf sie zu wanderte. Noch ein weiteres Glas Wein, und er hätte wahrscheinlich gesagt: ›Gott segne euch, meine Kinder.‹

Der aus einer Lammkeule – berühmt, informierte Claire sie, für den feinen, würzigen Geschmack, der daher kam, daß die Tiere auf den nahegelegenen salzigen Küstenweiden aufgezogen wurden – und weißen Bohnen und Pommes frites bestehende Hauptgang wurde in einer Atmosphäre zunehmender Kameradschaftlichkeit verspeist, die durch die neue Flasche Médoc noch verbessert wurde. Einmal begann Ben sich nach der Untersuchung des Mordfalles zu erkundigen, doch Claires abruptes, sichtbares Zurückschrecken (oder wahrscheinlicher noch ein kurzer Tritt vors Schienbein von Sophie) brachte ihn schnell zum Schweigen. Die meiste Zeit plauderten sie über die Geschichte und die Architektur des Mont St.-Michel, über die Claire auf ihre schüchterne Art eine Menge Wissen an den Tag legte.

»Ich weiß was«, sagte Ray, dem der Wein und die allgemeine Begeisterung Farbe auf die Wangen gezaubert hatten, und der mit seinen Sommersprossen und seiner Fliege sehr jungenhaft aussah. »Laßt uns doch einen Spaziergang hinaus in die Bucht machen und uns den Felsen von dort aus ansehen. Natürlich vorausgesetzt«, fügte er schnell hinzu, »daß immer noch Ebbe ist.«

Sophie stellte ihre Tasse Kaffee auf den Tisch. »Bist du von Sinnen, Raymond?«

»Wieso?« erwiderte er mit einem erschreckten Blinzeln. »Oh, ich verstehe. Aber was mit Guillaume passiert ist, war doch nur ein verrückter Unfall. Das weiß jeder. Es ist nur, daß ich schon immer mal hinaus in die Bucht von Mont St.-Michel wandern wollte und die Abtei hinter mir aus dem Nebel herausragen sehen. Wie der Bug eines Schiffes, so wie Henry Adams es beschrieben hat.«

»Oh, ich finde, das ist eine wunderbare Idee, Raymond«, sagte Claire herzlich.

»Aber ist das nicht gefährlich?« fragte Sophie. »Nach allem, was . . .«

»Nein, nein, Tante Sophie, als kleines Mädchen haben meine Freundin und ich den ganzen Tag auf dem Strand bei Avranches gespielt. Wenn man einfach auf die Gezeiten achtgibt und weiß, wie der Treibsand aussieht und den Nebel immer im Auge behält und nicht allein hinausgeht, ist es wirklich absolut sicher.«

»Das sind mir aber eine ganze Menge Voraussetzungen«, sagte Sophie kritisch.

»Nein«, meinte Ben lachend, »ich denke, Claire hat wohl recht. Es ist kein Geheimnis, daß Guillaume ein wenig, nun, sagen wir, vergeßlich geworden war, und Tatsache ist, daß er niemals allein dort draußen hätte sein dürfen. Ich weiß allerdings auch nicht, wer ihn daran hätte hindern können.« Mit einem Lächeln trank er seinen Kaffee aus. »Aber trotzdem, ich fürchte, wir müssen das mal etwas realistischer sehen, Kinder. Tut mir leid, hier den Spielverderber zu machen, aber wir sollten wirklich besser zurückfahren. Sophie steckt eine Erkältung in den Knochen, und ich möchte, daß sie heute nachmittag die Beine hochlegt und ein schönes langes Nickerchen macht.«

»Ich habe eine Idee«, sagte Gideon. »Warum fahrt ihr zwei nicht schon vor und nehmt Guillaumes Wagen mit? Wir könnten Claire und Ray später absetzen. Um die Wahrheit zu sagen, ich würde selbst gern ein bißchen in der Bucht spazierengehen, besonders mit einem Führer, der etwas darüber weiß.«

Neben ihm rührte John sich unruhig. Gideon rechnete schon fast mit einem Tritt gegen sein Schienbein, aber es kam nichts; bloß ein gebrummtes »Ich dachte, du wolltest die Abtei besichtigen«, nur um Gideon wissen zu lassen, daß er nicht einfach so ungeschoren davonkam.

»Das ist eine wunderbare Idee, Gideon«, sagte Ray. »Claire, wie können wir herausfinden, wann die Gezeiten wechseln?«

»Unten in dem alten Turm der Garde gibt es ein Touristenbüro. Dort bekommt man Gezeitentabellen.«

»Ihr braucht nicht wieder den ganzen Weg da runter«, sagte Ben. »Ich habe hier irgendwo eine . . .« Er klopfte die Taschen seiner Jacke und Hose erfolglos ab und machte sie schließlich in seinem Mantel ausfindig, den er an der Garderobe neben der Tür aufgehängt hatte. Er kehrte in einer kleinen Broschüre blätternd an den Tisch zurück. »Annuaire des Marées«, las Gideon auf dem blauen Einband, »des Baies de Saint-Malo et Mont Saint-Michel. 1987.«

»Laßt mal sehen«, sagte Ben. »März, äh, der dreiundzwanzigste, richtig?« Er ließ seinen Finger sorgfältig eine Zeile entlangwandern. »Genau, hier steht's ja. Flut war heute morgen um 10.21 Uhr, und Ebbe ist nicht vor ... 17.15 Uhr.« Er klappte die Broschüre zu und warf einen Blick auf seine Uhr. »Ihr seid gut dran. Es ist erst kurz nach zwei, also habt ihr drei Stunden, bevor das Wasser überhaupt erst wieder zu steigen beginnt.«

»Mehr noch«, sagte Claire. »Mindestens noch eine Stunde nach Niedrigwasser haben wir erst – wie nennt ihr das noch gleich, *totes Wasser*?« Sie lächelte Sophie an. »Aber ich verspreche, wir werden auch nicht annähernd so lange draußen bleiben.«

»Gut«, sagte Sophie mißmutig. »Aber ich halte es immer noch für eine scheußliche Idee.«

Um runterzugehen, mußten sie erst raufgehen. Der Weg hinunter ins Watt begann im Abteigarten auf einem Vorsprung in der Nähe des Felsengipfels, und dort blieben sie stehen, um ein paar Minuten über die in Dunst gehüllte ungeheure Weite der Bucht von *Saint-Michel-in-Gefahr-vor-dem-Meer* zu blicken. Die niedrigen Regenwolken, die über dem Mont gehangen hatten, waren in westlicher Richtung weitergezogen, so daß die bewaldete Küste auf ihrer Linken jetzt in Nebel gehüllt war. Auf ihrer Rechten konnten sie eine weite Fläche sehen, die wie verlassenes Buschland aussah – die berühmten Salzweiden, erklärte Claire, die vor Jahrhunderten in dem vergeblichen Versuch angepflanzt worden waren, die Dünen zu stabilisieren – und dahinter in der Ferne die niedrigen Dächer von Avranches.

Vor ihnen lag die Bucht selbst, konturlos bis auf wenige schmale Priele, die sie in weit ausholenden, trägen Bögen durchzogen. Alles war in einen feinen Nebel gehüllt, durchzogen von blassem, rosa getöntem Sonnenlicht, so daß Sand und Himmel zu einer nichtssagenden, verwirrenden Welt aus diffus fahlem Violett verschmolzen. Nein, nicht ganz verschmolzen. Dort, am Horizont, zehn Meilen oder weiter entfernt, konnte Gideon eben das graue, schimmernde Band ausmachen, das das zurückweichende Wasser markierte. Er beobachtete es eine Weile, versuchte zu erkennen, ob er es sich verändern sehen konnte – es war immerhin die sich am schnellsten bewegende Tide Europas –, aber nichts veränderte sich: ein monotones, zinnfarbenes Band, das eine glatte und formlose Erde von einem glatten und formlosen Himmel trennte.

»Wie nennt man diesen Hund«, fragte John verträumt, »mit dem grauen Fell? Ein großer Hund, kurzes Fell . . .«

»Ein Weimaraner?«

»Genau. Daran erinnert mich dieser Sand; so wie ein Weimaraner für einen Floh aussehen muß, der gerade zur Landung ansetzt.«

Gideon lachte. »Erstaunlich. Ich wußte ja gar nicht, daß du dich auch zu poetischen Höhenflügen hinreißen lassen kannst.«

»Echt wahr, Doc, war das so was?«

»Du befindest dich in guter Gesellschaft, John«, sagte Ray. »Du wirst dich freuen zu erfahren, daß du Guesclin höchstpersönlich genau die gleiche Metapher benutzte; ich glaube, es war im Jahr . . . 1390. Nun, nicht genau die gleiche, aber doch schon ähnlich genug.«

»Das wäre auch ziemlich schwierig gewesen«, sagte Claire. »Du Guesclin ist 1380 gestorben.«

Ihre Augen zuckten zögernd von einem zum anderen. Sie war es nicht gewöhnt, Scherze zu machen, das sah Gideon ganz deutlich, und jetzt versuchte sie abzuwägen, ob sie vielleicht zu weit gegangen war.

Rays schallendes Lachen beruhigte sie. »Ist es das«, sagte er mit gespielter Strenge, »was ich zu erwarten habe? Ein Leben voller Sophistereien wegen obskurer Trivialitäten?«

»Ja!« sagte sie, viel zu heftig übersprudelnd, wie ein kleines Kind, das spielen lernt. »O ja!« Dann kicherte sie; ein mädchenhaftes silberhelles Perlen puren Vergnügens, das sie fast richtig hübsch wirken ließ. »Was immer das heißen mag, was du gesagt hast.« Sie war ganz offensichtlich dabei, aus ihrem Schneckenhaus herauszukommen.

Ray drückte ihre Hand, sah aufgeregt und erfreut aus. »Vielleicht sollten wir jetzt runtergehen«, sagte er wohlerzogen. »Wir wollen doch auf jeden Fall in drei Stunden zurück sein.«

Am Fuß des Berges mußten sie zuerst über von Algen glitschige Granitblöcke klettern, sich dann fünfzehn Meter durch schwarzen Schlamm quälen. Claire, die Turnschuhe trug, die sie zum Spaziergehen mitgenommen hatte, ging sicher und zielstrebig voraus. Als sie den Sand erreichten, sagte sie: »Bevor wir weitergehen: Ich denke, es wäre gut für euch, wenn ihr wißt, wie Treibsand aussieht. Soll ich's euch zeigen?«

Sie ging auf einen kleinen Hügel – das Watt, von oben scheinbar so konturlos und glatt, war tatsächlich voller Rinnen, Hügel und Senken –, schaute sich um, neigte sich in das grelle dunstige Licht und legte eine Hand schützend über ihre Augen wie ein Matrose in einer komischen Oper von Gilbert und Sullivan. »Da!« sagte sie. »Kommt!«

Sie gingen zu einem beinahe kreisförmigen Flecken Sand mit einem Durchmesser von etwa drei Metern. Anders als die farblich monotone, unebene Oberfläche überall sonst war sie hier glänzend und glatt, eher braun als mauve. Und sah nicht im geringsten gefährlich aus.

Sie deutete auf kleinere Stellen in der Nähe. »Wie ihr seht, es gibt eine ganze Menge davon. Im Sommer, wenn die Touristen kommen, ist der Sand Gott sei Dank sicherer. Aber im Winter muß man sehr genau darauf achten, wohin man tritt. Gideon, ist irgend etwas?«

»Claire, wenn es so augenfällig ist, wie konnte Guillaume es dann übersehen haben?«

»Ja, das ist eine gute Frage«, sagte Ray.

»Aber wie hätte er es denn sehen sollen?« fragte Claire. »Schon unter zwei, drei Zentimetern Wasser kann man den Treibsand nicht mehr erkennen. Die Flut kam herein, und er muß unter Wasser hineingeraten sein . . .« Sie sah ihn neugierig und stirnrunzelnd an. »Ist es nicht so gewesen?«

»Wahrscheinlich«, sagte Gideon, und wahrscheinlich *war* es so gewesen. Wo er auch hinschaute, überall gab es eine logische Erklärung für das Ertrinken durch Unfall dieses Mannes, den er als Guillaume gekannt hatte. Alles ausnahmslos vernünftige Erklärungen; von niemandem in Frage gestellt, nicht einmal von John. Und trotzdem . . .

Ungefähr zwanzig Minuten lang wanderten sie in die Bucht hinaus, warfen kein einziges Mal einen Blick zurück. (Das war Rays Vorschlag gewesen, um die dramatische Wirkung zu verstärken, wenn sie sich dann schließlich umdrehen würden.) Als sie eine zwei-, zweieinhalb Meter hohe Düne erreichten, kletterten sie hinauf und entdeckten eine kraterähnliche Spitze, in der sie sich alle bequem ausstrecken, sich gegen die Seiten der Senke lehnen und zurück auf den Mont blicken konnten.

Von dort wirkte die Abtei tatsächlich wie der Bug eines gewaltigen Schiffes, das über ein Meer aus Sand auf sie zuhielt. Eine ganze Weile lagen sie im fahlen Licht der Sonne, nahmen alles friedlich in sich auf, jeder in seine eigenen Gedanken vertieft. Und dann, ermuntert durch Fragen von Ray, begann Claire ihnen die Geschichte des Felsens von jener Zeit an zu erzählen, als er noch nicht der Mont St.-Michel gewesen war, sondern Mont Tombe, und er ragte nicht vom Grund des Meeres auf, sondern aus dem grünen Wald, bekannt als Scissy. Dann hatte die schreckliche Flut A. D. 709 die Bevölkerung ausgelöscht und die ganze Landschaft verwandelt, so daß, als wenig später der Erzengel dort erschien, dies auf genau jenem einsamen Monolithen fast eine Meile vor der Küste geschah, der er heute noch war.

Es dauert nicht lange, und Gideon hörte einen langen, zufriedenen Seufzer von John, gefolgt von langsamerem, rhythmischem Atmen. Sollte John jemals an Schlaflosigkeit leiden (eine lächerliche Annahme), würde er jedenfalls nicht zu Pillen greifen müssen; er brauchte nichts anderes zu tun, als sich in irgend etwas reinzusetzen, das auch nur entfernt einem Vortrag ähnelte. Doch dieses Mal hatte Gideon vollstes Verständnis. Claires Stimme war melodisch und leise, und der Sand unter ihnen strahlte die Wärme ab, die von der zarten Sonne aufzusaugen ihm irgendwie gelungen war.

Er streckte seine Beine aus und legte sie an den Knöcheln übereinander, aalte sich in Claires Gute-Nacht-Geschichte und im Anblick der spitzen Abtei, die über ihnen schwebte. Eines Tages würde er Julie herbringen, genau an diese Stelle, um diesen Anblick mit ihr zu erleben. Zuerst würden sie im ›Mouton Blanc‹ zu Mittag essen; das war wesentlich. Es würde nicht das gleiche sein ohne dieses herrliche Lamm, das von innen seine eigene Wärme ausstrahlte.

Er war sich nicht bewußt, daß er eingedöst war, bis seine Augen plötzlich aufsprangen, was ein angespanntes und alarmiertes Gefühl in ihm hinterließ. Lange konnte er nicht eingenickt sein. Claire war noch im zehnten Jahrhundert. John schlief immer noch.

»Hört doch!« sagte er eindringlich. Worauf, konnte auch er nicht mit Bestimmtheit sagen. Nur soviel, daß da irgend etwas war . . .

Claire unterbrach sich mitten im Wort. John wurde schlagartig wach. Sie alle saßen einen Augenblick lang da und lauschten angestrengt, dann sprangen sie auf und schauten sich um.

»Das ist doch nicht möglich!« schrie Ray. Die anderen starrten einfach nur, sprachlos vor Schreck.

Die höhergelegene Senke, in der sie gesessen hatten, hatte es unmöglich gemacht, den Boden der Bucht oder auch nur die niedrigeren Befestigungsanlagen der Abtei zu sehen. Jetzt sahen sie, daß ihr kleiner Hügel ein Miniatur-Mont-St.-Michel geworden war, eine zwei Meter hohe Insel, umgeben von feinem Wasserfilm, der überall dort von trokkenen Stellen durchbrochen wurde, wo das Land ein wenig anstieg. Hinter ihnen wurde dieser Film dicker und erstreckte sich bis an den Horizont. Davor konnten sie den stetig näherrückenden Rand des Wassers ungefähr tausend Meter vor ihnen sehen, der sich ungleichmäßig an den Mont heranschlich wie eine Schicht Quecksilber.

»Die Flut!« sagte Claire, während sie immer noch hinausstarrte. »Wie kann das sein?« Sie sah auf ihre Uhr. »Es ist erst zwanzig vor vier.«

»Kann ... kann eine Gezeitentabelle *lügen*?« flüsterte Ray.

»Nein, nein«, sagte Claire. »Das glaube ich nicht. So etwas habe ich noch nie gehört.«

Gideon und John wechselten einen kurzen Blick. Vielleicht konnten Gezeitentabellen nicht lügen, aber Ben Butts konnte es todsicher. Gideon biß die Zähne zusammen; verdammt, irgendwas hatte sich in ihm geregt – was? Mißtrauen? Argwohn? –, als Ben die Angaben aus der Gezeitentabelle vorgelesen hatte, aber er hatte es als neuerlichen Verfolgungswahn abgetan. Und ihm war einfach kein höflicher Weg eingefallen zu fragen, ob er die Tabelle mal selbst sehen könnte.

Doch jetzt war keine Zeit, diesen Gedankengang weiterzuverfolgen. Und sofern sie nicht ganz schnell von hier verschwanden, würde er überhaupt nie wieder Gelegenheit haben, noch irgend etwas weiterzuverfolgen. Selbst in den paar Sekunden, die sie zugeschaut hatten, war der Wasserspiegel um ihre Düne leicht angestiegen, wie eine Flüssigkeit, die von unten in einen Pool sickerte, und einige der einst trockenen Gebiete waren bereits verschluckt worden. Das Geräusch, das Gideon geweckt hatte, das erkannte er jetzt, war das schwirrende Summen von Millionen kleiner Blasen, die auf dem Sand zerplatzten, während das Wasser hindurchsickerte. Und jetzt war da auch noch ein lauteres Geräusch, weiter fort, aber auch unheilverkündender; ein ständiges Brausen, wie von einem gewaltigen Wasserfall tief im Inneren einer Höhle.

Noch als sie sich automatisch in diese Richtung drehten, zerrte ein kalter Wind, der den stinkenden, nassen Geruch des Meeresbodens mit sich führte, an ihren Haaren und schlug in ihre Gesichter.

»Das ist die Flut«, sagte Claire völlig ausdruckslos. »Sie wird in wenigen Minuten hier sein. Wir werden zum Mont laufen müssen.«

»Aber wie werden wir den Treibsand erkennen?« ftagte Ray, klang mehr neugierig als verängstigt. »Werden wir nicht reintreten?«

»Falls das passiert, wird uns nichts geschehen, solange wir den Kopf behalten und zusammenbleiben. Es zieht einen nicht so runter, wie man es aus Filmen kennt, sondern es packt einen und hält einen für die Flut fest. Aber wenn man sich nicht wehrt, wenn man sich sofort flach hinwirft, sobald man merkt, daß man festsitzt, kann ein anderer von uns einen wieder herausziehen.« Sie bemühte sich zu lächeln. »Meistens wenigstens. Ich denke, wir sollten jetzt besser versuchen zurückzukommen.«

»Vergiß das mit dem *versuchen*«, sagte John. »Machen wir's einfach.«

Sie kletterten die Düne runter und planschten in einem gleichmäßigen Dauerlauftempo durch ruhiges, knöcheltiefes Wasser, versuchten, den vordringenden Rand der einsetzenden Flut einzuholen und trockenen Sand zu erreichen, doch als sie endlich die Stelle erreicht hatten, wo der Rand gewesen war, war er auch schon weitere hundertfünfzig Meter landeinwärts gerollt, und das Wasser reichte ihnen bis zu den Waden. Hinter ihnen war das Brausen ungestümer, der Wind stärker geworden, und der Himmel hatte sich in ein finsteres, schmutziges Grau verwandelt. John und Gideon atmeten schwer, Claire und Ray keuchten. Ihre mit Wasser gefüllten Schuhe waren wie schwere Gewichte, doch ohne sie ging es wegen der Kiesel und Muscheln auch nicht. Das Lamm in Gideons Bauch war nicht mehr länger eine Freude.

Trotzdem standen die Dinge besser, als es hätte sein können. Keiner war bislang in Treibsand getreten, und sie hatten bereits die halbe Strecke zum Mont zurückgelegt. Sofern das Tempo der Flut nicht weiter zunahm, würden sie es höchstwahrscheinlich schaffen, ohne daß etwas Schlimmeres passierte, als daß sie klitschnaß würden.

Sie hasteten weiter, und fünf Minuten später hatten sie jenes Gebiet des sanft ansteigenden Sandes erreicht, das direkt zum Fuß des Mont hinaufführte. In Hochstimmung und lachend veranstalteten sie einen

Riesenwirbel, als sie schließlich über den vorwärts kriechenden, zentimeterhohen Saum des Wassers wieder auf trockenes Land treten konnten. Vom Nordturm brüllten und winkten ein paar Zuschauer. John grinste breit und schüttelte wie ein Boxer triumphierend seine ineinander verschränkten Hände über dem Kopf, was sie aber nur zu verwirren schien.

»Tja«, sagte Raymond, während sie in Schuhen, die bei jedem Schritt vor Wasser quatschten, den Hang hinaufgingen, »so was nenne ich ein Abenteuer. Der Flut des Mont St.-Michel davongelaufen! Genau wie Vercel! Ich hätte mir nie träumen lassen, daß mir das mal selbst passieren würde.« Er grinste glücklich, mit leuchtenden Augen und außer Atem. »Nicht daß es mir leid tut, daß es jetzt vorbei ist.«

19

Es war ein weiter Weg hinauf. Statt allmählich weiter anzusteigen, fiel der Sandboden wieder ab; ein paar Augenblicke später fanden sie sich am Rand einer knapp zwei Meter hohen Sandbank wieder und starrten auf einen seichten, braunen, schnell fließenden Bach hinunter. Sie waren nicht mehr als etwa hundert Meter von dem felsigen Fuß des Mont entfernt.

»Woher zum Teufel ist der denn auf einmal gekommen?« sagte John und zog die Stirn kraus. »Den haben wir doch nicht überquert, als wir rausgegangen sind.«

»Vorher war er trocken«, sagte Claire düster. »Das ist kein Fluß, es ist die Flut – der Hauptteil. Sie überspült zuerst die am tiefsten gelegenen Stellen, breitet sich dann immer weiter aus. Jeden Tag gibt es neue Kanäle. Wir sollten besser so schnell wie möglich da rüber.«

Ihr Ernst schien Ray zu verblüffen. »Es sieht doch wirklich nicht zu schwierig aus. Es kann doch kaum breiter als dreieinhalb, vier Meter sein, und ich denke, es ist wohl höchstens fünfzig, sechzig Zentimeter tie – «

Er wurde von einem neuen Geräusch unterbrochen, anders als das wasserfallähnliche Tosen hinter ihnen; ein merkwürdiges, zischendes Grollen, das unverkennbar und schnell näherkam. Besorgt schauten sie in diese Richtung, und wenige Sekunden später rollte ein dicker Schwall dunklen Wassers, beinahe genauso hoch wie die Ufer des Baches, vor ihren Füßen entlang, schob eine Borte aus schmutzig gelbem Schaum und Treibholz und alten Plastiktüten vor sich her. Als es zischend vorbeigerauscht war, schwappte das Wasser in dem Bach vor und zurück und senkte sich dann wieder unruhig wie das Wasser in einer Badewanne. Aber es ging nicht ganz zurück.

»Es ist fast dreißig Zentimeter gestiegen«, stellte Gideon mit grimmiger Miene fest und war sich bewußt, daß er bloß sagte, was sie selbst schon wußten. Außerdem floß der Bach jetzt schneller, während gleichzeitig kleine Strudel und Wogen aufgetaucht waren, die vorher nicht dagewesen waren.

»Also *werden* wir naß, oder?« brummte ein stillerer, aber immer noch unerschrockener Ray. »So, als erstes brauchen wir jetzt einen vernünftigen Plan, wie es weitergehen soll . . .«

Aber John, wie Gideon gut wußte, war kein Freund des großen Pläneschmiedens. »Wir bilden jetzt eine Kette«, sagte er kurz. »Ich gehe als erster rein. Dann gibt mir Claire ihre Hand, dann schnappst du dir ihre, Doc, und Ray nimmt schließlich deine.« Er trat an den Rand der Sandbank.

»John, warten Sie . . .«, sagte Claire.

Doch er rutschte bereits mit den Füßen voran in den Bach, glitt auf seinem Hosenboden die sofort abbröckelnde Böschung hinunter. »Tja, so kalt ist es gar nicht.« Er schwankte leicht, als seine Füße auf Grund stießen. Das Wasser reichte ihm bis zu den Hüften. »Aber paßt auf. Die Strömung ist stärker als sie aussieht.« Er streckte ihnen eine Hand entgegen. »Also los, Doc, kannst du mir Claire irgendwie runterreichen?«

In nicht viel mehr als einer Minute hatten sie es ohne Zwischenfälle auf die andere Seite geschafft. John, der sich in Augenblicken wie diesem gern als Kapitän des Schiffes sah, blieb im Wasser, bis er allen sicher herausgeholfen hatte.

Und dann, gerade als Gideon sich hinkniete, um ihm ebenfalls herauszuhelfen, war da wieder dieses zischende, grollende Vorspiel, und eine weitere dunkle Flutwelle, eine viel größere diesmal, wie das Kielwasser eines Schiffes, toste wütend den Bach hinunter. Das Wasser erwischte John, als er gerade versuchte herauszuklettern, riß seine Hand aus Gideons Griff und trug ihn wie einen alten Styroporbecher auf seinem Kamm sechs, sieben Meter weiter, bevor das Wasser ihn schließlich achtlos zur Seite schleuderte, wo er sich krampfhaft am gegenüberliegenden Ufer festklammerte, dem Ufer, von dem sie gerade gekommen waren.

»Ich bin okay, ich bin okay!« brüllte er, triefend und prustend, aber er fiel und stolperte, bevor er sich aufrichten konnte. »Mann, die Flut wird von Sekunde zu Sekunde stärker.«

Und höher, wie Gideon bemerkte. Das Wasser wirbelte jetzt schon oberhalb von Johns Taille, bauschte seine Ski-Jacke auf. Nach der nächsten Woge würde es ihm bis unter die Achselhöhlen reichen. »Beeil dich, John, es steigt. Brauchst du Hilfe?«

»Nee, ich bin okay. Ich bin . . .«

Er erstarrte, den Mund weit aufgerissen, einen Ausdruck auf dem Gesicht, der für Gideon, einen gebürtigen Kalifornier, bislang immer mit der ersten überraschenden Erschütterung eines Erdbebens verbunden war: ein verdutzter, aufmerksam lauschender Ausdruck, als könnte man einfach nicht hinnehmen, daß die zuverlässige alte Erde sich tatsächlich unter einem bewegt habe. Egal wie viele Erdbeben man auch mitgemacht hatte, die erste ungläubige Reaktion war immer die gleiche.

Nur daß da kein Erdbeben gewesen war.

»*Treibsand*?« fragte er hastig.

»Ich glaube, ja«, sagte John. »Mein Fuß . . . ich kann ihn nicht mehr . . .«

»Oh, mein Gott«, sagte Claire. »John, versuchen Sie nicht, sich zu bewegen!«

Er brachte ein Lachen zustande. »Wer kann sich schon bewegen?« Doch er versuchte sich trotzdem an der Sandbank hochzuziehen, allerdings ohne Erfolg. Die Kanten zerbröckelten unter seinen Fingern und rutschten in winzigen Lawinen in den Bach. Er schüttelte seinen Kopf und schaute zu ihnen auf. »Was machen wir jetzt, Leute?«

»Wir holen dich da raus«, sagte Gideon. »Wie tief steckst du fest?«

»Keine Ahnung.« Er beugte sich vor, hielt sein Gesicht dicht über der Wasseroberfläche, während er darunter mit seiner Hand sondierte. Eine vereinzelte kleine Welle schwappte in seinen Mund und ließ ihn husten. Keine vereinzelte kleine Welle. Der Wasserspiegel war weitere drei Zentimeter gestiegen. Gideon zappelte unruhig herum. Er bezweifelte nicht, daß er seinen Freund retten könnte, aber ein hilfloser und auf andere angewiesener John Lau war ein unnatürliches und beunruhigendes Phänomen.

»Bis kurz über die Knöchel«, rief John gegen das reißende Plätschern des Baches und das tiefere Tosen im Hintergrund. Er schwankte im Sog der Strömung und versuchte sein Gleichgewicht wiederzufinden, indem er einen Arm gegen die Sandbank stemmte. Wieder lösten sich kleine Sandlawinen.

»Das ist nicht zu schlimm«, sagte Claire zu Gideon. »Ich glaube, wir können ihn rausziehen.«

»Wir brauchen irgendwas, an dem er sich festhalten kann«, sagte Ray.

Claire nickte. Sie war die einzige, die einen langen Mantel trug. Schnell zog sie ihn aus und reichte ihn Gideon. Sie zitterte, als ein plötzlicher rauher, feuchter Windstoß ihr seidiges Kleid an ihren schmalen Körper klatschte. Schnell streifte Ray seine Regenjacke ab und legte sie über ihre Schultern.

Gideon nahm Claires Mantel, schüttelte aber dann seinen Kopf. »Keine Chance. Das wird nicht die Böschung runterreichen«, sagte er ruhig. »Ich gehe rein und ziehe ihn raus.«

»Aber der Treibsand . . .«, setzte Claire an.

»Vielleicht ist er nur da drüben, wo John festsitzt. Sie und Ray halten ein Ende des Mantels fest, und ich gehe rein und halte das andere. Es sind nur ein paar Schritte bis zu ihm. Falls ich in Treibsand gerate, könnt ihr mich sofort wieder rausziehen, und wir werden etwas anderes versuchen.«

Aber was nur, fragte er sich düster, als er sich vorsichtig die Sandbank hinuntergleiten ließ, dabei mit einer Hand den Ärmel des Mantels umklammerte. Wollen wir nur hoffen, daß Ray sich schon einen netten, sauberen Alternativplan zurechtgelegt hat. Über ihm hielten die beiden mit verbissener Entschlossenheit den Mantel fest, ihre schmächtigen Körper gespannt, als hinge ein Panzer am anderen Ende.

Und das war gut so. Er hatte sich zwar auf eine stärkere Strömung als zuvor eingestellt, war aber trotzdem überrascht. Es war nicht länger das kräftige, auf ihn eintrommelnde Schieben, durch das sie erst vor ein paar

Minuten gewatet waren, sondern ein äußerst starker Sog, der seine schweren, durchnäßten Kleider packte und ihn wie einen Käfer, der von einem Staubsauger erwischt worden war, nach rechts fortriß. Er verlor seinen Halt, noch bevor er ihn richtig gefunden hatte, und wäre sicher von der Strömung mitgerissen worden, wenn Claire und Ray ihre Füße nicht in den Sand gestemmt und mit aller Kraft an ihrem Ende des Mantels festgehalten hätten. Während seine Beine wie flatternde Stoffbänder in der Strömung trieben, hielt er eisern an dem Ärmel fest, bis er sich wieder aufgerichtet hatte, nachdem er sich seitlich drehte, um der Flut so wenig Widerstand wie nur möglich zu bieten. Der Sand unter seinen Füßen schien solide genug zu sein.

»Haut einen irgendwie von den Socken, nicht?« meinte John, der im zunehmenden Lärm des Wasser kaum noch zu verstehen war.

»Kein Problem«, sagte Gideon. »Alles unter Kontrolle. Bist du bereit, gerettet zu werden?« Er warf einen mißtrauischen Blick nach links. Keine Flutwellen im Anmarsch.

»Ich weiß nicht so recht«, sagte John. »Das wird ein gottverdammt harter Schlag für mein Ego.«

»Gideon!« rief Claire. »Wenn Ihre Füße Halt gefunden haben, gehen Sie kein Risiko ein . . . Versuchen Sie ihn zu erreichen, ohne sich zu bewegen!«

Das klang vernünftig. Das hätte gerade noch gefehlt, daß sie beide im Treibsand feststeckten. Seine Füße fest auf den Boden gepflanzt und eine Hand um den Mantelärmel gedreht, streckte Gideon seine Hand aus und beugte sich über den Bach, zitterte unter der Anstrengung, trotz des starken und unerbittlichen Sogs der Strömung aufrecht stehenzubleiben. Aber selbst wenn er seinen Arm bis aufs äußerste ausstreckte, daß er schon unter der Anstrengung ächzte, fehlten zwischen seinen verzweifelt tastenden Fingerspitzen und Johns Hand immer noch gut dreißig Zentimeter.

Oben auf der Sandbank verrenkte sich Ray, um aus seiner Tweedjacke zu kommen, ohne seinen Griff um Claires Mantel zu lösen. »Gideon, wenn ich dir meine Jacke zuwerfe, kann John sich daran festhalten. Wenn ich nur . . .«

Aber Gideon bezweifelte, daß das Mantel-Gideon-Jacke-John-Arrangement genügend Kraft aufbieten konnte, um Johns Einhundertneunzig-Pfund-Körper aus dem Sand zu ziehen. Und er war sich außerdem nicht sicher, ob der sich abkämpfende Ray überhaupt rechtzeitig aus seiner Jacke kam. Allein während der Minute oder so, die er jetzt in dem Bach stand, war der Wasserspiegel mit beängstigender Geschwindigkeit weiter angestiegen. Inzwischen reichte ihm das Wasser bis an die Brust, und schon sehr bald würde es unmöglich sein, länger auf den Füßen zu bleiben. Das Wasser stand John inzwischen bis unter die Achseln, so daß er versuchen mußte, sich aufrecht zu halten, indem er mit seinen Armen ruderte wie ein Mann, der Wasser trat.

Nein, es war keine Zeit mehr zu verlieren. Was er hätte tun sollen, das wurde ihm jetzt klar, war, den Bach an der Stelle zu durchwaten, wo sie ihn vorhin überquert hatten, und von der sie wußten, daß dort kein Treibsand war, und John dann von der Sandbank auf der anderen Seite herausziehen. Aber dafür war es jetzt zu spät. Er würde es eben drauf ankommen lassen müssen.

Vorsichtig bewegte er sich auf John zu, *rutschte* über den Grund, wie Claire es ihnen für den Fall erklärt hatte, daß sie in die Nähe von Treibsand geraten sollten. Behutsam schob er seinen linken Fuß zentimeterweise vor, tastete nach Treibsand (wie fühlte der sich überhaupt an?), lauschte gespannt auf das Nahen der nächsten großen Flutwelle. Seine ausgestreckte Hand war nur noch *zwanzig* Zentimeter von Johns entfernt . . . nur noch fünfzehn . . . Bei Gott, er schaffte es. Noch fünf Zentimeter . . .

John streckte sich ihm entgegen. »Nur noch . . . ein kleines . . . Stückchen . . .«

»*Hmmmh* . . . « Gideon schob seinen Fuß noch ein paar Zentimeter weiter.

Und genau in dem Augenblick, als sich ihre Fingerspitzen berührten, trat er hinein, und jetzt verstand er den Ausdruck, den John auf seinem Gesicht gehabt hatte. Es fühlte sich an, als hätte er seinen linken Fuß in ein schaukelndes Ruderboot gestellt oder einen Schritt auf einem wackligen Trampolin oder einem altmodischen Wasserbett gemacht. Oder in eine riesige wabbelige Schüssel Gelatine, die umkippen würde, sobald er das Gewicht auf dieses Bein verlagerte. Es war anders als alles, was er erwartet hatte. Und es war allerdings unheimlich.

Er schwankte, hatte sein Gleichgewicht verloren und lehnte sich schnell auf das Bein zurück, das noch auf festem Sandboden stand. Im selben Moment wurde alles nur noch schlimmer. Eine weitere Flutwelle, ein sich überschlagender, krachender Brecher dieses Mal, donnerte durch den Kanal auf sie zu, und Claire und Ray rissen heftig an dem Mantel, zogen ihn die Sandbank hinauf und der Brandung aus dem Weg.

»John!« brüllte er vergeblich, rappelte sich auf, jetzt selbst wieder in Sicherheit, aber immer noch die Finger seines Freundes an seinen Fingerspitzen fühlend. Sie waren so quälend nahe gewesen ... Er konnte nichts anderes tun als nur abzuwarten, machtlos und erschüttert, während die gewaltige Woge an ihnen vorbeischoß und John für schreckliche, unendlich lange Sekunden unter sich begrub.

»Da, er ist in Ordnung! Er lebt!« platzte Ray heraus, als Johns Kopf schließlich aus dem ruhiger werdenden Wasser auftauchte.

Mit fest zusammengepreßten Augen, an den Kopf geklatschten, nassen schwarzen Haaren und seinen aufgeblasenen Wangen, da er die Luft angehalten hatte, wirkte sein Kopf auf Gideon wie etwas, das an der London Bridge aufgespießt worden war, aber nach einem Augenblick bewies er, daß Ray doch recht gehabt hatte, saugte in gewaltigen Zügen Luft ein und öffnete seine Augen.

»Ich glaube, es ist langsam Zeit für Plan B«, rief er schwach über den Bach zu ihnen herüber. Das Wasser, das weiterhin und immer schneller stieg, schwappte jetzt schon gegen sein Kinn. Er warf einen ängstlichen Blick nach rechts, schaute nach der nächsten Flutwelle.

Und Gideon durchzuckte zum ersten Mal echte, entsetzliche Angst. Was verdammt noch mal sollte er jetzt tun? Wie sollte er John da rausholen, bevor die nächste Welle ihn umbrachte? Daß dieser verdammte Dummkopf in diese Scheiße hatte latschen müssen, als sie es praktisch schon geschafft hatten!

Vor Ungeduld und Enttäuschung keuchend und von einem Bein aufs andere springend, schaute er sich fieberhaft nach einem Stock, einer Stange, einer Eingebung um, aber natürlich war da nichts. Ray und Claire standen gegeneinander zusammengesunken da, hatten keine Vorschläge, hielten immer noch sinnlos an dem klatschnassen schwarzen Mantel fest. Der verdammte John saß fest, nutzlos und unbeweglich wie ein Knorren an einem Baumstamm, bis zum Hals im Wasser, und hatte nichts zu melden. Nur noch eine weitere Flutwelle und dann ...

Bei dem zischenden, donnernden Rauschen schauten alle sofort auf, um den trüben, bräunlich-grauen Brecher, der Treibgut und gelben Schaum vor sich herschob, ruhig und bösartig den Kanal entlang auf sie zukommen zu sehen, so hoch dieses Mal, daß er die Seiten der Rinne überspülte.

Und dann kam Gideon eine Idee. Er lief schnell stromaufwärts die Sandbank entlang, dem nahenden Brecher entgegen, schaffte nur vier oder fünf Schritte, bevor er auf einer Höhe mit ihm war. Dann drückte er sich an der Kante der Sandbank ab und stürzte sich in einem flachen, stromabwärts in Johns Richtung gerichteten Sprung ins Wasser. Aus den Augenwinkeln heraus sah er Claire und Ray, die ihn mit offenem Mund anstarrten.

Er wollte John packen – sich mehr oder weniger unter Wasser auf ihn stürzen –, während die mächtige Welle Gideon landeinwärts spülte, und den vereinten Schwung von Flutwelle und seinem eigenen Gewicht ausnutzen, um John aus dem Sand zu reißen. Es war keine besonders tolle Idee und nur halb ausgegoren, aber etwas Besseres fiel ihm auf die Schnelle nicht ein, und unter den gegebenen Umständen war sie gar nicht mal so übel.

Wenn da nicht zwei Dinge gewesen wären. Zunächst einmal brachte ihn sein überstürzter Sprung nicht auf den sich fortwälzenden Rücken der Flutwelle, sondern unmittelbar davor, direkt unter ihren überhängenden Kamm. Statt in Johns Richtung getrieben zu werden, schlug der krachende Wasservorhang auf ihn ein und drückte ihn gänzlich verrenkt unter Wasser, wo er hart auf den mit Steinen bedeckten Grund aufschlug. Dann, bevor er seinen Kopf aus dem Wasser recken und nach Luft schnappen konnte, riß ihn die Welle weiter, ließ ihn Purzelbäume schlagen. Kurz vor dem Ersticken ergriff Gideon Panik: John mußte ebenfalls unter Wasser sein, mit den Beinen immer noch fest im Treibsand, und Gideon konnte nicht sehen, wo er war. Er hatte nur eine Chance, ihn zu packen, und wenn er ihn nicht beim ersten Mal erwischte, dann . . .

Er versuchte mit Gewalt, seine Augen zu öffnen, aber das Salzwasser brannte entsetzlich, Gideon kniff sie sofort wieder zusammen. Die Anstrengung, den Atem anzuhalten, war unerträglich; unfähig, oben von unten zu unterscheiden, ruderte er wie wild mit seinen Armen und

Beinen, hoffte verzweifelt, John zu erwischen, wenn er an ihm vorbeischoß. Und wie durch ein Wunder stürzte er genau in ihn hinein.

Und an diesem Punkt ging dann die zweite Sache schief. Als der Brecher über ihm zusammengeschlagen war, hatte John sein Gesicht instinktiv von ihm fortgedreht und daher nicht mehr gesehen, wie Gideon ins Wasser gesprungen war. Als dann irgendeine grauenhafte, durch die Flut aus der Tiefe des Meeres gerissene Kreatur sich mit seinen um sich schlagenden Tentakeln von hinten an ihn klammerte, ließ er natürlich blindlings seine Faust so fest er nur konnte in diese Masse krachen.

Der Schlag erwischte Gideon direkt unter dem Zwerchfell in der Magenkuhle und jagte die eingehaltene Luft in einer Explosion von Luftblasen aus seinem Mund. Krampfartig verstärkte er seinen Griff, nur um sofort darauf wieder geschlagen zu werden, dieses Mal gegen die Brust, und dann, schwerfällig und mit schwindender Kraft, noch einmal gegen den Hals. Sein Kopf explodierte fast, er schluckte einen Schwall Wasser, würgte es sofort mit dem letzten Rest Luft in seinen Lungen wieder heraus. Er *mußte* nach oben an die Luft, wenn er nur dahinterkam, wo oben war. Aber wenn er John jetzt losließ . . .

Die sich träge drehenden Lichtpunkte vor seinen Augen sagten ihm, daß er das Bewußtsein verlor, sich nicht länger gegen den überwältigenden Sog der Flutwelle halten konnte. Er begann jede Orientierung zu verlieren, wußte nicht mehr, was er überhaupt tat. Das fürchterliche Brennen in seiner Brust zog sich in eine entferntere Dimension zurück. Seine Aufmerksamkeit ließ nach und driftete allmählich weg; und er mußte begonnen haben einzuatmen, denn plötzlich brannte Salzwasser in seiner Nase. Er konnte gerade noch verhindern, daß er es in seine Lungen sog, doch dieses Mal gelang es ihm nicht, es wieder auszustoßen; als ein eisiger, glibbriger Kloß sammelte es sich ganz hinten in seiner Kehle. Er war sich undeutlich bewußt, daß seine Beine von der vollen Wucht der Flutwelle nach hinten gerissen worden waren, so daß er horizontal unter der Wasseroberfläche ausgestreckt sein mußte, wie eine Fahne im Sturm; und er hielt sich mit steifen und gefühllosen Händen an dem rutschigen, aufgeweichten Stoff von Johns Kragen fest.

Es war Zeit loszulassen, sich der Flut zu ergeben, fortgespült zu werden. Zeit, John in Frieden sterben zu lassen. Doch trotzdem hielt er weiter fest, nicht in der Lage, seinen steinernen Fingern zu befehlen, sich zu öffnen. Undeutlich registrierte er, daß John sich immer noch schwach wehrte, an Gideons Handgelenken zerrte. Wütend, aber kraftlos schüttelte Gideon an dem Kragen. Wieso konnte dieser dumme Hund nicht *ihn* in Frieden sterben lassen? John kämpfte heftiger, und Gideon, auf eine dumpfe Art wütend, revanchierte sich, indem er ihn noch fester schüttelte, als eine weitere Flutwelle kraftvoll an ihnen zerrte.

Da war das Gefühl eines Korkens, der sich plötzlich aus einem Flaschenhals löste, und dann wirbelte er wieder herum, die Hände immer noch in Johns Kragen verkrallt, und John purzelte und hüpfte mit ihm durch das Wasser. Verträumt, nicht wirklich verstehend, was genau passierte, verstand er dennoch, daß ihm offenbar gelungen war, was er vorgehabt hatte. Als er seinen Mund öffnete, um zu jubeln, strömte das wartende Meerwasser sofort hinein, und die wirbelnde, sich blitzartig ausbreitende Schwärze folgte sofort, ergoß sich durch seinen Hals und dehnte sich aus, um seine sich aufblähenden Eingeweide auszufüllen.

»Ich glaube, er ist okay«, sagte Claires besorgte Stimme direkt über ihm.

»Natürlich bin ich okay«, erwiderte Gideon gereizt. Oder nicht? Er lag in sechs, sieben Zentimeter hohem Wasser auf dem Rücken, sein Kopf leicht angehoben, seine Wange ruhte auf kaltem, feuchtem Stoff. Claires Kleid, erkannte er. Sein Kopf lag auf ihrem Schoß. Was war hier los? Waren sie immer noch in der Bucht? Hatte er einen Unfall gehabt? War er gestürzt? Abrupt kehrte die Erinnerung zurück. Er richtete sich sofort auf seine Ellbogen auf.

»John . . .«

»Hier«, sagte John. »Ich bin okay.« Er kniete neben Gideon. »Danke, daß du mich da rausgeholt hast, Doc«, sagte er unbeholfen. »Tut mir leid, daß ich dir ein Ding verpaßt hab.«

»Keine Ursache«, sagte Gideon benommen. »Gern geschehen.«

»Wie fühlst du dich?«

»Prima.« Und das stimmte auch, mehr oder weniger. Sein Hals brannte, ihm war schwindlig, leicht übel, seine Muskeln waren so schwach wie die eines Babys und zitterten noch immer, aber er schien nicht verletzt zu sein. »Wie lange war ich bewußtlos?«

»Nur ein paar Minuten. Ich bin mir nicht mal sicher, ob du überhaupt richtig bewußtlos gewesen bist.«

Es war ihm wie eine ganze Woche vorgekommen. »Wie bin ich hier raufgekommen? Hast du mich rausgezogen?«

John schüttelte seinen Kopf. »Konnte ich nicht. Wir sind auf einer niedrigen Sandbank in fünfzig, sechzig Zentimeter hohem Wasser angespült worden. Ich hab versucht, dich rauszuziehen, hatte aber nicht mehr die Kraft dazu. Ich konnte mich ja nicht mal mehr selbst rausziehen. Ich konnte nur deinen Kopf über Wasser halten. Wir hätten einfach dort gelegen und den Löffel in der nächsten Flutwelle abgegeben, wenn Ray uns nicht rausgezogen hätte, und zwar im allerletzten Moment.«

»*Ray* hat uns rausgezogen?«

»Also, wirklich«, bemerkte Rays sanfte Stimme irgendwo neben Gideon. »Ist ein derart ungläubiger Tonfall wirklich nötig?«

Gideon und John waren beide wacklig auf den Beinen, konnten aber ohne fremde Hilfe gehen, und schließlich erreichten die vier doch noch den Fuß des Mont, schleppten sich aus dem Watt und stiegen hintereinander und ein wenig unsicher die Stufen zum Abteigarten hinauf. Ohne nach links oder nach rechts zu schauen, gingen sie würdevoll (was nicht leicht war; John hatte seine Schuhe und Socken verloren, Gideon einen seiner Schuhe) an der mürrischen und glotzenden Gruppe von Leuten vorbei, die sich die Hälse verrenkten, um sie vom Nordturm aus beobachten zu können.

»Was meint ihr, wieso die uns so komisch anglotzen?« fragte Ray ausgelassen. »Sind die sauer auf uns, weil wir so hirnverbrannt waren, quietschvergnügt in die Flut hinauszulatschen, oder weil wir ihnen den Nachmittag verdorben haben, indem wir dann doch nicht abgesoffen sind?«

In ihrem angeschlagenen Zustand fanden sie das rasend komisch, prustend und sich vor Lachen schüttelnd gingen sie die Grand Rue hinunter. Doch als sie schließlich den Wagen erreichten, hatte eine vorhersehbare Reaktion eingesetzt: Sie waren niedergeschlagen, und ihre Zähne hatten vor Kälte zu klappern begonnen. Ihre Kleider, immer noch klatschnaß, klebten ihnen eiskalt am Körper. Gideon hielt bei dem ersten Hotel, an dem sie vorbeikamen: ein braunes, schmutziges altes Haus in der Nähe des Bahnhofs an der Rue Coesnon in Pontorson, nur ein paar Blocks vom Damm entfernt.

Die Wirtin, Madame Gluges, war nicht übertrieben gastfreundlich. Zu welchem Zweck genau, wollte sie klipp und klar wissen, brauchten sie ein Zimmer? Nachdem sie ihnen diese Frage gestellt hatte, noch bevor sie damit rausrückte, ob überhaupt ein Zimmer frei war oder nicht, verschränkte sie ihre stämmigen, in einem Pullover steckenden Arme, musterte sie argwöhnisch und erwartete eine Erklärung.

Ihre Reserviertheit war durchaus verständlich. Die vier wirkten nicht gerade besonders vertrauenerweckend: drei durchgeweichte, ungepflegte Ausländer – zwei von ihnen massige, gefährlich aussehende Teufel – und eine schlampige Französin, alle triefend vor Nässe und ohne Gepäck. Der muskulöse Asiate war außerdem barfuß – als käme er schnurstracks aus dem Dschungel. Der andere große Kerl trug nur einen rot-grünen Turnschuh, und alle hatten so einen erregten, wilden Blick. Drogen? Whiskey? Was war mit denen? Auf der Flucht vor der Polizei? Entflohene Sträflinge, die gerade erst an Land geschwommen waren? Kein sehr gewinnender Anblick für eine Hotelbesitzerin auf dem Lande, die an eine ruhige Kundschaft von anständigen (oder doch wenigstens allein reisenden) Geschäftsleuten gewöhnt war.

Ray konnte sie auch nicht beruhigen, als er ihr versprach, daß sie um sechs Uhr wieder fort sein würden, da sie das Zimmer nur für eine Stunde brauchten. Aber Claire erklärte schnell, daß sie in der Bucht von der Flut überrascht worden seien und nur lange genug bleiben wollten, um eine heiße Dusche zu nehmen und, wenn möglich, ihre Kleider zu trocknen.

Also gut, sagte Madame, die bei Claires sanfter Art ein wenig auftaute, aber sie könnten unmöglich alle zusammen ein Einzelzimmer bekommen. Die Männer in einem, die Frau in einem anderen Zimmer. Auf verschiedenen Etagen. Erst als diese eindeutige Bedingung kleinlaut akzeptiert wurde, ließ sie sich erweichen. Sie werde ihnen nur ein Zimmer berechnen, nicht zwei, und wenn sie ihre Kleider vor die Tür legten, werde sie sie in den Keller bringen und in den Trockner stecken lassen.

Nun, da Anstand und Moral garantiert waren, wurde Madame Gluges nachgiebig. Während die vier ihre nassen Kleider auszogen, klopfte sie an ihre Türen und brachte in jedes Zimmer eine Thermoskanne schwarzen Kaffee mit Cognac – und vergewisserte sich dabei ganz schnell, daß Claire auch tatsächlich dort war, wo sie sein sollte. Trotzdem war es eine nette Geste, die dankbar angenommen wurde. Und als sie ihre Kleider abgegeben und sich in Decken und Laken gewickelt hatten, erwärmten sich langsam wieder Herzen und Körper.

Auf jeder Etage gab es irgendwo eine Dusche, und während Ray, spektakulär in eine königsblaue Tagesdecke aus Chenille gehüllt, sich wie ein Indianerhäuptling den schummerigen Flur hinunter auf die Suche machte, saßen Gideon und John, zwei einfache Krieger in schlichten Decken aus dem Schrank, im Zimmer, tranken ihren anregenden Kaffee und unterhielten sich.

»Wie siehst du die Sache, John?«.

»Ich denke, Ray hatte recht. Gezeitentabellen lügen nicht.«

»Ganz meine Meinung. Also, aus welchem Grund sollte Ben Butts uns umbringen wollen?«

»Ich glaube nicht, daß er das wollte, Doc. Ich glaube vielmehr, daß er *dich* umbringen wollte, und wir anderen hatten einfach nur das Pech, mit dir zusammen zu sein.«

»*Mich*?« Gideon stellte seine Tasse heftig auf den niedrigen Tisch. »*Wieso*?« Noch bevor die Worte über seine Lippen gekommen waren, nickte er bereits. »Vergiß es, dumme Frage. Ich frage mich, wieso es mir solche Schwierigkeiten bereitet, mich an die Tatsache zu gewöhnen, daß jemand versucht, mich umzubringen.« Er nahm die Tasse wieder in die Hand und trank einen stärkenden Schluck, dann hielt er sie unter seine Nase und genoß den starken, süßlichen, stechenden Duft des Weinbrandes.

»Ben«, grübelte er. »Warum ausgerechnet Ben? Was könnte er gegen Claude gehabt haben? Was könnte er gegen Guillaume gehabt haben? Warum sie umbringen?«

»Guillaume?«

»Den falschen Guillaume, meine ich. Mr. X. Ich weiß nicht, wie ich ihn sonst nennen soll.«

John goß den restlichen Kaffee in ihre Tassen. »Du hörst auch nie auf, was?« sagte er lachend. »Du wirst beweisen, daß der arme Kerl ermordet worden ist, ob es nun wirklich so war oder nicht.«

»Ist das dein Ernst, John? Zumindest eines haben wir dort draußen doch erfahren, nämlich wie er es angestellt hat. Um ein Haar hätte es Ben gottverdammt noch mal geschafft, daß wir alle ertrunken wären . . .« Er kippte den letzten wärmenden Schluck Kaffee hinunter. ». . . und wir waren fit und bei klarem Verstand! Ist es da wirklich so schwer vorstellbar, daß er nicht auch genau das gleiche mit ›Guillaume‹ gemacht hat? Was glaubst du denn, wo wir jetzt wären, wenn *wir* krank und alt und lahm wären?«

John nickte langsam. Eingehüllt in die Decke, die Arme vor der Brust verschränkt und eine nachdenkliche Miene auf seinem dunklen, flachen Gesicht mit diesen hohen Wangenknochen, sah er tatsächlich wie ein Prärie-Krieger aus dem neunzehnten Jahrhundert aus, der Catlin Porträt saß, unnahbar und unergründlich.

»Doc, da ist was dran«, sagte er nahbar und ergründlich.

»Mir ist gerade noch was eingefallen. Ben arbeitet doch als Anwalt bei der Southwest Electroplating.«

Johns Blick sagte unmißverständlich, daß, wenn einer unergründlich war, dann auf jeden Fall nicht er.

»Galvanisieren ist doch dasselbe wie Versilberung, oder nicht?« sagte Gideon. »Hast du mir nicht erzählt, daß Zyankali bei der Versilberung verwendet wird? Ganz sicher dürfte es Ben keinerlei Schwierigkeiten bereitet haben, sich ein bißchen Zyankali aus seiner eigenen Firma zu organisieren, ohne daß es jemand bemerkt hätte.«

»Ja«, sagte John wenig überzeugt, »nur daß es für niemanden so besonders schwierig ist, sich Zyankali zu besorgen. Aber ich schätze, doch, ja, das ist etwas, über das man zumindest mal nachdenken sollte.« Er schüttelte den Kopf. »Ich weiß nicht, Doc. Es fällt mir schon sehr schwer, in Ben denjenigen zu sehen, der hinter allem stecken soll. Glaubst du das wirklich?«

Nein, gestand Gideon seufzend, nicht ganz. Und je mehr er darüber nachdachte, desto weniger glaubte er es.

Zunächst mal mochte er Ben viel zu sehr, um ihn bereitwillig als Killer zu akzeptieren, ließ das aber zunächst außer acht. Es gab zu viele andere Dinge, die einfach nicht zusammenpaßten, zu viele Unmöglichkeiten. Ganz sicher war Ben Butts intelligent genug, um sich einen weniger verrückten Mordplan als diesen einfallen zu lassen. Woher konnte er überhaupt wissen, daß Gideon genau an diesem speziellen Tag am Mont St.-Michel auftauchen würde, und noch dazu rechtzeitig, um bei nahender Flut ins Watt hinausgescheucht werden zu können? Und selbst wenn er es wirklich irgendwie gewußt hatte: War er wirklich das Ungeheuer, das die anderen auch noch opfern würde? Angenommen, er war es: Wie konnte er darauf spekulieren, daß sie alle getötet würden? Denn wenn nicht, würden sich peinliche Fragen ergeben, Fragen von der Sorte, wie sie jetzt von ihm und John gestellt wurden. Und wie konnte Ben überhaupt wissen, daß sie Lust auf einen Spaziergang ins Watt haben würden? Wozu eine Gezeitentabelle mit sich herumschleppen, nur für den unwahrscheinlichen Fall, daß sich eine günstige Gelegenheit bieten würde, um ihnen seinen komischen kleinen Streich zu spielen? Nein, das war einfach nicht glaubwürdig.

Andererseits, wenn nicht zu diesem Zweck, warum *hatte* er dann eine Gezeitentabelle bei sich gehabt? Ganz sicher hatte er nicht vorgehabt, selbst in die Bucht hinauszugehen. Und gleichzeitig war da die eine überwältigende, unbestreitbare Tatsache, die alles andere in den Schatten stellte: Ben hatte wohlwollend in seine Gezeitentabelle geschaut und ihnen ganz seelenruhig eine falsche Information gegeben, die nicht nur ein bißchen danebenlag – ein Fehler von der Art, wie er einem schon mal passieren kann, wenn man versehentlich die falsche Zeile der Gezeitentabelle erwischt –, sondern ganz gewaltig und ziemlich treffsicher. Ein Fehler von der Sorte, wie man ihn machen würde, wenn man versucht, vier seiner Freunde absaufen zu lassen.

»Ich vermute«, sagte John, »wir müssen jetzt wohl Joly anrufen und ihm von dieser Sache erzählen.« Er schwieg und hob nachdenklich und ein wenig melancholisch seine Augenbrauen. Er war nicht ganz glücklich mit seiner Vermutung.

Gideon ebenfalls nicht. »Ich weiß nicht, wie es mit dir ist, John, aber ich bin es leid, Joly mit jeder Kleinigkeit zu behelligen. Warum unterhalten wir uns nicht selbst ein bißchen mit Ben?«

»Abgemacht.« John grinste und zog die rutschende Decke enger um seine Schultern. »Ich kann's kaum erwarten zu sehen, was der Alte sagt, wenn wir durch die Tür spaziert kommen.«

20

Was Ben sagte, war: »Hi, hi, hi.«

Zunächst eine durchaus verständliche Reaktion. Sie hatten an einem Monoprix-Kaufhaus in der Nähe von Dinan angehalten, um sich Sweatshirts (ihre Jacken waren nicht getrocknet) und Freizeitschuhe zu kaufen, die ihre fehlenden oder völlig durchnäßten Schuhe ersetzen sollten. Die Franzosen sind keine besonders großen Menschen, noch weniger die Bretonen, und Kleider in Größen, die John und Gideon paßten, waren nicht leicht zu finden. Was zur Folge hatte, daß die beiden Männer in genau gleichen grellvioletten Sweatshirts wieder aus dem Geschäft kamen, von denen jedes eine pummelige und grinsende Schnecke auf der Brust trug. An den Füßen trugen sie offene, Pantoffeln ähnliche Leinenschuhe in einem besonders ekelhaften Gelblichgrün mit elastischen Seitenbändern statt Schnürsenkeln; Latschen, wie sie Quasimodo höchst wirkungsvoll getragen haben könnte.

Gideon hatte außerdem eine Gezeitentabelle gekauft, deren Umschlag mit dem von Bens Tabelle identisch war. Während Ray und Claire noch einkauften, hatte er sich ein paar Minuten Zeit genommen, um sie mit John durchzugehen. Sie waren nicht weiter überrascht über das, was sie fanden. Die Nachmittagsebbe für den 23. März wurde nicht für 17:15 Uhr aufgeführt, sondern für 23:33 Uhr. Aber die *Flut* war dort ganz klar mit 16:43 Uhr eingetragen. Eine Zeit, von der Ben allen Grund hatte zu glauben, daß sie dann immer noch draußen in der Bucht sein würden. Gideon stieß einen leisen Pfiff aus, als er die Höhe des Wasserstandes las: 13,05 Meter, während der vorausgegangene Tiefstand bei neunzig Zentimetern gelegen hatte. Ein Unterschied von fast zwölf Metern in einem einzigen Gezeitenzyklus! Er seufzte tief. Sie hatten wirklich Glück gehabt.

Jeder Monat stand auf einer eigenen Seite, jeder Tag hatte eine eigene Zeile. Er ließ seine Augen über den ganzen März wandern, suchte ohne große Hoffnung nach einem Grund für einen ehrlichen Irrtum von Ben. Aber an keinem Tag war um 5:15 Uhr jemals Ebbe, weder vormittags noch nachmittags. Er blätterte die restlichen Seiten des Heftchens durch, um zu sehen, ob am dreiundzwanzigsten *irgendeines* Monats um 17:15 Uhr Ebbe war, nur für den Fall, daß Ben die richtige Zeile, aber die falsche Seite erwischt hatte. Nichts. Um 5:15, morgens oder nachmittags, gab es weder eine Flut noch eine Ebbe, an keinem Tag des ganzen Jahres.

Es führte somit kein Weg dran vorbei: Was immer das Gefühl dazu sagte – Ben Butts, mit seiner lächelnden lockeren Art, hatte sie absichtlich und bewußt in eine Mont-St.-Michel-Flut hinausgeschickt, die zu jenem Zeitpunkt schon gleichmäßig auf sie zugerollt gekommen war.

Was, so gesehen, sein wieherndes Lachen, als sie in den Salon traten, doch äußerst überraschend erscheinen ließ. Er war allein gewesen, anscheinend als erster unten, um auf das Zeichen für die Cocktails vor dem Abendessen zu warten, und er hatte in einem der großen Ohrensessel vor dem Kamin gesessen, mit dem Rücken zur Tür, anscheinend tief in den Sportteil der ›International Herald Tribune‹ versunken. Auf Johns entschiedene Empfehlung hin waren Ray und Claire direkt auf ihre Zimmer gegangen, um sich umzuziehen, nachdem sie während der Fahrt steif und fest bei ihrer Überzeugung von seiner Unschuld geblieben waren.

»Hallo, Ben«, hatte Gideon leise von hinten gesagt, dabei sorgfältig auf ein verräterisches Zeichen geachtet, als Ben sich umdrehte – die plötzliche Blässe der Überraschung vielleicht, oder das tiefe Rot von Wut. Statt dessen dann dieses schrille und durchaus überzeugend klingende Wiehern.

»Ist ja toll!« kreischte er, als er ihre violetten Sweatshirts und die grünen Schuhe registrierte. »Jetzt fehlen euch nur noch die passenden Käppchen. Welche Nummer gebt ihr als erstes?«

Das war kaum das Knurren eines verblüfften Mörders. Gideons Zweifel begannen sich wieder zu regen.

Während sie ihn stumm beobachteten, erstarrte Bens breites Grinsen. »Okay, ich gebe auf. Was ist das für ein Spiel?«

»Ben, haben Sie noch diese Gezeitentabelle?« fragte John lächelnd.

»Klar, natürlich hab ich die noch.« Er faltete die Zeitung sorgfältig zusammen, stand auf und begann seine Taschen abzuklopfen. »Wenigstens glaube ich es. Aaah.« Er zog sie aus der linken Tasche seiner Mohairjacke. John nahm sie und reichte sie Gideon.

»Was ist hier los?« fragte Ben unruhig. »Wieso habe ich das komische Gefühl, daß jeder auf mich sauer ist? Habe ich die Tabelle nicht richtig gelesen oder was?« Abrupt machte er ein langes Gesicht. »Das ist nicht euer Ernst. Das kann nicht sein.«

»Wollen doch mal sehen«, sagte Gideon. Er blätterte schnell zu der Seite für den Monat März um, fand die Zeile für den aktuellen Tag und ließ seinen Finger zu der mit *basses mers* – Ebbe – überschriebenen Spalte gleiten. Er starrte auf das Papier, blinzelte, starrte wieder hin. Dann schaute er gründlich verwirrt zu den anderen auf.

»Hiernach war um 17:15 Uhr Ebbe«, murmelte er.

»Tja, natürlich«, sagte Ben. »Genau das habe ich euch doch auch gesagt, oder?«

Gideon nahm die Broschüre heraus, die er im *Monoprix* gekauft hatte, und verglich sie mit Bens Heft. Die Umschläge waren identisch, und auf den ersten Blick auch die Inhalte der beiden Tabellen. Alles in allem vierundsechzig Seiten, zum größten Teil Daten für die Schiffahrt und Anzeigen, mit einer einzigen kräftigen Klammer in der Mitte zusammengeheftet. Die Gezeiteninformationen für März standen auf der Seite 32, die in beiden Broschüren die linke Seite genau in der Mitte war, und die Daten und Tage in beiden Heften stimmten überein. Der erste März war ein Sonntag und so weiter. Aber der Inhalt der Spalten – die Zeiten und Höhen der Gezeiten – war völlig verschieden. Genau wie die Daten für die Monate auf den Seiten 31, 33 und 34, den anderen Seiten desselben gefalzten Blatts. Alle anderen Seiten schienen in beiden Broschüren wieder identisch zu sein.

»Ben, wo haben Sie dieses Ding her?«

»Aus dem Wagen. Es steckte in der Seitentasche der Tür. Ich wollte nachsehen, ob wir vielleicht die hereinkommende Flut sehen könnten.«

»Im Wagen? In welchem Wagen?«

»Das hab ich Ihnen doch gesagt. Der Wagen, den wir am Mont St.-Michel abgeholt haben. Guillaumes Wagen. Der Citroën. Wie wär's, wenn ihr mir jetzt mal verraten würdet, was hier überhaupt los ist?«

»Nichts, Ben«, sagte John. »Wir wollen nur ein paar Sachen überprüfen.«

»Kommen Sie mir nicht damit, John. Ich bin vielleicht nicht der hellste Kopf auf dieser Welt, aber todsicher kenne ich den Unterschied zwischen Hühnerscheiße und Hühnersalat.« Er lachte leise. »Wie meine Tante Gussie immer zu sagen pflegte.«

Sie ließen ihn verwirrt und ihnen sprachlos nachstarrend stehen und gingen auf den Flur hinaus.

Gideon sah John an. »Tja, ich schätze, das beantwortet wohl einiges.«

»Was beantwortet *was*? Wie lautet denn die Frage?«

»Die Frage lautet: Wieso ist Guillaume in die Bucht hinausgegangen, ohne vorher einen Blick in eine Gezeitentabelle zu werfen? Und die Antwort lautet: Ist er gar nicht! Er hatte sein kleines Prachtstück bei sich im Wagen; ein wirklich netter kleiner Zeitplan, wenn man mal von der Kleinigkeit von ein paar Seiten in der Mitte absieht. An welchem Tag ist er gestorben? Erinnerst du dich noch? Letzten Sonntag?«

»Montag. Das dürfte dann der, äh . . .«

»Der sechzehnte gewesen sein.« Gideon fand die entsprechende Zeile. »Also, er ist morgens rausgegangen, und nach diesen Angaben hier wird er die Flut nicht vor dem frühen Abend erwartet haben. Während tatsächlich . . .« – er schloß den falschen Plan und öffnete den aus dem Monoprix – ». . . die Flut ihren Höhepunkt um fünf nach zehn hatte. Vormittags. Eine scheußliche kleine Überraschung. Genau das gleiche ist uns auch passiert, wie du dich vielleicht erinnerst.«

John nickte grimmig. »Okay, Doc, du hast gewonnen. Ich bin überzeugt. Er ist reingelegt worden. Und was meinst du, hat Ben . . .?«

»Nicht notwendigerweise Ben. Jeder von ihnen könnte das Ding für ›Guillaume‹ frisiert haben, und dann könnte Ben einfach genau das getan haben, was er behauptet, getan zu haben: Er hat ahnungslos und unschuldig die Tabelle eingesteckt, als er sie im Wagen entdeckte. Ich hoffe es wenigstens.«

»Ich auch.« Er schüttelte seinen Kopf. »Hör mal, kommt es dir nicht auch ein bißchen komisch vor, daß ein Mörder einen Beweis wie diesen einfach eine Woche lang im Auto liegengelassen hat?«

»Nein, eigentlich nicht. Wahrscheinlich hat er nicht im Traum daran gedacht, daß jemand, was Guillaumes Tod betrifft, mißtrauisch werden könnte. Ich mußte uns ja praktisch alle absaufen lassen, um *dich* zu überzeugen.«

»Genau das mag ich so an dir. Du reitest nie auf irgendwas rum.« Er nahm Gideon die aufgeschlagenen Broschüren ab und sah sie genau an. »Was meinst du mit *frisiert*? Du redest hier von einer ziemlich aufwendigen Geschichte. Sieh dir das Papier und den Druck auf den gefälschten Seiten an. Absolut identisch mit dem Original. Das erfordert eine Menge Arbeit. Die Sache muß von langer Hand vorbereitet worden sein, und wer immer es gemacht hat, muß einen echten Gezeitenplan zur Hand gehabt haben, was bedeutet . . .«

Gideon schüttelte seinen Kopf. »Nein, ich glaube, es war viel einfacher. Wenn ich an Guillaumes Unterlagen rankäme, könnte ich es dir wohl zeigen.«

»Guillaumes Unterlagen? Die müssen doch hier in seinem Arbeitszimmer sein, wo Joly den größten Teil seiner Vernehmungen durchgeführt hat.« Er ging ein paar Schritte zu einer geschlossenen Tür und drückte die Klinke herunter. Die Tür öffnete sich. »Was hält uns auf?«

Gideon zögerte. »Kommst du dir nicht ein bißchen komisch dabei vor, ungebeten in den Häusern anderer Leute herumzuschnüffeln?«

»Willst du mich auf den Arm nehmen?«

»Tja, bei mir ist es jedenfalls so.«

»Doc«, sagte John seufzend, »du mußt endlich über diese übertrieben zimperlichen Feinfühligkeiten wegkommen. Das heißt, falls du jemals hoffst, so was wie ein echter Detektiv zu werden.«

»Das ist so ziemlich das letzte, was ich will«, brummte Gideon, betrat aber trotzdem hinter John das Zimmer. Sie ließen die Tür angelehnt, um sein Gewissen zu beruhigen (es war kein richtiges Herumschnüffeln, wenn sie es ganz offen machten), und knipsten das Licht an.

Das Arbeitszimmer unterschied sich erheblich von den anderen Zimmern, die Gideon gesehen hatte. Seine Einrichtung spiegelte den kühlen Charakter seines toten Benutzers: ein funktionaler, grauer Metallschreibtisch, auf dem sich außer einem marmornen Schreibtischset mit zwei sorgfältig in ihre Halterungen gesteckten Füllfederhaltern nichts sonst befand; zwei Aktenschränke mit jeweils drei Schubladen aus passendem blauem Stahl; eine dreiflügelige Vitrine mit winzigen Muscheln, die peinlich exakt in langen, langweiligen Reihen angeordnet waren. Alles etikettiert, effizient und erbarmungslos ordentlich – ein privates Refugium der strengen Einfachheit in dem ansonsten überladenen Herrenhaus.

Gideon ging zu dem rechten Aktenschrank, zu der Schublade mit der Aufschtift ›M-P‹. Dort, in einer Hängeakte unter ›Marées‹, fand er schnell, was er zu finden erwartete: Guillaumes Gezeitentabellen, ein

Satz blauer Broschüren, die bis auf die Jahreszahlen alle genau wie die beiden aussahen, die er bereits gesehen hatte. Alles in allem waren es elf Stück, chronologisch (natürlich) von 1976 bis 1986 geordnet. Die Tabelle für 1987 befand sich nicht an ihrem Platz. Vermutlich war das diejenige, die er von Ben erhalten hatte und die er jetzt neben die Broschüre legte, die er in dem Kaufhaus erworben hatte.

Er setzte sich und arbeitete beginnend mit 1976 den Stapel durch, schlug jede Broschüre auf der Seite für Januar auf, warf einen kurzen Blick darauf und nahm sich dann die nächste vor.

»Und wonach suchen wir?« fragte John, der sich über seine Schulter beugte.

»Wir suchen nach einem Jahr, in dem die Daten . . .« Aber er hatte es schon gefunden. »Hier«, sagte er.

»Neunzehneinundachtzig. Sieh nur.« Er zeigte auf den Eintrag unter *Jours* für den 1. Januar. »J«, sagte er, »für *jeudi.* Donnerstag.«

»Ja«, sagte John. »Und?«

»Also fing das Jahr 1981 mit einem Donnerstag an, genau wie dieses Jahr, das bedeutet« – er blätterte schnell ein paar Seiten um – »daß die Tage für März ebenfalls übereinstimmen müssen.«

»Sofern 1981 kein Schaltjahr war.«

»War es nicht.«

»Ich möchte wetten, daß das, was wir hier machen, einen tieferen Sinn hat«, sagte John.

»Wart's ab. Sieh dir die Uhrzeit für die Nachmittagsflut am 23. März 1981 an.« Er legte seinen Finger auf die Stelle.

»Sechzehn-dreiundvierzig«, sagte John, verstand immer noch nicht. »Hmh. Genau die gleiche Uhrzeit wie heute. Komisch.«

»Es ist mehr als komisch. Wenn wir die restlichen Zeiten mit denjenigen in der Tabelle aus dem Monoprix vergleichen, werden die wahrscheinlich auch übereinstimmen. Aber nur auf den Seiten 31 bis 34.« Er schlug die Monoprix-Broschüre auf, um zu vergleichen, und seufzte dann zufrieden. »Siehst du?«

Selbst die dreizeilige Annonce am unteren Rand der Seite 32 stimmte überein. »Le Galle Frères, Opticiens«, stand da. »L'ami de vos yeux.« Aber in der Anzeige auf Seite 32 der Tabelle, die Ben im Wagen gefunden hatte, wurde für Aluminiumboote geworben.

»Doc«, sagte John, während er die Broschüre stirnrunzelnd anstarrte. »Ich verstehe immer noch nicht ganz . . .«

»John, sieh dir die einzelnen Seiten an. Entdeckst du irgendeinen Hinweis auf das Jahr? Es gibt keinen. Einfach nur ›Mars‹ oder ›Avril‹ oder was auch immer. Sie werden jedes Jahr in exakt dem gleichen Format gedruckt, und die einzige Stelle, an der du das Datum finden kannst, ist die vordere Umschlagseite. Genau wie bei den Tabellen, die wir zu Hause benutzen, wenn wir in der Sequim Bay Muscheln suchen gehen wollen. Es dürfte die einfachste Sache auf der Welt sein . . .«

». . . eine Heftklammer zu öffnen und die Seiten von einem Jahr einfach mit einem anderen Jahr zu vertauschen!« John schlug mit der Hand auf den Tisch. »Verdammt auch! Solange man ein Jahr nimmt, in dem die Daten auf die gleichen Wochentage fallen, könnte man problemlos damit durchkommen«

»Und schließlich doch noch: die Erleuchtung!«

»Nicht schlecht«, sagte John anerkennend. »Irgendwer hört, wie der alte Knabe davon redet, er würde am nächsten Morgen Muscheln suchen gehen, schleicht sich nachts hier rein, vertauscht ein paar Seiten von 1981 nach 1987 . . .«

»Und umgekehrt, damit in der Tabelle für 1981 keine Seiten fehlen, falls Guillaume zufälligerweise einen Blick hineinwerfen sollte.«

John nickte langsam. »Und dann Goodbye, Guillaume.«

»Richtig. Natürlich mit der Einschränkung, daß es nicht wirklich Guillaume war.«

»Ach, ja.« John tippte mit einem Zeigefinger gegen seine Schläfe. »Es ist verdammt schwer, all diese kleinen Details auf die Reihe zu kriegen. Manchmal fange ich schon an, mich zu fragen, wer *ich* eigentlich bin. He, wir schalten besser jetzt sofort Joly ein, findest du nicht auch? Die meisten dieser feinen Leute sind übermorgen verschwunden.«

Gideon benutzte das Telefon im Arbeitszimmer, um sich mit dem Inspektor in Verbindung zu setzen, erreichte ihn schließlich zu Hause. Joly hörte seinem Bericht über die manipulierten Gezeitentabellen ohne Unterbrechung zu. Er war beeindruckt genug, um auf seine üblichen beißenden Kommentare über Gideons fortdauernde Beiträge zu dem Fall zu verzichten, aber auch wieder nicht genug, um zuzugeben, daß er sich geirrt hatte, was den Mord an ›Guillaume‹ betraf.

»Ich dachte, ich hätte Sie gebeten, Vernunft und Vorsicht walten zu lassen«, lautete sein Kommentar. »Ich hätte gedacht, dazu gehört, daß Sie um Rochebonne einen Bogen machen.«

»Hab ich ja auch, Lucien, aber, äh, die Ereignisse haben mich eben einfach überrollt.«

»Ich bin nicht sicher, ob mir das gefällt. Gibt es noch irgendwelche weiteren Entwicklungen, von denen Sie mir erzählen sollten?«

»Nein, nichts Wichtiges.« Es schien nicht der richtige Augenblick zu sein, um zu erwähnen, daß sie die Ertrink-Nummer um ein Haar in der Bucht nachgespielt hätten.

»Nun«, sagte Joly, »ich denke, ich komme am besten mal rüber und wenn es Ihnen recht ist, können Sie jetzt eigentlich genausogut dort auf mich warten. Ist John bei Ihnen? Bleiben Sie in seiner Nähe. Ich möchte nicht, daß Ihnen irgendwas zustößt.«

»Okay, okay«, maulte Gideon.

»Und bewahren Sie diese gefälschten Tabellen für mich auf. Besser noch, geben Sie sie John.«

»Lucien, das mag Sie vielleicht überraschen, aber ich bin selbst absolut in der Lage . . .«

»Und versuchen Sie bitte, sie nicht anzufassen. Es könnte sehr gut Fingerabdrücke geben . . .«

»Oh«, sagte Gideon. »Klar.« Er blickte auf die beiden Tabellen, die von allen fünf Fingern seiner linken Hand flach auf den Schreibtisch gedrückt wurden. »Gut, daß Sie das erwähnen.«

Gerade als er die anderen Tabellen wieder in den Aktenschrank legte, baute sich Mathilde bedrohlich in der Tür auf. Auf eine hausbackene Art beeindruckend in einem marineblauen Pullover, Perlen und einem dunklen Faltenrock.

»Kann ich Ihnen bei irgend etwas helfen, Dr. Oliver?«

»Oh . . . äh, nein«, sagte Gideon, gewissermaßen mit den Fingern in der Kasse ertappt. Verlegen drückte er die Schublade des Aktenschrankes zu.

»Ich wollte nur gerade, äh . . .«

»Ja«, sagte sie eisig. »Wie ich gehört habe, waren Sie so freundlich, Raymond zurückzufahren. Ich hoffe, Sie bleiben zum Abendessen? Sie auch, Mr. Lau?«

»Also . . .«

»Toll«, sagte John von seinem unschuldigen Platz auf der Ecke des Schreibtisches. »Sehr gerne.«

Sie warf einen frostigen Blick auf die freundlichen violetten Schnekken, die ihr von den T-Shirts entgegenlächelten, und auf die riesigen grünen Latschen an ihren Füßen. »Sie haben nicht zufälligerweise . . . äh, eine etwas weniger seltsame Kleidung dabei, nehme ich an? Naja, egal. Kommen Sie doch bitte nach oben. Zum Apéritif, wenn Sie fertig sind« – sie lächelte dünn – »mit dem, was Sie da gerade tun.«

»Puuuh«, machte John, als sie gegangen war. »Ich wette, das muß ein verdammt beschissenes Gefühl sein, wenn man dabei erwischt wird, daß man ohne Erlaubnis wo rumschnüffelt.«

»Ist es«, sagte Gideon. »Ich frage mich manchmal, wieso ich überhaupt . . .« Ganz unerwartet tauchte eine flüchtige Erinnerung an ihr vorheriges Gespräch auf. »John, was war das nochmal, was du vorhin gesagt hast, . . . daß du dich manchmal fragst, wer du überhaupt bist . . .« Er klatschte in seine Hände. »Es ist ziemlich weit hergeholt, aber, mein Gott, wieso habe ich nicht schon vorher daran gedacht?«

»Keine Ahnung«, sagte John trocken.

»Mach die Tür zu, ja? Wir müssen noch mal telefonieren.«

»Dr. Loti, erinnern Sie sich noch daran, wie Sie mir gesagt haben, daß Guillaume du Rocher halluzinierte, nachdem er in St. Malo unter den Trümmern gefunden worden war?«

»Ja, gewiß.« Der Arzt war von seinem Abendessen weggerissen worden; er kaute noch.

»Und daß er nicht mehr wußte, wer er war?«

»Ja, das ist richtig.«

»Nun, können Sie sich ebenfalls noch erinnern, ob er unter einer simplen Amnesie litt, so daß er einfach keine Ahnung mehr hatte, wer er war? Oder bildete er sich vielleicht ein, jemand anderer zu sein?«

»Oh«, sagte Dr. Loti, »ich erinnere mich sehr gut.«

»Und?«

»Er bildete sich ein, jemand anderer zu sein. Er behauptete es hartnäckig zwei Tage lang.« Dr. Loti legte ein Talent an den Tag, für die nötige Spannung zu sorgen, und fuhr weiter fort mit seinem gemächlichen Kauen.

»Und das war . . .«

»Er glaubte, er wäre sein Cousin Alain.«

Bingo! Eine ganze Reihe von Puzzleteilchen fanden schlagartig ihre Plätze.

»Vielleicht haben Sie schon von ihm gehört?« soufflierte Dr. Loti, möglicherweise enttäuscht über das Fehlen einer direkten Reaktion.

»Aber sicher habe ich das«, flüsterte Gideon. Zu John hob er triumphierend seine Faust, erntete aber nichts als ein verblüfftes Stirnrunzeln.

»Es war eine ziemlich starke Wahnvorstellung«, fuhr Dr. Loti fort und kicherte bei der Erinnerung daran. »Um ein Haar hätte er *mich* sogar überzeugt, obwohl ich ganz genau wußte, daß der arme Alain du Rocher einige Jahre zuvor von den Deutschen hingerichtet worden war. Und dann eines Morgens, ganz plötzlich, kehrte sein Erinnerungsvermögen zurück. Er war wieder er selbst, Guillaume du Rocher. Einfach so.«

Einfach so. Alain du Rocher, Held der Résistance in teurer Erinnerung, fünfundvierzig Jahre lang betrauert als Opfer der SS. Nur daß es jetzt – einfach so – ganz danach aussah, als wäre er die ganze Zeit über am Leben gewesen, bis vor einer Woche, und hätte als Guillaume du Rocher, Herr über das Herrenhaus, wie die Made im Speck gelebt . . . während Guillaume im düsteren Keller zu Staub und Knochen vermoderte. Gideon nickte mit so etwas wie Genugtuung. Nicht so sehr, weil er das alles vorhergesehen hatte (das hatte er zwar, aber es war kaum mehr als auf gut Glück geraten gewesen), sondern weil es einer gewissen merkwürdigen Symmetrie in den zunehmend bizarren Drehungen und Verrenkungen im Hause du Rocher zu entsprechen schien.

»Ja, ja, ich erinnere mich sehr gut«, sagte Dr. Loti im Märchenonkel-Tonfall, er hatte ganz offensichtlich mehr Lust dazu, in Erinnerungen zu schwelgen, als zu seinem Abendbrot zurückzukehren. »Ein äußerst interessanter Fall . . .«

Gideon wiegelte schnell ab. »Das ist es ganz sicher. Sie haben mir sehr geholfen, Doktor. Vielen Dank.«

»*Alain!*« explodierte John. »Wie zum Teufel sollte es denn Alain gewesen sein?«

Gideon hatte diese Reaktion vorausgesehen und ihn nach draußen geführt, bevor er ihm erzählte, was er erfahren hatte. »Du spinnst, weißt du das?« tobte John, wütende Blicke zu dem schwarzen Himmel werfend, während sie über den Hof schritten. »So was machst du immerzu! Du . . . *Autsch*!«

Er hatte sich seinen Zeh an einem der Balken für die neue Stützmauer des Küchengartens gestoßen. »Verdammt, wieso haben die hier draußen kein Licht?« knurrte er und bückte sich, um seinen Zeh durch das dünne Segeltuch des Schuhes zu reiben. »Hör zu, wie soll Alain nach all den Jahren noch am Leben sein? Die Nazis haben ihn doch 1942 umgebracht. Es gab Zeugen. Die SS . . .«

». . . hat ihn früh an einem Morgen in die Mairie abgeführt, und er wurde nie wieder gesehen. Das ist nicht notwendigerweise das gleiche, wie ermordet zu werden.«

»Okay, was ist also dann mit ihm passiert?« wollte John wissen, während er sich wieder aufrichtete. »Wie ist er ihnen entwischt? Wo war er zwischen 1942 und 1944?«

»Wer weiß? Er könnte überall gewesen sein.«

John schnaubte verächtlich und machte eine seiner unwirschen, ungeduldigen Gesten. »In Ordnung, erklär's mir, wie lautet deine Theorie? Daß er sich plötzlich diesen Plan ausgedacht hat, den richtigen Guillaume umzubringen und seinen Besitz zu übernehmen, als er im Krankenhaus gelegen hat?«

»Nein, das denke ich eigentlich nicht«, sagte Gideon. »Ich bin ziemlich sicher, daß Guillaume zu diesem Zeitpunkt bereits tot war. Erinnere dich bitte, er war ebenfalls seit Jahren nicht gesehen worden. Auch er ist 1942 verschwunden.«

»Jesus«, sagte John, begann weiterzugehen, »dieser gottverdammte Fall wimmelt ja nur so von verschwindenden Leuten.«

»Tatsächlich«, sagte Gideon und dachte laut nach, »ist er nur ein oder zwei Tage nach Alain von der Bildfläche verschwunden – angeblich, um sich der Résistance anzuschließen. Nur daß es jetzt ganz danach aussieht, als sei Alain derjenige gewesen, der sich irgendwohin aus dem Staub gemacht hat, während Guillaume es nicht mal mehr aus seinem eigenen Keller heraus geschafft hat. Und als Alain nach der Befreiung zurückkehrte, fand er, daß er ein erfüllteres, produktiveres, sinnvolleres Leben führen konnte in Gestalt seines vermißten, in Geld schwimmenden Cousins. Ich vermute«, fügte er grübelnd hinzu, »das wird für dich wahrscheinlich ein bißchen abstrus klingen.«

»Ein bißchen? Leck . . .!« Ohne ein Wort zu wechseln gingen sie ein paar Meter weiter. »Und was dann? Glaubst du, daß Alain den echten Guillaume ermordet hat – damals, 1942, meine ich –, ihn im Keller vergräbt und jedem weismacht, daß er fort wäre und mit der Résistance durch die Lande zieht?«

»Nein, ich sehe im Augenblick nicht, daß wir schon so weit gehen könnten. Vielleicht . . .«

»Weil«, sagte John mit einer subtilen Änderung des Tonfalls, »er ihn nämlich umgebracht haben *mußte*, oder nicht? Oder zumindest müßte er gewußt haben, daß Guillaume bereits tot war, während alle anderen glaubten, er würde irgendwo gegen die Deutschen kämpfen. Denn wie sonst konnte er sicher sein, daß er nicht eines Tages zurückkommen würde?«

Wie gewöhnlich hatte John nach seiner ersten hitzigen Reaktion auf eine unerwartete neue Theorie seinen Kurs geändert und machte sich daran, konstruktiv zu denken.

»Da«, räumte Gideon ein, »ist was dran.«

Sie hatten die hohen steinernen Säulen des Tores erreicht und standen jetzt da und starrten in die Dunkelheit hinaus. Die Platanen an der Seite der Straße waren nur undeutlich zu erkennen, pechschwarz vor dem Hintergrund des grau schimmernden Schwarz des Himmels. Gideon fröstelte, als sich die Kühle der Nacht durch seine Kleider schlich, und sie drehten sich um und begannen den Rückweg zum Manoir.

Als sie den Stapel Bauholz erreichten, über den John gestolpert war, blieb Gideon stehen. Irgend etwas regte sich am Rande seiner Erinnerung. »Weißt du«, sagte er, »es ist schon komisch . . .« Aber es wich ihm aus, wie ein Fleck im Blick davonzurutschen beginnt, wenn man versucht, ihn direkt anzusehen.

»Was ist komisch?« fragte John, lachte dann. »Vergiß es. Ich glaube nicht, daß ich es wissen will. Für den Augenblick habe ich erst mal genug. He, was meinst du, wer weiß sonst noch, daß dieser sogenannte

Guillaume in Wirklichkeit Alain war? Nur mal angenommen, daß er es war.«

»Meine Vermutung ist, daß es keiner von ihnen weiß. Warum es ihnen auch sagen? Die einzigen, die sich an den echten Guillaume erinnern würden, sind Mathilde, René und Sophie, und die waren 1942 noch Teenager oder nicht einmal das. Als Alain zwei Jahre später wieder auftauchte und behauptete, er wäre Guillaume, wer hätte ihm da widersprechen können? Er hatte das richtige Alter, er kannte sich aus, vor allen Dingen sah er Guillaume ziemlich ähnlich, und dann war er dermaßen zusammengeflickt, daß unmöglich jemand den Unterschied erkennen konnte – nicht einmal Mathilde. Auch wenn sie mit ihm verlobt gewesen war, war sie trotzdem noch ein Kind, als er fortging, und es dürfte nicht allzu schwer für ihn gewesen sein, sie auf Distanz zu halten.« Er nickte zustimmend zu seiner eigenen Logik. »Nein, jede Wette, daß ihm niemand während all dieser Jahre auf die Schliche gekommen ist.«

»Ach, ja?« sagte John, der sich kommentarlos diese ausführliche Darlegung angehört hatte. »Tja, dann hast du deine Wette wohl verloren.«

Gideon blieb mit seiner Hand auf der Klinke der Eichentür stehen. »Wieso?«

»Weil jemand eine solche Angst davor hatte, daß du herausfindest, wer das Skelett wirklich war, daß er versucht hat, dich in die Luft zu jagen. Oder hast du das schon wieder vergessen?«

Gideon runzelte seine Stirn, dann lachte er. »Ich hab's vergessen. Schon wieder.«

Die Cocktails vor dem Abendessen wurden in dem Louis-XV-Raum serviert, einem Salon im ersten Stock voll muffigem, schönem, altem Kram aus dem achtzehnten Jahrhundert: üppige, dick gepolsterte Bergères, Kristallkronleuchter, Messing-Kaminuhren, unruhige Beauvais-Gobelins nach Gemälden von Boucher und Fragonard. Der kunstvolle Parkettboden und die prunkvoll vergoldeten Deckenfriese bestimmten den Raum zum Herzstück von Rochebonne, aber mehr als vier Jahrzehnte hindurch war er nur selten benutzt worden; viel zu luxuriös und bombastisch für seinen verschlossenen früheren Besitzer. Aber er war genau nach Mathildes Geschmack, und sie war fest entschlossen, ihn wieder zu dem würdigen Ort zu machen, der er einmal gewesen war.

Das Wissen darum, daß dies der letzte Abend war, an dem sie alle zusammen sein würden, schien der Cocktail-Stunde einen gewissen Schwung, ja beinahe eine unbeschwerte Heiterkeit zu verleihen, so daß sie ausnahmsweise ihre gewohnten Gruppierungen aufgegeben und neue gebildet hatten.

Neben dem mit Kirschholz verkleideten Kamin spielte ein gepflegter und reichlich parfümierter René mit einem Glas in der Hand vor einer zwitschernden, lebhaften Leona Fougeray den Seigneur du manoir. Leona, in einem neon-orangefarbenen Overall mit Lackledergürtel in eindrucksvoll schriller Hochform, lachte oft und warf ihren Kopf zurück, so daß die Spiegelungen des Kronleuchters ihre schwarzen italienischen Augen schimmern ließen.

Ein paar Meter entfernt, etwas steif in drei majestätischen Sesseln aus rotem Samt und vergoldetem Holz sitzend, plauderten Mathilde, Claire und Sophie leise miteinander, wobei Mathilde immer wieder ihren Blick hob, um – ohne große Wirkung – ihren rotgesichtigen und lebhaften Mann anzufunkeln. Und auf der anderen Seite des Raumes standen Ray, Ben und Jules und führten Männergespräche. Jedenfalls Jules. Mit seinem Hintern gegen einen Spieltisch mit Intarsienarbeiten gelehnt, einen Martini in der einen und eine schnell wechselnde Folge von Kanapees in der anderen Hand, plapperte er auf sein abwesend schweigendes Publikum ein.

Zwischen ihnen allen schwebte mit einem Tablett Drinks Marcel mit seiner steinernen Miene, während Beatrice sich in ihrem zeltartigen braunen Kleid am Eingang zu einer kleinen Speisekammer herumdrückte und von Zeit zu Zeit mürrisch mit frischen Hors d'œuvres herausgewalzt kam.

Als Gideon und John eintraten, kam Ray sofort besorgt zu ihnen herüber.

»Habt ihr mit Ben gesprochen?« fragte er leise. »Ihr glaubt doch nicht immer noch . . .«

»Er hat nicht gelogen, was die Angaben in der Gezeitentabelle betraf«, sagte Gideon. »Jemand hat das Ding manipuliert.«

»Gott sei Dank.« Er nahm erleichtert einen Schluck Chablis, sah Gideon dann groß an. »Manipuliert? Du meinst . . . *manipuliert?*«

»Wahrscheinlich nicht wegen uns«, sagte John, wobei er sich beiläufig umschaute, um sich zu vergewissern, daß niemand sonst in Hörweite war. »Jemand hat es benutzt, um Guillaume umzubringen.«

Rays Augen wurden noch größer. »Guillaume umbringen?«

»Genau. Ach, übrigens, Guillaume war Alain.«

Gideon fand, daß man John, der erst vor ein paar Minuten ähnlich traktiert worden war, das verzeihen konnte. Ray reagierte mit überraschender Gelassenheit, schluckte seinen Wein herunter, ohne direkt daran zu ersticken. »Verratet mir doch bitte mal«, sagte er, als er den Wein schließlich intus hatte, »habe ich bislang vielleicht ein besonders behütetes Leben geführt? Ist so das Leben der anderen Menschen?«

»Nur wenn Amerikas Knochendetektiv in der Nähe ist«, sagte John.

Ray schaute sich langsam um. Die anderen waren immer noch in ihre Unterhaltungen oder Aufgaben vertieft, warfen jedoch Gideon und John immer wieder nervöse oder sogar deutlich feindselige Blicke zu. Beinahe – kam es Gideon vor –, als würden sie beieinander Unterstützung suchen gegen die Neuankömmlinge, ja, als stünde hier im Manoir de Rochebonne alles zum besten – wenn nur diese beiden neugierigen Störenfriede sich nicht eingemischt hätten. Tja, dachte er, auf eine Art hatten sie ja durchaus recht.

»Es ist so schwer zu glauben«, sagte Ray leise. »Daß einer dieser Menschen eines solchen Verbrechens fähig sein sollte. *Für* fähig? Nee, fähig! Ich fürchte, diese Sache geht mir wirklich an die Nieren.«

»Monsieur?« Marcel bot ihnen das Tablett mit Getränken an.

»Merci.« Als Gideon eines der schlanken, kannelierten Gläser mit Wermut nahm, klingelte das Telefon. Marcel drehte sich um, aber Mathilde, näher am Apparat, nahm ab. Sie hörte schweigend zu, murmelte irgend etwas und hielt Gideon mit hölzerner Miene unfreundlich den Hörer hin. »Für Sie.«

Es war Dr. Loti.

»Ja, hallo, ich bin's noch mal. Ich glaube, wir sind vorhin wohl unterbrochen worden«, sagte er hoffnungsvoll.

»Ja, ich glaube auch«, antwortete Gideon, dem es leid tat, dem alten Mann vorhin das Wort abgeschnitten zu haben.

»Aha. Gut. Ich habe nicht zu Ende geführt, was ich Ihnen vorhin erzählen wollte. Das wird Sie sicher sehr interessieren. Wissen Sie,

Guillaume hat eigentlich nicht *einfach so* seine Erinnerung wiedergefunden. Das war nur so eine Redensart. Es war Mathilde du Rocher, der das alles zu verdanken ist.«

»Mathilde?« rief Gideon versehentlich laut aus und warf ihr schnell einen Blick zu. Sie war nicht weit von ihm entfernt stehengeblieben und beobachtete ihn nervös und mißtrauisch, versuchte mit jeder Faser mitzubekommen, was gesprochen wurde und machte sich nicht die geringste Mühe, dies unauffällig zu tun. Eine Augenbraue zuckte kurz, als ihr Name fiel.

Er drehte sich von ihr fort und klemmte den Hörer gegen seine Schulter. »Was meinen Sie damit?«

»Genau das, was ich gerade sagte, junger Mann. Ohne Mathilde wäre Guillaume gestorben. Ganz sicher hätte er niemals seine Identität wiedergefunden. Ach, Mathilde – Mathilde Sylvestre, wie sie damals noch hieß; ein strammes, dralles Mädchen mit einer Haut wie Rosenblätter. Sie hatte sich gerade erst mit René verlobt, und sie hatte sich im Krankenhaus freiwillig als Krankenschwester gemeldet. Sie saß zwei ganze Tage und fast zwei ganze Nächte neben dem zerschundenen Wrack, das Guillaume war, sprach mit ihm, sang ihm leise etwas vor, hielt seine Interessen auf diese statt auf die nächste Welt gerichtet.« Dr. Loti atmete schwer auf.

»Und?«

»Und? Seine Erinnerung kehrte zurück. Ohne sie wäre es nie soweit gekommen; davon bin ich fest überzeugt. Und von diesem Augenblick an begann er sich zu erholen. Man konnte es ihm ansehen, an dem neuen Feuer in diesem einen grimmig funkelnden Auge, das durch die Verbände blitzte. Er hatte sich entschieden«, sagte Dr. Loti mit sentimentalem Genuß, »zu *leben.*«

»Ich verstehe«, sagte Gideon langsam.

Er hatte sich entschieden zu leben, allerdings – mit Mathildes entschlossener Hilfe und ihrem Rat – aber nicht sein eigenes Leben. Weitere Teilchen des Puzzles: Als Mädchen war Mathilde mit Alain verlobt gewesen; das wußte Gideon bereits. Jetzt sah es ganz so aus, als sei sie immer noch in ihn verliebt gewesen, als er zurückkehrte. Doch aus irgendeinem Grund – seiner schrecklichen Verletzungen oder ihrer Verlobung mit René wegen – hatten sie beschlossen, nicht dort weiterzumachen, wo sie aufgehört hatten. Aber sie hatten lange genug die Köpfe zusammengesteckt, um einen Plan auszuhecken, der vierzig lange Jahre Guillaumes Vermögen in Alains statt Claudes Hände legte . . . und schließlich, vor einer Woche, in Mathildes.

»Das sind nicht die sentimentalen Einbildungen eines alten Mannes«, ermahnte Dr. Loti ihn. »Ich sage Ihnen als verantwortungsbewußter Arzt: Wenn Mathilde nicht gewesen wäre, dann wäre Guillaume du Rocher niemals in dieses Leben zurückgekehrt.«

»Das glaube ich Ihnen gerne«, sagte Gideon. »Ganz aufrichtig.«

21

Als Gideon wieder auflegte, beobachtete Mathilde ihn immer noch konzentriert. Dieses Mal erwiderte er ihren Blick, während ihm durch den Kopf ging, was er gerade gehört hatte. Es stand völlig außer Frage, daß sie an Alains Betrug beteiligt gewesen war; sehr wahrscheinlich hatte sie ihn sogar ausgeklügelt. Woran mochte sie außerdem noch beteiligt sein?

»Und was hat Dr. Loti von Ihnen gewollt?« wollte sie wissen, noch bevor er seine Hand vom Telefon genommen hatte.

Er hatte nicht vor, sie zu diesem Zeitpunkt in eine Unterhaltung zu verwickeln. Das wollte er lieber Joly überlassen. Doch als er zögerte, nach einer passenden Antwort suchte, bohrte sie nach.

»Es war wegen Guillaume, nicht wahr?« Ihre helle Stimme durchschnitt das Stimmengewirr im Raum. Gespräche brachen ab, Köpfe drehten sich in ihre Richtung.

»Ja, das ist richtig.« Offensichtlich hatte es nicht viel Sinn, das abzustreiten.

»Was hat er Ihnen gesagt?«

»Ich denke, es wäre wohl besser, wenn wir unter vier Augen darüber sprechen würden, Mathilde.«

Hinter sich hörte Gideon Renés flehendes Flüstern. »Was ist denn? Wovon zum Teufel redet er da? Was soll . . .?«

»Pst!« sagte jemand gebieterisch, und der Seigneur du manoir verstummte.

»Ich habe keine Angst, in meinem eigenen Haus, vor meiner eigenen

Familie, offen zu sprechen«, sagte Mathilde in entschiedenem Ton. Sie hatte sich mit ihren stämmigen Beinen und ihrem aggressiv vorgereckten, kantig ragenden Bug von einem Busen vor ihm aufgebaut. »Ich glaube, ich besitze jedes Recht zu erfahren, über was Sie da gerade gesprochen haben.«

Nun, Joly würde es nicht gefallen, aber Mathilde war ganz offensichtlich fest entschlossen, daß es jetzt zur Sprache gebracht wurde, und Gideon war nicht in der Stimmung, Spielchen zu spielen, um sie hinzuhalten. Es war ein langer Tag gewesen.

»Mathilde«, sagte er, »ich weiß, daß Guillaume du Rocher 1942 ermordet wurde. Und ich weiß, daß Alain 1942 *nicht* ermordet wurde, sondern bis vor einer Woche lebte und Guillaumes Rolle spielte.«

Alle schnappten nach Luft, einige äußerten sich bestürzt, René lachte ungläubig. Dann, abrupt, absolute Stille voller Erwartung und Verwirrung. Sprachlose Gesichter starrten Gideon an. Ein träges, desinteressiertes Ticken der goldenen Kaminuhr hallte durch die Stille.

»Und ich weiß, daß Sie es ebenfalls wissen«, schloß er kategorisch.

Unter einer Schicht Puder errötete Mathildes Gesicht für einen kurzen Augenblick. Dann atmete sie tief aus, wie jemand, der endlich eine Last loswurde, die er schon viel zu lange mit sich herumgetragen hatte. »Ja«, sagte sie mit absolut ruhiger Stimme. »Sie haben vollkommen recht.«

Dann platzten alle heraus mit Fragen und aufgeregten Rufen, brüllten Mathilde an und Gideon und einander. Mathilde wartete, daß der Lärm sich legte. »Ich möchte mich jetzt gerne setzen«, verkündete sie, plazierte sich kerzengerade auf einen der Samtsessel und faltete die Hände auf ihrem Schoß.

»Und ein Glas Wermut vielleicht.« Sie nahm einen kleinen Schluck aus dem kannelierten Glas, das Marcel ihr brachte, und öffnete den Mund, um zu sprechen.

»Mutter«, sagte Jules, »du mußt wirklich nicht . . .«

»Ach, sei doch endlich still, Jules. Was spielt das jetzt noch für eine Rolle? Es ist raus. Ich wußte, daß er es rausfinden würde.« Jules zuckte mit den Achseln und zog sich zurück, und Mathilde fuhr fort, ohne zu jemandem bestimmtem zu sprechen. »Was Dr. Oliver sagt, ist die Wahrheit. Guillaume ist seit fünfundvierzig Jahren tot. Der Mann, der vergangene Woche gestorben ist, war Alain du Rocher.«

»Unmöglich!« rief Sophie empört. »Glaubst du vielleicht, ich würde Alain nicht wiedererkennen? Meinen eigenen Bruder?«

»Tja, du hast ihn aber nicht erkannt«, sagte Mathilde stolz. »All diese Jahre war Alain hier im Herrenhaus, und keiner von euch hat etwas geahnt.« Sie schaute verächtlich von einem Gesicht zum anderen, forderte sie heraus, nahm dann einen kleinen Schluck Wermut. »Alain wurde nicht von den Nazis hingerichtet. Sie ließen ihn laufen.«

»Aber . . . aber . . .«, stammelte Ray.

Ben hatte einen klaren Kopf behalten. »Warum?«

Mathildes Hand wanderte zu der Perlenkette, die auf ihrem schwarzen Pullover lag. »Also, ich bin wirklich nicht . . .«

»Sie haben ihn laufen lassen, weil er die anderen denunziert hat, richtig?« fragte Gideon.

Schockierte Ausrufe der Ungläubigkeit wurden laut, doch dann schloß Mathilde einen Moment ihre Augen, öffnete sie schließlich wieder und nickte. »Ja«, sagte sie, schaute dabei stur geradeaus. »Sie hatten ihn mit Elektroschocks gefoltert.« Sie sah Gideon scharf an. »Wie konnten Sie das nur wissen?«

Er hatte es nicht gewußt, er hatte einfach geraten. Joly hatte ihm erzählt, daß Alain bei Tagesanbruch abgeholt worden war, die anderen aber erst fünf oder sechs Stunden später. Er hatte sich die ganze Zeit darüber den Kopf zerbrochen, und jetzt hatte er einfach zwei und zwei zusammengezählt. Er beantwortete Mathildes Frage nicht. Je mehr Wissen sie ihm zutraute, desto mehr würde sie erzählen.

»Wir dachten alle, sie hätten ihn ermordet«, fuhr sie emotionslos fort, »aber in der nächsten Nacht kam er hierher ins Manoir. Es war kurz vor elf. Ich war seit zwei Tagen hier gewesen. Wir versuchten uns gegenseitig zu trösten, so gut es ging, warteten darauf, irgend etwas Definitives zu hören. Guillaume, René und ich. Du übrigens auch, Sophie.«

»Ja, ich erinnere mich«, sagte Sophie leise.

»Guillaume und ich waren als einzige noch auf. Als er die Tür öffnete und Alain dort stehen sah, wurde er sofort wütend.«

»Wütend?« fragte Ray. »Warum sollte er wütend sein?«

»Er verstand sofort, was passiert war. Er zwang Alain, es zu gestehen. Für ihn war Alain ein Verräter, ein Feigling. Vergeßt nicht, Guillaume hatte bereits dieses SS-Schwein ein paar Stunden zuvor getötet, als

Vergeltung für Alains Tod. Seinen mutmaßlichen Tod.« Sie blickte gereizt zu dem Kreis fassungsloser Gesichter auf. »Würdet ihr euch wieder hinsetzen, um Himmels willen? Ich fühle mich wie . . . ich weiß auch nicht wie. Und glotzt nicht so gequält. Das alles ist vor fünfundvierzig Jahren passiert.«

Gehorsam ließen sie sich wieder in ihre Sessel sinken und drehten sich zu ihr herum. Gideon lehnte sich gegen ein Ende des Beistelltisches mit der Marmorplatte, John gegen das andere. Nur Marcel und Beatrice blieben, fast schon unsichtbar, etwas abseits stehen.

»Ich mußte Guillaume förmlich von Alains Kehle wegreißen«, sagte Mathilde. »Ich war so schockiert und gleichzeitig glücklich, ihn lebendig wiederzusehen, daß ich kaum wußte, was ich tat. Er war noch schrecklich geschwächt nach dem, was sie mit ihm gemacht hatten. Ich brachte ihn in die Küche, um zu sehen, ob es dort irgendwo etwas Cognac und etwas zu essen gab. Er versuchte Guillaume zu erklären, daß er mit all seiner Kraft versucht hatte durchzuhalten, aber Guillaume war völlig außer sich, brüllte und tobte vor Wut.«

»Nein«, sagte Sophie, beinahe zu sich selbst, »unmöglich. Ich war hier. Wenn in der Küche jemand herumgeschrien hätte, dann würde ich das ganz bestimmt in meinem Zimmer gehört haben.«

»Nein, meine Liebe, du vergißt da eine Kleinigkeit. Du warst hysterisch. Guillaume hat dich zum Abendessen eine Schlaftablette nehmen lassen. Du warst ja damals erst zehn.«

»Ach, war ich erst zehn? Ja, stimmt«, sagte Sophie langsam, sich erinnernd. »Aber was ist mit René?« Sie sah ihn an. »Hast du nichts gehört?«

»Ich kann beim größten Lärm weiterschlafen«, sagte er. »Das war schon immer so.«

»Fahren Sie fort, Mathilde«, sagte Ben.

Mathilde trank wieder einen winzigen Schluck Wermut. »Guillaume folgte uns in die Küche. Er schleuderte Alain gegen die Wand, er schlug ihn nieder, er . . . Ich bin absolut sicher, er hätte ihn umgebracht, wenn Alain ihn nicht . . .« Zum ersten Mal stockte sie jetzt.

». . . mit einem der Küchenmesser erstochen hätte«, sagte Gideon.

»Oh, nein«, sagte Claire, die Hand erschreckt vor den Mund gepreßt. Wieder machte sich Bestürzung breit.

»Ja«, sagte Mathilde. »Guillaume hatte wie ein Patriarch in der Bibel wütend die Faust über Alains Kopf erhoben – und sie ging auf ihn nieder wie eine Keule –, und Alain, um das nackte Leben zu retten, riß ein großes Messer von der Arbeitsfläche und stach zu. Nur ein einziges Mal. Bevor ich mich rühren konnte.« Einen Augenblick zuckten ihre Lider. »Guillaume sah so schrecklich überrascht aus.«

Gideon sah John an und nickte. Es stimmte perfekt mit dem überein, was sie durch das Skelett herausgefunden hatten: der erhobene Arm, das schwere Küchenmesser, der einzelne Stoß.

»Das ist die ganze Geschichte«, sagte Mathilde mit einem Achselzucken. »Guillaume war tot, und Alain lief fort, halb wahnsinnig vor Schuldgefühl. Ich hatte keine Ahnung, was ich tun sollte. Ich erzählte allen, Guillaume wäre fortgegangen, um sich der Résistance anzuschließen. Alain erwähnte ich mit keiner Silbe.«

»Alain ist fortgelaufen, sagst du?« fragte Sophie benommen. »Wohin denn?«

»*Er* hat sich der Résistance angeschlossen. Irgendwo im Norden. Er war sehr mutig und tapfer«, sagte Mathilde trotzig. »Er war kein Feigling, und er war auch kein Verräter.« Sie hatte den Wermut ausgetrunken, und Marcel trat mit einem weiteren Glas vor. Mathilde schüttelte ihren Kopf und gab ihm das leere Glas zurück. »Als ich ihn dann das nächste Mal sah, lag er im Krankenhaus in Saint Servan. Ich ging in ein Zimmer, und da in einem Bett, so . . . so völlig *zerquetscht*, wie ein . . .«

Und plötzlich stürzte die ganze steife Fassade ein. Ihre Lippen bebten, ihre Finger zerrten an der Perlenkette, und ein einzelner, rauher, männlich tiefer Schluchzer löste sich schmerzhaft aus ihrer Brust.

Und kein Wunder, dachte Gideon. Wie mußte es gewesen sein, als es dem neunzehnjährigen Mädchen mit einer Haut wie Rosenblättern dämmerte, daß das verstümmelte, verrenkte Grauen, das dort in einem zerschmetterten Haufen vor ihr auf dem Bett lag, ihr gutaussehender, sportlicher Liebhaber war?

René stand auf, die Arme zur Umarmung ausgestreckt. »Meine liebe Mathilde . . .«

Mit einer herrischen Handbewegung schickte sie ihn auf seinen Platz zurück. Irgendwoher kramte sie ein kleines Taschentuch heraus und tupfte es gegen ihre Nase. Die roten Flecken, die plötzlich auf ihren Wangen aufgetaucht waren, verschwanden bereits wieder. Der ganze Gefühlsausbruch hatte aus diesem einen tränenlosen Schluchzer bestanden.

»Alain hatte keine Ahnung, daß Guillaumes Tod immer noch ein Geheimnis war«, sagte sie und ließ das Taschentuch genauso geheimnisvoll verschwinden, wie sie es hervorgezaubert hatte. »Wir beschlossen, es wäre das beste für ihn, sich als Guillaume auszugeben. Er glaubte nicht, daß er dazu in der Lage wäre, aber ich wußte, er würde es schaffen. Zunächst mal waren sie sich sehr ähnlich, was ihre Statur betraf, und nachdem sein Körper so zerschunden war, wer hätte da schon mit Sicherheit sagen können, daß er nicht Guillaume war?« Sie schaute sich kühl um, hatte sich wieder völlig im Griff. »Und natürlich schaffte er es. Fünfundvierzig Jahre lang.«

»Aber *wieso?*« fragte Ray. »Jeder glaubte doch, Guillaume sei weggegangen, um gegen die Deutschen zu kämpfen. Hättet ihr es nicht dabei bewenden und die Leute glauben lassen können, daß er woanders umgekommen sei?«

»Ja«, sagte Ben. »Warum das Theater?«

»Nun.« Mathilde nestelte an ihrer Perlenkette und schürzte die Lippen. Es war eine kritische Frage, und Gideon spürte, daß Mathilde dabei war, sich etwas aus den Fingern zu saugen.

John ahnte es ebenfalls. Er leistete seinen ersten Beitrag und zeigte sich in Bestform. »Weil Sie wußten, daß nach Guillaumes ursprünglichem Testament Claude Fougeray alles erben sollte.«

Leona Fougeray, deren Englischkenntnisse längst überfordert waren, richtete sich bei dem Namen ihres Mannes auf und überschüttete ihre Tochter mit einer ganzen Salve von Stakkato-Fragen auf französisch.

Mathilde wartete, bis Claire mit ihren kurzen, verlegenen Erklärungen fertig war, dann antwortete sie John. »Ja, Sie haben vollkommen recht. Es war eigentlich Alains Idee.«

Leona schnaubte ungläubig.

»Nein, wirklich, so war es. Es war ihm wichtig, daß das Gut bei den du Rochers blieb: der Gedanke, daß der Besitz an Claude gehen könnte, war einfach schrecklich für ihn. Und ich war ganz seiner Meinung.« Sie sah Claire an. »Tut mir leid, meine Liebe. Ich bin sicher, du verstehst das.«

Claire sah nicht aus, als würde sie verstehen, wohl aber Leona. »Na klar, daß du seiner Meinung warst«, sagte sie mit ihrem starken italienischen Akzent, wobei ihre Stimme schrill wurde. »Du wußtest ganz genau, daß du dann eines Tages alles bekommen würdest!«

»Das«, äußerste Mathilde verächtlich und wenig überzeugend, »ist doch lächerlich.«

In der nachdenklichen Stille, die darauf folgte, beugte René sich zu Jules, der allein auf einem plumpen kleinen Sofa saß und gerade den ersten Schluck von seinem dritten Martini nahm, der ihm – wie er es Marcel beigebracht hatte – mit drei Oliven auf einem Zahnstocher serviert worden war.

»Wußtest du das alles?« fragte René.

Jules schien es schon abstreiten zu wollen, dann hob er seine Schulter zu einem lässigen Achselzucken. »Ja, ich wußte es.«

»*Ich* wußte es nicht«, sagte René verbittert.

Jules sah ihn mitleidig an und saugte die erste Olive von dem Zahnstocher.

»Gehen wir noch mal ein wenig zurück, Mathilde«, sagte Ben. »Sie haben Guillaume im Keller vergraben? Ist es sein Skelett, das sie gefunden haben?«

»Ja, natürlich«, sagte Mathilde verärgert. »Was glaubst du denn, wie viele Skelette da unten liegen?«

Ray starrte sie an, sein Gesicht war aschfahl. »Aber es war ... es war doch *zerstückelt«!*

»Ja«, sagte Mathilde nach kurzem Schweigen. »Das ist richtig. Marcel, ich hätte doch noch gern einen Wermut.« Als er gebracht wurde, nahm sie einen Schluck, richtete sich in ihrem Sessel auf und blickte irgendwo ins Nichts. »Wir wußten nicht, was wir mit ihm machen sollten«, sagte sie so ausdruckslos, als würde sie von einem Manuskript in einer Sprache ablesen, die sie nicht verstand. »Mit der Leiche. Wir konnten gar nicht glauben, daß es wirklich passiert war. Wir haben ihn dann in die große steinerne Spüle in der Küche gelegt, und ich habe Alain geholfen, ihn ... ihn zu zerstückeln. Wußtet ihr, daß das Hackbeil immer noch da ist? Ich habe es mir erst vor ein paar Tagen angesehen.«

Die Hand, die jetzt das Glas hob, zitterte leicht; allerdings nicht genug, um den Wermut zu verschütten. »Beatrice hat es vorhin für die Carbonnade flamande benutzt, glaube ich.«

»Ach du heilige Scheiße«, flüsterte Ben; der einzige Laut in einer ansonsten knisternden Stille.

»Wir wollten ihn ja verbrennen, und wir wußten, daß er nicht an einem Stück verbrennen würde«, fuhr Mathilde mit grimmiger Miene fort, fest entschlossen, ihre Geschichte zu Ende zu erzählen. »Wir haben ein Feuer im Küchenherd gemacht. Aber als wir« – etwas zuckte in dem Fleisch unter ihrem Auge und wurde entschieden wieder unter Kontrolle gebracht – »eine Hand in das Feuer legten, gab es einen fürchterlichen Gestank, und sie wollte auch kaum verbrennen, und es . . . es *brutzelte*, wißt ihr.«

»Mathilde, bitte, hör auf«, sagte Sophie mit zittriger Stimme. »Es reicht.«

Aber Mathilde machte weiter, die Augen mit steinerner Miene ins Nichts gerichtet. »Ich sagte, wir sollten die . . . die Teile zuerst abkochen, um so das Fett loszuwerden, aber Alain konnte es einfach nicht; er war am Ende seiner Kräfte. Also haben wir sie – die Teile – zu Päckchen verschnürt, daß wir sie tragen konnten, und haben sie dann runter in den Keller gebracht . . .«

Sie näherte sich dem Ende und sackte Millimeter für Millimeter gegen die Lehne ihres Sessels. »Und dann haben wir die Päckchen unter den Steinplatten vergraben«, sagte sie langsam und mit leiser Stimme. »Wir brauchten bis zum Morgengrauen. Dann ist Alain geflohen, und ich ging nach Hause.«

John hatte sich den Tisch zu Gideon entlang geschoben, während Mathilde gesprochen hatte. »Wo zum Teufel bleibt Joly? Sie ist jetzt soweit, alles zu gestehen.«

Gideon nickte skeptisch. Sicher, das Rätsel der Knochen im Keller war zufriedenstellend gelöst, aber er befürchtete, die Ereignisse der letzten Woche waren damit nicht weniger mysteriös geworden: Alains verspäteter Tod in der Bucht, Claudes Vergiftung, der Mordversuch an ihm selbst. Aber einige Ahnungen begannen sich langsam in ihm zu regen. Das Bauholz im Hof hatte ihn zum Nachdenken gebracht. War er womöglich auf dem Holzweg gewesen? Nachdenklich schaute er sich im Raum um.

Beatrice und Marcel, deren Englischkenntnisse gleich Null waren, beobachteten Mathilde teilnahmslos. Die meisten der anderen betrachteten sie mit derselben Mischung von Faszination und Entsetzen, mit der Zoobesucher eine Giftschlange durch die Scheibe anstarren.

»Madame . . .«, sagte Claire mit ihrer sanften Stimme. »Tante Mathilde . . . Hast du meinen Vater umgebracht?« Keine Sache, die man leicht, ohne beleidigend zu wirken, sagen konnte, doch aus Claires Mund war es weniger eine Anklage als eine schüchterne Frage.

Es reichte jedoch aus, um Mathildes Rückgrat wieder zu straffen. Sie sah Claire herablassend an. »Mein liebes Kind, was für eine absurde Vorstellung!«

»Ach, ehrlich?« sagte Leona, dieses Mal in ihrem ungeschliffenen, unsicheren Englisch. Gideons geübtes Ohr sagte ihm, daß sie es in Neapel gelernt hatte, wohl auf den Straßen von Neapel. »Vielleicht hattest du Angst, was der rausfindet – Claude, meine ich.« Sie war jetzt völlig gelassen, bemerkte er. Die Vorstellung, daß Mathilde vielleicht ihren Mann ermordet haben könnte, schien ihr auch nicht annähernd soviel auszumachen wie der Gedanke, daß sie ihn (und damit auch sie) um die Domaine de Rochebonne geprellt haben könnte. Möglicherweise war Mathilde dadurch sogar in ihrer Achtung gestiegen.

»Herausfinden?« wiederholte Mathilde nach einem Augenblick des überzeugend erstaunten Schweigens.

»Ja, wenn er dort in diese Keller runtergeht . . . Vielleicht er sieht dann was, findet was raus . . .« Leonas Englisch oder ihre Vorstellungskraft ließen sie im Stich. »Wer weiß?« beendete sie lahm und sank dann in ihrem Sessel zurück.

Mathilde schaute sich um, sah dann Gideon bittend an. »Ich habe keine Ahnung, von was diese Frau da redet.«

»Ist Claude im Keller gewesen?« fragte René leise. »Das wußte ich ja gar nicht.«

»Er *wollte* runtergehen«, sagte Leona, sprach jetzt wieder Französisch. »Um zuzuschauen, was *der* da machte.« Sie deutete auf Gideon, indem sie ihre neon-orangefarbenen Lippen in seine Richtung streckte.

Jules stellte sein Glas mit einem gereizten Schlag auf den Tisch. »Ich muß schon sagen, ich sehe wirklich nicht ein, wieso wir hier rumsitzen und uns diesen Unsinn anhören sollen«, sagte er mißmutig, und auf seinen weichen Babywangen tauchten mürrische rote Flecken auf. »Ich meine, hier ist diese Frau, ein *Gast* in unserem Haus, und sie besitzt die, die . . .«

Gideon hörte nicht weiter zu. Ein paar weitere der letzten noch fehlenden, merkwürdig geformten Puzzleteilchen, die unzusammenhängend in seinem Kopf herumgeschwirrt waren, waren gerade eben an ihre Plätze gefallen.

». . . müssen hier rumsitzen und uns das anhören«, hörte Jules schmollend da auf, wo er angefangen hatte.

Gideon schaute nachdenklich zur Tür. »Marcel?«

Der Diener schrak auf. »Monsieur?«

»An dem Tag, an dem Claude Fougeray starb, haben Sie ihm da gesagt, daß er um zehn Uhr in den Keller kommen könne, um mir bei der Arbeit zuzusehen?«

Gideon kam sich albern vor. Seine Frage hörte sich so bedeutungsschwanger an wie etwas aus einem alten Perry-Mason-Film. Die anderen, John eingeschlossen, blickten ihn unsicher an. Marcel ebenfalls. Er breitete seine Arme aus und schüttelte seinen Kopf, um zu zeigen, daß er nicht verstand. Ein kurzes Zucken seiner Augen zu Beatrice verriet jedoch, daß er Claudes Namen durchaus registriert hatte.

Gideon wiederholte seine Frage auf französisch, versuchte sie dieses Mal ein bißchen weniger gestelzt klingen zu lassen.

Nein, erwiderte Marcel abwehrend, das hatte er Monsieur Fougeray nicht ausgerichtet. Warum sollte er auch? Da war ein beklommenes, aggressives Zucken einer seiner drahtigen Schultern, ein weiterer kurzer Blick zu Beatrice. Es gefiel ihm ganz und gar nicht, nach Claude Fougeray gefragt zu werden.

Aber Gideon hatte ein anderes Wild im Visier. »Jules, haben Sie Marcel nicht gesagt, daß er Claude diese Information ausrichten sollte?«

Es entstand eine Pause, während der Jules die letzte Olive mit seinen Lippen einsaugte. »Welche Information?«

»Am Abend vor Claudes Tod«, sagte Gideon geduldig. »Joly hatte Sie gebeten, Claude zu sagen, er könne am folgenden Morgen in den Keller kommen. Sie hatten gesagt, Sie würden Marcel sagen, es ihm auszurichten.«

Jules schob die Olive mit der Zunge in seine Backe, vermutlich zur späteren Verwendung. »Das habe ich auch.«

»Er scheint sich aber nicht daran erinnern zu können.«

Jules warf Gideon einen bockigen Blick zu. »Vielleicht hatte ich keine Gelegenheit, es zu erwähnen. Und nachdem Claude gestorben war, hatte es ja wohl keinen Sinn mehr, und er starb nun mal schrecklich früh am nächsten Morgen – *lächerlich* früh, wenn ich mal so sagen darf.« Er schlug ein Bein über das andere und schien mit diesem grotesken Versuch, einen Witz zu reißen, recht zufrieden zu sein.

»Ja«, sagte Gideon, in der Überzeugung, daß der große Moment der Wahrheit wenn, dann jetzt gekommen war. »Und Sie haben ihn umgebracht.«

Die Reaktionen waren unterschiedlich. Wie vorherzusehen schnappte Claire nach Luft, und Ray schaute verdutzt aus der Wäsche.

Leona musterte Jules unverhohlen mit neuem Interesse.

Mathilde öffnete langsam ihren Mund. *»Jules?«* flüsterte sie.

»Ach, wirklich?« murmelte René zu Sophie, die neben ihm saß. »Glaubst du, das stimmt?«

Neben Gideon murmelte John: »Diesen Teil liebe ich am meisten.«

Gideon wartete darauf, daß Jules selbst etwas sagte. Der junge Mann nahm die Olive aus seinem Mund und legte sie in einen Aschenbecher, setzte dann sein stämmiges Bein wieder auf den Boden und beugte sich vor.

»Das ist doch dummes Zeug. Warum sollte ich so etwas tun?«

»Weil er bei Verlesung des Testamentes gesagt hatte, er glaube nicht, daß Guillaume es wirklich geschrieben habe. Sie wußten, daß er Medizin studiert hatte, und jetzt hatten Sie Angst, daß, wenn er das Skelett sah, er auch die Rachitis bemerken und dann erkennen würde, daß *das* Guillaume war.«

Jules lachte. »Na und? Was sollte mich das interessieren? *Ich* habe Guillaume schließlich nicht umgebracht, oder?« Er warf seiner Mutter einen eindeutigen Blick zu, dann hob er sein leeres Glas in Marcels Richtung.

»Du hast schon genug, Jules«, sagte Mathilde eisig. Jules funkelte sie wütend an, stellte das Glas jedoch wieder ab.

»Nein, das hat Sie wirklich nicht interessiert«, sagte Gideon, »aber dafür hat Sie die Erbschaft schon um so mehr interessiert. Und falls jemand dahintergekommen wäre, daß derjenige, der das Testament geschrieben hatte, nicht der war, der er zu sein behauptete, wäre die Sache ein für allemal erledigt gewesen. Keine sagenhafte Erbschaft für Ihre Eltern – oder für Sie in nicht allzu ferner Zukunft. Und das war etwas, was Sie auf gar keinen Fall zulassen konnten.«

»Dr. Oliver«, verkündete Mathilde mit ihrer gebieterischsten Altstimme, »ich kann es nicht zulassen, daß Sie . . .«

»Sei still, Mathilde«, fiel ihr Sophie barsch ins Wort. »Laß es uns ein für allemal klären, um Himmels willen.«

Gideon konnte die winzigen Rädchen hinter Jules' kleinen Augen beinahe surren sehen. »Ich weiß, was Sie meinen«, sagte er in gezwungen vernünftigem Ton, »aber warum ausgerechnet ich? Ich bin hier nicht der einzige, der über den Schwindel Bescheid wußte, oder?« Wieder ließ er seinen Blick zu seiner Mutter wandern. Ein feiner Schweißfilm hatte sich auf seiner Oberlippe gebildet.

»Was für ein jämmerlicher kleiner Scheißhaufen«, zischte John aus dem Mundwinkel.

Gideon gab ihm recht. Das Unbehagen, das er zunächst dabei empfunden hatte, den schleimigen Jules unter Druck zu setzen – das war jetzt auf jeden Fall verschwunden.

»Stimmt«, sagte er. »Zwei Personen wußten es: Sie und Ihre Mutter. Aber nur eine Person wußte, daß Claude sich die Knochen am nächsten Tag ansehen wollte. Und das waren Sie.«

»Sie sind doch nicht ganz bei Trost. Dieser Inspektor hat mir davon erzählt, als wir alle unsere Drinks zu uns genommen haben. *Jeder* könnte es gehört haben.«

»Nein, die anderen waren schon zum Abendessen gegangen. Nur Sie, ich und John waren noch dort.«

Jules leckte sich über die Lippen und begann allmählich besorgter dreinzuschauen. Er hatte indirekt schon seiner Mutter den Mord in die Schuhe geschoben. Würde er jetzt vielleicht auch noch John belasten wollen?

»Ich muß es . . . irgend jemand anderem gegenüber erwähnt haben. Ich bin *sicher*, daß ich es Marcel gesagt habe. Marcel, habe ich nicht . . .«

»Und das ist natürlich auch der Grund, wieso Sie versucht haben, mich umzubtingen; nämlich um mich daran zu hindern, daß ich rausbekomme, daß es Guillaume war, der dort unten lag.«

Noch mehr Luftschnappen. Er hatte völlig vergessen, daß keiner von ihnen von der Briefbombe wußte. So langsam begann sich das hier für alle zu einem ziemlich sensationellen Abend zu entwickeln.

»Das ist doch lächerlich!« sagte Jules mit plötzlicher Schärfe. Die roten Flecken waren wieder auf seinen zarten, runden Wangen aufgetaucht. »Ich werde nicht tatenlos hier sitzen und . . .«

»Und Alain ebenfalls. Deshalb haben Sie dafür gesorgt, daß er in der Bucht ertrank.«

Jules' erstauntes Blinzeln und sein offenstehender Mund waren so offensichtlich ehrlich, daß Gideon einen Augenblick dachte, er hätte sich vielleicht doch getäuscht, doch dann wurde ihm klar, daß das, was er da sah, lediglich Jules' Überraschung war, weil jemand dahintergekommen war, daß das Ganze kein Unfall gewesen war. Und es war *wirklich* sehr clever gewesen; wenigstens diese Anerkennung mußte Gideon ihm zollen, falls man es Anerkennung nennen konnte. Es war purer Zufall gewesen, daß es rausgekommen war.

Jules ließ seinen Mund so fest zuschnappen, daß seine kleinen Zähnchen zusammenklackten. »Ich werde nicht hier sitzen und mir diese . . . diese Unverschämtheiten . . . von jemandem gefallen lassen, der . . . der nicht mal *eingeladen* war . . .«

»Aber warum?« fragte Sophie. »Warum Alain nach so vielen Jahren umbringen?«

Gideon gab die Antwort. »Weil Alain zugeben wollte, wer er wirklich war. Genau darum sollte es in dem Familienrat gehen. Jules war der einzige, der das wußte, und er konnte es einfach nicht geschehen lassen. Richtig, Jules?« Er hoffte, er klang überzeugt und sicher; je weiter er ging, desto mehr war er auf bloße Vermutungen angewiesen. Schon seltsam, die Situationen, in denen er sich immer wieder befand.

»Nein! Falsch!« Jules brüllte jetzt; die Martinis zeigten ihre Wirkung in seinen Augen und seiner Artikulation. Sein bogenförmiger Baby-Mund hatte sich zu einem Schmollen verzogen.. »Er wollte uns mitteilen, daß er dieses Haus an eine Hotelkette verkaufte!«

»Sein Haus an eine Hotelkette zu verkaufen ist *eine Familienangelegenheit von einzigartiger Wichtigkeit?*«

»Woher ich weiß, was der alte Sack gemeint hat?« Jules hob beschwörend die Arme. »Er hat mir *gesagt*, um was es ging!«

»Ja, ich weiß, daß er das getan hat. Sie waren der einzige, der es wußte.«

Er senkte seine Arme. »Das ist richtig«, sagte er mißtrauisch.

»Und genau das brachte mich überhaupt erst darauf, mich zu fragen, warum Sie logen, und es war wirklich nicht so schwer, die Antwort zu finden.« Gideon begann allmählich zu ermüden, wünschte sich, daß Joly endlich käme oder daß Jules einfach aufgeben und alles gestehen würde.

Was nicht der Fall war. »*Sie* lügen!« schrie er.

»Nein, Jules«, sagte Gideon, und bereitete sich auf das vor, was, wie er hoffte, der K.-o.-Schlag sein würde. »Er dachte gar nicht daran, Rochebonne an eine Hotelkette zu verkaufen. Denn wenn dem so gewesen wäre, hätte es wohl wenig Sinn gehabt, den Küchengarten noch zu vergrößern, oder?« Er hielt die Luft an. Er steckte hier bis zu den Ellbogen in Spekulationen. Es war ja vorstellbar, daß ein Deal mit der Hotelkette durchaus von einem größeren Garten abhängig war oder daß sie dafür bezahlten oder auch von einem ganzen Dutzend anderer Möglichkeiten.

Aber nein, er hatte richtig getippt. Glänzende Schweißperlen waren plötzlich auf Jules' Stirn aufgetaucht. Die Partie unter seinen Augen und um seinen Mund schien einzufallen und eine glänzende graue Farbe anzunehmen.

»Ich«, sagte er mit einem betrunkenen, kläglichen Versuch, Würde zu bewahren, »werde jetzt gehen.« Als er aufstand, fielen Krümel von seinem Schoß.

»Nein«, sagte John freundlich, »das tun Sie nicht. Sie bleiben schön hier.«

Jules wirbelte wütend zu ihm herum. »Sie können mir doch nicht . . .«

»Und ob ich kann. Betrachten Sie es als Festnahme durch eine Zivilperson.«

»Sie . . . Sie sind nicht mal französischer *Staatsbürger!*«

»Trotzdem«, sagte John, der seine Arme locker vor seiner Brust verschränkt hatte, »würde ich mich an Ihrer Stelle einfach wieder hinsetzen und warten, bis Joly hier eintrifft.«

»Joly ist bereits da«, sagte eine vertraute klare Stimme von der Tür. Er schritt in den Raum und baute sich steif vor Jules auf. »Monsieur du Rocher, betrachten Sie sich von diesem Augenblick an als unter den Bestimmungen des Garde à vue stehend. Sie werden in Haft genommen . . .«

Jules blickte verzweifelt zu Mathilde. »Maman . . .«

Sie starrte ihn mit funkelnden Augen an. »Du hast Alain umgebracht!« sagte sie mit einer Stimme wie brechendes Eis. »Deinen eigenen Vater.«

Diesmal trug Gideon ebenfalls zum allgemeinen Schweigen bei. Erst René konnte es brechen.

»Seinen Vater?« sagte er so erstaunt blickend wie alle anderen. »Willst du damit sagen, Jules ist nicht mein Sohn?«

Wären nicht die traurigen Umstände gewesen, hätte Gideon beinahe gedacht, es wäre mit einer gewissen Erleichterung gesagt worden.

22

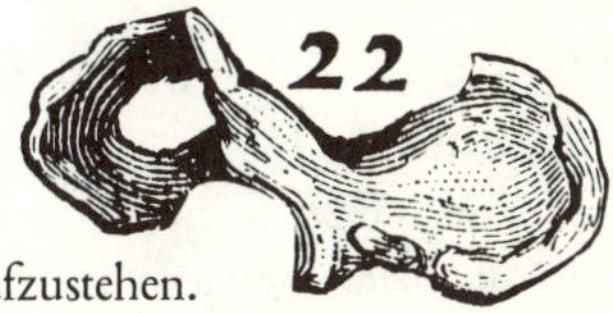

»Willst du noch Kaffee?« fragte Julie.

»Klar«, sagte Gideon und begann aufzustehen.

»Ich mach das.« Sie sprang auf und lief in die Küche.

»Ich dachte, du wolltest dafür sorgen, daß ich weniger zufrieden bin.«

»Ich denke, nachdem du beinahe ermordet worden bist, hast du es durchaus verdient, wenigstens einen Tag lang verwöhnt zu werden. Morgen wird sich alles ändern, mein Freund.«

Sie saßen zu einem späten Frühstück im Wohnzimmer. Gideon lehnte sich zurück, die Hände hinter seinem Nacken verschränkt, streckte seine Beine aus und genoß das befriedigende Gefühl, wieder zu Hause, wieder bei Julie zu sein. Durch das große Fenster konnte er den Berg hinunterblicken; er sah, wie die Coho-Fähre aus Victoria gerade um Ediz Hook herumkam und durch den Morgennebel langsam in den Hafen von Port Angeles glitt. Aus der Küche die ganz normalen Geräusche eines Haushaltes, als Julie den Kaffee aufsetzte und dabei fröhlich pfiff.

»Ich bin ein Glückspilz«, sagte er zu ihr.

»Allerdings«, rief sie zurück. »Wie steht's da draußen mit den Bagels?«

»Noch jede Menge da. Geräucherter Lachs und Frischkäse auch.«

Er war kurz vor zehn am voraufgegangenen Abend angekommen.

Julie hatte ihn am Flughafen Seattle-Tacoma abgeholt, und den größten Teil der langen Fahrt nach Port Angeles – zuerst mit einer langsamen, gemessenen Fähre über den Puget Sound und dann siebzig Meilen Landstraße durch düsteren Wald auf der Olympic Peninsula – hatte er ihr erzählt, wie sich in Rochebonne alles aufgeklärt hatte. Als sie in ihrem Haus eintrafen, hatten sie die Flasche Cognac geöffnet, die er aus Frankreich mitgebracht hatte, und ihre Gespräche und ihre Aufmerksamkeit hatten sich intimeren und angenehmeren Dingen zugewandt. Es war drei Uhr morgens gewesen, bevor sie schließlich allmählich eingeschlafen waren, und erst um halb zehn waren sie wieder wach geworden.

»Hast du letzte Nacht irgendwelche unheimlichen Geräusche gehört?« rief er.

»Jetzt, wo du's erwähnst, ja, ich hab da ein paar ziemlich merkwürdige gehört.«

Er lachte. »Ich meine, *nachdem* wir eingeschlafen sind.«

Mit einem Tablett in der Hand kam sie herein. »Nein, danach nicht mehr«, sagte sie lächelnd und verzog dann ihr Gesicht. »Gideon, du wirst diese Dinger da doch wohl nicht allen Ernstes tragen wollen, oder?«

Er schaute nach unten und wackelte mit den Zehen. »Gefallen dir meine Schuhe nicht? Warte nur, bis du erst mein neues Sweatshirt siehst.«

»Ach, nicht, daß sie mir nicht gefallen. Ich persönlich finde chartreusefarbenes Segeltuch ganz besonders schön, und dieses lässig ausgeleierte Design wirkt sicher sehr attraktiv, sehr up to date. Mir gefallen eben nur ein paar von deinen anderen besser.«

»Tja, ich kann meine grauen Turnschuhe nirgends finden. Weißt du, ob ich sie mitgenommen habe?«

Lachend setzte sie sich neben ihn und schenkte Kaffee ein. »Weißt du eigentlich, daß du nie verreist, ohne irgend etwas zurückzulassen? Eines Tages wirst du noch mal ohne mich nach Hause kommen, und dann rennst rum, brummelst vor dich hin und überlegst: da war doch was, da war doch was . . .«

»Wenn man über einen verblüffenden Fall nachdenken muß«, sagte er mit erhobenem Zeigefinger, »kann man sich nicht mit den unmittelbaren Trivialitäten des Augenblickes abgeben. Wie wär's, wenn du mir einen Bagel rüberreichen würdest?«

Sie tat es und knabberte dann geistesabwesend selbst an einem. »Ich denke immer noch, daß meine Zyanid-Theorie ziemlich gut war.«

»Daß es die Waffe einer symbolischen Rache war? Es war *wirklich* eine gute Theorie. Nur leider hat sie sich nicht als richtig herausgestellt, das ist alles; ein kleineres Problem. So was passiert den schönsten Theorien immer wieder, laß dir das von mir gesagt sein.«

»Ja, wahrscheinlich . . .«

Gideon bestrich eine Bagelhälfte mit Frischkäse und schaute auf. »Beschäftigt dich irgendwas?«

»Ja, irgendwie. Hör mal, du hast doch gesagt, daß Jules das Gift nicht in der Bretagne gekauft hat, richtig? Er hat es aus Deutschland mitgebracht.«

»Richtig.«

»Tja, warum? Wenn er erst beschlossen hatte, Claude umzubringen, nachdem das Skelett aufgetaucht war, wieso sollte er es da im voraus kaufen und mitbringen?«

»Aaah, eine gute Frage. In diesem Punkt hatten John und ich uns geirrt.« Er widmete sich wieder seinem Bagel, legte zwei dünne, feuchte Lagen geräucherten Lachs auf den Käse und bedeckte das Ganze mit der anderen Hälfte des Brötchens. »Er brachte das Zyankali mit, um Alain damit umzubringen.«

Sie schüttelte ihren Kopf. »Häh?«

»Er wollte Alain vergiften, aber als sich dann die Chance bot, ihn mit Hilfe der Gezeitentabelle auf erheblich subtilere Weise um die Ecke zu bringen, ergriff er die Gelegenheit natürlich sofort beim Schopf. So stand ihm noch das feinste Zyankali zur Verfügung, als ihm der arme Claude mit großem Geschrei in die Quere kam.«

»Reizend. Alles in allem eine wirklich wunderbare Familie. Möchtest du in Ruhe essen, oder kann ich dir noch ein paar Fragen stellen?«

»Frag nur«, sagte er kauend.

»Hatte Mathilde während all dieser Jahre, in denen er Guillaume spielte, eine Affäre mit Alain? Haben sie sich immer noch geliebt?«

»Nein, ich glaube eigentlich nicht. Ich weiß nur, daß sie ihm während der letzten zwanzig Jahre oder so nicht näher war als jeder andere von ihnen.«

»Aber was ist mit Jules? Meinst du, sie hätten zur Erinnerung an alte

Zeiten noch einmal einen draufgemacht, und Jules wäre dann das Ergebnis gewesen?«

»Könnte sein. Das dürfte dann gereicht haben, daß sie sofort Schluß machten.«

Sie lachte. »Eine allerletzte Frage noch, nur noch eine. Was hat Alain so plötzlich veranlaßt, alles gestehen zu wollen, nachdem er fünfundvierzig Jahre Guillaume gespielt hat?«

»Das kann niemand ganz sicher sagen, aber Mathilde meinte, es hätte ihn schon seit Jahren zunehmend mehr bedrückt, das Leben eines anderen zu leben, und er habe sich ihr gegenüber einmal darüber beklagt, daß er mal mit dem Grabstein eines anderen über sich begraben würde.«

»Das kann ich verstehen«, sagte sie und schüttelte sich leicht. »Als er dann erfuhr, daß er nur noch ein Jahr zu leben hatte, gab das schließlich für ihn den Ausschlag?«

»Es sieht so aus.«

Sie trank ruhig ihren Kaffee, schaute aus dem Fenster, als die große Fähre tutete und langsam an ihren Liegeplatz zurücksetzte. »Es ist kaum zu glauben, daß Ray Schaefer tatsächlich heiraten will.«

»Ich weiß, aber Claire ist praktisch wie für ihn geschaffen. Und umgekehrt auch, denke ich. Sie haben vor, im Sommer mal zu uns raufzukommen. Du wirst sie bestimmt mögen.«

»Da bin ich sicher.« Sie hatte ihren Kopf gegen Gideons Schulter gelegt, setzte sich aber jetzt plötzlich wieder auf. »Die Erbschaft . . . Wer wird die denn jetzt kriegen?«

»Tja, Joly sagte, er glaubt, es wird folgendermaßen laufen: Das Testament, das Guillaume 1941 gemacht hat, ist das letzte, das zu finden ist, also ist es auch dasjenige, das zählt. Zu diesem Zeitpunkt hat er alles seinem nächsten Verwandten hinterlassen, der Schwester seines Vaters. Sie ist 1942 gestorben, kurz vor Guillaume, was bedeutet, die Erbschaft hätte an Claude, ihren Sohn, gehen sollen.«

»Du meinst, Claude hatte also recht? Er war tatsächlich der rechtmäßige Erbe?«

Gideon nickte. »Aber da er jetzt tot ist, sagt Joly, daß das Erbe wohl an Claire gehen wird, und ein Teil vielleicht noch an Leona.«

»Hmh, dann bekommt Tante Sophie ihre Bibliothek wohl doch nicht.«

Gideon schüttelte den Kopf. »Claire hat sie beiseite genommen und ihr gesagt, sie wolle, daß sie sie bekommt. Sophie hat – natürlich – gesagt, nie im Leben, aber daß sie sehr gerne den einen oder anderen Bildband hätte. Claire hat außerdem den Hausangestellten gesagt, daß sie sich keinerlei Sorgen um ihr Gehalt und ihre Pension machen müßten.«

»Die scheint wirklich nett zu sein. Aber ich frage mich, ob das nicht zu Problemen zwischen ihr und Ray führen wird.«

»Du meinst, weil sie reich sein wird? Ist das dein Ernst?«

»Also, ja. Es wird zwangsläufig ein paar große Veränderungen für beide geben, und Raymond ist ein sehr lieber Mensch, aber du mußt selbst zugeben, daß er dazu neigt, ein bißchen nervös zu werden, wenn irgendwas seinen hübsch wohlgeordneten Alltagstrott durcheinanderbringt.«

Gideon zog ihren Kopf auf seine Schulter zurück und streichelte über ihr dichtes schwarzes Haar. »Na ja, man sagt doch: Geld macht vielleicht nicht glücklich, beruhigt aber ungemein die Nerven.«

Sie lachte und kuschelte sich ein wenig dichter an ihn. »*Wer* sagt das?«

»Willst du mir etwa sagen«, sagte Gideon, »daß ich dir noch nie von meinem Onkel Bubba Jim erzählt habe?«

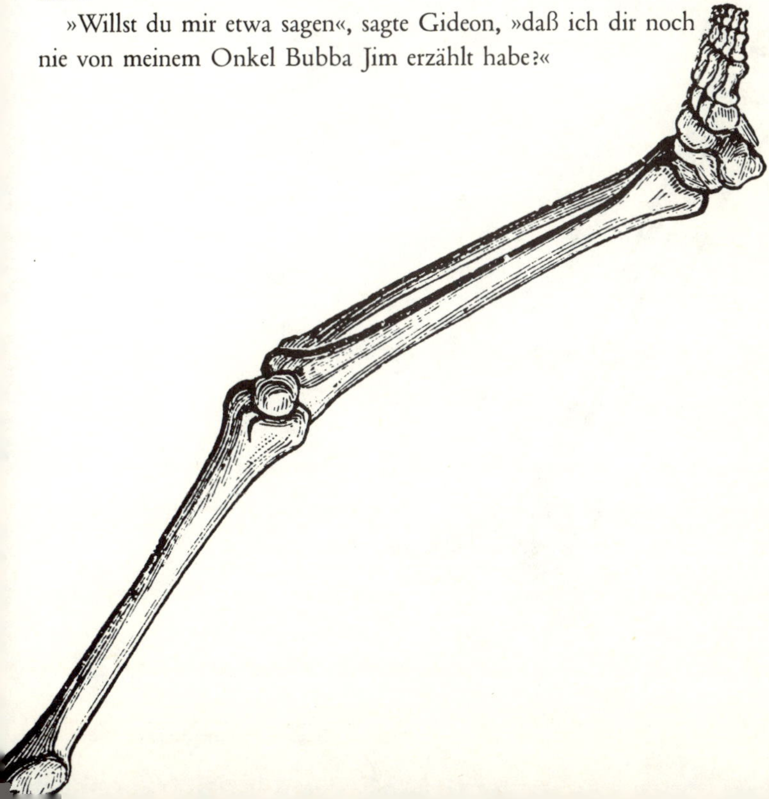

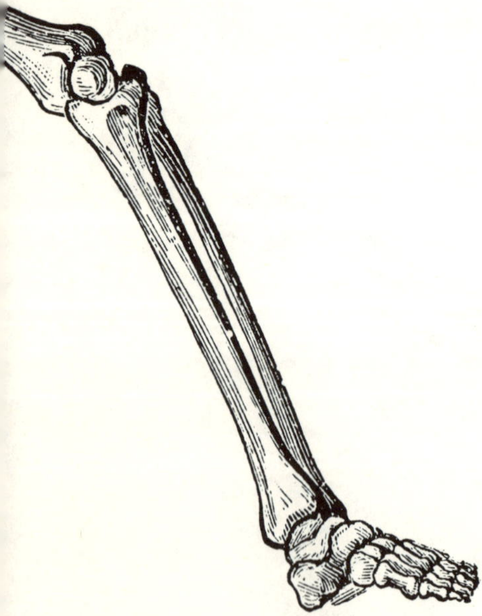

Fluch!

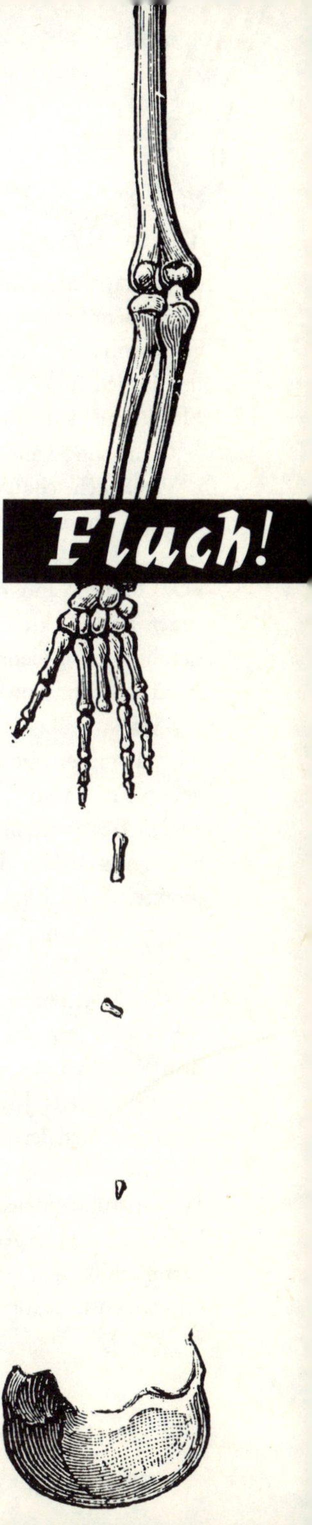

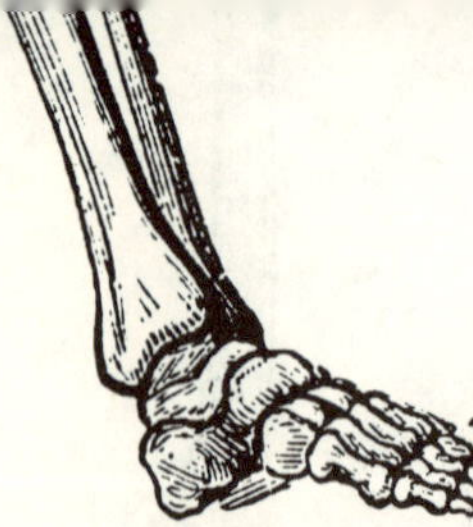

I

»Ich versteh das nicht«, sagte Julie und nahm einen Stapel Semester- und Diplomarbeiten voller Eselsohren vom Stuhl neben dem Schreibtisch. »Eigentlich bist du doch ein ordentlicher und gewissenhafter Mensch. Du schmeißt deine Socken nicht einfach auf den Boden. Du läßt deine Unterwäsche nicht auf den Stühlen liegen. Du räumst deinen eigenen Kram auf . . .«

»Vorsicht«, sagte Gideon. »Das steigt mir noch zu Kopf.«

Vergeblich schaute Julie sich nach einer Stelle um, wo sie den Stapel ablegen konnte. Gideon deutete auf die hintere linke Ecke seines Schreibtischs, die beinahe zehn Zentimeter unter Papieren begraben lag. »Da, an die Wand, damit es nicht runterrutscht.« Das tat sie, wollte sich setzen und zuckte zusammen. Sie zog ein metallenes Türschild unter sich hervor: »Gideon P. Oliver, Professor für physische Anthropologie«, stand auf dem Innenteil aus Plastik. Sie legte es auf die Papiere.

»Wieso«, fuhr sie fort, »arbeitest du also in einem Büro, das aussieht wie das hier?« Mit großzügiger Geste deutete sie auf den ganzen vollgestopften Raum: den Schreibtisch, den grauen Aktenschrank, die beiden Bücherregale, die Bücherbretter über dem Schreibtisch, die er, entgegen üblichen akademischen Verfahrensweisen, selbst an die Wand montiert hatte. Und alles quoll über von Papieren und Büchern. Viele Bücher lagen offen und wild durcheinander, mit den Rücken nach oben, gespickt mit Papierschnipseln als Lesezeichen.

»Das ist ein pädagogischer Kunstgriff. Es verunsichert die Studenten, wenn die Büros der Professoren nicht genauso aussehen, wie sie es aus dem Kino kennen.«

»Nein«, sagte Julie. »Ich glaube, das hier ist dein wahres Ich. Das Monster unter der Oberfläche.«

»Grrr«, machte Gideon und erhob sich aus dem Sessel, um ihren Kopf herunterzuziehen und sie zärtlich zu küssen. Einen Moment behielt er die Augen geöffnet, schaute zu dem sanften, schönen Gesicht auf. Dann schloß er sie ebenfalls und küßte weiter, ließ seine Lippen über die samtweichen Wangen, dann weiter zum Hals wandern.

»Gideon«, sagte sie und ging ein Stück zurück, »die Tür ist offen. Was ist, wenn einer deiner Studenten vorbeikommt?«

»Ist das dein Ernst? Sonntag morgens während der Winterferien? Da gibt es weit und breit keine Studenten. Auch keine Dozenten. Nur ich, der versucht, endlich diese verdammte Monographie zusammenzubasteln.«

Der Gedanke daran brach den Zauber nachhaltig. Er seufzte, lehnte sich zurück und schlug auf den obersten Papierstoß auf dem Schreibtisch.

»Und, schaffst du's?«

»Was, das Ding zusammenzubasteln? Ich weiß nicht. Ich hab den Rhythmus verloren oder weiß der Henker. Es kommt mir alles so abgedroschen vor. Oder vielleicht bin ich auch abgedroschen.« Er nahm das oberste Blatt in die Hand. »›Neubeurteilung der Hominiden des mittleren Pleistozäns‹«, las er laut. »›Taxonomische Revisionen auf Grundlage der neuesten osteuropäischen Funde der zweiten Zwischeneiszeit‹.« Er verzog das Gesicht. »Na, was meinst du, packt dich das?«

»Äh . . .«

»Mich auch nicht, und der Titel ist noch das Beste.«

Sie lachten, und Julie drückte seine Hand. »Komm, du hast heute Geburtstag. Ich lade dich zum Essen ein.«

»Ich dachte, du müßtest arbeiten?«

»Der Olympic National Park kommt für ein paar Stunden auch ohne mich klar. Wieso fahren wir nicht nach Seattle? Gegen eins könnten wir dort sein.«

»Lieber nicht, Julie. Wir würden erst ziemlich spät zurück sein. Ich würde die Arbeit hier wirklich gern zu Ende bringen und sie mir endlich vom Hals schaffen. Dann habe ich die nächsten drei Wochen Zeit für was anderes.«

»Wie zum Beispiel was?«

»Ach, ich weiß nicht. Ein paar Bücherregale fürs Arbeitszimmer bauen . . . Vielleicht all die Tannenzapfen hinter dem Haus zusammenharken . . . Die Garage aufräumen . . .«

»Oh, mein armer Kleiner, du bist ja wirklich down, was? Okay, dann gehen wir einfach irgendwo hier in Port Angeles essen. Wie wär's mit einem Steak im ›Bushwacker‹?«

Er zuckte mit den Achseln und wuchtete sich hoch. »Ja, gut.«

»Was ist los, Gideon? Ist es vielleicht einfach nur der typische Blues zum Einundvierzigsten?«

Ja, der war's vermutlich. Der und der dunstige, graue Regen, der nun schon seit neun tristen Tagen ununterbrochen fiel und aussah, als würde er bis zum Sommer nicht nachlassen. Gideon war ein erklärter Freund von Regen und Nebel, aber an die trüben, dunklen Winter im Westen des Staates Washington mußte man sich ganz sicher gewöhnen.

Und dann waren seit seiner letzten Ausgrabung schon sage und schreibe anderthalb Jahre vergangen. Anderthalb Jahre ohne den Jungbrunnen der Anthropologie vor Ort, anderthalb Jahre, verbracht in Seminarräumen und Büros. Und meilenweit keine Aussicht auf praktische Arbeit im Feld. Er hatte das Gefühl, erklärte er Julie, als sei seine Karriere festgefahren.

»Wenn ich dich mal vorsichtig erinnern darf«, erwiderte sie kurz, »hast du in diesen anderthalb Jahren an einer neuen Universität angefangen, deine volle Professur erhalten, deinen beachtlichen Ruf als ›Amerikas Knochendetektiv‹ gefestigt . . .«

»Vorsicht, ja, treib's nicht zu weit.«

». . . und du hast drei wissenschaftliche Arbeiten veröffentlicht.«

»Vier. Ja, Julie, ich weiß, das stimmt ja alles. Aber ich glaube, ich muß mal wieder richtig zupacken, nicht immer nur diesen Schreibtischkram machen. Und damit meine ich nicht, zerstückelte Skelette für das FBI identifizieren.«

»Könntest du dich nicht einfach mit einigen deiner Archäologenfreunde in Verbindung setzen? Würden die sich nicht freuen, wenn du bei einer Ausgrabung dabei wärest?«

»Klar, wenn es dabei auch um ein paar menschliche Knochen geht. Und wenn nicht irgendein anderer physischer Anthropologe bereits zum Team gehört.« Er zuckte mit den Achseln. »Ja. Wahrscheinlich, genau das mach ich.« Und dann würde er Monate, vielleicht sogar Jahre warten, bis sich was ergab. Ungeachtet weitverbreiteter Ansichten tauchten bei Ausgrabungen nämlich nicht gerade häufig Überreste menschlicher Skelette auf.

»Schön. Gut. Beschäftigt dich sonst noch was?«

»Julie, weißt du eigentlich, wie alt Rupert Armstrong LeMoyne ist?«

»Aha, jetzt kommen wir endlich zur Sache. Wer ist Rupert Armstrong LeMoyne?«

»Der Dekan. Er ist neununddreißig. Zwei Jahre jünger als ich.«

»Gideon, wärst du gern Dekan der Fakultät?«

»Natürlich nicht. Darum geht's auch gar nicht.«

»Möchtest du so schlaff und weiß und selbstzufrieden sein wie Rupert Armstrong LeMoyne?« Sie drückte ihn auf den Schreibtischsessel zurück, ließ sich auf seinen Schoß fallen und umarmte ihn.

Was sich Gideon bereitwillig gefallen ließ. Nach zwei Jahren Ehe überlief ihn immer noch ein angenehmes Prickeln, wenn sie ihn berührte. »Woher weißt du, daß er schlaff, weiß und selbstzufrieden ist?«

»Na, komm, wenn man schon Rupert Armstrong LeMoyne heißt?« Sie öffnete die beiden obersten Knöpfe seines Hemdes und schob eine Hand hinein. »Hat Rupert Armstrong LeMoyne eine kuschelige, warme Brust?« Sie küßte ihn auf den Nasenrücken; seit er auf dem College geboxt hatte, war der platt. »Hat er einen männlichen, attraktiven Zinken? Hat er ein kantiges, sexy Kinn direkt aus den Superman-Comics?« Auch darauf drückte sie einen Kuß, und aus acht Zentimetern Entfernung schaute sie ihm mit leichtem Schielen in die Augen. »Na, wie mache ich mich? Muntert dich das auf?« Ihre Hand lag immer noch auf seiner Brust, streichelte sie mit langsamen, kreisenden Bewegungen.

Mit den Händen auf ihren Hüften zog er sie näher und streichelte dann durch den Stoff ihrer Nationalparkwächter-Uniformhose ihren Oberschenkel. Hatte er wirklich noch vor ein paar Minuten lustlos und niedergeschlagen hier gesessen? »Ich weiß nicht, ob man es direkt aufmuntern nennen kann«, meinte er, »aber irgendwas tut sich. Wieso vergessen wir nicht einfach das Mittagessen und fahren für ein, zwei Stunden nach Hause?«

»Sag mir«, fuhr sie unbeirrt fort, »ob Rupert Armstrong LeMoyne der Verfasser des bekanntesten Buches über die vergleichende Phylogenese der frühen Hominiden ist?«

»Des *einzigen* Buches über die vergleichende Phylogenese der frühen Hominiden.«

»Sei nicht kleinlich. So«, sagte sie und küßte diesmal seine Nasenspitze, »war das jetzt ein verlockendes Angebot für die nächsten beiden Stunden oder nicht?«

»Und ob. Und anschließend denken wir drüber nach, ob wir nicht für ein paar Tage irgendwohin fahren können, wo's nicht regnet.«

Gerade als er, sie noch immer im Arm, aufstehen wollte, klingelte das Telefon, und beide sanken auf den Sessel zurück. »Das«, sagte Gideon zuversichtlich, »wird ein sehr kurzes Gespräch. Geh du ran. Sag, ich wäre unterwegs zu einer äußerst wichtigen Besprechung.«

»Geht deine Sekretärin auch immer so ans Telefon? Auf deinem Schoß?«

»Wäre eine Überlegung wert, wenn ich eine Sekretärin hätte.«

Sie nahm den Hörer ab. »Sekretariat Dr. Oliver . . .« Sie legte den Kopf zurück und lachte. Ihr Haar streifte seine Schläfe, und er versuchte sie zu küssen, verfehlte jedoch sein Ziel. »Äh, hallo!« sagte sie. »Ja, ist er, Moment.«

»Vielen, vielen Dank auch«, brummte Gideon.

Julie behielt den Hörer am Ohr. »Ist das Ihr Ernst?« sagte sie, drehte den Kopf und sah Gideon an. »Das wird er nicht glauben.«

Mit einem eigenartigen Grinsen reichte sie ihm den Hörer. »Das glaubst du nicht.«

»Hallo, Gideon?«

Die dünne Stimme des alten Mannes zauberte sofort ein Lächeln auf Gideons Gesicht. Abraham Irving Goldstein, sein ehemaliger Professor und Immer-noch-Mentor. Avram Yitzchak Goldstein aus Minsk, der seine Karriere in Amerika mit siebzehn begonnen – indem er in Brooklyn Lumpen von einem Handkarren aus verhökerte – und sie als hochrangiger Gelehrter beendet hatte. Sein langjähriger Freund Abe Goldstein.

»Abe, hallo! Von wo rufst du an?«

»Von wo soll ich schon anrufen? Aus Yucatán, natürlich. Hör zu, was hältst du davon, ein paar Wochen runter nach Tlaloc zu kommen und mir ein bißchen beim Graben zu helfen? Julie auch, falls sie sich Urlaub nehmen kann.«

Gideon legte eine Hand über die Sprechmuschel und sah Julie an. »Ich glaub's einfach nicht.«

Abe befand sich als Vorstandsmitglied der ›Horizon Foundation‹, einer Stiftung für anthropologische Forschung, bei einer von dieser geförderten Ausgrabung etwa sechzig Meilen von Mérida, in der Nähe der mexikanischen Golfküste. Tlaloc, eine kleinere Kultstätte der Maya, war erst vor zehn Jahren entdeckt und die Arbeiten dort 1980 aufgenommen worden. Nachdem aber 1982 ein Skandal der Ausgrabungsstätte zu trauriger Berühmtheit verholfen hatte, wurden auf Anordnung des Instituto Nacional de Antropología e Historia der mexikanischen Regierung die Ausgrabungen eingestellt. »Für alle Zeiten«, hatte es theatralisch geheißen, »um die Erinnerung an diese schmachvolle Stunde für immer zu begraben.« Gideon war damals dort gewesen und hatte gerade die Arbeit an der Sammlung menschlicher Knochen beendet, die von Tauchern aus dem etwa hundertfünfzig Meter von den Gebäuden entfernten Cenote – dem Opferbrunnen – heraufgeholt worden waren. Wie alle war er schockiert und empört über das, was geschehen war.

Danach blieb die Ausgrabungsstätte über fünf Jahre lang verschlossen, während sich die ›Horizon‹ und das Institut in gegenseitigen Beschuldigungen und Verhandlungen ergingen. Am Ende leistete ›Horizon‹ ansehnliche Wiedergutmachungen, und die Gefahr eines Prozesses war in aller Stille gebannt. Vor sechs Monaten hatte die Regierung weiter nachgegeben und ›Horizon‹ erlaubt, die Arbeiten »unter strenger Kontrolle durch das Institut« wieder aufzunehmen. Eine der ausdrücklichen Bedingungen lautete, daß Dr. Abraham Goldstein (der an der ersten Ausgrabung nicht beteiligt war) persönlich die Leitung übernahm und seinen untadeligen Ruf und seine Sachkenntnis einem Unternehmen zur Verfügung stellte, das beim ersten Mal auf höchst bedauerliche Weise verpfuscht worden war.

Das alles, daran hatte Gideon keinerlei Zweifel, war von dem »pensionierten« achtundsiebzigjährigen Professor diskret eingefädelt worden, der dann Anfang Dezember Sequim mit Ziel Yucatán verlassen hatte, um die Ausgrabungen vorzubereiten. Gideon war nicht dazugebeten worden; die Arbeiten am Cenote waren beendet, und man rechnete nicht mit weiteren Bestattungsfunden.

»Was gibt's denn, Abe?« fragte Gideon. »Sag nicht, du hättest noch mehr Knochen zutage gefördert?«

»Doch. Du erinnerst dich an das Gebäude, das als Haus des Priesters bezeichnet wurde?«

»Südöstlich des Tempels, völlig überwuchert von Kletterpflanzen? An dem wir damals noch nicht gearbeitet haben?«

»Genau. Nur daß wir jetzt einen Teil der Pflanzen beseitigt haben, und, stell dir vor, ein paar Meter hinter dem Eingang liegt eine Leiche. Ich habe dafür gesorgt, daß bis zu deiner Ankunft nichts angerührt wird. Kannst du kommen?«

»Wie ist das Wetter?« Nicht, daß es eine Rolle spielte. Er spürte bereits, wie die Erregung über eine Ausgrabung in ihm wuchs. Doch er meinte, er müsse sich zumindest den Anschein geben, daß er darüber nachdachte.

»Wie's hier unten immer ist. Heiß. Sonnig. Feucht. Genau, wie du es nicht magst, aber die Ausgrabung selbst ist ein Vergnügen.«

Gideon sah durch das Fenster, wie der Regen von den Blättern der patschnassen Rhododendronbüsche vor dem Gebäude der natur- und geisteswissenschaftlichen Fakultät strömte. »Wann soll ich gesagt haben, ich mag es nicht heiß und sonnig?« fragte er träumerisch.

Abe lachte. »Junge, du hast ein kurzes Gedächtnis. Also, kannst du nun kommen oder nicht?«

»Ich kann.« Wie ein geölter Blitz konnte er kommen. Er drückte Julies Bein und strahlte sie an. Sie hatte noch jede Menge Urlaub. Sie konnte mitkommen.

»Oh, wunderbar!« sagte Abe. Seine Freude wärmte Gideon das Herz. »Schön!«

»Wie ist die Crew?«

»Die Crew . . . hab ich das noch nicht erwähnt?«

»Was erwähnt?« fragte Gideon argwöhnisch.

»Sei nicht so mißtrauisch. Nur Amateure, das ist alles. Alte Freunde von dir.«

»Ich dachte, die Regierung besteht diesmal auf Profis.«

»Wenn wir zu den fachspezifischen Sachen kommen, ja. Aber die ersten paar Wochen heißt es einfach nur aufräumen und Vorarbeit leisten, daher haben wir denen, die 1982 auch schon hier waren, die Chance geboten, wieder mitzumachen, wenn sie wollen. Auf unsere Kosten. Von den neun Leuten damals sind fünf wieder dabei, dein alter Student Harvey Feiffer übrigens auch. Wir fanden, daß wir ihnen das schuldig waren, wenn man an den Zores denkt, den sie hatten.«

Zores waren natürlich Schwierigkeiten. Gideons Kenntnisse des Jiddischen hatten während der letzten zehn Jahre beträchtlich zugenommen, denn Abraham Goldstein hatte den Akzent, geschweige denn das Vokabular seiner Handkarren-Zeit nie aufgegeben. Manchmal dick aufgetragen, oft kaum wahrnehmbar, war er nie völlig verschwunden. Ob es um die Behauptung seiner Identität, eine exzentrische Laune (eine unter vielen) oder den schlichten, waschechten Akzent ging, konnte niemand mit Sicherheit sagen, nicht einmal Gideon. Vielleicht nicht einmal Abe selbst. Falls jemand die Kühnheit besaß zu fragen, wieso ein weltberühmter Gelehrter, der sieben Sprachen meisterhaft beherrschte, manchmal mit einem Akzent wie aus ›Abie's Irish Rose‹ sprach, reagierte Abe stets gleich. Seine Augen wurden groß und rund, seine Stirn legte sich in eine Million pergamentartiger Falten. »Akzent?« wiederholte er dann erstaunt. »Was für ein Akzent?«

»Und?« fragte er jetzt. »Wann seid ihr hier? Morgen?«

»*Morgen?*« Gideon lachte. »Wir müssen erst mal alles organisieren, Visa besorgen . . .«

»Könnt ihr das nicht heute nachmittag erledigen?«

»Heute nachmittag ist schon verplant.« Gideon rieb Julies Rücken und lächelte sie an. Die Tatsache, daß er unbedingt an einer Ausgrabung teilnehmen wollte, bedeutete nicht, daß er allen Realitätssinn verloren hatte.

»Außerdem«, fügte er entschieden hinzu, »möchte ich gern noch so eine Monographie abschließen. Wir werden Ende der Woche dort sein. Am Freitag. Wie wär's damit?«

Ein winziges Zögern. »Freitag? Ein bißchen früher geht's nicht?«

»Wann zum Beispiel?«

»Zum Beispiel morgen?«

»Wozu die Eile, Abe? Am Freitag sind die Knochen auch noch da.«

»Es geht nicht nur um die Knochen. Hier gibt es etwas, das mir Sorgen macht. Ich brauch deine Meinung.«

»Tjaaa . . .«

»Außerdem«, sagte Abe mit diesem einschmeichelnden Singsang, was bedeutete, daß die Katze gleich aus dem Sack gelassen würde, »haben wir neues schriftliches Material der Maya entdeckt. Garrison ist aus Tulane runtergekommen, um an der Übersetzung zu arbeiten, und sie ist fast fertig damit. Ich habe sie gebeten, mit ihrer Präsentation noch zu warten, damit du dabeisein kannst. Aber sie muß übermorgen zurück. Ich brauche dir ja wohl nicht zu sagen, daß es eine Sache von historischer Bedeutung ist; aber klar, wenn du es nicht schaffst, dann schaffst du es eben nicht.«

Gideon schwieg.

»Natürlich, es sind nur ein paar Blätter aus der Zeit nach der spanischen Eroberung«, fuhr Abe fort, »aber trotzdem, so etwas passiert nicht alle Tage.«

Oder alle Jahre, oder alle Jahrzehnte. Nun, Gideon konnte die Monographie jederzeit mitnehmen. »Okay«, sagte er, »du hast mich überzeugt. Morgen sind wir da.«

»Gut. Ausgezeichnet. Deine Fahrtkosten werden übernommen – Julies natürlich auch, wenn sie bereit ist, etwas mitzuarbeiten –, und wir bringen euch im Hotel unter. Die Verpflegung übernehmen wir ebenfalls. Eine Bezahlung kann ich leider nicht anbieten. Ich werde nicht bezahlt, warum solltest du also bezahlt werden?«

»Kein Problem.« Gideon war mehr als zufrieden. Er hätte die Reisekosten auch selbst übernommen, wenn es nötig gewesen wäre. »Abe, jetzt verrat mir doch mal, was genau dich beunruhigt?«

»Hör zu, Gideon, der Anruf ist ganz schön teuer. Wenn du hier bist, erklär ich alles. Laß mich wissen, wann ihr ankommt. Ich sorge dafür, daß ihr am Flughafen in Mérida abgeholt werdet.«

»Okay, Abe, danke. Dann sehen wir uns morgen. Falls wir noch einen Flug kriegen.«

Als er den Hörer auflegte, verschränkte Julie die Hände in seinem Nacken, wobei ihre Unterarme auf seinen Schultern lagen. »Wir fliegen also nach Yucatán?«

»Hm-hmh. Wie findest du das?«

»Toll. Da wollte ich schon immer mal hin. Aber weswegen bist *du* so glücklich? Ich dachte, du haßt die Tropen?«

»Wie kommen die Leute immer nur auf solche Ideen? Ausgrabung ist Ausgrabung. Und im Januar dürfte es da unten schon nicht so schlimm sein.« Er zog ihren Kopf herunter, um sie zu küssen. »Außerdem ist Yucatán sowieso was anderes. Es ist einmalig, du wirst sehen. Der Dschungel, die Ruinen . . . wenn man erst mal aus Mérida raus ist, kriegt man ein wildes, primitives, elementares Gefühl von Abgeschiedenheit, ein . . .«

»Weißt du eigentlich«, meinte sie, die noch nie etwas für schwärmerische Prosa übrig gehabt hatte, »daß du noch Rasierschaum hinterm Ohr hast?«

2

Seit fünf Stunden flogen sie hoch oben unter einem strahlend blauen Himmel über einer wogenden, weißen Wolkendecke.

»Als sähe man auf eine riesige Schüssel Schlagsahne«, bemerkte Julie in einem ihrer schwächeren Versuche, eine Unterhaltung anzufangen.

»Hmh«, brummte Gideon. Er hatte immer wieder und ziemlich erfolglos versucht, an der »Neubeurteilung der Hominiden des mittleren Pleistozäns« zu arbeiten, während Julie lust- und ergebnislos über ihrem Quartalsbericht gesessen hatte. Jetzt streckten sich beide und gähnten gleichzeitig. Julie schlug ihren Ordner zu und startete einen neuen Versuch. »Bedeutet Tlaloc irgendwas, oder ist es einfach nur ein Name?«

Bereitwillig schob Gideon die Monographie in das Netz der Rükkenlehne des Sitzes vor ihm. »Es ist das Náhuatl-Wort für den Regengott, der von den Maya Chac genannt wurde.«

»Náhuatl?«

»Eine uto-aztekische Sprache, eng verwandt mit Pipil.«

»O ja, Pipil«, erwiderte Julie. »Danke für die Aufklärung. Sag mal, wenn es eine Maya-Stadt ist, wieso hat sie dann keinen Maya-Namen?«

»Weil, wie jeder wissen sollte, der Anthropologie studiert hat . . .«

»Anthro hatte ich nur als Nebenfach. Ich fürchte, bis zu Pipil und Náhuatl bin ich nie gekommen.«

»Also, im zehnten Jahrhundert sind die Tolteken, die zu den Uto-Azteken gehörten, aus Zentralmexiko nach Yucatán gekommen und haben die Maya unterworfen – oder wurden von ihnen assimiliert, je nachdem, ob man die Sache auf kurze oder lange Sicht sehen will. Egal, die meisten berühmten Maya-Ruinen auf Yucatán sind eher toltekischen Ursprungs als Relikte der Mayakultur. Chichén-Itzá zum Beispiel . . .«

»Du willst also sagen, daß Tlaloc eigentlich keine Maya-Stadt ist?«

»Nein, nein, es ist schon von den Maya, allerdings mit deutlich toltekischem Einfluß. Etwa so, wie man auch sagen könnte, daß Strasbourg eigentlich eine deutsche Stadt ist, wenn auch mit deutlich französischem Einfluß.«

»Ich bin nicht sicher, was die Franzosen davon halten würden.«

»Ich bin auch nicht sicher, was die Maya davon hielten.«

Der Wagen mit dem Mittagessen hatte es nach mehreren Zwischenstationen schließlich bis zur Reihe 24 geschafft. Ordentliche kleine Plastiktabletts mit Klappdeckeln wurden vor sie gestellt: Salat aus Salami, Käse, roten Paprika und grünen Bohnen, ein Brötchen, ein drei mal drei Zentimeter großer Würfel Schokoladenkuchen, ein Dutzend blaue Weintrauben in einem Papierschälchen.

Der untersetzte Mann auf der anderen Seite des Ganges starrte seine Portion durch den transparenten Deckel angewidert an. »Herr im Himmel«, brummelte er vorwurfsvoll, »kann man sich so was vorstellen?«

Aber Gideon fand es in Ordnung; genau das Richtige für zwei Uhr nachmittags, fünfunddreißigtausend Fuß über dem Golf von Mexiko. Julie ebenfalls, und so verputzten sie mit Begeisterung ihre Mahlzeit (ihr Sitznachbar aß den Kuchen und ließ den Rest liegen) und ließen sich danach von einem Steward Kaffee bringen.

»Wie wär's«, sagte Julie mit Nachdruck, »wenn du mir jetzt all die erbärmlichen Einzelheiten des berühmten Skandals erzählst, der 1982 zur Einstellung der Ausgrabungen in Tlaloc geführt hat?«

Gideon wand sich unbehaglich in dem schmalen Sitz. »Was weißt du davon?« fragte er zögernd.

»Ich kann mich erinnern, in ›Time‹ darüber gelesen zu haben. Jemand hat einen Kodex der Maya gestohlen, stimmt's?«

»Ja, und das war's auch schon so ungefähr.« Er zog das Papier von einem Döschen fettarmer Milch und schüttete sie in seinen Kaffee. »Es war tatsächlich der Leiter persönlich. Howard Bennett.«

Nachdem zehn Sekunden nur das Brummen der Triebwerke zu hören war, hob Julie verärgert eine Augenbraue. »Und das war alles?«

»Mehr gibt's da nicht zu sagen.«

»Aber du warst doch *dabei.* Ich will die *wichtigen* Einzelheiten. Was war Howard Bennett für ein Mensch? War er wirklich mit dir befreundet? War vielleicht eine Frau im Spiel? Hattest du je den Verdacht . . .« Sie sprach nicht weiter und musterte ihn fragend. »Und wieso hast du mir das alles nicht schon längst mal erzählt?«

Er zuckte mit den Achseln. »Es schien mir nicht weiter wichtig. Das war alles lange bevor wir uns kennengelernt haben.«

»Du bist«, sagte sie, »mit Abstand der einsilbigste Mensch, den ich kenne. Du tratschst nie. Es ist ekelhaft. Ich arbeite bei dieser Ausgrabung mit, also ist es jetzt auch wichtig.« Erwartungsvoll lehnte sie sich zurück, beide Hände um den Kaffeebecher, und drehte sich zur Seite, um Gideon anzusehen. »Und jetzt erzähl mir alles. Fang ganz von vorne an.«

Gideon lehnte sich ebenfalls zurück, starrte auf die Wolkendecke und ließ seine Erinnerung in die Vergangenheit wandern. Sich an die Ereignisse in Tlaloc zu erinnern, war sowohl in beruflicher wie auch persönlicher Hinsicht schmerzlich. Auch wenn er dies vermutlich niemals laut aussprechen würde, war er doch mit Leib und Seele Anthropologe, ging in seinem Fachgebiet auf und war ständig besorgt um seine beruflichen Standards und seinen Ruf, die sich beide, ganz pauschal gesprochen, auf einem erfreulich hohen Niveau bewegten.

Aber Howard Bennett hatte auf beinahe unvorstellbare Weise diese Standards verletzt, und seitdem hatte Gideon kaum darüber gesprochen. Die meisten Menschen, die er kannte, wären überrascht gewesen zu erfahren, daß er damals dabeigewesen war. Dennoch hatte Julie nicht ganz unrecht. Sie hatte Anspruch darauf, mehr zu erfahren. Wie auch immer, dem entschlossenen Funkeln in ihren Augen nach zu schließen, würde er es so oder so nicht länger für sich behalten können.

Er fing ganz von vorn an. »Weißt du, woran ich mich am ehesten erinnere, wenn ich daran denke? Wie heiß es gewesen ist.«

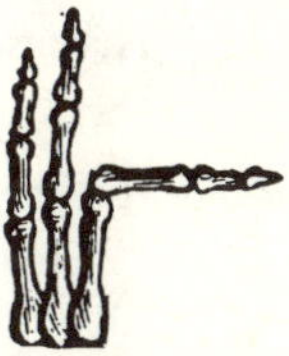

3

»Heiß« beschrieb auch nicht annähernd diesen unvergeßlichen Nachmittag. Es war schlimmer als in einem Dampfbad gewesen, da es keine Möglichkeit gab, einfach aufzustehen und zu gehen. Die Temperatur hatte bei achtunddreißig Grad gelegen, die Luftfeuchtigkeit bei hundert Prozent, und wenn man atmete, war es, als hole man durch einen warmen, feuchten Wattebausch Luft.

Der kurze Regen hatte zwanzig Minuten zuvor aufgehört: einer dieser heißen, heftigen Sturzbäche, die wie ein Wasserfall auf das Dschungeldach einschlagen und dann so abrupt aufhören, als hätte jemand den Hahn zugedreht. Die anderthalb Zentimeter Wasser, die den uralten, kultischen Hauptplatz der Maya in Tlaloc in eine schlüpfrige Fläche verwandelt hatten, waren bereits wieder verschwunden, aufgesaugt von dem porösen Boden Yucatáns und in die gigantischen, natürlichen Kalksteinhöhlen darunter gesickert. In dem Moment, als der Regen aufhörte, schien die Sonne wieder und hüllte die Welt in Dunst. Die dichte, grüne Vegetation, die den Platz von allen Seiten bedrängte, die tausend Jahre alten Steine der zerfallenden Tempel, der strohgedeckte Schuppen der Archäologen – das alles zischte und dampfte noch vom Regen.

Gideon saß auf der Veranda des Schuppens, an einem wackeligen Arbeitstisch, der eigentlich von dem vorspringenden Dach geschützt sein sollte, jetzt aber zum größten Teil in der prallen Sonne stand. Wenn Gideon auch nicht zischte, so dampfte er doch wie alles andere um ihn herum. Es strömte aus seiner verschwitzten, khakifarbenen Arbeitskleidung, aus seinem verkrumpelten, schmutzigen Strohhut, aus jeder Pore. Er nahm noch einen Schluck aus der zerkratzten Flasche mit warmer Grapefruit-Limonade, verzog das Gesicht, wischte mit einem gleichermaßen nassen Unterarm über seine schweißgebadete Stirn, dachte wehmütig und kurz an Yosemite im Winter und an die kühle, windige Küste von Mendocino. Dann seufzte er und konzentrierte sich wieder auf das braune, annähernd kugelförmige Objekt, das vor ihm auf dem Arbeitstisch lag und ebenfalls dampfte. Es war der letzte von den Tauchern aus den trüben grünen Tiefen des Opferbrunnens geborgene Fund: ein menschlicher Schädel, der vierte bislang.

Er drehte ihn langsam in den Händen. Wie die meisten rituellen Opfer der Maya war auch dieses jung gewesen. Keine der Suturae war geschlossen, was bedeutete, daß dieser Mensch keine dreißig Jahre alt geworden war. Nicht mal zwanzig, dachte er, als er den Finger über die Kauflächen der Zähne gleiten ließ. Einer der dritten Molare war nach dem Tod herausgefallen, doch der andere war gerade erst durchgebrochen, so sauber geformt wie das Modellgebiß eines Zahnarztes, ohne jede Abnutzungserscheinung. Woraus sich, vernünftig geschätzt, ein Alter von achtzehn oder neunzehn ergab. Und »geschätzt« war genau das richtige Wort. Die dritten Molare brechen zu den unterschiedlichsten Zeiten durch, aber womit sonst sollte er weitermachen? Nach den ersten zwölf bis fünfzehn Lebensjahren findet sich bis in die Dreißiger hinein an einem Schädel nur herzlich wenig, woraus Rückschlüsse auf das Alter gezogen werden können. Was viel Raum für vage Schätzungen läßt.

»In Ordnung, Harvey«, sagte er zu dem untersetzten Fünfundzwanzigjährigen mit beginnender Glatze, der aufmerksam und lernbegierig neben ihm saß, »was würden Sie über das Alter sagen?«

Harvey Feiffer nahm sofort eine wachsam gespannte Haltung ein. »Äh, achtzehn bis zwanzig?« schlug er vorsichtig vor. »Der linke dritte Molar . . .«

»Gut. Wie steht's mit dem Geschlecht?«

»Äh, weiblich?«

»Wieder richtig. Woher wissen Sie das?«

»Meine Güte, dafür gibt's etliche Gründe. Es gibt keinen Margo supraorbitalis, und die Protuberantia occipitalis ist praktisch nicht vorhanden. Und diese Warzenfortsätze hier sind nichts als glatte kleine Unebenheiten.«

Gideon nickte anerkennend. In mancher Hinsicht war Harvey einer seiner besseren Doktoranden. Er arbeitete hart und begeisterte sich wirklich für die Anthropologie. Die Chance, Gideon als Forschungsassistent nach Yucatán zu begleiten, hatte er sofort beim Schopf ergriffen.

»Was sehen Sie noch, wenn Sie ihn sich genau anschauen?« fragte Gideon. »*Wen* sehen Sie?«

»Äh, wen?« Harvey kaute auf der Unterlippe, wischte sich mit einem Taschentuch Schweiß vom Nacken und nahm schüchtern den Schädel in die Hand, wobei er sorgsam darauf achtete, ihn, wie vorgeschrieben, in beiden Handflächen zu halten. Keine Finger in die Augenhöhlen. »Also, genaugenommen gibt es eine ganze Menge Interessantes«, sagte er und versuchte Zeit zu gewinnen. »Er ist eher klein und breit, also ganz sicher brachycephalisch, wenn auch wieder nicht so sehr, wie es aufgrund der kranialen Deformation den Anschein hat.« Er warf Gideon einen Blick zu, um herauszufinden, ob er auf der richtigen Fährte war, und erntete ein unverbindliches Nicken. Dann ließ er seine Wurstfinger mit den abgekauten Nägeln leicht über den Knochen wandern, wie

Gideon es ihm beigebracht hatte. »Die, äh, oberen und unteren Nakkenkämme sind nur ansatzweise ausgebildet, und die Schläfenbeinfurchen . . .«

Kurz gesagt, genau hier lag Harveys Problem: eine übertrieben exakte Konzentration auf Nebensächlichkeiten, ein erbarmungsloses Fokussieren auf Details zu Lasten größerer Strukturen und Zusammenhänge. Er war erst spät zur physischen Anthropologie gekommen und hatte erst im vorletzten Jahr seines Studiums umgesattelt, nachdem er nämlich Gideons interdisziplinäre Vorlesung über die Evolution der Primatenhand gehört hatte. Bis dahin hatte er im Hauptfach Soziologie studiert, und Gideon fragte sich, ob nicht beide Fächer schlecht gewählt waren, denn in Harvey Feiffer schlummerte die präzise und peinlich genaue Seele eines guten Wirtschaftsprüfers oder Steuerberaters.

Einmal, in einem ungewöhnlich lockeren Moment bei ein paar Bieren, hatte er zu Gideon gesagt: »Wissen Sie, was ich an der physischen Anthropologie so toll finde? Es gibt nichts, über das man streiten könnte. Es gibt *richtige* Antworten. Wenn man zum Beispiel in der Soziologie sagt, familiäre Normen determinieren das Verhalten des Kleinkindes, erklärt einem der erste beste, dem man über den Weg läuft, das stimme nicht. Sein Kind habe vom Augenblick der Geburt an eine völlig eigenständige Persönlichkeit besessen. Aber wenn man auf eine Unebenheit an einem Knochen zeigt und verkündet, es sei der vordere schließende Knochenhöcker, Mann, das ist super – dann macht keiner mehr einen Piepser.«

». . . und die Nasenknochen sind typisch für die Maya«, quasselte Harvey weiter, »und in den oberen linken Incisivus ist anscheinend ein Loch gebohrt worden. Oh, und dann sind da noch ein paar Auswüchse an der Sutura lambdoidea, und . . .«

Gideon unterdrückte ein Seufzen. »Harvey, hören Sie auf. Lassen Sie sich mal eine Minute Zeit, gehen Sie etwas auf Distanz.« Gehorsam sprang Harvey sofort auf. »Nein«, sagte Gideon lächelnd. »Ich meinte, Sie sollten geistig Abstand nehmen. Versuchen Sie doch mal, den Schädel als Einheit zu sehen, als Teil eines Menschen. Was können Sie über *sie* sagen?«

Harvey glitt wieder auf seinen Rohrstuhl und machte ein schrecklich nachdenkliches Gesicht. »Äh, *sie*? Tja, ich weiß nicht . . .«

»Meinen Sie, sie war hübsch?«

Harvey zappelte nervös. Das war keine Frage nach seinem Geschmack. Keine richtige Antwort. »Schwer zu sagen. Vom Standpunkt der Maya aus gesehen wird sie es wohl gewesen sein.«

Keine schlechte Antwort. Gemessen an heutigen Maßstäben wäre sie alles andere als hübsch gewesen, aber ganz sicher hatten die Maya sie mit ihrem zierlichen, breiten Schädel und diesen ungewöhnlichen konvexen Nasenknochen für hübsch gehalten. Um sie noch hübscher zu machen, war ihr als Säugling künstlich die Stirn abgeflacht worden, so daß sich die Schädeldecke zu dem spitzen Höcker verformte, den sie so überaus attraktiv fanden. Und das in den Zahn gebohrte Loch war sicher für ein facettiertes Jade-Kügelchen bestimmt, das vermutlich immer noch irgendwo auf dem Grund des Cenote lag. Zweifellos waren ihr die Ohrläppchen für Anhänger durchstochen worden, die Nasenscheidewand für einen Stecker, der linke Nasenflügel für einen Edelstein. Und in der Kindheit hatte man ihr höchstwahrscheinlich ein permanentes Schielen beigebracht; sie mußte wohl monatelang auf eine kleine Pechkugel starren, die an einem in ihr Haar geflochtenen Band baumelte. Das alles nur, um sie begehrenswerter zu machen.

Gideon holte tief Luft. Schon erstaunlich, auf wie vielfältige Weise man Fleisch und Knochen eines Menschen verstümmeln und deformieren konnte, wenn man nur ein bißchen Einfallsreichtum an den Tag legte. All die Arbeit und der Schmerz nur, um sie begehrenswert zu machen, und dann hatten sie sie getötet, noch bevor sie zwanzig wurde. Und Harvey sah nichts außer Höckern und Unebenheiten.

»Okay«, sagte Gideon freundlich, »da wollen wir doch mal sehen, ob wir sie uns jetzt nicht mal als menschliches Wesen vorstellen können, nicht einfach nur als Ansammlung skelettaler Kriterien. Zum Beispiel . . .«

»Gideon! Dr. Oliver! He, wo stecken Sie?«

Er erkannte Leo Roses grölende Stimme sofort und seufzte wieder. Tlaloc stand zwar als Ausgrabung der ›Horizon Foundation‹ unter der Aufsicht von Profis, deren Mitarbeiter gehörten jedoch zur Kategorie der Ich-bezahle-für-das-Privileg-dabeizusein-Amateure, die zwei Wochen oder einen Monat mitarbeiteten und in der Regel sowohl am meisten Freude machten als auch am meisten nervten. Freude wegen des unschuldigen, begeisterten Interesses, das sie für praktisch alles an den Tag legten; Nervensägen, weil das gleiche Interesse bedeutete, daß die Profis kaum zehn Minuten ohne Unterbrechung arbeiten konnten, ohne eine gutgemeinte, aber oft auch völlig hirnverbrannte Frage beantworten zu müssen.

»Hier, Leo. Wir sind hinter dem Schuppen.«

Zerzaust und groß wie ein Bär kam der kalifornische Immobilienmakler um die Ecke des dicht überwucherten Hauses des Priesters angewalzt. Oder besser, *sie* nannten es Haus des Priesters. Anthropologen wußten im Grunde nicht genau, was diese Gebäude einmal gewesen waren, genausowenig, wie sie wußten, was überhaupt *irgendwelche* alten Gebäude der Maya gewesen waren oder wie die Maya ihre großen Städte und kultischen Zentren (falls es wirklich kultische Zentren waren) nannten, nicht einmal, wie die Maya sich selbst genannt hatten. Wenn man richtig darüber nachdachte, dann gab es verdammt vieles, was die Anthropologen nicht wußten und wahrscheinlich auch nie wissen würden.

Leo platzte fast vor Aufregung. »Wir haben eine falsche Wand gefunden, können Sie sich so was vorstellen? Mit einer kleinen Geheimkammer dahinter, und dort steht dann eine phantastische steinerne Truhe. Kommen Sie, wir dachten, daß Sie die doch sicher sehen wollen. Oh, hallo, Harvey.«

Gideon ließ sich nicht zweimal bitten. Sofort stand er auf, legte den Schädel des Mädchens vorsichtig auf das mit Erbsen gefüllte Säckchen, das als Polster diente. Gab es bei einer Ausgrabung überhaupt noch jemanden, Amateur oder Profi, der nicht insgeheim Hoffnungen auf versiegelte Räume hinter falschen Wänden hegte? Wohl kaum, seit Howard Carter 1922 eine Wand eingerissen und das unberührte Grabmal von Tutenchamun betreten hatte.

»Wo? Im Tempel?«

»Unter der Erde. In der Treppe.«

Den mit Schutt gefüllten Treppenschacht freizulegen war gegenwärtig Hauptaufgabe der Tlaloc-Ausgrabung. Seit Beginn der Arbeiten vor mehr als zwei Jahren hatte der Leiter Howard Bennett mit wechselnden Crews ununterbrochen daran gearbeitet und sich in die abgeflachte Pyramide gegraben, auf der der kleine Tempel der Eulen saß. Gideon, von seinem Lehrauftrag beurlaubt, war erst vor zwei Wochen nach Yucatán gekommen – als die ersten Knochen aus dem Cenote geholt worden waren –, aber er hatte schon vor langer Zeit erfahren, daß Howards Enthusiasmus sich auf den verschütteten Gang konzentrierte. Wie die Dinge lagen, hatte sich Howard mit seinem guten Ruf dafür verbürgt, daß eine große Entdeckung bevorstehen würde, wenn sie erst den Boden erreichten. Warum sonst, wollte er wissen, hatten sich die Maya die Mühe gemacht, eine absolut perfekte Treppe mit Tonnen von Schutt und Geröll zuzukippen, wenn sie dort nicht etwas von ungeheurer Bedeutung verstecken wollten?

Gideon hatte seine Zweifel gehabt. Manchmal lagen tatsächlich Schätze auf dem Boden solcher zugeschütteten Gänge, erheblich häufiger jedoch nichts. Bei den Maya war es Brauch, ihre Pyramiden zu vergrößern, indem sie eine alte zum Kern einer neuen machten, die alte überbauten und die neue darüber errichteten. Die Pyramide des Zauberers in Uxmal, auch Wahrsager-Pyramide genannt, besaß fünf solcher »Hüllen« aus Mauerwerk, eine über der anderen, wie die Schalen einer Zwiebel. Und wenn die Maya auf diese Weise bauten, füllten sie in der Regel sämtliche Hohlräume der ursprünglichen Pyramide; aus Gründen der Stabilität, nicht um irgend etwas zu verstecken. Aber eine falsche Wand und ein versiegelter Raum – das war wieder etwas ganz anderes.

»Dann seid ihr also schon unten angekommen?« wollte Harvey wissen, als sie über den grasbewachsenen Platz zur Pyramide liefen.

Nein, erklärte Leo, nach Luft schnappend, das Fußende der Treppe hätten sie noch nicht gefunden, obwohl sie inzwischen vierundzwanzig Stufen tief gegraben hätten. Nein, die hohle Wand war auf dem Absatz entdeckt worden, der nur zwölf Stufen unterhalb des Tempelbodens lag, auf einer Fläche, die bereits vor einem Jahr freigelegt und bislang nicht weiter beachtet worden sei. Jemandem sei aufgefallen, daß der Mörtel an einer Wand anders aussah, krümeliger, und als Howard dann mit der Spitze einer Kelle zwischen den Steinblöcken stocherte, hatten sie sich gelockert.

Am Fuß der Pyramide nickte Gideon den beiden Maya-Arbeitern mit ihren Strohhüten zu, die auf den untersten Stufen Pause machten – mit Zigarren und lauwarmem Tee. Dafür erhielt er ein zweifaches, höfliches Nicken ohne Lächeln. Er lief die dampfenden, ausgetretenen Stufen hinauf. Harvey stolperte neben ihm her, und hinter ihnen schnaufte Leo. Sie betraten das kleine Gebäude auf der flachen Spitze der Pyramide: den Tempel der Eulen, so benannt nach dem Fries auf dem Mauersturz. (Für Gideon sah es allerdings nicht nach Eulen aus, doch sein Vorschlag, ihn »Tempel der Truthähne« zu nennen, war auf keine allzugroße Gegenliebe gestoßen.)

Das Gebäudeinnere war nackt und kahl und erinnerte an eine ausgebrannte Mietskaserne. Decken, Wände und Boden waren mit einem Kalksteinputz bedeckt; durch jahrhundertelang alles überwuchernde, inzwischen entfernte Pflanzen und ein Jahrtausend feuchter, immer noch sehr präsenter Hitze war der düster und fleckig geworden. Lediglich unterhalb des Daches vermittelten ein paar verblaßte grüne, blaue und rote Farbflecken eine grobe Vorstellung davon, wie es im Jahr 900 nach Christus hier ausgesehen haben mochte. Das einzig Ungewöhnliche war die quadratische, in den Boden geschlagene Öffnung, die, natürlich, in den Treppenschacht hinunterführte.

Auf dem Treppenabsatz zwölf Stufen weiter unten war der größte Teil der westlichen Mauer bereits abgerissen, wobei die entfernten Steinblöcke ordentlich aufgestapelt und mit Filzstift numeriert worden waren. Die Crew und ein weiterer Maya-Arbeiter starrten stumm in die Öffnung. Zwei tragbare Scheinwerfer auf dem Absatz warfen ihr grellgelbes Licht in den kleinen, unerwarteten Raum vor ihnen.

Einer der großen Reize der Anthropologie liegt darin, sich etwas ansehen zu können, das Menschen einer großen, verschwundenen Kultur vor tausend Jahren versiegelt haben und das seitdem kein menschliches Auge mehr erblickt hat. Doch dies hier war mehr, wie in einem Märchen . . . vielleicht der gläserne Palast im Berg? Der Raum war wie mit Edelsteinen besetzt und wirkte im Kontrast zu der schmutzigen Treppe noch blendender – eine grell funkelnde Eisgrotte im Herzen des Regenwaldes von Yucatán. Aber das Eis war natürlich kristallisiertes Kalziumkarbonat: Stalaktiten an der Decke, Stalagmiten auf dem Boden, und ein glitzernder, versteinerter Widerschein auf den Wänden.

In der Mitte stand eine hüfthohe steinerne Truhe von knapp einem Meter im Quadrat aus vier massiven, hochkant stehenden Steintafeln und verschlossen von einem großen, überstehenden, zwanzig Zentimeter dicken steinernen Deckel. Auch der Deckel war mit kristallinen Ablagerungen überzogen, doch durch den milchig-trüben Überzug konnte Gideon eine kunstvoll behauene Oberfläche von außergewöhnlicher Schönheit sehen. Entlang des Randes befanden sich Datierungsglyphen – Angaben im Long Count, einem der drei Berechnungssysteme des Maya-Kalenders – und in der Mitte eine sorgfältig gearbeitete Figur des Halach-uinic, des Wahren Menschen, der aus dem Maul einer Schlange der Unterwelt trat oder darin verschwand. Die rote Farbe war zu einem blassen Rosa verblichen. Abgesehen davon hätte die Truhe auch erst heute morgen fertiggestellt worden sein können. Der Deckel war großartig, an sich schon ein Fund erster Güte. Gideon wagte sich kaum vorzustellen, was wohl darunter verborgen sein mochte.

Howard Bennett hatte ihn nicht hereinkommen sehen. Er trug kein Hemd und hatte die Statur eines Sumo-Ringers – korpulent und geschmeidig, dickes, speckiges Fleisch über einem sehr muskulösen Körper. Im Augenblick starrte er gierig den Deckel an. Die Haut auf seinem glänzenden Nacken und den Schultern zuckte wie bei einem Pferd. Gideon hörte sein tiefes, kehliges Lachen, leise und ganz für sich. Bei diesem Geräusch lief Gideon ein merkwürdiges Schaudern über den Nacken, es war wie eine dunkle Vorahnung.

Howard schaute zu dem Neuankömmling auf. »Und, was sagen Sie jetzt?« sagte er halb jubelnd, halb herausfordernd. Gideon hatte seine Zweifel, ob es hier irgend etwas zu finden gab, ja nicht verhehlt.

»Phantastisch«, erwiderte er ernst. »Ich habe mich geirrt. Meine Glückwünsche.«

Unter dem Schweißfilm war Howards fleischiges, verlebtes Gesicht hochrot. Mit der Spitze eines alten Paisley-Halstuches wischte er sich den Schweiß von der Oberlippe und lachte.

Howard Bennett lachte oft und gern. Seine ungezwungene, fröhliche Art kam seinem einzigartigen Talent zugute: Ausgrabungen mit begüterten Amateuren zu leiten, die auf Urlaub ebenso versessen waren wie auf das Graben. Nach einem Arbeitstag auf der Grabungsstätte war er immer für einen Abend im nahegelegenen ›Club Med‹ zu haben oder sogar für eine vierstündige Spritztour nach Mérida, in die ›Maya Excelsior Bar‹, die ›Discotheque‹ oder ins ›Boccaccio 2000‹. Im ›Maya Excelsior‹ gehörte er an Samstagabenden tatsächlich sogar zum festen Inventar. In der kleinen Jazz-Band spielte er Klarinette, die er außergewöhnlich gut beherrschte.

Er hatte eine kurze akademische Laufbahn hinter sich: drei Jahre an drei verschiedenen Universitäten. Er war ein langweiliger und farbloser Dozent gewesen, ein unzuverlässiges Fakultätsmitglied und nur ein mittelmäßiger Forscher. Aber seine beachtliche Methodik im Feld machte ihn zu einem gefragten Ausgrabungsleiter, und er war, soweit Gideon wußte, der einzige Mensch, der sich damit seine Brötchen verdiente. Er nahm inzwischen seit über zehn Jahren an Ausgrabungen in Lateinamerika teil, die letzten beiden Jahre davon in Tlaloc. Während dieser Zeit war er nur zweimal in die Vereinigten Staaten zurückgekehrt, und das auch nur, um seinen Paß und die Visa zu verlängern. Seit mehr als einem Jahrzehnt hatte er in Mexiko, Guatemala und Belize ein Zigeunerleben geführt.

Vor drei Jahren hatte Gideon bei einer mixtekischen Ausgrabung in Oaxaca kurze Zeit mit ihm zusammengearbeitet, und schon damals war er ihm nicht ganz geheuer vorgekommen. Jetzt war es noch schlimmer. Howards hartes, unstetes Leben machte sich bemerkbar: er nahm zu, sein Gesicht wurde schwammig, und zusätzlich zu seinem allabendlichen Trinken genehmigte er sich heute schon zum Mittagessen mehrere Biere. Und er zeigte auch kein sonderliches Interesse, mit Gideon über Archäologie zu reden. Seine Konversation reichte von Gemecker über die miese Bezahlung von Archäologen bis zu offenem Neid über die Lebensführung mancher reichen Amateure. Für Howard waren die zehn Jahre, die er mit wohlhabenden Börsenmaklern und Geschäftsleuten zu tun gehabt hatte, alles andere als gesund gewesen. Er trank heftiger, verfiel geistig und körperlich, und was seinen Beruf betraf, wurde er allmählich immer undurchsichtiger.

Zumindest war das bis zu dem überraschenden Fund der Fall gewesen. Unter seinen buschigen, zusammengewachsenen blonden Augenbrauen grinste er Gideon breit an. »Woran erinnert Sie das?«

»Palenque«, sagte Gideon ruhig.

»Ja«, flüsterte Howard. »Palenque!«

Jeder würde dabei an Palenque denken, an diese elegante Ruine knapp fünfhundert Kilometer weiter südlich im noch dichteren Dschungel von Chiapas. Dort hatte Alberto Ruz Lhuillier 1952 am Ende einer Treppe in einer etwas größeren Pyramide unter einem etwas größeren Tempel hinter einer falschen Wand, einer schweren dreieckigen

Steintür, einen Raum entdeckt, in dessen Mitte sich auch ein steinerner Sarkophag befand, erheblich größer als dieser hier, der von einer mit einem wunderbaren Relief versehenen Kalksteinplatte verschlossen war. In dieser Truhe hatte eine der bedeutendsten Entdeckungen der mesoamerikanischen Archäologie gelegen. Es waren die Gebeine des unter dem Namen Pacal bekannten Priesterherrschers, der hoheitsvoll auf dem Rücken lag, umgeben von den prächtigen Insignien und dem Schmuck eines Maya-Herrschers: Halskette auf Halskette, gewaltige Ohrringe, eine prachtvolle Totenmaske und ein Diadem, alles aus polierter Jade; kunstvoll geschnitzte Ringe an allen zehn Fingern; eine große birnenförmige Perle; eine behutsam zwischen die Zähne plazierte Jadeperle als Wegzehrung für die Reise; zu seinen Füßen eine Jadestatue des Sonnengottes als Begleiter.

Gierig fixierte Howard die Truhe mit seinem Blick. »Was, glauben Sie, werden wir darin finden?« fragte er Gideon und lachte wieder. Sein strohiges, blondes Haar war dunkel und strähnig vor Schweiß, als wäre er geschwommen. Gideon gefielen weder die fiebrig roten Flecken auf seinen Wangen noch sein beinahe rücksichtsloses Verhalten.

»Nicht viel. Die Innenabmessungen können kaum mehr als sechzig mal sechzig sein«, antwortete Gideon vorsichtig, doch Howards Erregung ließ die unangenehm feuchte Luft beinahe knistern und machte ihn allmählich ärgerlich. Er spürte die ersten Anzeichen von pochenden Schmerzen hinter den Schläfen und zwang sich, seine verkrampften Gesichtsmuskeln zu entspannen. »Falls wir es hier mit einer weiteren königlichen Beisetzung zu tun haben, wird man ihn wohl ein bißchen zusammengeknautscht haben, damit er da reinpaßt.«

Die Bemerkung sollte die Atmosphäre entspannen. Harvey lachte auch brav, und ein paar andere kicherten leise. Howard wieherte, ein heiserer Aufschrei, wie durch die Nase ausgestoßen, worauf sich die anderen beklommene Blicke zuwarfen.

»Wissen Sie, was ich jetzt mache?« sagte er unvermittelt. »Ich heb jetzt die Deckplatte ab. Jetzt sofort.« Vergnügt rieb er sich die Hände, während der Schweiß von seinem Kinn tropfte. Er drehte sich zu dem Arbeiter um und sprach in abgehackten spanischen Sätzen.

»Avelino, hier brauch ich einen Dreifuß mit einem Flaschenzug. Und Stützstangen. Geh, sag's den anderen.«

Gideon runzelte die Stirn. Das hier war ein kitzliges Unternehmen, das man besser bis zum nächsten Tag aufschob, wenn die entsprechenden Vorbereitungen mit mehr Ruhe getroffen worden waren. Er wollte schon etwas sagen, überlegte es sich dann aber anders. Keinem Chef gefiel es, wenn seine Autorität in aller Öffentlichkeit angegriffen wurde, und die Leitung der Ausgrabung lag ganz eindeutig in Howards Händen. Gideon war erst seit ein paar Wochen da, und zwar ausschließlich, um Gebeine zu analysieren. Abgesehen davon war es auch möglich, daß Howard genau wußte, was er tat.

Im Augenblick sah es ganz danach aus. Seine Anweisungen waren präzise, und die winzigen Maya-Arbeiter waren es gewohnt, schwere Dinge in beengten Räumen zu heben. Sie arbeiteten effizient und unterhielten sich leise in ihrer weichen, irgendwie raschelnden Sprache. Nach zwanzig Minuten hatten sie eine Ecke der Steinplatte neun, zehn Zentimeter angehoben, hoch genug, um mehrere Holzstangen darunter verkeilen und so die Platte aufbocken zu können.

Sobald die Streben an Ort und Stelle waren, sprang Howard mit gezückter Taschenlampe vor. Wie vor einem Altar kniete er vor der Truhe, richtete den Lichtstrahl auf die schmale Öffnung und beugte sich dann so weit wie möglich vor, um in den Spalt hineinsehen zu können. Lange Sekunden war nichts zu hören als das leise Klappern der Taschenlampe gegen den Rand der Truhe, die Howard daran entlangwandern ließ.

Schweigend schaute er in die Truhe, die Unterarme gegen den Rand gestemmt, die Stirn darauf gelehnt. Jetzt war das einzige Geräusch ein unregelmäßiges Flattern über ihren Köpfen, wie brutzelndes Fett: Insekten, die an den offenen Lampen verbrannten. Niemand sagte etwas, niemand rührte sich. Wenn sie alle so wie Gideon waren, atmeten sie nicht einmal. Howard hatte ihnen den Rücken zugekehrt, seine weichen, schwammigen Schultern glänzten unter dem Schweiß. Er sieht aus, dachte Gideon, als würde er jeden Moment wie ein Wesen aus einem Roman von H. P. Lovecraft vor dem Sockel der Truhe zu einer Fettlache zerschmelzen.

»Jesus Christus«, sagte Howard mit angespannter, ausdrucksloser Stimme. »Gideon, sehen Sie sich das an.«

Gideon schluckte schwer. Der Nacken schmerzte ihm vor erwartungsvoller Anspannung. Er ging näher hin und wußte nicht, ob Howard die Entdeckung des Jahrhunderts oder die Pleite seines Lebens vor Augen hatte. Als er in die Nische trat, knirschten Stalagmiten unter seinen Füßen – ein erschreckend frisches, klares Geräusch in der schmierigen Hitze. Neben Howard ließ er sich auf ein Knie nieder, während die anderen weiterhin begierig zuschauten. Howard richtete für ihn den Strahl der Taschenlampe in die Truhe.

Atemlos beugte Gideon sich vor, zutiefst dankbar dafür zu leben. Welcher andere Beruf bot Augenblicke wie diesen?

Nachdem er sich an die durch Howards zitternde Taschenlampe hervorgerufenen hüpfenden Schatten gewöhnt hatte, bestand seine erste Reaktion in beißender Enttäuschung. Außer ein paar staubigen, gewöhnlichen Gegenständen wie hundert anderen aus Dutzenden anderer Ausgrabungen befand sich nichts in der Truhe: ein kleiner Haufen Jadeperlen, zwei aus Jakobsmuscheln gefertigte Ohrringe, zwei bemalte Teller und dicht nebeneinander zwei schlanke, rechteckige, ordentlich zusammengefaltete Bündel Baumrinde, ebenfalls mit Farbe bestrichen. Vom Standpunkt des Gelehrten war das alles gewiß wertvoll, aber ganz sicher nicht die Entdeckung des Jahrhunderts. Warum in aller Welt hatten sich die Maya solche Mühe gemacht, diesen unscheinbaren Plunder so gut zu verstecken und aufzubewahren?

Aber Gideon war physischer Anthropologe; Knochen waren sein Metier, nicht Artefakte. Howard war Archäologe, und er wußte es besser. Die Taschenlampe zuckte in seiner Hand.

»Es ist ein *Kodex*!« flüsterte er mit belegter Stimme.

Gideon schaute wieder hin, und natürlich waren das nicht einfach nur gebündelte Baumrinden. Als der Strahl von Howards Taschenlampe die Schriftzeichen an den oberen Enden der Blätter und die einem Comic-Strip ähnlichen bunten Zeichnungen aus der Dunkelheit herausholte, erkannte er sie auch. Es war ein Maya-Kodex, ein präkolumbisches »Buch« der Maya, das auf dem Rücken lag und in der Mitte aufgeschlagen war, so daß die beiden Hälften ausgebreitet dalagen.

Seine Lippen öffneten sich, doch er wußte nicht, was er sagen sollte. Vielleicht war es ja doch die Entdeckung des Jahrhunderts. Zumindest für die Archäologie der Maya-Kultur.

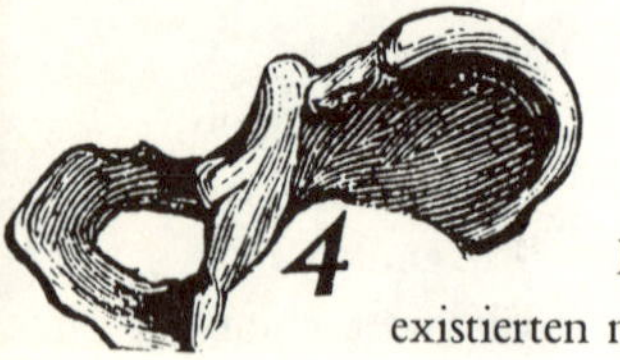

4

Buchstäblich die Entdeckung des Jahrhunderts. Es existierten nur drei weitere Kodizes der Maya, und der letzte war 1860 gefunden worden. Sie alle befanden sich im Besitz von Staatsbibliotheken – in Dresden, Madrid und Paris –, und keiner davon war bislang vollständig übersetzt worden. Vorausgesetzt, daß dieser Kodex thematisch um den gleichen Stoff kreiste wie die anderen, hatte das Wissen über die Zeremonien, Religion und Sprache der Maya soeben um satte dreiunddreißigeindrittel Prozent zugenommen.

Howard lud die restlichen Mitglieder der Crew ein, in die Nische zu treten und sich seinen Fund anzusehen. Ob mehr als einer oder zwei eine Vorstellung von der Bedeutung dessen hatte, was sie da sahen, war zweifelhaft, doch in respektvollem Schweigen linsten sie durch den Schlitz in die steinerne Truhe, traten dann ein paar Schritte zurück, um die beiden Anthropologen ihrer fachmännischen Unterhaltung zu überlassen.

»Gott, wissen Sie, wieviel das *wert* sein muß?« rief Howard mit donnerndem Lachen.

Eine aufschlußreiche Bemerkung, wenn auch nicht ganz den professionellen Regeln entsprechend – Gideons Ansicht nach jedenfalls nicht. Der Marktwert des Fundes war unbedeutend. Der Kodex war Eigentum der Republik Mexiko, und das zu Recht. Er würde niemals verkauft werden.

»Das könnte seit Palenque der bedeutendste Fund der Maya-Kultur sein«, erwiderte Gideon steif, mindestens genausosehr der Crew wie Howard zuliebe.

Howard ging deshalb noch lange kein Licht auf. »Ich könnte Ihnen morgen zwei Millionen Bucks dafür verschaffen«, sagte er. »Locker.« Wieder lachte er und stand auf. »Machen wir weiter.« Er drehte sich zu dem Vorarbeiter und gab Anweisungen, die Steinplatte weiterhin äußerst vorsichtig anzuheben und sie abzunehmen, ohne die kunstvollen Reliefdarstellungen zu beschädigen.

Gideon zog sich in eine Ecke des Treppenabsatzes zurück, beobachtete alles schweigend und wischte sich von Zeit zu Zeit den Schweiß aus den Augen. Von dieser Arbeit, die mehr mit Technik als Anthropologie zu tun hatte, verstand er nicht viel.

Howard auch nicht, stellte sich heraus. Während er und die Arbeiter bei der Anstrengung, weitere Holzstangen unter der Deckplatte zu verkeilen, stöhnten und ihnen der Schweiß in Strömen herunterlief, ging etwas schief. Eine der Stangen erhielt einen zu kräftigen Schlag mit dem Vorschlaghammer und sprang wie ein Korken heraus, fiel krachend auf den Boden. Die schwere Steinplatte schwankte träge nach rechts, schaukelte wie ein riesiges Pendel an den Seilen, während die Arbeiter verzweifelt versuchten, sie wieder zu stabilisieren. In qualvollem Zeitlupentempo kippte sie schließlich und schrammte über den Rand der Truhe. Es gab ein Geräusch wie das von diesem letzten, schrecklichen Steinblock, der am Ende von ›Aida‹ an seinen Platz rutscht. Die Platte krachte gegen die Wand, und eine ihrer reich verzierten Ecken brach ab. Das war an sich schon schlimm genug, doch im Verlauf ihres Sturzes stieß sie auch noch gegen einen der Balken, die bei der Ausgrabung des Treppenschachtes als Stütze verwendet worden waren.

Der Stützbalken wurde vom Sockel gestoßen, und einen atemlosen Augenblick hing er schief da, nur noch gehalten von dem Querbalken darüber. Dann ächzte der Querbalken und kam herunter, und es schien, als käme die Hälfte der gewölbten Decke donnernd in einer Wolke säuerlichen, erstickenden Staubes hinterher. Panische Schreie erklangen, doch als das Husten aufhörte, stellten sie, erstaunlich genug, fest, daß niemand von den großen, keilförmigen Steinquadern getroffen worden war, obwohl das Geröll, mit dem die alten Maya ihre Innenwände gefüllt hatten, auf alle niedergeprasselt war. Gideon hatte am Ende nur eine weitere Beule im Strohhut und einen Kratzer auf dem Handrücken abbekommen. Ein Mitglied der Crew hatte eine kaputte Armbanduhr, ein anderes einen abgesplitterten Zahn. Praktisch jeder hustete und spuckte.

Während Gideon sich immer noch vergewisserte, daß alle in Ordnung waren, stieß Howard scharf die Luft aus; ein erleichtertes Aufatmen.

»Ihm ist nichts passiert«, rief er mit zitternder Stimme und meinte damit den Kodex.

Er war durch den Deckel geschützt worden, der immer noch schräg auf der Truhe lag. Nur Gideon schien zu bemerken, daß das wunderbare Basrelief an vier oder fünf Stellen durch herabfallende Steine angeschlagen war. Zusätzlich zu der abgebrochenen Ecke war jetzt ein herrlich erhaltener Fund nicht mehr als ein weiteres Exemplar zerfallender Maya-Kunst. Und es würde noch schlimmer, wenn Howard unbeirrt weitermachte. Aber sicher würde er jetzt aufhören und erst mal in aller Ruhe planen.

Aber nein. »Alles klar«, sagte er auf eine Weise, die Gideon unmißverständlich klarmachte, daß er gerade erst angefangen hatte. »Na dann, alles klar.«

Er spuckte Staub aus, beugte sich über die Truhe und schob seinen Arm, so weit er konnte, unter die Steinplatte, zog vor Anstrengung eine Grimasse. Doch weiter als bis zum Ellbogen kam er nicht, und mit einem frustrierten Grunzen riß er ihn wieder heraus. Er stand auf und starrte mißmutig den Deckel an, als hindere ihn dieser aus schierer Verstocktheit daran, den Kodex zu erreichen. Der rauhe Stein hatte zwei hochrote Striemen auf seinem Unterarm hinterlassen, die träge vor sich hin bluteten. Anscheinend hatte er es nicht einmal bemerkt.

»Ihr müßt alle mit anpacken«, sagte er. »Preston, Gideon, Leo, du da . . .«

Gideon gelangte zu dem Schluß, daß sich eine Auseinandersetzung nicht länger vermeiden ließ, ob es ihm gefiel oder nicht. »Howard . . .« Er mußte aufhören, sich mit dem Handrücken den Staub vom Mund zu wischen. Der Schweiß hatte ihn in einen grobkörnigen Schmier verwandelt. »Ich finde, wir sollten jetzt Schluß machen und alle rausschikken. Zuerst muß hier alles wieder richtig abgestützt werden.«

Howard griff ihn sofort an. »Sind Sie verrückt? Den Kodex einfach hier liegenlassen?«

»Der kann warten. Wenn wir noch länger hier bleiben, wird noch jemand ernstlich verletzt.«

Und das war nicht alles. Es ging auch um den Fund selbst. Howard hatte bereits den prächtigen Deckel beschädigt, und jetzt versuchte er, den Kodex mit all dem Feingefühl eines Grabräubers des neunzehnten Jahrhunderts zu bergen. Man griff nicht einfach mit verschwitzten Fingern hinein und grabschte sich eine solche Kostbarkeit. Bevor der Inhalt der Truhe berührt wurde, mußte alles fein säuberlich inventarisiert, fotografiert und in situ gezeichnet werden. Bevor der Kodex herausgenommen und der Luft draußen ausgesetzt wurde, mußte er untersucht werden, um festzustellen, in welchem Erhaltungszustand er sich befand. Das alles wußte Howard auch selbst, dieser verdammte Idiot. Er hatte sich von seiner Aufregung mitreißen lassen.

Einen Moment funkelte der Leiter der Ausgrabung Gideon wütend an. Und dann war er nur noch süßliche, aalglatte Vernunft. »Ich bitte Sie, Gideon, jetzt werden Sie aber nicht melodramatisch. Keinem wird etwas passieren. Meinen Sie, ich wüßte nicht genau, was ich tue?«

Gideon erwiderte nichts.

»Wenn alle anpacken, können wir ihn in fünfzehn Minuten draußen haben.« Howards Stimme wurde schrill. »Wir können ihn unmöglich ungeschützt hier liegenlassen!«

»Wir können Wachen aufstellen«, sagte Gideon.

Während Howards Mund sich zu einer Antwort öffnete, hörten sie über sich das scharfe, platzende Knacken eines Balkens, und sofort regnete Schmutz von der Decke auf die obersten Stufen. Ein paar Steinchen fielen die Treppe bis zu ihnen herunter.

»Äh, ich glaube, Gideon hat recht«, meinte Leo Rose vorsichtig. Leo war früher Bauunternehmer gewesen und kannte sich bei solchen Dingen aus. »Das Ding kann jeden Augenblick einstürzen.« Ein paar andere brummten zustimmend.

»Wachen?« sagte Howard mit einem heiseren Kichern; er versuchte so zu tun, als sei es ein Scherz. »Woher, zum Teufel, sollen wir denn bis heute abend Leute finden, denen wir vertrauen können?«

»Heute abend können wir es selbst bewachen«, sagte Gideon. »Wir können uns abwechseln.« Er hoffte, daß seine Miene unversöhnlich wirkte. Je schneller das hier vorbei war, desto besser. Er wollte einfach nur, daß alle so schnell wie möglich hier rauskamen.

Howard lächelte ihn weiter an, aber auf seiner Wange zuckte ein Muskel. Urplötzlich gab er sich geschlagen.

»Alles klar, okay«, sagte er leutselig, als käme ihm die ganze Angelegenheit wie eine alberne, kleinliche Streiterei vor, über die großmütig hinwegzugehen er sich leisten konnte. »Also, dann gehen wir.«

Als sie draußen waren, stellte er seine Autorität wieder her. »Wir werden uns abwechseln, die ganze Nacht über Wache halten. Vier Schichten, zwei Leute pro Team, nur Männer.«

»Wieso nur Männer?« wollte eine der drei Frauen wissen.

Howard beachtete sie nicht weiter. »Ich übernehme die erste Schicht. Worthy, Sie werden mir Gesellschaft leisten.«

»Ich?« Worthy Partridge war ein steifer Mann mittleren Alters, Verfasser von Kinderbüchern. »Ich fürchte, ich verstehe nur sehr wenig vom Wacheschieben.«

»Was gibt's da zu verstehen? Okay, also . . .« Er sprach nicht weiter, sondern blickte finster und mißtrauisch drein. Avelino Canul, der Maya-Vorarbeiter, drückte sich in der Nähe herum und hörte aufmerksam zu.

»Was willst du, Avelino?« fuhr Howard ihn scharf auf spanisch an. »Du kannst jetzt nach Hause gehen. Du auch, Nas. Ihr alle.«

Respektvoll erklärte der Vorarbeiter, daß sie auf ihre Bezahlung warteten. Es war Freitag.

Brummend und ungeduldig klopfte Howard die Gesäßtaschen seiner hellbraunen Shorts ab. »Verdammt, das hab' ich ganz vergessen«, brummte er, wechselte zu Englisch. »Ich habe meine Brieftasche im Hotel vergessen.«

»Sollen wir bis Montag warten?« fragte Avelino hoffnungsvoll. Es passierte nicht zum ersten Mal, und Howard hatte es sich zur Gewohnheit gemacht, ihnen für die Umstände etwas extra zu geben. Gemessen am Lohn der Maya war es beträchtlich mehr als nur ein kleiner Bonus.

Howard nickte knapp und wartete, daß sie gingen. »So, und ihr anderen fahrt jetzt zurück und eßt zu Abend. Gideon, Sie und Leo übernehmen die nächste Schicht. Seid wieder hier um . . . Wie spät ist es eigentlich?«

»Kurz nach fünf«, sagte Worthy.

»Okay, seid um neun wieder hier. Worthy und Joe, ihr seid von eins bis vier dran. Danach du und ich, Preston, von vier bis acht.« Er schwieg und schaute Gideon konziliant an. »Na, wie ist das? Findet das Ihre Zustimmung?«

Gideon zögerte. Lieber hätte er selbst die erste Schicht übernommen. Howard hätte es nicht geschadet, sich eine Weile auszuruhen, um wieder ruhiger zu werden. Und Worthy wäre auch nicht seine erste Wahl als Partner gewesen. Aber er hatte die wichtigste Schlacht bereits gewonnen, und ihm stand nicht der Sinn nach einer weiteren Auseinandersetzung. Abgesehen davon war, um es vorsichtig auszudrücken, die Wahrscheinlichkeit verschwindend gering, daß innerhalb der nächsten vier Stunden schon Tempelräuber auftauchten, um den Kodex zu stehlen, der vor nicht mal zwei Stunden entdeckt worden war.

»Okay«, sagte er. »Wir sehen uns dann um neun.«

»Hier stimmt was nicht«, platzte Leo heraus, normalerweise nicht gerade einer der intuitivsten Menschen.

Es war zehn vor neun. Unter einem schwülen, dunkel werdenden Himmel waren sie zur Ausgrabungsstätte zurückgekehrt, wo sie den Arbeitsschuppen leer vorfanden. Weit und breit keine Spur von Howard und Worthy. Auf dem Arbeitstisch lag das leere, rissige Lederholster des alten .32er Revolvers, den Howard hier als Schutz vor Bandidos aufbewahrte. Die Lichter brannten, der Generator summte. Auf dem Boden neben einem Stuhl stand eine geöffnete, aber nicht angerührte Flasche Coca-Cola.

»Wahrscheinlich machen sie nur gerade einen Rundgang«, sagte Gideon. »Das ist alles.«

»Ja, klar, kann schon sein.«

Trotzdem wechselten sie beklommene Blicke und eilten über den Platz zum Tempel. Sie hatten gerade den Fuß der Pyramide erreicht, als sie über sich scharrende Geräusche hörten. Sie schauten auf in das Halbdunkel und entdeckten Worthy, der sich ungeschickt die Stufen herunterschleppte.

»Gideon!« rief er. »Leo! Mein Gott!«

Um ein Haar wäre er auf den ungleichmäßigen Steinen ausgerutscht, richtete sich jedoch wieder auf, nachdem er unbeholfen mit seinen langen Armen in der Luft gerudert hatte, und setzte seinen Weg vorsichtiger fort. »Mein Gott«, hörte Gideon ihn wieder flüstern. »Oh, mein Gott.«

Oh, oh, dachte Gideon, mir schwant nichts Gutes.

Als er das Fußende erreichte, warf Worthy den beiden anderen ängstliche Blicke zu. »Wo ist Howard? Habt ihr ihn gesehen?«

Nein, ganz und gar nichts Gutes.

»Was meinen Sie damit, ob *wir* ihn gesehen haben?« fragte Leo. »Wo ist er?«

Worthy umklammerte Gideons Arm, völlig untypisch für ihn. »Es ist schrecklich . . . da oben . . . es ist . . . es ist . . .«

Gideon rannte bereits los, nahm zwei Stufen der Pyramide auf einmal. Worthy wimmerte leise und kletterte ihm nach, versuchte mitzuhalten, zu Atem zu kommen und zu erklären, alles gleichzeitig.

»Er hat gesagt – Howard hat gesagt – er hätte etwas gehört . . . Vor ungefähr einer Stunde. Dann hat er die verdammte Kanone genommen, und ein Brecheisen, und ist losgegangen, weil er nachsehen wollte . . .«

»Sie sind nicht mit ihm gegangen?« rief Gideon über die Schulter zurück, ohne sein Tempo zu verlangsamen.

»Er hat gesagt, ich sollte nicht. Er hat gesagt, er würde . . . er würde allein eine Runde machen. Sie wissen ja, wie der Mann ist . . .«

Das wußte Gideon allerdings. Er erreichte die obere Plattform und rannte über die von Unkraut überwucherte, mit Steinen übersäte Terrasse zum Tempel. Der dichte tropische Regenwald erstreckte sich in alle Himmelsrichtungen bis an den fernen Horizont: ein trostloses Stahlgrau im verblassenden Tageslicht.

Im Inneren des fensterlosen Tempels war es pechschwarz. Er knipste die Taschenlampe an.

Worthy hatte ihn eingeholt. »Er ist so lange weggewesen . . . da habe ich angefangen, mir Sorgen zu machen. Ich wollte nachsehen. Und als ich hier angekommen bin, da hab ich festgestellt . . . hab ich festgestellt . . .«

Er mußte nicht erst sagen, was er festgestellt hatte.

Gideon stand wie angewurzelt da, fassungslos, hatte den Strahl der Taschenlampe direkt auf die quadratische Öffnung im Steinboden gerichtet.

Darunter befand sich kein Treppenabsatz. Kein Durchgang. Keine Stufen mehr, oder besser, keine Stufen nach den obersten zwei oder drei. Es gab nichts als ein quadratisches Loch voller Geröll und wild durcheinandergewürfelter, behauener Steinblöcke.

Hinter ihnen kam Leo schwerfällig durch den Eingang getrampelt. »Oh, Scheiße«, sagte er. »Das ganze gottverdammte Ding ist eingestürzt. Ich wußte es.«

Es stimmte. Der geheime Zugang, den die Maya in das Innere der mit Schutt aufgefüllten Pyramide gegraben hatten – und anschließend mit mehr Schutt wieder verschlossen hatten, um ihn zu verstecken –, war eingestürzt.

Die jahrelange Arbeit von ›Horizon‹, die Treppe freizulegen, war innerhalb weniger Sekunden zunichte gemacht worden. Alles war wieder zugeschüttet, so wie die Maya es ursprünglich gewollt hatten.

Worthy starrte Gideon an. Seine Lippen bebten. »Wo ist Howard?« sagte er. »Wo ist der Kodex?«

5

»Und das ist die ganze Geschichte«, sagte Gideon. »Good bye, Howard, good bye, Kodex.« Sie waren bei ihrer dritten Tasse Kaffee. »Seitdem sind sie von keinem Menschen mehr gesehen worden. Falls er es wirklich geschafft hat, ihn zu verkaufen, lebt er heute wahrscheinlich wie ein Millionär in Rio. Halt, Korrektur: wenn er ihn verkauft hat, *ist* er Millionär.«

»Aber woher *weißt* du, daß er ihn gestohlen hat?« fragte Julie. »Vielleicht ist die Treppe einfach über dem Kodex eingestürzt. Es war doch sowieso schon ziemlich wacklig, oder? Vielleicht liegt der Kodex immer noch dort. Vielleicht liegt auch Howard noch dort . . .«

»Nein, wir haben den Schacht wieder freigegraben, oder besser gesagt: die Polizei hat. Den ganzen Zugang bis zum Treppenabsatz. Zwei Tage haben sie dazu gebraucht«, erinnerte sich Gideon. »Die Polizei gräbt schneller als Archäologen.«

»Und als sie unten angekommen waren, haben sie nichts gefunden?«

»Also, die Truhe war noch da. Er hat die Deckplatte zerschlagen, um an den Kodex heranzukommen. Das allein schon war ein Verbrechen. Es war ein verdammt großartiges Kunstwerk.«

»Vielleicht ist die Platte auch beim Einsturz zertrümmert worden.«

»Nein, mit einem Vorschlaghammer. Den hat er oben im Tempel liegenlassen, zusammen mit ein paar anderen Werkzeugen. Die Polizei hat einige der Risse auf dem Deckel mit dem Hammerkopf in Übereinstimmung bringen können.« Er schüttelte den Kopf, der ihn bei der Erinnerung sofort wieder schmerzte. »Das wunderschöne Relief.« Julie drückte ihr Mitgefühl schweigend aus und streichelte seine Hand.

»Die Ohrringe und Teller und alles andere waren noch da«, fuhr er fort. »Zertrümmert durch den Einsturz – oder vielleicht auch durch den Hammer, wer weiß –, aber der Kodex war fort.«

»Und Howard ist einfach im Dschungel verschwunden?«

»Er ist mit der Aeromexico davongeschwebt. Während wir alle dastanden und den Einsturz anglotzten, muß er wie der Blitz zum Hotel zurückgekehrt sein. Die Polizei hat das Brecheisen neben dem Weg gefunden. Jedenfalls hat er verschiedene Sachen aus seinem Zimmer geholt, auf dem Parkplatz einen Lieferwagen geklaut und ist verschwunden. Den Wagen hat man einige Tage später auf dem Flughafen von Mérida wiedergefunden.«

»Was ist mit der Kanone?«

»Die blieb verschwunden.«

»Und jetzt glaubst du wirklich, daß er irgendwo das süße Leben genießt?«

»In dem Punkt bin ich nicht ganz so sicher. Wir haben ein Komitee aus Anthropologen Lateinamerikas und der Staaten zusammengestellt – ich glaube, ich habe am meisten darauf gedrängt –, um zu verhindern, daß er den Kodex verkaufen konnte. Es ist das Komitee zur Erforschung der Maya.«

Julie lachte leise. »Tut mir leid. Ich wollte wirklich nicht lachen, aber was könnte ein Komitee schon großartig ausrichten?«

Eine ganze Menge. Sie hatten es sich zur Aufgabe gemacht, dafür zu sorgen, daß jeder potentielle Käufer des Kodex, der ihnen einfiel – jedes Museum, jede Bibliothek, jedes Auktionshaus und jede Galerie, ja sogar jeder private Sammler –, davon unterrichtet wurde, wie Howard in seinen Besitz gelangt war. Sie hatten sich mit mehr als viertausend Institutionen und Einzelpersonen in Verbindung gesetzt und Artikel in allen relevanten Journalen und Magazinen veröffentlicht.

»Und wir haben noch erheblich mehr getan. Wir haben unmißverständlich klargestellt, daß jeder, der den Kodex als Gesamtheit oder in Teilen erwirbt, mit Strafverfolgung zu rechnen hat – was vielleicht etwas übertrieben war, da es kein internationales Gesetz gegen den Kauf gestohlener archäologischer Fundstücke gibt.«

»Und, hattet ihr Erfolg? Konnte er ihn wirklich nicht verkaufen?«

»Soweit wir wissen, nicht. Es war nicht sonderlich schwer, potentielle Käufer abzuschrecken, weißt du, da dies der erste und einzige Kodex der Maya gewesen wäre, der auf dem freien Markt – oder jedem anderen Markt – erhältlich war. Daher mußte jeder, der *irgendeinen* Kodex der

Maya kaufte, wissen, daß er genau *diesen* erwarb. Niemand konnte Unwissenheit vorschützen.«

»Ich wette, Howard hat sich bestimmt ein bißchen geärgert.«

»Das will ich, gottverdammt noch mal, auch hoffen. Sieh mal, die Wolkendecke ist aufgerissen.«

Das Flugzeug hatte inzwischen mit dem Landeanflug begonnen, glitt über den gewaltigen grünen Buckel Yucatáns. Es gab nicht viel zu sehen. Eine Welt, buchstäblich ohne sonstige Charakteristika, sauber in zwei Hälften geteilt: klarer, leuchtend blauer Himmel oben, hügeliger, grüner Dschungel unten. Weit und breit kein Gebäude, keine Straßen oder Strommasten. Nicht einmal Flüsse, denn im Norden der Halbinsel Yucatán, so üppig die Vegetation auch ist, gibt es keine. Das ganze Wasser befindet sich unter der Erde, in gewaltigen Kavernen, die sich unter der Kalksteinkruste ausdehnen. Die einzige Abwechslung im Grün war hier und da das flache, kreisförmige Schimmern in Olivbraun, wie von einer in eine Reliefkarte gesteckten Plastikscheibe als Symbol für einen Teich. Genaugenommen *waren* dies die Teiche von Yucatán, die berühmten Cenotes. Senken, wo der brüchige Kalkstein eingebrochen war und so den darunterliegenden Grundwasserspiegel freigab.

»Das mit dem Einsturz ist mir immer noch nicht ganz klar«, sagte Julie. »War das ein Unfall oder was? Wieso ist Howard nicht selbst davon erwischt worden?«

»Er ist nicht verschüttet worden, weil es kein Unfall war. Er hat die Stützbalken absichtlich fortgeschlagen, um den Zugang zu verschütten, und zwar in der Hoffnung, daß wir dachten, er läge irgendwo dort unten begraben, und daß wir dann ein oder zwei Tage damit verschwendeten, nach ihm zu graben, statt ihn sofort zu verfolgen. Was wir auch getan haben.«

»Aber wie kannst du nur so sicher sein?«

»Er hat es uns gesagt.«

»Er hat was . . .?«

»Es uns gesagt. Bevor er das Land verlassen hat, hat er uns noch aus Mérida einen Brief geschickt. Zwei Seiten, ganz sachlich und locker. Er behauptete, er hätte die Deckplatte wirklich nur äußerst ungern zerschlagen, aber welche Wahl hätte er denn gehabt, und er hat sich auch entschuldigt, jemandem den Lieferwagen gestohlen zu haben, aber er hätte ja wohl kaum ein Taxi rufen können, oder? Und der Lieferwagen stehe unbeschädigt auf Parkplatz Nummer Soundso auf dem Flughafen. Und natürlich würde er alles in seiner Macht Stehende tun, um jemanden zu finden, der den Kodex als Ganzes kauft, damit etwas so Wunderbares nicht in kleine Einzelteile zerlegt werden müßte. Ich glaube, er hat ›in klitzekleine Stückchen‹ geschrieben.«

»Gideon, er klingt ein bißchen wahnsinnig.«

»Würde mich nicht weiter wundern. Nicht, daß dieser Bastard seinen Kopf aus der Schlinge ziehen könnte, nur weil er wahnsinnig ist.«

»Diese Laus«, stimmte Julie zu.

Die üblichen Sprüche vor der Landung hatten begonnen, gedämpft vom tiefen Dröhnen der Triebwerke. »Wir bitten, jetzt das Rauchen einzustellen und die Sitzgurte anzuschnallen, und klappen Sie die Tischchen vor sich zurück . . .«

Gehorsam befestigte Gideon den Tisch an der Rückenlehne des Vordersitzes. »Willst du sonst noch was wissen?« Inzwischen war er froh, ihr die ganze Geschichte erzählt zu haben. Sie hatte recht, er hätte es schon längst tun sollen.

»Also, ja, ich hab noch eine Frage, aber du hältst sie bestimmt für ziemlich dumm.« Sie grinste ihn an. »Ich hab so das Gefühl, daß ich während der nächsten zwei Wochen noch eine Menge dummer Fragen habe.«

Gideon erwiderte das Lächeln. Er liebte ihre dummen Fragen. »Deine Fragen sind nie dumm. Bloß ignorant.«

»Oh, vielen Dank, da fällt mir aber ein Stein vom Herzen. Okay, also, was genau *ist* ein Kodex? Ein Manuskript? Ein Buch?«

»Richtig. Es kommt von dem lateinischen Wort caudex, was abgespaltete Holzscheibe bedeutet, eine Art Schindel, ein Holztäfelchen, das die Römer mit Wachs überzogen und dann beschrieben haben.«

Sie sah ihn fragend an. »Du weißt die seltsamsten Sachen.«

»Ich«, sagte er voller Würde, »bin ordentlicher Professor. Mein Kopf ist voller gelehrter Geheimnisse, von denen manche, das kann ich unbesorgt sagen, noch erheblich nutzloser sind als das hier.«

»Ich weiß. Das macht unser ganzes Privatleben kaputt. Kein Mensch will mehr mit uns Trivial Pursuit spielen.«

Er lachte. »Jedenfalls wurde der Ausdruck allgemein gebräuchlich für alles, was Seiten hatte, im Gegensatz zu einer durchgehenden Schriftrolle. Ein Kodex der Maya ist einem heutigen Buch in vielem sehr ähnlich, nur daß er aus einem einzigen langen Papierstreifen besteht – vielmehr aus gehämmerter Rinde –, der wie ein Akkordeon gefaltet ist. Man kann ihn wie eine Falttür auseinanderziehen.«

»Interessant«, sagte sie. »Und die sind wirklich so wertvoll?«

»Sie sind sogar so wertvoll, daß niemand genau sagen kann, was sie wirklich wert sind. Es gibt nur drei weitere, und keiner davon ist in Privatbesitz. Über eine Million Dollar wert, würde ich schätzen, selbst auf dem Schwarzmarkt. Vielleicht das Vierfache, wenn man ihn aufschneidet und die Seiten einzeln verkauft.« Er verzog das Gesicht. »Gott bewahre!«

Die Zollformalitäten auf dem Mérida International Airport erschöpften sich darin, von einer mürrischen Frau in einer tristen olivfarbenen Uniform durchgewinkt zu werden, die eine Dose Dr. Pepper trank und aussah, als wäre sie am liebsten sonstwo. Als sie durch die gläserne Tür in den Wartebereich und die feuchte Hitze Yucatáns traten, sagte Julie: »Gideon, da ist ein Mann, der uns ganz komisch anstiert. Kennst du ihn?«

Gideon folgte ihrem Blick zu einer Auslage riesiger Kahlua-Flaschen im Schaufenster des Duty-free-Shops. Davor stand ein Mann mit einem leicht gequälten Ausdruck um die Augen, einem gestutzten, aber dennoch fransigen Spitzbart und zusammengekniffenen, unfreundlichen Lippen. Er starrte zu ihnen herüber, eine Hand erhoben, den Zeigefinger geziert und sachdienlich ausgestreckt, ansonsten völlig bewegungslos. Der rotblonde Spitzbart war neu, der Rest vertraut. Gideon lächelte und winkte.

»Das«, sagte er, »ist Worthy Partridge, und er stiert uns nicht komisch an. Er guckt immer so.«

»Heißt er wirklich so?« fragte sie, während sie zu ihm hinübergingen.

»Ich glaube, sein vollständiger Name ist Kenneth Worthy Partridge, aber er benutzt immer nur die beiden letzten. Er schreibt Kinderbücher, und er findet, es macht sich gut auf den Umschlägen. Du weißt schon, Mother Goose, Peter Rabbit, Worthy Partridge.«

»Kinderbuchautor?« fragte Julie ungläubig. »Er sieht aber nicht direkt wie ein Mann aus, der Kinder liebt.«

Er liebte keine Kinder, und auch von Erwachsenen war er nicht übermäßig angetan. Obwohl sich Worthy in der Nacht, als Howard mit dem Kodex verschwunden war, hilflos und wie im Tran verhalten hatte, erinnerte sich Gideon an ihn als einen extrem kritischen Mann, der zu Krittelei und Pauschalurteilen neigte. »Die Maya waren Trottel.« »Alle Anwälte sind Verbrecher.« »Kinder werden nur von zwei Motivationen getrieben: Egoismus und Habgier.«

Trotz dieser manchmal bestürzenden Äußerungen hatte Gideon ihn durchaus gemocht, oder doch zumindest seine Anwesenheit genossen. Er schien einer der Menschen zu sein, die sich früh in ihrem Leben für eine Rolle entschieden und dann festgestellt haben, daß sie davon nicht loskommen und unfähig sind, sich zu ändern. Aber gelegentlich schimmerte eine schlagfertige, bewegliche Intelligenz durch, und von Zeit zu Zeit kam völlig unerwartet sogar eine trockene, ironische Sorte von Humor zutage.

An diesem Nachmittag war ihm nicht nach Humor. Als er Julie vorgestellt wurde, nickte er ohne die Spur eines Lächelns, und als Gideon sich erkundigte, wie die Ausgrabung vorankam, war seine Antwort mürrisch und einsilbig.

»Die Ausgrabung«, sagte er, »steht unter einem Fluch.«

Fast hätte Gideon gelacht, doch es gelang ihm, diskret zu husten. Es würde eine Weile dauern, bis er sich wieder an Worthy Partridge gewöhnt hatte.

6

Aber diesmal war es keine Übertreibung. Die Ausgrabung in Tlaloc war verflucht worden, buchstäblich und ausdrücklich. Im sechzehnten Jahrhundert. Von den Maya.

Und sollte daran ein Zweifel bestehen, hatten sie eine schriftliche Kopie des Fluches hinterlassen. Worthy berichtete ihnen die Einzelheiten, als er den hellbraunen VW-Bus anließ, der bei der Ausgrabung als allgemeines Transportmittel diente.

»Wir haben sie gefunden, als wir angefangen haben, das Haus des Priesters freizuräumen. Im Eingang war eine Nische, direkt neben dem neuen Skelett, und dort haben wir eine kleine, in Baumrinde eingewickelte Schrift gefunden. Ein Fluch«, sagte er mit einer Grimasse, als sei sie als persönlicher Affront gegen Worthy Partridge dort hingelegt worden.

»Hmmm«, machte Gideon und schaute dabei verträumt aus dem Fenster.

Als er diese scheußlichen Erinnerungen wieder ans Licht gezerrt hatte, hatte er sich eine Weile lang gefragt, ob es vielleicht ein Fehler gewesen war zurückzukehren. Doch jetzt, als er sah, wie die gepflegten, weißen, ordentlich aufgereihten Vororte von Mérida allmählich übergingen in den prächtigen Dschungel und die riesigen Agaven-Anpflanzungen auf den aus der Kolonialzeit stammenden, einst prachtvollen, aber heute romantisch verfallenden Haziendas, fand er ganz und gar nicht mehr, daß es eine schlechte Idee war. Nach den gedämpften Grüntönen des pazifischen Nordwestens leuchteten hier die Farben erstaunlich hell und unterschiedlich unter der messingfarbenen mexikanischen Sonne, und selbst die Wärme – schwül, allerdings nichts im Vergleich zu der den Verstand raubenden Hitze des Juni – war nur ein kleineres Ärgernis.

»Eine Schrift?« fragte Julie. »Sie meinen, ein Kodex?«

»Nein, meine ich nicht«, erwiderte Worthy unsicher. »Dr. Goldstein sagt, sie wäre eher wie die Bücher von Chim Bom Bom oder irgendwem. Sis Buum Bah, Rin Tin Tin, irgend so ein völlig absurder Name.«

»Die Bücher von Chilam Balam«, sagte Gideon. »Bücher aus der Zeit nach der spanischen Eroberung, geschrieben von Maya auf spanischem Papier. Die Konquistadoren lehrten die eingeborenen Schriftgelehrten, wie sie mit Hilfe der europäischen Schrift die Sprache der Maya niederschreiben konnten. Der Hintergedanke dabei war, ihnen leichter die christliche Lehre beibringen zu können, aber natürlich ergriffen die Maya sofort die Gelegenheit beim Schopf, alles mögliche aufzuschreiben.«

»Moment mal«, sagte Julie. »Ich spüre, wie eine ignorante Frage ihr Haupt erhebt. Konnten sie denn nicht längst schreiben? Was ist mit diesem Kodex? Was ist mit den Kalendern, die sie in Stein gemeißelt haben?«

»Das sind nur Hieroglyphen«, erklärte Gideon. »Eigentlich Bilder oder extrem vereinfachte Symbole – ein Punkt steht für *eins*, zwei Punkte stehen für *zwei*. Das Bild eines Hauses bedeutet *Haus*. Sie sind erheblich primitiver als die gesprochene Sprache – eine Art Kurzschrift –, und eine Menge Dinge konnten sie damit nicht ausdrücken. Außerdem sind die Schriftzeichen für uns erheblich schwerer zu verstehen; den größten Teil können wir heute noch nicht entziffern. Aber die anderen Bücher kann jeder übersetzen, der die alte Sprache der Maya beherrscht. Es ist wirklich faszinierend . . .«

Er bremste sich und sprach nicht weiter. Unaufgefordert Vorträge zu halten, war eine der mit der Tätigkeit eines Professors verbundenen Gefahren, der er leicht zum Opfer fiel. »Um was für eine Art Fluch handelt es sich denn?« fragte er Worthy. »Wie genau lautet er?«

»Ach, der typische Feld-Wald-und-Wiesen-Fluch eben«, meinte Worthy achselzuckend. »Sie wissen schon: ›Wer den heiligen Tempel entweiht, wird eines schrecklichen Todes sterben.‹ Diese Professorin Garrison aus Tulane hat an der Übersetzung gearbeitet, und mehr will sie keinem sagen, bis sie ganz fertig ist. Wissenschaftler«, schloß er, »sind Primadonnen.«

Wie üblich hatte es ein Worthy-Partridge-Diktum so an sich, eine Unterhaltung schlagartig zu beenden, und Julie und Gideon lehnten sich zurück, um die an ihnen vorbeigleitende Landschaft zu genießen. Inzwischen waren sie tief im Land der Maya: dichter, buschiger Dschungel und winzige Dörfer am Straßenrand mit Namen wie Xlokzodozonot, Xlacab und Tsukmuk – Ansammlungen von zwanzig oder dreißig primitiven, strohgedeckten Häusern mit Wänden aus Ried oder Stuck. Keine Toiletten, kein fließendes Wasser. Die meisten besaßen keine Türen, so daß die drei in ihrem vollklimatisierten Kastenwagen im Vorbeifahren hineinschauen und einen Lehmboden, ein paar Möbel, eine Hängematte, das eine oder andre nackte Kind sehen konnten. Schweine, Hühner und magere Hunde streiften ziellos über die Landstraße und erwiesen dem Verkehr nichts als Verachtung.

Worthy persönlich nahm das Gespräch wieder auf, aber viel besser war das auch nicht. »Sie ist mit der Übersetzung schon fertig, aber wir mußten rumsitzen und Däumchen drehen, um auf *Sie* zu warten, nur weil Dr. Goldstein Sie unbedingt dabeihaben wollte.«

Paaf!

Gideon versuchte, das Gespräch am Laufen zu halten. »Was macht die Schriftstellerei, Worthy? Arbeiten Sie immer noch an dieser Serie über das kleine Mädchen aus Finnland und ihren Fisch?«

»Es war Island. Nein, ich spiele mit dem Gedanken an eine neue Abenteuerserie mit den Helden Paco und Pablo – zwei kleine Jungs aus der Zeit der alten Maya. Was halten Sie davon?«

»Äh ... ich will ja keine Haarspalterei betreiben, aber ich weiß, daß Sie immer gern genau sein wollen, und Paco und Pablo sind keine alten Maya-Namen. Das sind spanische Namen.«

Worthy bedachte ihn mit einem kurzen, ätzenden Blick. »Was würden Sie denn vorschlagen? ›Zactecauh und Yxcal Chac gehen auf die Fiesta‹? ›Ahpop Achih und Gucumatz finden einen Freund‹?«

Gideon seufzte und konzentrierte sich wieder auf die Landschaft.

Bei einem Schild mit der Aufschrift »Chichén-Itzá, Zona Arqueológica« wich Worthy einem Truthahn aus, der gemächlich an irgend etwas in einem Schlammloch pickte, und bog nach links ab.

»Chichén-Itzá?« sagte Julie. »Fahren wir nach Chichén-Itzá?«

»Nein«, erklärte Gideon. »Wir fahren zum ›Hotel Mayaland‹, das unmittelbar am Nebeneingang von Chichén-Itzá liegt. Dort wohnen wir alle. Tlaloc ist weniger als eine Meile entfernt, Richtung Norden.«

Fünf Minuten später hielten sie vor dem länglichen gelben Hauptgebäude des Hotels. Gideon verband angenehme Erinnerungen damit: eine willkommene Oase der Sauberkeit und Zivilisation in einem der unterentwickeltsten Gebiete Mexikos. Durch den großen Eingangsbogen und die elegante offene Lobby konnten sie auf eine lange Veranda blicken, die mit glänzenden Fliesen ausgelegt und von Säulen gesäumt war. Unter den großen, vom Dach der Veranda hängenden Laternen saßen Hotelgäste an niedrigen Glastischen und nippten an Cocktails.

»Na, gefällt's dir?« fragte er, als sie aus dem Wagen stiegen.

Julie schaute sich weiter um. Kleine, dunkelhäutige Kellner in weißen Jacken flitzten zwischen den Tischen umher, schlängelten sich zwischen üppigen Topfpflanzen hindurch. An der Freiluft-Rezeption checkte gerade eine ausgelassene Gruppe deutscher Touristen ein.

»Aaah«, sagte sie schließlich, »der Dschungel. Dieses rauhe, brütende, primitive Gefühl der Abgeschiedenheit ...«

Auf der Kommode in ihrem Zimmer erwarteten sie ein Weidenkorb voll gelber Dahlien, ein Eiskübel mit braunen Flaschen Montejo, dem leicht bitteren einheimischen Bier, ein weiterer Eiskübel mit Gläsern und eine kurze Nachricht von Abe: »Willkommen in Yucatán. Wieso habt ihr so lange gebraucht? Ruht euch aus, wascht euch, setzt euch auf den Balkon, trinkt ein paar Bier. Und laßt mir auch eins übrig. Ich komme um fünf vorbei.«

Sie gehorchten seinen Anweisungen aufs Wort, und um Viertel vor fünf saßen sie auf schmiedeeisernen Schaukelstühlen auf dem geräumigen, schattigen Balkon vor ihrem Zimmer, neben sich ihr zweites Bier. Sie hatten geduscht und sich umgezogen, und jetzt wippten sie zufrieden vor und zurück, atmeten in tiefen Zügen die dicke, duftende Luft und lauschten dem Kichern unbekannter Vögel in den Bäumen.

Ihr Zimmer lag im ersten Stock und bot einen Blick auf die üppige Vegetation des prächtigen alten Hotels – ein Dschungel, aber ein für ein verwöhntes Publikum gezähmter, geordneter Dschungel. Steinwege schlängelten sich von dem gelben, maurisch wirkenden Hauptgebäude zu den umliegenden Bungalows, durch dichte Wäldchen von Tzapotl-Bäumen, Akazien und Königspalmen, von denen manche dreißig Meter hoch und deren Wedel und Äste mit Kletterpflanzen und Blüten überzogen waren. Hier und da, versteckt hinter Gruppen von Bougainvilleen und Frangipani, lagen stille Springbrunnen. Auf Höhe des Balkons breiteten sich vor ihnen die mächtigen Äste eines Ceiba-Baumes aus, in dessen feuchten Gabelungen und Vertiefungen sich überall Pflanzen festgesetzt hatten: stachlige, blühende Gewächse, Orchideen, die ihre eigenen kleinen Stämme hatten, Miniatur-Bananenstauden. Bäume, die aus Bäumen wuchsen. Dazu passend wehten von der Veranda leise Gitarrenakkorde einer Serenade für die Hotelgäste zu ihnen herauf. Selbst die gelegentlich zu hörenden gedämpften Gesprächsfetzen beim Cocktail, hauptsächlich in Deutsch oder Englisch, vermittelten ein Gefühl zivilisierter Muße, die ihnen nach einer schmuddeligen, anstrengenden Reise, die um fünf Uhr morgens begonnen hatte, mehr als willkommen war. Natürlich war das ›Mayaland‹ in den dreißiger Jahren für unerschrockene, reiche Besucher des nahegelegenen Chichén-Itzá erbaut worden. Es war ein reiner Glücksfall, daß es so nahe an dem lange versteckten Tlaloc lag und der Expedition als Basis dienen konnte.

Julie lehnte sich in ihrem Schaukelstuhl zurück und legte die Füße auf den niedrigen Glastisch.

»Aaah«, sagte sie, »das wahre Yucatán. Der Dschungel, der wilde, primitive, elementare . . .«

Gideon lachte. »Sei doch kein Langweiler. Irgendwo muß man schließlich leben, weißt du, sogar bei einer Ausgrabung, und weil das ›Mayaland‹ nun mal so günstig liegt und es hier für gewöhnlich immer ein paar freie Zimmer gibt . . .«

»Ja, aber bevor ich dich kennengelernt habe, war ich so naiv, daß ich allen Ernstes geglaubt habe, echte Anthropologen kampierten in Zelten und lebten von dem, was das Land zu bieten hat – von Schlangen und Kröten. Meine Güte, ich hatte ja keine Ahnung, daß sie statt dessen in internationalen Luxus-Ferienanlagen absteigen.«

»Tja, also, natürlich würden Abe und ich, da wir ja nun mal echte Anthropologen sind, lieber in einem schlammigen Cenote baden und Leguane verspeisen, aber natürlich müssen wir auch an unsere Amateure denken, die möglicherweise nicht so wie wir an das primitive Leben gewöhnt sind.«

»Klar«, meinte Julie. »Genau.« Sie tastete nach ihrem Glas. Gideon nahm es und drückte es ihr in die Hand, und so saßen sie in friedlichem Schweigen beieinander, bis Abe genau um fünf an die Lamellentür des Zimmers klopfte.

Er war so dünn und lebhaft wie immer. Vielleicht ein wenig lebhafter, so als hätte das zweiwöchige Stöbern in den durcheinandergewürfelten Steinhaufen Tlalocs unter der Sonne Yucatáns seiner Arthritis gutgetan, was zweifellos auch der Fall war. Seine wäßrig blauen Augen funkelten klug und humorvoll über der rechteckigen Brille; in letzter Zeit hatte er sich angewöhnt, sie zu tragen – die meiste Zeit auf der Nasenspitze und die restliche Zeit an einer schwarzen Kordel um den Hals. Letzteres, nachdem er seine Lesebrille ein Vierteljahrhundert in der Tasche bei sich gehabt und nach ihr gewühlt hatte, wenn er sie brauchte. Das war eine der sehr wenigen Konzessionen an das Alter, die er Gideons Wissen nach machte.

»Also«, sagte er nach der einleitenden Begrüßung und nachdem Gideon ihm ein Glas Bier eingeschenkt hatte und sie es sich wieder auf dem Balkon bequem gemacht hatten, »was hältst du von unserem

Fluch?« Im Sonnenlicht wirkte seine prächtige graue Mähne wie ein Heiligenschein.

»Ich kann die blöden Witze kaum erwarten«, erwiderte Gideon. »Wann immer jemand einen Bleistift zerbricht oder eine Kelle verlegt, ist es der Fluch von Tlaloc gewesen. Wann wird Garrison ihre Übersetzung präsentieren?«

»Nach dem Abendessen. Um acht.« Er beugte sich vor, hielt das Glas in beiden Händen. »Stell dir vor! Das Institut hat seine Meinung geändert. Wir dürfen wieder unter dem Tempel graben. Ich schätze, ich habe sie am Ende doch noch überzeugt.«

»Ist ja toll! Meine Glückwünsche!«

Als das Instituto Nacional de Antropología e Historia der ›Horizon‹ erlaubt hatte, die Ausgrabungen in Tlaloc wieder aufzunehmen, war der Tempel der Eulen, wo der Kodex gefunden (und prompt wieder verloren) worden war, ausdrücklich ausgeklammert worden. Er sollte verschlossen und tabu bleiben, eine Art Schrein der Missetat. Gideon wußte, daß Abe all seinen Einfluß geltend gemacht hatte, um das zu ändern. Er war mehrere Tage in Mexico City gewesen und hatte ein überzeugendes Argument vorgebracht: irgendwo war ihm ein fast unbekanntes Werk des französischen Künstlers und Forschers Jean Frédéric de Waldeck in die Hände gefallen, in dem eine zerfallene, geplünderte Tempelpyramide der Maya skizziert war, auf die er im Hochland Guatemalas gestoßen war. Das Gebäude war nahezu identisch mit dem Tempel der Eulen – Treppenschacht über zwei Etagen, versiegelter Raum auf dem Absatz.

Mehr noch, de Waldeck hatte am Fußende der Treppe eine *zweite* versiegelte Kammer gefunden, bedauerlicherweise ebenfalls aufgebrochen und ausgeräumt. Bedeutete dies, daß es eventuell auch in Tlaloc noch eine zweite versiegelte Kammer gab, unter dieser ersten und nun durch den Schutt des Einsturzes unzugänglich? Wenn dem so war, was mochte sie in Anbetracht des phantastischen Fundes in der darüber liegenden Kammer nicht erst enthalten? Natürlich kannte niemand die Antwort (und Graf de Waldeck war dafür bekannt gewesen, daß sein romantischer Enthusiasmus in der Regel seine Liebe zu den Fakten überflügelte), aber Gideon war überzeugt, daß den Leuten des Instituts bei Abes Darlegungen der Mund wäßrig geworden sein mußte.

»Das ist ja wunderbar, Abe«, sagte Julie. »Vielleicht gelingt es ›Horizon‹ ja doch noch, Pluspunkte zu sammeln.«

Mit auf die Seite gelegtem Kopf schien Abe diese harmlosen Worte abzuwägen. »Vielleicht«, sagte er finster, »vielleicht auch nicht.« Er leerte sein Bier. »Falls ihr nach eurer Reise nicht zu müde seid, wie wär's mit einem kleinen Spaziergang zur Ausgrabungsstelle? Wenn wir sofort losgehen, sind wir noch vor Einbruch der Dunkelheit zurück.«

»Wahnsinnig gern!« sagte Julie.

»Gut. Gideon, ich möchte, daß du dir etwas anschaust.«

Gideon runzelte die Stirn. »Stimmt irgendwas nicht, Abe?«

»Das«, sagte Abe, »wüßte ich gern von dir.«

Wie viele Ruinen in Yucatán war es nichts Großartiges, absolut nicht vergleichbar mit Coba oder Chichén-Itzá oder Uxmal. Ein quadratischer zeremonieller Platz mit einer Seitenlänge von etwa neunzig Metern und sechs mehr oder weniger intakten Gebäuden. Auf dem größten standen sie jetzt, der Pyramide der Eulen, doch für Maya-Verhältnisse war es kaum imposant: eine gedrungene, abgeflachte Pyramide von gerade mal zwölf Metern Höhe, deren breite, zerfallende Treppe aus steinernen Stufen einen bequemen Neigungswinkel von fünfundvierzig Grad aufwies, statt der üblichen schwindelerregenden, beinahe senkrechten Steigung.

Als sie die Plattform der Pyramide erklommen hatten, drehten sie sich um und betrachteten das unter ihnen liegende Panorama des Ortes. Nach fünfeinhalb Jahren hatte sich nicht viel verändert. Nur der zweieinhalb Meter hohe Maschendrahtzaun, der alles einfaßte, war neu. Wenige Monate nach Schließung der Ausgrabung war er von der Regierung errichtet worden.

Sie schauten nach Westen in einen frühen Abendhimmel, dessen Farbe gerade von Blaßblau zu einem satten, rotgestreiften Mauve wechselte. Unter ihnen lagen die Ruinen der Gebäude, warfen lange Schatten und waren anscheinend willkürlich an den Seiten des grasbewachsenen Platzes verteilt: der dicht überwucherte Würfel des Priesterhauses, in dem das frisch entdeckte Skelett lag; die zwei Begrenzungsmauern des bescheidenen Ballspielplatzes, auf den sich ein großer Teil der aktuellen Arbeit konzentrierte; die Gruppe der drei kleinen, eingestürzten Gebäude, heute kaum mehr als Fundamente, von Howard Bennett phantasielos »Westgruppe« getauft.

Die kleinen, sanften Hügel entlang der Nordgrenze des Platzes unmittelbar vor dem Zaun waren früher ebenfalls irgendwelche Gebäude gewesen, doch schon vor langer Zeit hatte der Dschungel sie zerstört und verschlungen. Für den oberflächlichen Betrachter waren sie nicht mehr als ungleichmäßige Höcker aus Dreck und Schutt, bedeckt mit Erde und wildwucherndem Unkraut und Gebüsch. Niemand würde auch nur Vermutungen darüber anstellen können, was sie einmal gewesen waren, bis sie irgendwann in den nächsten Jahren freigeräumt und ausgegraben wurden.

Und das war's auch schon, abgesehen von dem Schuppen der Archäologen aus verputztem Kalkstein, dessen riedgedecktes Dach unter den schräg einfallenden Sonnenstrahlen lachsrot aufloderte. Unmittelbar hinter dem quadratischen Platz schob sich von allen Seiten unbarmherzig der Regenwald vor, ein buschiges, welliges Dickicht, endlos und undurchdringlich.

So schien es wenigstens. Unter dem grünen Dach war der Pfad, den sie gekommen waren, nicht zu sehen. Jetzt war er heruntergekommen, eingebrochen und von Zeit und Wurzeln auseinandergerissen, aber früher einmal Teil des komplexen Systems erhöht angelegter »Straßen« der Maya, das die großen Zentren miteinander verbunden hatte. Er verlief über einen Kilometer schnurgerade durch den Dschungel nach Chichén-Itzá weiter und führte dabei praktischerweise keine fünfzig Meter am ›Mayaland‹ vorbei.

Aber von hier aus hätte das ›Mayaland‹ genausogut auf einem anderen Kontinent liegen können. Nichts war hinter dieser stillen, tausendjährigen Geisterstadt zu sehen außer Dschungel, nichts zu hören außer dem lauter werdenden Summen der Insekten mit Einbruch des Abends. Daran zu denken, daß sie erst vor zwanzig Minuten eisgekühltes Bier in einem noblen Hotel getrunken hatten, war schon merkwürdig. Selbst die Luft war urzeitlich, geschwängert mit dem stechenden Geruch Yucatáns nach verbranntem Stroh. Hier wurden die Getreidefelder für die Aussaat des nächsten Jahres immer noch feuergerodet, genau wie damals, als in Tlaloc noch geschäftiges Leben geherrscht hatte.

»Kommt«, sagte Abe. »Ich möchte, daß du mal einen Blick in den Tempel wirfst.«

Die Eingänge zu Maya-Tempeln besitzen normalerweise keine Türen, doch dieser hier war von der Regierung mit dicken Sperrholzplatten verschlossen worden. Jetzt waren sie verzogen und aufgeweicht. Eine plumpe Konstruktion aus Metallstangen und einem wuchtigen Vorhängeschloß hielt alles zusammen. Abe ergriff das Schloß. »Als ich gestern den Schlüssel erhalten habe, bin ich sofort rausgekommen, um mich umzusehen. Und *das* hier«, sagte er dramatisch, »habe ich gefunden.« Als er das Schloß hob, glitt es in seiner Hand auseinander.

»Es war schon offen?« sagte Julie.

Nicht nur einfach offen, sondern sauber durchgesägt.

»Plünderer?« sinnierte Gideon laut.

»Das sollst du mir sagen«, meinte Abe. »Gehen wir rein.«

Nachdem sie die Holzplatte zur Seite gewuchtet hatten, fanden sie dahinter ein Wirrwarr aus Steinen und Erde, an manchen Stellen gut einen Meter hoch. Der eingestürzte Treppenschacht in der Mitte, 1982 von der Polizei bis zum Treppenabsatz wieder freigeräumt, war weitere sechs oder sieben Stufen ausgegraben worden. Eine schmutzige Spitzhacke lag am Boden des Schachtes. In einer Ecke lehnte ein Spaten an der Wand, und auf einem Dreckhaufen lag ein gelber Plastikeimer.

Abe drehte sich zu Gideon. »Ist das 1982 so zurückgelassen worden?«

»Nein, natürlich nicht. Die Polizei hat aufgeräumt, nachdem sie fertig war, und ich war hier, als die Regierung das Gebäude versiegelt hat. Hier sind *allerdings* Plünderer gewesen.«

»Was ich mir gedacht habe«, sagte Abe mit einem tiefen Seufzer. Dann schickte er leise nach: »Vay is mir.«

»Mir ist weh«, übersetzte Gideon geistesabwesend für Julie. Er hatte schon genug Krisen mit Abe durchgemacht, um den Ausdruck zu kennen. Er kniete sich hin, musterte den Spaten im Licht seiner Taschenlampe, löste mit den Fingern ein paar Erdklumpen, die daran kleben geblieben waren. »Aber meint ihr, die mexikanische Regierung hätte das Gelände gar nicht bewacht?« fragte Julie. »Das kann doch jeder sehen, wie verlockend es für Plünderer ist. Wo ein Kodex lag, dachten sie vielleicht, kann auch noch ein zweiter liegen.«

»Unwahrscheinlich«, sagte Gideon. »Extrem unwahrscheinlich.«

»Klar, du weißt das, aber wissen die es auch?«

»Das Gelände *wurde* bewacht«, sagte Abe. »Einer der Wächter aus Chichén-Itzá ist zweimal am Tag rübergekommen und hat sich umgesehen.«

»Zweimal am Tag? Aber jeder . . .«

»Julie, gewisse Dinge müssen Sie begreifen. Wissen Sie, wieviele archäologische Ausgrabungsstätten es in Yucatán gibt?«

Julie schüttelte den Kopf.

»Da geht's Ihnen wie allen anderen auch«, sagte Abe. »Niemand weiß es. Ganz sicher sind es tausend, wahrscheinlich zweitausend. Und bei jeder einzelnen gibt es Dinge, die zu stehlen sich lohnt, aber es sind verdammt viele Orte, die vierundzwanzig Stunden am Tag bewacht werden müßten.«

»Trotzdem . . .«

»Sie haben einen Zaun aufgestellt«, sagte er lächelnd, »was schon erheblich mehr ist als bei den meisten anderen Ausgrabungsstätten. Aber welcher Räuber läßt sich schon von einem Zaun aufhalten?«

»Na, wenigstens haben sie uns etwas Arbeit erspart«, sagte Gideon, wischte sich den Schmutz von den Knien und stand auf. »Wir hätten diese Stufen andernfalls ja doch selbst freilegen müssen.«

»Genau darum geht's«, sagte Abe ruhig.

»Ich verstehe euch nicht!« rief Julie empört. »Wie könnt ihr hier so ruhig rumstehen? *Plünderer* sind hier gewesen! Wer weiß, was sie schon alles fortgeschafft haben?«

»Gar nichts haben sie fortgeschafft«, sagte Gideon. »Wenigstens wüßte ich nicht, wie. Sie haben keine neuen Ausgrabungen gemacht. Sie haben nichts anderes getan, als ein paar Stufen freigelegt, die wir vor dem Einsturz bereits ausgegraben hatten. Wir waren dreizehn Stufen unter dem Treppenabsatz, wenn ich mich recht entsinne.«

»Zwölf, laut Ausgrabungsbericht«, sagte Abe. »Alles in allem von hier oben vierundzwanzig.« Er sah Julie an. »Also haben sie letzten Endes nichts anderes gemacht, als etwas mehr von dem Geröll wegzuräumen, das heruntergekommen ist, als Howard, der Dreckskerl, den Schacht zum Einsturz gebracht hat.«

»Oh.« Julie beruhigte sich, sah aber nicht sehr überzeugt aus und blickte in den schummerigen Schacht hinab. »Habt ihr da die Truhe gefunden? Auf diesem Absatz?«

Gideon knipste seine Taschenlampe wieder an, und dann gingen sie hinunter. »Hier ist sie.«

Die schwere Truhe stand immer noch in der kleinen Kammer, vier massive Kalksteinplatten, die hochkant um eine fünfte Platte aufgerichtet waren, die als Sockel diente. Alles von einer feinen Staubschicht überzogen und schrecklich leer. Der ruinierte und wieder zusammengeflickte Deckel befand sich heute im Museo Nacional de Antropología in der Hauptstadt.

Gideon ließ den Lichtstrahl über die Wände der einst versiegelten Kammer gleiten. Das Märchenland hier unten war dahin; kein unberührter gläserner Palast im Berg mehr. Die Stalaktiten und Stalagmiten waren noch da, aber sie hatten ein schmutziges Grau angenommen und waren dick überzogen mit Flechten und breiigem Pilz. Nach einem Jahrtausend perfekter Konservierung hatten fünf Jahre an der fruchtbaren Luft Yucatáns genügt, um das, was einmal wie glitzernde Eiskaskaden ausgesehen hatte, in ekelhafte Wucherungen zu verwandeln. Hier und da wuchsen sogar ein paar blasse, erschreckt aussehende Pflanzen in Ritzen und Spalten, kauerten tief im Inneren einer Pyramide, drei Meter unter der Oberfläche eines verschlossenen, fensterlosen Gebäudes ohne Licht.

»Wonach haben sie also gesucht?« sagte Abe, mindestens ebensosehr zu sich selbst wie zu den anderen, während sie nach oben zurückkehrten. »Bei tausend Orten, an denen man nach Schätzen jagen kann: was ist an Tlaloc so Besonderes? Und wieso unter einem Tempel suchen, wo bereits einmal gegraben worden ist?«

»Könnten sie vielleicht irgendwo gehört haben, daß am Fuß der Treppe womöglich ein weiterer versiegelter Raum ist?« fragte Gideon.

»Nein, nein, das bezweifle ich stark. De Waldecks Buch ist nie aus dem Französischen übersetzt worden, und soweit ich weiß, existieren nur zwei Exemplare. Das eine, das ich in Dumbarton Oaks eingesehen habe, und ein anderes in Paris. Es wird nirgendwo in der Literatur erwähnt. Ich selbst bin nur aus purem Zufall darüber gestolpert. Außerdem, ein zweiter versiegelter Raum ist nichts als eine gewagte Vermutung, mehr nicht. Und selbst wenn es ihn gibt, wer sagt, daß etwas darin ist, das zu stehlen sich lohnt? Nein, wenn ich Plünderer wäre, wüßte ich was erheblich Besseres mit meiner Zeit anzufangen.«

»Ihr zwei geht immer davon aus, daß sie genau gewußt haben, was sie tun«, sagte Julie, »aber wahrscheinlich haben sie nur ein paar Geschichten über den Kodex gehört, der hier gefunden worden ist, und daraufhin beschlossen, auf eigene Faust ein bißchen nachzuforschen.«

»Ja, vielleicht«, sagte Abe. »Auf jeden Fall haben sie Gott sei Dank aufgegeben, bevor sie besonders weit gekommen sind.«

Julie deutete auf die zurückgelassenen Werkzeuge. »Ich frage mich, ob Sie sie wohl verscheucht haben, als Sie letzte Woche die Ausgrabungen wieder aufgenommen haben.«

»Das klingt wie eine vernünftige Erklärung«, stimmte Abe zu.

Nicht für Gideon. Ihm fielen zwei vernünftige Erklärungen ein, und keine paßte zu dem, was Julie vorgebracht hatte. Bei der Untersuchung des Spatens hatte er festgestellt, daß die Erdklumpen daran auch genau das waren: Klumpen aus Erde. Ohne Pilze, ohne schwabbelige Büschel Schimmel. Daher war es sehr unwahrscheinlich, daß der Spaten bereits längere Zeit unangetastet in diesem dunklen, feuchten Verlies von Raum herumlag. Selbst die Erd- und Geröllhaufen sahen frisch aus, auch wenn manche von ihnen hier und da bereits ein flauschiges Grau annahmen.

Wenn er von der Annahme ausging, daß diese schimmeligen Haufen die ältesten waren, mußten die Arbeiten hier vor etwa einer Woche begonnen – und nicht aufgehört – haben, vielleicht sogar noch später. Und alles deutete darauf hin, daß die Ausgrabung noch voll im Gange war.

Was hieß, teilte er den anderen mit, daß jemand hier munter gebuddelt hatte, *seit* die offizielle Ausgrabung wieder aufgenommen worden war.

Also war es entweder einigen sehr vorsichtigen Plünderern gelungen, Abe, der Crew und den Wachen zu entgehen, oder aber ...

Oder aber ein Mitglied der Crew war voreilig gewesen und machte im Tempel seine eigenen Ausgrabungen.

»Oder ihre eigenen«, korrigierte Julie.

»Oder ihre eigenen, Plural«, meinte Abe. »Aber wir wollen nicht auch noch voreilig sein. Warum die Crew? Bleiben wir fürs erste bei Außenstehenden. Vielleicht haben sie nachts gearbeitet, wenn niemand in der Nähe war. Was ist daran so unmöglich?«

»Aber wo sind dann ihre Lampen?« fragte Julie. »Wenn sie schon ihre Werkzeuge zurückgelassen haben, wieso dann nicht auch ihre Lampen?«

»Weil sie sie gebraucht haben, um dorthin zurückzukehren, wohin auch immer sie verschwunden sind, wenn sie tatsächlich nachts gekommen und gegangen sind.« Abe verschränkte die Arme und musterte den ausgehobenen Treppenschacht, kniff sich mit Daumen und Zeigefinger in die Unterlippe. »Wenn das alles ist, was sie an Werkzeug hatten, dann dürften sie etwa . . . sagen wir, zehn, zwölf Stunden hier gegraben haben. Acht, wenn es zwei Personen statt einer waren. Gideon, stimmst du mir da zu?«

Gideon stimmte zu.

»Also, was heißt das dann? Höchstens zwei Nächte Arbeit? Kein Problem für Räuber zu warten, bis wir Feierabend gemacht haben, dann reinzukommen und ein paar Nächte ihre schmutzige Arbeit zu verrichten.«

»Ich stimme zu, daß sie es wahrscheinlich nachts gemacht haben«, sagte Gideon, »aber ich glaube immer noch nicht, daß es Außenstehende waren. Außenstehende hatten seit 1982 eine völlig verlassene Ausgrabungsstätte und jede Menge Zeit und Ruhe zum Buddeln. Warum warten, bis es von Leuten wimmelt? Nein, wenn das hier wirklich während der vergangenen Woche passiert ist, und darauf gehe ich jede Wette ein, dann wette ich ebenfalls, daß jemand von der Crew dahintersteckt.«

»Aber das ergibt doch einfach keinen Sinn«, sagte Julie. »Wenn überhaupt jemand wußte, daß diese Stufen schon einmal freigelegt worden waren, dann doch wohl die Crew. Sie war hier.«

»Stimmt«, räumte Gideon ein. »Es ergibt keinen Sinn, von welcher Seite man es auch betrachtet.«

Plötzlich lachte Abe vergnügt. »Ein Rätsel«, sagte er. »Kommt, Zeit fürs Abendessen, und dann müssen wir uns anhören, was es mit unserem Fluch auf sich hat.« Mit der Schuhspitze trat er gegen einen Haufen Geröll. »Darüber können wir auch später noch reden.«

7

Bernadette Rose Garrison, Professorin für präkolumbische Sprachen am Middle-American Research Institute in Tulane, entsprach ganz und gar nicht der Vorstellung des Laien von einem führenden Experten der alten Maya-Sprache. Auch Gideons nicht. Eine strenge, schwarze Frau in den Fünfzigern ohne jeden Schick, die Haare zu einem Knoten zurückgekämmt. Sie trug das einzige Pincenez, das Gideon je bei einem lebenden Menschen gesehen hatte. Sie hätte eine perfekte Bürovorsteherin abgegeben, fleißig und sittsam, oder vielleicht auch eine leitende Sozialarbeiterin, oder eine strenge und kompromißlose Kreditsachbearbeiterin. Sie hatte eine zwanglose Art – »nennen Sie mich Bernie«, sagte sie, als sie sich beim Abendessen vorgestellt wurden –, war aber gleichzeitig auch wieder so beeindruckend, daß nur die Selbstbewußtesten (zum Beispiel Abe) sie beim Wort genommen hatten. Gideon, leichter einzuschüchtern, blieb bei »Dr. Garrison«, was sie auch völlig angemessen zu finden schien.

Vor ihren ordentlich getippten Notizen saß sie am Kopfende eines riesigen, trostlosen Tisches im spanischen Stil des sechzehnten Jahrhunderts. Um den Tisch standen zehn wuchtige, mit dunklem, steifem Leder gepolsterte Mahagonistühle, die vermutlich ebenfalls die spanische Vergangenheit heraufbeschwören sollten, aber im Grunde eher an elektrische Stühle aus den dreißiger Jahren erinnerten. Jeder Platz war besetzt, einer von Dr. Garrison, acht von den Angehörigen der Ausgrabungscrew in Tlaloc und einer von dem respekteinflößenden Dr. Armando Villanueva, dem stellvertretenden Direktor des Instituto Nacional de Antropología e Historia, der erst zwei Stunden zuvor unangemeldet aus Mexico City eingetroffen war, um bei Dr. Garrisons Übersetzung anwesend zu sein. Deshalb, und um das Vorrecht des Institutes auf eine strenge, nochmalige Überprüfung geltend zu machen.

Letztere Aufgabe war von dem beleibten Dr. Villanueva, der kein Blatt vor den Mund nahm, höchstpersönlich beim Abendessen klargestellt worden. Er war am Kopfende des Tisches aufgestanden und hatte freiheraus erklärt, daß sich ›Horizon‹ seiner persönlichen Meinung nach im Jahre 1982 auf Dauer kompromittiert habe, daß er davon überzeugt sei, die Genehmigung zur Wiederaufnahme der Ausgrabungen hätte nicht erteilt werden dürfen, und daß er diese Ansichten auch mit allem gebotenen Nachdruck vertreten habe, leider jedoch überstimmt worden sei. Dennoch sei er keineswegs nachtragend, sehe sich allerdings verpflichtet, dafür zu sorgen, daß die strengsten Maßstäbe eingehalten würden. Sie könnten deshalb davon ausgehen, daß er sie bei den kleinsten Anzeichen von Unregelmäßigkeiten einer strengen Prüfung unterziehen würde.

Nach dem Essen hatte er sich im Gespräch mit Abe und Gideon bemüht, aufrichtig freundlich zu sein. »Tja«, sagte er, »wie läuft es denn so in Tlaloc? Gibt es irgend etwas Interessantes zu berichten?«

Abe und Gideon wechselten einen kurzen einvernehmlichen Blick: jetzt war nicht der beste Moment, die heimlichen Grabungen unter dem Tempel der Eulen zu erwähnen.

»Sehen Sie nicht mich an«, hatte Gideon geantwortet. »Ich bin gerade erst angekommen.«

»Etwas Interessantes?« hatte Abe konziliant gemeint. »Nein, nein, nichts Interessantes. Alles reine Routine.«

Jetzt hatten sich alle zum Kaffee und Dessert im Konferenzzimmer des ›Mayaland‹ eingefunden, Dr. Garrison verzehrte den Rest ihres Bananen-Splits, musterte scharf ihr aufgeregt plapperndes Publikum und wartete auf dessen ungeteilte Aufmerksamkeit.

Gideon nutzte die Gelegenheit, ebenfalls alle zu mustern. Einer von ihnen, dessen war er fast sicher, war nachts aktiv gewesen und hatte unter dem Tempel der Eulen gegraben, auf der Suche nach . . . was? Und warum?

Ihm direkt gegenüber saß Leo Rose, zerknautscht und vergnügt wie eh und je. Ein paar feuchte Vierfarbbroschüren lugten wie gewöhnlich aus einer Tasche und warteten darauf, jederzeit verteilt zu werden. Leo leitete eine Landerschließungsfirma, die sich auf etwas merkwürdige Unternehmungen zu spezialisieren schien. Momentan verkauften sie Grundstücke am trostlosen Rand des Salton Sea. (»Flexivillas am Wüstenstrand!« hieß es pompös in der Broschüre, die er Gideon bereits freundlich angedreht hatte. »Prunkvolle Time-sharing-Haziendas an der kalifornischen Riviera!«) Das letzte Mal, erinnerte sich Gideon, war es ein Luxus-Golf-Urlaubsort am Stadtrand von Tijuana gewesen.

Leo merkte, daß Gideon ihn anschaute, und hob seine Tasse. »Bueno-bueno«, formte er mit den Lippen. Das war ein Scherz von der früheren

Ausgrabung. Leo hatte ein fabelhaftes Geschick an den Tag gelegt, allein mit einem beherzten Bueno-bueno, einem reichen Arsenal lebhafter Gesten und einem umwerfenden, brüllenden Lachen, das die winzigen Yucateken zuerst erschreckt und dann begeistert hatte, in Mexiko zurechtzukommen.

Zwischen Leo und Gideon, am anderen Kopfende des Tisches, Dr. Garrison gegenüber, saß Harvey Feiffer, Gideons ehemaliger Student, der nur wenige Monate nach Ende der ersten Ausgrabung die Anthropologie aufgegeben und ein Ingenieurstudium der »Kommunikationssystemtechnologie« begonnen hatte. So verwirrend und völlig unverständlich dieses Fachgebiet für Gideon war, für Harvey war es genau der richtige Schritt gewesen. Endlich hatte er seine Nische gefunden.

Das hatte er zumindest im Verlauf eines Schwätzchens vor dem Essen erklärt und dabei verständlicherweise vor seinem Exprofessor ein wenig geprahlt, und Gideon sah keinerlei Veranlassung, das anzuzweifeln. Inzwischen Toupetträger und Fett ansetzend, war der einunddreißigjährige Harvey anscheinend bereitwillig und ein wenig zu früh in ein mittleres Lebensalter gesprungen. Er war verheiratet, hatte ein Kind, und ein zweites war unterwegs; erst kürzlich hatte er ein Haus in einem Vorort gekauft, dessen Bewohner aus der »oberen mittleren Managementebene« kamen; er kümmerte sich bei dem in Atlanta beheimateten Unternehmen »ums Marketing« und würde schon bald zum Abteilungsleiter befördert. Aber das war noch nicht alles, schnaufte Harvey glücklich. In vierzehn Monaten hätte er fünf Jahre für CompuServe gearbeitet und sich damit einen Rentenanspruch erworben. Seine Optionsschein-Käufe würde er kontinuierlich anpassen, Dollar für Dollar, was alles in allem einen verflucht netten Notgroschen abgab, wenn er sich 2017 zur Ruhe setzte.

Aber sein stressiger neuer Lebensstil hatte auch seinen Preis, gestand er Gideon. Vor ein paar Monaten war er mit chronischen Magenschmerzen zu seinem Hausarzt gegangen. Der hatte zwei Magengeschwüre im Anfangsstadium diagnostiziert und angeordnet, daß er mal abschalten, ein paar Wochen Urlaub vom Arbeits- und Familienstreß nehmen solle. Glücklicherweise hatte sich die Gelegenheit, an der Ausgrabung teilzunehmen, genau zur richtigen Zeit ergeben.

Links von Leo saßen Preston und Emma Byers. Preston Byers war ein außergewöhnlich gutaussehender Mann mit klaren blauen Augen und einem Profil, das genauso fein geschnitten und attraktiv war wie das von Paul Newman. Natürlich hatte Gideon sofort eine Abneigung gegen ihn gefaßt, aber die aufrecht zu erhalten war schwer gewesen. Preston war ein extrem zurückhaltender Mensch, sanft, ausgeglichen und freundlich, ständig einen leicht verdutzten Ausdruck auf seinem klassisch geschnittenen Gesicht; ein eher oberflächlicher, liebenswürdig langweiliger Mann, der nur selten etwas sagte, wenn er nicht direkt angesprochen wurde.

Obwohl er mittlerweile fünfzig war, hatte er sich nur wenig verändert. Sein reizvoll ergrauendes Haar war an den Schläfen zwar leicht zurückgewichen, aber er ließ es zum Ausgleich im Nacken etwas länger wachsen; natürlich nicht unordentlich, sondern es fiel gepflegt über den Kragen. Früher war er Handelsreisender für Großkücheneinrichtungen gewesen, hatte jedoch vor vielen Jahren auf eine Machen-Sie-sich-selbständig-Anzeige in einem Wirtschaftsmagazin geantwortet und es mit einer Fast-Food-Kette im Mittleren Westen zu einem bescheidenen Vermögen gebracht. (Burger Bopper? Wiener Beaner? Gideon konnte es sich einfach nicht merken.)

Gideon war überzeugt, daß der eher lasche Preston seinen Geschäftserfolg der energischen Frau an seiner Seite zu verdanken hatte. Worthy hatte von ihnen einmal als einer umgekehrten Die-Schöne-und-das-Biest-Ehe gesprochen, und das mit gutem Grund: Emma war so hausbacken, wie Preston gut aussah. Muskulös, struppiges Haar, rotes Gesicht und unansehnlich, benutzte sie weder Makeup noch Schmuck. Doch den Mangel an körperlicher Anmut machte sie mit topmodischen Modellkleidern wett. Heute trug sie eine buttergelbe, weite Hose und eine locker geschnittene gleichfarbige Bluse, die auf dem Rücken geknöpft wurde, einen roten Ledergürtel um die Hüfte.

Der beabsichtigte Effekt allerdings wollte sich nicht einstellen. Emma und ihr Outfit schienen nie zusammenzupassen. Es lag immer einen Tick daneben, wirkte auf eine unbestimmte Art falsch, ja sogar ein wenig beunruhigend – wie ein Cowboy mit Brille.

Und rechts zwischen Julie und Abe saß schließlich Worthy Partridge. Alle tranken Kaffee, nur er Tee. Im Augenblick beschäftigte er sich damit, behutsam einen Teebeutel aus seiner Tasse zu heben, das

Bändchen darumzuwickeln und auch noch den letzten Tropfen Flüssigkeit herauszuquetschen. Den Beutel legte er schließlich in einen kleinen Behälter mit Klappdeckel, den er allein aus diesem Grund immer bei sich trug. Die zu dem Tee gehörende Untertasse mit Limonenscheiben wurde voller Verachtung ignoriert.

Worthy behauptete, Tee zu trinken, weil der helfe, seine chronische Verstopfung zu lindern. Er war der einzige Amerikaner, den Gideon kannte – der einzige, von dem er je gehört hatte –, der es schaffte, in Mexiko seine Verstopfung zu behalten.

Leo, Harvey, Preston, Emma, Worthy. Wer von ihnen war nachts aufgeblieben und hatte die Treppe weiter freigelegt? Realistisch gesehen, konnte er es sich bei keinem von ihnen vorstellen. Welchen denkbaren Grund konnten sie haben? Sie hatten bereits einmal geholfen, sie mit eigenen Händen auszugraben. Natürlich wußten alle von Abes Idee, daß es dort unten möglicherweise noch einen weiteren versteckten Raum gab, aber ganz sicher war ihnen auch klar, daß dies eher Wunschdenken als eine reale Möglichkeit war, daß die Wahrscheinlichkeit sehr gering und die Chance auf einen weiteren Schatz noch geringer war. Oder nicht? Und selbst wenn sie das alles wußten, konnte es nicht sein, daß sie meinten, selbst eine noch so geringe Chance auf einen Schatz im Wert von mehreren Millionen Dollar sei durchaus ein paar Nächte verlorenen Schlafs wert?

Wie dem auch sei, es spielte keine große Rolle mehr. Abe hatte Wachen engagiert, die jetzt nachts das Gelände im Auge behielten, und die offizielle Ausgrabung der Treppe begann in Kürze. Es würde kein weiteres heimliches Graben mehr geben. Dennoch, liebend gern hätte Gideon gewußt, was hier los gewesen war.

Er drehte sich nach rechts und richtete seine Aufmerksamkeit auf Dr. Garrison, die sich gerade vielsagend geräuspert hatte.

»In Kürze werden Sie alle eine Kopie erhalten«, sagte sie, »aber ich denke, wir sollten ohne weitere Verzögerung beginnen. Dr. Villanueva und ich müssen in weniger als einer Stunde nach Mexico City aufbrechen. Für morgen früh ist eine Pressekonferenz anberaumt.«

Sie rückte ihr Pincenez zurecht und faltete die Hände vor sich auf dem Tisch. »Ich habe das vorliegende Material so exakt und wörtlich wie möglich übertragen, die Interpretation überlasse ich anderen«, erläuterte sie. »Das polysynthetische Charakteristikum der Maya-Sprache des sich Verlassens auf Verbalsubstantive mußte notgedrungen an unsere eigene Grammatik angepaßt werden. Davon abgesehen habe ich versucht, mich an die Konventionen zu halten, die bei früheren Arbeiten Anwendung gefunden haben. Ich kann Ihnen versichern«, fügte sie unnötigerweise hinzu, »daß ich mir keinerlei dichterischen Freiheiten herausgenommen habe.«

Mit ihrem samtigen Akzent aus Georgia, der in merkwürdiger Disharmonie zu ihrer präzisen Diktion stand, begann sie vorzulesen.

»›Der Tag Katun Dreizehn Ahau‹«, intonierte sie. »›Itzamná, Itzamtzab ist sein Antlitz während seiner Herrschaft.‹«

Julie beugte sich zu Gideon und flüsterte: »Soll das eine Übersetzung sein?«

Gideon spreizte die Hände, sagte aber nichts. Es war schon schwierig genug, das Datierungssystem der Maya zu erklären, wenn ihm mehrere Stunden zur Verfügung standen. Der Versuch, es nebenbei zu tun, war absolut sinnlos.

Dr. Garrison fuhr fort. »›Die in diese Stadt namens Tlaloc kommen, um den Frieden unserer Gebeine zu stören und den Staub auf unseren Körpern, sie sollen wissen, daß viele Strafen über sie kommen werden. Und dies sind die Strafen, die über sie kommen werden.

Erstens, der blutsaugende Kinkajou wird ungehindert über sie kommen.

Zweitens, Dunkelheit wird gebrochen und in Licht verwandelt, und die schrecklichen Stimmen der Götter werden erklingen in der Luft, und es wird ein mächtiges Trommeln auf die Seele erfolgen, so daß der Geist dahinwelkt und verblaßt. Ihre Schätze werden verloren sein, und ihre Batabobs und Ahlelobs werden sie verlassen . . .‹«

Das Pincenez wurde abgenommen. »Ich fürchte, ich kann Ihnen in diesem Kontext keine völlig eindeutigen Denotate für Batabobs und Ahlelobs anbieten.«

»Der Batabob war der Gouverneur des Gebietes, der große Häuptling«, meldete sich prompt Abe zu Wort. »Der Ahlelob war, glaube ich, der stellvertretende Häuptling.«

Sie sah ihn an. Gideon ebenfalls, für den es eine echte Überraschung war, daß Abe etwas von der Sprache der Maya verstand. Nein, eigentlich auch wieder keine Überraschung, eher vielleicht interessant. Die

Bandbreite seines Wissens hatte Gideon schon zu oft in Erstaunen versetzt – überraschen konnte ihn da nichts mehr.

Unter Dr. Garrisons unerbittlichem Blick lächelte Abe und zuckte bescheiden mit den Schultern. »Ich hab's wohl irgendwo gelesen.«

»Vielen Dank.« Sie legte den Zeigefinger auf die Stelle, an der sie unterbrochen worden war.

»Vielleicht können wir *ihn* überreden, mit uns Trivial Pursuit zu spielen«, flüsterte Julie Gideon ins Ohr.

»Ohne mich«, brummte Gideon zurück.

»›Drittens, der namens Tucumbalam wird ihre Eingeweide in Feuer und blutigen Ausfluß verwandeln.‹«

Das veranlaßte Worthy, das Gesicht zu verziehen und den Rest seines Desserts angewidert von sich zu schieben.

»›Viertens, der namens Xecotcavach wird ihre Schädel durchbohren, so daß ihre Hirne sich auf die Erde ergießen.‹«

»Iiieh, das ist ja ekelhaft«, verkündete Leo, während er sich munter weiter Eiscreme in den Mund schaufelte.

Emma beugte sich steif und mit ernstem Gesicht zu ihm hinüber. »Pssst!« zischte sie scharf. »Das ist kein Witz!«

Gideon runzelte die Stirn. Vage Erinnerungen regten sich. Hatte nicht Emma einer verschrobenen Gruppe angehört, die sich mit Leib und Seele den weltfremden Theorien von Dänikens oder Velikovskys oder etwas in der Richtung verschrieben hatte? Ja, das stimmte, erinnerte er sich. Einmal hatte sie ihm eine lange, hirnrissige Diskussion darüber aufgedrängt, wie es kam, daß eine geschnitzte, fünftausend Jahre alte japanische Dogu-Figur etwas trug, das nichts anderes sein konnte als ein Astronautenhelm mit Schutzbrille. (»Und, wie Sie wissen sollten, Dr. Oliver, Schutzbrillen waren in der Steinzeit noch nicht erfunden!«) Einen Großteil der folgenden Zeit in Yucatán hatte er mit dem Versuch verbracht, ihr aus dem Weg zu gehen, ohne sie zu kränken.

Leo machte eine gutmütig entschuldigende Geste und schwieg.

Dr. Garrison hatte bei der Unterbrechung kühl geschwiegen. Jetzt fuhr sie mit der Litanei der Katastrophen fort.

»›Fünftens, das Ungeheuer, das Menschen zu Stein verwandelt, wird aus der Unterwelt zu ihnen kommen.

Und all das wird nur der Anfang ihrer Heimsuchung durch den

Teufel sein, denn die Götter von Xibalba werden kommen und ihnen die Augen ausstechen, und ihnen die Köpfe abschneiden, und ihnen Nerven und Knochen zermalmen und aufreiben, und sie quälen, bis sie sterben und nicht mehr sind.

Nur so wird Vucub-Camé besänftigt sein, und Holom-Tucur, der einen Kopf hat, aber keinen Körper, und Balam-Quitzé, und der Gott Hun-Hunahpu, und Gekaquch, und die Götter Zibakihay und Ah-quehay, und die Götter . . .‹«

»Meinst du, das geht noch lange so weiter?« flüsterte Julie.

»Ich glaube nicht«, erwiderte Gideon. »Es ist nur eine Seite.«

»›. . . Balam-Acab und Mahucatah und selbst Ah Puch, der nie ermüdet.‹«

»Der Gott des Todes bei den Maya«, murmelte Gideon kenntnisreich, beeindruckte Julie mit einem weiteren Arkanum, das er weiß der Teufel woher zauberte.

»›Und wenn dies alles getan ist und das Licht für alle Zeiten sich in Dunkelheit verwandelt, wird sich ein fürchterliches Wehklagen erheben . . .‹«

Dr. Garrison unterbrach sich und ließ die düsteren Worte in der Luft schweben. Ihr satter, gedehnter Georgia-Akzent erschien inzwischen höchst angemessen.

»›Denn dies wird sein‹«, schloß sie sanft, den Blick auf dem Publikum und nicht auf dem Blatt, »›das Ende der Zigarre.‹«

»Das Ende der Zigarre«, wiederholte sie, unterband sofort jedes eventuell aufkeimende Glucksen, »ist eine Metapher der Maya für den Abschluß, für das Ende des Lebens.«

Sie nahm ihr Pincenez ab und massierte mit Daumen und Zeigefinger langsam die Abdrücke auf ihrem Nasenrücken. »Für das Ende«, sagte sie, »von allem.«

8

Gideon summte leise vor sich hin, schnippelte hier und da mit der Gartenschere, zupfte behutsam an der kräftigen braunen Wurzel und setzte sich auf seine Hacken zurück, um die Lage zu beurteilen. Allmählich hatte er sich innerlich entspannt und genoß sogar, wie der Schweiß sich auf seinem Kreuz sammelte.

Es war gut, wieder mit den Händen zu arbeiten, gut, ein neues Skelett ganz für sich allein zu haben. (Er war – schuldbewußt – erleichtert gewesen, als Harvey etwas betreten verkündet hatte, daß er dieses Mal lieber nicht mit Skeletten arbeiten wollte.) Er schnippelte weiter, zupfte wieder, zog mit einem zufriedenen »Aaah« ein zehn Zentimeter langes Wurzelstück weg und warf es durch die Tür hinter sich. Er legte die Schere neben die Machete.

Macheten und Gartenscheren gehörten kaum zu seinem üblichen Handwerkszeug, aber in den buschigen, widerspenstigen Dschungeln Yucatáns kam man ohne sie nicht sonderlich weit. Schlingpflanzen und Wurzeln blühten und gediehen in jeder noch so kleinen Ritze, und keinem Archäologen der Maya-Kultur blieb die frustrierende Erfahrung erspart, daß er tagelang arbeitete, um etwas freizulegen, sich dann eine oder zwei Wochen mit etwas anderem beschäftigen mußte und schließlich bei der Rückkehr zu der ursprünglichen Stele oder Skulptur diese dann noch dichter überwuchert vorfand als zuvor. Auf sämtlichen größeren Ausgrabungsstellen gab es daher Gruppen Macheten schwingender Arbeiter, die ständig damit beschäftigt waren, den unaufhörlich und unglaublich schnell vordringenden Dschungel zurückzuhacken. Ohne sie wären die lange verlorenen Städte innerhalb weniger Jahreszeiten wieder verschlungen – was tatsächlich auch bei vielen der Fall war.

Aber das mit Flechten überzogene Skelett im Eingang des Priesterhauses lag erheblich länger dort als nur ein oder zwei Jahreszeiten; länger als ein oder zwei Jahrhunderte. Die tote graue Farbe des Knochens, die trockenen, bröseligen Kanten, das Fehlen selbst ausgetrockneter Fetzen von Sehnen oder Ligamenten deuteten eher auf drei- bis vierhundert Jahre hin. Auch die Art der Vegetation lieferte einen Anhaltspunkt für das Alter. So erbarmungslos sie von allem Besitz ergriff, drei Jahrhunderte mußte es mindestens schon gedauert haben, um die Eingangshalle so zu erdrosseln. Vom Dach hingen schwammige graue Pflanzen – dort, wo man es überhaupt sehen konnte –, breiige Moose wucherten aus dem Mörtel der Steinmauern, dicht an dicht sprossen Stämme und Wurzeln und Kletterpflanzen aus der vier, fünf Zentimeter dicken Schicht schwarzer Erde und den verfaulenden organischen Stoffen, die über die Jahrhunderte hereingeweht worden waren, immer nur ein oder zwei Körnchen auf einmal, die sich festgesetzt hatten, wo es nur ging.

Und das Skelett war ganz sicher länger als die Pflanzen dort. Das ging eindeutig daraus hervor, wie sich die Wurzeln einiger der ältesten Gewächse, hölzerne, knorrige, knotige Ungeheuer mit gewellten, schwarz gewordenen Blättern um und durch die Knochen rankten. An manchen Stellen wucherten sie sogar *aus* den Knochen. Wurmartige Ranken krochen aus den Nasen- und Augenhöhlen, aus den Schultergelenken und den Foramina vertebrale, den Wirbellöchern; selbst aus der Schädelgrube und in einem dicken, häßlichen Knoten aus dem Foramen magnum, dem Großen Hinterhauptloch an der Schädelbasis, durch das die Wirbelsäule mit dem Gehirn verbunden ist. Die sanft zugreifende Gewalt hatte mit der Zeit viele Knochen zersplittert und das Skelett als ganzes zu grotesken Verrenkungen verdreht. Das Becken war gebrochen und nach hinten gekippt, der Schädel lag praktisch verkehrt herum.

Mit der Machete hatte er sich etwas Ellbogenfreiheit verschafft, die letzten zweieinhalb Stunden aber mit Schere, Messer und einer Zahnarztsonde vorsichtiger gearbeitet. Obwohl immer noch viel zu tun blieb, hatte er jetzt genug weggeschnitten, um das Skelett zum ersten Mal genauer untersuchen zu können.

Es lag in fötaler Haltung auf seiner linken Seite. Das war die Bestattungsstellung, der man in der Archäologie am häufigsten begegnete – es erforderte das kleinste Loch –, aber dieser Körper war nicht bestattet worden. Er lag auf dem Steinboden unmittelbar hinter der Eingangstür und blockierte den direkten Zugang. Unter dem Gerippe konnte er ein paar vereinzelte Jadeperlen sehen, und neben einem Unterarm lag ein schmaler, eingedrückter Armreif. Die Kleidung war schon vor langer Zeit vermodert.

Diesmal war es ein Mann; ganz sicher hätte Harvey auf den vorspringenden Augenbrauenwulst hingewiesen, die soliden Processus mastoideus – die Warzenfortsätze – und die kantigen Orbita – Augenhöhlen – des Schädels. Und durch ein Netz strohfarbener Wurzelranken war ein Großteil des Beckens sichtbar. Auch das war unverkennbar männlich. Gideon mußte nicht erst die – im wahrsten Sinne des Wortes – Daumenregel der Anthropologen auf das größere Ischiasloch anwenden (steck deinen Daumen rein; ist genug Platz, um damit zu wackeln, dann ist es eine Frau, wenn nicht, ein Mann), um zu erkennen, daß dort kaum Platz genug für einen kleinen Finger, geschweige denn für einen Daumen war. Abgesehen davon schimmerte eine Obsidianscheibe dunkel in dem finsteren Gewirr unterhalb des Schädels, und dazu hatte doch der strenge Bischof Diego de Landa selbst mißbilligend bemerkt, daß »die Männer und nicht die Frauen Spiegel in den Haaren tragen«.

Es schien sich um einen Mann mittleren Alters zu handeln. Auch wenn es noch ein wenig zu früh für präzise Angaben war: die Schädelnähte waren jedenfalls bis auf ein paar Stellen der Sutura lambdoidea – der Lambdanaht – unkenntlich, also war er wahrscheinlich älter als vierzig Jahre. Eine Schätzung, die von den kariösen, dunkelbraunen, abgenutzten Zähnen gestützt wurde. (Die Maya hatten sich hauptsächlich von steingemahlenem Getreide ernährt – was bedeutete, daß sie ebenfalls eine Menge getreidegemahlenen Stein verzehrten –, und das Ergebnis waren Backenzähne, die nicht selten zu kleinen Stümpfen verkommen waren, wenn sie etwa dreißig wurden. Jeder, der glaubte, Löcher in den Zähnen seien erst mit dem raffinierten Zucker aufgekommen, hatte noch nie den Schädel eines frühen amerikanischen Indianers gesehen.)

Er schoß ein halbes Dutzend Blitzlichtaufnahmen mit seiner Minolta-Spiegelreflexkamera und fertigte eine grobe Skizze an. Als er den Schädel drehte, um das Gesicht besser sehen zu können, zuckte er beim Anblick der schlangenartigen, frisch durchtrennten Wurzeln leicht zusammen. Sie ragten aus den Augenhöhlen wie bei einem erbaulichen Relief auf einem mittelalterlichen Sarg. Mit großer Mühe hatten sie zunächst die Knochen in und um die Augenhöhlen auseinandergehebelt und sie dann fest umklammert, wo sie waren, so daß sich die Proportionen in dem Gesicht des Schädels mehr oder weniger verschoben hatten.

Er lockerte die Schraube an dem Lampenstativ, damit er die Glühbirne so tief wie möglich halten und so drehen konnte, daß ihr Licht seitlich auf den Schädel fiel. Sämtliche kleinen Unebenheiten und Rinnen erschienen plötzlich scharf und reliefartig, und er beugte sich dichter herab, um zu sehen, was zu sehen war. Überrascht blinzelte er, benutzte dann seine sensiblen Fingerspitzen zur weiteren Erkundung, besonders der Gegend um die Augenhöhlen. Merkwürdig, die einzelnen Knochen der Orbita hatten sich über all die Jahre überhaupt nicht voneinander fortbewegt. Sie waren zerschmettert worden. Und die meisten der gebrochenen Splitter waren nach *innen* getrieben worden, nicht nach außen, wie man es ganz und gar nicht bei Wurzeln erwarten würde, die aus der Hirnschale nach außen stießen.

Es war beinahe, als ob . . .

Stirnrunzelnd setzte er sich wieder auf die Hacken zurück.

Es war mit Sicherheit beinahe so, als ob . . .

». . . mit Sicherheit beinahe so, als ob die Augen ausgestochen worden wären«, sagte Gideon und schaute von Abe zu den anderen. »Genaugenommen«, fügte er hinzu, »können wir das ›beinahe‹ getrost streichen.«

Die Crew hatte sich im Schatten einiger dösender Akazien eingefunden, saß zwischen den Mauerblöcken der Westgruppe. Es war die einzige größere schattige Stelle auf dem zentralen Platz; der Rest war stoppeliges Gras, der Sonne preisgegeben. Folglich war es ein bevorzugter Ort für Mittagspause und Nachmittagsschläfchen. In den Mittagspausen wurde meist, heute auch, entspannt erzählt und Gefundenes vorgezeigt; die Mitarbeiter plauderten über die Fortschritte des Morgens.

Alle außer Emma und Preston Byers hatten Sandwichpakete aus dem Hotel. Die Byers, schon lange Vegetarier, bereiteten sich ein bescheidenes Mahl aus in Plastikfolie eingeschweißten Sojakuchen, Mungo-Bohnensprossen, die sie angeblich selbst auf der Fensterbank ihres Zimmers gezogen hatten, und Bananen.

Wie es schien, hatten sie ihr Fast-Food-Imperium verkauft und besaßen nun *Wellbeing*, ein Versandhaus für alles, was das Herz des New-Age-Anhängers begehrte. Wie Leo hatten sie einen reichlichen Vorrat an Broschüren mitgebracht, von denen Gideon ein Exemplar nicht hatte ausschlagen können.

»Der holistisch-makrobiotische Feinschmecker-Supermarkt des Mittleren Westens«, stand dort. »Biodynamisches Vollkorn-Getreide, Reis-Koji, Masa Delight, Bienenpollen-Kautabletten (ein bewährtes Mittel zur Verjüngung der Haut), Löwenzahn-Donner, Tofu-Sahnekäse, 30 verschiedene Seetangarten (unübertroffen zur Reinigung des Dickdarmes), Nori, Braunalgenspitzen, 120 Sorten natürliches Nußmus. Literatur über therapeutisches Trommeln, Tibetanische Streßreduktion sowie weitere lebensverbessernde Studien. Große Auswahl energiebalancierender Kristalle.«

Bei Gideons Worten hatte Emma Preston einen vielsagenden Blick zugeworfen. Er kaute aber ungerührt weiter und lächelte sie gedankenverloren an. Worthy Partridge hörte auf, sein Truthahn-Sandwich zu mampfen, und schaute beklommen auf, als könnten es auf keinen Fall gute Nachrichten sein, ganz egal, was es bedeutete. Doch das war seine Standardreaktion auf alles Neue.

Leo Rose reagierte ebenfalls auf die für ihn typische Art mit einem wiehernden Lachen. »Der Fluch von Tlaloc *lebt*«, flüsterte er.

Was Worthy überhaupt nicht komisch fand. »Ich wüßte nicht, was daran witzig sein soll. Könnte da irgendwas dran sein, Gideon?«

»Hee-hee-hee-heee«, krächzte Leo. »Hoo-hoo-h-«

Worthy brachte ihn mit einem strafenden, finsteren Blick zum Schweigen. »Ich meine nicht, ob an dem *Fluch* was dran sein könnte«, sagte er scharf. »Ich meine vielmehr, glauben Sie, es – er – wäre dort zurückgelassen worden als eine, Sie wissen schon, Warnung, diese Stätte nicht zu stören?«

»Genau das denke ich«, sagte Gideon. »Ich erinnere mich nicht mehr genau an den Wortlaut des Fluches, aber irgendwo hieß es doch . . .«

»Ich schon«, sagte Emma Byers. »Vergangene Nacht habe ich bei meinem Amethyst-Meditationsintervall meinen interpolaren Fluß darauf konzentriert.« Sie errötete und sah die anderen abwehrend an, weil sie schon damit rechnete, angegriffen zu werden. »Ich habe es jetzt multidimensional verinnerlicht«, verkündete sie.

»Ich glaube, das soll wohl heißen«, brummte Worthy zu niemand besonderem, »daß sie den Fluch auswendig gelernt hat. Gott bewahre.«

Gideon machte der Gedanke ebenfalls nicht besonders glücklich. »Also, allzu wichtig ist es wahrscheinlich nicht . . .«

Emma schloß ihre Augen, ignorierte beide. »›Die Götter von Xibalba werden kommen und ihnen die Augen ausstechen‹«, intonierte sie in einer mittelprächtigen Imitation von Dr. Garrison, allerdings ohne den Akzent.

»Genau«, sagte Gideon. »Aber . . .«

»›. . . und ihnen die Köpfe abschneiden‹«, leierte Emma weiter, wobei ihre Augen immer noch fest zusammengekniffen waren, »›und ihre Nerven und Knochen zermalmen und aufreiben, und sie quälen, bis sie sterben und nicht mehr sind. Nur so . . .‹«

»Danke, Emma«, unterbrach Gideon. »Das reicht. Tja, sieht ganz so aus, als hätte das alles jemand mit dem armen Burschen im Eingang gemacht.«

»Häh?« sagte Harvey. »Woher wollen Sie denn wissen, ob seine Nerven zermalmt worden sind? Ich meine, wenn Sie doch nichts anderes haben als Knochen . . .«

Gideon senkte den Kopf, um ein Lächeln zu verbergen. Manche Dinge änderten sich nie. Harvey mußte natürlich ein gewisses prosaisches Element in die Sache bringen.

»Sie haben vollkommen recht, Harvey. Das war etwas übertrieben. Über die Nerven kann ich nichts sagen. Aber alles andere paßt. Der Kopf wurde abgeschnitten – oder besser gesagt, abgesägt – mit irgendeiner Klinge, die nicht sonderlich scharf war. Wahrscheinlich einem Messer aus Feuerstein. Und viele der Knochen wurden mit einem schweren Gegenstand zerschmettert. Die Hand- und Fußknochen wurden buchstäblich zu Brei geschlagen, so als wären Hände und Füße auf einen flachen Stein gelegt worden und . . .«

»Gideon, es reicht, du mußt uns keine Skizze machen«, unterbrach ihn Abe und verzog das Gesicht.

»Äußerst lustig«, schaltete sich jetzt Julie ein. »Ich genieße todsicher mein Mittagessen.«

Gideon beruhigte sich. Er dachte auch nicht besonders gern darüber nach.

Ein paar Augenblicke lang waren das Rascheln und Hicksen der Vögel im schattigen Wald ein paar Meter entfernt die einzigen Laute; die Menschen aßen ihre Sandwiches oder schälten ihr Obst in nachdenklichem Schweigen.

»Dr. Oliver«, sagte Emma Byers unvermittelt, »hatten Sie schon Gelegenheit, die Winter-Ausgabe von ›Holy Anthro‹ zu lesen?«

»Äh ... Holy Anthro?« Was zum Teufel war Holy Anthro? Wollte er das wirklich wissen?

Sie sah ihn überrascht an. »Das ›Journal of Holistic Anthropology and Shamanistic Enlightenment‹«, erklärte sie. »Da gab es einen Artikel, der sehr deutlich zu uns spricht.«

»Äh, nein, muß ich wohl übersehen haben«, erwiderte er feige.

»Was ist mit Ihnen, Dr. Goldstein? Ich bin sicher, *Sie* haben es gelesen.«

»Nein, leider, leider, nicht«, erwiderte Abe mit einem honigsüßen Lächeln. »Bedauerlicherweise bin ich nach Yucatán abgereist, bevor mein Exemplar mit der Post kam.«

Gideon beäugte ihn skeptisch. Bei Abe konnte man nie wissen.

Emma blinzelte, drückte anscheinend so die ihr eigene phlegmatische Art des Erstaunens über die Schlampigkeit zweier angeblicher Profis der Anthropologie aus. »Es war ein Artikel über die Prophezeiungen der alten Maya.«

»Oh, mein Gott.« Worthy biß mit düsterer Miene in eine Orangenscheibe und verdrehte die Augen zum Himmel.

Emma Byers war eine unattraktive Frau, die leicht errötete und manchmal mit den Worten herausplatzte und dann wieder stockte. Aber so leicht ließ sie sich nicht von etwas abbringen. »Es handelte sich um eine kontrollierte wissenschaftliche Untersuchung«, behauptete sie, die Augen auf den Boden gerichtet, »durch das Institut für Transformatives Bewußtsein ...«

»Aaah«, meinte Abe.

»Heilige Scheiße«, sagte Worthy.

»... die zweifelsfrei beweist, daß alle zwölf großen Veränderungen im Dow-Jones-Index in der ersten Hälfte des vergangenen Jahres bis auf zwei Punkte genau im ›Popol Vuh‹ vorausgesagt worden sind – und das ›Popol Vuh‹ ist von den Quiché Maya im Jahre 1550 verfaßt worden.« Sie errötete und biß energisch in ihren Sojakuchen.

Die einzige Reaktion kam von Leo. »Wenn ich was über den Dow-Jones des kommenden Jahres erfahren könnte, wäre ich vielleicht interessiert.«

»Preston«, sagte Emma, »du erinnerst dich doch, oder?«

»Was?« Ihr erschreckter Ehegatte ließ beinahe seine Banane fallen. Er schaute sich hilfesuchend um. Nicht zum ersten Mal fragte sich Gideon, wie groß sein Anteil an der Entscheidung der Byers gewesen war, ihr Hamburger-Imperium gegen die fleisch- und fettlosen Herrlichkeiten des New Age einzutauschen.

Aber natürlich war Preston Wachs in ihren Händen und stets mit allem einverstanden. »Also, ja«, meinte er schließlich. »Ja, ich denke schon. Ich glaube, es wurde darauf hingewiesen, daß tausend Dollar, die entsprechend dem, äh, ›Popol Vuh‹ investiert und reinvestiert wurden, am Ende, äh, fünftausend Dollar gebracht hätten.« Er sah sie hoffnungsvoll an. »Meinst du den Artikel?«

»Fünfundzwanzigtausend Dollar«, korrigierte ihn Emma. »Und jetzt hört euch *das* an!« Wieder schloß sie die Augen, legte die Stirn in tiefe Falten. »Das ist aus dem Fluch. Ich habe viel darüber nachgedacht. ›Ihre Schätze werden verloren sein, und ihre Batabobs und Ahlelobs werden sie verlassen ...‹«

»He, ich kenn das Lied«, sagte Leo und lachte. »›Oh, batabobs and ahlelobs and little lambs eat ivy ...‹«

»Oh, verdammt, Leo!« sagte Emma überraschend hitzig. »Begreift denn keiner, was das bedeutet?« Sie öffnete die Augen und schaute sie ernst an.

Tatsächlich begriff es keiner; nicht einmal Preston, der sich die größte Mühe gab, nach der Bedeutung zu suchen, die klassische Stirn gerunzelt.

Gideon glaubte eine Ahnung zu haben, behielt es aber für sich.

»Es sagt exakt voraus, was hier passiert ist«, verkündete Emma. »Der Fluch erfüllt sich. Damals wußten wir es noch nicht, aber es war auch 1982 schon so.«

»Der Fluch ... von Tlaloc«, intonierte Leo mit einem metallisch hohlen Klang in seine leere Coca-Cola-Dose, zuckte dann unter Emmas stechendem Blick zusammen. »Ich glaube, ich halte jetzt wohl besser den Mund.«

»Wollt ihr wirklich sagen, ihr seht es nicht?« sagte Emma und wandte sich an alle. Die roten Flecken auf ihrem Gesicht breiteten sich aus und verdunkelten sich noch mehr, vermutlich aus Schmerz, es mit einem

Haufen engstirniger Dummköpfe zu tun zu haben. »Howard Bennett war unser Batabob, unser Führer, und er hat uns verlassen. Was könnte klarer sein?«

Genau, was Gideon befürchtet hatte. Das hier war gar nicht gut. Das wenige, was er von Flüchen bei archäologischen Expeditionen wußte, hatte er aus Filmen im Kino, und für gewöhnlich wurde dort betont, daß es ein Fehler war, anzufangen, sie zu ernst zu nehmen.

»Das ist doch vollkommen lächerlich«, platzte Worthy unverblümt heraus. Er tupfte seinen kleinen Bart mißmutig mit einer Papierserviette ab. »Ich glaub das einfach nicht. Wir leben in den achtziger Jahren. Das hier ist eine wissenschaftliche Expedition. Wie kommen wir dazu, dieses New-Age-Geschwätz auch nur zu diskutieren?« Er sprach New Age als ein Wort aus, wie »newage«, das damit fast wie »sewage« – Abwasser – klang.

»Außerdem«, sagte Harvey ganz sachlich, »bringen Sie ein bißchen was durcheinander. Batabobs und Ahlelobs, das war doch Teil zwei des Fluches, oder? Tja, wir hatten ja noch nicht mal unseren Teil eins.«

»Völlig richtig«, sagte Worthy verächtlich. »Oder hat irgendwer schon einen blutsaugenden Kinkajou gesehen?«

Leo stimmte ihnen nicht zu. »Aber wißt ihr, es stimmt schon, was Emma sagt«, meinte er, scheinbar angetan von der Idee. Oder vielleicht fand er auch nur, daß es mehr Spaß machte, zur Abwechslung mal die Seiten zu wechseln. »Howard hat uns im Stich gelassen, oder etwa nicht? Und der Kodex, das war unser Schatz, und der ist ja wohl definitiv weg, richtig?« Er war mit seinem Mittagessen fertig und hatte sich wie ein nasser Sack gegen die steinerne Plattform eines der zerfallenen Gebäude zurückgelehnt und die Hände zufrieden auf seinem üppigen Bauch gefaltet. »Vielleicht müssen die Dinge in dem Fluch sich nicht der Reihe nach erfüllen.«

Emma warf ihm einen zwar hoffnungsvollen, aber auch mißtrauischen Blick zu. Schwer zu sagen, ob er es ernst meinte. Falls er überhaupt je irgend etwas ernst meinte. Leo lächelte sie an. Wie ein Buddha. Sie waren fast gleich gekleidet, bemerkte Gideon gedankenverloren: schicke, ungefärbte Leinenhemden und knielange beigefarbene Shorts, die modisch zerknittert und viel zu groß waren. Emma allerdings brachte es fertig, wie eine Reklame für ›Banana Republic‹

auszusehen, solange man nicht zu genau hinschaute; Leo sah einfach nur wie jemand aus, der in seinen Kleidern geschlafen hatte.

»Leo hat recht«, sagte Emma. »Wer sind wir denn, anderen kulturellen Konzepten unsere westliche Vorstellung von der Zeit als einem linearen Kontinuum aufzuzwingen?«

Worthy gab einen gereizten Laut von sich und sprach zum Himmel. »Wollt ihr wissen, was das hier beweist? Das entsetzliche Versagen unseres Schulsystems. Jeder, der leichtgläubig genug ist, auf das unaufhörliche New-Age-Geschwafel reinzufallen . . .«

»Ach, ja? Ist das so?« sagte Emma mit rauher Stimme. Sie war beleidigt. »Und Sie meinen, *Sie* wären in der Lage, beurteilen zu können, was dreitausend Jahre . . .«

»Kinderchen, Kinderchen«, schaltete Abe sich ein, »wir wollen's doch nicht übertreiben. Ich bin sicher, niemand behauptet allen Ernstes . . .«

Aber Worthy fühlte sich angesprochen und unterbrach ihn. »Das ist doch absurd! Wenn wir kein besseres Gesprächsthema finden können, sollten wir besser gleich den Mund halten.«

»Also, ja, ganz meine Meinung«, sagte Preston, fügte dann gütlich hinzu: »Es gibt gewisse Dinge, die wir besser nicht wissen.« Er hatte Glück, etwa einen halben Meter vor Emma zu sitzen; ihre wütenden Blicke prallten von dem sich attraktiv kräuselnden grauen Haar über seinem Kragen ab, ohne Schaden anzurichten.

»Das«, sagte Worthy frostig, »habe ich mitnichten gemeint.«

Als Abe noch Professor gewesen war, erinnerte sich Gideon, hatte er sich normalerweise aus Seminardiskussionen herausgehalten und Gideon und seine anderen Studenten die Dinge unter sich ausfechten lassen. Normalerweise. Aber manchmal kam ein Punkt, an dem der demokratischen Herangehensweise zugunsten einer entschiedenen, väterlichen, nicht anzufechtenden Expertenmeinung ein Riegel vorgeschoben werden mußte. Dieser Punkt war jetzt erreicht.

»Ich bin mit Worthy hundertprozent einer Meinung«, sagte Abe, ließ seinen Blick ernst von einem Mitglied der Crew zum anderen wandern. »Der Fluch, das Skelett im Eingang, das alles ist äußerst interessant. Es lohnt sich bestimmt, darüber in archäologischen Kategorien zu diskutieren.« Er hob einen spinnenhaften Finger. »Aber ganz und gar nicht als übernatürliche Ereignisse.« Er richtete seinen Blick auf Emma, freundlich, aber sehr entschieden. »Um ehrlich zu sein: ich bin schon ein wenig überrascht, daß das hier überhaupt jemand ernst nimmt.«

Emmas verquollenes Gesicht spannte sich an. Sie errötete zwar wieder, sagte jedoch nichts.

»Ach, ich weiß nicht«, meinte Leo, durchaus nicht respektlos. »Sie müssen doch zugeben, daß es schon einen Gedanken wert ist.«

»Hören Sie«, sagte Julie freundlich, »ich war 1982 nicht hier, daher weiß ich im Grunde nicht, wovon ich rede, aber ich habe den Eindruck, daß wir hier verschiedene Dinge durcheinanderbringen. Zunächst einmal ist der Kodex nie *unser* Schatz gewesen. Und er wurde auch nicht *verloren.* Dr. Bennett hat ihn gestohlen. Und natürlich ist er anschließend weggelaufen. Man braucht keinen Fluch, um diese Dinge erklären zu können.«

»Völlig richtig«, sagte Abe herzlich. »Kurz gesagt: das Gesetz der Habgier. Also, reden wir nicht mehr von dem Fluch. Der Fall ist erledigt. Ende der Zigarre. Zeit, an die Arbeit zurückzukehren.«

Er stand auf, ein wenig eingerostet, nachdem er so lange auf dem Boden gesessen hatte, und klopfte sich Staub von der Hose. »Andererseits«, sagte er mit seinem allerfeinsten Lächeln, »falls jemand irgendwelchen blutsaugenden Kinkajous begegnen sollte ... lassen Sie es mich doch bitte wissen.«

9

Lange mußte er nicht warten. Am nächsten Tag, an einem feuchten Morgen unter einem düster grauen Himmel, schlug der Fluch von Tlaloc wieder zu. In dem angeblich verlassenen Arbeitsschuppen lauerte ein blutsaugendes Kinkajou.

Oder doch beinahe.

Julie, Gideon und Abe waren nach einem frühen Frühstück im ›Mayaland‹ mit der Absicht zur Ausgrabungsstätte gegangen, vor Ankunft der Crew eine Stunde Verschiedenes zu organisieren und zu klären. Gideon hatte die Tür aufgeschlossen und geöffnet und dann schnell den Arm ausgestreckt, um die anderen zurückzuhalten, weil ihm ein übler, animalischer Gestank aus dem stickigen Inneren entgegenschlug.

»Was ist denn?« fragte Julie. Dann roch sie es ebenfalls, blieb sehr starr und steif stehen und linste an ihm vorbei in das Halbdunkel des Schuppens.

Irgend etwas in der Dunkelheit grunzte tief, wie ein wühlendes Schwein, und es gab ein scharrendes Geräusch, als kämen Füße mit Klauen über den Kalksteinmörtelboden auf sie zugelaufen. Gideon sträubten sich die Nackenhaare. Instinktiv traten alle drei einen Schritt von der Schwelle zurück.

Aus den Schatten tauchte langsam ein pelziges braunes Tier auf, verharrte und wich dann zurück. Es war etwa so groß wie ein Waschbär und hatte einen quergestreiften Schwanz, den es anmutig über sich balancierte. Sein Gesicht hatte etwas von einem Fuchs und etwas von einem alten Basketballschuh. Argwöhnisch schaute es zu ihnen auf.

»Guten Morgen«, stand auf dem ordentlich beschrifteten Schild, das um seinen Hals hing. »Ich bin ein blutsaugendes Kinkajou.«

»Gleichfalls guten Morgen«, sagte Abe trocken. »Ich bin ein ausgemergelter alter Professor.«

Julie lachte. »Das ist ein Coati, ein Coatimundi. Und es saugt kein Blut, es ernährt sich von Obst und Beeren.«

Sie kniete sich, um es mit einer Feige aus ihrem Lunchpaket anzulocken, und nach einem Augenblick der Unentschlossenheit näherte sich das Tier mit schnüffelnder Nase. Doch kaum sah es seine Chance, da flitzte es auch schon zwischen ihr und Abe durch und stürmte in einem schaukelnden, plattfüßigen Gang auf den Zaun zu. Zwei Sekunden später war es durch die Öffnung, und eine weitere Sekunde später durchbrach es die grüne Wand des Dschungels und war verschwunden.

Die Ansichten über den Übeltäter variierten. Julie war überzeugt, daß Leo es gewesen war, Gideon glaubte, es könnte ein sarkastischer Kommentar von Worthy sein, und Abe fragte sich ironisch, ob nicht vielleicht Dr. Gideon Oliver dahintersteckte.

Julie trat für ihn ein. »Seit wir gestern Feierabend gemacht haben, war er keine Sekunde aus meinen Augen«, verkündete sie treu.

»Ach ja, und was war, als Sie geduscht haben?« wollte Abe wissen.

»Wir haben zusammen geduscht«, sagte Gideon. »Abe, bei meiner Ehre als ernster und verantwortungsbewußter Wissenschaftler: ich war's nicht.«

»Hah«, machte Abe, aber dann fiel seine Wahl auf Leo.

Als die anderen um halb neun eintrafen und von dem Zwischenfall hörten, war Leo auch sofort der Lieblingsverdächtige aller anderen und wurde ohne Umschweife angeklagt, aber er schwor mit der Hand auf dem Herzen, daß er nichts damit zu tun hätte.

»Das war das Werk der Götter«, brummte er finster. »Ein Omen.« Er senkte seine Stimme zu einem melodramatischen Flüstern und zuckte mit den Augenbrauen in Prestons Richtung. »Es gibt Dinge, die wir besser nicht wissen sollten.«

»Absolut«, sagte Preston, dessen Lebensmotto es zu sein schien.

»Ein Coatimundi, oh, ich liebe es. Verschwunden!« Vergnügt kichernd schrieb Stan Ard etwas in ein Notizbuch. »Ein Coatimundi, was ist das überhaupt, so 'ne Art Eidechse?«

Voller Bedauern, es überhaupt erwähnt zu haben, erzählte Gideon von dem waschbärartigen Säugetier. Es war fünf Uhr nachmittags, und sie saßen in Korbsesseln auf der schattigen, gefliesten Veranda des Hotels, wo Gideon Ard ein einstündiges Interview versprochen hatte. Während der Mittagspause hatte Abe der Crew von der Ankunft dieses freischaffenden Journalisten erzählt. Er hatte vorgeschlagen, zwar mit ihm zusammenzuarbeiten, aber bei den Fakten zu bleiben und zu versuchen, nichts Sensationelles zu sagen; der allzeit wachsame Dr. Villanueva lag zweifellos auf der Lauer nach Geschmacksverirrungen, die womöglich veröffentlicht wurden.

Unter vier Augen hatte Abe Gideon anvertraut, daß er sich Sorgen machte. Nach einem kurzen Gespräch mit Ard hatte er sich gefragt, was vom objektiven Urteilsvermögen des Reporters zu halten sei. Und der Mann war stur allen Fragen ausgewichen, wer seinen Artikel bringen würde. Abe hatte in Erwägung gezogen, die Crew zu bitten, jedes Gespräch mit ihm abzulehnen. Doch bei genauerem Nachdenken war er zu dem Schluß gelangt, daß Ard der Typ Journalist war, der nie lockerließ und, wenn nötig, sich sogar eine Story aus den Fingern saugen würde – was die beunruhigendste Möglichkeit war.

Nach fünf Minuten Unterhaltung war Gideons Eindruck von dem Reporter gleichermaßen negativ. Stan Ard war ein ungehobelter, schlampiger Mann, der filterlose Zigaretten verschlang, als wolle er sich partout auf dem schnellstmöglichen Weg ins Grab bringen, und hustete, als sei er schon auf dem besten Weg dorthin. Die ersten paar Minuten des Interviews hatte er mit Husten, Sich-auf-die-Brust-Klopfen und Über-sich-selbst-Reden verbracht und dabei mit dem Zaunpfahl auf eine im Halbdunkel liegende Vergangenheit voller vager, nicht aufdeckbarer Verbindungen zur CIA und zum ›Soldier of Fortune‹ angespielt.

Er wirkte auf Gideon weder sonderlich intelligent noch besonders subtil und auch nicht, als sei er ein Mann mit Prinzipien. Aber seine Schulaufgaben hatte er gemacht. Er besaß eine Kopie des Fluches sowie eine Mappe voll alter Zeitungsartikel über den Diebstahl des Kodex.

»Sehen Sie, Stan«, sagte Gideon beklommen, während Ard weiter die Seite mit seiner runden, methodischen Schrift füllte, »die Sache mit dem Coati war nur ein Insider-Scherz, nichts, das in die Presse kommen sollte. Wenn es Ihnen daher nichts ausmacht . . .«

Ard hörte auf zu schreiben und hob ergeben eine Hand. »He, kein Problem. Fein, toll, vergessen wir die Sache einfach.« Um zu beweisen, daß er es ernst meinte, riß er die Seite heraus, knüllte sie zusammen und warf sie in den Aschenbecher. »Okay, Gid, reden wir Tacheles. Lassen Sie mich Ihnen verraten, was ich hier mache.« Er richtete zwei dicke Finger und die Zigarette dazwischen auf Gideon. »Ich glaube, das wird Ihnen gefallen.«

Woran lag es, fragte Gideon sich nebenbei, daß er sich noch nie viel aus Leuten gemacht hatte, die ihn »Gid« nannten?

»Was ich hier mache, ist folgendes: ich schreibe für den ›Flak‹ einen Dreiteiler über den Fluch, die Ausgrabung, den ganzen Schmu eben. Bessere Publicity kriegen Sie nie.«

»Für den ›Flak‹?« wiederholte Gideon skeptisch, schob seine Zweifel bezüglich der Notwendigkeit besserer Publicity beiseite. »Ist das nicht eine dieser Zeitungen, die im Supermarkt immer an der Kasse ausliegen? ›Junge heiratet eigene Mutter, um es Dad wegen Streit ums Taschengeld heimzuzahlen‹? ›Priester zerfällt bei Predigt vor versammelter Gemeinde in vier Teile‹?«

»Sie haben's erfaßt, Mann.«

Kein Wunder, daß Abe Ard ausgewichen war. »Oh, mein Gott«, sagte Gideon, »ich kann's schon deutlich sehen. ›Grausiger Todesfluch auf Dschungelausgrabung.‹«

Ard blinzelte nachdenklich. »He, nicht schlecht.« Anscheinend meinte er es wirklich, denn er notierte sich die Schlagzeile auf einem neuen Blatt. »Noch irgendwelche anderen Ideen?«

Gideon lachte. »Ich nehme nicht an, daß Sie ›Textanalyse einer postklassischen Inkunabel der Maya‹ besonders gut finden?«

»Da haben Sie verdammt recht, und die Schmocks an den Supermarktkassen auch nicht.« Sein bedächtiges Gackern verwandelte sich in ein gurgelndes Husten und erstarb. »Okay, passen Sie auf. Ich habe den Originalbericht gelesen, den Sie 82 geschrieben haben, und ich muß noch das eine oder andere mit Ihnen abklären. Um sicherzugehen, daß ich alles richtig verstanden habe.« Er blätterte ein paar Seiten in seinem Notizbuch zurück.

Auf dem Glastisch vor ihnen standen ein Tecate-Bier für Gideon – das er eigentlich gar nicht wollte, aber Ard hatte darauf bestanden, ihm irgendwas zu bestellen – und ein doppelter Scotch on the rocks für den Reporter. In der Nähe plauderten und tranken andere Gäste, genossen die relative Kühle der Stunde vor dem Abendessen. Hinter Ard, ein paar Tische entfernt, wurde Leo von Emma mit kosmischem Bewußtsein drangsaliert. Leo redete ihr auf seine gewohnte Art aufmunternd zu. Oder vielleicht bekehrte sie ihn auch. Wer konnte das bei Leo schon sagen?

»Okay.« Ard stürzte seinen Scotch runter. »Ich will die menschliche Seite der Sache, nicht einfach nur die Fakten.« Das Gesicht, das er dabei machte, verriet nur zu deutlich, was er von Fakten hielt. »Ich möchte Sie gern folgendes fragen.« Während er nach Worten suchte, wühlte er mit einem Finger in den Locken unter seinem Hals, spielte mit den dünnen Goldkettchen, die sich dort eingenistet hatten. »Beschreiben Sie mir, wie Sie sich in den ... in den dunklen, feuchten Tiefen dieses Treppenschachtes gefühlt haben, als Ihre Augen den verloren geglaubten Tlaloc-Kodex erblickten.« Er dachte einen Moment nach, dann schrieb er auch dies auf, sichtlich von sich beeindruckt.

Gideon beschloß, doch noch einen Schluck Bier zu trinken. Eine Stunde mit Stan Ard würde verdammt lang werden. Er hatte immer noch fünfzig Minuten vor sich. »Ich weiß nicht, Stan. Schwer, sich daran zu erinnern. Es ist schon so lange her.«

»Ja, aber irgendwas müssen Sie doch gedacht haben«, sagte Ard. Er entschied sich, die Frage deutlicher zu stellen. »Ich meine, Sie müssen doch *irgendwas* gedacht haben.«

»Also, als ich es zum ersten Mal sah, wußte ich nicht, daß es ein Kodex war«, sagte Gideon und war sich sehr wohl bewußt, daß er keine besonders gute Geschichte lieferte. »Ich dachte, es wären nur ein paar Stoffbündel.«

Ard runzelte die Stirn und schüttelte den Kopf. »Nee, nee, das taugt nichts«, sagte er tadelnd. »Was machen Sie, wollen Sie mich auf den Arm nehmen, oder was?« Er kippte einen weiteren Schluck Scotch, zog eine schmerzerfüllte Grimasse, rülpste, saugte an seiner Zigarette und gab sich wieder dem Husten hin, wobei er sich mit der flachen Hand auf die Brust hämmerte.

»Okay, fangen wir mit ganz einfachen, konkreten Fakten an«, sagte er, als er wieder sprechen konnte. »Die fünf W: wer, warum, was . . . äh, welches . . . Sie wissen schon. Vielleicht finden wir so was, das wir verwenden können. So, nach allem, was ich gelesen habe, sah der Tunnel ganz danach aus, als würde er einstürzen, unmittelbar nachdem Sie den Kodex gefunden haben, als ihr Jungs alle noch da unten wart, richtig?«

»Richtig.«

»Um 16 Uhr 12.«

Gideon nickte.

»Super«, sagte Ard wenig begeistert. »Wieviel konkreter als das können Sie noch werden?« Mit zusammengekniffenen Augen schlug er nach dem Zigarettenqualm. »Und wieso wußten Sie überhaupt so genau die Uhrzeit?«

Gideon zuckte mit den Achseln. »Ich vermute, ich werde wohl auf die Uhr gesehen haben . . .« Er zögerte, sah einen unerwarteten Hoffnungsschimmer auftauchen. »Nein, warten Sie, es war *seine* Uhr.« Er deutete in Leos Richtung. »Als der Stützpfeiler brach und ein Stück der Decke herunterkam, ist seine Uhr zu Bruch gegangen. Sie ist genau auf 16 Uhr 12 stehengeblieben. Das ist uns erst später aufgefallen, als wir schon wieder auf dem Weg nach oben waren.«

»Seine Uhr ist kaputtgegangen? Wurde er verletzt oder so was?« fragte Ard hoffnungsvoll.

Gideon sah seine große Chance. »Wissen Sie, Stan«, sagte er, »Leo

Rose ist der Bursche, mit dem Sie eigentlich reden sollten. Meine Version der Geschichte haben Sie ja schon in diesen Zeitungsausschnitten. Aber Leo war mit mir dort, oben auf dieser . . . dieser dunklen, einsamen Pyramide, als es passierte. Er könnte Ihnen eine frische Perspektive geben.«

Dieser Trick war nicht so gemein, wie es aussah. Inzwischen welkte sogar der widerstandsfähige, unverwüstliche Leo unter Emmas erbarmungslosem, schrillem Bombardement (». . . denn für welche Wirklichkeitsebene man sich auch immer entscheidet, spielt eigentlich keine Rolle«, sagte sie gerade. »Genau darum geht es bei der Regression in frühere Lebensphasen. Wenn man, basierend auf der Jungschen Synchronizität, darüber nachdenkt . . .«). Schon mehrere Minuten hatte Leo Gideons und Ards Unterhaltung mehr Aufmerksamkeit gewidmet als seiner eigenen. Auf der Suche nach einer Fluchtmöglichkeit schielte er leidend in ihre Richtung.

Und gleichgültig, was der unerschütterliche Leo sagte, es gab nichts, über das sich Abe Sorgen machen mußte. Kein Akademiker würde einen Artikel im ›Flak‹ lesen; zumindest würde es keiner zugeben. Und selbst Dr. Villanueva konnte nicht behaupten, daß die Gefahr bestand, jemand könnte so etwas ernst nehmen.

»Ach, ja?« sagte Ard interessiert. Er griff nach der Zigarette, die er während eines weiteren krampfartigen Hustenanfalls aus der Hand gelegt hatte, warf einen erwartungsvollen Blick über die Schulter auf Leo und winkte ihn mit einer einladenden Geste herüber. Leo packte die Gelegenheit beim Schopf. Wie der Blitz war er aus dem Sessel, ließ eine schmollende Emma zurück, der es überhaupt nicht gefiel, daß die Erweiterung von Leos Geist unterbrochen wurde. Mit vier schnellen Schritten war Leo an ihrem Tisch.

»Hi«, sagte er vergnügt. Er blies seine Wangen auf, verdrehte die Augen und grinste Gideon an.

»Leo hier ist gerade noch mit dem Leben davongekommen, als die Decke nachgab«, sagte Gideon. »Bei dem Einsturz ist nicht nur seine Uhr auf 16 Uhr 12 stehengeblieben, beinahe hätte es ihm auch noch den Arm abgerissen. Überall war Blut.« Es war nur eine kleine Übertreibung um eines größeren Wohles willen. Leo hatte eine Schramme auf dem Handgelenk davongetragen, wenn Gideon sich richtig erinnerte.

Leo war mehr als glücklich, mitzumachen. »Und ob«, sagte er. »Überall Blut.«

Was Ard ganz offensichtlich gefiel, und Gideon machte weiter. »Leo, Stan schreibt für den ›Flak‹ eine Story über Tlaloc. Er fand, es wäre vielleicht eine gute Idee, mit Ihnen zu reden.«

»Für den ›Flak‹!« Leo war ganz klar beeindruckt. »Sie arbeiten für den ›Flak‹?«

»Nein, ich bin freier Journalist. Ich lebe und arbeite in L.A.«

»L.A.!« Was Leo noch mehr beeindruckte. »L.A. ist eine tolle Stadt zum Wohnen. Wunderbar. Dann sind Sie bloß hundertfünfzig Meilen vom Salton Sea entfernt, wußten Sie das?« Er zog sich einen Sessel neben Ard. »Stan«, sagte er, setzte sich ernst neben ihm in Positur, »haben Sie schon mal über die Vorteile des Time-sharing-Besitzes einer direkt am Wasser gelegenen Hazienda in der Wüste nachgedacht?«

Er griff gerade nach einer verschwitzten Broschüre, als Gideon einen dezenten Abgang machte, und das letzte, was er die Treppe hinauf von ihnen hörte, war ein gewiehertes »Bueno-bueno«. Leo bestellte noch eine Runde.

10

Etwas später an diesem Abend saßen Gideon und Julie auf ihrem Balkon, so entspannt und locker, wie man nur sein kann, wenn man nicht schläft. Nach Gideons kurzem Interview hatten sie geduscht und sich umgezogen und waren anschließend allein zum Abendessen gegangen. Sie hatten sich für Seebarsch mit Pesto entschieden und dazu eine Flasche mehr als anständigen Frascati getrunken. Später hatten sie in ihrem kühlen, abgedunkelten Zimmer ein äußerst befriedigendes Intermezzo eingeschoben, das lediglich dadurch getrübt wurde, daß sie am Ende wieder schweißgebadet waren. Zum dritten Mal an diesem Tag hatten sie geduscht, und jetzt saßen sie auf den schmiedeeisernen Schaukelstühlen. Neben ihnen standen Cognac-Schwenker. Über ihnen waren die Wipfel der Bäume in der Nacht verschwunden, aber der Park mit seinen Wegen lag im sanften, bernsteinfarbenen Schein der prunkvollen, hinter Farnen verborgenen Laternen.

»Aaah . . .«, machte Julie.

»Ich weiß«, sagte Gideon. »Der wilde, primitive . . .«

»Nein«, sagte sie lächelnd, »einfach nur *aaah.* Es ist schön hier.«

»Hmmm.«

»Gideon, ich hab noch ein bißchen darüber nachgedacht, wer in dem Tempel gegraben haben könnte.«

Sie hatten noch mehrere Male mit Abe darüber gesprochen, waren aber zu keinem brauchbaren Ergebnis gekommen. Jetzt wurde das Ausgrabungsgelände nachts bewacht, aber von den heimlichen Gräbern war nichts zu sehen gewesen, und Abe hatte beschlossen, mit der rechtmäßigen Ausgrabung oder Wieder-Ausgrabung der Treppe am nächsten Tag fortzufahren. Vier Maya-Arbeiter waren für die schwere körperliche Arbeit eingestellt worden, und Abe hatte Leo als das einzige Crew-Mitglied, das etwas vom Abstützen verstand, gebeten, sie zu beaufsichtigen, wenigstens für den Anfang. Ein weiteres Mitglied der Crew würde in täglichem Wechsel am Fuß der Pyramide postiert, um den Schutt und das Geröll zu sieben, das mit Hilfe einer Vorrichtung aus Wäscheleinen in Eimern heruntergeschafft würde. Anschließend sollte es mit Lastwagen fortgefahren werden.

Die Crew hatte sich zwar überrascht gezeigt, als sie von der heimlichen Ausgrabung erfuhr, war jedoch nicht weiter interessiert. Vielmehr meckerten sie darüber, daß sie den Schutt sieben mußten, wo die Treppe doch bereits einmal ausgegraben worden war. Wie immer war die Arbeit am Siebtisch der unbeliebteste Job bei einer Ausgrabung. Aber Abe blieb eisern, das mußte auch so sein. Kein Schutt oder Geröll würde Tlaloc verlassen, ohne zuvor gründlich gesiebt worden zu sein.

»Was ich mich gefragt habe«, fuhr Julie fort, »war, ob der Kodex nicht vielleicht immer noch dort unten liegen könnte.«

Gideon sah sie überrascht an. »Das ist unmöglich. Howard versucht schon seit Jahren, ihn zu verkaufen. Genau das war doch Sinn und Zweck des Komitees.«

»Hat er wirklich? Hast du den Kodex je wirklich gesehen? Nach diesem ersten Blick, meine ich?«

»Nein, aber es gab Berichte aus allen Ecken und Enden der Welt . . .«

»Zuverlässige Berichte?«

»Also . . .«

»Für die du dich verbürgen kannst?«

»Also, nein, nicht persönlich . . .«

»Hat irgendwer mal Fotos vorgelegt? Oder detaillierte Beschreibungen, die man auf Genauigkeit hin überprüfen könnte?«

»Also . . . nein, nicht daß ich wüßte, aber . . .«

»Gideon, es gibt aus allen Teilen der Welt auch Berichte über fliegende Untertassen und über Adolf Hitler und . . . tja, über alle möglichen Sachen. Ja sogar Fotos. Was aber noch lange nicht beweist, daß es sie auch wirklich irgendwo dort draußen gibt.«

»Nein, natürlich nicht, aber aus welchem Grund sollte Howard ihn zurückgelassen haben? Und willst du vielleicht behaupten, er hätte den Kodex aus der Truhe genommen, ihn dann die Stufen hinuntergeworfen, den Tunnel darüber zum Einsturz gebracht und wäre dann einfach so ohne ihn fortgegangen? Wo sollte da der Sinn liegen? Was könnte . . .«

»Ich weiß nicht, ich weiß nicht«, sagte sie lachend und gleichzeitig verzweifelt. »Ich versuche, kreativ zu sein. Sieh mal, vielleicht hat Howard die Treppe *nicht* einstürzen lassen. Soll heißen, nicht absichtlich. Vielleicht war's ja ein Unfall. Vielleicht hat er – warte, laß mich ausreden – du hast doch gesagt, daß einer der Stützbalken sowieso schon versehentlich umgerissen worden war, richtig? Tja, vielleicht ist die Abstützung noch ein wenig unsicherer geworden, als er den Deckel der Truhe zertrümmert hat, um an den Kodex heranzukommen, und vielleicht ist dann alles ganz von allein eingestürzt. Wäre das nicht möglich? Vielleicht . . . vielleicht hat er ihn die Treppe hinunter fallen lassen, und dann ist die Wand darüber eingestürzt, und er mußte ihn dort unten liegenlassen, weil er gar keine andere Wahl hatte.«

»Und warum dann nicht bleiben und behaupten, er hätte nichts damit zu tun? Wieso weglaufen?«

»Tja . . . hmmm. Muß ich noch weiter drüber nachdenken.«

»Sicher, es ist ein kreativer Gedanke. Das muß ich dir lassen.« Gideon hob den Schwenker unter die Nase, atmete den Duft tief ein und dachte nach. »Wenn man die Prämissen akzeptiert, hat es schon eine gewisse bizarre Logik.«

Sie lachte. »Ich liebe es, wenn du dich in eine Sache hineinsteigerst.«

»Nein«, sagte er und lächelte ebenfalls, »ich finde schon, an dem, was du sagst, ist was dran. Nur . . .«

»Ich wußte es.«

». . . warum sollte Howard einen Brief an ›Horizon‹ schreiben, in dem er damit prahlt, daß er den Kodex gestohlen hat, wenn er ihn doch gar nicht hat?«

»Weil . . .« Sie schwieg, suchte nach einer Antwort. ». . . Weil er wollte, daß ihr alle denkt, der Kodex wäre fort.« Ihr Gesicht hellte sich auf. Die Idee gefiel ihr. »Er wollte nicht, daß jemand danach sucht und ihn womöglich findet, bevor er zurückkommen und ihn selbst ausgraben kann. Was ja auch niemand getan hat«, beendete sie ihren Gedanken triumphierend. »Oder?«

Gideon stellte sein Glas wieder auf den Tisch und schaute sie an. »Nein, niemand, Julie«, sagte er bedächtig. »Und daher glaubst du, Howard selbst wäre es gewesen, der dort gegraben und versucht hat, an den Kodex heranzukommen, bevor es uns gelingt?«

»Tja, er ist jedenfalls der einzige, der wüßte, daß er immer noch dort ist . . . falls er noch dort ist. Klingt doch vernünftig, oder?«

Einen Moment lang glaubte Gideon es beinahe auch. Dann ließ er sich wieder in den Sessel zurücksinken. »Nein, ich glaube eigentlich nicht. Abgesehen von allem anderen, stimmt das Timing einfach nicht. Wieso sollte er ausgerechnet bis jetzt warten, bis zum absolut ungünstigsten Zeitpunkt, um zu versuchen, das Ding zu bergen? Er hätte ein paar Jahre warten können, bis sich alles einigermaßen beruhigt hat, dann zurückkommen und ihn ausgraben, solange niemand in der Nähe ist, und wäre inzwischen längst über alle Berge.«

»Stimmt«, räumte Julie nach ein paar Sekunden ein. Auch sie lehnte sich jetzt zurück und begann wieder zu schaukeln. »Also alles noch mal ganz neu überdenken. Oder, wenn ich's mir recht überlege . . . ich finde, ich überlasse dir die Lösung dieses Problems.«

»Ach, komm. Sich selbst irgendwas einfallen zu lassen, macht doch keinen Spaß. Lieber kritisiere ich deine Ideen.«

Mittlerweile hatte sich dem Gitarristen auf der Veranda ein Tenor zugesellt; eine nette, leise Version von »El Venadito« trieb zu ihnen herauf. Sie hielten Händchen, schaukelten langsam und lauschten dem alten Volkslied.

Soy un pobre venadito que habita en la serrani-i-i-a.
Como no soy tan mansito . . .

Gideon seufzte, reckte sich ausgiebig und schläfrig und stand dann auf. »Bereit fürs Bett?«

»Puuuh, schon wieder? Die Tropen bekommen dir anscheinend gut, was?«

»Ich dachte eigentlich«, sagte er, »eher an Schlaf.« Er bot ihr die Hand an, um ihr aus dem Sessel zu helfen, zog sie dann in seine Arme. Sie rieb die Stirn an seiner Wange und ließ die Hände langsam seinen Rücken auf und ab gleiten.

»Andererseits«, sagte er, »könnte ich mich vielleicht überreden lassen.«

Julie lächelte ihn an. »Warum trinken wir nicht erst unseren Cognac und sehen dann, wonach uns der Sinn steht? Falls du dann noch wach bist.«

»Guter Gedanke.«

In ihrem Zimmer zogen sie die mit Jalousien versehenen Balkontüren hinter sich zu, und Gideon ging zur Tür, um das Licht anzuknipsen und den gemächlich kreisenden Deckenventilator einzuschalten, den sie gern laufen ließen, wenn sie schliefen. Nicht wegen der Brise, die praktisch gleich Null war, sondern vielmehr wegen des trägen tropischen Ambientes.

»Hast du das fallen lassen?« fragte Julie, während sie auf seine Füße zeigte.

Er schaute nach unten und sah auf dem rotgefliesten Boden ein weißes, zweimal zusammengefaltetes Blatt Papier. »Nein, jemand muß es unter der Tür durchgeschoben haben.«

Die kurze Mitteilung stand exakt in der Mitte der Seite.

Gideon Oliver, verlaß Yucatán, oder du wirst sterben.
Das ist kein Scherz.
Die Götter von Tlaloc

Nachdem er mehrere Sekunden auf das Blatt gestarrt hatte, nahm Julie es ihm aus der Hand und las. »Ich weiß nicht . . . Soll das hier komisch sein?«

»Keine Ahnung. Ich persönlich dachte eigentlich, der blutsaugende Coatimundi hätte mehr auf Lager.«

»Glaubst du, das ist eine echte Drohung? Eine *Mord*drohung?«

Langsam schüttelte Gideon den Kopf. »Ich dachte nur . . . Himmel, was denke ich überhaupt!« Er riß die Tür auf und sprang auf den Korridor hinaus.

Aber natürlich war dort niemand. Der geflieste Korridor schimmerte sie friedlich, freundlich und leer an, und die Topfpflanzen waren nicht groß genug, als daß sich jemand dahinter verstecken konnte. Als er ins Zimmer zurückkehrte, machte Julie ein besorgtes Gesicht.

»He«, sagte er leise, nahm sie wieder in die Arme und zog sie an sich, wiegte sie langsam vor und zurück. »He, kein Grund zur Sorge, glaub mir. Wirklich nicht.«

Sie hob den Kopf von seiner Schulter, um ihm einen stummen, skeptischen Blick zuzuwerfen.

»Nein, ehrlich«, sagte er. »Drohbriefe sind nichts als leeres Geschrei. Kein Mensch nimmt sie ernst. Ich ganz bestimmt nicht, und bei all der gerichtsmedizinischen Arbeit, die ich mache, bekomme ich sowieso eine Menge von diesen Dingern.«

Wieder sah sie ihn an, diesmal mit Überraschung in den Augen. »Wirklich?«

»Klar, die ganze Zeit.«

Also, eigentlich nur zweimal. Einmal war er vorgeladen worden, um zu bezeugen, daß das Skelett eines Mitgliedes der Mafia, das im Lake Michigan gefunden worden war, Zeichen von Erdrosselung zeigte. Das andere Mal, als er eine Aussage über die Identität eines Gangsters aus der Drogenszene machen sollte, dessen Gesicht und Fingerabdrücke unkenntlich gemacht worden waren, bevor man ihn in der Nähe von Las Vegas in die Wüste geworfen hatte. Beide Male hatte er anonyme Briefe erhalten, in denen in allen abscheulichen Einzelheiten beschrieben wurde, was ihm zustoßen würde, sollte er vor Gericht erscheinen.

»Und immer ohne irgendwelche Konsequenzen?« fragte Julie, wobei sie nicht sonderlich überzeugt aussah.

»Nee, ist nie was passiert.«

Also, einmal schon. In der Nacht nach seiner Zeugenaussage im Zusammenhang mit dem Mafia-Mord hatte jemand zwei Schüsse durch die Tür seines Zimmers im Holiday Inn gejagt, aber zu diesem Zeitpunkt war er gar nicht dagewesen. Es war erst Gideons zweiter Fall für das FBI, und er war damals völlig aus dem Häuschen gewesen.

»Was ist mit diesem einen Mal, als dir jemand eine Briefbombe geschickt hat?« hakte Julie nach. »Was ist mit dem anderen Mal, als dir jemand diesen Hund auf den Hals gehetzt hat? Oder besser gesagt, uns. Was ist mit . . .«

»Wir sprachen doch von Drohbriefen«, meinte er ganz vernünftig. »Leute, die Drohbriefe schreiben, ziehen die Sache nicht bis zum Ende durch. Nie.« Oder trug er vielleicht ein bißchen zu dick auf? »Also, fast nie.«

Sie musterte ihn skeptisch.

»Es ist eine allgemein anerkannte Tatsache«, sagte er ihr. »Gar keine Frage.«

Es war nicht einmal so, daß er sich besonders mutig vorkam, aber wie konnte sich jemand ernsthaft über diesen albernen Brief aufregen? Die beiden anderen, die er früher schon erhalten hatte, waren giftig gewesen; deutlich genug, um allein schon beim Lesen einen Schweißausbruch zu bekommen. Der hier war so . . . kurios, so kindisch. *Das ist kein Scherz. Die Götter von Tlaloc.* Unter Garantie war das ein Scherz, hinter dem wahrscheinlich die gleiche Person steckte, die auch den Coati in den Arbeitsschuppen gesperrt hatte.

Außerdem hatte er Julie die Wahrheit gesagt. Leute, die einen umbringen wollten, brachten einen um. Sie kündigten ihre Absichten nicht erst großartig durch Briefe an.

Er lächelte sie breit an. »Komm, Julie. Würde ich dich anlügen?«

Sie war nicht beruhigt. »Wieso«, fragte sie laut ein Fenster über seiner Schulter, »passieren immer ausgerechnet ihm solche Sachen? Anderen Leuten passiert so was nie. So was passiert immer nur, wenn er in der Nähe ist. Flüche, Morddrohungen . . .«

»Früher ist mir so was nicht passiert. Ich mach's doch nicht absichtlich.«

»Ich weiß«, sagte sie und brachte ein trockenes Lächeln zustande. »Ist so was wie eine Gabe. Meine Theorie lautet, daß du so was wie ein elektrisches Feld besitzen mußt, das die seltsamsten Dinge anzieht. Ach, Gideon . . .«

Sie drückte ihn fest an sich, trat dann einen Schritt zurück. »Was sollen wir jetzt machen?«

»Keine Ahnung. Ich denke, die Polizei sollte informiert werden. Ich mach das morgen sofort.«

»Morgen?« Sie starrte ihn ungläubig an.

»Julie, wir sind hier mitten im Nirgendwo. Die nächsten Cops, die wissen, was sie tun, ist die Staatspolizei in Mérida. Außerdem, es gibt keinen Grund zur Eile. In dem Brief steht, ich solle Yucatán verlassen, andernfalls würde ich sterben, richtig? Offensichtlich kann das ja wohl nicht heißen, daß ich sofort abreisen soll, jetzt, in diesem Augenblick. Wie sollte ich auch? Ich bin sicher, ich habe ein paar Tage. Das ist doch nur logisch.«

»Ja, aber ich glaube, du kannst nicht davon ausgehen, daß derjenige, der das geschrieben hat, auch logisch denkt.«

In diesem Punkt gab er ihr recht. »Ich sag dir was. Warten wir auf jeden Fall erst mal bis morgen. Wir sprechen beim Frühstück mit Abe darüber und sehen dann weiter.«

Sie wollte schon widersprechen, nickte dann aber und zog ihre Armbanduhr aus. »Okay, du hast recht. Wahrscheinlich mache ich nur aus einer Mücke einen Elefanten.«

»Ein Brief?« sagte Abe, wobei sich seine Augenbrauen hoben.

Über seinen Frühstücksteller mit Frutas frescas – in Scheiben geschnittene Papaya, Ananas und Wassermelone, neben einer nicht geschälten kleinen Banane und natürlich ein paar Limonenstücken, streckte er seine Hand danach aus. Erst klopfte er die eine, dann die andere Brusttasche seines Hemdes ab, anschließend die Gesäßtaschen der Hose.

»Sie hängt um deinen Hals«, äußerte Gideon vorsichtig.

»Ich weiß, ich weiß.« Er setzte die Lesebrille auf seine Nasenspitze. »Natürlich hängt sie um meinen Hals. Wo sollte sie auch sonst sein?«

Er studierte das Blatt sehr lange. »Das gefällt mir nicht«, sagte er schließlich.

»Ich bin auch nicht gerade begeistert«, meinte Gideon.

Abe machte sich daran, die Banane zu schälen. »Ich sag dir was. Ich muß heute nachmittag sowieso nach Mérida, in die Universitätsbibliothek. Ich springe kurz bei der Staatspolizei rein und gebe ihnen das hier. Wir werden sehen, was die dazu sagen.«

Was Gideon recht war, denn nun konnte er sich in aller Ruhe dem Rührei mit Schinken widmen.

Julie, die sich noch nicht an die matschig braunen Eier Yucatáns gewöhnt hatte (»Es liegt daran, was sie hier an Hühner verfüttern«, hatte Worthy ihr finster anvertraut), spielte mit ihrem Toast und der Tasse Kaffee. »Abe, es muß doch jemand von der Crew sein, oder?«

»Ich bedaure sehr, daß ich das sagen muß, aber es sieht ganz danach aus. Wer sonst weiß, daß Gideon hier ist? Wer sonst weiß etwas von dem Fluch?«

»Es stand in den Zeitungen«, warf Gideon ein. »Garrison war auf dem Weg zu einer Pressekonferenz nach Mexico City, du erinnerst dich?«

»Gestern morgen. Du glaubst, jemand hätte es in der Zeitung gelesen und wäre dann noch am gleichen Tag wie ein geölter Blitz nach Yucatán gekommen, um einen Zettel unter deine Tür zu schieben? Nein, ich fürchte, Julie hat recht.«

Gideon seufzte und schob seinen Teller fort. »Ja, vermutlich.« Er warf einen Blick zu einem Tisch auf der anderen Seite des Raumes, an dem einige Mitglieder der Gruppe saßen. Harvey winkte ihnen fröhlich zu. Preston lächelte und nickte kurz mit seinem hohlen Kopf mit der Löwenmähne. »Was mich allerdings nicht übermäßig glücklich macht. Aber ich glaube immer noch, daß es nur ein weiterer dummer Scherz ist. Wie das Coati.«

»Und die heimliche Ausgrabung? War das deiner Meinung nach auch nur ein Scherz?«

Gideon schüttelte den Kopf. Er wußte es nicht.

»Was denken Sie, Abe?« fragte Julie.

»Hmm«, machte Abe. Wieder sah er sich den Brief aufmerksam an. »›Gideon Oliver, verlaß Yucatán, oder du wirst sterben‹«, las er langsam und laut. »›Das ist kein Scherz. Die Götter von Tlaloc.‹« Er blickte scharf auf. »Kommt das außer mir noch einem bekannt vor?«

»Nein, mir nicht«, sagte Julie.

Aber Gideon zögerte. Als er den Brief das erste Mal gelesen hatte, hatte er einen winzigen Augenblick lang gemeint, etwas wiederzuerkennen, das Gefühl gehabt, ihn schon mal gesehen zu haben. Er hatte es sofort als zufällige Assoziation abgetan; es war nicht gerade die originellste Morddrohung der Welt.

»Nein, ich glaube nicht, Abe«, sagte er schließlich.

»Ja«, meinte Abe, nachdem er noch eine Weile darauf gestarrt hatte. »Wahrscheinlich bilde ich es mir nur ein.« Er legte eine Hand auf Gideons Unterarm. »Hör zu, Gideon, ich bin sicher, du hast recht, es ist nur ein Scherz, aber trotzdem paß auf dich auf, ja? Wieso es unnötig drauf ankommen lassen?«

»Ich paß auf, Abe.«

Abe nickte und wischte sich mit einer Serviette den Mund ab. »Gut.« Er warf einen langen, letzten Blick auf den Brief, hielt dabei den Bügel seiner Brille auf Höhe der Schläfen fest.

»Und du bist ganz sicher, daß er dir nicht bekannt vorkommt?«

11

Das ›Hotel Mayaland‹ liegt in der Nähe eines kleinen Nebeneinganges zu Chichén-Itzá. Eine außer von Hotelgästen kaum benutzte und eine Viertelmeile lange Nebenstraße führt zu den Ruinen. An den meisten Abenden kurz vor halb neun schlendern dreißig oder vierzig Gäste aus dem Hotel diesen angenehmen Weg nach Chichén-Itzá, um sich dort die englischsprachige Ton-Licht-Show anzusehen.

Julie und Gideon hatten beschlossen, sich die Show auch anzusehen. Abe würde nicht vor zehn Uhr aus Mérida zurück sein. Sie hatten sich dann zum Kaffee verabredet. Der Eingang auf das Gelände war nicht mehr als eine schmale Öffnung im Maschendrahtzaun, der quer über die Straße errichtet worden war und von einem mißmutigen, einbeinigen Kartenkontrolleur im Rollstuhl bewacht wurde. Der Zaun selbst war mit Souvenirs behängt: größtenteils T-Shirts mit nachgemachten Maya-Motiven. Davor kauerten unauffällig die echten Maya-Händler – drei dunkelhäutige, rundliche Frauen in an Nachthemden erinnernden Huipiles. Im schummerigen Licht einer Lampenkette, die durch den Zaun gewickelt war, spielten ein paar magere Kinder von acht, neun Jahren mit einem Miniatur-Ball ausgelassen Fußball; auf maya und spanisch feuerten sie sich gegenseitig an.

Zwei unwesentlich ältere Jungs mit kleinen Körben aus Palmblättern kümmerten sich um die hereinkommende Menge, legten ein erstaunliches englisches Vokabular an den Tag.

»Hallo, Mister, Sie wollen kaufen Schlange? Welche Sie wollen? Ich eine fangen nur für Sie. Mit Stock.«

»Wer will schon eine Schlange?« fragte ein pummeliger amerikanischer Junge von zehn Jahren die gestreßte Frau an seiner Seite. Eine vernünftige Frage, fand Gideon.

»Sie fangen sie für eine Schlangenfarm, Jared«, klärte die Frau den Jungen auf. »Sie sollen sie eigentlich nicht an Touristen verkaufen, tun's aber trotzdem.«

»So was wie eine Schlangenfarm gibt's doch gar nicht«, erwiderte der Junge voll wissender Verachtung.

»Nicht so eine Farm, wie du meinst. Sie gewinnen das Gift, um es als Serum gegen Schlangenbisse verwenden zu können. Ist das nicht interessant?«

»Du redest Unsinn«, meinte Jared abfällig.

Es gab keine Kunden für die Schlangen, und es schien auch niemand T-Shirts haben zu wollen. Die träge auf niedrigen Hockern sitzenden Maya-Frauen blickten kaum vom Boden auf.

»Komm, kaufen wir zwei«, schlug Julie vor. »T-Shirts, meine ich natürlich.«

Gideon nickte. »Okay.«

Eines mit der Reproduktion eines Wandgemäldes hatte es Julie besonders angetan. Gideon machte sie darauf aufmerksam, daß es – entfernt – auf einem Wandgemälde aus Teotihuacán, nicht Chichén-Itzá, basierte, doch sie blieb bei ihrer Wahl.

»Und was ist mit dir?« fragte sie. »Wie wär's mit dem von diesem Mann, der ganz in Federn gekleidet ist?«

»Quetzalcoatl? Nein, danke, aber, weißt du, das hier gefällt mir irgendwie, das mit dem nackten Mädchen, das alle viere von sich gestreckt auf dem Altar liegt, bereit, jeden Augenblick das Herz herausgeschnitten zu bekommen. Sehr kunstvoll.«

»Du machst Witze, oder? Will ich wenigstens hoffen.«

»Nein, ich finde, es ist sehr anschaulich. Aber, okay, dann nehme ich eben das mit dem Bild von El Castillo.«

Vom Tor war es ein gemächlicher, fünfminütiger Spaziergang zur archäologischen Stätte. Alle zehn, fünfzehn Meter hing eine Glühbirne an einem Baum; gerade genug, um sie davon abzuhalten, vom Weg in den Busch zu stolpern, aber auch wieder nicht so hell, daß sie die Sterne nicht mehr sehen konnten.

Sie waren diesen Weg schon einige Tage zuvor gegangen, aber das war nachmittags gewesen, und die Ruinen waren nach und nach durch die Blätter und Äste aufgetaucht. Jetzt allerdings öffnete sich vor ihnen am Ende des Weges der zentrale Platz von Chichén-Itzá mit atemberaubender Plötzlichkeit kalkweiß, riesig und still im Sternenlicht. El Castillo, die große Hauptpyramide mit dem Tempel auf der Plattform, ragte rechts von ihnen auf, unendlich viel überwältigender als bei Tage: ein phantastischer, trostlos schimmernder Turm aus grauem Eis. Dahinter, verdeckt von feinem Nachtnebel, lag der blutgetränkte Tempel der Krieger mit seinen »Tausend Säulen«. Direkt vor ihnen befand sich der gewaltige Ballspielplatz, und überall um sie herum, unsichtbar, aber dennoch zu spüren, der Dschungel, der nur den rechten Augenblick abwartete, darauf lauerte, alles wieder zu verschlingen, wenn der Zyklus der Zeit es befahl.

Es reichte aus, um Julie abrupt zum Stehenbleiben zu veranlassen. »Oh, mein Gott«, sagte sie leise. »Sieh dir das nur an!«

Gideon drückte ihre Hand. Auch er ließ sich noch von Gefühlen überwältigen.

Zu ihrer Linken besaß alles freundlichere, menschlichere Proportionen. In zwei langen Reihen standen dort ramponierte, metallene Klappstühle auf dem Gras, die grell, aber nicht sonderlich effektiv von einer einzelnen Lampe dahinter beleuchtet wurden. An einem Ende der Stuhlreihen stand ein Wagen, an dem Soft-Drinks und Süßigkeiten verkauft wurden. Die meisten Stühle waren bereits von Leuten besetzt, die extra wegen der Show mit Bussen aus Mérida herangekarrt wurden, und der Boden war übersät mit Papier und Plastikbechern, von denen einige vermutlich noch von der spanischsprachigen Vorführung um sieben stammten.

Die einzigen beiden freien Sitzplätze nebeneinander, die Gideon und Julie finden konnten, befanden sich am anderen Ende der zweiten Reihe, direkt neben Jared und der gestreßten Frau.

»Krieg ich denn überhaupt keine Süßigkeiten, oder was?« quengelte der Junge, als sie sich setzten. »Wie wär's mit einem *Mars*?«

Die Frau stöhnte leise, stand aber trotzdem sofort auf.

»Und eine Coke oder so!« brüllte der Junge ihr nach. Dann drehte er sich zu Gideon und Julie. »Das ist meine Mutter«, verkündete er. »Ich wohne in Puerto Vallarta, wenn ich bei ihr bin, aber im Sommer bin ich immer bei meinem Dad in Connecticut. Sie sind geschieden.«

»Zu blöd«, meinte Julie.

»Ist schon okay, macht mir nichts aus«, sagte er großzügig. »Haben Sie die Show schon mal gesehen? Wir haben sie uns erst gestern angeschaut. Echt beeindruckend. Meine Mom hat's total fertiggemacht.«

»Wie nett«, sagte Julie nach kurzem Zögern.

»Besonders die Stelle mit den Opfern. Echt ätzend. Ich sag Ihnen Bescheid, wenn's soweit ist.«

»Ist schon okay«, meinte Gideon. »Brauchst dir keinen abzubrechen.«

»Ach, sowieso nicht. Ich sag Ihnen auch, wann Sie sich die Ohren zuhalten müssen. Die Musik wird ganz schön laut.«

Gideon schaute sich um, hoffte, daß vielleicht doch noch irgendwo zwei Stühle frei waren, die sie übersehen hatten, aber inzwischen waren alle Plätze besetzt.

»Wissen Sie, wie ein Mann in unserem Hotel die Stadt hier nennt?« fragte der Junge und kicherte. *»Chicken Pizza.«* Er zappelte vor Vergnügen.

Die Frau kehrte mit einer Flasche Coca-Cola und einem Schoko-Riegel zurück. Die Flasche wurde kommentarlos angenommen, nicht aber der Riegel.

»Snickers?« sagte der Junge voll fassungsloser Empörung. »Du hast mir ein *Snickers* mitgebracht?«

»Jared«, sagte sie müde, »wir sind hier in Mexiko. Hier gibt's nicht die gleichen Süßigkeiten wie bei uns. Was stimmt denn nicht mit einem Snickers? Snickers sind gut. Ich mag Snickers.«

»Ich auch«, mischte Gideon sich ein – der große Rächer der Enterbten.

Die einzelne Lampe hinter ihnen verlosch. Aus einem Lautsprecher begann eine Trompete eine unheimliche, einsame Melodie zu jammern.

Die Zuschauer verstummten bis auf Jared, der mit seiner Mutter noch nicht fertig war.

»Du weißt genau, daß ich Snickers nicht ausstehen kann.«

»Das«, flüsterte Gideon Julie ins Ohr, »hat man davon, wenn man ein Kind ›Jared‹ nennt.«

»Jared«, sagte seine Mutter, »es wird von derselben Firma hergestellt, die auch Mars macht. Guck dir die Verpackung an.«

Jared fand diese Art Logik nicht überzeugend. »Ich hasse das Zeug.«

»Jared, wie sollen wir das jetzt klären?«

»Überhaupt nicht«, brummte er.

»Jared . . .«

Gideon packte Julies Hand, und zusammen flohen sie durch die Dunkelheit zu dem etwa dreißig Meter entfernten Ballspielplatz. »Wir können uns auf die Stufen setzen«, flüsterte er. »Der Blick ist von dort sowieso besser.«

Das Tlachtli-Feld von Chichén-Itzá ist der beeindruckendste Ballspielplatz des alten Mexiko und besteht aus einer riesigen Freifläche von gut 160 Metern Länge (»fast zwei Football-Felder lang«, worauf hinzuweisen amerikanische Reiseführer nicht müde werden) und knapp 70 Metern Breite, umschlossen von zwei massiven, hohen parallelen Wällen, in deren Mitte und quer zur Mauer in 7,25 Meter Höhe über dem Boden ein schwerer Steinring angebracht ist. Hier spielten die Maya ihr kultisches Spiel namens Pok-a-tok, bei dem die beiden Mannschaften versuchten, einen schweren Hartgummiball durch einen der Ringe zu schleudern. Je nachdem, wem man Glauben schenkte, hatten die Sieger entweder die Möglichkeit, ihre Köpfe zu behalten, oder aber sie verzichteten vergnügt auf selbige und gingen als Helden, um für immer mit den Göttern zu leben.

Am Südende einer dieser Mauern – der den Klappstühlen am nächsten liegenden – gibt es eine Treppenflucht nach oben. Dorthin gingen Julie und Gideon, setzten sich auf die unterste Stufe, als die schwermütige Melodie langsam verhallte.

»Willkommen«, dröhnte eine hallende Stimme mit starkem Akzent, »zur untergegangenen, geheimnisvollen Welt der alten Maya. Heute abend werden Sie etwas über die Frühzeit unserer Väter und Vorväter erfahren, über die Zeit, bevor die Fremden kamen, über die Zeit der heiligen Stätten: von Zubinche und Timozon, von Zizal und Cumcanul, und von der großen Stadt, bekannt als die Stadt am Rande des Brunnens der Itzá ... *Chichén-Itzá!«*

Die trägen, melodischen Worte glitten auf der feuchten Brise in den Dschungel, und sie blieben in düsterer Stille zurück.

Dann, lauter diesmal, hallte die Stimme wieder. *»Sehet«,* donnerte sie, *»sehet die Wunder unserer Vorfahren!«*

Ein ohrenbetäubender Trommelwirbel, und abrupt sprang ihnen der Castillo wie ein kolossaler, facettierter Kristall entgegen, getaucht in grelles Licht, scheinbar aus sich selbst heraus glühend. Die große Steintreppe war strahlend blau, der massige Rumpf der Pyramide ein helleres Unterwasser-Türkis. Der Tempel des Kukulcán auf der Plattform war papageiengrün, sein Inneres – zu sehen durch das rechteckige Portal – ein kochendes, den Blick fesselndes Purpurrot. Die Sterne, der Dschungel, die restlichen Gebäude verschwanden angesichts dieser Brillanz, als wäre ein gewaltiger Vorhang aus schwarzem Samt gefallen.

Bei diesem Anblick kam von den Zuschauerreihen ein leises, kollektives Luftschnappen, und Julie umklammerte unwillkürlich Gideons Hand.

»Ich bin nicht sicher«, sagte sie, »aber könnte gut sein, daß mich das hier auch total fertigmacht.«

Gideon lachte. Ihm selbst war auch schon wieder langsam ein eiskalter Schauer zwischen den Schulterblättern hochgekrochen und hatte die Haare auf seinem Nacken aufgerichtet. Begleitet wurde dies von einem leichten Schuldgefühl. Professionelle Anthropologen sollten eigentlich keine Gänsehaut kriegen von gefühlsduseligen, überlauten Ausstattungsstücken, bestehend aus unechter Musik, geheuchelter Geschichte und bedeutungslosen bunten Lichtern.

»Ich werde mir den Rest der Show von oben ansehen«, sagte er zu Julie. »Kommst du mit?«

Sie warf einen Blick auf die schmale, geländerlose Steintreppe, die selbst an den Verhältnissen der Maya gemessen recht steil war. »Da rauf? Im Dunkeln? Bist du verrückt?«

»Also, ja, ich glaube, ich gehe rauf. Der Ausblick müßte phantastisch sein.«

»Sei aber vorsichtig, hörst du?«

Das war er auch; er kletterte behutsam auf allen vieren und drückte sich mit der Rechten gegen die Wand, wie es die meisten Besucher selbst am Tage taten. Die Treppe befand sich an der Außenseite der Mauer; zu seiner Linken ging es mörderisch steil nach unten auf eine breite steinerne Plattform. Der Ausblick von oben erfüllte alles, was er sich erhofft hatte, bot ihm einen ungehinderten Blick auf jedes Gebäude auf dem Platz, während die Show weiterging, das Licht von einer Ruine zur nächsten wanderte. Er machte es sich auf der obersten Stufe bequem, stützte sich auf die Ellbogen und lauschte nur mit einem Ohr auf den langatmigen Monolog.

». . . der schreckliche Gott Chac-Mool, der die tropfenden, den rituellen Menschenopfern frisch herausgerissenen Herzen empfing . . .«

Die sonore Stimme bebte und schraubte sich in die Höhe, während die Scheinwerfer das ausdruckslose Gesicht der auf dem Rücken liegenden Chac-Mool-Figur auf dem Tempel der Krieger aus dem Dunkel holten und zu der Plattform der Schädel weiter wanderten. ». . . deren Köpfe anschließend hier, auf dem Tzompantli, zu Ehren der alten Götter aufgespießt wurden.«

Gideon selbst hatte es sich an der Flanke eines der berühmteren Gebäude in Chichén-Itzá bequem gemacht: dem Tempel der Jaguare, den die siegreichen Tolteken als Eroberer über dem bestehenden Wall des alten Ballspielplatzes als eigenes Heiligtum errichtet hatten. Wandbilder im Inneren zeigen die Unterwerfung der Stadt. Der Eingang wird durch einen kleinen Portikus gebildet, dessen Öffnung zum Ballspielplatz und nicht zu den anderen Gebäuden zeigt und dessen schwerer Sturz auf die dramatische Art der Tolteken von zwei Schlangensäulen getragen wird – dicke Steinsäulen in Gestalt gefiederter Schlangen, deren ein Meter hohe Köpfe mit den Giftzähnen als Sockel fungieren, während ihre erhobenen Schwänze das Dach stützen.

Die Show ging weiter, und am Rande seines Blickfeldes konnte Gideon nur wenige Meter entfernt die Lichtreflexe über die phantastischen Köpfe der Schlangen spielen sehen, so daß sie sich zu winden und zu dehnen schienen – ein weiterer netter Stimulus für seine höchst unprofessionelle Gänsehaut. Alles in allem genoß er die Show sehr.

»Und so verabschieden wir uns schließlich von dieser vergangenen Zeit der Größe«, intonierte die Stimme in ihrem bedächtigen Singsang. »Lebewohl den Tolteken und den Maya, Lebewohl Quetzalcoatl und Kukulcán. Lebewohl . . . *Chichén-Itzá*!«

Der schamlose Lärm der Trompeten und Trommeln schwoll zu

einem ohrenbetäubenden Finale, und die gesamte westliche Hälfte des Komplexes wurde abrupt in ein atemberaubendes Relief verwandelt: blau, grün, orange, rot, gold, violett. Ein paar Meter von Gideon entfernt, nur aus den Augenwinkeln heraus gesehen, stürzten sich die gefiederten Schlangen sehr realistisch aus den Schatten.

Er drehte scharf den Kopf. War da noch etwas gewesen? Hinter den Säulen, war da gerade nicht eine Bewegung gewesen, ein ...

Unvermittelt endete die Musik, und die Scheinwerfer verloschen, tauchten alles in tiefe Schwärze und Stille. Er konnte nichts mehr sehen. Aber dort war jemand, stand in dem Portikus. Gideon spannte sich an, spitzte die Ohren.

»Wer ist da?« rief er. »Quien es?«

Nichts. Nur die pulsierenden Nachbilder der Lichter, die Echos der Trompeten. Er regte sich nicht und wartete; blind und taub.

Und dann ein äußerst unerquickliches, leise klirrendes Geräusch, Metall gegen Metall – kaum hörbar und unheimlich. Eine Kette? Bewegte da jemand eine schwere Kette in der Hand? Verstohlenes Scharren eines Schuhes auf Pflaster.

Gideon hatte sich noch nicht wieder aufgerichtet, aber jetzt wirbelte er instinktiv von dem Eindringling fort, rollte sich auf die rechte Seite, auf den Rand der Mauer zu. Irgend etwas schlug schwer gegen seine Schulter, doch der Aufschlag wurde durch seine wegrollende Bewegung gedämpft. Ein Fuß – er glaubte, es wäre ein Fuß – erwischte ihn schmerzhaft hinter dem Ohr, trat dann wieder gegen seinen Kopf.

Er drehte sich weiter fort, aber er wußte, daß er sich schrecklich nahe am Ende der Mauer befand. Ohne etwas sehen zu können, klammerte er sich mit der linken Hand an das Pflaster, um Halt zu finden, aber da war nichts; sein Arm griff unerträglich ins Nichts. Er befand sich direkt an der Kante, lag ausgestreckt auf dem Bauch, hing zwölf Meter über einem steinernen Vorsprung. Fieberhaft tasteten seine Finger über die senkrechte Fläche, fanden eine rauhe Erhebung, gegen die er sich abstützen konnte. Seine andere Hand, die rechte, lag unter ihm. Wieder vergrub sich, mit gräßlicher Wucht, ein Fuß in ihn, diesmal oberhalb der Nieren, und dann noch mal, schlug in seine Rippen, schleuderte ihn auf den Bauch, drängte ihn über die Kante und auf die steinerne Terrasse darunter.

Gideon drückte sich mit aller Kraft auf das Mauerwerk, versuchte zu verhindern, daß er herunterfiel. Er stützte sich gegen den Vorsprung ab, riß den rechten Arm unter sich frei und drehte sich blitzschnell auf die linke Seite, zu der Gestalt hin, die er immer noch nicht sehen konnte.

Im gleichen Augenblick hörte er wieder dieses kettenähnliche Geräusch, und ein Schwirren, und dann ein bleiernes *Penggg,* als fünf Zentimeter von seinen Augen etwas auf den Stein krachte, genau dort, wo nur einen Augenblick zuvor sein Kopf gewesen war. Winzige Steinsplitter prasselten ihm gegen die Stirn. Eine Hand packte unbeholfen nach seinem Kragen, drehte den Stoff zusammen. Ohne sehen zu können, schlug Gideon nach oben und erwischte seinen Angreifer mit dem Unterarm quer über die Hüfte. Es war ein verzweifelter Rückhandschlag ohne viel Kraft, aber er verriet ihm, wo die Gestalt stand, und der nächste Schlag zielte auf die Brustmitte, oder doch zumindest dorthin, wo er hoffte, daß sich die Brustmitte befand. Hinter diesem Schlag steckte die ganze Kraft seiner muskulösen Schultern. Er spürte das flexible Brustbein unter seiner Faust nachgeben, hörte den vollen, satten Aufschlag.

»Au!« Mit dem erschreckten Keuchen schlug Gideon eine warme Weinfahne ins Gesicht. Die klammernde Hand ließ seinen Kragen los, und die Gestalt stolperte zurück – ein paar Schritte, so hörte es sich wenigstens an.

Gideon sprang schnell auf, kauerte sich hin, die Fäuste immer noch geballt, bereit für den nächsten Angriff. Er konnte immer noch nichts sehen, und alles, was er hörte, war das Pochen des Blutes in seinen Ohren. Ihm war übel, und er fühlte sich wacklig auf den Beinen, war aber nicht sicher, wie weit er von der Kante entfernt war. Er leckte sich über die Lippen. Seine Kehle war ausgetrocknet.

»Gideon!« Es war Julies besorgte Stimme vom Fußende der Stufen. Er registrierte, daß sie bereits das zweite Mal nach ihm gerufen hatte. »Was ist da oben los? Ist mit dir alles in Ordnung?«

Und jetzt hörte er auch, wie sein Angreifer entlang der langen Mauer von ihm fortstolperte, wie sich die Schritte schnell entfernten. Blind begann Gideon die Verfolgung, doch schon bei seinem zweiten Schritt stolperte er über einen der Schlangenköpfe und mußte sich daran festklammern, um nicht auf den Steinvorsprung darunter zu stürzen. Er hielt sich keuchend und mit zunehmender Übelkeit fest. Aber wenigstens kehrte jetzt allmählich sein Sehvermögen zurück. In der Ferne, auf halber Länge der Mauer, konnte er jemanden über die uralten Steine fliehen sehen, tief gebeugt wie ein Affe unter dem verschwommenen, flachen Band der Milchstraße. Gebeugt vor Schmerz, wie er hoffte.

»Ja«, antwortete er Julie. »Alles okay. Bin gleich da.« Aber sie war bereits auf dem Weg nach oben, und als er endlich wieder sicher genug auf den Beinen war, um die Skulptur loszulassen und sich von der Kante fortzuschieben, stand sie neben ihm.

»Gideon . . . mein Gott, was . . .«

»Schon okay, Julie. Mit mir ist alles in Ordnung. Der Kerl hat mir nur eine Scheißangst eingejagt, das ist alles. Jetzt ist er weg.«

Besorgt musterte sie sein Gesicht. »O Gott, geht's wieder?«

Er nickte. »Abgesehen von einer Stelle, wo er mir gegen den Kopf getreten hat, oder wo ich Tritte in die Rippen abbekommen habe und ein paar Schrammen hier und da, doch, ja, mir geht's blendend.« Er grinste, aber es kam ihm selbst nicht besonders überzeugend vor. »Mit anderen Worten: Mir geht's Scheiße.«

»Setz dich«, sagte sie, nahm ihn mit beiden Händen fest am Arm und führte ihn zu einem Sitzplatz auf dem Portikus des Tempels.

»Also«, sagte sie und hielt ihn immer noch am Arm, während sie sich neben ihn setzte, »was ist passiert?«

Er erzählte es ihr.

»Bist du sicher, daß du nicht verletzt bist?«

»Absolut. Nur ein paar Schrammen und blaue Flecke.«

»Gott sei Dank. Hat er deine Brieftasche erwischt?«

»Nein, ich glaub auch nicht, daß er daran interessiert war.«

Sie sah ihn fragend an. »Woran dann?«

»Ich hatte den Eindruck, er hat versucht, mich umzubringen.«

Sie starrte ihn weiter an und beschloß dann, es dabei zu belassen. »Und du hast ihn nicht sehen können?«

»Nein, ich konnte gar nichts sehen. Er hat mich genau in dem Augenblick angesprungen, als die Lichter ausgingen. Es war stockdunkel.« Vorsichtig versuchte er aufzustehen und stellte fest, daß er sich wieder besser fühlte; die Übelkeit verschwand allmählich. »Ich bin wieder okay.«

Sie stand ebenfalls auf. Einen Augenblick lang schauten sie sich an und umarmten sich dann schweigend. Neben ihnen schimmerten die rissigen Säulen im Licht der Sterne.

»Ich hatte Angst«, flüsterte sie in seine Schulter.

»Kein Wunder. Ich stand selbst ein bißchen auf der Kippe.«

Ihre einzige Antwort bestand darin, sich noch ein wenig tiefer an seiner Schulter zu vergraben.

»Das war ein Wortspiel«, betonte er. »Auf der Kippe stehen.«

»Gar nicht komisch.«

»Nein, war's nicht«, sagte er leise. »Tut mir leid.« Er streichelte ihr weiches, duftendes Haar und hielt sie noch eine Weile in den Armen. »Fühlst du dich wieder besser?«

Er spürte ihr Nicken an seiner Brust. »Komm«, sagte er, »machen wir uns auf den Rückweg.«

Julie bestand darauf, daß sie den Zwischenfall dem khakigekleideten Beamten meldeten, der den Sicherheitsdienst und die Aufsehertruppe von Chichén-Itzá in einer Person zu repräsentieren schien. Im Augenblick war er damit beschäftigt, die Stühle aufeinanderzustapeln und ein paar Leute zu verscheuchen, die nach der Vorstellung noch zusammenstanden und rauchten. Von Gideons Standpunkt aus gesehen, war das kurze Verhör nicht besonders erfolgreich, was zum einen darauf zurückzuführen war, daß sein rudimentäres Spanisch kaum ausreichte, und zum anderen, weil der Beamte andere Prioritäten hatte als er. Die meiste Zeit ging für einen ermahnenden Vortrag darüber drauf, daß er sich die Show von einem nicht genehmigten Platz aus angesehen hatte. Der Beamte notierte sich allerdings ihre Anschrift im ›Mayaland‹ und versprach, einen Bericht bei den zuständigen Behörden einzureichen. Gideon würde mit Sicherheit zu gegebener Zeit von ihnen hören.

»Was den Versuch angeht, dich umzubringen«, sagte Julie auf dem Rückweg zum Hotel, »bist du wirklich sicher, daß er das versucht hat?«

»Nein«, sagte Gideon wahrheitsgemäß. »Aber um ein Haar hätte er mir mit so was wie einer schweren Kette den Schädel eingeschlagen. Und er hat sich gottverdammt viel Mühe gegeben, mich über die Kante zu treten. Wenigstens hat's sich so angefühlt.«

»Aber warum? Welchen Grund könnte er gehabt haben? Du glaubst doch nicht . . .« Sie blieb stehen. »Die Drohung? Die, von der du behauptet hast, sie würde nichts bedeuten, es wäre nichts als leeres Geschwätz?«

Er zuckte mit den Achseln. »Vielleicht habe ich mich getäuscht.«

»Hast du ihn denn überhaupt sehen können? Würdest du ihn wiedererkennen, wenn du ihn noch mal siehst?«

»Nein, ich konnte nichts sehen, ich konnte nichts hören. Die ganze Sache hat mich völlig überrascht, und alles kann auch kaum länger als fünf Sekunden gedauert haben. Von denen ich die meiste Zeit damit verbracht habe, nicht über die Kante zu rollen.«

»Aber irgendwas mußt du doch erkannt haben. War er groß? Klein? Mager? Fett?«

»Ich weiß es einfach nicht. Er kam mir ziemlich stark vor, aber eigentlich gab es keine Möglichkeit, überhaupt irgendwas festzustellen. Ich habe ihn nie in die Finger gekriegt.«

Sie gingen weiter, wollten nicht zu weit hinter die Gruppe zurückfallen, die von dem Wärter vom Gelände gescheucht worden war. Gideons Ohr begann weh zu tun, seine Rippen schmerzhaft zu pochen. Die durch den Adrenalinausstoß bewirkte Betäubung begann nachzulassen.

»Ich weiß, was du jetzt denkst«, sagte sie. »Du denkst, es wäre jemand von der Crew gewesen.«

Genau das dachte er, allerdings.

Julie drehte sich mit einem Ruck zu ihm um. »Gideon, ich kann einfach nicht glauben, daß es einer von denen gewesen ist. Die Drohung – in Ordnung, das vielleicht. Aber dich dann tatsächlich anzugreifen . . . mit einer *Kette* – wie auch immer, woher wußten sie denn überhaupt, daß wir uns diese Show ansehen wollten? Wir haben es doch keinem erzählt.«

»Nein, aber jeder einzelne von ihnen hätte uns problemlos folgen können. Man hätte uns zu der Show folgen können, und dann, als ich die Treppe hinaufging, hätten sie sich leicht zur anderen Seite der Mauer schleichen, heraufklettern und sich während der Vorstellung vorsichtig oben an mich herantasten können. Und die ganze Crew war vergangene Woche bei der Show. Sie wußten genau, in welchem Augenblick ich geblendet war . . .«

Er seufzte. »Würdest du sagen, meiner Argumentation mangelt es an einer gewissen Plausibilität?«

»Nur ein bißchen.« Sie drehte den Kopf und schaute zu ihm auf. »Gideon, werd jetzt bitte nicht gleich wütend, aber klingt das nicht auch für dich ein klitzekleines bißchen paranoid? Du kannst doch nicht mal mit Sicherheit sagen, ob es ein Amerikaner war. Vielleicht war es jemand, dem du noch nie begegnet bist. Irgendein Verrückter oder ein Besoffener oder ein Drogensüchtiger, der die Nacht dort oben verbracht hat.«

Gideon dachte darüber nach. »Ja, so könnte es natürlich auch gewesen sein.«

»Ist das nicht eine viel vernünftigere Erklärung?«

Gideon faßte sie um die Taille. »Ja«, sagte er mit einem Lächeln. »Stimmt.«

»Immerhin hast du selbst gesagt, du hättest eine Weinfahne gerochen, stimmt's?«

»Ja, stimmt.«

»Und wenn's nur ein paar Sekunden gedauert hat, bis du ihn verjagt hast, und es dunkel war und du dich gewehrt hast, woher willst du wissen, daß er nicht doch einfach nur versucht hat, dich auszurauben?«

»Du hast recht, ich weiß es nicht.«

»Und glaubst du das alles wirklich, oder läßt du mir einfach nur meinen Willen?«

»Ich lasse dir nur deinen Willen«, sagte Gideon. »Jemand *hat* versucht, mich umzubringen.«

12

Als Gideon am nächsten Morgen aufwachte, reckte er sich, ohne groß darüber nachzudenken, und stöhnte dann sofort aus tiefstem Herzen.

»Fühlst du dich ein bißchen zerschlagen?« murmelte Julie neben ihm.

»Wenn du die Tatsache, daß ich mich ohne fürchterliche Schmerzen nicht bewegen kann, mit ›ein bißchen zerschlagen‹ umschreibst, doch ja, ich denke, dann könnte man wohl sagen, daß ich mich ein bißchen zerschlagen fühle. Gott, ich fühle mich wie der *Tin Man* nach einem Jahr im Regen.«

Verschlafen küßte ihn Julie irgendwo in der Nähe der linken Augenbraue und rollte sich gähnend aus dem Bett. »Ich hol dir Aspirin.«

»Danke. So ungefähr vierzig müßten reichen.«

Während sie im Kulturbeutel wühlte, der im Bad auf der Fensterbank stand, aber noch nicht ausgeräumt war, blieb Gideon auf dem Rücken liegen, sorgsam darauf bedacht, sich nicht zu bewegen. Obwohl er normalerweise selten wieder einschlief, wenn er einmal wach war, döste er diesmal ein, glitt in einen unruhigen Traum, vielleicht die Fortsetzung des Traumes, den er gehabt hatte, als er aufwachte.

Er war wieder Kind, lag allein in einem riesigen, kalten Raum auf einem Operationstisch. Er hatte Angst, ihm schlug das Herz bis zum Hals. Etwas Schreckliches würde mit ihm passieren. Er hörte ein unheilverkündendes, knirschendes Geräusch, der Rolltisch begann langsam über den Linoleumboden zu rutschen und steigerte sich nach und nach in ein mörderisches Tempo, bis er schließlich in einem weiteren riesigen Raum zum Stehen kam. Dort glitten, wie auf Schlittschuhen, stumme, längliche Gestalten in weißer OP-Kleidung und Mundschutz herum. Der Äthergeruch stach Gideon in der Nase.

Vor Angst wagte er nicht, sich zu bewegen. Er hörte auf zu atmen. Er schloß die Augen.

Aber sie sahen ihn trotzdem. Eine der großen, schlanken Gestalten näherte sich, hielt ein Skalpell in der Hand, die in einem Gummihandschuh steckte. Die Gestalt murmelte etwas. Und während sie sprach, fiel die Maske herunter, und Gideon konnte sehen, daß sich darunter kein menschlicher Mund befand, überhaupt nichts Menschliches, sondern das runde, knochige Maul eines Fisches.

Die Gestalt ragte über ihm auf. Das Skalpell hatte sich in ein Messer aus Feuerstein verwandelt. Die Gestalt legte die Spitze an Gideons Schlüsselbein und drückte zu. Schreiend trat er nach ihr.

»Au!« kreischte das Monster. *Au?*

Seine Augen sprangen auf. Julie saß auf der Bettkante, berührte behutsam mit einer Hand seine Schulter, die Fingerspitzen auf seinem Schlüsselbein. »Bist du okay? Ich glaube, du hast geträumt. Hier ist dein Aspirin.«

Er nahm die beiden Tabletten, trank ein paar Schlucke Wasser, ließ sich auf das Bett zurücksinken und versuchte, die sich auflösenden Bilder des Traumes festzuhalten.

»Julie«, sagte er langsam, »es *war* ein Amerikaner.«

»Du hast geträumt, Gideon«, erwiderte sie beruhigend.

»Nein, gestern abend. Der Bursche, der mich überfallen hat. Das war ein Amerikaner.«

»Gestern abend? Aber woher willst du das wissen? Ich dachte, er hätte nichts gesagt.«

»Er hat geächzt. Er hat ›au‹ gesagt. Ist mir gerade eben wieder eingefallen. Verdammt, wie konnte ich nur so dumm sein?«

Es folgte ein kurzes Schweigen, währenddessen sie ihn fragend ansah. »Sagen Mexikaner denn nicht ›au‹?«

»Nein, tun sie nicht.«

»Was sagen die denn?«

»Ich weiß nicht genau, aber selbst wenn sie es sagen würden, käme es anders heraus. Der Anfangsvokal – der *ah*-Laut – würde weiter hinten am Gaumen geformt, und der Gleitlaut zum zweiten Vokal würde nicht so ausgeprägt sein. Es würde sich eher wie zwei einzelne Vokale anhören, nicht wie unser Diphthong.«

»Würde es?«

»Klar.« Er machte es vor.

»Wie bitte? Sie würden nicht ›au‹ sagen, sie würden ›au‹ sagen?« Sie klang alles andere als überzeugt.

»Sie würden ›ah-uu‹ sagen«, wiederholte er geduldig, »falls sie es überhaupt sagen. Was sie aber nicht tun.«

»Davon verstehe ich nichts, Gideon«, meinte sie skeptisch. »Das klingt mir alles ziemlich überkandidelt. Er hat doch nur nach einem Schlag in den Magen geächzt, keine großen Reden geschwungen, und ich bezweifle stark, daß du zu diesem Zeitpunkt besonders auf seine Diphthonge geachtet hast. Und außerdem, bist du sicher, daß dein Spanisch so gut ist?«

»Mein Spanisch ist erbärmlich, aber das hat überhaupt nichts damit zu tun. Ich rede hier von der allgemeinen Neigung von Menschen mit romanischen Sprachen zu . . .« Er lachte. »Zum Teufel auch. Vertrau mir einfach.«

Vorsichtig ließ er die Oberarme kreisen. »Ich glaube, die Aspirin fangen an zu wirken. Wie wär's mit Frühstück?«

Gideons Zustand hatte sich während des Frühstücks, bestehend aus Huevos rancheros, mit Abe und Julie weiter gebessert, aber er wußte, es wäre falsch zu versuchen, sofort an dem Skelett weiterzuarbeiten; nicht in der dazu erforderlichen verkrampften, knienden Haltung. Statt dessen schickte er eine widerwillige Julie mit einem besorgten Abe zur Ausgrabungsstätte und beschloß, sich heute an seine Monographie zu setzen. Aber es war schwer, das »Au« und seine Implikationen aus dem Kopf zu verbannen. Denn wenn es ein Amerikaner gewesen war, der ihn angegriffen hatte, dann war die Sache ziemlich klar: es mußte ein Mitglied der Crew sein. Es gab einfach niemand anderen. Na ja, Stan Ard noch, aber das war's dann auch schon.

Oder bildete er sich dieses »Au« nur ein, erfand es nachträglich als Folge eines verworrenen, kindischen Alptraumes? Die Episode auf der Mauer schien schon weit zurückzuliegen. Er holte tief Luft, zwang sich, seine volle Aufmerksamkeit wieder auf die Arbeit zu richten. Die reichlich oft überarbeitete Monographie lag auf dem Schreibtisch vor ihm, eine fast leere Kanne Kaffee stand neben seinem Ellbogen, und eine Unzahl Notizen und Zettel mit Querverweisen breitete sich auf Tisch, Bett und dem geschnitzten Sekretär aus. Mehrere Stapel Papier lagen im Halbkreis auf dem Boden um seine Füße. Ganz wie zu Hause. Es war genauso schön wie in seinem Arbeitszimmer.

Aber die Arbeit ging ihm nicht von der Hand. Niedergeschlagen starrte er auf den deprimierenden Satz vor ihm:

Obgleich heute als Ergebnis neuerer Distanz-Funktionsanalysen die sehr früh entwickelte Vernunftbegabtheit des »H. sapiens swanscombensis« in der Forschung allgemein als obsolet erachtet wird, muß sowohl die Frage der Herkunft dieser interessanten Population wie auch ihre taxonomische Nische noch geklärt werden, besonders vis-à-vis der La-Quina- und Ehringsdorf-Populationen, die natürlich im allgemeinen als Proto-Westneandertaler klassifiziert werden.

Er trank seine Tasse aus, schüttelte den Kopf und seufzte. Wieso sahen seine wissenschaftlichen Arbeiten immer so aus? Große Güte, »obgleich«! Und dann »vis-à-vis« im gleichen Satz! Und zwei Passiv-Konstruktionen – nein, drei. War das ein Rekord für einen einzelnen Satz? War es das, was ihm fünfzehn Jahre eingehenden Studiums wissenschaftlicher Magazine gebracht hatte? Wenn er nicht aufpaßte, würde er auch noch anfangen, so zu reden.

Er ersetzte das »obgleich« durch »obwohl«, und »vis-à-vis der« durch »im Vergleich zu den«, doch das nützte auch nicht viel. Er schenkte sich den restlichen Kaffee ein und grübelte. Also, wie würde Stan Ard das hier für den ›Flak‹ schreiben? »Aus welcher dunstigen, barbarischen Dämmerung des Altertums kamen diese robusten Menschen mit der kräftigen Stirn gestolpert . . .« Er lächelte. Wenn man ihn fragte: es hatte schon was. Doch damit würde er beim Lektorat der ›Pleistocene Anthropology‹ niemals durchkommen.

Er streckte sich zaghaft und schob den lauwarmen Kaffee fort. Im Verlauf des Morgens war es zunehmend schwül geworden, ein drohender Regen hing schwer in der Luft, und das Hemd klebte ihm feucht auf dem Rücken. Gleichgültig, wie oft er sich die Hände wusch, die Handflächen fühlten sich glitschig an. Ja, sogar die Papierbögen, mit denen er arbeitete, waren weich und schlaff vor Feuchtigkeit. Den trägen Deckenventilator hatte er ausgeschaltet. Wenn er ihn anschaute, wurde ihm heißer, nicht kühler. Zum ersten Mal seit seiner Ankunft sehnte er sich nach den kühlen, grauen, reinigenden Regenschauern Washingtons.

Um halb zwölf klopfte jemand an die Tür. Dankbar für die Unterbrechung schob er die Papiere zur Seite und stand auf, um zu öffnen.

»Emma«, sagte er überrascht. »Ich dachte, Sie wären bei der Ausgrabung.«

»War ich auch. Ich habe heute etwas früher Mittagspause gemacht. Ich muß Ihnen etwas erzählen. Es erklärt alles.«

Sie wurde schon wieder rot, was bei Emma normalerweise ein sicheres Zeichen für zähe Entschlossenheit war. Das ließ nichts Gutes ahnen. Gideon wappnete sich. »Ich weiß, daß Sie mich auslachen werden, Dr. Oliver, aber ich fühle mich verpflichtet, es Ihnen zu erzählen. Ich begreife, was Ihnen vergangene Nacht zugestoßen ist.«

»Woher wissen Sie, was mir letzte Nacht zugestoßen ist?«

»Alle wissen es«, sagte sie unbekümmert. »Das ganze Hotel redet doch darüber. Aber ich weiß, *warum* es passiert ist. Ich habe mich bei meiner Amethyst-Meditation darauf konzentriert.« Sie zögerte und reckte ihr breites Kinn. »Ich habe eine Verbindung ersten Grades mit einem Wesen hergestellt, das sich Huluc-Canab nennt.«

Es gab kein Entrinnen. Sie stand in der Tür, versperrte den einzigen Weg zur Freiheit, sofern er nicht vom Balkon springen wollte. Er brachte ein Lächeln zustande. »Möchten Sie vielleicht hereinkommen?«

Sie schüttelte heftig den Kopf. Gesellschaftliche Umgangsformen waren nicht Emmas Stärke. »Huluc-Canab hat mir alles erklärt. Erinnern Sie sich, was der Fluch besagte? ›Zweitens, Dunkelheit wird gebrochen und in Licht verwandelt, und die schrecklichen Stimmen der Götter werden erklingen in der Luft, und es wird ein mächtiges Einschlagen auf die Seele erfolgen, so daß der . . .‹«

»Trommeln«, sagte Gideon.

»›. . . ein mächtiges Trommeln auf die Seele erfolgen‹«, fuhr Emma unbeirrt fort, »›so daß der Geist dahinwelkt und verblaßt.‹« Sie sah ihn bedeutungsvoll an.

»Aha«, sagte er.

»Sie verstehen nicht, was das bedeutet?«

»Nein.« Er wußte, daß er ihren ohnehin schwindenden Respekt vor ihm weiter untergrub.

»Dunkelheit wird zu Licht? Stimmen der Götter? Das steht für die Show! Und das ›Trommeln‹ – es steht für das, was *Ihnen* passiert ist. Präziser kann es doch gar nicht sein, oder?«

Vor vielen Jahren, als er nervös den ersten Entwurf seiner Dissertation eingereicht hatte, hatte Abe mit Bleistift einige Bemerkungen auf die Titelseite geschrieben: »Sehr einfallsreich. Wenn man den Mangel an Daten, die nicht schlüssigen Ergebnisse und die mehrdeutige statistische Analyse berücksichtigt, haben Sie ausgezeichnete Arbeit geleistet. Nicht jeder kann zweihundert Seiten mit nichts füllen. Ich wage die Voraussage, daß Sie es noch weit bringen werden.«

Emma, das räumte Gideon gern ein, mangelte es ebenfalls nicht an Einfallsreichtum. »Also, ich weiß nicht«, sagte er, entschied sich, wie Abe, es mit Humor zu versuchen. »Wenn das meine Seele war, auf die sie eintrommeln wollten, dann haben sie aber ganz sicher ein paar Schrammen an der Oberfläche hinterlassen.«

»Ach, kommen Sie, Dr. Oliver«, sagte sie scharf, »Sie wissen doch ganz genau, daß ich recht habe. ›Dunkelheit wird zu . . .‹«

»Emma, diese Show gibt es an jedem Abend des Jahres.«

»Ja, aber das war die erste, bei der *Sie* anwesend waren.«

»Hören Sie, Emma«, argumentierte er, »was sollte es für eine Rolle spielen, daß es für mich die erste Show war? Warum sollten es die Götter ausgerechnet auf mich abgesehen haben? Warum sollten sie ausgerechnet mir das Licht ausblasen wollen und sonst niemandem?«

»Weil«, sagte sie und zeigte auf ihn, stach ihm beinahe in die Brust, »Sie derjenige sind, der ihren Frieden stört.«

»Ich? Emma, was glauben Sie denn, was wir alle hier tun? Was glauben Sie denn, worum es bei Archäologie geht? Wie können wir überhaupt etwas über die Maya erfahren, wenn wir nicht ihren Frieden stören?«

»Ja, ja, aber *Sie* sind der einzige, der den Frieden ihrer Gebeine und den Staub auf ihren Körpern stört, und der Fluch erwähnt doch ganz ausdrücklich . . .«

»Ich erinnere mich sehr wohl an den Fluch«, sagte Gideon mit einem tiefen Seufzer. Es gab keinerlei Anzeichen dafür, daß sich das Gespräch zum Besseren wendete. »Aber wer auch immer mich letzte Nacht überfallen hat, es war ein menschliches Wesen mit einer gewaltigen Weinfahne. Und als er geschlagen wurde, hat er wie jeder andere auch geächzt, und dann ist er auf höchst körperliche Weise davongehumpelt.«

Während er sprach, hatte sich ihr fleckiges Gesicht versteinert. Sie, das sah er, gab ihn auf. Und keine Sekunde zu früh, soweit es ihn betraf.

Sie nickte ihm noch einmal traurig zu, bevor sie sich umdrehte. »In Ordnung, Dr. Oliver, aber sagen Sie nicht, ich hätte nicht versucht, Sie zu warnen. Der zweite Teil des Fluches ist eingetreten. Sie wissen, was als nächstes kommt. Der . . .«

»Warten Sie«, sagte er und hob die Hand wie ein Verkehrspolizist. »Ich glaube nicht, daß ich es wissen will.«

Als sie fort war, stellte er fest, daß er wieder Kopfschmerzen hatte. Er schluckte eine zweite Dosis Aspirin und trat auf den Balkon, um die nicht vorhandene Brise auszunutzen. Er stand ruhig am Geländer und starrte gedankenverloren auf das Blätterdach hinab. Ganz bestimmt war an dem, was Emma gesagt hatte, nichts dran, oder? Natürlich nicht in dem Sinn, wie sie es gemeint hatte . . . Aber war es vielleicht denkbar, daß es einen Zusammenhang zwischen dem Angriff und dem Fluch gab? Daß tatsächlich jemand versuchte, es so zu drehen, als ob . . .

Er hörte, wie hinter seinem Rücken die Zimmertür geöffnet wurde.

»Hallo?« Julies Stimme. Sofort wurde er wieder munter. »Steckt mein Gatte vielleicht irgendwo dort unter all diesen Papieren?«

Er lächelte und kehrte ins Zimmer zurück. »Hallo, kommst du, um mich zu kontrollieren?«

»Ja. Freust du dich, mich zu sehen?«

Er gab ihr einen Kuß auf den Mund. »Hmm, worauf du dich verlassen kannst.«

»Außerdem«, sagte sie, »war mir schon wieder Truthahn-Sandwich absolut zuwider. Ich dachte, vielleicht spendierst du mir ein anständiges Essen im Restaurant.«

»Abgemacht. Wie ist es heute morgen bei der Ausgrabung gelaufen?«

Sie war ins Bad gegangen, um sich die Hände zu waschen. »Bestens«, rief sie bei laufendem Wasser. »Oh, dein Freund Stan Ard ist vorbeigekommen und hat dich gesucht. Ist die ganze Zeit herumgeschlichen, hat nach bluttriefenden Informationen aus erster Hand über das geifert, was letzte Nacht passiert ist. Ich habe gesagt, ich hätte keine Ahnung, wo du steckst.« Während sie sich die Hände abtrocknete, kam sie heraus. »Und die Staatspolizei ist auch schon da, was dich sicher freuen wird.«

»Du meinst, sie sind wegen letzter Nacht hier?«

»Ja, und wegen diesem Brief unter der Tür. Ich habe eine halbe Stunde . . .« Es klopfte energisch zweimal kurz an der Tür. »Das muß der Inspektor sein, genau aufs Stichwort.«

»Der Inspektor?«

»Inspektor Marmolejo. Er hat gesagt, du kennst ihn.«

»Allerdings kenne ich ihn«, erwiderte Gideon auf dem Weg zur Tür. Er war überrascht; er hatte nicht damit gerechnet, daß der Wärter aus Chichén-Itzá seinen Bericht so schnell weiterreichte. Oder damit, daß ein ausgewachsener Inspektor direkt herkam.

»Wieso fragen wir ihn nicht, ob er uns beim Mittagessen Gesellschaft leisten will?« schlug Julie vor. »Scheint ein ganz interessanter Mann zu sein.«

»Oh, das ist er«, sagte Gideon. »Das ist er.«

13

Als Gideon Inspektor Javier Alfonso Marmolejo von der Kriminalpolizei des Bundesstaates Yucatán das letzte Mal gesehen hatte, war er noch Subteniente Marmolejo gewesen, ein koboldhafter, pfiffiger kleinerer Beamter, der mit den Ermittlungen im Fall des gestohlenen Kodex zu tun hatte. Er war von seinem wichtigtuerischen Vorgesetzten für wenig mehr als Übersetzungsaufgaben eingesetzt worden; sein Englisch war ausgezeichnet. (»Das liegt daran, daß amerikanische Staatsbürger bei uns so oft in Straftaten verwickelt sind«, hatte er Gideon mit verschmitzter Doppeldeutigkeit erklärt.)

Zu jener Zeit waren für mexikanische Polizeibeamte pseudomilitärische Kleidung und Titel noch Mode gewesen, aber Marmolejo hatte sich als einziger unter seinen mit Orden behängten Kollegen mit ihren blitzblank gewienerten Stiefeln adrett und unauffällig wie ein Verkäufer gekleidet. Nachdem er jetzt in der Welt vorangekommen war, hatte er nichts an seinem Stil geändert; er trug ein Guayabera – das am Hals offene, über den Gürtel fallende weiße mexikanische Hemd –, eine ordentlich gebügelte, hellblaue Hose und gutgepflegte Halbschuhe an kleinen Füßen, die kaum den Boden berührten, wenn er saß.

Obwohl Marmolejo noch keine Fünfzig war, hatten die vergangenen sechs Jahre ihre Spuren auf seiner mahagonifarbenen Haut hinterlassen. Ein feines Netz bräunlicher Falten zog sich um seine Augen, so daß er heute ein bißchen weniger pfiffig aussah, sondern vielmehr wie ein weiser alter Affe. Auch sein Verhalten hatte sich geändert: der höhere Rang hatte ihm eine Aura selbstbewußter, lässiger Autorität verliehen.

Nicht daß er 1982 keine Autorität ausgestrahlt hätte, und zwar trotz seines untergeordneten Dienstgrades. Es hatte Augenblicke gegeben, in denen die polizeiliche Operation unter dem fetten und inkompetenten Colonel, der damals die Leitung gehabt hatte, dicht an der Posse entlanggeschlittert war; doch jedesmal war der ausgeglichene Marmolejo auf die eine oder andere Art in der Lage gewesen zu verhindern, daß alles zu einer Opéra bouffe verkam.

»Ein sehr netter Speisesaal«, meinte er, als sie sich an ihrem Tisch niederließen. »Ich komme immer wieder gern her.«

Das Restaurant des ›Mayaland‹ war der kühlste Ort im Hotel, ein luftiger, gefliester, zwei Etagen hoher Raum mit dicken weißen Wänden und gewaltigen, dunklen, polierten Deckenbalken aus Ceiba-Holz. Vor den mit Fliegendraht geschützten Fenstern befand sich ein langer Balkon mit einem weinumrankten Spalier, das blättrige, grüngetönte Schatten auf die Wände warf. Dahinter lag der himmelblaue Swimmingpool, umrahmt von einer hügeligen, üppigen Landschaft mit tropischen Pflanzen.

Das einzige, was – aus Gideons Sicht – an diesem Raum nicht stimmte, war das gewaltige, eine komplette Schmalseite bedeckende Wandgemälde; eine farbenfrohe Wiedergabe der Maya-Legende des Getreidegottes, gemalt in knalligen Lila- und blutigen Rottönen und voll nackter Frauen mit riesigen Brüsten neben Menschenköpfen, die an den Haaren von Bäumen hingen, und anderen Unerfreulichkeiten, die Teil des Schöpfungsmythos der Maya waren. Durchaus akkurat, aber wohl kaum appetitanregend. Gideon und Julie achteten immer darauf, daß sie ihm den Rücken zukehrten. Heute auch. Marmolejo allerdings hatte sich so gesetzt, daß er das Bild direkt anschauen konnte, und jetzt sah er es sich zufrieden und beinahe zärtlich an. Aber natürlich war Marmolejo ein halber Maya, was ohne Frage einen Unterschied machte.

»So, Inspektor«, sagte Gideon, als die Kellnerin eine Platte mit Hummerpastete und Crackern servierte, »ich freue mich wirklich, Sie wiederzusehen, auch wenn ich mir dafür erst ein paar Blessuren holen mußte.«

Marmolejo brummte zustimmend und nickte freundlich, nahm die nicht angezündete, halb gerauchte Zigarre aus dem Mund und deponierte sie sorgfältig in einem Aschenbecher. Gideon lächelte leise vor sich hin. Marmolejos allgegenwärtige Zigarre brannte nur selten, und wenn, dann immer nur kurze Zeit. Früher war es ein Running Gag gewesen, ob er überhaupt mehr als eine besaß oder sich einfach nur jeden Morgen immer wieder dieselbe in den Mund steckte und abends auf den Nachttisch legte, wenn er ins Bett ging.

»Jetzt geht es Ihnen aber wieder besser?« erkundigte sich der Inspektor.

»Bestens. Nur ein paar Schrammen.«

»Gut.« Er bestrich einen Cracker mit Pastete, biß dann genußvoll hinein. »Wie ich gehört habe, konnten Sie Ihren Angreifer nicht sehen.

Sie würden ihn nicht identifizieren können, wenn Sie ihm noch einmal begegnen?«

»Nein, ich konnte überhaupt nichts sehen.«

»Sie können uns keinerlei Anhaltspunkte geben? Ihnen ist gar nichts aufgefallen?«

Gideon zögerte. »Tja . . .«

»Wieso fragst du den Inspektor nicht, ob Mexikaner ›au‹ sagen?« fragte Julie fröhlich.

Marmolejo hatte schlaue, kleine Augen, die so weit über seiner flachen Nase auseinanderstanden, daß man das Gefühl hatte, sie schauten an beiden Seiten an einem vorbei. Er hob fragend die Augenbrauen, senkte die Lider und schaute an beiden Seiten an Gideon vorbei. »Klingt interessant«, sagte er freundlich.

»Julie«, sagte Gideon, plötzlich unsicher – denn er hatte keine Gelegenheit gehabt, diese Diphthong-Sache in einem seiner Nachschlagewerke zu überprüfen –, »ich weiß nicht, ob jetzt der richtige Augenblick ist . . .«

»Komm schon, Prof, stell deine Theorien auf die Probe. Nicht immer nur reden, sondern auch mal Taten folgen lassen.«

So herausgefordert, blieb Gideon nichts anderes übrig. Was, fragte er sich, würde Marmolejo höchstwahrscheinlich sagen, wenn ihm jemand einen Schlag in den Magen verpaßte?

Der erstaunte Polizist schwieg, während eine Maya-Kellnerin in einem Huipil ihre Bestellung aufnahm. Alle wollten das Tagesmenü: Suppe, Red Snapper mit gebackener Banane und Safran-Reis, Dessert. Und Leon Negra, ein dunkles, nach Moschus riechendes Bier aus der Region.

Marmolejo wartete, bis die Kellnerin wieder fort war. Dann fragte er Julie: »Sprechen Sie zufällig Spanisch, Mrs. Oliver?«

»Nein, tut mir leid.«

Marmolejo nickte und wandte sich an Gideon. »Was ich sagen würde, wenn mir jemand einen Schlag in den Magen verpaßt?« Seine langen, schmalen Zähnen schimmerten, als er plötzlich lächelte. »Ich würde sagen: ›Chinga tu madre!‹« Er machte eine energische Geste. »›Pinche madre!‹«

Julie sah ihn forschend an. »Will ich wissen, was das bedeutet?«

»Das sind alte mexikanische Redensarten«, erwiderte Marmolejo trocken. »Sehr schwer zu übersetzen.«

Gideon lachte und erklärte, daß er eigentlich weniger meinte, was er *sagen* würde, sondern vielmehr, welches *Geräusch* er von sich geben würde.

»Ah«, sagte Marmolejo, »ansonsten würde ich wahrscheinlich ›ay!‹ sagen.« Er dachte noch ein wenig darüber nach. »Oder vielleicht auch ›ay-ay-ay!‹ Käme drauf an.«

»Sonst nichts?« hakte Gideon nach.

»Also, wenn ich stark genug motiviert wäre, vielleicht auch noch ›hijole!‹ Ich bin sicher, daß Sie mir schon sehr bald erklären werden, wohin das alles führen soll.«

»Sie würden nicht *›au‹* sagen?« beharrte Gideon.

Marmolejos Augenbrauen wanderten noch ein wenig höher. »*›Au‹*? Nein, *›au‹* niemals«, sagte er und sprach es für Gideons, wenn schon nicht für Julies Ohren sehr zufriedenstellend wie »a-uuh« aus.

»Ha«, sagte Gideon. Als die Sopa de lima kam – eine scharfe Hühnerbrühe, sehr großzügig mit Limone abgeschmeckt –, stürzten sie sich hungrig darauf, während Gideon alles erklärte.

»So«, sagte Marmolejo, »Sie wollen also sagen, daß diese Person, die Sie mit einer Kette angegriffen hat . . .«

»Ich *glaube*, es war eine Kette. Es hat sich angehört wie eine Kette.«

». . . mit etwas, von dem Sie glauben, es wäre eine Kette gewesen, kein Latino war, sondern ein Norteamericano.«

Gideon nickte.

»Aber sind das die einzigen beiden Möglichkeiten? Könnte er nicht auch ein, oh, ein Deutscher, ein Engländer oder ein Däne gewesen sein? Von überall auf der Welt kommen Touristen her.«

»Nein, das glaube ich nicht. Ich glaube, es war ein Amerikaner.«

»Weil er . . .« Der Inspektor spitzte gefühlvoll seinen Mund. ». . . *›au‹* gesagt hat?« Es war nicht ganz die amerikanische Version, kam aber nahe daran.

»Genau«, sagte Gideon, der den leicht spöttischen Ton registrierte, »und falls Ihnen danach ist, sich einen Vortrag über vergleichende Linguistik anzuhören, bin ich gerne bereit, Ihnen eine ausführliche Erklärung zu liefern.«

»Lehnen Sie ab«, zischte Julie aus dem Mundwinkel.

»Nein, danke«, erwiderte Marmolejo. »Ich glaube Ihnen gern. Aber ich habe noch eine andere Frage. Sie konnten Ihren Angreifer nicht sehen, ist das richtig? Aber wieso hat er dann Sie sehen können? Oder ist zur Beantwortung dieser Frage ein Vortrag über die Prinzipien der Lichtbrechung erforderlich? In welchem Fall ich mich wieder gern auf Ihr Wort verlasse.«

Gideon lachte. 1982 hatte Worthy das bemerkenswerte Mißverhältnis zwischen Marmolejos finsterem indianischem Aussehen und seinem oft eleganten Englisch folgendermaßen zusammengefaßt. »Man sieht den Mann und rechnet schon damit zu hören: ›Ich Ihnen keine beschissene Marke zeigen müssen.‹ Aber statt dessen bekommt man einen Ricardo Montalban.«

»Er stand im Portikus des Tempels der Jaguare«, sagte Gideon, »geschützt vor dem grellen Scheinwerferlicht. Er schaute in die andere Richtung. Er hat mich genau in dem Augenblick angegriffen, als die Lichter verloschen. *Seine* Augen mußten sich nicht erst auf die Dunkelheit einstellen.«

»Ah, ja, natürlich.« Der Inspektor schenkte sich ein zweites Glas Bier ein und rieb den Rand des Glases mit einem Stück Limone ein. Die Limonen waren mit dem Bier serviert worden. In Yucatán wurde nur sehr wenig ohne Limonen serviert. »Abgesehen von den Mitgliedern Ihrer Expedition, haben Sie noch jemanden in der Nähe gesehen, den Sie kennen – irgendwelche Norteamericanos?«

»Nein.«

»Was zu der bedauerlichen Schlußfolgerung führt, daß es einer Ihrer Kollegen war, der Sie angegriffen hat, nicht wahr?«

»Ja, ich vermute.«

»Haben Sie einen von ihnen gestern abend dort bemerkt?«

Gideon schüttelte den Kopf.

»Könnte einer von denen Ihnen schaden wollen?«

Gideon lächelte. »Nein. Manche sind zwar ein wenig merkwürdig, aber ich bin noch nicht lange genug hier, um schon jemanden wütend auf mich gemacht zu haben. Zumindest nicht so wütend.«

»Aber genug, daß er Ihnen sagt, Yucatán sofort zu verlassen oder andernfalls zu sterben«, bemerkte Marmolejo sanft. »Ich frage mich, ob hier nicht ein wenig Polizeischutz, natürlich völlig diskret, angebracht wäre.«

»Nein, danke«, erwiderte Gideon energisch. »Wenn Sie damit meinen, daß uns einer Ihrer Männer ständig folgen und auf unserem Balkon hocken soll, während wir schlafen, dann vergessen Sie's gleich wieder.« Er hatte schon einmal unter Polizeischutz gestanden; alles in allem zog er es vor, von einem Möchtegern-Killer verfolgt zu werden, ganz besonders von einem, der so ineffektiv war wie offensichtlich dieser.

»Gideon«, meinte Julie, »findest du nicht, daß das vielleicht doch eine gute Idee wäre?«

»Ich bin sicher, daß wir dezenter arbeiten können«, sagte Marmolejo.

»Ich weiß, aber . . .«

»Sie müssen auch an Ihre Frau denken, Dr. Oliver. Wenn *Sie* in Gefahr schweben, dann auch . . .« Er hob eine Hand, die Finger gespreizt, und blickte in Julies Richtung.

Natürlich hatte er recht, und das war mehr als genug Grund, Vorsichtsmaßnahmen zu ergreifen. Außerdem würde Marmolejo sowieso tun, was er wollte; er war lediglich höflich. Gideon gab nach. »Okay, danke, Inspektor, sehr nett von Ihnen.«

»Gut, aber ich hätte auch gern Ihre Mitarbeit. Kein Herumspazieren mehr. Kein einsames Herumklettern auf geheimnisvollen Ruinen in der Dunkelheit. Wenn Sie zum Hotel gehen oder es verlassen, dann immer nur in Gesellschaft anderer. In Ordnung?«

»Hören Sie, Inspektor, ich brauche keine . . .«

»Er verspricht es«, sagte Julie rasch.

»Schön«, sagte Marmolejo. »Und ich verspreche als Gegenleistung, nachts keinen Mann auf Ihrem Balkon zu postieren.«

Während sie ihren Fisch verspeisten, erzählte Gideon den beiden von seiner Unterhaltung mit Emma.

»Emma Byers?« unterbrach Marmolejo. »Die Frau mit dem roten Gesicht? Die große, kräftige Frau?«

Gideon wußte, worauf er hinauswollte. Er hatte selbst schon daran gedacht, besonders seit seiner Unterhaltung mit Emma.

Es war Julie, die die Frage stellte. »Gideon, könnte es sein, daß du von einer Frau angegriffen worden bist?«

»Ich weiß es nicht«, sagte er aufrichtig. »Ich könnte nicht beschwören, daß es ein Mann war. Es hätte auch eine Frau sein können . . . eine große, kräftige Frau.«

»Was ist mit der Stimme?« sagte Marmolejo. »Sie haben ihn doch sprechen hören.«

»Ich habe ihn – oder sie – grunzen hören. Es war tonlos, nur ein Flüstern. Es hätte sowohl ein Mann als auch eine Frau gewesen sein können.«

»Aber du hast doch gesagt, du hättest eine Weinfahne gerochen«, sagte Julie. »Scheidet Emma damit nicht automatisch aus? Und im übrigen auch Preston? Die essen doch nichts anderes als Seetang und Tofu.«

»Was aber nicht bedeutet, daß sie auch was gegen Alkohol haben. Ich habe selbst schon gesehen, wie sie tranken.« Er schüttelte plötzlich den Kopf. »Nein, tut mir leid, Emma ist zwar ein bißchen seltsam, aber ich kann mir beim besten Willen nicht vorstellen, wie sie versucht, mir mit einer Kette den Schädel einzuschlagen.«

»Das«, sagte Julie, »liegt nur daran, daß du den Gedanken nicht ertragen kannst, daß dich eventuell eine Frau zusammengeschlagen hat.« Diese versteckte Beleidigung zwang ihn, einigermaßen detailliert zu erklären, daß er durchaus nicht zusammengeschlagen worden war, sondern sich in Anbetracht der Umstände sogar ziemlich gut gehalten hatte.

Marmolejo schien inzwischen über etwas anderes nachzudenken. »Erzählen Sie mir mehr von diesem Fluch«, sagte er. Er hörte sich Gideons Erläuterungen aufmerksam an, stellte mehrere Zwischenfragen und wurde bei den Antworten immer ernster. Er bat um eine Abschrift, die Gideon ihm versprach.

Schließlich schob der Inspektor den leeren Teller beiseite und nahm seine nicht brennende Zigarre in die Hand, klopfte sie geistesabwesend am Rand des Aschenbechers ab. »Qué cosa«, sagte er leise, schaute dabei unter gesenkten Lidern auf das Wandgemälde des Getreidegottes, wodurch seine Augen wie Schlitze wirkten.

»Wissen Sie, wie Tlaloc hier in der Gegend genannt wird?« fragte er. »Ich meine nicht von den Meridanos, ich meine von der Landbevölkerung, den Yucatecos. Sie nennen es la ciudad de maldiciónes, die verfluchte Stadt. So haben sie sie schon genannt, lange bevor Außenstehende überhaupt von ihr wußten. So haben schon ihre Väter und Großväter die Stadt genannt.« Ernst steckte er sich die Zigarre in den Mund. »La ciudad de maldiciónes.«

Gideon starrte ihn beklommen an. Was, zum Teufel, sollte das alles? Marmolejo war ein intelligenter, pragmatisch denkender Mann. Ganz gewiß würde er einem vierhundert Jahre alten Fluch keinen Glauben schenken.

Oder vielleicht doch nicht ganz so gewiß. Einmal, nach ein paar Gläschen Brandy, hatte er Gideon von seiner außergewöhnlichen Vergangenheit erzählt. Er war in Tzakol, im Dorf seiner Maya-Mutter, geboren, das Gideon selbst schon gesehen hatte – eine heruntergekommene kleine Ansammlung von Hütten in der Nähe der Grenze zu Quintana Roo, wo Flüche zweifellos so verbreitet und alltäglich waren wie die Schweine, die sich mitten auf den matschigen Straßen sonnten. Als er sieben Jahre alt war, hatte sein Vater die Familie nach Mérida gebracht. Mit elf war er einer in der Armee von Kindern, die in der Nähe des Mercado kleine Snacks aus Kokosscheiben und geschälten Orangen verkauften.

Trotz äußerst widriger Umstände hatte er die Schule geschafft und schließlich genug gespart, um sich in die damals von Bestechung und Korruption heimgesuchte Polizei Yucatáns einzukaufen. Heute, nach der Säuberung, war er aufgrund seiner Integrität und seiner Fähigkeiten ein hochrangiger Beamter. Als Erwachsener war er auf die Universität von Yucatán gegangen. Er war einer der wenigen Provinzbeamten, die einen Abschluß auf der neuen nationalen Polizeiakademie gemacht hatten. Er war ein gebildeter Mann.

Aber wer konnte schon sagen, wieviel Tzakol er immer noch unter dieser rationalen, klugen Oberfläche mit sich herumschleppte?

Er bemerkte, wie Gideon ihn ansah, und lachte. »Keine Angst, mein Freund. Ich bezweifle sehr stark, daß es die Götter waren, die Sie mit einer Kette angegriffen haben. Falls es eine Kette war.«

»Freut mich sehr, das zu hören«, meinte Gideon.

Von draußen drang dröhnendes Platschen herein. Jetzt fing es doch noch an zu regnen. Der Regen krachte auf die Oberfläche des Swimmingpools wie ein dressierter Wal, der in ein Becken zurückfällt, stimmte dann ein gewaltiges Trommeln auf dem Wasser, dem großblättrigen Laub und dem Dach des Restaurants an. Julie, die stolz darauf war, im feuchtesten Mikroklima der Vereinigten Staaten aufgewachsen zu sein, hatte etwas Vergleichbares noch nie zuvor erlebt und schaute mit offenem Mund zu.

»Andererseits«, sagte Marmolejo gelassen und griff nach seiner Zigarre, »würde ich sie auch nicht unbedingt herausfordern.«

Durch den Wolkenbruch verschwand die klebrige Feuchtigkeit aus der Luft, als hätte der Regen sie in die Erde gehämmert, und eine herrliche, nach Blüten duftende Brise zog durch den Speiseraum wie Balsam in eine Wunde. Sie lehnten sich zurück, genossen es. Auf Marmolejos Vorschlag bestellten sie Kaffee zu ihrem Karamel-Pudding. Noch vor wenigen Augenblicken wäre heißer Kaffee völlig undenkbar gewesen.

»Ich möchte Ihnen beiden etwas zeigen«, sagte er. Er stellte seine Tasse ab, nahm von dem freien Stuhl zu seiner Rechten eine Papiertüte und legte sie auf den Tisch. Dann griff er vorsichtig hinein und zog eine alte Stanley-Rohrzange heraus, deren rote Lackierung durch häufige Benutzung beinahe ganz verschwunden war.

»Erkennen Sie das hier?«

»Ich glaube schon«, sagte Julie. »Ist das nicht eines der Ausgrabungswerkzeuge?«

Gideon bestätigte das.

Marmolejo sah Gideon an. »Sonst kommt es Ihnen nicht bekannt vor?«

»Also, ich glaube, es ist die gleiche, die wir auch 82 benutzt haben, falls Sie das meinen.«

Marmolejo schüttelte den Kopf. Das meinte er nicht. Er nahm die schwere Zange sorgfältig in die Hand, nicht am Handgriff, sondern in der Nähe der lockeren Backen, und hob sie hoch. Er schüttelte sie einmal fest und kurz.

Klirr.

Und ob das ein vertrautes Geräusch war. Ruckartig setzte Gideon sich auf. »Damit wollte er mir den Schädel einschlagen! Nicht mit einer Kette, mit einer Rohrzange!«

Mit einem zufriedenen Lächeln legte Marmolejo sie wieder auf den Tisch und zeigte mit seinem Kugelschreiber auf den Kopf der Zange, auf einen kaum erkennbaren weißen Fleck. »Man kann noch genau sehen, wo sie gegen den Kalkstein gekracht ist, als sie Ihren Kopf verfehlte.«

»Wo haben Sie die gefunden?« fragte Julie mit leicht zittriger Stimme.

»Hinter einer der Mauern des Ballspielplatzes, am anderen Ende, vor dem Tempel des Bärtigen Mannes.«

Gideon nickte. »Stimmt, in die Richtung ist er fortgelaufen. Er muß sie von der Mauer geworfen haben. Haben Sie irgendwelche Fingerabdrücke gefunden?«

»Noch nicht, und ich habe auch wenig Hoffnung, daß ich welche finde. Aber selbst wenn dem so wäre, was dann? Im Verlauf der Ausgrabung werden eine Menge Leute damit gearbeitet haben.«

Julie starrte fasziniert und blaß die große Rohrzange an. »Ist die *schwer*«, sagte sie. »Mein Gott, wenn das Ding dich am Kopf erwischt hätte, würde er ... würde er ...«

»Wie eine Eierschale«, sagte Gideon. »Tja, damit kann das dann ja wohl als ziemlich gesichert angesehen werden: es muß einer der Crew gewesen sein. Die Werkzeuge werden ausnahmslos im Arbeitsschuppen aufbewahrt.«

»Es sieht so aus«, sagte Marmolejo. »Aaah, hier kommt unser Dessert. Oh, ich liebe Flan.«

Die nächsten paar Tage verlief die Ausgrabung beinahe so, als sei nichts Ungewöhnliches passiert. Obwohl Gideon und Julie alles viel genauer beobachteten, wirkte die Crew genausowenig bedrohlich wie sonst. Sie bemerkten keine geheimnisvollen Blicke, kein verdächtiges Verhalten. Niemand schlich schuldbewußt herum. Worthy war Worthy, Leo war Leo, Emma war Emma. Manche sicherlich ein bißchen seltsam, vielleicht sogar ein wenig mehr als seltsam, aber kein erkennbarer Möchtegern-Mörder darunter.

Marmolejos Schutz entpuppte sich als leise sprechender, uniformierter Beamter, der die Crew auf ihrem Weg von und nach Tlaloc begleitete und sich während des Arbeitstages unauffällig auf dem Ausgrabungsgelände herumtrieb. Andere Polizisten, in Zivil, befanden sich abends im Hotel. Sie hatten nicht nur den Auftrag, Gideon zu schützen, sondern sollten ebenfalls ganz allgemein ein wachsames Auge auf alles halten, was sie auch mit aller gebotener Zurückhaltung taten. Abe hatte versucht, dem uniformierten Mann eine Arbeit anzudrehen – »solange Sie nur in der Gegend herumstehen und sowieso nichts zu tun haben« –, wurde aber höflich zurückgewiesen.

So unauffällig effizient sie auch zu sein schienen, konnten sie doch nicht verhindern, daß sich der nächste Teil des Fluches von Tlaloc erfüllte. Diesmal war nicht Gideon der Hauptleidtragende.

Zwischen zehn Uhr am folgenden Montagabend bis vier Uhr morgens wurde jedes einzelne Mitglied der Gruppe – laut ihren Erzählungen am Dienstag – von schweren Durchfall-Attacken heimgesucht, einige bis weit in die Morgenstunden. Mehrere, Julie und Abe eingeschlossen, litten unter periodisch auftretenden Krämpfen, und alle waren geschwächt und fühlten sich unwohl, und zwar so sehr, daß Abe die Arbeit für diesen Tag absagte.

Es wurde Mittag, bevor einer nach dem anderen aus seinem Zimmer kam, um den bleichen, geschwächten Kollegen auf der Veranda Gesellschaft zu leisten, wo sie vorsichtig Suppe oder Tee schlürften und über diese letzte Mißfallensbekundung der Götter diskutierten.

Denn natürlich war es genau das, was Emma behauptete. Und wenn sie ihr Publikum schon nicht überzeugt hatte, so war es zumindest passiv und nahezu bewegungsunfähig. Gideon, der dank seiner robusten Konstitution nicht zu sehr leiden mußte, war nach unten gegangen, um eine Kanne Manzanilla-Tee für Julie zu holen. Während er an der Bar wartete, konnte er hören, wie Emma sich lang und breit ausließ.

Die Gruppe saß an dem großen Tisch, den sie sich mehr oder weniger auf Dauer angeeignet hatte, und Emma schien beim Resümee ihres Diskurses angelangt zu sein. In der Nähe stocherte sich ein hängebackiger Mexikaner, von dem Gideon wußte, daß er zu Marmolejos Männern gehörte, träge mit einem Zahnstocher in den Zähnen und starrte friedlich ins Nichts.

»Offensichtlich«, unterrichtete Emma gerade sehr ernst die Crew, »entwickelt sich der Fluch exakt wie vorausgesagt. Schritt für Schritt.«

Das Ausmaß ihres Leidens zeigte sich daran, daß ihr niemand widersprach. Selbst Worthy, der noch vor einem Tag ganz sicher die Herausforderung angenommen hätte, saß in trübem Schweigen da. Er sah aus, als hätte man ihn eine Woche in einer Salzlake eingelegt. Harvey, bleich und glanzlos wie ein Gespenst, starrte skeptisch in seine Suppe. Und Leo, mit dem Muskeltonus einer Bananenschnecke, lag zusammengesunken in seinem Sessel und richtete seine gesamte Aufmerksamkeit darauf, eine Tasse an die Lippen zu heben. Preston, der sowieso kaum widersprochen hätte, streckte alle viere von sich, die Augen zusammengekniffen, das ganze Elend auf seiner attraktiven, fahlen Stirn eingegraben.

Emma, die nicht besser aussah als die anderen, fuhr unbeirrt fort: »Erstens, der blutsaugende Kinkajou sollte kommen, und er ist gekommen. Zweitens . . .«

Aber so krank Worthy auch war, das war dann doch zuviel für ihn. »Ach, um Himmels willen«, sagte er bissig, »jeder weiß doch, daß das nur ein Scherz war. Wollen Sie etwa allen Ernstes behaupten, die Götter hätten der armen Kreatur das Schild um den Hals gehängt?«

Sein Beispiel machte Harvey Mut. »Und außerdem«, krächzte er, um die Sache klarzustellen, »war es kein Kinkajou, sondern ein Coatimundi. Das hat Julie gesagt.«

»Genau«, sagte Worthy. »Oder kennen Ihre allwissenden Götter den Unterschied nicht?«

»Worauf es ankommt, ist die Projektion gedanklicher Konstruktionen in unser kollektives Bewußtsein«, erwiderte Emma mit ruhiger Unerschütterlichkeit. »Die Struktur der physischen Realität bedeutet gar nichts. Man muß es nehmen, wie es kommt, Harvey.« Anscheinend war sie zu dem Schluß gekommen, daß für Worthy sowieso jede Hilfe zu spät kam. »Wenn man alles analysiert, stößt man zwangsläufig auf die Heisenbergsche Unschärferelation.«

Was ihre Kritiker natürlich sofort zum Verstummen brachte und ihr Gelegenheit gab, fortzufahren. »Zweitens . . . nun, Sie alle wissen, was Dr. Oliver zugestoßen ist. Drittens, Tucumbalam würde unsere Innereien in Feuer verwandeln . . .«

»Urk«, gab Harvey leise von sich und legte seine Stirn auf den Tisch.

». . . unsere Innereien in Feuer und blutigen Ausfluß verwandeln . . .«

Bei diesen Worten schüttelte sich Worthy, wurde noch grauer und stand auf. »Entschuldigen Sie mich«, sagte er und wandte sich zum Gehen, die Arme fest an seine Seiten geklemmt. Schweiß glitzerte auf seinem spärlichen Bart.

Leo schlug träge die Augen auf und versuchte zu grinsen. »He, Worthy, was ist das für ein Gefühl, zur Abwechslung mal wie alle anderen auch die Turista zu haben?«

Worthy blieb stehen und starrte Leo an. »Alles in allem«, sagte er trocken, »ist eine Verstopfung erheblich vorzuziehen.« Und dann begann er steifbeinig auf sein Cottage zuzutraben.

Resolut fuhr Emma fort. »Und jetzt steht uns die vierte Phase bevor. ›Viertens, der namens Xecotcavach . . .‹«

Leo fiel ihr ins Wort, richtete sich mit Mühe in seinem Sessel fast ganz auf und sah ausnahmsweise bierernst aus. »Emma, was soll die ganze Scheiße? Wenn Sie soviel davon verstehen, wieso verbrennen Sie dann nicht einfach ein bißchen Tofu oder was weiß ich, um die Götter zu besänftigen? Was sollen wir Ihrer Meinung nach denn tun? Von hier verschwinden und nach Hause fahren, oder was?«

Emma funkelte ihn wütend an. »Nein, im Augenblick, glaube ich, noch nicht. Sie wollen uns im Grunde nichts tun, sie wollen uns nur eine Lehre erteilen.« Ihre Zungenspitze zuckte über ihre Lippen. Eine stumpfe Röte verfärbte ihr Gesicht, breitete sich vom Hals nach oben auf den Wangen aus. »Es wird Sie sicherlich interessieren zu erfahren, daß ich glaube, einen biopsychischen Energiestrom zu einer Persönlichkeit hergestellt zu haben, die sich selbst Huluc-Canab nennt. Aber«, fügte sie bescheiden hinzu, »mit Sicherheit kann ich das noch nicht sagen. Vielleicht ist es ja auch nur eine Regression in eine frühere Inkarnation.«

»He, Emma, was sind Sie, ein Medium oder was?«

Der Sprecher war Stan Ard, der von Gideon unbemerkt an einem benachbarten Tisch beim Bier saß und sein Notizbuch auf einem kräftigen Schenkel balancierte.

»Das Wort *Medium* gefällt mir nicht sehr«, sagte Emma und plusterte sich beim Anblick von Ards sich langsam bewegendem Kugelschreiber sofort auf, »aber, ja, ich gebe zu, ich hatte schon gewisse Erfolge mit dem Empfang gedankenstruktureller Energie von Persönlichkeitsmanifestationen auf der anderen Seite der physisch-realen Leere.«

»Moment«, sagte Ard lachend und schaute von seinem Notizbuch auf. »Persönlichkeits-was?«

»Persönlichkeitsmanifestationen, die sich mit unserer Definition materieller Wirklichkeit nicht fassen lassen«, erklärte Emma hilfsbereit. »Ich stelle sie mir als . . .«

»Su té, señor«, sagte die Barkeeperin zu Gideon.

»Gracias«, erwiderte er und setzte seine Unterschrift unter den Beleg.

Sie lächelte. »Manzanilla-Tee ist sehr gut gegen das, was Sie plagt«, sagte sie auf englisch. »Wir wollen's hoffen«, meinte Gideon. »Wissen Sie zufälligerweise, ob die Turista bei allen Gästen ausgebrochen ist?«

»Nein, Señor, ich glaube nicht. Nur bei Ihrer Gruppe.«

»Keine Probleme mit der Wasserversorgung des Hotels?«

»Señor«, sagte sie vorwurfsvoll, »dies hier ist das ›Mayaland‹. Zweifellos haben Sie woanders gespeist.«

14

»Nein«, sagte Abe langsam und schüttelte den Kopf, »alles, was ich diese Woche gegessen habe, kommt aus dem Hotel. Du doch auch, oder? Und Julie?«

»Stimmt«, sagte Gideon. »Wenn also etwas im Essen war, dann muß es auch aus der Hotelküche gekommen sein.«

Abe nickte. Er hatte sich im Bett aufgestützt, zittrig und mit fahlen Wangen, und sah unansehnlich aus, wie unrasierte alte Männer in Schlafanzügen eben aussehen. Aber er wibbelte unruhig herum, schlug die Beine übereinander und legte sie dann wieder anders hin und knuffte die Kissen, die unter seinen Rücken gestopft waren, gereizt immer wieder zurecht.

Als Gideon Julie den Tee gebracht hatte, hatte sie drei Schlucke getrunken, geseufzt, ihm ihr wunderbares Lächeln geschenkt und war mit einer Hand auf seiner friedlich eingeschlummert. Gideon war sitzengeblieben, bis sie fest schlief, hatte dann vorsichtig seine Hand befreit, in der Bar eine Schale Suppe und etwas Brot geholt und war nach Abe sehen gegangen. Als er ihn das letzte Mal gegen zehn Uhr morgens besucht hatte, war Abe noch nicht fähig gewesen, etwas zu sich zu nehmen.

»Und was ist das für eine Suppe?« sagte Abe, zeigte lustlos auf die zugedeckte Schale.

»Was für eine darf's denn sein?«

Doch für so etwas war Abe nicht in der richtigen Stimmung. »Bei einem Anthropologen erwarte ich keinen ethnischen Humor«, erwiderte er scharf.

»In Ordnung, Hühnerbrühe.«

Abe gab ein knurrendes Geräusch von sich. »Ferner erwarte ich kein sklavisches Festhalten an überholten Stereotypen.«

»Mann, du hast todsicher eine wunderbare Laune. Ich bin wirklich froh, daß ich gekommen bin und dich ein wenig aufheitern konnte. Hör zu, nennen wir sie doch einfach Caldo de pollo, wenn du dich dann besser fühlst. Und es ist eine verdammt gute Therapie. Sie ist bekömmlich, nahrhaft, leicht zu schlucken. Sie ersetzt durch Dehydratation verlorengegangene Flüssigkeiten. Sie . . .«

Abe hielt sich die Ohren zu und verzog das Gesicht. »In Ordnung, ich werde diese verdammte Suppe essen, recht so?«

Gideon nahm den Deckel von der Schale und stellte das Tablett auf Abes Schoß. »Wirklich sehr gern geschehen«, sagte er. »Keine Ursache, sich zu bedanken.«

Schließlich lächelte Abe matt und lehnte sich entspannt in die Kissen. »Vielen herzlichen Dank, Gideon. Wirklich sehr nett von dir. Schön, daß du daran gedacht hast.« Er führte einen Löffel zum Mund und schluckte. »Gut«, sagte er. »Mir war gar nicht bewußt, daß ich so hungrig bin.« Ein paar Sekunden aß er schweigend und lebte sichtlich wieder auf.

»Du hast recht«, sagte er, »ich bin heute morgen tatsächlich nicht in meiner gewohnten guten Stimmung.«

»Ach, wirklich? Mir ist nichts Ungewöhnliches aufgefallen.«

Wieder lächelte Abe. »Nein, ich habe *rumgekvetcht*, stimmt, bin heute in einer ausgesprochen nörglerischen Laune, und das nicht nur, weil ich mich nicht besonders fühle.« Er rührte mit dem Löffel in der Schale, starrte finster hinein. »Es ist, weil wir *alle* krank sind, Gideon. Jemand versucht es so aussehen zu lassen, als wäre der Fluch echt.« Er wedelte lustlos mit einer Hand. »Setz dich, ja?«

Gideon holte einen der dunklen Holzstühle vom Schreibtisch neben das Bett, drehte ihn um und setzte sich, die Unterarme auf die Rückenlehne gelegt. »Ja, genau das hat Emma vorhin erst all denen erklärt, die's noch nicht begriffen haben.«

»Es sei denn, das ganze Hotel wäre krank geworden, was natürlich alles in einem völlig anderen Licht erscheinen lassen würde.«

»Das habe ich bereits nachgeprüft.«

»Und wir sind die einzigen?«

»Nur wir, ja.«

»Dachte ich's mir doch.« Er riß ein winziges Stück von einer schlabberigen Scheibe Weißbrot ab und kaute nachdenklich und langsam darauf herum. »Hast du irgendeine Idee, wie das gemacht worden ist?«

»Also, offensichtlich muß es etwas gewesen sein, das niemand außer uns gegessen hat.«

»Richtig. Ist es nicht wunderbar, Wissenschaftler zu sein und auf solche sagenhaften Deduktionen zu kommen?«

»Allerdings glaube ich nicht, daß es Escherichia coli oder Salmonellen oder irgendwelche anderen Turista-Bazillen gewesen sind. Dazu sind wir nicht krank genug.«

»Sprich bitte nur für dich selbst.«

»Du weißt schon, was ich meine. Anscheinend befinden sich alle schon wieder auf dem Wege der Besserung – einschließlich dir –, und soweit ich weiß, hat keiner gebrochen oder Fieber. Nur akute Diarrhöe, verbunden mit leichtem Schwächegefühl und Krämpfen, nichts Ernstes.«

»Du hast gut reden«, brummte Abe. »Aber du hast recht. Ich werd's überleben. Also, was meinst du, hat uns jemand ein Abführmittel ins Essen geschmuggelt?«

»Sieht ganz danach aus.«

»Finde ich auch.« Er reichte Gideon das Tablett, das er auf eine Kommode stellen sollte. Er hatte den größten Teil der Suppe und eine halbe Scheibe Brot gegessen, und seine Wangen hatten wieder etwas Farbe bekommen. »Daraus ergibt sich die Frage, was haben wir gestern gegessen, das sonst niemand im Hotel gegessen hat? Das Frühstück kann's nicht gewesen sein, denn das stellt sich jeder ganz individuell aus der normalen Speisekarte zusammen, und für das Abendessen gilt das gleiche. Damit bleibt also ...«

»Das Mittagessen, das im Hotel zubereitet, eingepackt und unbeaufsichtigt in der Bar deponiert wird, wo wir es uns morgens abholen können. Praktisch jeder hätte problemlos etwas beimischen können.«

Abe schüttelte den Kopf. »Nein, Preston und Emma bereiten sich ihr eigenes Mittagessen aus Bienenpollen und Sonnenblumenkeimen oder was auch immer zu, und die beiden sind ebenfalls erkrankt.« Er blickte scharf auf. »Haben sie wenigstens gesagt.«

»Falls dem nicht so war, haben sie auf jeden Fall eine ziemlich gute Show abgezogen, die grüne Gesichtsfarbe eingeschlossen.«

Beide dachten weiter nach, hatten nachdenklich das Kinn auf die Brust gesenkt. Gleichzeitig schauten sie wieder auf. »Der Saft!«

Jeden Morgen um halb zehn kam ein Junge aus dem ›Mayaland‹ mit einem verschlossenen Drei-Gallonen-Behälter kaltem Obstsaft zur Ausgrabungsstelle, dem die gesamte Crew ausgiebig zusprach und der den ganzen Tag auf einem Tisch im Arbeitsschuppen stand. Unbeaufsichtigt.

»Also, wie schwer wäre es gewesen, ein paar Löffel Abführmittel da reinzumischen?« fragte Abe rhetorisch. »Zum Beispiel Cascara sagrada. Das kriegt man ohne Rezept als Abführmittel, und man muß die Tabletten lediglich pulverisieren.«

»Gestern hatten wir naturtrüben Apfelsaft, oder?« fragte Gideon. »Wem wäre es schon aufgefallen, wenn er durch das Cascara eine Idee dunkler ist?«

Abe seufzte tief auf. »Hier läuft wirklich jemand mit einem wunderbaren Sinn für Humor herum.«

»Ich frag mich immer wieder, ob Emma wohl dahintersteckt«, sagte Gideon. »Todsicher liefert das alles eine Menge Wasser auf ihre Mühlen. Vielleicht leistet sie ihrem Freund Huluc-Canab ein bißchen Schützenhilfe von der anderen Seite der physisch-realen Leere.«

»Aber du glaubst doch nicht wirklich, daß sie dich überfallen hat.«

»Nein.« Er schwieg kurz, fügte dann hinzu: »Ich könnte es zumindest nicht beschwören.«

»Was ist mit dem Coatimundi?«

»Nein, das war nicht Emma. Das war etwas anderes, das war ein Scherz.«

»Vielleicht war es etwas anderes, vielleicht auch nicht. Wenn sich eine Menge merkwürdige Dinge parallel ereignen, dann haben sie so die Eigenart, sich als zusammenhängend herauszustellen. Goldsteins Theorem zueinander in Beziehung stehender fauler Tricks und Ereignisse.«

Gideon lächelte. »Könnte sein.«

»Natürlich. Egal, in einem Punkt hast du auf jeden Fall recht.« Zum ersten Mal schimmerte ein winziges Funkeln in Abes Augen. »Emma ist für den Coatimundi nicht verantwortlich. Dahinter hat jemand anderes gesteckt.«

Gideon beugte sich über die Lehne des Stuhles, legte das Kinn auf die verschränkten Unterarme. »Okay, Abe, du weißt etwas, das ich nicht weiß. Laß hören.«

»Also . . .« Abe lehnte sich behaglich in die Kissen zurück, die Hände hinter dem Nacken verschränkt. »Da ich heute morgen geraume Zeit zur Verfügung hatte, habe ich ein bißchen nachgedacht, und ich habe über diesen Coatimundi sinniert. Was ich mich gefragt habe, war, wo findet man solch ein Tier?«

»Die sind in dieser Gegend heimisch. Julie sagt, man findet sie wahrscheinlich überall im Dschungel.«

»Sicher, aber wie oft bekommt man eines zu sehen? Überhaupt mal? Meinst du, du könntest einfach in den Dschungel marschieren und eines fangen, wenn du beschlossen hat, uns anderen einen kleinen Streich zu spielen?«

»Also, nein. Das sind wilde Tiere. Sie . . . okay, woher kriegt man einen Coatimundi, wenn man einen braucht?«

»Also, ich, ich würde eine Tierhandlung anrufen«, sagte Abe, »was ich dann auch getan habe. Wie sich herausstellt, gibt es zwei Tierhandlungen in Mérida, und in der ersten, die ich angerufen habe, auf der Avenida Colón, hat man mir gesagt, es wäre komisch, aber er hätte fast zwei Monate einen Coati gehabt, den kein Mensch wollte, und jetzt wäre ich schon der zweite Norteamericano in einer Woche, der einen wolle.«

Gideon richtete sich auf. »Und du hast herausgefunden, wer dieser andere war?«

Doch Abe ließ sich Zeit mit seiner Pointe. Der Coati, sagte er zu Gideon, wurde telefonisch bestellt und nach Piste geliefert, was zufälligerweise das dem ›Mayaland‹ am nächsten gelegene Dorf ist, etwa anderthalb Meilen entfernt. Ein bescheidenes, leicht heruntergekommenes kleines Straßendorf, das zu einem Zentrum für Touristen geworden war, die sich den Luxus des ›Mayaland‹ nicht leisten konnten oder wollten. Der Käufer hatte das in einem Karton verschickte Tier an der Bushaltestelle direkt vor der ›Mayan Cave Bar Disco‹ (»English Spooken Here«) in Empfang genommen und war von dort aus mit einem Taxi Richtung ›Mayaland‹ abgefahren. Dies alles war, solle Gideon nicht vergessen, am späten Dienstagnachmittag passiert, am Tag, bevor das Coati im Arbeitsschuppen entdeckt wurde.

»Und der Name«, brummte Gideon leise, »dieses geheimnisvollen Gringos war . . .«

»Nein, Señor Merino wußte seinen Namen nicht, aber er konnte ihn beschreiben: ›Un hombre con una barba de chivo.‹«

Gideons Spanisch reichte nicht aus. »Ein Mann mit einem was?«

Abe tippte sich mit einem Finger aufs Kinn. »Einem Ziegenbart.«

»Worthy?«

Abe nickte. »Du hattest von Anfang an recht.«

Das Erzählen hatte ihn ermüdet. Er ließ seine mageren Arme sinken, fiel zurück in die Kissen und schloß ein paar Sekunden lang die Augen. »Im Augenblick bin ich ein wenig müde, aber in einer Stunde werde ich mich schon wieder erheblich besser fühlen. Ich zieh mich an und geh zu ihm, red mit ihm und finde heraus, was Sache ist. Und sag ihm, was Sache ist«, fügte er hinzu.

»Den Teufel tust du«, sagte Gideon mit Nachdruck. »Du bleibst heute schön im Bett. *Ich* werde mit Worthy reden.«

»Nein«, sagte Abe und schüttelte den Kopf. »Darum kümmere ich mich. Das ist meine Aufgabe, nicht deine.«

»Wie wär's, wenn du sie delegieren würdest? Ich geh jetzt sofort zu ihm. Ich will, daß du es langsam angehen läßt und erst wieder zu Kräften kommst. Komm schon, Abe, sei vernünftig.«

»Vielleicht hast du recht«, erwiderte Abe sanftmütig, und Gideon warf ihm einen besorgten Blick zu. Fügsamkeit war nicht seine Art.

»Abe, ich denke, es wäre keine schlechte Idee, wenn der Hotelarzt mal nach dir schauen würde.«

Was Abe mit einer wegwerfenden Handbewegung abtat. »Nein, nein. Ich nehme Flüssigkeiten zu mir. Ich ruhe mich aus.« Wieder schloß er die Augen und machte es sich zum Schlafen bequem. »Du wirst schon sehen. Bald bin ich wieder auf dem Damm.«

»In Ordnung«, sagte Gideon unsicher und stand auf. »Ich schau später noch mal rein und lasse dich wissen, wie es mit Worthy gelaufen ist.«

»Du willst mich kontrollieren, meinst du wohl«, sagte Abe müde. »In Ordnung, danke.«

Gideon hatte die Tür erreicht, als Abe ihm nachrief: »Gideon?«

»Ja?«

Abe hatte die Hände friedlich auf der Brust gefaltet. Seine Augen waren immer noch geschlossen. »Wenn du noch eine Schale Hühnerbrühe mitbringst, würde ich nicht nein sagen.«

»Na schön«, sagte Worthy gereizt, »ich bin der Übeltäter. Ich geb's ja zu. Ich habe das arme Tierchen in den Arbeitsschuppen gesperrt. Es war doch nur ein *Scherz*.«

Mit einem Taschentuch tupfte er sich die schweißglänzende Stirn ab. »Können wir nicht später weiterreden? Ich fühle mich wirklich nicht so besonders.«

»Keinem von uns geht's besser, Worthy. Genau deshalb rede ich ja mit Ihnen.«

Worthy starrte ihn stumm über den Tisch in seinem Zimmer an.

»Wieviel kostet ein Coati?« wollte Gideon wissen.

Worthy zuckte mit den Achseln. »Fünfundfünfzig amerikanische Dollar.«

»Eine Menge Geld für einen Scherz.« Er lächelte, auch wenn ihm gar nicht danach war. »Nicht, daß es nicht wirklich komisch war.«

Was Worthy zu freuen schien; er lächelte sogar ein wenig. »Tja, ich wollte *wirklich* was damit sagen, wissen Sie, auch wenn's für Emma ein bißchen zu subtil gewesen zu sein scheint. Gideon, worauf soll das hier hinauslaufen? Sie haben mein Geständnis. Was gibt's noch groß zu besprechen?«

Gideon lehnte sich zurück und musterte ihn. Es gab durchaus noch einiges zu besprechen: Hatte Worthy noch auf andere subtile Weise versucht, etwas zu sagen? Indem er zum Beispiel etwas Scheußliches in den Apfelsaft kippte? (Denn wer kannte sich besser mit Abführmitteln aus als er?) Im Tempel grub, wenn er es gar nicht tun sollte? Morddrohungen unter Türen durchschob? Sich mit einer Rohrzange bewaffnet in Chichén-Itzá herumschlich?

Er beschloß, die Karten zumindest teilweise auf den Tisch zu legen. »Ich habe mich gefragt, ob Sie wohl auch etwas mit diesem Problem zu tun haben, unter dem wir heute alle leiden?«

»Wenn ich . . . warum sollte . . .« Er starrte Gideon an. »Wollen Sie sagen, jemand hat uns das absichtlich angetan? Hat unser Essen vergiftet?«

»Also, ›vergiftet‹ ist vielleicht etwas zuviel gesagt, aber ich glaube schon, ja. Ich habe mich gefragt, ob das wohl ein weiterer kleiner Scherz war.«

»Aber das ist doch . . . das ist doch einfach ungeheuerlich!« brüllte Worthy aufrichtig. Wieder tropften Schweißperlen von seiner bleichen Stirn. Am Verdauungssystem herumzupfuschen, war kein Scherz für Worthy Partridge. »Und Sie glauben, *ich* hätte . . . ich würde . . .«

Gideon wußte nicht, ob er ihm glauben sollte oder nicht. Worthy war ein intelligenter, scharfsinniger Mann; Gideon zweifelte keine Sekunde daran, daß er sich gut verstellen konnte. Er hatte die Verantwortung für den Zwischenfall mit dem Coati an jenem Morgen überzeugend genug abgestritten. Trotzdem, sein Ausbruch wirkte echt.

»Gideon, wie können Sie so etwas nur sagen?« kreischte er. »Glauben Sie allen Ernstes, ich würde so etwas tun? Mir geht's genauso schlecht wie allen anderen. Mein Gott, ich bin sogar noch schlimmer dran, viel schlimmer!«

»Allen geht es schlecht, Worthy. Wer auch immer es getan hat, er ist clever genug zu wissen, daß er sofort wie ein bunter Hund auffallen würde, wenn es ihm als einzigem gut ginge.«

Worthy verdrehte seine schlaksigen, blond behaarten Beine umeinander, das linke Knie hinter das rechte, den rechten Knöchel hinter den linken; eine Sache, die den meisten Menschen aufgrund der Anatomie des Beckens unmöglich ist.

»Nein«, sagte er nach einem Augenblick, »das würde ich nicht sagen.«

»Was würden Sie nicht sagen?«

»Daß es uns allen schlecht geht.«

Für Gideon hatten alle ziemlich mitgenommen ausgesehen. »Was meinen Sie damit? Wem geht es nicht schlecht?«

»Stanley Ard«, sagte Worthy gelassen.

»Stanley Ard?«

»Dem Reporter.«

»Ja, ich weiß, aber warum sollte er . . .« Aber natürlich wußte er sehr gut, warum. Es war ihm nur bislang einfach noch nicht in den Sinn gekommen. Wie Abe bereits angedeutet hatte, war Ard nicht der Typ Reporter, der Skrupel hatte, Ereignisse zu fabrizieren, wenn sich dadurch eine Story aufpeppen ließ. Und wenn es Bauchschmerzen für ein paar andere bedeutete, tja, das war ein Preis, der eben gezahlt werden mußte.

»Worthy«, sagte er, »das ist wirklich ein hochinteressanter Gedanke.«

»Ja«, sagte Worthy und wischte sich wieder über die Stirn. »Und ich glaube, ich sollte mich jetzt wirklich besser hinlegen.«

Als Julie um halb sechs aufwachte, war sie hungrig und vergnügt. Sie aßen Omelette zum Abendbrot (Julie hatte inzwischen ihre Vorbehalte gegen Eier mit braunem Eigelb überwunden) und brachten anschließend einem rasierten und im großen und ganzen wiederhergestellten Abe ein weiteres Süppchen. Sie hatten über Stan Ard gesprochen, und Gideon erbot sich, ihn zur Rede zu stellen, doch diesmal war Abe unnachgiebig geblieben. Es war sein Job, und er würde am nächsten Tag mit Ard über den manipulierten Saft sprechen und sehen, wohin das führte. Was den Überfall auf Gideon betraf, gelangte man zu der Übereinkunft, daß diese Sache am besten von Marmolejo weiterverfolgt werden sollte.

15

Erst am Ende des folgenden Arbeitstages erhielten Julie, Abe und Gideon wieder Gelegenheit zu einem ausgiebigen Gespräch.

Sie waren auf dem Rückweg zum Hotel. Die Crew war fünfundzwanzig, dreißig Meter vor ihnen, außer Sicht- und Hörweite. Hinter ihnen hielt der Polizist einen diskreten Abstand von sechs, sieben Metern, schlenderte so zwanglos wie ein Mann bei einem Spaziergang durch den Zoo.

Tatsächlich hätten sie auch durchaus in einem extrem ausgefallenen, begehbaren Vogelhaus sein können. Sie bewegten sich durch einen feuchten, grünen Korridor, in dem es nur so wimmelte von prächtigen kleinen Vögeln mit blauem, rotem und orangefarbenem Gefieder, die flink wie Schwalben an ihren Köpfen vorbeischossen oder sie ernst und unverhohlen von den Ästen aus beobachteten. Laut Julie handelte es sich um Motmots, Jacamars, Cotingas und Manakins. Und noch einige andere, von denen sie schwor, daß sie nicht in ihrem Buch ›Die Vögel Mexikos‹ standen.

»Wie ist es mit Ard gelaufen?« erkundigte sich Gideon. »Ich habe ihn heute bei der Ausgrabung bemerkt.«

»Wir hatten ein nettes kleines Gespräch. Er hat leidenschaftlich abgestritten, irgend etwas in den Apfelsaft gekippt zu haben. Er war über diesen Gedanken zutiefst schockiert.«

»Das ist nicht weiter überraschend«, meinte Julie.

»Wollen Sie eine Überraschung hören?« fragte Abe. »Wie wär's damit: unser geheimnisvolle Buddler war wieder am Werk. Zwei weitere Stufen freigelegt.«

Julie starrte ihn mit offenem Mund an. »Was ist denn mit den Wächtern passiert, die Sie engagiert haben?«

»Ich habe sie für nachts engagiert. Aber gestern war die Ausgrabungsstelle *tagsüber* verlassen. Was jemand ausgenutzt hat.« Er zuckte mit den Achseln. »Ich habe einfach nicht dran gedacht. Gestern sind mir ganz andere Dinge durch den Kopf gegangen.« Er zog sich bedrückt in seine eigenen Gedanken zurück, ging allein, mit gesenktem Kopf und hinter dem Rücken verschränkten Händen.

Gideon schüttelte den Kopf. »Was zum Teufel suchen die nur?«

»Also, ich wiederhole mich ja nur ungern«, sagte Julie, »aber ich muß immer wieder daran denken, daß seit dem Einsturz kein Mensch den Kodex wirklich gesehen hat . . .«

»Unmöglich. Wenn dieser Kodex dort unten wäre, und jemand wüßte davon – oder würde es auch nur denken –, dann wäre die Treppe schon längst ausgegraben worden. Außerdem . . .«

»Ich weiß«, sagte Julie seufzend. »Ich weiß.«

Gideon blieb stehen, um einen Kragenleguan über den Weg und ins Blätterwerk trippeln zu lassen. »Julie, du denkst doch nicht, daß wir deshalb alle krank werden sollten – damit jemand ungestört die Ausgrabungsstelle für sich allein haben konnte?«

Sie schaute zu ihm auf. »Könnte sein. Und Stan wäre der einzige gewesen, der gesund genug war, um hinauszugehen und zu graben, während wir anderen im Hotel herumgeschlappt sind.«

»Oh, das würde ich nicht sagen. Ich hätte gestern graben können, wenn ich genügend Grund dafür gehabt hätte. Ich wäre nicht direkt versessen darauf gewesen, aber gekonnt hätte ich. Und ich denke, die meisten anderen auch.«

»Vielleicht, aber Stan gibt einen so befriedigenden Schurken ab.«

Gideon lächelte. »Darüber kann ich nicht mit dir streiten.«

Abe kehrte zurück, von wo auch immer er gewesen war. »Habt ihr schon gehört, daß Ard morgen abend abreist? Er sagt, er hätte alles, was er für seine erste Reportage braucht.«

»Ach, ja?« sagte Julie. »Sollte Marmolejo nicht erst noch mit ihm sprechen?«

»Keine Angst, ich rufe den Inspektor an, sobald wir wieder im Hotel sind.« Er lachte plötzlich. »Fast hätte ich's vergessen. Ich habe auch ein paar gute Neuigkeiten für euch. Emma hat mich heute nachmittag zu fassen bekommen, um mir mitzuteilen, daß es ihr inzwischen gelungen ist, eine übersinnliche Schnittstelle zweiten Grades zu Huluc-Canab aufzubauen.«

»Toll«, sagte Gideon. »Vielleicht verrät er ihr ja auch, was wir tun müssen, um die Götter versöhnlich zu stimmen.«

»Das hat er. Er sagt, wir müßten mehr Respekt vor Persönlichkeiten aus anderen kulturtemporalen Horizonten zeigen.«

Julie legte den Kopf auf die Seite. »Was bedeutet?«

»Sorry, genauer hat er sich nicht geäußert.«

»Emma«, sinnierte Julie laut. »Emma muß auch immer ihren Senf dazugeben, oder?«

Gideon wußte, was sie dachte. Kurz nach dem Mittagessen hatte Abe ihm eine Neuigkeit mitgeteilt: Preston hatte ihm, Abe, stolz erzählt, daß Emma ein Buch über die Ereignisse in Tlaloc schreiben wolle, erzählt aus der Perspektive von Huluc-Canab, der sich als Ahlelob des zehnten Jahrhunderts aus dem nahegelegenen Xlapak zu erkennen gegeben hatte. (Die Tatsache, daß der redselige Huluc-Canab dem Fluch fünfhundert Jahre vorausging, schien seine intimen Kenntnisse desselben nicht im geringsten zu berühren.) Laut Preston hatte Emma bereits mit einem New-Age-Verleger in Los Angeles telefoniert und ein unverbindliches Angebot in sechsstelliger Höhe erhalten für ›Jenseits der Träume: Die Tlaloc-Dialoge des Huluc-Canab‹.

Deshalb, betonte Julie jetzt, hing doch für Emma viel von der Erfüllung des Fluches ab; sogar noch erheblich mehr als für Ard.

»Ich weiß nicht, Julie«, meinte Gideon. »Ich kann mir problemlos vorstellen, wie sie uns heimlich was ins Wasser mischt, aber ich kann sie mir immer noch nicht als diejenige vorstellen, die mich in Chichén angegriffen hat. Ich kann es einfach nicht.«

»Ich schon«, sagte Julie. »Diese Frau hat doch nicht alle Tassen im Schrank, falls dir das noch nicht aufgefallen sein sollte. Aber bleiben wir fair. Wo wir gerade über exzentrische Charaktere reden, was ist eigentlich mit Worthy?«

»Was soll mit ihm sein?« fragte Gideon.

»Tja, was hat er überhaupt hier zu suchen? Kommt er dir vielleicht wie der Typ vor, dem es Spaß macht, über einem Spaten im Dschungel zu schwitzen?«

»Er arbeitet an dieser Abenteuer-Serie über Maya-Kinder, weißt du noch?«

»O ja, richtig.«

»Ganz zu schweigen davon«, sagte Abe, »daß bei dieser Ausgrabung sämtliche Unkosten übernommen werden. ›Horizon‹ zahlt alles. Menschen gehen an die miesesten Orte dieser Welt, wenn's was umsonst gibt. Nicht, daß es hier so mies wäre.«

»Das ist ganz sicher richtig«, sagte Julie lächelnd. »Gut, was ist dann mit Harvey? Abgesehen davon, daß es umsonst ist, was zieht ihn her? Er ist doch jetzt so was wie ein Computer-Spezialist, oder?«

»Er hat Magengeschwüre«, sagte Gideon. »Ein netter, streßfreier Urlaub im Dschungel soll dagegen angeblich gut sein.«

»Nicht nur das«, sagte Abe. »Wenn man bei der Anthropologie erst mal Blut geleckt hat, wird man diese Leidenschaft nicht mehr los. Und nicht zu vergessen«, fügte er mit einem Nicken in Gideons Richtung hinzu, »Harvey hat seine Anthropologie bei einem wunderbaren Lehrer gelernt. Also, wer bleibt dann noch, wenn wir fair bleiben und unsere abfälligen Bemerkungen gleichmäßig verteilen?«

»Preston«, sagte Gideon, »aber Prestons Anwesenheit braucht nicht viel Erklärung.«

Abe nickte. »Wohin Emma auch immer geht, wird auch Preston gehen.«

»Und es bleibt noch Leo«, sagte Julie langsam. »Was macht also ein Bursche wie Leo hier? Was hat er beim letzten Mal hier gemacht?«

»Leo«, sagte Gideon. »Hmh.«

»Hmh«, machte auch Abe. »Leo.«

Ein oder zwei Minuten gingen sie schweigend weiter, während neugierige Vögel um sie herumflitzten und -flatterten. Von einem zimtfarbenen Vogel mit einem pendelförmigen Schwanz auf einem Ast über ihnen kam ein schüchternes, perlendes »Ch-ch-chwipp«. Vor ihren Füßen schlurfte ein weiterer Leguan resigniert und brummelnd aus dem Weg.

Abe brummelte auch. »Egal, wer es war, ich kann mir einfach keinen Reim darauf machen. Schön, Emma oder Ard oder irgendwer will, daß es aussieht, als würde sich der Fluch verwirklichen. Fein. Aber wie paßt der Drohbrief da rein? Sagt mir, was für einen Sinn der haben soll.«

»Was soll das *alles* für einen Sinn haben?« fragte Gideon. »Wieso versuchen, mich umzubringen, wenn es doch nur meine Seele war, die geschlagen werden sollte?«

»Getrommelt«, korrigierte Julie. »Und wieso dazu eine Rohrzange benutzen, wenn man es wie einen Fluch der Maya aussehen lassen will? Es ist so, so . . .«

»Anachronistisch«, half Abe aus. »Und was ist mit der heimlichen Buddelei? Was soll das?«

Es gab eine Menge Fragen. Und wenig Antworten. Sie waren schon wieder auf dem Hotelgelände, als Julie noch eine Frage einfiel. »Was kommt als nächstes?«

»Als nächstes?« echote Abe, wieder tief in seine eigenen Überlegungen versunken.

»In dem Fluch. Unsere Eingeweide in Flammen zu setzen, war *drittens.* Was ist *viertens?*«

»Irgendwas mit Xecotcavach«, sagte Gideon grimmig. »Ich glaube, es war nicht besonders angenehm.«

War es nicht. »Viertens«, besagte die Abschrift, die sie in Abes Bungalow konsultierten, »der namens Xecotcavach wird ihre Schädel durchbohren, so daß ihre Hirne auf die Erde fließen.«

Sie standen da und starrten die Zeilen lange an. Julie schob sich näher an Gideon; ihre Schulter warm an seiner Brust.

»Ich glaube«, sagte Abe, »ich werde Marmolejo sofort anrufen.«

Unmittelbar vor dem Abendessen ging Gideon in den Andenkenladen des Hotels, um ein paar Briefmarken zu kaufen. Leo war dort und wühlte in den Postkarten.

»Leo«, sagte Gideon ohne lange Umschweife, »erlauben Sie mir eine Frage. Was machen Sie hier?«

Die Frage schien ihn zu erschrecken. Er richtete sich von dem Drehständer mit Postkarten auf. »Was ich hier mache?«

»Bei der Ausgrabung. Warum machen Sie bei solchen Sachen mit? Um die Wahrheit zu sagen, ich kann wirklich nicht behaupten, daß Sie mir wie jemand vorkommen, der sich so besonders für die Archäologie der Maya interessiert.«

»Archäologie der Maya?« Leos vergnügtes, grölendes Lachen hallte von den Wänden des kleinen Ladens zurück. »Wen interessiert die Archäologie der Maya auch nur einen Furz? Ich mache bei solchen Sachen mit, weil es eine tolle Möglichkeit ist, Käufer zu treffen, Leute, die sich leisten können, was ich zu verkaufen habe. Was sonst?«

Gideon blinzelte. »Und, kaufen sie?«

»Worauf Sie sich verlassen können. Harvey wird nächsten Monat mit mir zum Salton Sea runterfliegen, um sich mal umzuschauen. Verdammt, ich habe Kreuzfahrten auf dem Amazonas gemacht, ich war auf den Galapagos-Inseln und hab mir Schildkröten angesehen, ich war bei einer Ausgrabung in der Türkei, und jedesmal ist es mir gelungen, einen Verkauf abzuschließen. Und das alles ist auch noch von der Steuer absetzbar. Es gibt nichts Besseres. *Deshalb* bin ich hier.«

»Oh«, sagte Gideon. »Tja, hatte mich nur so gefragt.«

Er lag auf dem Rücken und beobachtete, wie sich der Deckenventilator im Mondschein drehte. Julie lag auf der Seite, hatte ihm den Rücken zugewandt; ihr warmer, nackter Hintern an seiner Hüfte. Sie atmete ruhig und gleichmäßig, aber er wußte, daß sie nicht schlief. »Julie?«

»Hmh?«

»Ich habe nachgedacht.«

Sie drehte sich zu ihm, machte dabei raschelnde, angenehme nächtliche Geräusche. Ihre Finger fanden seinen Arm und glitten daran herunter, um sein Handgelenk behutsam zu umfassen. Sie wartete darauf, daß er weitersprach.

»Also, ich habe gerade gedacht, wenn du möchtest, daß wir packen und von hier verschwinden, können wir das tun. Falls es jemand auf uns abgesehen hat – ganz besonders auf mich –, ist es vielleicht nicht besonders vernünftig, noch länger zu bleiben. Es gibt keinen Grund, warum nicht ein anderer Anthropologe meinen Job übernehmen sollte. Marmolejo wird morgen die Sicherheitsvorkehrungen verstärken, daher glaube ich eigentlich nicht, daß eine reale Gefahr besteht, aber wer weiß? Ich war derjenige, der gesagt hat, die Drohung bedeutete nichts weiter.«

Sie hob den Kopf, der sich nun als Silhouette vor den Fensterjalousien abzeichnete. »Von hier verschwinden?« wiederholte sie, offensichtlich überrascht. »Weil irgend so eine miese kleine Ratte hier rumläuft und widerliche Briefe unter Türen durchschiebt und mit einer Rohrzange herumschleicht? Um eine der scharfsinnigeren Feststellungen des berühmten G. P. Oliver zu zitieren: ›Man muß sein eigenes Leben leben. Das kann man sich nicht von den Ekeltypen und Widerlingen dieser Welt aus der Hand nehmen lassen.‹«

Er lachte und streichelte die sanfte, feuchte Linie ihres Kinns, zuerst mit den Fingerspitzen und dann mit dem Handrücken. Ihr schwarzes, lockiges Haar schimmerte im schwachen Licht, bewegte sich in der sanften Brise des Ventilators.

»Außerdem«, sagte sie, »bin ich jetzt über zwei Jahre mit dir verheiratet und habe mich von daher an ein gewisses Maß an, äh, Abenteuer in meinem Leben gewöhnt.«

»Gut«, sagte er. Er hatte gewußt, was sie antworten würde, aber sie verdiente ein Mitspracherecht. Seine Hand wanderte zu ihrem Hals, unter den Arm zur seidigen, zarten Seite ihrer Brust. »Hast du auch Probleme mit dem Einschlafen?« erkundigte er sich.

»Ein bißchen.« Sie kuschelte sich wieder an ihn und schob ein Bein über ihn. »Irgendwelche Vorschläge?«

»Ich nehme nicht an, daß du Ovomaltine eingepackt hast?«

»Hm-hmmh.« Ihr Bein glitt langsam seinen Schenkel auf und ab.

»Also, dann«, sagte er und zog sie ganz auf sich, »schlage ich vor, daß wir die Sache eingehend diskutieren.«

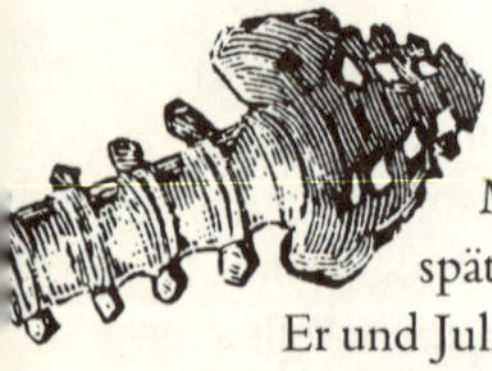

16

Marmolejos erhöhte Sicherheitsvorkehrungen kamen zu spät. Und es war auch nicht Gideon, der sie gebraucht hätte. Er und Julie waren fast aus der Tür, auf dem Weg zum Frühstück, als das Telefon klingelte. Gideon ging ran.

»Dr. Oliver?« Die Stimme war unverbindlich, eindringlich. »Äh, Dr. Plumm am Apparat. Vielleicht erinnern Sie sich an mich?«

»Aber sicher. Stimmt etwas nicht?«

Plumm war der Hotelarzt, ein freundlicher, unaufdringlicher Engländer von fünfundsechzig Jahren mit glatter Babyhaut und tadellos gepflegtem kleinem grauem Schnurrbart. Er hatte seine Praxis in Portsmouth aufgegeben, kaum ein Jahr später seine Frau durch Krebs verloren und war dann in der Hoffnung nach Mexiko gekommen, daß ein Ortswechsel ihm vielleicht helfen könnte, mit seiner Trauer fertigzuwerden. Er war nie mehr zurückgekehrt. Heute lebte er das einsame Leben eines Ausländers im ›Mayaland‹, stellte seine Dienste im Gegenzug für ein Zimmer zur Verfügung – ein pensionierter alter Brite, wie er sich selbst nannte.

In seiner reichlich bemessenen Freizeit war er so etwas wie ein Fan von Verbrechen. Er hatte das ›Journal of Forensic Sciences‹ abonniert und war mit einer Reihe von Aufsätzen vertraut, die Gideon über die Ermittlung der Todesumstände anhand der Gebeine geschrieben hatte. Er hatte Gideon am Abend des Überfalls untersucht und war sichtlich entzückt, als er den Namen seines Patienten herausfand. Er hatte unbedingt einige Punkte in Gideons Aufsätzen diskutieren wollen, und sie hatten am folgenden Morgen eine angenehme Stunde bei einer Tasse Kaffee verbracht.

»Ja«, sagte er, »ich fürchte, es stimmt ganz gewaltig etwas nicht, und Ihre Hilfe wäre von unschätzbarem Wert. Würde es Ihnen große Umstände bereiten, herunterzukommen? Es liegt in Ihrem Fachgebiet, und ich bin überzeugt, es wird Sie interessieren.«

Was nicht stimmte, war Stan Ard. Er lag der Länge nach ausgestreckt auf einem der abgelegeneren, einsameren Dschungelpfade, die sich über das Hotelgelände schlängelten, etwa hundert Meter vom Hauptgebäude entfernt in der Nähe des Maschendrahts, der das Gelände des ›Mayaland‹ von Chichén-Itzá trennte. Er lag halb auf und halb neben einem der weißen Plastik-Gartensessel, die entlang der Wege aufgestellt waren. Der Stuhl war nach rechts umgefallen, während Ard allem Anschein nach noch darin gesessen hatte. Sein Körper hatte sich seitlich weggedreht, so daß er auf dem Rücken gelandet war, die nackten, fetten, behaarten Beine angewinkelt. Sein linkes Knie hing unbeholfen über der Armlehne. Er trug ein blaues Guayabera, braune Bermuda-Shorts und Tennisschuhe ohne Socken. Der linke Schuh war abgerutscht und baumelte am dicken Zeh.

Sein Kopf war eine einzige blutige Schweinerei.

»Ein Jogger hat ihn vor einer halben Stunde gefunden«, sagte Plumm. »Es ist der Reporter, stimmt's?«

»Ja. Stan Ard.«

Nicht daß er leicht zu erkennen gewesen wäre. Mit zusammengepreßten Lippen zwang sich Gideon, auf den zerschmetterten Schädel hinabzuschauen. Hier gab es nichts Rätselhaftes, keine versteckten Bedeutungen, keine schwer erkennbaren Nuancen. Das hier war das Ende der Zigarre, brutal und unmißverständlich.

Viertens, der namens Xecotcavach wird ihre Schädel durchbohren, so daß ihre Hirne auf die Erde fließen.

Ein nervöser junger Polizist in brauner Uniform und mit brauner, baseballkappenähnlicher Mütze stand Wache. Er schaute energisch überallhin, nur nicht auf die Leiche.

»No toque«, sagte er knapp, als Gideon sich näherte.

Er hätte sich keine Sorgen machen müssen. Gideon hatte nicht vor, sie zu berühren, denn Dr. Plumm irrte sich gewaltig – das hier lag definitiv nicht in seinem Fachgebiet, und es interessierte ihn ganz und gar nicht; zumindest nicht so, wie der Arzt es gemeint hatte. Ja, Gideon stellte gelegentlich seine Kenntnisse im Rahmen forensischer Ermittlungen zur Verfügung, und, ja, er arbeitete oft ganz gern für das FBI. Aber er war Anthropologe, ein Knochenmann, und je älter und brauner die Knochen waren, desto besser. Körperflüssigkeiten, Hirnmasse und aufgerissenes Fleisch waren Dinge, die ihm von Natur aus zuwider waren, und je weiter er sich von ihnen fernhalten konnte, um so besser.

»Wenn's noch feucht ist«, hatte er einmal zu John Lau vom FBI gesagt, »ruf jemand anderen, okay?« Nicht daß das FBI ihm diesen Gefallen immer tat.

Stan Ards Kopf war noch feucht, und während Gideon zwar nicht auf die gleiche Weise reagierte wie das erste Mal, als er gerufen worden war, um sich eine Leiche mit einer massiven Schädelverletzung anzusehen (er hatte sich damals in der Hall of Justice in San Francisco in eine Edelstahlspüle übergeben und die Leute der Gerichtsmedizin schokkiert), drehte sich ihm doch der Magen um.

»Nun, ich bin weder Pathologe noch Arzt, wie Sie wissen, Dr. Plumm. Ich bin Anthropologe. Ich weiß wirklich nicht . . .«

»Aber Sie sind doch der Knochendetektiv«, erwiderte Plumm, als wäre damit alles gesagt. »Ich bin noch nie zu so etwas gerufen worden, wissen Sie – als Arzt zum Tatort eines Mordes –, und natürlich ist das alles schrecklich aufregend, aber ich . . . nun, im Augenblick ist Polizei aus Mérida hierher unterwegs, und man hat mich um meinen Bericht gebeten, aber ich fürchte, ich habe vielleicht etwas übersehen, das jemandem mit mehr Erfahrung sofort ins Auge springen würde. Ich hatte eigentlich gehofft, daß Sie mich auf mögliche Irrtümer oder Auslassungen aufmerksam machen könnten.«

Mit seinen sanften, freundlichen Augen sah er Gideon hoffnungsvoll an. Sein Schnurrbart war so exakt gestutzt, daß es gut zwei Streifen weißer Filz hätten sein können, die sorgfältig aufgeklebt worden waren. »Es wäre mir äußerst unangenehm, vor der Polizei wie ein Narr dazustehen.«

Gideon gab nach. »Wenn ich kann, helfe ich Ihnen gern, Doktor.«

Plumm entspannte sich sichtlich. »Gut. Natürlich habe ich eine Untersuchung durchgeführt, obwohl ich der Meinung war, ich sollte besser nichts berühren, bevor die Polizei eintrifft. So wird das doch gemacht, oder?«

»Richtig.«

»Also, schön. Natürlich stand eine Wiederbelebung bei einer solchen Verletzung völlig außer Frage. Der Mann ist mausetot.« Er zuckte zusammen. »Oh, tut mir leid. Er war ein Freund von Ihnen, nicht wahr?«

»Ein Bekannter. Ich kannte ihn nur flüchtig.«

Gideon zwang sich, Ard noch einmal anzusehen. Heute war es nicht so sehr das geronnene Blut, die schlichte physische Scheußlichkeit, bei der sich in ihm alles zusammenzog. Auch gegen seinen Willen hatte er genug gesehen, um über dieses Stadium hinauszukommen. Aber nicht genug, um zu tun, wozu ein abgebrühter Kriminalbeamter fähig war: sich Mordopfer anschauen und nichts als Spuren sehen, diagnostische Indikatoren, Beweise. Bei Knochen schaffte er es; bei Leichen nicht. Für Gideon war die überwältigende Tatsache, die ersten paar Momente die *einzige* Tatsache, immer der *Mord* an sich: die vorsätzliche, blutgetränkte Gewalt, daß ein Mensch dies tatsächlich einem anderen *antun* konnte, die schreckliche Verletzlichkeit der Haut, die Zerbrechlichkeit der Knochen. Es war immer mitleiderregend, immer erbärmlich, immer schrecklich.

Aber Plumm hatte mehr Erfahrung mit menschlicher Verletzlichkeit, wenn auch nicht mit Mord. Für ihn war Ard nur ein weiterer Fall, allerdings von mehr als normalem Interesse. »Nun«, sagte er und rieb seine trockenen, sauberen Hände, »lassen Sie mich Ihnen sagen, was ich herausgefunden habe. Und dann sagen Sie mir, in welchem Punkt ich mich irre, wie wär's?«

»In Ordnung«, sagte Gideon, »aber ich bin sicher, Sie haben sich nicht geirrt.«

Über ihnen dröhnte ein Hubschrauber zum Landeplatz in Chichén-Itzá. Plumm schaute hinauf. »Die Polizei.«

Gemeinsam knieten sie sich neben die Leiche.

»No toque«, knurrte der Wachtposten.

»Gracias, señor. Comprendemos«, erwiderte Plumm höflich. »So«, sagte er geschäftsmäßig, »er muß kurz bevor er gefunden wurde getötet worden sein.« Er zeigte auf Ards schwache, fleischige, schlaffe Finger. »Die Totenstarre ist noch nicht eingetreten. Auch noch keine Spur der typischen Verfärbung, und das Blut ist ebenfalls noch recht flüssig. Natürlich, der Verdunstungsprozeß dauert in diesem Klima weiß Gott eine Ewigkeit, aber ich glaube mit einiger Sicherheit sagen zu können, daß er noch nicht länger als zwei Stunden tot ist. Wahrscheinlich nur eine Stunde.«

Er schaute Gideon an. »Äh, was meinen Sie?«

»Sie sind der Fachmann, aber es klingt richtig.«

Plumm erlaubte sich ein zufriedenes kleines Schnalzen. »Nun gut, kommen wir zur Todesursache. Was das betrifft, besteht wohl kaum ein Zweifel, nicht wahr, auch wenn niemand den Knall gehört zu haben scheint. Ein Schuß in den Kopf.«

Nein, was das betraf, gab es kaum Zweifel. Ards Stirn war buchstäblich explodiert. Unmittelbar unter dem Haaransatz befand sich eine furchtbare, schartige, annähernd sternförmige Wunde; Fleischfetzen bogen sich wie Blütenblätter von dem roten Zentrum nach außen.

Gideon wendete seinen Blick mit einem Schaudern ab. Vielleicht würde er sich niemals an so etwas gewöhnen.

»So«, sagte Plumm mit einer Mischung aus Zurückhaltung und Begeisterung, »was wir hier anscheinend haben, ist eine Austrittswunde. Das klassische sternförmige Muster. Das Geschoß muß auf der Schädelrückseite eingedrungen sein, wahrscheinlich in der Nähe des Hinterhauptsbeins, wo wir es nicht sehen können. Aber Sie werden bemerken, daß eine Menge Blut unter seinem Nacken in die Erde gesickert ist.«

Unter einer gepflegten weißen Augenbraue warf er Gideon einen schrägen Blick zu. »Na, wie mache ich mich, Professor?«

»Klingt vernünftig.«

Plumms rosafarbene Wangen glühten vor Freude. »Darf ich Ihnen jetzt meine, äh, Rekonstruktion der Ereignisse schildern?«

Gideon nickte. »Ja, ich würde es wirklich gern hören.«

»Also, zuerst wurde ich durch die subkutanen Blutungen der Orbita in die Irre geführt.« Er deutete auf Ards Augen. Die Lider waren blaue, geschwollene Säcke, so dunkel und glänzend wie Plastik-Mülltüten. »Ich nahm an, daß er hier auf dem Weg gestellt worden sei und es zu einem fürchterlichen Kampf gekommen wäre; daher die blauen Augen. Aber« – er machte eine Handbewegung über den Boden in der näheren Umgebung – »hier gibt es keinerlei Spuren eines Kampfes, wenigstens keine, die ich erkennen kann. Und außerdem gibt es keine weiteren Gesichtsverletzungen der Art, wie man sie erwarten würde, obwohl das erst mit Sicherheit gesagt werden kann, wenn er gereinigt worden ist. Also mußte ich daraus folgern, daß es keinen Kampf gegeben hat und daß es zu Blutungen der Orbita kam, als sein Kopf auf den Boden schlug. Er muß ziemlich fest aufgeschlagen sein. Klingt das einleuchtend?«

»Ja, ich denke schon«, sagte Gideon langsam, aber irgend etwas beschäftigte ihn jetzt. Er zwang sich, noch einen Blick auf die Schußverletzung zu werfen, auf die geschwungene gelbe Platte des Stirnbeins, die durch das gerinnende Blut zu sehen war. Irgend etwas war hier merkwürdig . . .

»So, und jetzt dazu, was passiert ist«, sagte Plumm. »Ich denke, es ist ziemlich klar. Diesen Spuren da auf dem Boden können Sie entnehmen, wo der Stuhl gestanden hat und daß er mit der Rückenlehne nur ein kurzes Stück vom Zaun entfernt gewesen ist. Offensichtlich hat er dort gesessen und . . . macht es Ihnen etwas aus, wenn wir aufstehen? Meine Gelenke sind auch nicht mehr, was sie mal waren.«

Gideons ebenfalls nicht. Sie richteten sich beide ächzend und knakkend auf. Plumm rieb sich das Kreuz. Gideon massierte sich die Rippen.

»Auf jeden Fall«, fuhr Plumm fort, »muß sein Mörder auf der anderen Seite des Zaunes gestanden haben, da ihm in den Hinterkopf geschossen wurde. Was darauf hinzudeuten scheint – auch wenn es wohl kaum als Beweis ausreicht –, daß es ein Außenstehender gewesen ist; das heißt, kein anderer Gast des Hotels, sondern vielmehr jemand, der seine Anwesenheit hier zu verbergen wünschte.«

»Ich verstehe«, sagte Gideon.

Nach einer Weile fuhr Plumm fort. »Aber wissen Sie, das wirft eine Reihe faszinierender Fragen auf: der Mörder muß auf der Lauer gelegen haben, wahrscheinlich hinter den Büschen dort. Woher konnte er wissen, daß Ard so entgegenkommend war, ausgerechnet hierher zu kommen, sich genau an diesen Platz zu setzen? Woher . . .«

Eilige Schritte schlurften über den mit Steinplatten ausgelegten Weg hinter ihnen. Der junge Polizeibeamte erstarrte, und Gideon und Plumm drehten sich um. Marmolejo, in Begleitung zweier Männer in Zivil, die einen Metallkoffer mit zwei Handgriffen zwischen sich trugen, kam gerade um eine Wegbiegung.

Die Spurensicherung der Mordkommission der Staatspolizei von Yucatán war eingetroffen.

Einer der Zivilisten begann sofort, mit einer altmodischen Pressekamera Fotos zu schießen. Der andere ließ die Verschlüsse des Metallkoffers aufschnappen und suchte sich Pinzetten, Pinsel und Puder heraus.

Marmolejo starrte die Leiche lange Zeit ruhig und gelassen an, schob seine nicht brennende Zigarre mit der Zunge von einem Mundwinkel in den anderen. Er sah Gideon von der Seite an. »Und was machen Sie hier, wenn ich das fragen darf? Nicht, daß ich etwas anderes als hocherfreut wäre, Sie zu sehen.«

Plumm antwortete: »Ich habe ihn ausdrücklich um seine Hilfe gebeten. Ich dachte . . . er ist eine weltberühmte Autorität für Morde, wissen Sie. Äh, Dr. Oliver hier ist« – Gideon zuckte zusammen; er wußte genau, was jetzt kam – »der Knochendetektiv.«

»Hmh«, machte Marmolejo. Er bot Plumm die Hand an. »Ich bin Inspektor Marmolejo, Doktor. Was können Sie uns sagen?«

Mit einem nervösen Blick auf Gideon begann der Arzt die stockende, beinahe wortwörtliche Wiederholung seiner Analyse, gewann zunehmend an Selbstvertrauen, während Marmolejo mit gesenktem Kopf aufmerksam zuhörte und die Leiche fixierte.

»Vielen Dank«, sagte Marmolejo am Ende. »Das war sehr hilfreich.«

»Möchten Sie, daß ich meinen, äh, Befund in einem schriftlichen Bericht niederlege? Mache ich gern, wenn Ihnen das hilft.«

»Sehr gut. Je früher, desto besser. Könnten Sie ihn jetzt schreiben? Sargento Hernandez hier wird Ihnen einen Vordruck geben.«

Nachdem der aufgeregte Plumm fort war, blieb Marmolejo immer noch, wo er stand, musterte Ard weiter. Einer der beiden Männer in Zivil machte eine Skizze auf einem Block; der andere hockte auf den Knien, wühlte wie ein Käfer unter den gefallenen Blättern und steckte von Zeit zu Zeit unsichtbare Dinge in Plastikumschläge oder Papierbeutel, die er dann dem uniformierten Beamten gab.

Gideon wartete, bis er sicher war, daß Plumm außer Hörweite war. »Äh, Inspektor, das ist wirklich nicht mein Fachgebiet . . .«

»Wie wahr, wie wahr.«

Er war entschieden weniger herzlich als üblich, und Gideon konnte es ihm nicht einmal verübeln. Weltberühmte Experten waren schön und gut an ihrem Platz, aber wer mochte es schon, wenn sie sich unaufgefordert einmischten? Oder auch aufgefordert?

»Trotzdem«, sagte Gideon vorsichtig, »es gibt da ein paar Dinge, auf die ich gern aufmerksam machen würde.«

»Dr. Oliver, ich werde hier eine Weile ziemlich beschäftigt sein, also wären Sie vielleicht so freundlich, Ihre Schlußfolgerungen ebenfalls in Schriftform zu kleiden? Ich freue mich schon darauf, Ihren Bericht zu lesen.« Seine Miene verriet keine große Begeisterung über die Aussicht. Er schaute Gideon mit gehobenen Augenbrauen und gesenkten, beinahe geschlossenen Lidern an. Sein langer Mund war nach unten gezogen, die Zigarre klemmte tief in einem Winkel. »Ist das annehmbar?«

Gideon wurde fortgeschickt, und zwar nicht gerade auf die feine Art.

»Hören Sie, Inspektor«, sagte er schroff, »Sie müssen sich keine Gedanken darüber machen, ob ich das annehmbar finde. Wenn Sie es allein machen wollen, bitte, dann machen Sie's allein. Zum Teufel damit.«

Bevor Marmolejo darauf etwas sagen konnte, hatte Gideon sich umgedreht und ging – schritt, wie er hoffte – den Weg hinunter.

Noch bevor er zehn Schritte gegangen war, war ihm das Ganze schrecklich peinlich. Verhielten sich so weltberühmte Autoritäten? Seit wann spielte der Knochendetektiv kindisch die beleidigte Leberwurst, wenn seine Eitelkeit angepiekst wurde?

Nein, er würde bereuen und demütig – nun, ganz leidenschaftslos – den Bericht abliefern, um den Marmolejo gebeten hatte. Die Tatsache, daß der Inspektor an diesem Morgen gereizt war, war kein Grund für Gideon, sich vor dem zu drücken, was, auf gewisse Weise, seine Pflicht war.

Denn Dr. Plumm lag, abgesehen vom Zeitpunkt des Todes, völlig daneben. In jedem Punkt.

17

Es war durchaus nicht so, daß Javier Marmolejo Gideon Oliver nicht mochte. Ganz im Gegenteil. Er fand ihn sogar sehr sympathisch. Als die naiven, halb hysterischen Norteamericanos 1982 gedroht hatten, die Tlaloc-Ermittlungen zur Farce zu machen, hatte er mit freundlichem, gesundem Menschenverstand die Situation gerettet. Und zwar mehr als einmal, aber natürlich war er damals noch nicht el detective de esqueletos gewesen, und genau da lag der Unterschied.

Heute war er, worauf Dr. Plumm bereits hingewiesen hatte, ein bekannter forensischer Experte, nicht einfach nur irgendein harmloser Anthropologe, der in den alten Städten herumalberte. Und Marmolejos Geduld mit berühmten forensischen Experten war begrenzt. Oh, sicher, er hatte auf der Akademie von all der wunderbaren Hilfe erfahren, die man von ihnen bekommen konnte, von diesen Pathologen und Toxikologen, Anthropologen und Odontologen, und er hatte es selbst ein- oder zweimal erlebt, wie sie sich als nützlich erwiesen hatten. Schon gut, sogar mehr als nur ein- oder zweimal. Aber wenn sie fertig waren, war meistens alles nur noch unklarer als zu Beginn der Arbeit. Besonders, wenn es um Mordfälle ging. Wenn ihm jemand die Wahl ließe, dann würde er sie alle hinauswerfen und dafür sorgen, daß sie sich mit ehrlicher Arbeit auf den Universitäten ihre Brötchen verdienten.

Denn wie die meisten Polizisten wußte Marmolejo, daß Morde nicht in Labors oder unter Mikroskopen gelöst werden. Falls überhaupt, klären sie sich von selbst auf. Der Mörder legt ein Geständnis ab oder zeigt versehentlich mit dem Finger auf sich selbst, oder einer seiner Freunde kommt unter einem Stein hervorgekrochen und erledigt es für ihn.

Es sind nicht die »Spuren«, die Mordfälle aufklären, es sind die Informanten. Und die Methode, diese Dreckskerle aufzustöbern, besteht in ganz altmodischer Polizeiarbeit – methodisch, beharrlich und mit einer gehörigen Portion Instinkt und Erfahrung.

Er beugte sich in seinem thronartigen alten Drehstuhl vor, den er 1984 von Colonel Ornelas geerbt hatte, nachdem der betrügerische alte Lustmolch sich die Taschen vollgestopft und geflohen war, nur wenige Tage bevor die wohlverdiente Säuberungsaktion auch ihn erwischt hätte. Die kleinen braunen Hände auf dem Schoß gefaltet, schaute Marmolejo auf den glänzenden Holzschreibtisch vor sich.

Inspektor Marmolejo war ein äußerst ordentlicher Mensch. Er war stolz darauf, wie sein Schreibtisch aussah. Unter der dicken Glasscheibe lagen weder Zettel noch Gedächtnisstützen oder Telefonlisten. Und auf dem Glas selbst keine Aktenstapel, keine Handbücher, keine Berge ungelesener Berichte. Nichts außer dem, worüber er im Augenblick nachdachte. Und in diesem Augenblick lagen dort zwei handschriftlich beschriebene Briefbögen des ›Hotels Mayaland‹, die er genau parallel zur Vorderkante des Schreibtisches ausgerichtet hatte.

Er seufzte, bewegte die nicht angezündete Zigarre mit den Lippen etwas tiefer in seinen Mundwinkel und zog die Bögen näher zu sich. Wieder Gideon Oliver. Ein Memorandum. Er las es zum zweiten Mal.

An: Inspektor Marmolejo
Von: Gideon Oliver
Betrifft: Stanley Ard – Umstände seines Todes

Ich fürchte, Dr. Plumm sind einige nur zu verständliche Irrtümer bei seiner Analyse des Mordes unterlaufen. Dies sagt absolut nichts über seine allgemeine Kompetenz als Arzt, sondern lediglich etwas über seine mangelnde Vertrautheit mit Morden.
Hier meine eigenen Schlußfolgerungen:

1. Die Verletzung auf Ards Stirn ist keine Austrittswunde, sondern die Eintrittswunde. Auch wenn ein klaffendes Loch wie dieses normalerweise durch die Vibrationen eines Projektils bei Verlassen des Körpers verursacht wird, kann dies gelegentlich auch im Falle einer Kontakt-Eintrittswunde erfolgen – das heißt, daß die Schußwaffe zum Zeitpunkt des Abfeuerns auf die Haut gedrückt wird. Dabei passiert folgendes: Die Mündungsgase haben keine Möglichkeit zu entweichen und dehnen sich statt dessen sofort unter der Haut aus. Und wenn sich direkt unter der Haut Knochen befindet – beispielsweise der Schädel –, werden die Gase mit großem Druck gegen die Unterseite der Haut zurückgedrängt, schaffen sich einen gewaltsamen Weg hinaus und bewirken dabei eine schartige, sternförmige Verletzung, die leicht mit einer Austrittswunde verwechselt werden kann. (Allerdings sind bei einer Laboruntersuchung der umgebenden Haut für gewöhnlich Schmauchspuren und Verbrennungen festzustellen.)

Manchmal dringen kleinere Mengen der Gase durch den Knochen in den Schädel ein und dehnen sich dort aus, wobei sie die schwächsten Teile des Craniums, das sind die supraorbitalen Platten, herausdrücken und dabei die Lider mit Blut füllen. Mit beinahe absoluter Sicherheit ist dies als Ursache für Ards Augenhämatome anzusehen.

Wie Sie wissen, ist dies keine typische Situation. Ich selbst habe es zunächst falsch gedeutet, bis ich einen Blick auf den darunterliegenden Knochen werfen konnte und sah, daß das Loch im Schädel selbst eine unverkennbare Eintrittswunde war – klein, rund und sauber, die Außenfläche des Knochens in der Nähe des Randes im großen und ganzen intakt.

2. Falls das, was ich sage, zutreffend ist, muß die Interpretation der Ereignisse modifiziert werden:
a) Ard wurde von vorn erschossen, nicht von hinten.
b) Der Mörder hat nicht außerhalb des Zaunes auf der Lauer gelegen, sondern befand sich wie Ard selbst auf dem Hotelgelände. Es gibt keinen Grund zu der Annahme, daß er versucht hätte, seine Anwesenheit hier vor Ard oder jemand anderem geheimzuhalten.
c) Da es sich bei der Verletzung um eine Kontaktwunde handelt, muß sich der Mörder auf Armeslänge von Ard entfernt befunden haben, was bedeutet, daß der Mörder durchaus jemand gewesen sein kann, den Ard kannte; sehr wahrscheinlich jemand, zu dem er eine vertrauensvolle Beziehung hatte.

Ich bin überzeugt, daß Sie und Ihre Leute inzwischen auch allein zu diesen Schlüssen gelangt sind, aber ich hielt es für das beste, etwas für die Akten einzureichen. Worauf das alles hinausläuft, ist allein Ihr Job. Wenn ich Ihnen irgendwie helfen kann, werde ich dies gern tun.

Wenn nicht, ist das auch in Ordnung.

Marmolejo lächelte dünn. Bissig, dieser Oliver. Nun, wenigstens konnte man verstehen, was er geschrieben hatte; nicht wie bei manchen anderen von diesen Burschen.

Er schob die Blätter mit einem ärgerlichen Knurren fort. Wer hatte schon mal von dieser Sache mit den sich ausdehnenden Gasen gehört? Das hier war Marmolejos achtzehnter Mord, und bislang war ihm so etwas noch nie begegnet. Und ganz sicher war es auch auf der Akademie nicht erwähnt worden. Folglich hatte er anfänglich auch Plumms Befund akzeptiert. Dr. López, der Polizeipathologe, auch, nachdem er endlich eingetroffen war. Doch an diesem Nachmittag, nach der Autopsie, hatte López seine Meinung geändert.

Genau das war es, was die ganze Geschichte so ärgerlich machte. Oliver hatte vollkommen recht.

Er stand auf und ging zu dem großen Fenster. Unmittelbar darunter lag Méridas Plaza Mayor aus der Kolonialzeit, eine gepflegte grüne Insel; auf allen vier Seiten schwappte der träge innerstädtische Verkehr herein, der zum größten Teil aus extrem lauten, extrem übelriechenden alten Lastwagen und Bussen zu bestehen schien.

Nach der Säuberung der Polizei hatte es ein Gerangel um die besten der freigewordenen Büros im Palacio de Gobierno gegeben, und zu Marmolejos Überraschung hatte es die heftigsten Kämpfe um die nach hinten liegenden gegeben, um die mit Blick auf den ruhigen Hof mit seinen modernistischen Wandbildern, die eine Chronik der Entwicklung des mexikanischen Staatsgedankens darstellten. Niemand machte ihm das geräumige, altmodische Büro des Colonels auf der Vorderseite des Gebäudes streitig; zuviel Verkehrslärm, zuviel Verkehrsgestank. Aber Marmolejo mochte den Verkehr. Er stimulierte seinen Verstand, machte ihn wachsam und aufnahmefähig. Er hatte in Tzakol für den Rest seines Lebens genug ländliche Ruhe und Frieden gehabt. In Maßen mochte er sogar den Gestank der Lastwagen.

Und er kam wunderbar ohne die modernistischen Wandgemälde zurecht, die eine Chronik der Entwicklung des mexikanischen Staatsgedankens darstellten.

Er ging an den Schreibtisch zurück, legte das Memorandum in den Ausgangskorb, zog ein schlecht fotokopiertes Blatt aus einer Schublade und starrte es ruhig an. Der Fluch von Tlaloc. Er legte einen Finger neben einen inzwischen wohlvertrauten Satz in der Mitte der Seite.

Viertens, der namens Xecotcavach wird ihre Schädel durchbohren, so daß ihre Hirne auf die Erde fließen.

Marmolejo glaubte nicht an Flüche. Nicht direkt. Er glaubte nicht, daß Xecotcavach aus der Unterwelt heraufgestiegen war und Ards Schädel durchbohrt hatte. Nein, das war ein Mensch des zwanzigsten Jahrhunderts mit einer Waffe des zwanzigsten Jahrhunderts gewesen. Genausowenig glaubte er, daß es Tucumbalam gewesen war, der höchstpersönlich etwas in das Essen der Crew gemischt hatte, noch daß irgendein anderer Gott der Maya »au« (in der Aussprache der Gringos) gesagt hatte, als Oliver ihm einen Schlag in den Magen verpaßte.

Vielleicht glaubte ja Emma Byers, die ein Buch über den Fluch schrieb und mit der er am Tag zuvor dreißig bizarre Minuten verbracht hatte, wirklich an all diese Dinge, aber Marmolejo nicht. Nicht direkt. Was Marmolejo aber glaubte – und er hatte gelernt, das für sich zu behalten –, war, daß es eine Menge Dinge auf dieser Welt gab, die niemand erklären konnte. Die Professoren nicht, die Doktoren nicht, die Priester nicht. Und ganz sicher nicht Javier Marmolejo.

Er konnte den bösen Blick nicht erklären, aber er hatte selbst erlebt, wie es funktionierte. O ja, er hatte es erlebt. Und er konnte auch nicht erklären, wie es kam, daß sein Onkel Fano, den die Ärzte bereits aufgegeben hatten und der nach Hause gebracht worden war, um in Tzakol zu sterben, dann doch nicht gestorben war. Die Familie hatte einen Heiler kommen lassen, der die Winde versöhnlich gestimmt, Fano ein Amulett aus dem Holz des Tancazche-Baumes umgehängt und Ix Chel, die Göttin der Gesundheit, angefleht hatte, ihm zu helfen. Und Onkel Fano war genesen. An dem Abend hatte er zum ersten Mal nach Wochen auf seinen eigenen zwei Beinen gestanden, und er hatte überlebt. In Ordnung, nur sechs oder sieben Monate, aber immerhin . . .

Marmolejo war noch ein Kind gewesen, aber er hatte etwas daraus gelernt. Ein Beamter des Gesundheitsministeriums, Dr. Zuniga, hatte die Familie vorher besucht, als Fano nach Hause zurückgekehrt war. Mit den besten Absichten hatte er erklärt, daß Rituale schön und gut seien, wo sie angebracht waren, daß es aber keine Hoffnung für den sterbenden Mann mehr gebe. Was konnten rituelle Zeremonien gegen Bakterien und Viren ausrichten? Das beste, was die Familie tun könne, sei, sich abzufinden und Fanos letzte Stunden so angenehm wie möglich zu gestalten. Er werde innerhalb weniger Tage sterben.

Doch als Fano nicht starb, blieb Dr. Zunigas Philosophie unerschüttert. Ja, das Ritual hatte genützt, erklärte er geduldig, aber nicht wirklich; nicht so, wie sie glaubten. Es besaß an sich keine Macht. Es war alles nur eine Frage der Einbildung. Fano hatte *geglaubt*, es würde funktionieren, also hatte es funktioniert. Das war alles. Wo, hatte Dr. Zuniga lächelnd gefragt, liegt da das Geheimnis?

Marmolejo war tief beeindruckt gewesen. Zuerst hatte der Arzt den Angehörigen erzählt, daß die Zeremonie nicht funktionieren könne und warum. Dann anschließend hatte er ihnen, ohne auch nur mit der Wimper zu zucken, erklärt, warum genau es *doch* funktioniert hatte. Das brachte er auf eine Weise fertig, die bewies, daß er sowohl vorher als auch nachher recht gehabt und die Familie sich die ganze Zeit geirrt hatte. Die Tatsache, daß Fano genesen war, wenn auch nur für eine Weile, schien mit allem nicht besonders viel zu tun zu haben.

Es war die erste Begegnung des jungen Marmolejo mit dem Verstand der Wissenschaftler, und heute noch war es sein Schlüssel zur Funktionsweise ihres Denkens: Selbst wenn sie sich irrten, irrten sie sich nicht.

Tja, Oliver war erheblich besser als die meisten. Und glücklicherweise brauchte er jetzt von ihm keine weitere forensische Sachkenntnis, sondern ganz einfache altmodische Informationen. Er nahm den Hörer des Telefons auf seinem Schreibtisch ab und wählte die Nummer des Hotels Mayaland.

»Hola«, sagte er zu dem Angestellten, der sich meldete. »Puedo hablar con Señor Oliver?«

18

In fünfeinhalb Jahren hatte sich Mérida nur wenig verändert. Lebendig, laut und ausgelassen, wimmelte die Stadt von rundlichen kleinen Menschen, kaum größer als einsfünfzig, aus denen hier und da Ausländer herausragten wie vereinzelte Gipfel über den Wolken.

Mit ihren einsachtundsechzig bekam Julie nicht oft Gelegenheit herauszuragen, und ganz offensichtlich genoß sie es. »Ich komme mir vor wie Alice im Wunderland«, sagte sie vergnügt zu Gideon über die Köpfe der schwatzenden Kauflustigen, die geschäftig zwischen ihnen hin und her eilten.

Sie kämpften sich aus dem großen öffentlichen Markt von Mérida, waren unterwegs zu ihrer Elf-Uhr-Verabredung mit Marmolejo. Die Bitte des Inspektors, daß Gideon – und Julie, wenn sie wollte – ihn in seinem Büro aufsuchen solle, war zu einem günstigen Zeitpunkt erfolgt: sie waren reif für einen Tapetenwechsel. Natürlich hatte Ards Tod die allgemeine Stimmung gedämpft, doch abgesehen davon waren sie jetzt seit elf Tagen in Yucatán und mußten mal etwas mehr als eine Meile vom ›Mayaland‹ fortkommen. Sie hatten den Morgenbus aus Cancún an der Haltestelle in Chichén-Itzá genommen (einer von Marmolejos Männern hatte sie dorthin begleitet), und nach einer zweistündigen Fahrt waren sie eine Stunde vor ihrer Verabredung auf dem Busbahnhof von Mérida in der Calle 69 eingetroffen, was ihnen ausreichend Zeit zu einem Bummel über den berühmten Mercado ließ.

Sie hatten eigentlich nichts kaufen wollen, waren dann aber doch an einem Stand schwach geworden, an dem die berühmten einheimischen Kordel-Hängematten verkauft wurden. Die Hängematten Yucatáns waren zarte, fadenartige Dinger, und Julie hatte Gideon den Händler fragen lassen, ob die große Ausführung – das Matrimonial especial – wirklich das Gewicht zweier Menschen tragen konnte.

Der Händler hatte sich aufgerichtet. »Ich selbst besitze keine Betten in meinem Haus, Señor«, hatte er Gideon gesagt. »Nur Hängematten. Und ich habe acht Kinder.«

Zweimal während ihres Spazierganges zu Marmolejos Büro in der Innenstadt hatten sich Jugendliche, die ihn als Amerikaner erkannten (er ragte höher auf als die meisten anderen), an Gideon herangeschlichen und ihm Visitenkarten in die Hand gedrückt. Praktisch an jedem anderen Ort der Welt wären es Einladungen in den ›Pussy Cat Club‹ oder das ›Eros Massage-Studio‹ gewesen, aber in Mérida gab es nicht sonderlich viel großstädtisches Nachtleben und praktisch überhaupt kein ernstzunehmendes Laster. »Herzlichen willkommen, Gentlemens und Ladies«, stand auf einer dieser Karten. »Endlich haben wir handarbeitete Skulturen zu ihrer Kenntnisnahme gemacht.« Auf der anderen stand: »Restaurant T'ho lät Sie ein zu zufriedenen Abendessen Typischer Speisen von Yucatán.«

Andere junge Männer – eigentlich noch Jungs, manche nicht älter als neun oder zehn – verkauften von Handkarren oder Fahrradanhängern am Bordstein kleine Snacks: spiralförmig geschälte Apfelsinen, Mangos an Stäbchen, in Scheiben geschnittene Papayas und Ananas, braunen, in Chili-Soße getauchten und aus dem Hüllblatt gegessenen Mais.

»So was hat Marmolejo auch gemacht, als er in die große Stadt gekommen ist«, sagte Gideon.

Julie beobachtete, wie ein schwitzendes, mageres Kind von vielleicht zwölf Jahren in einem zerlumpten T-Shirt geschickt eine Kokosnuß aufhackte und sie dann in ein Dutzend Schnitze zerlegte. Das alles mit ein paar schnellen Schlägen einer Coa, einer Miniatur-Machete mit einem heimtückischen Haken am Ende.

»Dann hat er es todsicher ganz schön weit gebracht«, sagte sie.

Das hatte er.

Sein Büro erinnerte an eine Kulisse aus ›Viva Zapata‹: ein luftiger, staubiger, einstmals prachtvoller Raum mit Bodenfliesen, hohen Fenstern, rissigen Wänden und so wenig Möbeln, daß er wie der Warteraum eines Bahnhofes aussah. Das vorhandene Mobiliar war aus massivem, dunklem Holz und mindestens achtzig oder neunzig Jahre alt; so was in der Richtung von latino-viktorianisch. Es war alles andere als primitiv, aber irgendwie wäre man auch nicht weiter überrascht gewesen, zwei überkreuzte Patronengürtel über der Rückenlehne eines Stuhles zu entdecken oder einen fleckigen Sombrero, nachlässig auf die Ecke des gewaltigen Schreibtisches geworfen.

Marmolejo selbst saß, kerzengerade und kompakt, auf einem reich verzierten Stuhl, auf dem zwei von seiner Größe nebeneinander Platz gefunden hätten. Er entschuldigte sich ausgiebig für seine gestrige Schroffheit und nahm Gideons gleichermaßen aufrichtige Entschuldigung an. Nachdem das geklärt war, fühlten sie sich wohler. Marmolejo bat einen Assistenten, Erfrischungsgetränke zu bringen, und schob dann vier fotokopierte und maschinengeschriebene Seiten über den Schreibtisch.

»Das hier haben wir aus Mr. Ards Zimmer. Eine Kopie des Artikels, den er vor einigen Tagen seiner Zeitung geschickt hat.«

Gideon warf einen Blick darauf und zuckte zusammen.

Marmolejos Augenbrauen schossen hoch. »Ist irgend etwas?«

»Nein, nein, nichts.«

Nur daß die Schlagzeile lautete: »Grausiger Todesfluch auf Dschungelausgrabung.«

»Vielleicht sollten Sie sich den Artikel ansehen«, sagte Marmolejo. »Ich dachte, daß Sie als einziges Mitglied sowohl der Ausgrabung von 1982 als auch der jetzigen, als einziger, der über jeden Verdacht erhaben ist« – er deutete eine höfliche Verbeugung an – »vielleicht in der Lage sind zu erkennen, ob irgend etwas darin steht, das Licht in die Angelegenheit bringen könnte.«

Gideon hatte sich schon gefragt, wo Marmolejos Zigarre war. Jetzt zog der Inspektor die obere rechte Schublade des Schreibtisches auf, und ein weißer Onyx-Aschenbecher kam zum Vorschein. Er nahm einen etwa fünf Zentimeter langen Stummel heraus, klemmte ihn in den Mundwinkel und lehnte sich zurück, um abzuwarten, bis Gideon den

Artikel gelesen hatte. Er schloß die Schublade wieder, ohne den Aschenbecher herauszunehmen.

Schnell überflog Gideon den Artikel. Es standen keinerlei Geheimnisse darin, keine Hinweise darauf, warum Ard ermordet worden sein könnte. Es war ein vorhersehbar reißerisch aufgemachter Bericht über den Fluch und seine »grauenerregende Verwirklichung«. Das geheimnisvolle Erscheinen eines »fremden, bislang nicht näher identifizierten Dschungeltieres, von dem nur flüsternd sprechende einheimische Arbeiter schwören, es sei ein Kinkajou«, wurde erwähnt. (Nicht erwähnt wurde allerdings das Schild um den Hals des Tieres.) Ard beschrieb die »Nacht voll glühender Qualen, als Tucumbalams Rache heraufbeschworen wurde . . . und für die selbst die Wissenschaftler noch keine befriedigende Erklärung gefunden haben«. Und es gab drei gestelzte Absätze eines Abschnittes, der wie folgt begann:

Am Abend des 5. Januar wurde Professor Oliver, der mehr als alle anderen zu fürchten hatte (denn wer sonst war so fest entschlossen, den Frieden ihrer Gebeine zu stören?), von einem nicht näher benennbaren inneren Zwang getrieben, die steinernen, verlassenen Stufen der Mauer des uralten zeremoniellen Ballspielplatzes in Chichén-Itzá unter einem mondbeschienenen Himmel hinaufzusteigen. Es war ebenso mutig wie tollkühn, dies zu tun, denn noch jetzt, während diese Zeilen geschrieben werden, erholt sich Dr. Oliver von den Nachwirkungen eines Überfalles einer unsichtbaren, unhörbaren Präsenz . . .

Gideon seufzte und las schnell weiter. Der Schluß des Artikels hatte, in Anbetracht des inzwischen Geschehenen, etwas Wehmütiges, das es nicht besessen hatte, als Ard es geschrieben hatte.

Und was nun? Wird auch der vierte Teil des Fluches eintreffen, wie es bei den ersten dreien bereits der Fall war? Werden Schädel zertrümmert und Gehirne verspritzt? Oder wird Huluc-Canab mit dem mächtigen Xecotcavach einschreiten, wie er es laut Emma Byers versprochen hat?

Tief im Dschungel Yucatáns beäugen sich die an der Ausgrabung beteiligten Archäologen voller Nervosität und warten. Und machen sich Gedanken.

Die frühere Ausgrabung war nur beiläufig erwähnt worden, und keine Silbe über den Kodex. Der war allem Anschein nach für den zweiten Teil der Artikelserie vorgesehen, denn ein Postskriptum versprach: »Die seltsam verworrene Geschichte von Howard Bennett und dem Kodex von Tlaloc.«

Julie hatte den Artikel ebenfalls gelesen. Sie tippte mit dem Finger auf das Postskriptum. »Könnte es sein, daß jemand ihn umgebracht hat, um zu verhindern, daß der nächste Teil geschrieben wird?«

»Ich weiß es nicht«, sagte Marmolejo. »Könnte das sein?«

»Das bezweifle ich«, sagte Gideon. »Die Geschichte ist bereits Hunderte von Malen gedruckt worden. Es gibt nichts Neues zu erzählen.«

»Was ist mit dem Rest des Artikels?« fragte Marmolejo. »Gibt es irgend etwas, das uns einen Anhaltspunkt liefern könnte? Vielleicht wollte ihn jemand daran hindern, etwas zu enthüllen, ohne zu wissen, daß es bereits an die Zeitung geschickt worden war.«

Gideon schüttelte den Kopf und gab ihm den Artikel zurück. »Tut mir leid, Inspektor, ich glaube nicht. Ich kann mir beim besten Willen nicht vorstellen, daß jemand einen Mord begeht, um zu verhindern, daß etwas im ›Flak‹ erscheint. Es ist nicht direkt eine Zeitschrift, der ein vernünftig denkender Mensch größere Beachtung schenkt. Und selbst wenn ihr jemand Beachtung schenken würde, was steht drin, das zu dem Mord an Ard führen könnte? Hier steht nichts, was dank Emma nicht mindestens die Hälfte aller Leute im Hotel ohnehin weiß.«

Die Getränke wurden gebracht. Julie und Gideon bekamen die in Mérida abgefüllte Cristal-Grapefruit-Limonade; Marmolejo trank Coca-Cola. Die Zigarre verschwand für späteren Gebrauch in der Schublade. Nicht nur rauchte er die Dinger nicht, irgendwie schaffte er es auch noch, die Spitzen trocken zu halten.

»Ich möchte Ihnen noch etwas zeigen«, sagte er. »Erkennen Sie das hier?« Aus einem braunen Umschlag zog er ein kleines gelbes Pen-Tab-Notizbuch und hielt es hoch.

Julie schüttelte den Kopf.

»Das gehörte Ard«, sagte Gideon. »Er hat sich darin Notizen gemacht, als er mich interviewt hat.«

»Ah, gut«, sagte Marmolejo zufrieden. »Ich dachte es mir schon, aber ich freue mich, daß Sie es bestätigen; es wurde unter seiner Leiche gefunden.« Auch das Notizbuch wurde über den Schreibtisch geschoben. Marmolejo war so klein und der Schreibtisch so breit, daß er sich halb aus seinem Sessel erheben mußte, um es zu bewerkstelligen.

In dem Spiralblock befanden sich nur noch etwa ein Dutzend Blatt, und darauf lediglich ein einziger Eintrag, auf der ersten Seite oben: »Rückkehr zum Tatort«, stand da in Ards geschwungener, unkomplizierter Handschrift. Der letzte Buchstabe löste sich in einen entstellten Haken auf, den die Spitze des Kugelschreibers durch das Papier gestochen hatte, verwandelte sich dann in ein Gekrakel, das schief von der Seite hinauslief. Auf der unteren rechten Ecke der Seite befand sich ein verschmierter Fleck, der wie getrocknetes Blut aussah.

»Ich nehme nicht an, daß Sie wissen, was das bedeutet?« fragte Marmolejo. »›Rückkehr zum Tatort‹?«

»Nein«, erwiderte Gideon. »Eine Notiz für sich selbst? Eine Gedächtnisstütze für die nächste Folge?«

»Das hier . . . dieses Gekrakel«, sagte Julie, während sie beklommen darauf hinabschaute. »Dieser Fleck. Er muß gerade . . . hat er es gerade geschrieben, als er ermordet wurde?« Sie hatte die Hände auf dem Schoß. Sie dachte gar nicht daran, sie auch nur in die Nähe des Notizbuches zu bringen.

»Ja, sieht so aus«, sagte Marmolejo. »Das Notizbuch war auf dieser Seite aufgeschlagen, und sein Kugelschreiber lag auch unter ihm.«

»Also . . . kann es sein, daß es so was wie ein Hinweis auf seinen Mörder ist? Sie wissen schon – ich weiß, es klingt albern –, eine Art, uns zu sagen, wer der Mörder war?«

»Nein, das glaube ich nicht, Julie«, sagte Gideon. »Die Handschrift wirkt bedächtig und sorgfältig, genau, wie er normalerweise auch schrieb. Keinerlei Eile, kein Hinweis auf Erregung. Was bedeuten muß, er wußte nicht, daß er wenig später ermordet wurde. Es bedeutet ferner, daß nicht viele Zweifel daran bestehen können, daß sein Mörder jemand gewesen sein muß, den er kannte, jemand, vor dem er keine Angst hatte.«

Der Inspektor nickte zustimmend.

»Hoppla«, sagte Julie. »Was habe ich verpaßt? Woraus folgt das?«

»Die Verletzung war, wie Sie wissen, eine Kontaktwunde«, begann Marmolejo.

»Nein, wußte ich nicht.«

Marmolejo schien überrascht. »Entschuldigen Sie. Ich nahm an, Dr. Oliver hätte sich Ihnen anvertraut . . .«

»Ich vertraue mich ihr sehr wohl an«, sagte Gideon. »Ich erspare ihr lediglich einige der unschöneren Details.«

»Wofür ich dir sehr dankbar bin, glaub mir«, sagte Julie. »Aber jetzt bin ich neugierig geworden.«

»Eine Kontaktwunde läßt darauf schließen, daß die Waffe gegen den Kopf gehalten wurde«, sagte Gideon. »Also hat der Mörder offensichtlich unmittelbar neben oder vor ihm gestanden. Was Ard allerdings nicht genug beunruhigt hat, um mit Schreiben aufzuhören. Und er kann nichts davon gewußt haben, daß er jeden Augenblick erschossen würde, denn andernfalls hätte er mit Sicherheit nicht diese netten, runden Buchstaben gemalt. Wenigstens würde *ich* dann nicht mehr so schreiben.«

»Ich verstehe«, sagte Julie. »Aber das ist doch ein bißchen merkwürdig, oder? Selbst wenn man jemanden kennt, wie drückt man einem eine Kanone an die Stirn und bringt ihn um, ohne daß das Opfer es merkt, bis man den Abzug drückt?«

»Ach, das ist nicht weiter schwierig, denke ich«, sagte Marmolejo. »Hier ist unser Mr. Ard. Er sitzt auf einem Stuhl am Wegesrand und schreibt. Er hört jemanden kommen. Er schaut auf, erkennt die Person, nickt ihr zu, sagt vielleicht noch ›Guten Morgen‹ und schreibt weiter. Die Person geht beiläufig weiter, bis sie auf seiner Höhe ist, die Hand bereits auf der Waffe in der Tasche. Genau in dem Moment, in dem sie auf gleicher Höhe ist, zieht sie blitzschnell die Waffe heraus, drückt sie an seinen Kopf und . . . nun, Sie wissen ja.«

»Aber wieso gehen Sie davon aus, daß es kein Fremder war?« fragte Julie. »Warum muß es jemand gewesen sein, den er kannte?«

Jetzt antwortete Gideon. »Weil er immer noch geschrieben hat, als er erschossen wurde, Julie. Ganz sicher hätte es ihn doch nervös gemacht, wenn sich ihm jemand so weit näherte – auf dreißig, vierzig Zentimeter –, wenn er ihn nicht gekannt hätte. Er hätte aufgeschaut, aufgehört zu schreiben. Aber ein zufällig vorbeischlendernder Bekannter? Kein Grund zur Beunruhigung.«

»Ja«, sagte Marmolejo anerkennend. »Exakt wie ich die Sache sehe.«

»Ich weiß nicht«, sagte Julie skeptisch. »Vielleicht hat er ja aufgeschaut. Vielleicht hat er aufgehört zu schreiben. Was doch nicht automatisch auch bedeuten muß, daß er den Kugelschreiber vom Blatt hebt.«

»Sie wollen andeuten, er wäre von einem Fremden ermordet worden?« fragte Marmolejo.

Julie machte einen Rückzieher. »Also, nein, ich deute es nicht *an*. Nur . . .« Sie grinste. »Ich weiß auch nicht, was ich damit andeuten will. Ich sollte es sowieso besser den Experten überlassen.«

Marmolejo nickte lebhaft. Ihm sollte es nur recht sein. »Der Schußkanal«, informierte er sie, »entspricht unserem kleinen Szenario. Das Projektil hat den Kopf in einer nach unten gerichteten Linie durchschlagen, ist unmittelbar unter dem Haaransatz ein- und an der Schädelbasis wieder ausgetreten . . .«

»Was damit übereinstimmt, daß er, mit nach vorn gebeugtem Kopf, auf dem Stuhl gesessen haben muß, während der Mörder stand«, pflichtete Gideon bei. »Haben Sie die Kugel gefunden?«

»Ja, und die Hülse ebenfalls. Kaliber .32, Gürtelmunition. Wahrscheinlich aus einem Smith & Wesson-Revolver, einem älteren Modell, obwohl mir der endgültige Bericht im Moment noch nicht vorliegt.« Er trank einen Schluck von seinem Coke. »Sie wissen nicht zufälligerweise, ob ein Mitglied der Crew eine solche Waffe besitzt?«

»Nein, keine Ahnung«, sagte Gideon.

»Könnten Sie nicht ihre Zimmer durchsuchen?« fragte Julie.

»Nicht ohne Durchsuchungsbefehl«, sagte Marmolejo und lächelte. »So notwendig die Polizeireform immer war, gewisse unpraktische Aspekte hatte sie doch auch.« Er stellte sein Glas auf den Tisch und schaute auf die Uhr. »Zehn nach eins. Vielleicht möchten Sie mir zum Mittagessen Gesellschaft leisten. Und ich würde mich freuen, wenn ich Sie anschließend zurück zum ›Mayaland‹ fahren kann.«

»Mittagessen klingt gut«, sagte Gideon, »aber es macht uns nichts aus, mit dem Bus zurückzufahren.«

»Aber ich muß sowieso dorthin. Es gibt verschiedene Leute, mit denen ich gern sprechen möchte.«

Er stand auf. Die Zigarre wurde aus der Schublade geholt und wieder in seinen Mund gesteckt. »Wenn Sie mögen, haben wir auch noch Zeit zum Hängemattenkaufen, bevor wir uns auf den Weg machen.«

Gideons Hand wanderte zu der Plastiktüte neben seinem Stuhl. »Wie kommen Sie darauf, daß wir eine Hängematte kaufen wollen?«

»Kaufen denn nicht alle Amerikaner Hängematten, wenn sie nach Mérida kommen? Ich dachte, das wäre so eine amerikanische Eigenart.«

»Wir haben schon eine gekauft«, sagte Julie lachend.

»Doch wohl hoffentlich nicht auf dem Mercado?«

»Also, doch, auf dem Mercado«, sagte Gideon verteidigend. »Warum auch nicht?«

»Was haben Sie bezahlt?«

»Dreißigtausend Pesos.« Gideon warf Julie einen kurzen Blick zu. Es hatte keinen Sinn, Marmolejo zu sagen, daß sie das Doppelte bezahlt hatten. »Aber es ist eine gute Hängematte. Gut gewebt.«

»Zu dumm«, sagte Marmolejo. »Ich hätte Ihnen eine gute für die Hälfte besorgen können. Kommen Sie, wir essen im Café Exprés zu Mittag. Ich denke, es wird Ihnen gefallen.«

Ihre Mahlzeit und die nachfolgende Fahrt bestanden aus drei frustrierenden Stunden, während derer sie versuchten, die Ereignisse der letzten elf Tage zu begreifen. Wie sollten sie Abes Theorem zueinander in Beziehung stehender fauler Tricks und Ereignisse anwenden, das sie alle unterschreiben konnten? Wie sollten sie aus dem Mord an Ard, dem Angriff auf Gideon, der Morddrohung, der geheimen Ausgrabung und allem anderen schlau werden – ganz zu schweigen davon, das alles in Beziehung zueinander zu bringen? Halbherzige, unausgegorene Ideen wurden ebenso schnell verworfen wie sie entstanden.

Das einzige, was alles zusammenhielt, war anscheinend, daß sich die Prophezeiungen des Fluches eine nach der anderen erfüllten, und wenn dieses Thema angeschnitten wurde, drängte sich ihnen wie von selbst jedesmal Emma in den Kopf. Für sie stand, sowohl persönlich wie auch finanziell, in der sensationellen Erfüllung des Fluches am meisten auf dem Spiel, und ein blutiger Mord würde ganz sicher dem späteren Verkauf von ›Jenseits der Träume‹ nicht schaden. Aber würde sie wirklich allein der Vermarktung ihres Buches wegen den schrecklichen Schritt unternehmen – und das schreckliche Risiko eingehen –, Ard umzubringen? War sie so kaltblütig? Am Ende hielt selbst Julie diese Meinung nicht mehr aufrecht. Es war einfach zu abstrus, zu grotesk.

Marmolejo näherte sich der Sache von einer anderen Seite. »Was, wenn sie es nicht tut, um ihr Buch zu verkaufen, sondern weil Huluc-Canab ihr befiehlt, es zu tun?«

Die drei sahen sich an. »Das«, sagte Gideon, »ist wieder eine andere Geschichte.«

Sie waren erst nach vier Uhr ins Hotel zurückgekehrt, zu spät für eine sinnvolle Arbeit auf dem Ausgrabungsgelände. Während Marmolejo ging, um mit einigen Angestellten des Hotels zu sprechen, blieben Julie und Gideon in ihrem Zimmer. Gideon arbeitete lustlos an seiner Monographie, Julie an ihrem Quartalsbericht. Das Klingeln des Telefons um zwanzig nach fünf war eine willkommene Unterbrechung.

»Das dürfte dann wohl Abe sein«, prophezeite Julie, »gerade von der Ausgrabung zurück. Will wissen, wie es mit Marmolejo gelaufen ist.«

Er war es. Das Gespräch sei zufriedenstellend verlaufen, informierte Gideon ihn, viel Neues sei allerdings nicht dabei herausgekommen.

»Tja, ich habe etwas Neues für dich«, sagte Abe, als Gideon seinen Bericht beendet hatte. »Ich will erst noch duschen. Wir treffen uns in fünfzehn Minuten in der Bar. Bestellst du mir schon mal ein Montejo?«

»Was gibt's denn, Abe?«

»Ha, wart's nur ab, du wirst schon sehen.«

Gideon konnte das Funkeln in seinen Augen förmlich sehen.

Wie fast alle für jeden Gast zugängliche Räumlichkeiten des ›Mayaland‹ besaß auch die ›Lol-ha Bar‹ luftige Gitterkonstruktionen an den Eingängen und Fensteröffnungen statt Türen und verglaster Fenster. Deshalb wehte die leichte Brise am frühen Abend gelegentlich Geräusche und Düfte von draußen herein. Julie und Gideon tranken ihr Bier und hörten zu, wie sich der Gitarrenspieler auf der Veranda mit einer coolen, schlichten Version von ›Schafe können sicher weiden‹, die unerwartet gut zu den üppigen tropischen Pflanzen und den leise murmelnden Brunnen paßte, auf die Arbeit des Abends einstimmte.

Als die letzten Klänge von Bach verhallten, trat Abe entschlossenen Schrittes aus dem kultivierten Dschungel des Hotels. Sein schmaler, hochgereckter Kopf kam ein gutes Stück vor dem Rest, und seine Füße wirbelten, um aufzuholen. Mit beiden Armen preßte er ein schweres Ringbuch an die Brust.

»Irgendwas sagt mir«, meinte Gideon zu Julie, »daß wir hier kurz vor einem größeren Durchbruch stehen.«

Abe setzte sich, schob das Bier zur Seite, um Platz zu schaffen, und legte das Ringbuch auf den Tisch, umgekehrt, so daß Gideon und Julie die Seite lesen konnten, an der es aufgeschlagen war. Direkt daneben legte er eine Fotokopie der Drohung, die in der vorangegangenen Woche unter ihre Tür geschoben worden war.

»Also, was sagt ihr dazu? Gibt es da noch einen Zweifel?« Er lehnte sich in seinen Sessel zurück und wirkte äußerst zufrieden.

Das Ringbuch enthielt den täglichen Ausgrabungsbericht der ersten Expedition. Aufgeschlagen war die Seite vom 18. Juni 1982, und unterschrieben hatte Howard.

Julies Blick wanderte ausdruckslos von der Seite zu dem kurzen Brief. Gideon tat das gleiche und fragte sich, woran kein Zweifel mehr bestehen sollte.

Gideon Oliver, verlaß Yucatán, oder du wirst sterben. Das ist kein Scherz. Die Götter von Tlaloc.

Wieder dieses vage Gefühl, daß ihm irgend etwas bekannt vorkam, das Gefühl, es schon einmal gesehen zu haben, aber sonst nichts. Er schüttelte den Kopf. »Ich glaube nicht . . .«

»Die *as*«, soufflierte Abe und trank ungeduldig von seinem Bier.

»Die *as* . . .?« Gideons Kopf schwang von dem Tagebucheintrag zum Drohbrief und zurück. Und schließlich fiel der Groschen. »Das schiefe *a*! Es ist auf der gleichen Schreibmaschine geschrieben worden!« Aufgeregt beugte er sich vor. »Der fehlende Strich beim *w*, die Kerbe in den *es*, auf beiden Seiten genau gleich!« Ein flüchtiger Blick auf weitere Seiten des Ringbuches bewies, daß alles mit der gleichen Maschine getippt worden war. »Abe, das ist ja phantastisch!«

Abe lachte. »Mir hat einfach keine Ruhe gelassen, warum es mir so bekannt vorkam, und dann dämmerte mir schließlich, was es war.«

»Ich bin überzeugt, das alles ist ganz wunderbar«, meinte Julie, »aber ich wünschte, jemand würde sich die Mühe machen, mich wissen zu lassen, warum wir uns jetzt alle so auf die Schulter klopfen.«

»Weil«, sagte Abe, »wir gerade dahintergekommen sind – ihr bemerkt, daß ich das bescheidene ›wir‹ benutze –, daß dieser freundliche kleine Brief an Ihren Mann von niemand anderem als Howard Bennett geschrieben worden ist.« Er legte eine theatralische Pause ein. »Howard Bennett ist hier in Yucatán.«

»Moment«, sagte Julie, »könnten wir vielleicht mal einen Augenblick warten? Ich bin ganz dafür, daß jetzt auch Howard der Böse mitspielt, aber wieso beweist die Tatsache, daß das hier auf der gleichen Maschine geschrieben worden ist, daß Howard beides getippt hat?«

»Es ist seine Schreibmaschine«, erklärte Abe. »Eine Brother EP-20, eine kleine Reiseschreibmaschine, die man in einem Aktenkoffer unterbringen kann. Glauben Sie mir, ich kenne den Polizeibericht in- und auswendig. Als er damals verschwunden ist, ist die Schreibmaschine mit ihm verschwunden, stimmt's nicht, Gideon?«

»Ja, das stimmt. Er ist noch einmal in sein Zimmer zurück und hat sie geholt, zusammen mit ein paar anderen Dingen.«

»Aber wie könnt ihr so sicher sein, daß *er* sie mitgenommen hat?« ließ Julie nicht locker. »Bei allem, was ihr wißt, könnte doch auch jemand anderes ...«

»Nein«, sagte Gideon. »Der Brief, den er uns geschickt hat – du weißt schon, wie sehr er die leidige kleine Sache bedauert, den Kodex gestohlen zu haben –, war darauf geschrieben. Das hat die Polizei damals zweifelsfrei festgestellt.« Er tippte auf den Brief auf dem Tisch. »Und hier haben wir wieder diese schiefen *a*s. Und ob er hier ist!«

Julie hörte sich das alles an, kaute nachdenklich auf der Innenseite ihrer Wange. Langsam drehte sie sich zu Gideon, eine Augenbraue gefährlich gehoben. »Bilde ich mir das jetzt nur ein, oder ist es nicht schon seit letzter Woche meine Rede, daß er hier wäre? Und hast du selbst mir nicht hundert Gründe genannt, warum er *nicht* hier wäre, warum er *nicht* hier sein könnte, warum ...«

»Ein guter Wissenschaftler«, erklärte Gideon, »modifiziert seine Arbeitshypothesen entsprechend neuer Daten. Wenn zusätzliche ...«

»Wieso gibst du nicht einfach zu, daß du dich geirrt hast?« sagte Abe.

»Ich«, erwiderte Gideon zerknirscht, »habe mich geirrt. Völlig geirrt. Im richtigen Kino, aber im falschen Film.«

»Ja, das warst du«, sagte Julie, »und hast noch dazu über andere ziemlich verächtlich die Nase gerümpft, wenn ich mich recht entsinne.«

»Also schön, ich entschuldige mich. Ehrlich. Wir hätten auf dich hören sollen.«

»Wir?« sagte Abe. »Seit wann bin ich dabei im Spiel?« Er lachte vergnügt, sinnierte dann laut: »Aber was macht er hier? Was will er?«

»Den Kodex«, sagte Julie.

Abe starrte sie an. »Was?«

»Das ist eine weitere von Julies Hypothesen«, erklärte Gideon. »Sie glaubt, der Kodex könnte immer noch dort unter dem Schutt liegen und jetzt sei Howard zurückgekommen, um ihn sich zu holen.«

»Aber das ist unmöglich. Wir *wissen*, daß er ihn mitgenommen hat – das hat er selbst *gesagt.* Und wir haben Berichte aus allen Ecken und Enden der Welt. Und . . .«

»Genau das hat Gideon auch gesagt«, unterbrach Julie süffisant grinsend.

»Wie auch immer, selbst wenn er noch dort wäre, wieso sollte Howard ausgerechnet jetzt zurückkommen? Warum hat er ihn nicht . . .«

»Genau denselben Vortrag hat mir Gideon immer gehalten, wenn er mir geduldig erklärt hat, daß auch nicht die geringste Möglichkeit bestünde, Howard könne sich in einem Umkreis von tausend Meilen von hier befinden.«

»Ja, aber . . .« Abe sprach nicht weiter, nickte dann langsam, die Lippen geschürzt wie ein Mann, dem ein Licht aufgeht. »Das würde dann ganz sicher die heimliche Ausgrabung erklären, nicht wahr? Vielleicht sogar die Torheit mit dem Fluch.«

Abes Theorie bezüglich des Fluches war ebenso einfach wie zwingend. Angenommen, der Kodex befand sich tatsächlich noch dort, dann dürfte die Entscheidung des Institutes, die Ausgrabung der Treppe wiederaufzunehmen, Howard ziemlich erschüttert und der Fortgang der Arbeiten ihn zunehmend verzweifelter gemacht haben. Wie konnte er seinen nicht geborgenen Schatz besser schützen, als dafür zu sorgen, daß das Institut den Tempel wieder schloß? Und welche bessere Möglichkeit gab es, das Institut genau dazu zu bewegen, als die schrittweise Erfüllung eines uralten Fluches zu arrangieren? Ein Artikel im ›Flak‹ würde sie vielleicht nicht gerade auf Trab bringen, aber wie lange hätte es gedauert, bis die Story auch von der seriöseren Presse aufgegriffen wurde?

Und wenn ein Teil des Fluches nebenbei auch noch zum gewaltsamen Tod seines alten Feindes Gideon Oliver auf den Wällen des Ballspielplatzes von Chichén-Itzá führte, um so besser. Wenn nicht, nun, worum es ging, war unmißverständlich klar geworden, und eine weitere Gelegenheit mochte sich immer noch bieten.

»Wißt ihr«, meinte Gideon langsam, »das erklärt auch manches bei dem Mord an Ard.«

»Du meinst, Ard hätte herausgefunden, daß er hier war, vielleicht sogar, daß er hinter dem Fluch steckt?« fragte Abe.

»›Rückkehr zum Tatort‹ – das stand doch in seinem Notizbuch. Auf wen sonst könnte sich das beziehen, wenn nicht auf Howard?«

Julie machte einen ihrer erfolglosen Versuche, mit den Fingern zu schnippen. »Und was ist mit dem Hinweis auf die Fortsetzung? ›Die seltsam verworrene Geschichte von Howard Bennett und dem Kodex von Tlaloc‹ oder so was in der Richtung. Stan muß herausgefunden haben, daß Howard hier war – vielleicht sogar, daß auch der Kodex noch hier ist –, und Howard hat ihn umgebracht, um zu verhindern, daß er darüber schreibt.«

»Wißt ihr, so könnte es gewesen sein«, sagte Abe. »Bislang hat niemand eine bessere Erklärung.«

Plötzlich fiel für Gideon ein weiteres kleines Mosaiksteinchen an seinen Platz, eines, das er schon vor Stunden richtig hätte einfügen müssen. Er schnippte mit den Fingern.

»Angeber«, sagte Julie.

»Die Waffe!« sagte Gideon. »Die, mit der Ard erschossen worden ist – Marmolejo sagte, es wäre eine .32er . . .«

». . . was genau die Waffe ist, die Howard hatte«, sagte Abe. »Er hatte sie bei sich, als er in der Nacht zum Tempel ging. Kein Mensch hat sie später gefunden. Eine alte Smith & Wesson, laut Bericht.«

»Genau. *Genau!*« Zum ersten Mal begann Gideon, es selbst zu glauben. »Verdammt, es *ist* Howard. Er ist hier in Yucatán. Seid ihr euch eigentlich klar darüber, daß dies das erste Mal seit dem Diebstahl des Kodex ist . . .«

»Des versuchten Diebstahls«, korrigierte Julie. »Des angeblichen Diebstahls.«

». . . daß wir sicher wissen, wo er sich befindet? Und er weiß nicht, daß wir es wissen. Das ist unsere erste anständige Chance, den Dreckskerl zu finden. Und den Kodex zurückzubekommen.« Er nickte Julie respektvoll zu. »Außer natürlich, der Kodex liegt schon die ganze Zeit über dort unten und wartet nur auf uns.«

»Das wäre was, hmh?« sagte Abe leise.

Gideon winkte einem Kellner, der dezent an der Seite des Säulenbogens wartete. »Tres copas de brandy, por favor. Tiene Cardenal Mendoza?«

Als die Getränke gebracht wurden, stießen die drei an, und Abe lachte glücklich. »Jetzt weiß ich, daß ich von Verrückten umgeben bin«, sagte er, wobei seine hellblauen Augen leuchteten. »Ein Mann erhält eine Morddrohung und kommt schließlich dahinter, daß sie von einem Mörder stammt, der in der Gegend herumläuft und Leute abknallt. Was würde jeder normale Mensch tun? Sich in seinem Zimmer verkriechen, sich einen falschen Bart ankleben, sich ins nächste Flugzeug setzen. Und was macht dieser Bursche? Er bestellt eine Runde Cognac. Noch dazu Cardenal Mendoza.«

»Wobei du ihm nur zu bereitwillig Gesellschaft leistest«, betonte Gideon.

»Habe ich etwa behauptet, ich wäre nicht auch verrückt? Paßt auf, wo steckt Marmolejo? Wir haben ihm eine Menge zu erzählen.«

»Da fällt mir aber ein Stein vom Herzen«, sagte Julie. »Ich dachte schon, ihr zwei hättet vor, ihn allein zu fangen.«

»Wir?« Abes bewegliche Augenbrauen schossen nach oben. »Was für ein Gedanke. Was sind wir denn, Detektive vielleicht?«

19

Marmolejo schaute sich ganze zehn Sekunden die Kopie des Drohbriefes an, dann legte er das Blatt neben den Weinbrand, den er zwar nicht ausgeschlagen, aber bislang auch noch nicht angerührt hatte.

»Ja«, sagte er, die unangezündete Zigarre im Mund, »es ist dieselbe Schreibmaschine.« Er lehnte sich in seinem Stuhl unter einem Holzrelief zurück, das auf einem Wandgemälde von Bonampak basierte, und spielte gedankenverloren mit seinem Glas. »Die Frage ist nur: warum?«

»Der Kodex«, sagte Julie mit verdutzter Miene. Sie war doch gerade erst alles mit ihm durchgegangen. »Er muß immer noch . . .«

Mit einer Handbewegung brachte er sie zum Schweigen. »Nein, ich meine den Brief unter der Tür. Warum Ihren hochverehrten Gatten auf diese kindische Art bedrohen? Warum ihn nicht einfach umbringen?«

»Um die Genugtuung zu bekommen, daß er ihm Angst einjagen konnte«, überlegte Julie. »Wenn man bedenkt, daß Gideon derjenige war, der das Komitee ins Leben gerufen hat, würde es Howard bestimmt eine Menge Spaß bereiten, ihn in Angst und Schrecken zu versetzen. Nicht daß Gideon Angst gehabt hätte«, fügte sie loyal hinzu.

»Das glauben Sie?« sagte Marmolejo. »Da habe ich so meine Zweifel. Wenn ich Genugtuung daraus ziehen wollte, Ihnen Angst einzujagen, wäre es mir wichtig, daß Sie auch genau wüßten, *ich* und niemand anderes wäre es, der hinter Ihnen her ist. Aber hat Dr. Bennett den Brief unterschrieben? Nein, er hat keinen Hinweis auf sich geliefert. Es könnte durchaus auch jemand anderes gewesen sein.«

»Aber er konnte es sich nicht leisten, jemanden wissen zu lassen, daß er hier war«, sagte Julie. »Das haben wir doch bereits geklärt.«

»In Ordnung«, räumte Marmolejo ein, »aber wenn er den Reporter umgebracht hat, um seine Anwesenheit hier geheimzuhalten, wie Sie sagen, wieso lenkt er dann auf diese Weise die Aufmerksamkeit auf sich?« Er drehte sich zu Gideon um. »Wenn er Rache wollte, warum Ihnen dann nicht ganz simpel mit der Rohrzange einen überziehen – entschuldigen Sie, Mrs. Oliver –, und das war's dann? Warum mit diesem Brief eine Identifikation riskieren?«

Das waren gute Fragen, über die nachzudenken Gideon bislang noch keine Gelegenheit gehabt hatte. »Tja, natürlich würde er nie damit rechnen, daß Abe die Dokumente miteinander vergleicht.«

Worauf Marmolejo mit einem unverbindlichen Schulterzucken reagierte. »Er könnte sich aber denken, daß *wir* es tun würden. Irgendwann.«

»Wie lautet also Ihre Theorie, Inspektor?« fragte Abe.

Der Inspektor schüttelte den Kopf, rollte seine Zigarre von einem Mundwinkel in den anderen. »Dr. Oliver, haben Sie auch früher schon Drohungen von ihm bekommen?«

»Nein.«

»Und dann sind es auf einmal so viele, daß er kaum noch mitzählen kann«, sagte Julie.

Marmolejo nahm dies auf, wie es gemeint war. »Aber warum«, fragte er, »fängt er dann jetzt auf einmal damit an? Warum nicht schon vor Jahren?«

Weitere gute Fragen. »Vielleicht ist er nie das Risiko eingegangen, in die Staaten zurückzukehren?« spekulierte Gideon. »Vielleicht ist das die erste Gelegenheit, die sich ihm geboten hat.«

Wieder ein Schulterzucken von Marmolejo und ein Themenwechsel. »Dr. Goldstein, sollte der Kodex immer noch in Tlaloc liegen, wäre es in unser aller Interesse, ihn so schnell wie möglich zu bergen.« Er kramte eine kleine Streichholzschachtel hervor, nahm ein winziges, gewachstes Streichholz heraus, zündete es an und hielt es ans Ende seiner Zigarre. Marmolejo mit einer brennenden Zigarre war ein seltener Anblick. Er fühlte sich generös, und das war kein Wunder. Die Wiedererlangung des Tlaloc-Kodex für sein Land wäre eine phantastische Leistung.

»Da bin ich voll und ganz Ihrer Meinung«, sagte Abe vorsichtig. »Aber je schneller man gräbt, desto mehr Risiken geht man ein. Sie würden doch sicher nicht die Gefahr eingehen wollen, daß der Kodex beschädigt wird.«

Natürlich nicht; das war doch selbstverständlich. Aber war es denn nicht möglich, die Ausgrabung ohne ein solches Risiko zu beschleunigen? Was, wenn er einige seiner eigenen, zuverlässigen Männer als Hilfe zur Verfügung stellte?

Abe, Perfektionist, der er war, reagierte zögernd, aber Marmolejo argumentierte überzeugend. Wie gründlich der Polizeischutz auch immer sein mochte, es war unmöglich, eine hundertprozentige Sicherheit zu garantieren, weder für Menschen noch für Objekte. War nicht das Schicksal von Ard dafür Beweis genug? Solange der Kodex dort unten lag, bestand immer ein gewisses Risiko, daß Howard einen Weg finden mochte, ihn in die Finger zu bekommen oder sogar zu zerstören, so geistesgestört war er offensichtlich. Und was war mit der Gefahr für die Sicherheit der Crew? Wer konnte sagen, wer als nächstes dran war, und wann? Aber man brauchte nur den Kodex fortzuschaffen, und schon hatte sich auch Howards Daseinsberechtigung erledigt, oder doch wenigstens sein primärer Grund, jemandem etwas anzutun.

Abe schwankte, gab dann nach. Ab kommenden Morgen würden sich zwei von Marmolejos Männern zum Dienst im Tempel melden, natürlich unter Abes Aufsicht. Mit Abes Erlaubnis würde Marmolejo selbst ebenfalls dort sein.

Abe, der genau wußte, wann er im Grunde keine Wahl mehr hatte, gab seine Zustimmung. »Aber wissen Sie«, sagte er, »etwas läßt mir dabei keine Ruhe. Garrison hat den Fluch am Montagabend vergangener Woche übersetzt. Die Pressekonferenz war am Dienstag, daher hat es vor Mittwoch nicht in den Zeitungen gestanden. Und doch war Howard bereits Mittwochabend hier und schiebt Zettel unter Türen. Wie hat er das so schnell erfahren können? Wie ist er so schnell hergekommen?«

Die Zigarre war inzwischen wieder verloschen. Marmolejo pflückte sie mit zwei Fingern aus dem Mund. »Die Frage lautet: von wo nach hier? Falls er bereits in Yucatán war, dürfte das kein größeres Problem gewesen sein.«

»Bereits in Yucatán?« wiederholte Abe. »Wieso sollte er schon in Yucatán sein?«

Marmolejo zog es vor, nicht alle Fragen zu beantworten, die ihm gestellt wurden. Nachdem er sich zu seiner Zufriedenheit um alle erforderlichen Schritte gekümmert hatte, hob er nun sein Glas und lächelte sein affenartiges Grinsen.

»Auf das Wiederfinden des Tlaloc-Kodex«, sagte er.

Worthy Partridge führte eine der vier Backpflaumen zum Mund, die das Küchenpersonal jeden Tag zusätzlich in sein Lunch-Paket legte. »Ich persönlich«, sagte er, »würde überglücklich sein, wenn ich diesen elenden Ort nicht mehr sehen müßte.« Er schüttelte sich. Mit geschürzten Lippen wurde die Trockenpflaume gründlich durchgekaut. »Erinnert mich daran, nie wieder einen Gratis-Urlaub anzunehmen.«

»Das sehe ich aber ganz anders«, meinte Harvey, den Mund voll Weißbrot und Truthahn. »Das hier ist doch super. Wie kannst du abreisen, bevor sie herausgefunden haben, ob der Kodex noch da ist?«

»Problemlos«, erwiderte Worthy verdrießlich. »Ich will nicht der nächste sein, den Howard abmurkst.«

Gesprächsthema war Marmolejos Ankündigung von diesem Morgen, daß es den Mitgliedern der Crew jetzt freistand, Yucatán nach Belieben zu verlassen. Worthy war der einzige, der beabsichtigte, von diesem Angebot Gebrauch zu machen. Er hatte seinen Flug für den kommenden Tag gebucht.

Harvey schaute wehmütig zum Tempel der Eulen auf. »Mann, glaubst du wirklich, sie werden ihn finden?«

»Marmolejo hat versprochen, daß sie uns sofort Bescheid geben, wenn es soweit ist«, sagte Gideon.

»Marmolejo«, brummte Worthy. »Ich würde diesem Mann nicht trauen, wenn ich Sie wäre.«

»Wieso? Was ist denn mit Marmolejo?« fragte Leo.

»Er ist zu klein«, sagte Worthy.

Leo lachte. »Häh?«

»Ich mag keine kleinen Menschen. Sie bewegen sich zu schnell. Flitzen immer nur rum.«

Die Unterhaltung verlief nun bereits seit einer halben Stunde auf diese zwanglose Art. Die Crew machte Mittagspause im Schatten der Akazien in der Nähe der Westgruppe, nachdem sie den Morgen über die langsam voranschreitende Ausgrabung der Fundamente des Ballspielplatzes fortgesetzt hatte. Abe hatte Gideon gebeten, diese Arbeit zu überwachen, während er selbst mit Marmolejo im Treppenschacht war. Die Arbeit an dem bescheidenen Ballspielplatz war reine Routine und langweilig und nicht einmal aufgelockert durch Emmas Berichte über ihr letztes Plauderstündchen mit Huluc-Canab.

Sie hatte beschlossen, an diesem Morgen im Hotel zu bleiben, und Preston leistete ihr Gesellschaft. In letzter Zeit war Emma bei weitem nicht mehr so dynamisch wie sonst. Zum Teil lag das sicher daran, daß der Rest der Gruppe begonnen hatte, auf Durchzug zu schalten, sobald sie den Mund aufmachte, zum anderen aber auch, daß sie von Huluc-Canab schwer enttäuscht war, weil er sie informiert hatte, daß keinem Mitglied der Gruppe während ihres Aufenthaltes etwas Ernstes zustoßen werde. Als Ard dann ermordet worden war, hatte sie Huluc-Canab während ihres morgendlichen Tête-à-têtes zur Rede gestellt, und er hatte darauf aufmerksam gemacht, daß Ard genaugenommen kein Mitglied der Gruppe sei. Eine recht aalglatte, ausweichende Antwort, Emmas Meinung nach. Nach Gideons ebenfalls.

Als sie sich wieder auf den Weg zum Ballspielplatz machten, kam ihnen einer von Marmolejos Beamten entgegen.

Ob sie mit zum Tempel kommen wollten? nuschelte er höflich auf spanisch. Sie hätten etwas Interessantes entdeckt.

»El codex?« fragte Gideon, und dann, als der Beamte ihn verständnislos anstarrte: »Un libro?«

Ja, meinte der Polizist, sie hätten ein Buch gefunden. Sehr alt, sehr schön.

Gideon juchzte und griff nach Julies Hand. »Ich werde nie wieder an dir zweifeln«, rief er lachend. »Du bist brillant!«

Als sie den Tempel erreichten, kühlte sein Hochgefühl einen Moment lang ab. Mit dem seltsamen Gefühl, daß er sich in der Zeit zurückbewegte, daß sich alles wiederholen würde, was laut dem Kalender der Maya für alle Dinge galt, zögerte er unmittelbar hinter dem Eingang. Alles war wie beim ersten Mal: die Luft war stickig und voller Staubpartikel – er spürte bereits, wie sie auf seiner Zunge einen Belag bildeten, seine Nase verkrusteten; das schwefelgelbe Licht der tragbaren Lampen weiter unten; die tanzenden Schatten auf den Wänden und der Decke; die muffigen Gerüche nach Alter, Schimmel und Schweiß; die Anspannung in den Stimmen von der Treppe.

Julie berührte seinen Arm. »Gideon, was ist los?«

Er drückte ihre Hand und lächelte. »Ach, nur ein paar Gespenster.«

Die schnell genug von Abes schwachem, aufgeregtem Ruf von der Treppe vertrieben wurden.

»Gideon, bist du es? Komm, sieh dir das an, schnell! Julie, sind Sie auch da? Kommt! Kommt alle, seht euch das an!«

Während sie die steinernen Stufen hinuntereilten, wurde Gideon weiter beruhigt durch den scharfen Geruch nach Zelluloidaceton-Lösung, dem verbreitetsten und beruhigenden Duft bei jeder Ausgrabung. (Dicht gefolgt von abgestandenem Kaffee auf Platz zwei.) Die Lösung wurde für alles mögliche benutzt: für das Glasieren von Keramik über das Zusammenkleben von Knochen, zum Versiegeln von mit Wasser vollgesogenem Holz und zur Verstärkung verwesender Haut. Im Augenblick versprühte Abe sie hochverdünnt aus einem gläsernen Zerstäuber auf etwas, über das er sich konzentriert beugte. Der Schutt war inzwischen fast genausoweit fortgeräumt wie 1982, und Abe kniete auf der untersten sichtbaren Stufe, wobei er seine knochigen Knie auf ein zusammengefaltetes Handtuch bettete. Eine Stufe darüber stand Marmolejo, nicht weniger konzentriert, und auf dem Absatz darüber saßen zwei staubige, verschwitzte Polizisten und tranken kalten Tee. Die Maya-Arbeiter, die den Schutt hinausgeschleppt hatten, waren fortgeschickt worden.

Abes schmaler Rücken versperrte den Neuankömmlingen die Sicht, doch als er hinter sich Schritte hörte, drehte er sich zur Seite, damit sie auch sehen konnten.

»So«, sagte er mit glänzenden Augen, »was hältst du hiervon?« Noch nie hatte Gideon ihn so aufgeregt erlebt.

Und das mit gutem Grund. Es war allerdings der Kodex, eingeklemmt in der Ecke zwischen Wand und Stufe. Mitgenommen durch den Einsturz, an einer Ecke eingedrückt, an einer anderen gerissen, aber im wesentlichen einwandfrei. Er war sogar noch an der gleichen Stelle aufgeschlagen.

Gideons schallendes Lachen zog erstaunte Blicke der anderen auf sich. Ganz besonders Marmolejo warf ihm einen eigenartigen Blick zu, aber wie sollte er erklären, wie komisch das war? All die ernste, hingebungsvolle Arbeit des ›Komitees zur Erforschung der Maya‹, all die Papierberge, die sie produziert hatten, all die brillante Strategie, um Howard daran zu hindern, den Kodex verkaufen zu können – und hier war er die ganze Zeit über gewesen, angeschlagen und begraben, aber außerordentlich sicher unter Tonnen von Schutt.

Er starrte ihn an, saugte den Anblick förmlich auf: der alte Kodex, der schummerige steinerne Tunnel, der leidenschaftliche alte Mann. »Glückwunsch, Abe. Was für ein . . .«

Er sprach nicht weiter, runzelte die Stirn. Etwas, ein paar Dutzend Zentimeter vom Kodex entfernt, hatte seine Aufmerksamkeit erregt. Ein kleiner, an sich nicht weiter beachtenswerter Knoten ineinander verschlungener, stäbchenförmiger Objekte in der Farbe von Treibholz, kaum sichtbar, gerade mal einen Zentimeter aus dem Geröll herausragend, das immer noch die untersten Stufen und das Fußende der Treppe bedeckte.

»Nur einen Moment, ja?« sagte er.

Er legte eine Hand auf Abes Schulter und schob sich an ihm vorbei, machte einen vorsichtigen Schritt über den Kodex hinweg. Die Höhe des bislang noch nicht fortgeräumten Schutts machte es unmöglich, aufrecht zu stehen. Er hockte sich und wischte mit den Händen etwas Schmutz beiseite.

»Leo«, sagte er, »würden Sie die Lampe bitte so drehen, daß sie hierher gerichtet ist?«

Er ließ die Fingerspitzen über die stäbchenförmigen Objekte wandern und räumte mehr Schutt zur Seite. Die anderen beobachteten ihn neugierig und stumm. Niemand schien fragen zu wollen, was das war.

»Es ist ein rechtes Ellbogengelenk«, sagte er ohne lange Vorrede, »immer noch zum größten Teil begraben.« Er deutete auf die sichtbaren Enden der Knochen. »Humerus, Ulna und Radius.«

»Articulatio cubiti«, sagte Harvey automatisch.

»Wollen Sie damit sagen, es ist ein ... ein *menschliches* Ellbogengelenk?« stammelte Worthy.

Gideon nickte.

»Da drunter liegt ein *Skelett*?« Worthy war bleich geworden. Im grellen Licht sah sein Gesicht wächsern aus.

»Ich fürchte, ja«, sagte Gideon.

»Vielleicht ist es ... also, wahrscheinlich ist es ein alter Knochen. Sie wissen schon, nur wieder eine Beisetzung der Maya.«

»Nein«, sagte Gideon, »es ist erst ein paar Jahre alt. Ich kann ...« Aber Worthy war sowieso schon beunruhigt genug, und auch Leo und Julie sahen nicht sonderlich glücklich aus. Es gab keinen Grund, ihnen zu erklären, daß er immer noch den kerzenwachsähnlichen Geruch des trocknenden Fetts im Knochenmark riechen konnte. Und das wäre ganz sicher nach einigen weiteren Jahren nicht der Fall gewesen. Außerdem war der größte Teil des Gelenkknorpels immer noch vorhanden, und sogar ein paar Fetzen der Bänder.

»Es stammt aus jüngerer Zeit«, sagte er einfach.

Aber auch wieder nicht aus allzu jüngster Zeit. Von Ranzigkeit keine Spur mehr, auch keinerlei Hinweise auf Insekten oder Ungeziefer, die den Knochen gesäubert hatten. Und der Knorpel war spröde und braun. Die Schlußfolgerung war zwangsläufig – und offensichtlich, wenn man einen Augenblick darüber nachdachte. Als er zu den Gesichtern aufschaute, die mit äußerster, verblüffter Konzentration zu ihm herabsahen, war es klar, daß alle es begriffen hatten. Er sagte es trotzdem.

»Wer auch immer das hier ist, er ist beim Einsturz des Tunnels getötet worden. Nicht vorher, nicht nachher. Daran kann überhaupt kein Zweifel bestehen.«

20

Mehrere Sekunden verstrichen, ohne daß einer auch nur ein Wort von sich gab. Das Surren der Rädchen in ihren Köpfen war beinahe in der dicken Luft zu hören. *Wer* war getötet worden? Warum? Wie? Hatte jemand Howard daran gehindert, den Kodex zu stehlen, nur um dann für seine Bemühungen zu sterben? War es zu einem Kampf gekommen? Waren in dessen Folge die geschwächten Wände eingestürzt, hatten den Kodex und seinen Beschützer unter sich begraben, so daß Howard mit leeren Händen davonschleichen mußte, um seine Chance zur Rückkehr abzuwarten? Das war auch nicht bizarrer als manche anderen ihrer Theorien, und es würde eine Menge erklären.

Nur, wessen Skelett war es? Man wußte, wo sich jeder einzelne befand. Von den Mitgliedern der 1982er Crew standen genau jetzt in diesem Augenblick drei auf der Treppe, zwei befanden sich im Hotel, und die anderen, diejenigen, die es vorgezogen hatten, nicht zurückzukehren, waren in den Vereinigten Staaten. Abe hatte mit allen telefoniert, als die Ausgrabung fortgesetzt werden sollte. Wer also . . .

Es war Marmolejo, der die Antwort lieferte.

»Aha«, sagte er leise. »Avelino Canul . . . endlich.«

Avelino Canul, der tapfere kleine Maya-Vorarbeiter, der die einheimischen Arbeiter während der früheren Ausgrabung beaufsichtigt hatte. Avelino, der am Tag nach dem Einsturz verschwunden war. Die Polizei hatte versucht, ihn ausfindig zu machen, wenn auch nur halben Herzens. Angesichts des Rufes von Colonel Ornela, korrupt und inkompetent zu sein, war es nicht weiter ungewöhnlich, wenn ein Maya (oder jeder x-beliebige andere im übrigen auch), lieber floh, als ein Verhör der Polizei über sich ergehen zu lassen, selbst wenn er sich keines Verbrechens schuldig gemacht hatte. Und Avelino war, wie sich herausgestellt hatte, aufgrund einer langjährigen Vorliebe für Rum schon häufiger mit dem Gesetz in Konflikt geraten.

Man war allgemein der Meinung gewesen, daß er in seinem Dorf in Guatemala, direkt hinter der Grenze, untergetaucht war, und als Howards Brief eintraf, in dem er alles erklärte – das hatten sie wenigstens gedacht –, war die Suche nach ihm eingestellt worden. Wie der Colonel schon gesagt hatte: wenn er sich in seinem eigenen Dorf, unter seinen eigenen Leuten verstecken wollte, gab es für die Polizei auch nicht die geringste Möglichkeit, ihn zu finden – nicht einmal für Marmolejo, der immerhin ein Halb-Maya war. Außerdem besaßen sie in Guatemala ohnehin keinerlei Rechtsbefugnisse. Dabei hatten sie es belassen, doch unterschwellig hatte die Sache Marmolejo immer beschäftigt; sein Bedürfnis nach einem klarem Abschluß eines Falles blieb unbefriedigt. Mehr als einmal hatte er sich in Gideons Gegenwart laut Gedanken über das Schicksal von Avelino Canul gemacht.

»Mr. Partridge«, sagte er jetzt.

Worthy zuckte zusammen. »Pardon? Was?«

»Avelino und die anderen Arbeiter wurden doch damals nach Hause geschickt, wenn die Arbeit eines Tages getan war. Wie ist er Ihrer Meinung nach hierher zurückgekommen?«

»*Meiner* Meinung nach? Woher soll ich das denn wissen?«

»Sie waren hier in Tlaloc, auf Wache.«

»Ich . . . also, ja, aber . . . es war dunkel. Es gab damals noch keinen Zaun. Der Mann war Indianer, kannte sich im Dschungel aus. Er kannte die Wege besser als jeder andere. Er hätte problemlos zurückkommen können, ohne dabei gesehen zu werden.«

»Ja, da haben Sie wahrscheinlich recht. Warum meinen Sie denn, würde er so etwas tun? Glauben Sie, er wollte den Kodex selbst stehlen? Vielleicht haben sie darum gekämpft?«

»Ich kann Ihnen versichern, daß ich nicht die geringste Idee habe. Wieso fragen Sie ausgerechnet mich?« Er schluckte. Marmolejo hatte ihn eingeschüchtert.

»Macht nichts, Señor«, sagte der Inspektor freundlich. »Ich bin sicher, alles wird sich schon sehr bald aufklären.«

Der Schutt, unter dem die Knochen begraben lagen, war leicht zu entfernen, aber es dauerte dennoch anderthalb Stunden, da Marmolejo zu Recht darauf bestand, das Skelett Stück für Stück, Schicht um Schicht freizulegen und immer wieder Fotos zu machen. Die Arbeit wurde von den beiden Polizisten erledigt, wobei sie im wesentlichen ihre Hände als Werkzeuge benutzten, und für Gideon blieb wenig zu tun, außer aufzupassen und von Zeit zu Zeit einen Vorschlag zu machen.

In der Zwischenzeit beendete Abe peinlich genau die Vorbereitungen zum Abtransport des Kodex und legte ihn mit äußerster Sorgfalt in eine ausgepolsterte Kiste, die von der Polizei zur Verfügung gestellt wurde. Ihn in die Kiste zu bekommen, dauerte allein schon zwanzig Minuten. Ein ziemlicher Unterschied zu Howard Bennetts Vorgehensweise.

Nachdem er sicher verpackt war, wurden zwei weitere uniformierte Polizisten – die komplette Staatspolizei von Yucatán schien in Tlaloc zu sein – abgestellt, ihn zum Hotelsafe zu tragen, um dort auf die Ankunft von Vertretern des Instituts zu warten. Abe, gefangen zwischen Neugier bezüglich des Skeletts und Sorge um den Kodex, entschied sich für den Kodex und begleitete ihn.

Gideon und die anderen blieben auf den oberen Stufen hocken und schauten gedankenverloren zu. Wegen der Zelluloidaceton-Dämpfe war ein Entlüftungsventilator aufgestellt worden, und die Luft war inzwischen relativ kühl und staubfrei. Es war eine merkwürdig friedliche Zeit, frei schwebend und träge. Es blieben immer noch Fragen, aber jetzt waren sie über einen großen Berg; sie näherten sich den Antworten, statt sich weiter von ihnen zu entfernen. Und natürlich war da auch noch die Wiedererlangung des Kodex, die durchgekaut und genossen werden mußte.

Um drei Uhr war das Skelett zu drei Vierteln freigelegt, lag auf der Seite zu den nach oben führenden Stufen hin, steckte aber immer noch teilweise im Schutt. Unter dem linken Handgelenk ragte das gerissene Metallgliederband einer Armbanduhr aus dem Geröll. Einer der Polizisten hatte es herausziehen wollen, wurde dann jedoch mit einem scharfen Tadel Marmolejos gebremst. Wußten sie denn nicht, daß man nichts aus dem Dreck *herauszog*? Alles würde liegenbleiben, bis sie es durch vorsichtiges Graben freigelegt hatten. Es war von größter Bedeutung, sämtliche Gegenstände in ihrer richtigen Beziehung zueinander zu sehen und zu fotografieren.

Gideon lächelte. Marmolejo hätte einen verflucht guten Archäologen abgegeben.

Um halb vier befahl Marmolejo den beiden Polizisten, die gegraben hatten, Schluß zu machen. Sie hatten früh angefangen, und es war ein langer Tag gewesen; die restliche Arbeit konnte bis morgen warten. Dankbar hörten sie auf, gingen zum höherliegenden Treppenabsatz und machten es sich mit einem Krug Tee bequem.

»Dr. Oliver«, sagte Marmolejo, »ich frage mich, ob wohl schon genug zu sehen ist, daß Sie mal einen Blick darauf werfen könnten?«

»Sicher, wenn Sie wollen.« Er hatte sich gefragt, wann – oder ob überhaupt – Marmolejo ihn darum bitten würde. Diesmal war er nicht so dumm gewesen, ungefragt seine Dienste anzubieten. Er stand auf und ging die Stufen hinauf. »Ich hole nur schnell mein Werkzeug aus dem Arbeitsschuppen.«

»Äh, was glauben Sie, wie lange Ihre Untersuchung dauern wird?«

»Kommt drauf an. Drei oder vier Stunden.«

Marmolejo verzog das Gesicht. Er war jetzt seit sieben Uhr morgens im Treppenschacht. »Wenn das so ist«, brummte er widerwillig, »sollten wir vielleicht lieber bis morgen warten. Dann können wir Ihnen das Skelett vollkommen freigelegt anbieten.«

»Ich könnte ja schon mal einen ersten, vorläufigen Blick darauf werfen«, sagte Gideon. Er wollte genausowenig bis zum nächsten Tag warten wie Marmolejo. »Wenigstens mal sehen, ob ich Geschlecht und Rasse bestätigen kann. Vielleicht auch das Alter. So etwas. Morgen kann ich dann meinen Kram mitbringen und eine gründlichere Untersuchung durchführen.«

Marmolejos Miene hellte sich auf. »Por favor«, sagte er, brachte dann den anderen gegenüber diskret, aber bestimmt seine Vorbehalte zum Ausdruck, die Tlaloc-Crew als Publikum dabeizuhaben, wenn vertrauliche Polizeiangelegenheiten besprochen werden würden. Ob sie vielleicht ihre Arbeit an anderen Stellen der Ausgrabungsstätte fortsetzen oder, wenn sie möchten, zum Hotel zurückkehren könnten?

Als Julie mit ihnen aufstand, gab er ihr mit einem Zeichen zu verstehen, daß sie bleiben könne, doch sie schien erleichtert, gehen zu können. Julie hatte ein durchaus lebendiges Interesse an Skelettanalysen (welche Wahl blieb ihr auch schon, da sie mit Gideon verheiratet war?), aber dies war das erste Mal, daß sie die schmutzigen Einzelheiten davon miterlebte, und sie hatte ganz und gar nicht glücklich ausgesehen, einen beengten Raum mit einem frisch ausgegrabenen Skelett zu teilen.

Marmolejo wartete, bis alle fort waren, dann nickte er Gideon aufmunternd zu.

Aus der Nähe betrachtet, erwies sich das Skelett als zwar angeschlagen, war aber im großen und ganzen in gutem Zustand. Viele Gelenke wurden immer noch von zwiebelschalenähnlichen Bänderfetzen zusammengehalten. Unter dem Schädel lag ein Büschel rostfarbenen Haares, doch das besagte wenig. Wer konnte schon sagen, welche Farbe es ursprünglich gehabt hatte, wenn man berücksichtigte, daß es unter diesem Kalksteinschutt bestimmt ausgelaugt und verfärbt worden war? Eine Querschnittsanalyse würde gewiß etwas über die Rasse aussagen, doch das mußte in einem Labor unter dem Mikroskop gemacht werden.

Kleidung war so gut wie nicht mehr vorhanden; nur Ledersandalen und blutverkrustete Shorts, die fast völlig vermodert waren. Shorts und Sandalen – hatte Avelino das getragen? Wahrscheinlich; das hatten ja die meisten Männer damals getragen. Falls er Unterwäsche auf dem Körper gehabt hatte, war sie jetzt jedenfalls nicht mehr unterscheidbar von den Shorts. Wie immer wirkte es weniger echt, wenn ein Skelett Kleider trug, wie ein Ulk zu Halloween, aber das hier hatte nichts Drolliges. Der Brustkorb war zerschmettert, einige der Articulationes costovertebrales – die Gelenke zwischen Rippen- und Brustwirbel – auseinandergerissen; die rechte Beckenwand war gesprungen und von der linken fortgedreht; das linke Schlüsselbein war gebrochen, der Unterkieferknochen auch, er klaffte schief auf, einige der Zähne waren abgesplittert oder herausgeschlagen; und die linke Seite des Schädels war eingedrückt.

Wenigstens war es trocken.

Ansonsten gab es nicht viel Gutes zu sagen. Der arme Kerl war bei dem Einsturz zerquetscht worden, und genau das sagte Gideon jetzt auch.

Marmolejo sah ihn ausdruckslos an. »De veras?« fragte er ironisch, ohne dabei den Mund um seinen Zigarrenstummel zu öffnen.

Gideon lächelte. Ja, wirklich. Aber es gab noch ein paar andere interessante Dinge, die er vielleicht herausfinden konnte. Am besten, mit dem Wesentlichen anfangen. Er hockte sich neben das Skelett, die Ellbogen auf den Oberschenkeln, und sah sich das zertrümmerte Bekken an. Vorsichtig und mit Marmolejos Erlaubnis hob er mit einer Kelle etwas von den zerfallenen Überresten der Shorts an. Einen Moment lang klebte es noch am Knochen, dann kam es los.

»Tja, es ist ganz sicher ein Mann«, verkündete er. Das war einfach genug. Alles an diesem Becken schrie es förmlich heraus: stumpfe Beckenöffnung, abgerundeter Ramus, rechteckiges Kreuzbein, enge Ischiaskerbe. Es müßte immer so leicht sein.

Marmolejo nickte. So weit, so gut.

Behutsam benutzte Gideon die Spitze der Kelle, um etwas vom Knorpel der Schambeinfuge abzukratzen, jener Stelle, wo die rechte und linke Beckenhälfte zwischen den Beinen zusammentreffen. Von all den Flächen der zweihundertundsechs Knochen des menschlichen Körpers ist es genau dort, an diesem versteckten und abgelegenen Ort, wo sich die Zeichen von Alter und Verschleiß am deutlichsten und unauslöschlich eingraben.

Die Kelle locker in der Hand, musterte er die schmale, geriffelte Oberfläche des Knochens.

»Fünfzig Jahre alt«, sagte er nach einigen Sekunden. »Plus oder minus fünf Jahre.«

»Aha«, sagte Marmolejo zufrieden. »Avelino war siebenundvierzig.« Er warf Gideon einen schrägen Blick zu. »Wußten Sie das zufälligerweise?«

Nein, Gideon hatte es nicht gewußt.

Dann machte er sich an die schwerere Arbeit. Er untersuchte die langen Knochen, maß grob Femur und Humerus, Oberschenkel und Oberarmknochen, am Maßstab seiner eigenen Hand und Unterarm. Mit Marmolejos Zustimmung entfernte er etwas von dem Dreck, der in den Kiefern, den Augenhöhlen und dem Schädel selbst steckte. Er schaufelte den größten Teil des Schutts unter dem Schädel fort, wodurch er ein wenig wacklig nur noch auf einem schmalen Rand Geröll lag. Jeder kleine Dreckhaufen wurde in einen einzelnen, sorgfältig beschrifteten Umschlag zum Durchsieben für die Spurensicherung der Polizei verpackt.

Von einem der Polizisten ließ er die Lampen etwas anders stellen, so daß das Licht jetzt horizontal über die Knochen fiel und Kanten und Rinnen und Unregelmäßigkeiten hervorhob, die eine Menge aussagten, wenn man nur wußte, worauf man zu achten hatte. Er untersuchte sie, auf dem Bauch im Dreck liegend und gestützt auf die Ellbogen, tastete vorsichtig ihre Oberflächen ab, sondierte, dachte nach, rechnete und sprach nur, um die Polizisten um immer winzigere Korrekturen der Lampenstellung zu bitten. Zwanzig Minuten vergingen. Fünfundzwanzig.

»Ein *vorläufiger* Blick auf das Skelett reicht vollauf«, sagte Marmolejo.

Nach einer halben Stunde wurde der Inspektor sichtlich unruhig, wanderte auf einer der Stufen auf und ab; zwei kurze Schritte in die eine Richtung, drehen, zwei Schritte in die andere. Wie ein Wolf in einem Käfig. Marmolejo genoß es nicht, nur Zuschauer zu sein.

Gideon, vertieft in eine Reihe kleiner Erhebungen auf der Mandibula, bemerkte ihn kaum. Auf jeder Seite des Unterkiefers befanden sich zwei Unebenheiten, genau auf den Processus condylaris – den hinteren Gelenkfortsätzen also, die in Vertiefungen auf den Schädelseiten passen und so die Scharniere der Kinnlade bilden. Er hatte auf dem übrigen Skelett nichts Ähnliches gefunden, daher wußte er, daß es nicht irgendein allgemeiner Knochenzustand war. Einfach zwei deutliche Tuberkel, zwei Höckerchen, auf jedem Condylus, einer außen, einer innen. Es war nur eine einzige Sache denkbar, wodurch sie verursacht worden sein konnten, und das war der kraftvolle, gewohnheitsmäßige Gebrauch der Musculi pterygoideus lateralis, der unauffälligen kleinen Kaumuskeln, die genau dort ihre Ansatzpunkte hatten.

Eigenartig schon, aber wahrscheinlich nicht weiter von Bedeutung. Und doch wußte er genau, daß diese spitzen kleinen Knöpfe ihm keine Ruhe lassen würden, bis er schlau aus ihnen geworden war. War ihm nicht früher schon einmal etwas Ähnliches begegnet? Die Erinnerung war da, lag nur gerade außerhalb seines Zugriffes. In Ordnung, dann eben ganz von vorn. Was machten die äußeren Kaumuskeln? Sie waren natürlich Teil des Kauapparates; dicke, dreieckige Faserbündel, die vom Unterkiefer abstanden und ihn im komplexen, phantastischen Prozeß des menschlichen Kauens seitlich bewegten. Aber selbst nach einem Menschenalter normalen Kauens würden nicht diese Höcker entstehen. Was er also herausfinden mußte, war . . . nein, Moment. Es war dieser Fall in Pittsburgh gewesen . . .

Marmolejos Ungeduld war schließlich nicht mehr zu zügeln. »Also, können Sie mir jetzt *etwas* sagen? Können wir mit Sicherheit sagen, daß es Avelino ist, oder können wir es nicht?«

»Was?« Gideon tauchte nur langsam wieder auf, war in Gedanken immer noch bei den Knötchen. »Äh . . . nein«, sagte er.

»Nein, Sie können es nicht sagen, oder nein . . .«

»Nein, es ist nicht Avelino.«

Falsche Antwort. Marmolejos halb geschlossene Augen sprangen kurz auf, verengten sich dann sofort wieder zu schmalen Schlitzen. Der Zigarrenstummel zuckte gereizt. »Einfach so? Ein Blick, und die Antwort lautet nein?«

Gideon starrte zornig zu ihm auf, reagierte gereizt auf Gereiztheit. Wenn Marmolejo glaubte, es wäre so ein kurzer Blick gewesen, hätte er es ja selbst auf Bauch und Ellbogen versuchen können. Gideons Nacken schmerzte von der Anstrengung, den Kopf hochzuhalten, seine linke Hand war eingeschlafen, und wenn er seine Ellbogen von dem steinigen Schutt hob, fühlte es sich an, als wären Reißzwecken hineingestoßen worden. Er stand auf, massierte seine gefühllose Hand.

Diese sterblichen Überreste, erklärte er knapp, waren mit Sicherheit nicht die von Avelino Canul, gleichgültig, was der Inspektor glauben wollte. Dies war, basierend auf der groben vorläufigen Messung von Humerus und Femur, ein Mann von etwa einsdreiundachtzig bis einsachtundachtzig gewesen, und so groß war Canul auch nicht annähernd gewesen.

»Ich werde das nachprüfen«, sagte Marmolejo. »Ich bin sicher, daß ich seine Körpergröße in meinen Akten habe.«

Gideon warf nur einen kurzen Blick auf den gerade mal etwas über einsfünfzig großen Marmolejo. Was für einen Unterschied machte schon ein Blick in die Akten? Konnte er sich nicht *erinnern*, wie klein Avelino gewesen war? Wer hatte je von einem über einsachtzig großen Maya gehört?

Außerdem wies Gideon darauf hin, daß der Schädel praktisch in jeder Hinsicht war, was ein Maya-Schädel eben nicht war. Das Cranium war nicht breit und rund – die brachycephalische Norm bei den Maya, annähernd genauso breit wie lang –, sondern länglich und schmal, ein typischer nordeuropäisch-dolichocephaler Schädel. Die Wangenknochen waren geschwungen, nicht kantig; der Gaumenbogen war v-förmig, nicht u-förmig; die Augenhöhlen quadratisch mit weichen, nicht scharfen Übergängen; das Gesicht als Ganzes markig und großflächig, nicht glatt und kompakt. Alles in allem ein klassischer europider Schädel, der durchaus als anschauliches Beispiel für ein Lehrbuch geeignet wäre.

Und das war noch nicht alles . . .

Aber Marmolejo wich vor diesem Schwall an Informationen zurück und hob abwehrend eine Hand. »Ich kapituliere«, sagte er und brachte sogar ein kleines, durchaus nicht unfreundliches Lächeln zustande. »Ich weiß, wann ich geschlagen bin.« Nachdenklich starrte er auf das Skelett.

»Aber wer ist es dann?« flüsterte er.

Gideon wartete, bis sich die weit auseinanderstehenden Augen des Inspektors wieder hoben und seinem Blick begegneten.

»Es ist Howard Bennett«, sagte Gideon.

21

»Was haben Sie da gerade gesagt?« fragte Marmolejo steif.

»Es ist Howard Bennett.«

Marmolejo nahm den acht Zentimeter langen Stummel aus dem Mund und starrte ihn so finster an, als hoffte er, daraus Kraft ziehen zu können. »Meinen Sie, es wäre in Ordnung«, fragte er leise, »wenn ich jetzt rauche?«

»Nur zu.« Einige Zeit zuvor hatte Abe ihn gebeten, in der Nähe des Kodex nicht zu rauchen, aber der war jetzt fort, und die leicht entzündbaren Zelluloidaceton-Dämpfe waren ebenfalls abgezogen.

Mit gewohnter Sorgfalt steckte der Inspektor seinen Stumpen an, nahm zwei tiefe Züge, während er das Streichholz an das Ende der Zigarre hielt. Die erste echte Rauchwolke, die Gideon je aus seinem Mund herauskommen sah, tauchte jetzt auf. Er schüttelte das Streichholz aus, legte es in eine kleine Schachtel und schob die Schachtel in eine Tasche seines Guayabera.

»Das«, sagte er ruhig, »ist unmöglich.«

»Doch, es ist so, ganz bestimmt.«

»Wir haben zwei Briefe von Howard Bennett erhalten«, sagte Marmolejo geduldig, »wie Sie und Ihre Kollegen mir erst gestern abend erklärt haben. Einen 1982, einen letzte Woche. Jemand ist erst vor kurzem mit einem Revolver ermordet worden, der beinahe sicher ihm gehört, mit dem Revolver, den er vor fünf Jahren mitgenommen hat. Er war . . .«

»Die Tatsache, daß einige Briefe auf seiner Schreibmaschine getippt wurden, beweist wohl kaum, daß er sie getippt hat.« Wie Julie ihnen zu sagen versucht hatte. »Und nur, daß eine Kugel aus seiner Waffe abgefeuert wurde, beweist noch lange nicht, daß er auch den Abzug gedrückt hat.«

»Natürlich nicht, aber . . .«

»Und seit Einsturz der Treppe gibt es keinen zuverlässigen Beweis, daß der Mann gesehen worden ist. Jetzt wissen wir auch, warum.«

Marmolejo brummte, war etwa zu einem Viertel überzeugt.

»Hören Sie, Inspektor, wir haben hier eine Menge Indikatoren. Die Größe stimmt. Das Alter ebenfalls. Howard ging auf die Fünfzig zu. Die Rasse, die grobknochige Statur, auch das stimmt. Und dann war Howard Rechtshänder, wenn ich mich recht entsinne.« Er deutete auf das Skelett. »Genau wie anscheinend dieser Bursche hier.«

Marmolejo sah stirnrunzelnd die Handknochen an und stürzte sich auf ein Detail. »Woher wissen Sie das? Ist die rechte Hand größer als die linke?«

»Nein, ist sie nicht. Es gibt verschiedene Möglichkeiten, das zu erkennen, aber die Handgröße gehört nicht dazu. Im Augenblick gehe ich nach . . .«

»Die Uhr«, sagte Marmolejo. »Offensichtlich befand sie sich an seinem linken Handgelenk. Also folgern Sie, daß ein Mensch, der eine Uhr am linken Handgelenk trägt, Rechtshänder sein muß?« Die Zigarrenspitze glühte. Das war eine Argumentationsebene, auf der er sich auskannte. »Ich würde das gleiche folgern.«

»Richtig.«

»Aber ich würde meiner Schlußfolgerung nicht völlig vertrauen. Es gibt kein Gesetz, das es einem Linkshänder verbietet, seine Uhr an der linken Hand zu tragen.«

»Wieder richtig. Es ist eine Frage der Wahrscheinlichkeit. Aber es gibt bestimmte Schultergürtel-Messungen, die uns gesicherte Auskunft in dieser Frage liefern sollten, und die werde ich morgen durchführen.«

Marmolejo zog an seiner Zigarre und gab einen ärgerlichen Ton von sich, als er feststellen mußte, daß sie wieder aus war. Einen guten halben Zentimeter kürzer als zuvor, wurde sie nun wieder in den linken Mundwinkel aus dem Weg gerollt. »Hören Sie, Dr. Oliver, das ist ja alles schön und gut, aber ein Beweis ist es wohl kaum. *Sie* sind ebenfalls europid, ein Weißer, *Sie* haben ebenfalls eine grobknochige Statur und sind etwas größer als einsachtzig, denke ich. Auch *Sie* sind Rechtshänder, *Sie* haben ebenfalls das richtige Alter . . .«

»Das richtige Alter?« protestierte Gideon. »Ich bin erst einundvierzig.«

»Nahe genug dran«, entschied Marmolejo für sich selbst. »Wenn man das alles berücksichtigt: beweist es, daß *Sie* dort liegen?«

»Das Alter stimmt nicht«, beteuerte Gideon, »und außerdem: ich werde auch nicht vermißt, seit hier alles eingestürzt ist. Und . . . nun, es gibt noch etwas.«

Marmolejo grinste ihn mit blitzenden Zähnen an, als hätte er schon die ganze Zeit gewußt, daß Gideon schließlich doch noch einen ein Meter großen Hasen aus dem Zylinder ziehen würde.

Was er auch tatsächlich tat. Doch er zog keine Angabe-Nummer ab, wie der Inspektor dachte; er hatte aus früheren Lektionen gelernt. Wenn man einem Polizisten etwas präsentieren will, das mehr Bereitschaft erfordert, sich überzeugen zu lassen, als er bislang an den Tag gelegt hat, dann ist es das beste, wenn man ihn ganz behutsam darauf hinführt, Schrittchen für Schrittchen vorbereitet, bevor man ihm den Clou unter die Nase reibt. Er hoffte, Marmolejo war jetzt soweit.

»Wußten Sie, daß Howard ein Blasinstrument gespielt hat?« fragte er.

Wenn ihn die Frage überraschte, so war dies dem dunklen Gesicht des Polizisten zumindest nicht anzumerken. »Nein, das wußte ich nicht.«

»Er hat, und das sogar meisterhaft. Früher spielte er jeden Samstag Klarinette in einer Jazz-Band in einem Nachtclub in Mérida.«

»Aha. Und die Tatsache, daß Dr. Bennett ein Blasinstrument gespielt hat, ist das auf irgendeine Art relevant?«

»Ja, sehr. Dieser Bursche hier« – Gideon zeigte auf das zerschmetterte Skelett – »hat auch gespielt. Jahrelang.«

Marmolejos Mund öffnete sich mit einem leisen Plopp. Zum Glück blieb der Zigarrenstummel an seiner Unterlippe kleben.

»Und wenn Sie das alles zusammennehmen«, fuhr Gideon fort, »glaube ich eigentlich nicht, daß da noch viel Raum für Zufälle bleibt.

Wir haben hier einen männlichen Weißen, etwa fünfzig Jahre alt, Rechtshänder, etwa einsfünfundachtzig groß, der mindestens zehn Jahre ein Blasinstrument gespielt hat . . . was alles perfekt auf Howard Bennett paßt. Und da Howard genau hier zum letzten Mal gesehen worden ist, etwa zu der Zeit, als dieses Skelett verschüttet wurde, glaube ich nicht, daß noch viel Zweifel an seiner Identität bestehen können . . .«

Marmolejo fand seine Stimme wieder. »*Woher* wissen Sie, daß er Klarinette gespielt hat?« Es war zwar kein Quiekser, aber verdammt nahe dran.

Gideon machte es ganz einfach. Die Knoten natürlich. Ihm war schließlich wieder eingefallen, daß er das andere Mal im Verlauf einer Untersuchung der spärlichen Überreste des Opfers eines Brandbombenanschlages in Pittsburgh auf sie gestoßen war. Der Mann, ein Klarinettist der Pittsburgher Symphoniker, war von der Polizei vorläufig identifiziert worden, bevor Gideon die Knochen gezeigt wurden, und Gideon, der nichts über ihn wußte, hatte den mit der Ermittlung betrauten Detective der Mordkommission mit der beiläufig gestellten Frage tief beeindruckt, welches Blasinstrument der Tote gespielt habe.

Aber eigentlich war es gar keine so schwierige Schlußfolgerung, nachdem ihm der Gedanke gekommen war, daß häufiges, kräftiges Vorschieben des Unterkiefers mit noch etwas anderem außer der Nahrungsaufnahme in Verbindung stehen könnte. Zum Beispiel mit dem Blasen eines Instrumentes. Vielleicht gab es durchaus noch andere mögliche Ursachen für die Knötchenbildung, doch die mußte er erst noch finden.

Marmolejo nahm dies alles mit mehr Würde und Gelassenheit auf, als Gideon erwartet hätte. »In Ordnung«, räumte er ein, »wer bin ich, daß ich mich mit dem Knochendetektiv streite?« Er machte ein schnalzendes Geräusch mit der Zunge gegen die Schneidezähne. »Aber was ist jetzt mit Ihren schönen Theorien? Wer hat Ard umgebracht, wenn Dr. Bennett es nicht getan hat? Wer hat Sie überfallen?« Er schwieg einen Augenblick und legte eine Hand auf Gideons Arm. »Ich möchte nicht, daß ein Mitglied der Crew etwas davon erfährt. Lassen Sie sie in dem Glauben, wir gingen immer noch davon aus, daß dies Avelino Canul ist.«

»Klingt vernünftig.«

»Und ich fürchte, es ist auch nicht angeraten, daß jemand abreist«, fügte Marmolejo für sich selbst hinzu. »Mr. Partridges Erlaubnis muß zurückgezogen werden. Ich hoffe nur, er wird deshalb nicht zu beunruhigt sein.«

Worthy würde nie wieder einem kleinen Menschen vertrauen, dachte Gideon.

Marmolejo stand eine Weile still da, blickte auf den mit Erde verschmierten Schädel hinab. »Howard Bennett«, sagte er leise. »All die Jahre hier mit seinem kostbaren Kodex, getötet bei dem Versuch, ihn mitzunehmen, bei einem Einsturz, den er selbst verursacht hat. Die Götter von Tlaloc lachen wahrscheinlich schallend.«

»Oh, davon bin ich überzeugt«, sagte Gideon und zog dann seinen letzten Hasen aus dem Hut. »Aber es war nicht der Einsturz, der ihn das Leben gekostet hat. Er war bereits tot, als die Decke herunterkam.«

Marmolejo drehte sich langsam zu Gideon um. »Sie meinen, ermordet?«

»Ermordet.«

»Woher hast du das gewußt?« fragte Julie. »Ist er erschossen worden? Mit dieser Smith & Wesson?«

»Nein«, sagte Gideon, »erschlagen. Wahrscheinlich mit dem Vorschlaghammer. Die linke Seite seines Schädels war zerschmettert.«

»Aber der ganze Tunnel ist doch über ihm zusammengebrochen. Woher weißt du, daß das nicht die Ursache dafür war?«

»Weil er *auf* der linken Seite lag, und die Verletzungen an seinem restlichen Körper zeigen, daß er auf der rechten Seite von dem Schutt erwischt wurde. Mit anderen Worten, er hat bereits dort gelegen, in dieser Stellung, als die Treppe einstürzte.«

»Oh.« Sie zog den Zahnstocher aus einem Viertel Sandwich mit Hühnersalat und saugte nachdenklich die Perlzwiebel ab.

Sie saßen auf ihrem Balkon. Keiner von ihnen war sonderlich hungrig gewesen, als er von der Ausgrabungsstätte zurückgekommen war, und so hatten sie sich Sandwiches und Milch aufs Zimmer bringen lassen. Abe und die anderen Crewmitglieder saßen im Restaurant, feierten den Fund des Kodex mit einem Champagner-Dinner. Dr. Villanueva, vor etwa einer Stunde mit einigen anderen Offiziellen des Institutes auf dem Feldflughafen von Chichén-Itzá eingetroffen, hatte darauf bestanden und bezahlte es auch. Am kommenden Morgen sollte es ein gemeinsames Frühstück geben, mit Ansprachen und offiziellen Glückwünschen, und anschließend würde der Kodex mit allem Pomp nach Mexico City gebracht, wo er über Jahre studiert werden und schließlich einen Ehrenplatz im Anthropologischen Museum erhalten würde.

»Jetzt warte mal eine Sekunde«, sagte Julie, nachdem sie sich die Sache hatte durch den Kopf gehen lassen. »Wer sagt denn, daß der Einsturz auf einen Schlag erfolgt ist? Vielleicht wurde er durch ein paar herabstürzende Teile niedergeschlagen und hat sich den Schädel gebrochen, als er mit dem Kopf auf den Boden aufschlug – und *dann* ist der Rest über ihm zusammengekracht. Was hast du daran auszusetzen?«

»Gar nichts, nur daß er sich nicht einfach den Schädel gebrochen hat. Der war nicht geborsten, sondern eingedrückt – eine Impressionsfraktur. In seinem Schädel war ein Loch, und einige Knochenfragmente befanden sich tatsächlich im Inneren.« Zweifellos ins Hirn getrieben und so als unmittelbare Todesursache anzusehen, hätte er noch hinzufügen können, aber wieso ihr den Appetit verderben? Oder sich selbst?

»Und das könnte nicht bei einem Sturz passiert sein?«

»Nee. Das ist ein Axiom meiner Branche: wenn ein sich bewegender Kopf fest genug auf einen starren Gegenstand trifft, erhält man einen Riß, einen Berstungsbruch; wenn ein sich bewegendes Objekt einen starren Kopf trifft, bekommt man einen eingedrückten Bruch, eine Impressionsfraktur. Nein, zuerst ist er niedergeschlagen worden, dann ist er gestürzt, und dann ist alles über ihm zusammengekracht.«

Er nahm einen Bissen von seinem Schinken-Sandwich. »Marmolejo glaubt, der Einsturz sei ein Unfall gewesen, daß Howard jemanden bei dem Versuch überrascht hat, den Kodex zu stehlen, und als Belohnung anschließend ermordet wurde.«

»Nein, wie kann das denn sein? Wenn Howard derjenige mit der Kanone und dem Brecheisen in der Hand war, wie kommt es dann, daß *er* am Ende tot zurückbleibt?«

Gideon zuckte mit den Achseln. »Ich bezweifle, daß er ein Crewmitglied erschossen oder auch nur die Waffe auf es gerichtet hätte. Es sei denn, er hätte jemanden in flagranti dabei erwischt, wie er den Kodex stehlen wollte. Er hätte angenommen, daß er aus irgendeinem anderen Grund dort war. Er hatte vor Außenstehenden Angst.«

Julie schüttelte den Kopf. »Schwer zu glauben. Wie könnte ein Mitglied der Crew es fertigbringen . . .«

»Für zwei Millionen Dollar? Dafür bringen Menschen eine ganze Menge fertig.«

Er trank einen großen Schluck Milch. »Wie auch immer, Marmolejo glaubt, daß derjenige, der den Vorschlaghammer geschwungen hat, dabei versehentlich einen der Stützbalken erwischt haben muß. Howard rollte mitsamt dem Kodex die Stufen hinunter, wo sie dann unter fünf Tonnen Schutt begraben wurden. Das ist seine Theorie.«

»Und wie lautet deine?«

»Ich glaube, er hat recht. Ein acht Pfund schwerer Vorschlaghammer ist nicht leicht zu handhaben, wenn man ihn in einem Kampf einsetzt, und da die Stützstreben ohnehin nicht mehr besonders stabil waren, dürfte nicht viel nötig gewesen sein, um alles zum Einsturz zu bringen.« Er warf den Rest des Sandwiches auf den Teller. »Weißt du, was mir einfach nicht aus dem Kopf geht? Dieses ›Rückkehr zum Tatort‹ in Stan Ards Notizbuch. Was hat er damit gemeint? Wessen Rückkehr?«

»Howards, offensichtlich.«

»Du glaubst, wer hinter dieser Sache steckt, hätte auch Ard getäuscht?«

»Sicher.« Sie legte ihr Sandwich aus der Hand und beugte sich vor. »Um dir die Wahrheit zu sagen: ich habe noch nie viel von Inspektor Marmolejos Idee gehalten, daß der Killer rein zufällig vorbeigekommen und ihn einfach so erschossen hat. Ist Stan dir wie jemand vorgekommen, der schon um sieben Uhr morgens auf gewesen ist und im Park gearbeitet hat? Meine Vermutung lautet, daß sich der Mörder mit ihm verabredet hat, ihn dort hinausgelockt hat . . .« Sie lächelte schief. »Gideon, klingen so deine Fälle, wenn du an ihnen arbeitest? So als würdest du das Drehbuch eines ausgesprochen blöden Films lesen?«

»*Yup*. Weiter. ›Ihn dort hinausgelockt hat . . .‹«

». . . so daß er Stan erschießen, aber vorher dazu bringen konnte, etwas in sein Buch zu schreiben, das Howard zu belasten schien.«

»Wie zum Beispiel was?«

»Wie zum Beispiel das, was er geschrieben hat. Es hat doch funktioniert, oder etwa nicht? Vielleicht hat er Stan klipp und klar gesagt, daß Howard in der Nähe gesehen worden sei, in der Hoffnung, er würde *das* aufschreiben . . . was uns dann wirklich verwirrt hätte. Aber . . .«

»Aber Stan, der nie die Gelegenheit für ein Klischee ausließ, kam auf ›Rückkehr zum Tatort‹. Und der Mörder hat wohl gedacht, er sollte sich besser damit zufriedengeben, hat ihn dann erschossen und sich aus dem Staub gemacht.« Gideon nickte bedächtig. »Du könntest recht haben, Julie.«

Er legte die Füße übereinander auf den niedrigen Tisch und starrte auf die im Zwielicht liegenden Bäume. »Aaah, Howard, dieser arme Dreckskerl. Stirbt bei der Rettung des Kodex, und die ganze Welt schiebt ihm den Diebstahl in die Schuhe. Dank jemandem, der sich große Mühe gegeben hat, uns genau das denken zu lassen.«

»Aber warum? Das ist es, was mich nervt. Ich meine, ich verstehe schon, warum jemand das 1982 gemacht hat. Wenn jeder glaubte, der Kodex sei nicht mehr da, dann würde sich auch keiner mehr groß darum kümmern und danach graben, und dann könnte der Mörder später wiederkommen und ihn sich holen. Schön. Aber warum *jetzt*?«

»Warum *was* jetzt?«

»Warum sich fast sechs Jahre später die Mühe machen, es so aussehen zu lassen, als lebte Howard noch? Besonders mitten in einer Ausgrabung, bei der seine Leiche früher oder später fast zwangsläufig gefunden werden mußte? Und der Kodex ebenfalls.«

Gideon hob die Hand. »Julie, Marmolejo und ich haben das über eine Stunde immer und immer wieder durchgekaut, und herausgekommen ist dabei nichts.«

Julie tat diese Bemerkung ab. »Ja, natürlich nicht. Du warst ja auch nicht im Besitz meiner brillanten Schlußfolgerungen. Denn immerhin, wer hat die ganze Zeit gesagt, daß der Kodex noch dort unten liegt?«

»Die gleiche Person«, erinnerte Gideon, »die die ganze Zeit gesagt hat, daß Howard Bennett hinter allem steckt, was hier vor sich ging.«

»Das«, sagte Julie, »war weit unter deinem Niveau.« Sie rieb sich die Hände. »Komm schon, Knochendetektiv, laß uns ein paar Brandys aufs Zimmer kommen und diese Sache hier klären. Wir sind hier auf der Gewinnerstraße.«

Gideon lächelte und stand auf, um zum Telefon zu gehen. »Genau, das ist es, was diesem Fall fehlt: ein bißchen Cognac und ein bißchen Nachdenken.«

Gideon wußte von Anfang an, daß dies kein toller Tag werden würde. Es war ein bißchen zu viel Cognac gewesen am voraufgegangenen Abend, und vielleicht auch ein bißchen zu viel Nachdenken. Abe war gegen zehn Uhr zu ihnen gekommen, und sie waren bis halb zwei aufgeblieben und hatten geredet; dann hatten Gideon und Julie an diesem Morgen verschlafen. Deshalb hatte er den Tag reichlich mürrisch begonnen und ihr übliches träges, genüßliches Beginnen eines neuen Tages vermasselt: fünfzehn oder zwanzig verträumte, sinnliche Minuten in den Armen des anderen, sich treiben lassen und dösen, sich aneinanderschmiegen und streicheln, gemächlich wieder einnicken und aufwachen, bis die Wärme des neuen Morgens allmählich in die Adern sickerte.

Es war Julie, die als erste zu dem festlichen Frühstück mit den Leuten vom Institut los mußte. Gideon, der noch eine Stunde Zeit hatte, bevor er sich mit Marmolejo auf der Ausgrabungsstätte treffen sollte, blieb noch fünfzehn Minuten allein im Bett (es war nicht dasselbe). Dann wurde er mit dem frustrierenden Gefühl endgültig wach, etwas verloren zu haben, kurz davor gestanden zu haben, alles zu begreifen, wenn er nur dem Gedanken hätte folgen können, der beinahe selbständig in seinem Kopf abgelaufen war. Er blieb noch ein paar Augenblicke still liegen, versuchte, den Gedankengang wieder einzufangen. Irgend etwas mit Howard, etwas, das Howard gesagt hatte . . . aber was es auch war, es zerschmolz zu lockenden Fetzen und löste sich in Luft auf, bevor er es packen konnte.

Er stand auf, gähnte, bestellte beim Zimmerservice Kaffee und Croissants und frühstückte beim Rasieren. In seinem Kopf schwirrten immer noch die Probleme, die sie in der Nacht zuvor gewälzt hatten. Und wieder waren es nichts als Fragen gewesen, keine Antworten.

An erster Stelle hatte natürlich die Frage gestanden, wer Howard umgebracht hatte. Die logisch naheliegendste Vermutung, obwohl man sie nur schwer ernst nehmen konnte, war Worthy. Er war an dem Abend allein mit Howard an der Ausgrabungsstätte gewesen. Und sie hatten nur Worthys Wort, daß Howard die Waffe und das Brecheisen mitgenommen hatte und zum Tempel gegangen war. Vielleicht hatte Worthy die Waffe genommen und dann das Brecheisen neben den Pfad geworfen, um es so aussehen zu lassen, als wäre Howard auf diesem Weg geflohen. Durchaus möglich, daß Worthy versucht hatte, den Kodex zu stehlen, und am Ende, als er entdeckt wurde, Howard umbrachte und versehentlich den Einsturz auslöste.

Aber das gleiche galt auch für jeden anderen, und genau das war das Problem. Tlaloc trennte nur ein zwanzigminütiger Fußmarsch vom ›Mayaland‹. Jeder von ihnen hätte vom Hotel zurücklaufen können, nachdem Howard sie für den Tag fortgeschickt hatte. Sicher, wissen konnte Gideon das nicht; er hatte nach dem Abendessen eine Stunde geschlafen, weil er sich auf die Nachtwache vorbereiten wollte.

Und was war mit der alten Frage, die ihnen in der einen oder anderen Form seit dem ersten Tag, an dem sie das heimliche Graben im Treppenschacht entdeckt hatten, keine Ruhe gelassen hatte: Warum hatte der Mörder bis heute gewartet, um wegen des Kodex zurückzukommen, wo es doch letztes Jahr oder im Jahr davor oder noch ein Jahr früher erheblich einfacher und sicherer gewesen wäre? Warum . . .

Geradezu erleichtert hörte er ein Klopfen an der Tür. Das dürfte der Polizist sein, der ihn zur Ausgrabungsstätte begleiten sollte. Trotz der Bergung des Kodex, der todsicher der eigentliche Grund hinter den Ereignissen der letzten Tage war, hatte Marmolejo die Sicherheitsmaßnahmen nicht gelockert. Letzte Nacht hatte zwar niemand draußen auf ihrem Balkon kampiert, aber zwei Polizisten hatten auf dem Hotelgelände und den Korridoren patrouilliert. Und an diesem Morgen hatte Gideon die strikte Anweisung, auf seine Eskorte zu warten, bevor er zum Ausgrabungsgelände aufbrach.

»Un momento«, rief er, wischte sich mit einem Handtuch den restlichen Rasierschaum vom Hals und trank einen letzten Schluck Kaffee. Auf dem Weg zur Tür kam ihm noch eine weitere Frage in den Kopf; komisch, daß ihm das nicht schon eher eingefallen war. Er blieb vor dem Schreibtisch stehen und holte seine Kopie des Fluches aus der mittleren Schublade. Er glitt mit dem Finger am Text entlang, bis er gefunden hatte, was er suchte.

Fünftens, das Ungeheuer, das Menschen zu Stein verwandelt, wird aus der Unterwelt zu ihnen kommen.

Er lächelte dünn. Das in die Wirklichkeit umzusetzen, würde einige Anstrengung erfordern. Selbst wenn es nicht überall von Polizisten wimmelte.

22

Das heiße Wetter war zurückgekehrt. Noch etwas, das an diesem Tag nicht stimmte. Als sie die Ausgrabungsstätte erreichten, warf Gideon einen Blick auf seine Uhr. 7 Uhr 55, und schon war die Luft wie Kleister. Schweißperlen tropften ihm von der Nasenspitze. Unter dem bleiernen Himmel sah Tlaloc aus wie eine langsam vor sich hin gammelnde, ekelige, aufgegebene Müllkippe. Das Kombinationsschloß am Tor war ausgewechselt worden, aber von irgendwo hinter der Westgruppe tauchte eine Wache auf, um sie hereinzulassen. Inspektor Marmolejo war bereits im Tempel, teilte er ihnen mit.

»Würden Sie dem Inspektor bitte sagen, daß ich in einer Minute bei ihm bin?« bat Gideon seine Eskorte auf spanisch. »Ich muß erst noch verschiedene Dinge aus dem Schuppen holen.«

Vor einer Wand im Arbeitsschuppen, wo das Lager war, stand ein Regalsystem mit hölzernen Aufbewahrungsschränkchen. Sie besaßen Türen und Riegel, aber keine Schlösser. Die Crewmitglieder konnten dort ihre persönlichen Dinge verstauen. Gideons befand sich in der mittleren Reihe rechts, hier bewahrte er seine Werkzeuge, Tabellen, Handbücher und osteologischen Atlanten, seine dicke, zerfledderte alte Ausgabe von Morris' ›Die Anatomie des Menschen‹ auf, die er schon seit seinem Studium besaß, eine glänzendere, selten benutzte Ausgabe von Grays ›Anatomie‹, einen Poncho, für kühlere Tage eine Jacke, die er hoffnungsvoll bei seiner Ankunft gekauft, aber noch nicht getragen hatte, sowie ein paar Früchte und Süßigkeiten.

Es war immer ein chaotisches Durcheinander, aber seit wann hatte er es so verkommen lassen? Julie hatte recht: er wurde schlampig. Die vordere Hälfte des Schränkchens wurde von der zusammengerollten Jacke, dem Poncho und dem Morris buchstäblich verstopft. Wenn er heute mit der Arbeit fertig war, würde er sich zwanzig Minuten Zeit nehmen, um das ganze Ding auszumisten und aufzuräumen und es in Zukunft in diesem Zustand halten, wie es sich für einen Profi gehörte. Das war ja lächerlich.

Ein bißchen kam es ihm bekannt vor. Nahm er sich das nicht beinahe jeden Morgen vor? Tja, vielleicht, aber diesmal war es ihm ernst.

Als er an dem Zeug zerrte, das die Vorderseite des Schränkchens blockierte, kehrte der Gedankengang, der ihm vorhin entglitten war, plötzlich zurück. Er wußte wieder, woran er gedacht – oder wovon er geträumt hatte. Es war die Szene am Fuß der Pyramide 1982 gewesen, nachdem sie aus dem Tempel gekommen waren, als Howard die Schichten zur Bewachung des Kodex eingeteilt hatte.

»Ich übernehme die erste Schicht«, hatte er ihnen gesagt, und Worthy sollte bei ihm bleiben. »Seid um neun zurück«, hatte er zu Gideon gemeint, und dann, mit einem Lächeln: »Findet das Ihre Zustimmung?«

Also, was ließ ihm daran keine Ruhe? Irgend etwas gab es, das er übersah, etwas, das ihn dauernd kitzelte. Eine Hand auf dem wattierten Plastik-Poncho, hielt er inne. »Seid um neun zurück . . .«

Er zuckte mit den Achseln und zog. Poncho und Jacke kamen mit einem Ruck frei; mit dumpfem Aufschlag knallte der schwere alte Band von Morris auf den Kalksteinboden, glücklicherweise flach auf eine Seite. Er langte in das Schränkchen, nur um festzustellen, daß es mit Schachteln, Notizbüchern, lose herumliegenden Werkzeugen und noch mehr Kleidungsstücken vollgestopft war. Was war das alles überhaupt für ein Krempel? War das sein Hut? War einem anderen der Platz ausgegangen, und er hatte daher angefangen, auch seinen Schrank in Beschlag zu nehmen? Schon möglich, dachte er miesepetrig, aber man sollte doch eigentlich meinen, dieser jemand müßte bemerkt haben, daß er bereits benutzt wurde. Es gab schließlich noch andere, leere. Er warf den Kram auf einen Arbeitstisch und beugte sich vor, um hineinzusehen – das Ding war etwa fünfundvierzig Zentimeter hoch und breit und fast einen Meter tief –, und bis ganz nach hinten fiel nur wenig Licht. War das sein Werkzeugkoffer, der da diagonal in die linke hintere Ecke verkeilt war? Verdammt, so hätte er ihn nie zurückgelassen; diese Dinger waren empfindlich. Und teuer. Irgend jemand war hier gewesen, hatte sich an seinem Kram zu schaffen gemacht.

Erstaunt und verärgert griff er mit der linken Hand hinein. Seine Fingerspitzen streiften das genarbte Leder des Koffers, konnten ihn aber nicht recht packen. Wer hatte überhaupt diese Schränkchen entworfen? Mit einem gereizten Seufzer drehte er sich so zur Seite, daß er seine Schulter in die Öffnung zwängen konnte, und schob seinen Arm so weit wie möglich hinein, streckte ihn, wackelte mit den Fingern, versuchte den Koffer zu packen. Und erstarrte.

Gideon war keineswegs ein Mensch, der sich langsam bewegte. Er war sportlich, seine Reflexe waren gut, und sein Verstand konnte schnell reagieren. Und doch gab es Augenblicke, in denen seine analytische, auf die linke Gehirnhälfte orientierte Intelligenz ihn austrickste, kostbare Millisekunden zum Nachdenken und -fragen verbrauchte, wenn es besser gewesen wäre, sich einfach von seinen animalischen Instinkten leiten zu lassen.

Jetzt war einer dieser Augenblicke. Als er den ersten zuckenden Schmerz spürte, stechend, aber nur oberflächlich, so, als hätte ihm jemand mit einer Nadel in die Seite der Hand gestochen, bestand seine Reaktion darin, stillzuhalten und nachzudenken. Ein herumliegendes Werkzeug? Die Gartenschere? Nein, etwas Kleineres. Eine Sonde? Vielleicht, aber . . .

Der zweite Stich war schärfer, eigentlich weniger ein richtiger Stich als vielmehr ein Zwicken, und damit verbunden war – erstaunlicherweise – ein Ziehen. Er riß seinen Arm heraus, und mit ihm kam noch etwas, hing unmittelbar an der Wurzel seines kleinen Fingers, sich windend und schlängelnd. Er schüttelte seine Hand, doch das Ding blieb hängen, pendelte wie eine lockere Feder heftig von einer Seite zur anderen. Zitternd schlug er es gegen den Rahmen des Schränkchens, doch die Schlange hielt fest, schien direkt aus einem Alptraum entsprungen, geschmeidig und muskulös, den kleinen, mit Zähnen gespickten Mund fest in seine Hand geschlagen, kaute munter drauflos. Wieder und wieder schlug er sie gegen das Holz, und schließlich löste sie sich, fiel mit einem fleischigen Klatschen auf den Boden. Er glaubte, sie sei tot, doch sie lag nur einen Augenblick benommen da, ein aufgerollter, glänzender Zylinder aus Rot, Gelb und Schwarz, regte sich dann unvermittelt wieder, glitt schnell aus der Tür und war verschwunden.

Besorgt untersuchte Gideon seine Hand. Er sah nichts außer vier oder fünf unbedeutend aussehenden Punkten, als hätte ein verspieltes Hündchen seine scharfen neuen Zähne an ihm ausprobiert. Nur ein paar kleine Blutstropfen, und praktisch kein Schmerz . . . auch nicht mehr als bei einem Insektenstich . . . und er verschwand auch schon wieder.

Gideon starrte die Hand mißmutig an. Er wußte praktisch nichts über Schlangen – wilde Tiere waren Julies Gebiet, nicht seines –, aber er wußte doch wieder genug, oder glaubte es wenigstens, daß eine Giftschlange nicht kaute, wenn sie zugeschlagen hatte; sie schlug mit ihren scharfen, hohlen Giftzähnen zu und hinterließ zwei tiefe, deutliche Einstichstellen, nicht eine ganze Sammlung ausgefranster kleiner Kerben wie diese. Das Bißmal war eine Möglichkeit, den Unterschied zwischen einer giftigen und einer nicht giftigen Schlange zu erkennen. An soviel erinnerte er sich noch aus seinem Pfadfinder-Handbuch. Und vor mehreren Jahren hatte er einmal die Wunden von jemandem einschneiden und aussaugen müssen, der von einer Klapperschlange gebissen worden war, und dieses Bißmal hatte völlig anders ausgesehen als das hier.

Trotzdem, ignorieren sollte man auch das hier nicht. In diesem Klima kam es leicht zu Infektionen. Er würde Plumm einen Blick darauf werfen lassen, wenn er hier fertig war, aber fürs erste war jetzt etwas antibiotische Salbe und ein Pflaster erforderlich. Die Erste-Hilfe-Utensilien befanden sich in einem freistehenden Metallschrank in dem anderen Raum. Er ging hinüber, war überrascht festzustellen, daß er ein wenig zittrig und außer Atem war. Merkwürdig, daß dieser kleine Zwischenfall ihn so mitgenommen hatte. Lästig, ja, aber auch wieder nicht so besonders schmerzhaft, und es war auch nur ein kleines Ding gewesen, vielleicht gerade mal vierzig Zentimeter lang. Und recht hübsch dazu. Wahrscheinlich hatte es mehr Angst gehabt als er.

Als er nach dem Erste-Hilfe-Kasten auf dem obersten Schrankboden griff, unterbrach er seine Bewegung mit einem erstickten Luftschnappen, drückte seinen Arm krampfartig vor die Brust. Hier stimmte etwas ganz gewaltig nicht. Ohne Vorwarnung war ein glühendheißer, scharfer Schmerz in seinem linken Arm explodiert, vom Ellbogen bis zur Schulter, so als hätte jemand eine Lötlampe dagegen gehalten. Bei der erstaunlichen, zerfetzenden Intensität dieses Gefühles mußte er scharf nach Luft schnappen. Verwundert starrte er auf seine Finger. Mit denen war auch irgendwas; sie klebten in einem spastischen Durcheinander zusammen, krumm und schief, und der Daumen klappte auf groteske Weise nach unten auf die Handfläche, noch während er hinschaute. Und das alles war mit atemberaubender Plötzlichkeit passiert.

Unvermittelt registrierte er, daß seine Lippe, ohne daß er zunächst darauf geachtet hatte, bereits seit einigen Sekunden kribbelte und daß sich seine Lider eigenartig schwer anfühlten. Großer Gott . . .! Er mochte ja nicht viel von Schlangen verstehen, aber er kannte die klassischen Symptome einer neurotoxischen Paralyse, und er zeigte sie alle, und zwar ganz schön schnell.

Fünftens, das Ungeheuer, das Menschen zu Stein verwandelt, wird aus der Unterwelt zu ihnen kommen.

Fänge oder Zähne oder was zum Teufel auch immer es im Maul hatte, das verdammte Ding war giftig – und er verwandelte sich zu Stein.

Eine neue Schicht kalten Schweißes trat ihm auf die Stirn. Er sollte ruhig bleiben; durch Bewegung würde sich das Gift nur noch schneller im Körper verteilen. Aber er brauchte Hilfe, und das schnell. Das Gift wirkte mit einer unglaublichen Geschwindigkeit. Der Schmerz nahm bereits ab, was ein schlechtes, kein gutes Zeichen war. Nein, er wurde nicht schwächer, sondern war irgendwie weit weg, so, als wäre sein Arm ein unabhängiges Wesen, das seine eigenen Höllenqualen litt, was bedauerlich war, ihn aber nichts weiter anging. Der arme alte Arm.

Er riß voller Angst den Kopf herum. Er wurde langsam benommen. Und schläfrig. Er mußte schnell handeln. Marmolejo suchen? Die Wache rufen? Wo zum Teufel steckte Julie? Sie wußte alles über Schlangenbisse. Aber sie war bei Abe, verdammt noch mal, bei diesem ... diesem ... egal wo sie war.

Mit der rechten Hand wischte er den lästigen Schweiß weg, der ihm in die Augen lief. War da nicht was, woran er denken sollte?

»Ich übernehme die erste Schicht ... Seid um neun zurück. ... Findet das Ihre Zustimmung ...?«

Nein, es steckte noch mehr dahinter. Die Frage lautete ... die Frage lautete ...

Er gähnte. Die Frage lautete wie? Er lehnte die Stirn gegen das kühle Metall des Schrankes. Das war einfach zu blöd. Okay, jetzt mal sehen, die Frage lautete ... die Frage ...

Mit einem alarmierten Kurz-davor-umzufallen-Ruck richtete er sich auf. War er hier fast im Stehen eingeschlafen? Kein Wunder. Es war stickig im Schuppen, und heiß. Eng. Ohne sich etwas dabei zu denken, schaute er auf die Uhr. Zwanzig vor neun. Noch ein bißchen früh für eine Pause, aber er könnte sie gut gebrauchen . . .

Zwanzig vor neun? Aber hatte er nicht erst vor ein paar Minuten auf die Uhr gesehen? War es da nicht erst fünf vor acht gewesen? Verdutzt schaute er wieder hin. Zwanzig vor neun. Wo war die Dreiviertelstunde geblieben? War er wirklich mit der Stirn an diesem Schrank eingeschlafen? Steif genug fühlte er sich ja, soviel war sicher; seine Beine, sein Rücken, seine Arme, seine Hände, ja sogar seine Kinnlade. Steif, und weh tat's auch noch. Interessant. Die Frage war . . . und wieder driftete er ab.

Als er das nächste Mal zu sich kam, lag er auf der Seite auf dem Steinfußboden, die Knie angezogen. Die Rückseite seiner Kehle war taub und blockiert, und seine Brust fühlte sich an, als läge ein stählernes Band darum. Es kostete Mühe zu atmen, erforderte Planung. Abgesehen davon fühlte er sich durchaus wohl. Genaugenommen sogar ziemlich entspannt; nur ein bißchen kalt war ihm. Was aber ganz sicher eine willkommene Abwechslung war. Kein Schmerz. Praktisch überhaupt kein nennenswertes Gefühl.

Er gähnte und spürte einen Klumpen Speichel aus seinem Mund fließen und die Wange hinuntertropfen. Peinlich. Woher all dieser Speichel? Er versuchte, ihn hinunterzuschlucken, aber sein Rachen schien auch nicht besser zu funktionieren als der Rest seines Körpers. Und jetzt bekam er den Mund nicht mehr zu, oder wenigstens glaubte er, daß er immer noch offenstand, und er konnte spüren, wie die Spucke über seine Wange rutschte. Das hier wurde allmählich ausgesprochen ekelhaft. Was, wenn Julie jetzt reinkam und ihn hier wie einen hungrigen Bernhardiner sabbern sah, um Himmels willen?

Aber sein Geist befand sich jetzt auf einer anderen Ebene, löste sich von seinem sich versteinernden Körper und schwebte über ihm wie eine Seifenblase, schimmernd, klar und wunderbar konzentriert. Auf unbestimmte Weise wußte er, daß er fast gefunden hatte, was er suchte, daß es bloß eine Frage der Perspektive war, noch ein oder zwei Steinchen hinzuzufügen.

»Seid um neun zurück . . .« Oder war das nicht ganz, was Howard gesagt hatte? Hatte er nicht . . .

Eine Hand berührte seine Schulter. Marmolejos Gesicht, erschreckt und ernst, war unmittelbar vor ihm. Woher war er so plötzlich aufgetaucht? Warum sah er so fürchterlich aus?

»Was ist denn los?« fragte Gideon besorgt. »Mit Ihnen alles in Ordnung?«

»Was fehlt Ihnen?« lautete Marmolejos merkwürdige Antwort. »Was ist passiert?«

Das war dummes Zeug, bedeutungslos, irgendein albernes Spiel. Dazu fehlte Gideon die Geduld. Er schloß die Augen, versuchte den Gedanken nicht zu verlieren, den einzufangen er so hart gearbeitet hatte. Es war wichtig, daß Marmolejo es erfuhr. »Inspektor«, sagte er, »als Howard ... als er uns gesagt hat, wir sollten um neun zurückkommen ... hat er ... er ... wenn Sie ...«

Aber seine Lippen waren unmöglich steif, seine Kehle war wie Lehm. Und er konnte seine eigene Stimme nicht hören. Sprach er wirklich? War Marmolejo wirklich dort? Er versuchte zu sehen. Seine Augen schienen zugeklebt zu sein.

»Inspektor, hören Sie ...« Er versuchte zu sprechen, zu brüllen, zu erklären. Doch er hörte nichts als ein dumpfes, anschwellendes Donnern, spürte in seinem Hals keine Vibration von Klängen, spürte niemanden, der ihm zuhören mochte.

Nach einer Weile hörte er auf. Selbst mit geschlossenen Augen merkte er noch, wie die Dunkelheit aufblühte und sich entfaltete wie eine Blume in einem in Zeitlupe ablaufenden Film. Dann die unheimliche Empfindung des Sinkens, nicht bloß, als fiele irgend etwas in ihm, sondern als kippte der Steinfußboden, auf dem er lag, der gesamte Arbeitsschuppen, und stürzte dann über den Rand einer riesigen Grube. Die vernichtende Geschwindigkeit des Sturzes preßte seine Brust zusammen, bis er wußte, daß seine Rippen brechen würden. Hinter seinen geschlossenen und gelähmten Lidern nahm die Schwärze um ihn herum zu, als sei er nur ein winziger, schrumpfender Fleck in dem sternenlosen, lichtlosen Universum seines eigenen Schädels.

Macht mein Zentralnervensystem dicht? fragte er sich mit distanziertem Interesse. Ist das der Tod?

Und er stürzte weiter hinunter, und weiter, und weiter, und weiter, und weiter.

Grimmig wartete Marmolejo im hinteren Teil des Konferenzzimmers des Hotels darauf, daß die Reden zu Ende waren. Die Blicke von Rednern und Crew schossen immer wieder zu ihm. Seit er gekommen war, um Julie zu holen, waren sie beunruhigt, und sie hatten garantiert genau wie er selbst mitbekommen, daß sie aschfahl wurde, als er ihr erzählt hatte, was geschehen war, und wie sie einen Augenblick geschwankt hatte, bevor sie sich faßte und mit dem Beamten verschwand. Und er vermutete, daß auch sein eigenes Gesicht sie nervös machte, falls darauf abzulesen war, wie er sich im Augenblick fühlte.

Er war wütend, wütend bis zur Weißglut, wie es kein Polizist sein sollte. Wütend über sich selbst, weil er nicht früher begriffen hatte; wütend darüber, daß er es nicht hatte abwenden können, bevor es soweit kam, daß das Leben eines anständigen Menschen nur noch an einem seidenen Faden hing; wütend auf den gerissenen, cleveren, dummen Mörder, der hinter all dem steckte; und wenn er schon bei der Wahrheit war: wütend, daß erst ein halbbewußtloser Gideon Oliver daraus schlau werden und es ihm erklären mußte.

Der Redner aus Mexico City nahm wieder Platz. Ein anderer stand auf. Wer wußte, wie lange das hier noch dauern würde? Zum Teufel damit; er würde nicht länger warten.

Er schritt in den Raum, trat vor den Tisch. Die Stimme des Redners verstummte. Alle schauten mißtrauisch, erwartungsvoll zu ihm auf. Alle, bis auf einen, der Marmolejo den Rücken zugekehrt hatte, der seine Augen unschuldig auf den Redner gerichtet hielt. Aber ein Muskel vor seinem Ohr zuckte rhythmisch. Marmolejo legte eine Hand auf die fleischige Schulter. Der Mann zuckte zusammen.

»Señor«, sagte Marmolejo förmlich, »würden Sie bitte mit mir kommen?«

Leo Rose versuchte, eine überraschte Miene aufzusetzen. Er zwang seinen Mund zu etwas, von dem Marmolejo glaubte, daß es grinsendes Arschgesicht genannt wurde.

»Sicher«, sagte er mit hohler Heiterkeit. »Bueno-bueno.«

23

Er fiel nicht mehr. Er hatte den tiefsten Punkt erreicht und begann wieder aufzusteigen. Nein, er war nun schon sehr lange Zeit aufgestiegen, schwebte behutsam und gelassen aus der Schwärze heraus. Der fürchterliche Druck auf seiner Brust war fort. Er konnte wieder atmen.

Er lag auf dem Rücken, lag auf etwas Weichem, Kopf und Schultern leicht erhöht. Ein Bett? Er versuchte, die Augen zu öffnen. Nichts passierte. Es fühlte sich an, als wären sie mit Heftklammern verschlossen. War er gelähmt? Er versuchte seine Hand zu krümmen und spürte, wie Fingernägel die Handfläche berührten. Das war nett. Wenigstens etwas funktionierte.

Langsam – er war sehr müde – hob er die linke Hand an sein Gesicht. Sie plumpste gegen seine Nase, als wäre sie eingeschlafen. Er ließ sie über seine Wange gleiten, schaffte es, nachdem er mehrere Male falsch abgebogen war, sein linkes Auge zu finden, und mit einem Finger schob er das Lid hoch und hielt es oben. Das grelle Licht ließ ihn zusammenzucken, aber wie seltsam, angenehm vertraut alles aussah: robuste Holzstühle, Keramikwasserkrug auf dem Tisch, solide Wände, klar umrissene Ebenen, einfache rechte Winkel. Alles war so wunderbar real und dreidimensional. Er war in ihrem Hotelzimmer, und, ja, er lag im Bett. Er konnte seinen Körper hinunter schauen. Das hellblaue Laken, unter dem er lag, war makellos glatt, hatte dort, wo es gefaltet gewesen war, saubere, gerade Kniffe. Gleichgültig, wie lange er schon hier war, er hatte dagelegen wie eine Statue. Er bewegte die Zehen und war dankbar zu sehen, wie sich die dazugehörigen Hubbel unter dem Laken entsprechend bewegten.

Er versuchte, zur Seite zu blicken, doch seine Augäpfel funktionierten nicht so gut wie die Zehen. Er konnte allerdings den Kopf drehen, und als er dies tat, sah er Julie auf einem der hölzernen Lehnstühle; sie starrte vor sich hin auf den Boden, das schwarze Haar ungekämmt. Hinter ihr fiel das rosafarbene Licht des beginnenden Tages in übereinanderliegenden Streifen durch die Lamellentür herein. Es konnte kaum später als halb sieben sein. Ein ganzer Tag war vergangen? Hatte sie die ganze Nacht neben seinem Bett gesessen?

Sein Arm fühlte sich an wie Wackelpeter. Ihn hochzuhalten war einfach eine zu schwere Aufgabe. Er senkte ihn wieder. Das Lid fiel wieder zu.

»Hi«, sagte er. Was dabei herauskam, war nur ein Krächzen.

Er hörte, wie sie aufschreckte. »Es spricht«, sagte sie vergnügt. »Es bewegt sich.« Aber er hatte die Anspannung in ihren Augen gesehen, die Blässe und Erschöpfung in ihrem Gesicht. Er versuchte ihr zu sagen, daß er wieder in Ordnung war, doch diesmal wollte sich seine Zunge überhaupt nicht bewegen.

»Versuch nicht zu sprechen«, sagte sie. Ihre kühle Hand lag auf seinem Handgelenk. »Dr. Plumm sagt, du wirst schon wieder in Ordnung kommen.«

Dr. Plumm? War er denn krank? War das der Grund, warum seine Augen nicht richtig funktionierten? Was war denn überhaupt mit ihm los? Wie ein Automotor, der lange unbenutzt in einer Garage gelegen hatte, sprang sein Verstand zögernd an, tuckerte im Leerlauf und erwachte stotternd zum Leben.

Er war zur Ausgrabungsstätte gegangen. Er hatte kurz im Arbeitsschuppen haltgemacht ...

»Leo!« rief er. Ein weiteres Krächzen. »Julie, sag Marm-«

»Pssst. Keine Sorge. Sie haben ihn.«

Haben ihn? Wer hat ihn?

Er mußte genug herausgebracht haben, um verstanden worden zu sein. »Inspektor Marmolejo hat ihn verhaftet«, sagte sie. »Er sitzt jetzt in Mérida im Gefängnis. Der Inspektor sagt, du seist brillant.«

»Du meinst, ich habe Marmolejo wirklich davon erzählt? Ich dachte, ich hätte nur geträumt.« Das war es, was er zu sagen versuchte, aber es war viel zu kompliziert, um es herauszubekommen, und auf halbem Weg gab er auf.

»Pssst«, machte sie wieder. »Ruh dich jetzt aus. Wir können später noch darüber reden.«

Er schaffte es, ihren Handrücken zu tätscheln – beruhigend, wie er hoffte –, und ließ sich entspannt in die Kissen sinken. Wie war das? Die ganze Zeit, während er geglaubt hatte, lautlos in dieses aufgewühlte schwarze Vakuum hinauszubrüllen, war Marmolejo wirklich dort gewesen, hatte ihm zugehört. Und nicht nur das: er mußte auch noch recht gehabt haben.

»Seid um neun zurück«, hatte Howard am Fuß der Pyramide zu ihnen gesagt. Nur nicht ganz. Er hatte begonnen, es zu sagen, o ja, doch er hatte sich selbst unterbrochen. »Wie spät ist es jetzt?« hatte er gefragt, und *das* war das fehlende Mosaiksteinchen, nach dem Gideon gesucht hatte, ohne es zu wissen – das Steinchen, das nicht paßte.

Denn wenn Howard nach der Uhrzeit gefragt hatte, bedeutete es, daß er keine Uhr getragen hatte, und wenn er keine Uhr getragen hatte, dann konnte die zerbrochene Armbanduhr, die unter dem Handgelenk des Skeletts auf der Treppe lag, wohl kaum seine gewesen sein. Und wenn es nicht Howards Uhr war, wem gehörte sie dann?

Vor einiger Zeit hatte Gideon endlos lange darüber nachgegrübelt, was er und Stan Ard gemeinsam hatten. Mordanschläge waren nämlich nur auf zwei Personen verübt worden: auf Ard (erfolgreich) und auf ihn (kurz davor). Warum? Warum ausgerechnet Ard und Gideon und niemand sonst?

Nachdem ihm erst einmal klargeworden war, daß die Uhr auf der Treppe nicht Howard gehörte, lag die Antwort auf der Hand. In Gedanken war er zu dem Interview zurückgekehrt, das er mit dem Reporter auf der Veranda geführt hatte. Ard hatte Gideon gefragt, woher er wußte, daß die Decke der Treppe um exakt 4 Uhr 12 nachmittags zum ersten Mal ein Stück eingestürzt war. Zunächst hatte Gideon sich nicht erinnern können, doch dann war es ihm wieder eingefallen. Er hatte zu Ard gesagt, daß er es wußte, weil er später bemerkt hatte, daß Leo Roses Uhr, die von den ersten herabfallenden Steinen zerschmettert worden war, genau um zwölf Minuten nach vier stehengeblieben war.

Und dann, nachdem er ihm das erzählt hatte, hatte er Leo herübergerufen und es ungeniert noch mal in seiner Gegenwart wiederholt. Leo hatte freundlich gelacht und mit seiner Villa-direkt-am-See-Nummer angefangen, aber von diesem Augenblick an war ihm klargewesen, daß Gideon und Ard etwas wußten, von dem er nicht zulassen konnte, daß es jeder erfuhr – nicht, wenn Howards Leiche praktisch jeden Tag gefunden werden konnte. Und wenn es soweit war, würde man bei ihr eine zerbrochene Uhr finden. Und auf dieser Uhr würde 4 Uhr 12 abzulesen sein.

Natürlich konnte Gideon das alles nicht mit absoluter Sicherheit sagen, aber es war eine vernünftige Vermutung gewesen: Wenn man neben der Leiche eines ermordeten Mannes eine Uhr mit einem gerissenen Armband findet, und wenn es nicht dessen eigene Uhr ist, dann – worauf jeder aufmerksame Cop blitzschnell hinweisen würde – konnte es sehr gut die Uhr des Mörders sein, in einem Kampf kaputtgegangen und vom Handgelenk gerissen. Normalerweise achtete jeder Mörder peinlichst genau darauf, solche Dinge nicht in der Gegend herumliegen zu lassen. Wenn aber das Opfer mit einem Vorschlaghammer ans Fußende einer Treppe geschlagen worden war und wenn dieser schwingende Hammer dann versehentlich gegen einen bereits schwachen Stützpfeiler krachte und fünf oder zehn Tonnen Schutt auf die Leiche niedergehen ließ, dann war es schon ein kleines Problem, wieder an diese Uhr heranzukommen. Wie an alles andere unter dem Schutt auch – zum Beispiel an einen Kodex der Maya von unschätzbarem Wert.

Der Kodex war bereits geborgen worden. Die Uhr war immer noch dort gewesen, und alles, was fehlte, um herauszufinden, ob die Zeiger belastende 4 Uhr 12 anzeigten, war, einfach hinzugehen und sie umzudrehen. Das war es, was er Marmolejo zu sagen versucht hatte, und anscheinend war es ihm ja gelungen.

Was aber immer noch eine Menge Fragen offenließ, doch das Nachdenken bereitete ihm Kopfschmerzen. Julie hatte recht. Sie konnten später darüber reden.

Er drehte ihr mit geschlossenen Augen den Kopf zu. »War's eine lange Nacht?« fragte er, artikulierte sorgfältig.

»Es geht. Abe hat mir bis vor ein paar Stunden Gesellschaft geleistet, aber am Ende habe ich ihn überreden können, schlafen zu gehen.«

Sie drückte behutsam seine Hand. »Wie fühlst du dich?»

»Eigentlich ziemlich gut. Aber meine Augen scheinen nicht . . .«

»Dr. Plumm hat gesagt, sie könnten noch eine Weile gelähmt sein, es wäre allerdings nichts, weswegen man sich Sorgen machen müßte. Sie werden schon wieder. Ist alles andere in Ordnung?«

»Ich glaube schon. Ich fühle mich nur ein bißchen schwach. Und bin auch ein bißchen überrascht, daß ich noch lebe.« Die Worte kamen inzwischen müheloser.

»Dafür kannst du dich bei Dr. Plumm bedanken. Er hält immer ein paar Fläschchen Korallennatter-Gegengift bereit, für Gelegenheiten wie diese. Nicht, daß es jemals solche Gelegenheiten gäbe, außer wenn du in der Nähe bist. Er hat dich mit dem Zeug buchstäblich vollgepumpt.

Mußte mit dem Flugzeug Nachschub aus Valladolid einfliegen lassen. Außerdem dürftest du bis unter die Halskrause mit anderen intravenös verabreichten Goodies abgefüllt sein. Weißt du, fast hätten wir dich per Hubschrauber zur eisernen Lunge ins Krankenhaus nach Mérida bringen lassen müssen. Dr. Plumm sagt, du seist ein junger Mann, der ganz schön Glück gehabt hat. Ich zitiere.«

»Dann bin ich also von einer Korallennatter gebissen worden? Woher hat er das gewußt?«

»Durch die Kauspuren, vermute ich.«

»Ich dachte, Giftschlangen hinterließen immer nur die beiden Einstichstellen der Giftzähne.«

»Nee, Elapidae nicht. Die kauen auf einem herum.«

»Elapidae?«

»Das ist die Familie. Korallennattern gehören zur Familie der Elapidae.«

»Oh.« Er konnte einen Mullverband auf seiner linken Hand spüren. »Mußte er die Bißwunden einschneiden und das Blut aussaugen?«

»Nein, nach den ersten dreißig Minuten hat das keinen Sinn mehr. Außerdem, bei Micurus bringt das sowieso nichts.«

»Micurus?«

»Das ist die Gattung.«

»Micurus«, wiederholte er langsamer. »Du weißt wirklich die bescheuertsten Sachen.«

Es war sehr angenehm so, mit geschlossenen Augen sich von Julie die Hand halten zu lassen. Er war entspannt und zufrieden, beinahe eingeschlafen. Die intravenösen Bonbons, keine Frage.

»Komisch, das mit den Augen«, sinnierte er. »Warum ist ausgerechnet nur der Nervus oculomotorius betroffen und sonst nichts? Nein, warte eine Sekunde, der Nervus abducens muß auch was mitgekriegt haben, weil ich meine Augen nicht zu horizontaler Bewegung veranlassen kann, was bedeuten muß, daß auch noch der Musculus rectus lateralis betroffen ist. Also . . .«

Sie lachte tief aus der Kehle und legte eine Hand auf seine Brust. »Ich glaube, ich kann jetzt aufhören, mir noch länger Sorgen zu machen«, sagte sie, immer noch lachend. »Du bist wieder ganz der alte.«

Das kehlige Lachen ging in langsame, bebende Schluchzer auf seiner

Brust über. Ihre Hände verkrampften sich an seinen Seiten. »Oh, Gideon, Gideon, ich war so . . . Gott sei Dank, bist du . . .«

»Na, na«, sagte er schläfrig und hob seine Hand, um ihren Kopf zu streicheln. »Jetzt ist alles wieder in Ordnung.«

Und das war es. Er hörte, wie sein Atmen tiefer und regelmäßiger wurde, spürte seine Hand schlaff von ihrem Kopf gleiten und schien sich selbst zu beobachten, wie er wieder in den Abgrund hinabstieg, langsam dieses Mal, und friedlich, in einen schwarzen und traumlosen Schlaf.

24

Die nächsten beiden Tage vergingen wie in einem durchscheinenden Dunst, meistens recht angenehm. Abe kam und ging, war vergnügt und tröstend. Ein fröhlicher, zuversichtlicher Plumm schien alle fünf Minuten seinen Kopf hereinzustecken, um Gideons Hand mit knallig grünen oder roten Tinkturen einzupinseln oder einen seiner obskuren Tests durchzuführen: Zeit für den Prothrombintest, Zeit für den Thromboplastintest, Zeit für Fibrinogen-Titration. Marmolejo, beinahe ebenso vergnügt, kam zweimal – dreimal? –, um über polizeiliche Dinge zu reden. Und immer war Julie da, ruhig, wenn er Ruhe wollte, gesprächig und beruhigend, wenn er das brauchte.

Am dritten Tag sagte Plumm, daß er wieder reisefähig sei und eine Woche Ruhe zu Hause wahrscheinlich das beste sei, um zu garantieren, daß er rechtzeitig mit den Seminaren des nächsten Quartals beginnen konnte. Auf jeden Fall, sagte Plumm bestimmt, sei kein Gedanke daran zu verschwenden, die Arbeit bei der Ausgrabung fortzusetzen. Gideons schwache Proteste, rein pro forma, wurden von Abe zur Seite geschoben: Gideon würde nach Hause fahren. Anweisung des Arztes. Kein Wenn und Aber. Das Skelett im Haus des Priesters konnte warten. Wenn Gideon später zurückkehrte, um in Leos Prozeß auszusagen, konnte er seine Arbeit beenden, falls er sich dem gewachsen fühlte.

Und so saß Gideon, fünf Tage nachdem er von einer reizbaren Micurus fulvius in einer Ruine der Maya im Dschungel von Yucatán gebissen worden war, auf der grün-weißen Fähre ›Yakima‹, die sich lautlos und gemessen ihren Weg durch den nebligen, wunderbar kühlen Puget Sound bahnte. Den Flug von Mérida nach Seattle hatte er, trotz Umsteigens in Houston und Denver, die meiste Zeit verschlafen, während Julie las, aber der Anblick der grün schimmernden Inseln der Meerenge hatte ihn wieder lebendig gemacht, und sie hatten begonnen, wieder über Tlaloc zu reden, als die Fähre sich aus dem Edmonds Dock schob.

»Ist es nicht komisch?« sagte Julie, während sie die mit Kresol gestrichenen Pfähle anschaute, die vorbeiglitten. »Wir dachten alle, es wäre nur um den Kodex gegangen, aber dann war es die Uhr. Nur diese blöde Uhr.«

»Genau«, sagte Gideon. »Leo wußte, daß der Kodex eine verlorene Sache war, bei der massiven Kampagne des Komitees und allem. Aber die Uhr – das war wichtig; das konnte ihn mit dem Mord an Howard in Verbindung bringen.«

»Also, ich verstehe aber immer noch nicht ganz, wieso er das Risiko eingegangen ist, so lange zu warten. Warum hat er nicht schon vor Jahren versucht, sie sich zu holen, als noch nicht wieder gegraben wurde?«

»Aber er ging doch gar kein so großes Risiko ein. Als das Institut die Ausgrabungen in Tlaloc einstellte, haben sie sie richtig eingestellt. ›Für alle Zeiten‹, hieß es damals, was Leo nur recht war. Und selbst wenn die Ausgrabungen in fünfzig Jahren wieder aufgenommen worden wären, was könnte die Uhr dann noch groß sagen? Das Problem war, sie haben es sich schon nach fünf Jahren wieder anders überlegt.«

»Also ist er zurückgekommen, um zu versuchen, sie vor Abe zu finden. Das ist auch der Grund für das nächtliche Graben im Tempel?«

»Hm-hmh, aber ich glaube, das hat er ziemlich halbherzig gemacht. Er wußte, daß sich seine Uhr bei dem Kampf mit Howard gelöst hatte, und er hätte sie gern zurückgehabt, um keinem Risiko mehr ausgesetzt zu sein. Aber das war an sich noch kein Grund zur Panik. Er glaubte, es gäbe keine Möglichkeit, ihn damit in Verbindung zu bringen.«

»Bis du aufgetaucht bist und groß getönt hast, daß seine Uhr um zwölf nach vier stehengeblieben ist.«

Gideon wandte seinen Blick von dem Fenster, durch das er hinausgesehen hatte, ihr zu. Seine Augenmuskeln waren immer noch steif, und er mußte den Kopf drehen. Er fand, das verlieh ihm eine gewisse Würde. »Es gibt«, sagte er, »keine Veranlassung, unfreundlich zu sein.«

Sie lachte. »Was würdest du zu einer Schüssel Washington State Clam chowder sagen?«

»Als wäre ich gestorben und in den Himmel gekommen«, sagte er ernst und begann sich zu erheben.

Julie stand als erste und richtete einen Finger auf ihn. »Du bleibst schön sitzen. Ich geh uns was holen. Ich werde auch heißen Kakao für nachher mitbringen. Dr. Plumm hat gesagt, heiße Flüssigkeiten wären gut für dich.«

»Toll.« Gideon machte es sich wieder vor dem Fenster bequem, genoß das Genesen und das Verwöhntwerden. Alles, was ihm jetzt noch fehlte, war eine Decke um die Beine. Draußen jagten eine Reihe Kormorane auf irgendeiner dringenden Vogelmission keine zehn Zentimeter über das Wasser, wobei sie ihre schwarzen, schlangenartigen Hälse weit nach vorn streckten und wild mit den Flügeln flatterten, um mit der Fähre Schritt zu halten. Hoch oben, weiter nördlich, kreiste unter dicken Wolken ein Adler mit ausgebreiteten Schwingen träge über dem Sund.

Julie hatte natürlich recht. Wenn diese Unterhaltung über die Uhr nicht gewesen wäre, hätte Leo wahrscheinlich weiter herumgestochert, versucht, auf eigene Faust noch etwas herumzugraben, allerdings nicht übermäßig besorgt. Es blieb immer noch Zeit; der Kodex, die Leiche und die Uhr lagen sicher unter einer dicken Schicht Geröll. Was Leo sehr gut wußte, da er sich ja selbstlos freiwillig gemeldet hatte, die Ausgrabungsarbeiten in der Treppe zu beaufsichtigen.

Doch nachdem er erfahren hatte, daß Ard und Gideon von der Uhr wußten, mußte er einschneidendere Maßnahmen ergreifen. Und so war dann wenige Stunden nach dieser Unterhaltung der Drohbrief gekommen, und der Überfall in Chichén-Itzá war am nächsten Abend erfolgt. Und als Ard ankündigte, daß er Yucatán verlassen wolle, mußte Leo sich ihn sofort vom Hals schaffen. Er konnte nicht riskieren, daß Ard später herausfand – vielleicht, wenn er zurück in den Vereinigten Staaten war, außerhalb seiner Reichweite –, daß eine Uhr, die um 4 Uhr 12 stehengeblieben war, neben einer Leiche gefunden worden war, die auf der Treppe lag.

Selbst Stan Ard wäre in der Lage gewesen, auf Grundlage solcher Daten zwei und zwei zusammenzuzählen. Der arme Ard.

Was Gideon betraf, so war seine Uhr in dem Augenblick abgelaufen, als die Armbanduhr von Marmolejos Männern freigelegt worden war.

Gott, in welche Panik mußte Leo an diesem Punkt geraten sein – aber natürlich hatte Marmolejo ihm eine Nacht Gnadenfrist gegeben, als er es bis zum nächsten Morgen aufgeschoben hatte, sie auszugraben. Und Gideon selbst hatte Leo erzählt, wie er diese Nacht sinnvoll nutzen konnte; er hatte unverblümt seine Absicht kundgetan, am folgenden Tag eine gründliche Analyse des Skeletts durchzuführen . . . nachdem er sein Werkzeug aus dem Arbeitsschuppen geholt hatte.

Sein eigenes Schicksal besiegeln, hätte Ard es wahrscheinlich genannt, und für Leo war es ja geradezu ein Wink mit dem Zaunpfahl gewesen. Er mußte jetzt nur noch zum Nebeneingang von Chichén-Itzá gehen, einem der niedlichen kleinen Kinder eine niedliche kleine Giftschlange in einem niedlichen kleinen Korb abkaufen (selbst bei einem Vokabular, das im wesentlichen aus *Bueno-bueno* bestand: wie schwierig konnte das schon gewesen sein?), noch am gleichen Nachmittag zur Ausgrabungsstätte zurückkehren, die Schlange mit geöffnetem Korbdeckel in das Schränkchen stopfen und sie die ganze Nacht dort lassen, damit sie erregter und erregter und wütender wurde.

Und wenn dann der herrlich ahnungslose Dr. Oliver am Morgen zurückkam . . .

»Frage . . .«, sagte Julie und stellte ein Tablett auf den Tisch. Sie verteilte Pappschalen mit Clam chowder sowie Cracker, Plastiklöffel und zwei Tassen Kakao, rutschte dann auf ihren Platz ihm gegenüber.

»Ich habe viel darüber nachgedacht«, sagte sie, »und was ich einfach nicht verstehe, ist, warum Leo sich so bemüht hat, es aussehen zu lassen, als steckte Howard hinter allem. Ich meine, er wußte doch, daß es nur noch eine Frage von Tagen war, bis wir das Skelett fanden. In dem Augenblick, in dem Howards Leiche identifiziert wurde, war all sein geschicktes Manövrieren doch hinfällig.«

»Ah, aber er hat nicht damit gerechnet, daß Howard identifiziert wurde. Weißt du, die Sache mit dem Klarinettespielen war nichts als ein verrückter Glücksfall. Und Howard hatte keine Ausweispapiere bei sich.«

»Nein, aber das konnte Leo nicht wissen.«

»Doch, konnte er«, sagte Gideon. »Ich habe darüber nachgedacht, was damals abgelaufen ist, nachdem wir 82 den Kodex gefunden hatten, und mir ist wieder eingefallen, daß der Vorarbeiter nach dem Lohn für die Arbeiter gefragt hatte. Howard sagte, er könnte ihn ihnen nicht geben, weil er seine Brieftasche nicht dabeihätte. Tja, wenn er seine Brieftasche nicht dabeihatte, dann war es ziemlich unwahrscheinlich, daß er irgendwelche Papiere dabeihatte. Es gab keinerlei Grund für ihn, sich seinen Paß in die Tasche zu stecken. Ich bin sicher, daß Leo das nicht entgangen ist.«

Er machte eine kurze Pause, um die sämige weiße Brühe erst einmal zu kosten. Plastiklöffel, Pappschale und alles, sie schmeckte einfach wunderbar, erinnerte an das Meer und den Nordwesten. Es war verdammt gut, wieder zu Hause zu sein.

»Und abgesehen davon«, fuhr er nach dem zweiten Löffel fort, »wußte Leo, daß Howard über zehn Jahre durch Mittelamerika gezogen war, daher war es nicht sonderlich wahrscheinlich, daß ihn jemand anhand seiner zahnärztlichen Unterlagen identifizieren konnte. Es war überhaupt nicht sehr wahrscheinlich, daß ihn jemand identifizieren würde, Punkt.«

»Außer dir.«

Gideon erhob Einspruch. »Pures Glück«, sagte er wieder. »Und die Tatsache, daß ich den Burschen kannte. Aber nachdem ich erst mal aus dem Weg war, wäre Leo aus dem Schneider gewesen. Niemand, der die Uhr wiedererkannte, niemand, der die Leiche identifizieren konnte. Wie sollte ein mexikanischer Pathologe, der Howard nicht kannte, jemals dahinterkommen, daß diese Knochen seine waren? Die Leiche würde als unidentifiziert abgehakt werden und dem armen Howard zusätzlich zu allem anderen auch noch *dieser* Mord – an sich selbst – in die Schuhe geschoben.«

»Aber du hattest ihn doch bereits identifiziert. Dich umzubringen hätte doch nichts . . .«

»Aber Leo wußte das doch noch nicht, du erinnerst dich? Marmolejo wollte nicht, daß die Crew davon erfuhr.«

»Hmh, stimmt«, sagte Julie.

Eine Weile konzentrierten sie sich auf das Essen. Draußen vor dem Fenster klatschte ein dunstiger Regen auf das metallene Deck. Es sah kalt aus. Es sah gut aus.

»Gideon, was meinst du, was das alles sollte? Was hatte Leo ursprünglich vor? Warum hat er überhaupt versucht, den Kodex zu stehlen? Welche Pläne hatte er damit?«

»Ich glaube nicht, daß es auch nur annähernd so gewesen ist, Julie. Es war kein sorgfältig ausgetüftelter Plan, es gab keine komplexen Motive. Bis fast fünf Uhr wußte ja nicht mal jemand, daß es den Kodex überhaupt gab, und um neun hatte Leo bereits seinen Versuch gestartet, ihn sich zu krallen.«

Er zuckte mit den Achseln. »Ich vermute, Leo hat einfach nur gehört, wie Howard sagte, er könnte zwei Millionen dafür kriegen – ›locker‹, ich glaube, so hat er sich ausgedrückt –, und das reichte, um Leo aktiv werden zu lassen. Zurück zur Ausgrabungsstätte schleichen, ohne von jemandem gesehen zu werden, das Ding einpacken, dann die Bandidos dafür verantwortlich machen und sich anschließend in aller Ruhe darum kümmern, das Ding zu verscherbeln. Oder wenigstens muß ihm das vorgeschwebt haben.«

Er schob seine leere Schale fort. »Eines habe ich allerdings noch nicht verstanden. Die Kanone. Wie hat Leo sie 1982 durch die Sicherheitskontrollen des Flughafens aus dem Land und dann später wieder reinbekommen? Und wozu? Das war ein verdammt großes Risiko.«

Julie konzentrierte sich darauf, ein besonders zähes Stück Muschel zu kauen und dann herunterzuschlucken. »Oh, die Antwort darauf weiß ich. Er hat gar nicht.«

»Du meinst, er hat sie fünfeinhalb Jahre irgendwo in der Nähe der Ausgrabungsstätte versteckt? Ich weiß nicht, das scheint mir . . .«

Sie schüttelte den Kopf. »Nein, ich meine, die Waffe ist bei dem Einsturz ebenfalls begraben worden, und dann ist sie irgendwann während der letzten paar Wochen wieder aus dem Schutt aufgetaucht. Leo muß ein ziemlich scharfes Auge auf solche Dinge gehabt haben, und wahrscheinlich hat er sich das Ding gegriffen, bevor die Arbeiter auch nur mitkriegten, was es war. Damit Stan umzubringen, war höchstwahrscheinlich nur eine zusätzliche Idee; eine weitere Möglichkeit, Howard zu belasten.«

Gideon dachte darüber nach. »Gute Überlegung.«

»Inspektor Marmolejo ist darauf gekommen. Die Waffe tauchte vor ein paar Tagen auf, günstigerweise unter einem Busch, gerade mal fünf, sechs Meter von der Stelle entfernt, an der Stan ermordet wurde. Inspektor Marmolejo sagt, das Ding hätte in sämtlichen Ritzen Kalksteinstaub gehabt. Die Waffe war verschüttet.«

»Ach, der gute alte Marmolejo. Du machst so ein finsteres Gesicht. Dich beschäftigt doch immer noch etwas.«

Sie nickte, löffelte den Rest ihrer Suppe. »Also, was meinst du, was diese Geschichte mit dem Fluch sollte? War das so was wie ein Ablenkungsmanöver? War es ein Plan, um Dr. Villanueva so sehr aus der Fassung zu bringen, daß er die Ausgrabung wieder verbot? Leo konnte doch nicht allen Ernstes erwarten, daß jemand – abgesehen von Emma – den Fluch ernst nehmen würde, oder? Oder doch?«

»Nein, ich glaube nicht«, erwiderte Gideon. »Ich glaube auch nicht, daß er versucht hat, es aussehen zu lassen, als würde sich der Fluch erfüllen. Ich glaube vielmehr, daß er einfach versucht hat, es so aussehen zu lassen, als würde ein verzweifelter und verrückter Howard Bennett versuchen, es so aussehen zu lassen, als würde sich der Fluch erfüllen.«

Sie nickte weise. »Das ist gleichzeitig schlau genug und verrückt genug, um die Wahrheit zu sein. Daher die Nachricht von den Göttern auf Howards Schreibmaschine.«

Sie zog den Deckel von ihrem Kakao, trank und verzog das Gesicht. Clam chowder war die Stärke der Washington-State-Fähren; der Kakao kam aus einem Tütchen und wurde in einem Styropor-Becher mit lauwarmem Wasser angerührt.

Über ihnen tutete das Horn der Fähre, laut und tief und rauh, und das große Schiff begann majestätisch zu wenden, um am Fährenkai von Kingston anzulegen. Hinter der kleinen Hafenstadt erhoben sich die saftig grünen Flanken der Olympic Mountains und verschwanden im Nebel. Dort oben schneite es.

»Zu Hause«, sagte Julie zufrieden. »Reicht das jetzt an aktiver Anthropologie für die nächste Zeit?«

»Worauf du dich verlassen kannst«, sagte Gideon. »Weißt du, was ich als erstes mache, wenn wir zurück sind?«

»Ja«, sagte sie mit ihrem nüchternen Blick, »du wirst ein paar Tage im Bett bleiben, wie Dr. Plumm es dir gesagt hat.«

»Danach.«

»Laß mich nachdenken. Ein paar Bücherregale bauen?«

»Nee.«

»Die Monographie beenden?«

»Nee. Ich werde mein Büro aufräumen. Alles an seinen Platz.«

»Gut.«

»Ich werde mich bessern. Ich bin ein neuer Mensch.«

»Freut mich zu hören.«

Er trank den letzten Schluck Kakao. »Außerdem«, sagte er und lächelte, »hast du dir je die Zeit genommen, mal darüber nachzudenken, was dort unter all diesem Gerümpel lauern könnte?«

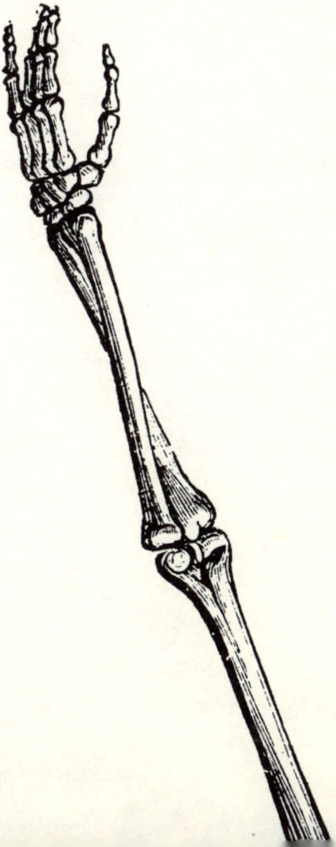

Glossar

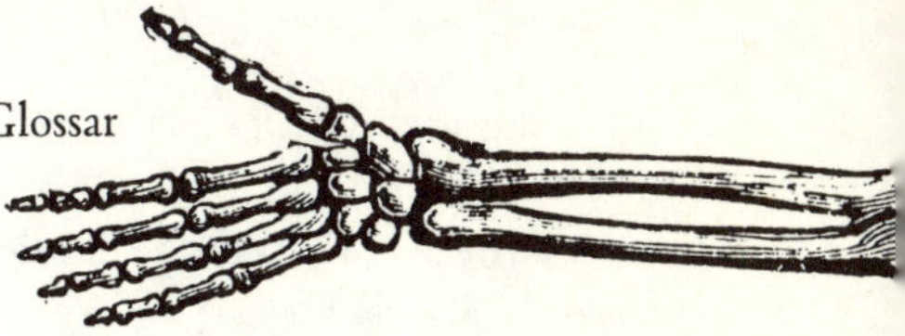

Articulus cubiti: Ellbogengelenk

Articulus costovertebralis: übergeordnete Bezeichnung f. Gelenk zwischen Rippe und Brustwirbel

brachycephalisch: ein relativ kurzer und breiter Kopf, dessen Breite 81 Prozent oder mehr seiner Länge beträgt; Begriff aus der Anthropometrie (hier: Kephalometrie)

Cascara: Rhamnus purshiana; kleiner Baum, heimisch an der Pazifikküste der USA

Cascara sagrada: Aus der Rinde des Cascara gewonnenes Abführmittel

Ceiba: Kapok, Kapok-Baum

Chicle: Achras zapota; Tzapotl-Baum oder Zapote; immergrüner Baum der tropischen amerikanischen Gebiete

Coati: Coatimundi; Coatis sind ganz allgemein Nasenbären (Gattung *Nasua*) mit zahlreichen Unterarten; in Mexiko, Mittel- und Südamerika beheimatete Allesfresser

Coatimundi: Ein Coatimundi ist entweder der Kleine Nasenbär (*Nasua olivacea*), ein Allesfresser, oder aber irgendeine Art der Coati

Condylus: Knöchel, Knorren; rundliche Verdickung an den Gelenkenden von Knochen

Cotingas: Schmuckvögel

cranialis: kranial; kopfwärts, nach oben zu gelegen; Adjektiv zu Cranium

Cranium: Kranium; Schädel, die Gesamtheit der zu einem einheitlichen Gebilde verbundenen Kopfknochen

Deformation: Verunstaltung, Mißgestalt. Begriff zur Kennzeichnung angeborener oder erworbener Abweichungen der Gestalt des gesamten Körpers oder einzelner Körperteile

dolichocephalisch: ein relativ langer Kopf, dessen Breite weniger als 76 Prozent seiner Länge beträgt; Begriff aus der Anthropometrie (hier: Kephalometrie)

Femur: Oberschenkel, Oberschenkelknochen

Foramen: Pl. Foramina; Loch, anatomische Bezeichnung für Lücke, Öffnung

Foramen magnum: großes Hinterhauptsloch; Übergang der Schädelhöhle in den Wirbelkanal

Foramen vertebrale: Wirbelloch, das den Wirbelkanal bildet

Henequen: Agave fourcroydes; auf Yucatán heimische Agavenart

Humerus: Oberarmknochen; langer Röhrenknochen des Oberarms

Incisivus: Schneidezahn

in situ: in der ursprünglichen Lage

Impressionsfraktur: Art des Schädelbruchs im Gegensatz zu Berstungsbrüchen: werden bei einem Schädelbruch Fragmente nach innen (zum Gehirn) verlagert, handelt es sich um eine I.

Jacamars: Glanzvögel

Kinkaju oder Kinkajou: Wickelbär (Potos flavus); in Mittel- und Südamerika beheimateter Pflanzenfresser

Manakins: Schnurrvögel

Mandibula: Unterkiefer

Margo: Rand

Margo supraorbitalis: unterer vorderer Rand des Stirnbeins, der den Eingang zur Augenhöhle oben begrenzt

Molare: Pl. zu Molar; Mahlzahn, großer Backenzahn

Montalban: Ricardo Montalban; amerikanischer Schauspieler

Motmots: Motmot-Sägeracke

Musculus: Pl. Musculi; Muskel

Musculus pterygoideus lateralis: Kaumuskel am Kiefergelenk

Musculus rectus lateralis: äußerer gerader Augenmuskel

Musculus rectus capitis lateralis: vorderer gerader Muskel des Kopfes, der in den oberen Kopfgelenken beugt

Nervus: Nerv

Nervus abducens: motorischer Hirnnerv; Ursprung neben dem Gesichtsnerv (Nervus facialis) am Boden der Rautengrube (Boden des vierten Hirnventrikels, d. i. Fortsetzung des Rückenmarkkanals im Gehirn); führt in die Augenhöhle zum Musculus rectus lateralis des Auges

Nervus oculomotorius: dritter Hirnnerv; verläuft in die Augenhöhle und innerviert dort alle äußeren Augenmuskeln außer Musculus rectus lateralis sowie drei weitere Muskeln

Occiput: Hinterhaupt, Hinterkopf

Orbita: Augenhöhle

Os: Pl. Ossa; Knochen

Os occipitale: Hinterhauptsbein

Os parietale: Scheitelbein

Processus: Pl. Processus; Fortsatz

Processus condylaris: auch Processus condylaris mandibulae; hinterer Gelenkfortsatz des Unterkiefers

Processus mastoideus: Warzenfortsatz; zapfenförmiger Teil des Schläfenbeins (Os temporale), der hinter dem Ohr tast- und sichtbar ist

Protuberantia: Vorragung

Protuberantia occipitalis externa: anthropologische Bezeichnung auch Inion; tastbarer Höcker in der Mitte der Innenfläche des Stirn- und Hinterhauptsbeins

Protuberantia occipitalis interna: Vorsprung in der Mitte der Innenfläche des Stirn- und Hinterhauptsbeins

Radius: Strahl, Speiche; auf der Daumenseite gelegener Unterarmknochen

Ramus: Ast, Zweig

Ramus mandibulae: Unterkieferast; aufsteigender, hinterer Teil des Unterkieferknochens

Red Snapper: Lutianus blackfordi; Roter Schnapper; heimisch im karibischen Raum

Sutura: Pl. Suturae; Naht, bei der benachbarte Schädelknochen durch schmale Bindegewebsplatten miteinander verbunden sind; verknöchern mit fortschreitendem Alter

Sutura lambdoidea: λ-förmige Naht zwischen Hinterhauptsbein und den beiden Scheitelbeinen

Tuberculum: kleiner Vorsprung, Knötchen

Ulna: Elle

Lizenzausgabe für die Büchergilde Gutenberg
Frankfurt am Main und Wien
mit freundlicher Genehmigung des
Haffmans Verlages Zürich

Alte Knochen

Aus dem Amerikanischen von Jürgen Bürger
Die Originalausgabe erschien bei
The Mysterious Press, New York
unter dem Titel *Old Bones*

Fluch!

Aus dem Amerikanischen von Jürgen Bürger
Die Originalausgabe erschien bei
The Mysterious Press, New York
unter dem Titel *Curses*

Einband- und Innentitelgestaltung Heinrich Thomas, Heidesheim
Herstellung Margot Mayer, Erzhausen bei Darmstadt
Satz LibroSatz, Kriftel
Gesetzt aus der Poliphilus mager (Monotype)
Druck und Bindung Franz Spiegel Buch, Ulm
Printed in Germany ISBN 3 7632 4269 4

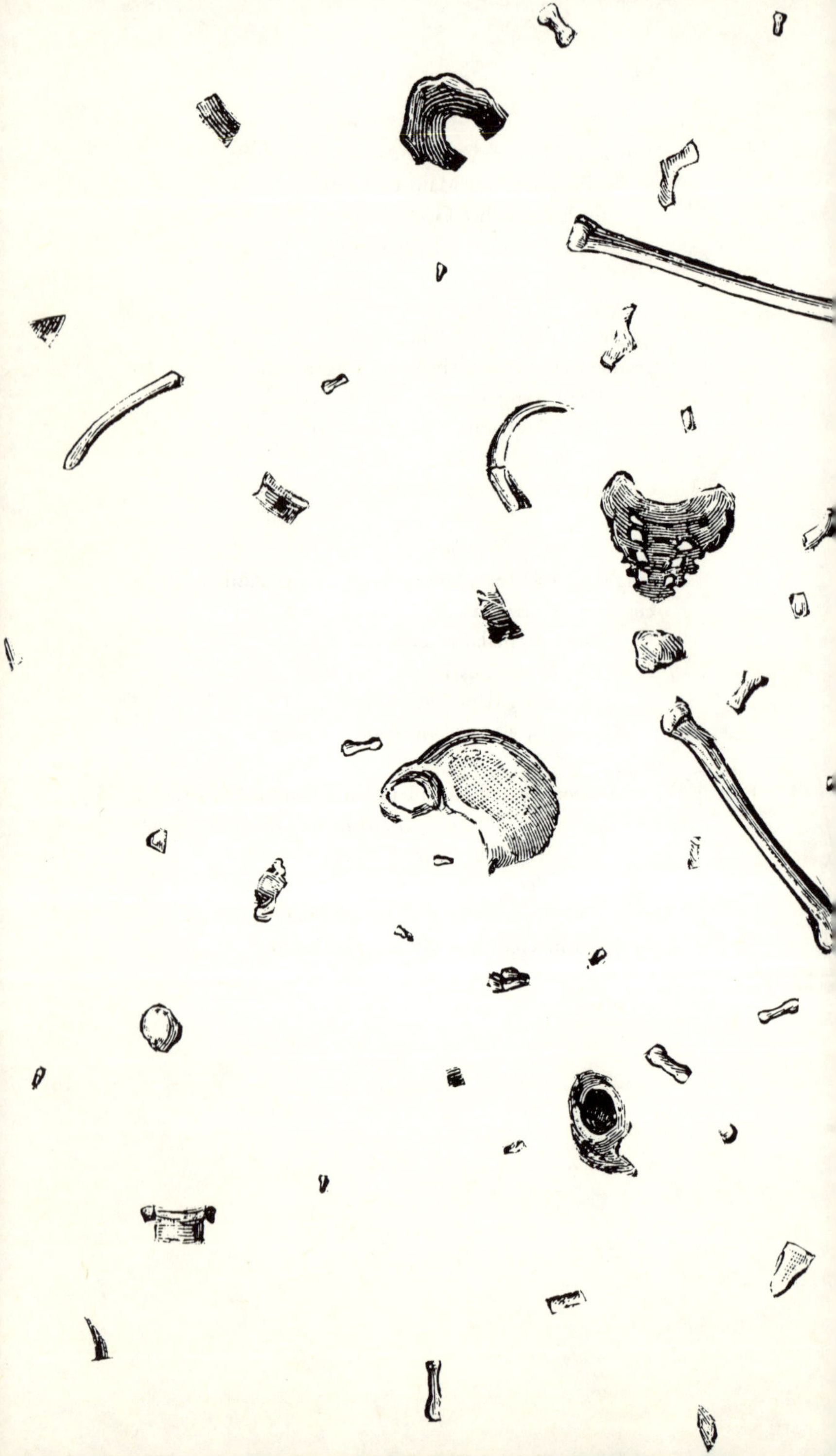

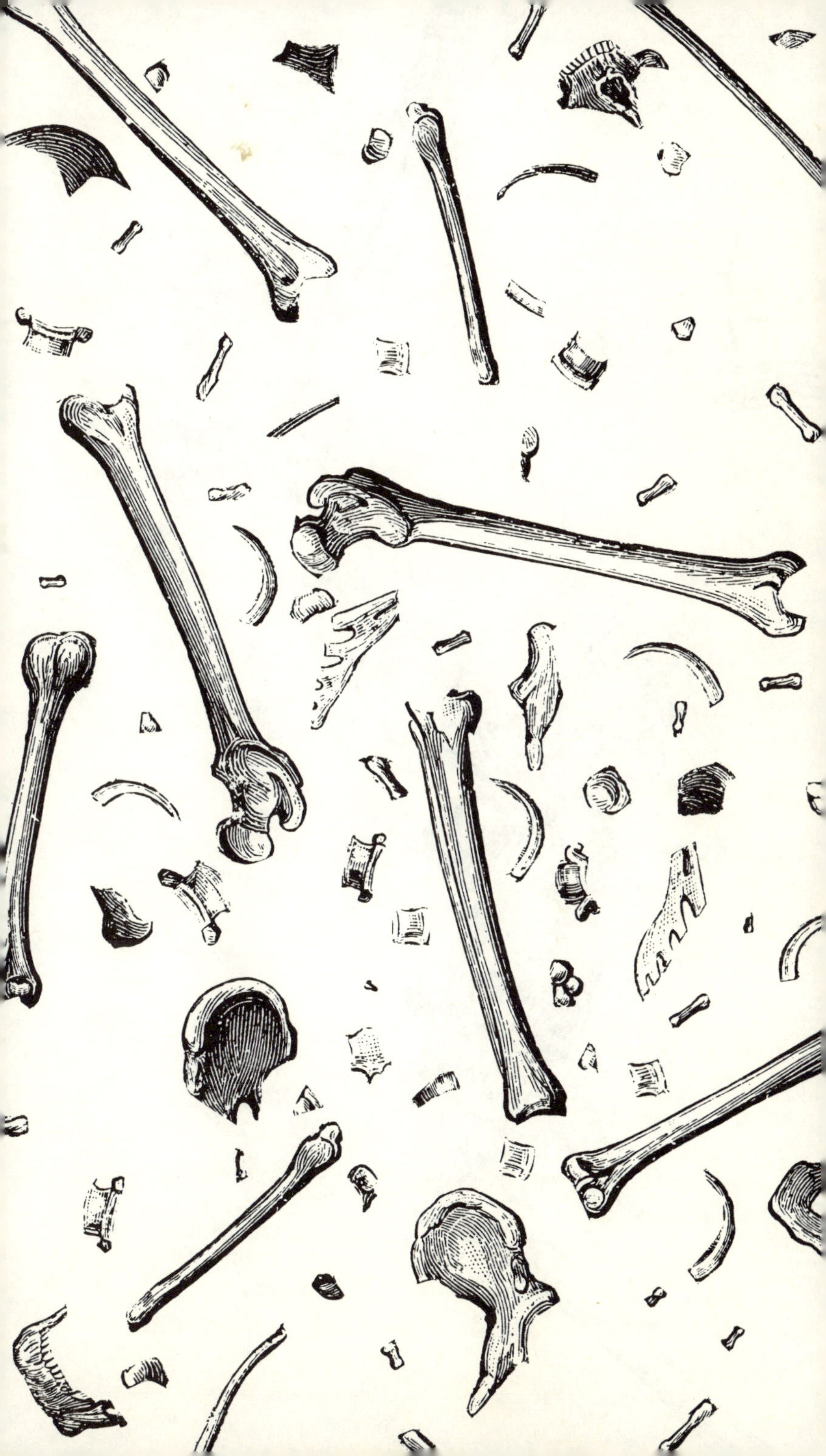

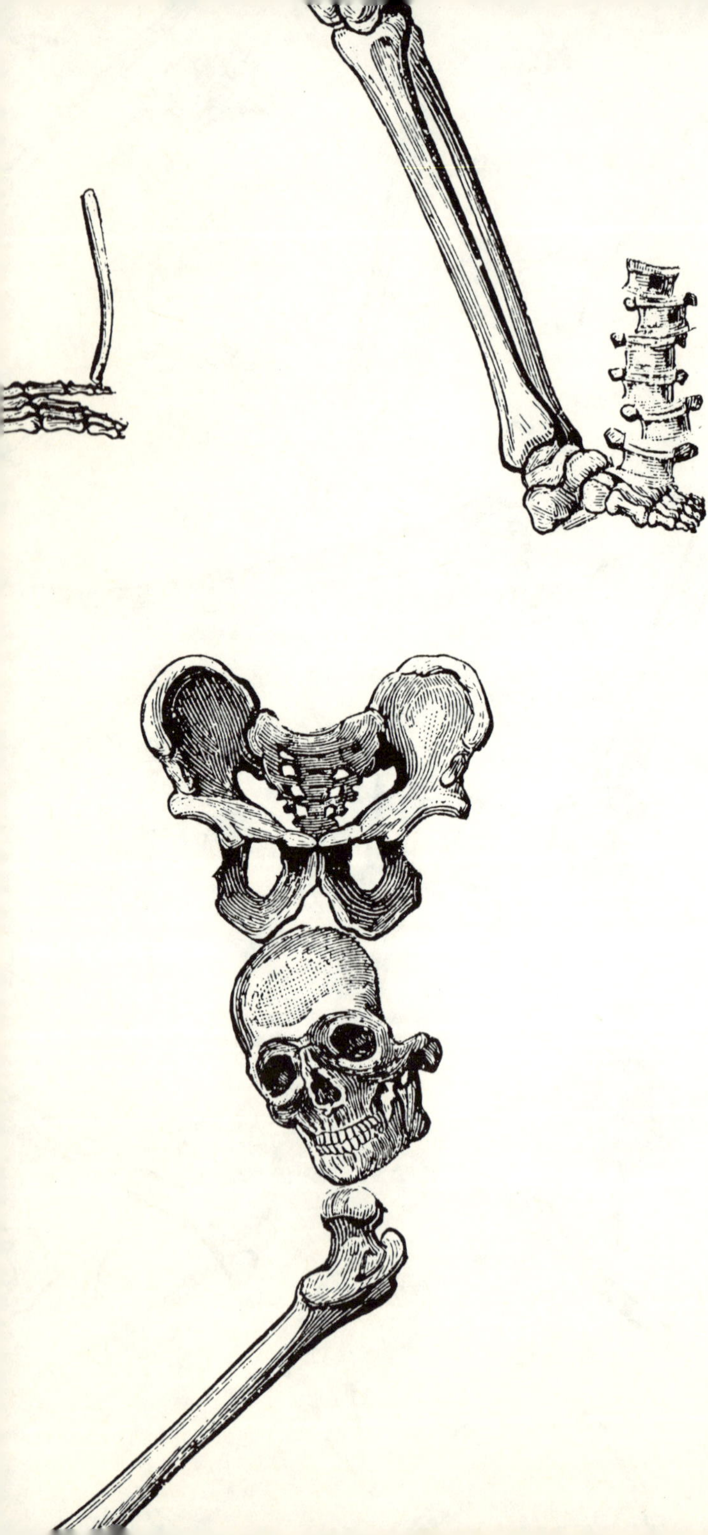

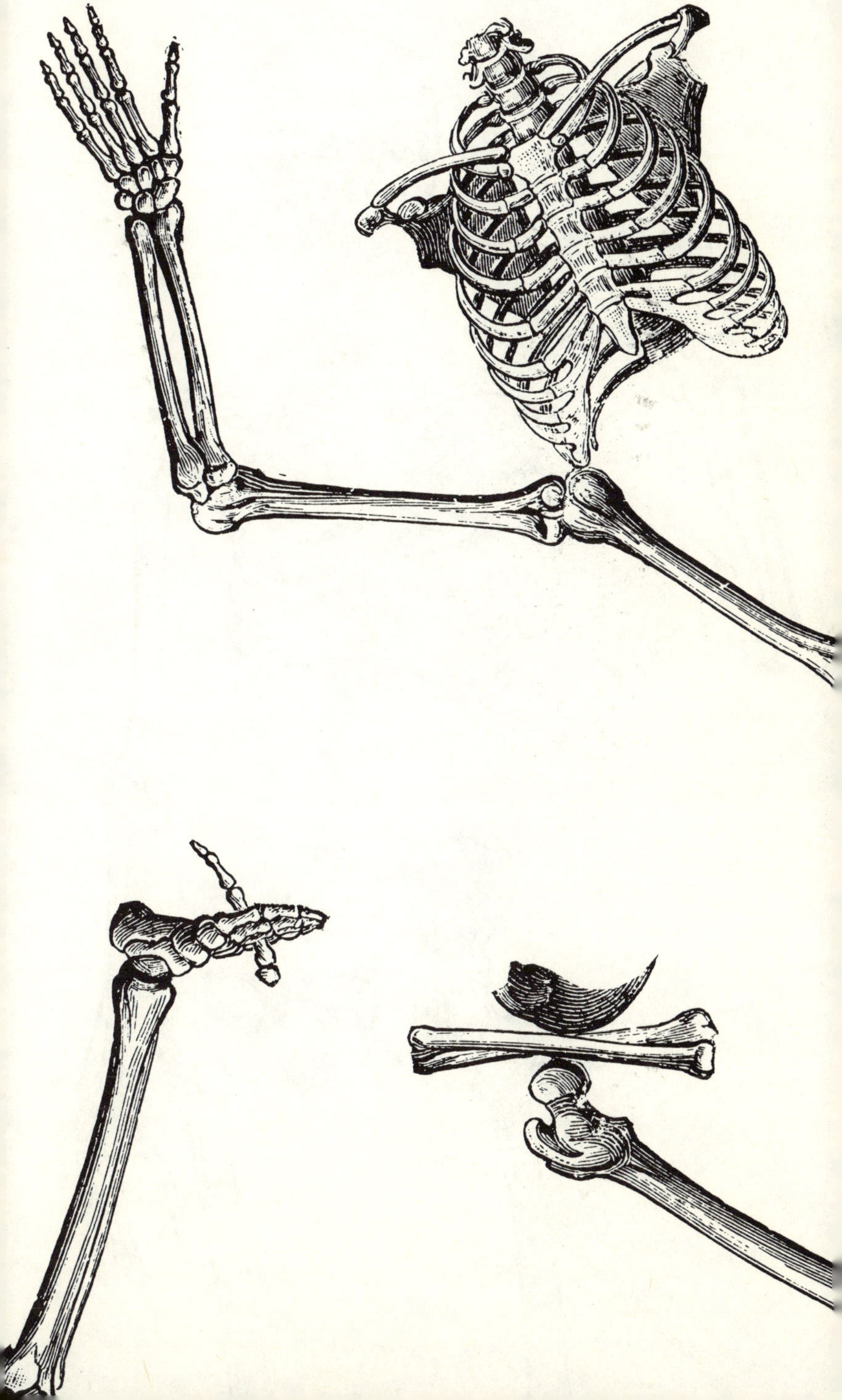

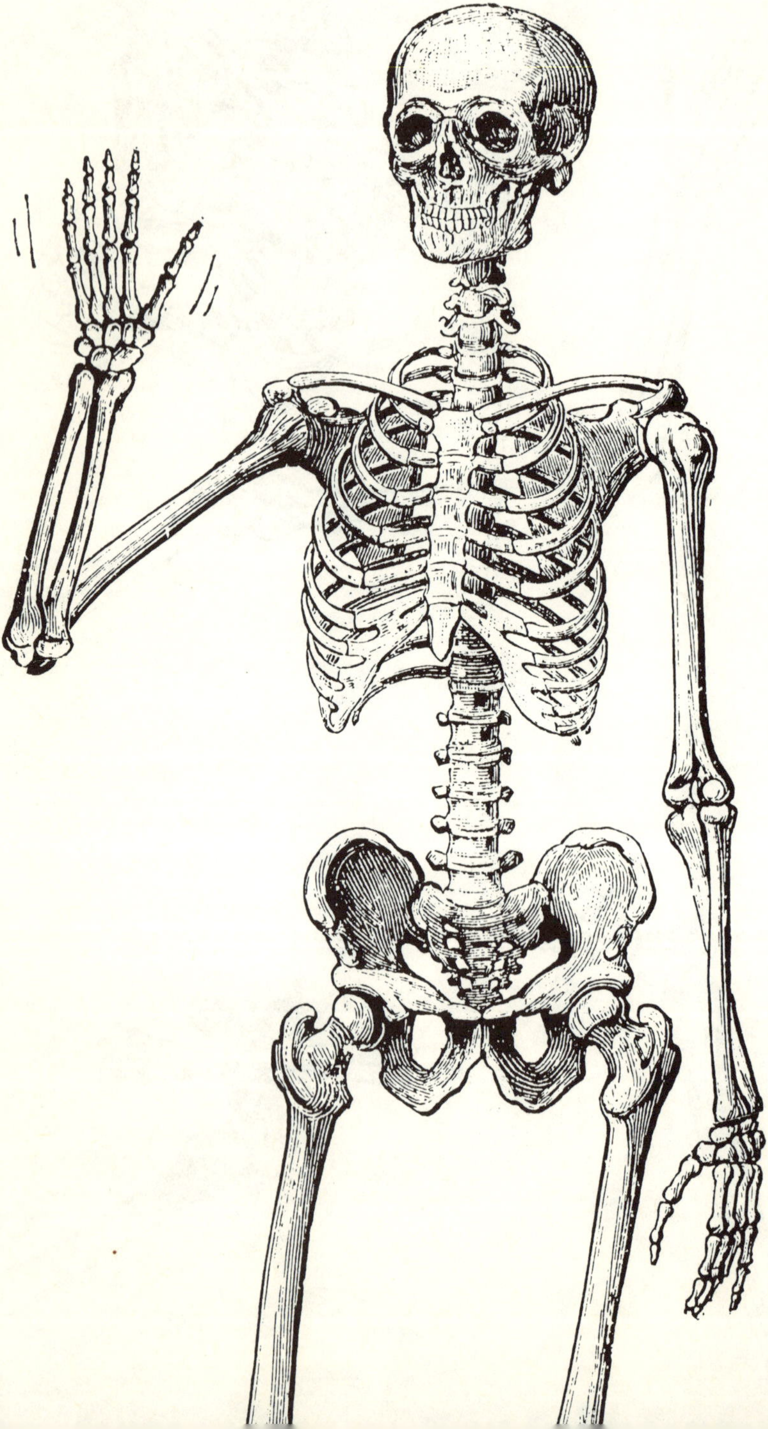